O Grande Livro de

HISTÓRIAS de FANTASMAS

SUMA de letras

Richard Dalby (Org.)

O Grande Livro de HISTÓRIAS *de* FANTASMAS

Tradução
Cristina Cupertino

SUMA de letras

Publicação original de Little, Brown Book Group Limited no Reino Unido em 2006.

EDITORA OBJETIVA LTDA.
Rua Cosme Velho, 103
Rio de Janeiro – RJ – CEP: 22241-090
Tel.: (21) 2199-7824 – Fax: (21) 2199-7825
www.objetiva.com.br

Título original
The Virago Book of Ghost Stories

Capa
Mariana Newlands

Imagens de capa
© Bettmann/CORBIS/Corbis (DC)/Latinstock
© Layne Kennedy/Corbis/Corbis (DC)/Latinstock

Preparação de originais
Elisabeth Xavier de Araújo

Revisão
Diogo Henriques
Tamara Sender
Ana Julia Cury

Diagramação
Trio Studio

CIP-BRASIL. CATALOGAÇÃO NA FONTE
SINDICATO NACIONAL DOS EDITORES DE LIVROS, RJ.

G779 O grande livro de histórias de fantasmas / Richard Dalby [organização]; tradução de Cristina Cupertino. – Rio de Janeiro: Objetiva, 2010.

Tradução de: *The Virago book of ghost stories*
ISBN 978-85-60280-44-5 455p.

1. Contos de terror. 2. Ficção inglesa. I. Dalby, Richard. II. Cupertino, Cristina. III. Título.

09-3887.

CDU: 821.111-3

SUMÁRIO

PREFÁCIO

> "Além desta terra e além da espécie humana há um mundo invisível e um reino de espíritos; esse mundo está à nossa volta, pois está por toda parte."

Estas linhas pertencem a *Jane Eyre*, romance de Charlotte Brontë, e quem as diz é Helen Burns, a personagem trágica e santa que, segundo se afirma, se baseia nas duas irmãs mais velhas de Charlotte, ambas mortas muito jovens em 1825.

Uma grande parte da população vitoriana, inclusive a própria Rainha, tornou-se obcecada pelo sobrenatural e pela vida após a morte, o que se refletiu numa produção incessante de obras de ficção (e não ficção) literária.

Ao longo dos últimos 150 anos, a Inglaterra conduziu o mundo na arte das histórias clássicas de fantasmas, e não é exagero afirmar que pelo menos cinquenta por cento dos exemplos de obras de qualidade no gênero foram escritos por mulheres. Isso é especialmente verdadeiro no século XIX, que começou com os romances góticos clássicos de Ann Radcliffe, Clara Reeve e Mary Shelley.

As histórias de fantasmas atingiram seu apogeu em revistas como a *Household Words*, de Dickens, e *All the Year Round.* Elas tornaram-se essenciais nas edições de Natal, que alcançavam recordes de vendas. A maioria das melhores autoras da era vitoriana escreveu maravilhosas histórias para essas revistas, e a maior parte dos principais nomes (Gaskell, Riddell, Oliphant) está representada na presente antologia.

Essa grande tradição tem resistido triunfalmente desde a época eduardiana, não só com especialistas no gênero como também com outros escritores populares que experimentaram com sucesso, mas eventualmente, a fórmula.

Edith Wharton espontaneamente admitiu que não é fácil escrever uma história de fantasma totalmente convincente, acrescentando: "É melhor para um fantasma que o imaginemos com intensidade do que 'experimentá-lo' de forma tediosa; e ninguém sabe melhor do que um fantasma como é difícil transmiti-lo de modo sombrio e, ao mesmo tempo, suficientemente transparente... Se uma história de fantasmas nos provoca um gélido arrepio na espinha, ela cumpriu seu dever, e cumpriu-o bem."

Este livro inclui mais de trinta das melhores histórias de fantasmas do *Virago Book of Ghost Stories: The Twentieth Century* (dois volumes, 1987 e 1991) e do *Virago Book of Victorian Ghost Stories* (1988). As histórias estão dispostas em ordem cronológica, e assim o leitor poderá facilmente perceber como a forma da história de fantasma se desenvolveu nos últimos 150 anos. Todas elas são exemplos de narrativa requintada, imaginativa, com um supremo domínio do sobrenatural.

Richard Dalby

AGRADECIMENTOS

A permissão para reproduzir os seguintes textos foi gentilmente concedida por: "O Penhor", de May Sinclair, direitos autorais de © May Sinclair 1923, por Curtis Brown Ltd, Londres, em nome do espólio de May Sinclair; "A Torre Que Ruge", de Stella Gibbons, direitos autorais de © Stella Gibbons 1937, por David Higham Associates; "Os Alegres Campos Outonais", de Elizabeth Bowen, direitos autorais de © Elizabeth Bowen 1945, por Curtis Brown Ltd, em nome do espólio de Elizabeth Bowen; "Jim Diamante", de Lisa St. Aubin de Teran, direitos autorais de © Lisa St. Aubin de Teran 1987, por Ed Victor Ltd; "Ashputtle", de Angela Carter, direitos autorais de Angela Carter 1987, por Rogers, Coleridge and White Ltd; "O Fantasma de Julho", de A.S. Byatt, direitos autorais de © A.S. Byatt 1987. Essa história foi publicada pela primeira vez em *Sugar and Other Stories*, C&W. Está aqui reproduzida por permissão da autora A/C Rogers, Coleridge & White Ltd, 20 Powis Mews, Londres WII IJN; "Os Olhos", de Edith Wharton, direitos autorais de © Edith Wharton 1910, por Abner Stein, Londres; "O Cão Negro", de Penelope Lively, extraído de *Pack of Cards,* William Heinemann Ltd and Penguin Books Ltd, direitos autorais de © Penelope Lively 1986, por David Higham Associates; "Não Conte Para a Cissie", de Celia Fremlin, extraído de *By Horror Haunted,* direitos autorais de © Celia Fremlin 1974, por Gregory & Company; "Quem Andou se Sentando no Meu Carro?", direitos autorais de © Antonia Fraser 1976, por Curtis Brown Ltd; "A Assombração da Residência do Reitor de Shawley", de Ruth Rendell, por PFD; "Os Fantasmas de Calagou", de Elizabeth Fancett, direitos autorais de © Elizabeth Fancett 1991, pela autora; "Rosalind", de Richmal Crompton, extraído de *Mist and Other Stories,* direitos autorais de © Richmal Crompton 1928, por A.P. Watt Ltd; "Supérfluo", de Dorothy K. Haynes, direitos autorais de © Dorothy K. Haynes 1991, pelo espólio da autora; "O Sonho das Mulheres Loiras", de A.L. Barker, extraído de *Stories of Haunted Inns,* William Kimber, 1983, direitos autorais de © A.L. Barker 1983, por MBA Literary Agents Ltd;

Charlotte Brontë

NAPOLEÃO E O ESPECTRO

Bem, como eu estava dizendo, o imperador foi dormir.

— Chevalier — diz ele ao seu camareiro —, abaixe as cortinas e feche a janela antes de deixar o quarto.

Chevalier fez o que lhe ordenaram e, então, pegando seu castiçal, saiu.

Poucos minutos depois, o imperador sentiu o travesseiro ficar muito duro e se levantou para afofá-lo. Ao fazer isso ouviu um farfalhar suave na cabeceira da cama. Sua Majestade ficou atenta, mas tudo estava em silêncio quando voltou a se deitar.

Mal havia se acomodado numa atitude tranquila de repouso, foi perturbado por uma sensação de sede. Erguendo-se no cotovelo, pegou um copo de limonada na mesinha ao lado da cama. Refrescou-se com alguns goles. Enquanto devolvia a taça ao seu lugar, ouviu um grunhido profundo vindo de um armário num canto do aposento.

— Quem está aí? — gritou o imperador, agarrando suas pistolas. — Fale, ou eu estouro seus miolos.

O único resultado dessa ameaça foi uma risada curta, aguda, e depois um silêncio mortal.

O imperador pulou do leito e, jogando às pressas sobre si um *robe de chambre* que estava pendurado no espaldar de uma cadeira, encaminhou-se desafiador para o guarda-roupa assombrado. Ao abrir a porta, algo farfalhou. Ele saltou para a frente, espada na mão. Não apareceu ninguém, nem mesmo uma substância qualquer, e o farfalhar — isso ficou patente — originara-se com a queda de um manto que fora pendurado num gancho na porta.

Meio envergonhado de si mesmo, ele voltou para a cama.

Exatamente quando mais uma vez ele estava prestes a fechar os olhos, a luz das três velas, que ardiam num candelabro de prata sobre o aparador da lareira, atenuou-se subitamente. Ele olhou para cima. Uma sombra negra e opaca estava obscurecendo a luz. Suando de terror, o imperador estendeu a mão para agarrar a corda da sineta, mas um ser invisível arrebatou-a rudemente e no mesmo instante a sombra agourenta desapareceu.

— Ora! — exclamou Napoleão —, não foi nada mais do que uma ilusão de ótica.

— Será? — sussurrou próximo ao seu ouvido uma voz cava em tons profundos e misteriosos. — Foi uma ilusão, imperador da França? Não! Tudo o que ouviste e viste chama-se triste realidade premonitória. Ergue-te, tu que levantas o Emblema da Águia! Desperta, ó empunhador do Cetro da Flor-de-Lis! Segue-me, Napoleão, e verás mais.

Quando a voz cessou, um vulto mostrou-se à sua vista perplexa. Era o vulto de um homem alto, magro, vestido num sobretudo azul com renda dourada. Usava uma gravata preta muito apertada no pescoço e presa por dois pauzinhos atrás das orelhas. A tez era lívida; a língua despontava entre os dentes e os olhos completamente vidrados e injetados saltavam das órbitas com assustadora proeminência.

— *Mon Dieu!* — exclamou o imperador. — O que estou vendo? Espectro, de onde vieste?

A aparição não falou, mas deslizando para a frente e com o dedo erguido chamou Napoleão para que ele a seguisse.

Dominado por uma misteriosa influência que o privou da capacidade de pensar e de agir por si mesmo, ele obedeceu em silêncio.

A sólida parede do aposento abriu-se quando eles se aproximaram, e à sua passagem fechou-se atrás deles com um barulho de trovão.

Eles estariam na escuridão total, não fosse por uma tênue luz que brilhava em torno do fantasma e revelava as paredes úmidas de uma passagem longa, abobadada. Prosseguiram por ela em muda rapidez. Pouco depois uma brisa fresca, que soprava lamuriosa para o alto da abóbada, anunciou que eles se aproximavam do espaço aberto.

Logo chegaram a esse espaço e Nap encontrou-se numa das principais ruas de Paris.

— Espírito Valoroso — disse ele trêmulo no frio ar noturno —, permite-me voltar e abrigar-me com mais roupa. Estarei de volta num minuto.

— Em frente — respondeu firmemente seu companheiro.

Ele se sentiu compelido a obedecer, apesar da crescente indignação que quase o engasgava.

Prosseguiram pelas ruas desertas até chegarem a uma casa majestosa às margens do Sena. Ali o Espectro parou, os portões se abriram para recebê-los e eles entraram num amplo vestíbulo de mármore parcialmente velado por uma cortina corrida de um lado a outro, por cujas pregas semitransparentes se via uma intensa luz que queimava com um brilho deslumbrante. Uma fileira de delicadas figuras femininas ricamente vestidas postava-se diante dessa tela. Elas usavam na cabeça guirlandas das mais belas flores, mas seu rosto estava oculto por horríveis máscaras que representavam cabeças da morte.

— O que é essa coleção de múmias? — gritou o imperador, esforçando-se por afastar os grilhões mentais pelos quais estava preso muito a contragosto. — Onde é que eu estou, e por que fui trazido aqui?

— Silêncio — disse o guia, deixando pender ainda mais sua língua preta e sanguinolenta. — Silêncio, se queres escapar à morte imediata.

O imperador teria respondido, com sua coragem natural, superando o espanto temporário a que inicialmente sucumbira, mas exatamente nesse instante acordes de uma música selvagem, sobrenatural, iniciaram um *crescendo* atrás da enorme cortina, que se agitava de um lado para outro e inflava lentamente para fora como se agitada por uma comoção interna ou uma luta de ventos ondulantes. Ao mesmo tempo uma combinação avassaladora de odores de decomposição mortal misturados aos melhores perfumes do Oriente invadiu o vestíbulo assombrado.

Um murmúrio de muitas vozes foi então ouvido à distância e alguma coisa agarrou ansiosamente seu braço por trás.

Ele se virou num ímpeto. Seus olhos encontraram a conhecida fisionomia de Marie Louise.

— O quê? Tu também estás neste lugar infernal? — perguntou ele. — Por que vieste para cá?

— Vossa Majestade me permitiria fazer a mesma pergunta? — disse a imperatriz sorrindo.

Ele não respondeu; a perplexidade impediu-o de fazê-lo.

Agora não havia uma cortina entre ele e a luz. Esta fora retirada como se por um passe de mágica, e o esplêndido lustre parecia suspenso sobre a cabeça do imperador. Aglomerações de senhoras, em trajes soberbos, mas sem as máscaras do rosto da morte, estavam por ali, de pé, e uma proporção adequada de alegres cavaleiros se misturava a elas. A música ainda ressoava, mas se cuidou para que ela viesse de um grupo de mortais colocados numa orquestra que estava bem próxima. O ar tinha ainda a fragrância de incenso, porém era incenso sem mistura com fedor.

— *Mon Dieu!* — gritou o imperador. — Como foi que tudo isso aconteceu? Onde está Piche?

— Piche? — respondeu a imperatriz. — O que Vossa Majestade quer dizer? Quer deixar o apartamento e se retirar para repousar?

— Deixar o apartamento? Por quê, onde estou?

— Na minha sala de visitas particular, cercado por algumas pessoas da corte a quem convidei esta noite para um baile. Vossa Majestade entrou poucos minutos atrás em trajes de dormir, com os olhos fixos e arregalados. Imagino, pelo assombro estampado agora em seu rosto, que Vossa Majestade estava caminhando adormecido.

O imperador entrou imediatamente num acesso de catalepsia, que perdurou por toda aquela noite e a maior parte do dia seguinte.

Elizabeth Gaskell
A história da velha babá

Vocês sabem, meus queridos, que sua mãe era órfã e filha única; e imagino que já tenham ouvido falar que seu avô era um religioso de Westmoreland, minha cidade natal. Eu era apenas uma menina que frequentava a escola da aldeia, quando certo dia sua avó chegou e perguntou à professora se haveria ali alguma aluna que prestasse para ser babá; e eu fiquei muito orgulhosa, podem acreditar, quando a professora me chamou e disse que eu era habilidosa nos trabalhos de agulha e uma menina honesta e ajuizada, e uma das que tinham pais muito respeitáveis, embora pobres. Achei que nada seria melhor para mim do que servir àquela jovem e linda senhora que enrubescia tanto quanto eu ao falar sobre o bebê prestes a nascer e sobre o que eu teria de fazer com ele. Contudo, eu sei que vocês não se importam tanto com essa parte da história quanto com o que acham que ainda acontecerá, e assim vou lhes contar já. Fui contratada e instalada na residência paroquial antes do nascimento da srta. Rosamond (era esse o bebê, que hoje é a mãe de vocês). Na verdade eu tinha muito pouca coisa para fazer quando ela nasceu, pois ela estava sempre nos braços da mãe e dormia ao lado dela durante toda a noite; e eu ficava muito orgulhosa nas vezes em que ela me era confiada pela senhora. Nunca houve um bebê como esse antes nem depois, embora todos vocês, por sua vez, tenham sido muito lindos; mas quanto ao jeito meigo, encantador, nenhum de vocês se aproximou da sua mãe. Ela saiu à mãe, que era por natureza uma verdadeira dama, a srta. Furnivall, neta de lorde Furnivall, de Northumberland. Acho que ela não tinha nem irmão nem irmã, e fora criada pela família do meu amo até se casar com o avô de vocês, que era um simples cura, filho de um sapateiro de Carlisle — mas um rapaz inteligente e bonitão como poucos —, que trabalhava duro na sua paróquia, muito grande, espalhada por toda Westmoreland Fells. Quando sua mãe, a pequena srta. Rosamond, estava com quatro ou cinco anos de idade, os pais dela morreram de repente — um depois do outro. Ah, foi uma época triste! Minha jovem e linda patroa e eu estávamos esperando outro bebê quando meu patrão chegou em casa depois de uma das suas longas viagens, molhado, cansado, e pegou a febre que o matou; e depois disso ela nunca mais ergueu a cabeça, tendo vivido apenas para ver seu bebê morto, que lhe colocaram sobre o peito antes de ela dar o último suspiro. Minha patroa havia me pedido no leito de morte que jamais deixasse a srta. Rosamond; mas mesmo se ela nunca tivesse dito nada eu teria cuidado da criancinha até o fim do mundo.

Depois disso, e antes que tivéssemos acalmado nossos soluços, os executores e tutores chegaram para providenciar tudo. Eram o único primo da minha pobre jovem patroa, lorde Furnivall, e o sr. Esthwaite, irmão do meu patrão e que era dono de uma loja em Manchester; na época ele não era tão abastado quanto ficou depois, e tinha uma família grande para criar. Bom, eu não sei se foi o que eles decidiram ou se foi por causa de uma carta que a minha patroa escreveu ao seu primo, meu senhor, quando já estava no leito de morte; mas de qualquer forma foi combinado que a srta. Rosamond e eu iríamos para a Casa Senhorial dos Furnivall, em Northumberland, e meu senhor falou como se tivesse sido o desejo da mãe da srta. Rosamond que ela devia viver com a família dele e como se ele não se opusesse a isso, achando que um ou dois a mais numa casa com tanta gente não faria diferença. Assim, embora esse não tivesse sido o modo como eu gostaria que fosse recebida a chegada da minha linda e radiante favorita — que era como um raio de sol em qualquer família, qualquer que fosse o seu tamanho —, fiquei muito contente porque todas as pessoas em Dale olharam admiradas quando ficaram sabendo que eu seria a babá da jovem senhorita na residência do meu senhor Furnivall, na Casa Senhorial dos Furnivall.

Mas eu estava enganada ao pensar que íamos viver no lugar onde meu senhor vivia. Acontece que a família havia deixado a Casa Senhorial dos Furnivall há cinquenta anos ou mais. Eu não sabia que a minha pobre patroa nunca havia estado lá, embora tivesse sido criada pela família; e lamentei isso, pois teria gostado que a juventude da srta. Rosamond se passasse onde sua mãe passara a dela.

O cavalheiro que era meu senhor, a quem eu fiz tantas perguntas quanto pude ousar, disse que a Casa Senhorial ficava em Cumberland Fells, no sopé do maciço, e era uma casa muito grande; que uma tal de srta. Furnivall, uma velha que era tia-avó do meu senhor, morava ali, com apenas uns poucos criados; mas que o lugar era muito saudável. E o meu senhor concluiu que seria perfeitamente apropriado para a srta. Rosamond passar ali uns poucos anos e que na companhia da criança a sua velha tia provavelmente se divertiria bastante.

Meu senhor me deu ordens para ter prontas as coisas da srta. Rosamond num determinado dia. Ele era um homem orgulhoso e carrancudo — dizem que todos os lordes Furnivall são assim — e nunca falava nada além do estritamente necessário. As pessoas comentam que ele amou a minha jovem patroa, mas que, por saber que seu pai se oporia a essa união, ela nunca lhe deu ouvidos e se casou com o sr. Esthwaite. Não sei. De qualquer forma ele nunca se casou. Mas o meu senhor nunca prestou muita atenção à srta. Rosamond, e eu acho que ele teria feito isso se tivesse gostado da sua falecida mãe. Ele mandou seu camareiro nos acompanhar até a Casa Senhorial, dizendo-lhe para ir encontrá-lo em Newcastle naquela mesma noite; assim, ele não teve muito tempo para nos apresentar a todos os estranhos antes de, por sua vez, se livrar de nós; e nós fomos deixadas, duas jovenzinhas solitárias (eu tinha apenas 19 anos), na grande e antiga Casa Senhorial. Parece que foi ontem que chegamos lá. Havíamos deixado a nossa querida casa paroquial bem cedinho e ambas tínhamos chorado como se tivéssemos o coração prestes a partir, embora estivéssemos viajando na carruagem do meu senhor, que eu tanto havia admirado. E agora a tarde já ia pelo meio — estávamos em setembro — e nós paramos para trocar os cavalos pela última vez numa cidadezinha esfumaçada e cheia de carvoeiros e mineiros. A srta. Rosamond havia adormecido, mas o sr. Henry me disse para acordá-la para que ela visse o parque e a Casa Senhorial, enquanto subíamos. Tive pena dela, mas fiz o que ele me ordenou, temendo que ele se queixasse de mim para o meu senhor. Todos os sinais de cidade, ou até de aldeia, haviam desaparecido, e agora tínhamos transposto os portões de um grande parque selvagem — diferente dos parques aqui do norte, com pedras e o ruído de água corrente, árvores retorcidas e carvalhos antigos, esbranquiçados e descortiçados de tão velhos.

A estrada subiu durante cerca de 3,5 quilômetros e então vimos uma casa grande e imponente, cercada bem de perto por muitas árvores, tão de perto que em alguns pontos os galhos se chocavam contra a parede quando o vento soprava; e alguns estavam partidos. Parece que ninguém se ocupava muito do lugar: não se podavam as árvores e não se retirava o musgo da estradinha. Somente diante da casa estava tudo limpo. No grande espaço oval para as carruagens não havia uma única erva-daninha; e diante da fachada cheia de janelas nenhuma árvore ou trepadeira tinha permissão para crescer. Dos dois lados dessa fachada projetava-se uma ala, e cada uma delas era a extremidade de uma outra fachada lateral; pois a casa, embora tão desolada, era ainda mais grandiosa do que eu imaginava. Atrás dela erguia-se o maciço, que parecia ser aberto e sem vegetação; e do lado esquerdo da casa, olhando-o de frente, havia um antiquado jardim florido, como fiquei sabendo mais tarde. Uma porta da fachada oeste abria-se para esse jardim; ela havia sido cavada na madeira grossa e escura para alguma velha lady Furnivall; mas os galhos das grandes árvores da floresta tinham crescido e voltado a sombrear o jardim, e muito poucas flores viviam ali naquela época.

Quando rumamos para a ampla entrada da frente e passamos para o hall eu achei que nos perderíamos — era imenso e magnífico. Havia um lustre todo de bronze, pendurado no centro do teto; como eu nunca vira um lustre daqueles, fiquei olhando para ele absolutamente pasma. A um canto do hall havia uma grande lareira, tão grande quanto as paredes das casas da minha região, com suportes maciços e espetos metálicos para a lenha. E ao lado dela havia sofás pesados e antiquados. No outro canto do hall, à esquerda de quem entrava — no lado oeste —, vi um órgão que se incrustava na parede, tão grande que ocupava a maior parte daquela extremidade. Mais além, no mesmo lado, havia uma porta; e do outro lado, ladeando a lareira, havia também portas que davam para a fachada leste; mas essas portas eu nunca transpus enquanto estive na casa, por isso não posso dizer o que havia além delas.

A tarde chegava ao fim e o hall, cuja lareira não estava acesa, parecia escuro e triste; mas nós não ficamos ali nem um minuto. O velho criado, que nos recebera, curvou-se para o sr. Henry e entrou conosco pela porta que havia no lado mais distante, junto do grande órgão, levando-nos por vários halls menores e passagens até chegarmos à sala de estar do oeste, onde ele havia dito que a srta. Furnivall estava. A pobre srta. Rosamond grudava-se a mim, como se amedrontada e perdida naquele lugar tão grande, e, quanto a mim, eu não me sentia muito melhor. A sala de estar do oeste era muito alegre, com uma lareira acesa e muitos móveis confortáveis e de boa qualidade. A srta. Furnivall era uma velha senhora que não estava longe dos oitenta anos, imagino, mas não sei. Era magra e alta, e tinha um rosto cheio de ruguinhas, como se com a ponta de uma agulha as tivesse desenhado nele todo. Seus olhos eram muito atentos, para compensar, suponho, o fato de ela ser tão surda que precisava usar uma corneta acústica. Sentada junto com ela, trabalhando na mesma tapeçaria, estava a srta. Stark, sua empregada e companhia, e quase igualmente velha. Ela havia vivido com a srta. Furnivall desde que ambas eram jovens, e agora parecia mais uma amiga do que uma criada; tinha um aspecto muito frio, cinzento e empedernido, como se jamais tivesse amado ou se importado com ninguém; e eu não imagino que ela de fato se importasse com alguém além da sua patroa; e por causa da forte surdez desta, a srta. Stark a tratava como se ela fosse uma criança. O sr. Henry transmitiu um recado do meu senhor, curvou-se despedindo-se de todas nós — sem notar a mão estendida da minha doce e pequena srta. Rosamond — e nos deixou de pé ali, com as duas velhas olhando-nos por trás dos óculos.

Fiquei contente quando tocaram a campainha chamando o velho lacaio que nos atendera e lhe disseram que nos levasse até os nossos aposentos. Assim, nós saímos daquela grande sala de estar, entramos em outra, saímos desta, subimos um grande lance de escada e percorremos uma ampla galeria — que parecia uma biblioteca, com livros em toda uma parede e janelas e escrivaninhas na outra — até chegarmos aos nossos aposentos; estes, segundo soube, ficavam próximos das cozinhas, o que não lamentei, pois começava a pensar que iria me perder naquela vastidão de casa. Havia uma velha sala para crianças, usada em outros tempos por todos os pequenos lordes e ladies, com um foguinho agradável na lareira que na sua saliência lateral tinha água fervendo numa chaleira, e coisas para o chá espalhadas na mesa; e junto daquela sala ficava o quarto de crianças, com um bercinho ao lado da minha cama para a srta. Rosamond. O velho James chamou Dorothy, sua esposa, para nos dar as boas-vindas; e os dois foram tão hospitaleiros que pouco a pouco a srta. Rosamond e eu nos sentimos em casa; e quando o chá terminou, ela estava sentada nos joelhos de Dorothy e conversando tão rápido quanto permitia a sua linguinha. Logo descobri que Dorothy era de Westmoreland, o que de certo modo nos ligou; e eu não esperaria jamais encontrar pessoas tão boas quanto o velho James e sua esposa. James havia morado por quase toda a sua vida com a família do meu senhor, e achava que não havia pessoas tão ilustres quanto aquelas. Ele até havia desdenhado um pouco sua esposa; porque até o casamento ela não conhecera outro ambiente que o de uma família de lavradores. Mas ele gostava muito dela, como não podia deixar de ser. Na sua casa eles tinham uma criada para fazer todo o serviço pesado. Agnes era o nome dela; e ela e eu, James e Dorothy, com a srta. Furnivall e a srta. Stark, compúnhamos a família; sempre me lembrando da minha doce e pequena srta. Rosamond! Eu ficava imaginando o que eles faziam antes de ela chegar, pois agora eles pensavam muito nela. Tanto na cozinha quanto na sala de estar, era a mesma coisa. A dura e triste srta. Furnivall e a fria srta. Stark pareciam se alegrar quando ela entrava saltitante como um pássaro, brincando de um lado para outro, com um permanente murmúrio e uma tagarelice alegre. Tenho certeza de que elas frequentemente ficavam melancólicas quando a menina se afastava e ia para a cozinha, mas eram ambas orgulhosas demais para lhe pedir que ficasse, e por outro lado estranhavam um pouco o seu gosto, embora, como a srta. Stark disse, ele fosse muito natural, dada a origem do seu pai. O casarão esparramado era um lugar fabuloso para a srta. Rosamond. Ela fazia expedições por todos os cantos, sempre comigo nos seus calcanhares; por todos os cantos, menos na ala leste, que nunca era aberta e aonde nós nunca pensamos ir. Mas nas partes oeste e norte havia muitos cômodos agradáveis; cheios de coisas que para nós eram curiosidades, embora não devessem sê-lo para pessoas com mais experiência. As janelas eram obscurecidas pelos ramos ondulantes das árvores e pela hera que subira até acima delas: mas na escuridão verdejante conseguíamos ver jarras antigas de porcelana e caixas de marfim esculpido, livros grandes e pesados, e o que mais nos impressionava: os quadros antigos!

Uma vez, lembro-me, a minha querida fez Dorothy ir conosco para nos contar quem eram aquelas pessoas; pois eram retratos de familiares do meu senhor, embora Dorothy não soubesse dizer o nome de todos eles. Já havíamos percorrido a maioria dos cômodos quando entramos na velha sala de cerimônia sobre o hall, onde havia um quadro da srta. Furnivall; ou, como a chamavam naquela época, srta. Grace, pois ela era a irmã caçula. Ela deve ter sido linda! Mas seu olhar era rígido, orgulhoso, com uma expressão escarnecedora nos belos olhos; as sobrancelhas erguiam-se um pouco, como se ela estivesse se indagando como é que alguém podia ter a impertinência de olhá-la; e a boca crispava-se para nós, enquanto ficávamos ali contemplando-a. Ela ostentava um vestido diferente de tudo o que eu já havia visto, mas que certamente era a última moda na sua juventude; um chapéu de um material branco e mole, talvez de esquilo, com um belo debrum de plumagem aparecendo de um dos lados, caía-lhe ligeiramente sobre as sobrancelhas; e seu vestido de cetim azul abria-se na frente sobre um peitilho branco acolchoado.

— Veja você! — disse eu quando me fartei de olhar. — É como se diz: tudo passa. Mas quem, conhecendo hoje a srta. Furnivall, ia imaginar que ela já foi essa beleza sem nenhum senão?

— É verdade — disse Dorothy. — Infelizmente as pessoas mudam. Mas se o que o patrão do meu pai dizia é verdade, a irmã mais velha da srta. Furnivall era ainda mais bonita que a srta. Grace. Seu retrato está em algum lugar aqui; mas se eu lhes mostrar, vocês não podem comentar com ninguém, nem mesmo com James, que o viram. Você acha que a mocinha vai segurar a língua? — indagou ela.

Eu não estava certa disso, porque ela era uma criancinha tão doce, confiante e franca, e assim lhe propus que ela fosse se esconder; então ajudei Dorothy a virar um grande quadro que estava encostado à parede virado de costas, e não dependurado como os outros. De fato a figura superava a da srta. Grace em beleza e também no orgulho escarnecedor, embora quanto a este a escolha fosse difícil. Eu poderia ficar olhando para aquela mulher durante uma hora, mas Dorothy parecia um tanto amedrontada por me ter mostrado o quadro, por isso voltou a pô-lo virado de costas e pediu-me que fosse procurar a srta. Rosamond, pois na casa havia alguns lugares feios aonde ela achava que a menina não devia ir. Eu era uma pessoa corajosa, decidida, e não levava muito a sério o que a velha dizia, pois gostava de brincar de esconde-esconde tanto quanto qualquer criança; assim, corri à procura da pequenina.

O inverno foi se aproximando e os dias ficaram mais curtos, e então eu às vezes tinha quase certeza de ter ouvido um ruído como se alguém estivesse tocando o grande órgão do hall. Isso não acontecia toda noite, mas certamente com muita frequência, quase sempre depois de eu ter posto a srta. Rosamond para dormir, quando ficava sentada na sua cama, muito quieta e em silêncio. Então eu ouvia o ribombar que aumentava de volume na distância. Na primeira noite, quando desci para jantar, perguntei a Dorothy quem estivera tocando música e James respondeu sucintamente que eu era uma tola ao tomar por música o zunido do vento entre as árvores. Mas Dorothy olhou-o temerosa e Bessy, a empregada, disse algo entre os dentes e ficou lívida. Vi que eles não gostaram da minha pergunta, por isso me calei até ficar sozinha com Dorothy, pois sabia que então ela me contaria muita coisa. Assim, no dia seguinte, esperei a ocasião propícia e a adulei bastante para depois lhe perguntar quem andava tocando o órgão; pois eu sabia muito bem que era o órgão e não o vento, apesar de ter me calado diante de James. Mas haviam alertado Dorothy, garanto, e não consegui que ela dissesse uma única palavra. Então fiz uma tentativa com Bessy, embora sempre tivesse me comportado com ela como superior, pois me nivelava com James e Dorothy, de quem ela era pouco mais que criada. Assim, ela disse que eu não devia nunca, jamais, contar; e que se eu contasse, não devia jamais dizer que *ela* havia me contado; mas era um barulho muito estranho, e ela o ouvira muitas vezes, mas sobretudo nas noites de inverno e antes de tempestades; e as pessoas diziam que era o velho lorde tocando o grande órgão do hall, como fazia quando era vivo; mas quem era o velho lorde ou por que ele tocava, e por que ele tocava sobretudo nas noites tempestuosas de inverno, ela não pôde ou não quis me contar. Bom! Eu já lhes disse que era corajosa; e achei que era muito agradável ter aquela música magnífica invadindo a casa, fosse quem fosse o seu executante. Agora ela se erguia acima das grandes rajadas de vento e lamuriava e triunfava como um ser vivo, depois amainava para uma suavidade absoluta; mas era sempre música e melodias, por isso era absurdo chamar aquilo de vento. Inicialmente pensei que quem tocava era a srta. Furnivall, a quem Bessy não conhecia; mas um dia em que estava no hall eu abri o órgão e o examinei, como havia feito antes com o órgão da igreja de Crosthwaite, e vi que ele estava totalmente quebrado e arruinado por dentro, embora parecesse muito capaz e em bom estado. Comecei então a sentir calafrios, mesmo sendo meio-dia, e fechei o instrumento, correndo em seguida para o meu quarto inundado de luz; e depois disso durante algum tempo não gostei de ouvir a música, assim como James e Dorothy. Nesse ínterim a srta. Rosamond estava se tornando cada vez mais querida. As duas senhoras jantavam muito cedo e gostavam que ela as acompanhasse nessa refeição; James ficava atrás da cadeira da srta. Furnivall e eu me postava muito agitada atrás da srta. Rosamond; e depois do jantar ela ficava brincando num canto da grande sala de estar, tão quieta como um camundongo, enquanto a srta. Furnivall cochilava e eu jantava na cozinha. Mas quando ia comigo para o quarto ela ia contente, pois, segundo me disse, a srta. Furnivall era muito triste e a srta. Stark muito aborrecida; mas ela e eu éramos bastante alegres. E com o tempo passei a não me importar com aquela música estranha que não fazia mal a ninguém, ainda que não soubéssemos de onde ela vinha.

Aquele inverno foi muito frio. Em meados de outubro começaram as geadas, que duraram muitas semanas. Lembro-me de que um dia, durante o jantar, a srta. Furnivall ergueu os olhos tristes, pesados, e disse à srta. Stark: "Temo que venhamos a ter um inverno terrível", com uma entonação estranha que deixava subentendida alguma coisa. Mas a srta. Stark fingiu não ouvir e falou bem alto sobre outro assunto. Minha patroinha e eu não nos importávamos com a geada; não nós! Se o tempo estava seco, subíamos os cumes íngremes atrás da casa, escalávamos o maciço descampado e ali corríamos no ar fresco e cortante; e uma vez descemos por uma nova trilha que nos levou até os dois azevinhos nodosos, que ficavam a meio caminho para o lado leste da casa. Mas os dias foram ficando cada vez mais curtos;

e o velho lorde — se é que era ele — tocava o órgão cada vez mais tempestuosa e tristemente. Numa tarde de domingo — deve ter sido no final de novembro — pedi a Dorothy que tomasse conta da minha pequena senhora quando ela deixasse a sala de visitas, depois que a srta. Furnivall tivesse tirado seu cochilo; pois estava frio demais para levá-la comigo, mas eu queria ir à igreja. Dorothy demonstrou entusiasmo ao prometer fazê-lo, e ela gostava tanto da menina que tudo me pareceu certo; Bessy e eu nos pusemos a caminho animadas, embora o céu estivesse carregado e escuro sobre a terra branca, como se a noite não tivesse ido embora completamente; e o ar, mesmo parado, era muito cortante.

— Acho que vamos ter uma nevasca — disse Bessy. E de fato, enquanto estávamos na igreja a neve caiu pesada, em grandes flocos, tão espessa que quase escureceu as janelas. Ao sairmos, o tempo já estava normal, mas sob nossos pés sentíamos a neve, macia, espessa e profunda, ao caminharmos pesadamente para casa. Antes de entrarmos no hall a lua subiu, e acho que então tudo ficou mais leve — seja por causa da lua seja por causa da neve deslumbrante — do que quando fomos para a igreja, entre as duas e as três horas da tarde. Eu não lhes contei que a srta. Furnivall e a srta. Stark nunca iam à igreja: elas liam juntas as preces, do seu jeito tranquilo e melancólico; pareciam achar o domingo longo demais sem o trabalho de tapeçaria para se ocuparem. Assim, quando fui encontrar Dorothy na cozinha a fim de pegar a srta. Rosamond e levá-la para o andar superior, não estranhei muito quando a velha me disse que as duas senhoras tinham retido a menina e que ela não chegara a ir à cozinha ao se cansar de se comportar direitinho na sala de estar, como eu havia previsto. Então tirei meus agasalhos e fui procurá-la para dar-lhe o jantar nos seus aposentos. Porém quando entrei na sala de estar as duas senhoras estavam sentadas, muito quietas, de vez em quando dizendo uma palavra para quebrar o silêncio, mas sem que nada demonstrasse a presença brilhante e alegre da srta. Rosamond. Eu ainda pensei que ela podia estar se escondendo de mim, o que ela adorava fazer; pensei também que ela tivesse convencido as duas senhoras a dar mostras de não saber nada sobre ela, e assim fui devagarzinho olhar sob o sofá e atrás da cadeira, fingindo estar triste e assustada por não encontrá-la.

— Qual é o problema, Hester? — indagou asperamente a srta. Stark. Não sei se a srta. Furnivall chegou a me ver, pois, como lhe disse, ela era meio surda; absolutamente imóvel, ela se sentava olhando preguiçosamente para a lareira acesa, com seu rosto desesperançado.

— Estou apenas procurando a minha queridinha — respondi, ainda pensando que a menina estivesse ali, e perto de mim, embora não a visse.

— A srta. Rosamond não está aqui — disse a srta. Stark. — Ela saiu há mais de uma hora para procurar a Dorothy. — E ela se virou e continuou olhando para o fogo.

Meu coração se apertou quando ouvi isso, e comecei a pensar que jamais deveria ter deixado a minha querida. Voltei à cozinha e contei para Dorothy. James havia saído e só voltaria à noite, mas ela, eu e Bessy pegamos lampiões e subimos primeiro até o quarto de crianças para depois perambular pelo casarão, chamando e implorando à srta. Rosamond que saísse do seu esconderijo, deixando de nos atormentar daquele modo. Mas não houve resposta; nenhum barulho.

— Ah! — disse eu por fim. — Será que ela não foi para a ala leste e está escondida lá?

Mas Dorothy disse que isso era impossível, pois nem mesmo ela havia jamais ido ali; que as portas estavam sempre trancadas e as chaves ficavam com o mordomo do meu senhor, achava ela; de qualquer modo nem ela nem James jamais as haviam visto: assim, eu disse que voltaria e verificaria se ela, afinal de contas, não tinha se escondido na sala de estar sem que as duas senhoras soubessem; e disse que se a encontrasse ali lhe aplicaria uma surra pelo horror que ela me fizera passar — mas não pensei realmente em fazer isso. Bom, eu voltei para a sala de estar do oeste e disse à srta. Stark que não a tínhamos encontrado em parte alguma, pedindo-lhe licença para procurar por toda parte ali, pois agora estava imaginando que ela podia ter adormecido em algum lugar bem escondido e quentinho. Nós procuramos, a srta. Furnivall levantou-se tremendo da cabeça aos pés e procurou; mas ela não estava em lugar algum; procuramos novamente, todos os que viviam naquela casa, e procuramos em todos os lugares em que já havíamos procurado, mas não a encontramos. A srta. Furnivall tremia tanto que a srta. Stark a levou de volta para a sala de estar aquecida; mas antes elas nos fizeram prometer que a levaríamos até elas quando a encontrássemos. Ai de mim! Comecei a pensar que nunca a encontraríamos, mas então me ocorreu procurar no grande pátio dianteiro, coberto de neve. Eu estava no andar de cima quando olhei para lá; mas o luar era tão forte que vi, muito nitidamente, duas pequenas pegadas que podiam ser seguidas até a porta da sala de visitas e em torno do canto da ala leste. Não sei como cheguei lá embaixo, mas escancarei a grande porta da sala de estar; e jogando a saia sobre a cabeça, fazendo as vezes de casaco, corri para fora. Contornei o canto do leste e ali uma sombra escura se projetava sobre a neve; mas quando voltei a ficar sob o luar vi as pequenas pegadas subindo — subindo para o maciço. O frio era intenso; tão intenso que o ar quase tirava a pele do meu rosto enquanto eu corria, mas continuei correndo, chorando ao pensar no quanto a minha pobre pequenina devia estar sofrendo e assustada. Já estava avistando os azevinhos quando percebi um homem descendo a colina com algo nos braços envolto na manta xadrez dos pastores. Ele gritou para mim e me perguntou se eu havia perdido uma criança; e vendo que o choro me impedia de falar, veio encontrar-me e eu vi a minha pequenina imóvel, branca e dura em seus braços, como se estivesse morta. Ele me disse que havia subido para o maciço a fim de reunir seus carneiros antes que chegasse o frio da noite e sob os azevinhos (marcas negras na encosta, onde não havia nenhum arbusto num raio de quilômetros dali) ele havia encontrado a minha pequena senhora — o meu cordeiro, a minha rainha, a minha querida —, dura e fria, no terrível sono provocado pelo congelamento. Ah!, que alegria, e as lágrimas por tê-la novamente nos braços!, pois eu não deixei que ele a carregasse; peguei-a, com manta e tudo o mais, no meu colo e a segurei perto do pescoço e do coração, e senti a vida retornar de mansinho aos seus delicados membros. Mas ela ainda estava inconsciente quando chegamos à sala de estar e eu não tive fôlego para falar. Entramos pela porta da cozinha.

— Traga o aquecedor — disse eu já levando-a para cima. Comecei a despi-la ao lado da lareira do quarto de crianças, que Bessy havia mantido acesa. Chamei o meu cordeirinho de todos os nomes carinhosos e divertidos que me ocorreram, embora meus olhos estivessem cegos pelas lágrimas; e finalmente, ah!, ela abriu os grandes olhos azuis. Então eu a coloquei na sua cama aquecida e mandei Dorothy dizer à srta. Furnivall que estava tudo bem; e resolvi sentar-me ao lado da cama da minha querida durante toda a noite. Ela caiu num sono tranquilo assim que pôs a linda cabeça no travesseiro e eu fiquei do seu lado até amanhecer; quando ela despertou, muito bem-disposta. Pois foi o que pensei inicialmente; e, meus queridos, é o que penso hoje.

Ela disse que tinha resolvido ficar com a Dorothy, pois as duas senhoras tinham adormecido e ela se sentia muito entediada na sala de estar; e que enquanto ia para o corredor do oeste viu a neve caindo através da janela alta — caindo suave e firme; mas ela queria vê-la branca e linda no chão; assim, entrou no grande hall; e ao chegar à janela viu uma garotinha, mais nova que ela "mas muito linda", disse a minha querida, "e essa garotinha acenou para mim, chamando-me para ir lá". A menina tomou-a pela mão e as duas foram lado a lado para o canto leste.

— Agora você está sendo uma menina levada e inventando mentiras — disse eu. — O que a sua boa mamãe, que está no céu e nunca mentiu para você enquanto viveu, diria para a sua pequena Rosamond se a ouvisse (e eu acho que ela está ouvindo) inventar mentiras!

— É verdade, Hester — soluçou a minha criança. — Eu estou dizendo a verdade. Estou sim.

— Não me diga! — continuei, muito firme. — Eu a segui pelas suas pegadas na neve; só se viam as suas, e se você tivesse subido a colina de mãos dadas com uma menininha teria de haver outras pegadas junto com as suas, você não acha?

— Não posso fazer nada, querida, querida Hester — disse ela chorando —, se elas não estão junto com as minhas; eu não olhei para os pés dela, mas ela apertava a minha mão na sua mãozinha, que era muito, muito fria. Ela subiu comigo o caminho para o maciço, até os azevinhos; e ali eu vi uma senhora chorando e gemendo; mas, ao me ver, ela parou de chorar e sorriu muito orgulhosa e magnífica, e me pôs em seus joelhos e começou a me embalar; foi isso, Hester... mas é tudo verdade; e a minha querida mamãe sabe que é — disse ela aos prantos.

Assim, concluí que ela estava num delírio febril e fingi acreditar quando ela repetiu a sua história — várias vezes, e sempre igual. Por fim Dorothy bateu na porta com o café da manhã da srta. Rosamond e me disse que as duas senhoras estavam lá embaixo na sala de jantar e queriam falar comigo. As duas haviam estado no quarto de crianças na noite anterior, mas quando a srta. Rosamond já havia adormecido, e assim elas apenas a olharam e não me perguntaram nada.

"Vou ser repreendida", pensei enquanto percorria o corredor do norte. "No entanto", disse a mim mesma criando coragem, "eu a deixei sob os cuidados delas; e são elas que devem ser culpadas pela pequena ter saído sem ser vigiada e sem que ninguém percebesse". Assim, entrei confiante e contei a minha história. Contei-a para a srta. Furnivall, gritando perto do seu ouvido; mas quando mencionei a outra menina na neve, seduzindo-a, convidando-a a sair e levando-a para a linda senhora junto do azevinho, ela ergueu os braços — aqueles braços velhos e murchos — e gritou bem alto:

— Ah! Céus, perdão! Piedade!

A srta. Stark segurou-a — um tanto rudemente, pensei eu; mas mesmo sob o controle da srta. Stark ela falou para mim, numa espécie de feroz advertência e autoridade.

— Hester! Mantenha-a longe dessa criança! Ela vai atraí-la para a morte! Essa criança má! Diga a ela que essa menina é vil, maligna.

Então a srta. Stark me tirou às pressas da sala, o que na verdade me deixou bastante aliviada. Mas a srta. Furnivall continuou gritando:

— Ah, piedade! Nunca serei perdoada! Já faz tanto tempo...

Depois disso fiquei muito intrigada. Não ousava nunca deixar a srta. Rosamond, de dia ou de noite, temendo que ela imaginasse qualquer coisa e saísse novamente; e ainda mais porque achei que podia deduzir que a srta. Furnivall estava louca, com aquele comportamento estranho; e eu temia que algo da mesma espécie (que podia ser de família, vocês me entendem?) ameaçasse a minha querida. E naquele inverno o frio terrível não deu trégua; e sempre que a noite era mais tempestuosa que o normal, entre as rajadas e através do vento ouvíamos o velho lorde tocando o órgão. Mas, velho lorde ou não, aonde quer que a srta. Rosamond fosse, eu ia atrás; pois o meu amor por ela, linda órfã indefesa, era mais forte que o medo daquele som magnífico e terrível. Além disso, o bom ânimo e a alegria da minha querida, próprios da sua idade, dependiam de mim. Assim, nós brincávamos juntas e vagávamos juntas, aqui, ali e acolá; pois eu nunca ousei perdê-la de vista novamente naquele casarão esparramado. E assim aconteceu que uma tarde, não muito antes do Natal, estávamos jogando na mesa de bilhar do grande hall (não que soubéssemos jogar, mas ela gostava de fazer rolar com as lindas mãozinhas as bolas de marfim liso e eu gostava de fazer o que quer que ela gostasse); e a certa altura, sem que notássemos, ficou escuro dentro de casa, embora no espaço aberto ainda estivesse claro, e eu comecei a pensar em levá-la de volta para o quarto de crianças, quando de súbito ela gritou:

— Veja, Hester! Veja! A minha menininha, coitada!, está lá fora na neve!

Virei-me para as janelas altas e estreitas e ali vi, sem dúvida, uma criança pequena, menor que a srta. Rosamond — que absolutamente não estava vestida para sair de casa numa noite tão fria —, chorando e batendo no vidro da janela, como se quisesse entrar. Ela parecia estar soluçando e gemendo, até que a srta. Rosamond não pôde mais suportar aquilo e voou para a porta a fim de abri-la, mas então, subitamente e parecendo estar do nosso lado, o grande órgão ribombou tão forte e tonitruante que me fez tremer; e ainda mais quando me dei conta de que, mesmo na quietude daquele tempo que não poderia ser mais frio, não ouvi o menor som de mãozinhas batendo no vidro, embora a Menina Fantasma parecesse empregar nisso toda a sua força; e embora visse que ela chorava e gritava, aos meus ouvidos não chegou o mais débil som. Se percebi tudo isso naquele exato momento, eu não sei; o som do grande órgão havia me atordoado e aterrorizado. Só sei que peguei a srta.

Rosamond antes que ela abrisse a porta do hall, agarrei-a, tirei-a dali sem que ela parasse de chutar e gritar e a levei para a cozinha grande e iluminada onde Dorothy e Agnes estavam ocupadas preparando uma torta de frutas.

— O que aconteceu com o meu docinho? — gritou Dorothy quando arrastei para dentro a srta. Rosamond, que soluçava como se seu coração estivesse prestes a partir.

— A Hester não me deixa abrir a porta para a minha pobre menininha entrar; e ela vai morrer se ficar no maciço durante toda a noite. A Hester é cruel, má — disse ela me dando um tapa. Mas ela poderia ter batido com mais força, pois eu havia visto uma expressão de terror horripilante no rosto de Dorothy que fez meu sangue gelar.

— Feche depressa a porta dos fundos da cozinha e passe o ferrolho — disse ela a Agnes e depois se calou completamente. Deu-me uvas-passas e amêndoas para acalmar a srta. Rosamond, mas ela continuava soluçando por causa da menininha na neve e nem tocou no que lhe ofereci. Fiquei agradecida quando ela chorou na cama até dormir. Então me esgueirei até a cozinha e disse a Dorothy que havia tomado uma decisão. Eu ia levar a minha querida para a casa do meu pai em Applethwaite, onde, embora vivendo com simplicidade, nós teríamos paz. Disse que me assustara demais com o estrondo do órgão tocado pelo velho lorde; mas agora que eu havia visto com meus próprios olhos aquela criancinha queixosa vestida com uma elegância que não se via em nenhuma criança da região e com aquela ferida escura no ombro direito esmurrar a porta para entrar sem que ouvíssemos nenhum som ou barulho, e agora que a srta. Rosamond havia voltado a ver o fantasma que quase a levara à morte (o que Dorothy sabia ser verdade), eu não ficaria ali nem mais um segundo.

Vi que Dorothy mudou de cor uma ou duas vezes. Quando terminei de falar, ela opinou que eu não poderia levar a srta. Rosamond comigo, pois a menina era tutelada do meu senhor e eu não tinha direito sobre ela; e Dorothy me perguntou: eu seria capaz de deixar a criança de quem tanto gostava unicamente por causa de sons e suspiros que não podiam me causar nenhum dano? E disse também que todos eles haviam tido de se acostumar com aquilo. Eu estava numa grande agitação emocional, chegando a tremer, e lhe disse que falar era muito fácil, que ela sabia o que aqueles suspiros e ruídos pressagiavam e que eles provavelmente tinham relação com aquela Criança Fantasma enquanto viva. E eu a provoquei tanto que ela finalmente me contou tudo o que sabia; e então eu desejei não ter sabido nunca, pois a revelação apenas me fez ficar ainda mais apavorada.

Ela disse que havia sabido daquela história por antigos vizinhos, que eram vivos quando ela se casou; por essa época os vizinhos eram às vezes recebidos no hall, antes de ele ficar com uma fama tão ruim por aquelas bandas. O que lhe disseram tanto podia ser verdade quanto mentira.

O velho lorde era o pai da srta. Furnivall — srta. Grace, como Dorothy a chamava, pois a srta. Maude era a mais velha, e por direito era ela a srta. Furnivall. O velho lorde era um poço de orgulho. Nunca se tinha visto ou ouvido falar de um homem tão orgulhoso; e as filhas eram iguais a ele. Ninguém era suficientemente bom para desposá-las, embora os candidatos fossem muitos; pois elas eram as grandes beldades da época, como eu vira pelos retratos da sala de cerimônia. Mas, como diz o velho ditado, "quanto mais alto se sobe, pior é a queda"; e essas duas belezas arrogantes se apaixonaram pelo mesmo homem, um mero músico estrangeiro que seu pai fizera vir de Londres para tocar com ele na Casa Senhorial. Pois acima de tudo, logo depois do orgulho, o velho lorde gostava de música. Ele tocava quase todos os instrumentos de que se tinha notícia, e o fato de isso não o abrandar era algo estranho. Mas ele era um velho feroz e severo, cuja crueldade havia partido o coração da sua pobre esposa, diziam. Era louco por música e pagava qualquer quantia por ela. Assim, levou para sua casa aquele estrangeiro, um músico tão bom que quando tocava até os pássaros paravam de cantar nas árvores para escutar. E pouco a pouco esse cavalheiro dominou tanto o velho lorde que este passou a achar insatisfatórios todos os outros músicos e o fazia ir todo ano para uma temporada na Casa Senhorial. E foi esse estrangeiro que fez vir da Holanda o grande órgão e o instalou no hall, onde ele estava agora. Ele ensinou o velho lorde a tocá-lo. Mas frequentemente, enquanto lorde Furnivall estava pensando apenas no seu sonoro órgão e na música superior que ele lhe proporcionava, o estrangeiro moreno passeava na floresta com uma das senhoritas; ora com a srta. Maude, ora com a srta. Grace.

A srta. Maude venceu e ficou com o troféu. Os dois se casaram às escondidas; e antes que ele fizesse a sua visita anual seguinte ela já dera à luz uma menininha numa fazenda em Moors, embora seu pai e a srta. Grace achassem que ela estava nas corridas de Doncaster. Mas ela não se tornara nem um pouco mais afetuosa, mesmo sendo esposa e mãe; era tão soberba e irascível quanto antes, talvez até mais, pois tinha ciúme da srta. Grace, a quem o marido fazia uma certa corte — só para iludi-la, como contou para a esposa. Mas a srta. Grace levou a melhor sobre a srta. Maude e esta ficou cada vez mais enfurecida, com o marido e com a irmã. E ele — que podia descartar facilmente o que lhe era desagradável e se esconder em outros países — naquele verão foi embora um mês antes do habitual, ameaçando não voltar nunca mais. Enquanto isso, a menininha foi deixada na fazenda e sua mãe mandava selar o cavalo e galopava veloz pelas colinas para vê-la pelo menos uma vez por semana — pois quando ela amava, ela amava; e quando ela odiava, ela odiava. E o velho lorde continuava tocando o órgão; e os criados achavam que a doce música que ele executava havia suavizado o seu gênio terrível, a respeito do qual (dizia Dorothy) contavam-se histórias terríveis. Ele ficou trôpego e precisava andar com uma muleta; e seu filho — pai do atual lorde Furnivall — estava nos Estados Unidos com o Exército, e o outro filho estava no mar; assim, as coisas na casa eram do modo como dispunha a srta. Maude, e ela e a srta. Grace ficavam a cada dia mais frias e ásperas uma com a outra; por fim elas só se falavam quando o velho lorde estava por perto. O músico estrangeiro voltou no verão seguinte pela última vez, pois elas o atormentaram tanto com seu ciúme e sua raiva que ele se cansou e foi embora para nunca mais voltar. E a srta. Maude, que sempre pensara em anunciar seu casamento depois que o pai morresse, era agora uma esposa abandonada — cujo casamento era ignorado por todos — com uma filha que ela não ousava apresentar, embora a amasse loucamente; morando com um pai que ela temia e uma irmã que ela odiava. Quando chegou o verão e o estrangeiro moreno não apareceu, a srta. Maude e a srta. Grace ficaram soturnas e tristes; tinham um ar abatido, embora continuassem tão belas como sempre. Mas então a srta. Maude tornou-se mais animada, pois seu pai ia ficando cada vez mais trôpego e arrebatado pela música; e ela e a srta. Grace viviam quase sem nenhum contato, em aposentos separados, um no lado oeste, o da srta. Maude no leste — esses mesmos aposentos que agora ficavam fechados. Assim, ela imaginou que podia ter sua filha consigo sem que ninguém soubesse disso, a não ser os que não ousariam comentar o fato, que imaginariam se tratar, como dizia ela, da filha de um trabalhador a quem ela se afeiçoara. Tudo isso, disse Dorothy, era do conhecimento geral; mas o que aconteceu depois ninguém sabia, com exceção da srta. Grace e da srta. Stark, que nessa época já era sua empregada, e muito mais amiga do que sua irmã jamais fora. Mas os criados supunham, pelas palavras que conseguiam ouvir, que a srta. Maude vencera a srta. Grace dizendo a ela que, durante todo o tempo, o estrangeiro moreno zombara dela fingindo amá-la e que ele era seu marido; a cor fugiu para sempre das faces e dos lábios da srta. Grace, e ouviram-na dizer várias vezes que mais cedo ou mais tarde ela se vingaria; e a srta. Stark estava sempre vigiando os aposentos do leste.

Numa noite medonha, logo depois da passagem do ano-novo, quando a neve estava grossa e profunda e os flocos ainda caíam — rápidos o suficiente para cegar quem quer que estivesse fora da casa —, ouviu-se um barulho forte e violento, e acima de tudo a voz do velho lorde, amaldiçoando e xingando terrivelmente, e os gritos de uma criancinha, e a provocação orgulhosa de uma mulher enfurecida, e o som de um golpe, e uma quietude de morte, e gemidos e lamentos morrendo na encosta! O velho lorde convocou seus criados e lhes contou, entre terríveis ameaças e palavras ainda mais terríveis, que sua filha havia se desgraçado e que ele a expulsara — ela e a filha dela —, e que se alguma vez eles as ajudassem ou lhes dessem comida ou abrigo ele prometia que não entrariam no Céu. E durante todo esse tempo a srta. Grace ficou ao lado dele, branca e quieta como uma pedra; e quando ele parou de falar, ela deu um grande suspiro, como se dizendo que seu trabalho tinha sido feito e seu objetivo alcançado. Mas o velho lorde nunca mais tocou o órgão e morreu naquele mesmo ano. E não é de admirar, pois no amanhecer daquela noite tempestuosa e terrível os pastores, descendo a encosta do maciço, encontraram a srta. Maude sentada, louca e sorridente, sob os azevinhos, embalando uma criança morta — com uma horrível marca no ombro direito.

— Mas não foi isso que a matou — disse Dorothy. — Foi o gelo e o frio; todas as criaturas selvagens estavam na sua toca e todas as feras em seu abrigo, mas a criança e sua mãe foram expulsas para vagar pelas colinas no maciço! E agora você sabe de tudo. E eu me pergunto se isso a deixou com menos medo.

Eu estava mais assustada do que antes, mas não disse isso. Desejei que a srta. Rosamond e eu saíssemos daquela casa medonha para sempre; porém eu não a abandonaria e não ousaria levá-la dali. Mas, ah!, como eu a vigiava e protegia! Uma hora ou mais antes do crepúsculo passávamos o ferrolho nas portas e trancávamos bem as janelas para evitar corrermos risco por deixá-las abertas cinco minutos depois do período seguro. No entanto, a minha pequena senhora ainda ouvia o choro e o lamento da estranha criança; e nem sempre o que dizíamos ou fazíamos a levava a esquecer a necessidade de ir encontrá-la e trazê-la para dentro ao abrigo do vento cruel e da neve. Durante todo esse tempo mantive-me o máximo possível afastada da srta. Furnivall e da srta. Stark, pois temia as duas; sabia que nada de bom poderia vir delas, com aquelas caras duras e aqueles olhos sonhadores, relembrando o seu horrível passado. Mas mesmo no meu temor eu tinha uma espécie de pena, pelo menos da srta. Furnivall. Quem vai ao fundo do poço não chega a ter um ar mais desesperançado do que o que se via sempre no seu rosto. No final eu passei a ter tanta pena dela — uma mulher que nunca dizia uma palavra, a menos que fosse obrigada a fazê-lo — que rezava por ela; e ensinei a srta. Rosamond a ajoelhar-se e rezar por uma pessoa que havia cometido um pecado mortal; mas, frequentemente, quando chegava a essas palavras, ela ficava prestando atenção e começava a se levantar dizendo: "Estou ouvindo a minha menininha chorando, ela está muito triste. Ah, vamos trazê-la para dentro, senão ela vai morrer!"

Logo depois do tão esperado ano-novo, quando o longo inverno tinha amainado um pouco, certa noite ouvi o sino da sala de estar do oeste tocar três vezes. Era o meu sinal. Eu não queria deixar a srta. Rosamond sozinha, ainda que ela estivesse dormindo — pois o velho lorde tinha estado tocando mais furiosamente do que nunca —, e temia que a minha querida acordasse e ouvisse a Criança Fantasma; ela não a veria, porque eu havia fechado as janelas muito bem fechadas. Assim, eu a tirei da cama, envolvi-a em todas as roupas que estavam à mão e carreguei-a até a sala de estar, onde as duas velhas estavam sentadas bordando sua tapeçaria, como sempre. Elas ergueram o olhar quando eu entrei e a srta. Stark perguntou admirada por que eu havia levado a srta. Rosamond, tirando-a da cama quente. Eu comecei a sussurrar que fizera isso por temer que enquanto eu estivesse fora a criança impetuosa na neve a tentasse a sair, mas ela cortou minha fala (com um olhar para a srta. Furnivall) e disse que a sua senhora pedira para eu desfazer um trabalho que ela havia feito errado e que nenhuma delas estava conseguindo desmanchar. Assim, eu pus a minha queridinha no sofá, sentei-me num banco ao lado delas e endureci meu coração prevenindo-me contra elas, pois ouvi o vento aumentando e uivando.

A srta. Rosamond dormia profundamente, apesar de todo aquele vento; e a srta. Furnivall não disse uma única palavra nem tampouco olhou quando as rajadas fizeram vibrar as janelas. De repente, ela se levantou empertigada e ergueu uma das mãos, como se suplicando para que prestássemos atenção.

— Estou ouvindo vozes! — disse ela. — Estou ouvindo gritos terríveis... é a voz do meu pai!

Nesse exato momento a minha querida acordou com um súbito sobressalto, dizendo:

— A minha menininha está chorando. Ah, ela está chorando! — E tentou levantar-se para ir até ela, mas seus pés se enredaram no cobertor e eu a segurei. Minha pele tinha começado a se arrepiar com aqueles sons que somente elas ouviam. Dentro de um minuto ou dois os sons se tornaram audíveis e aumentaram rapidamente, tomando nossos ouvidos. Nós, também, ouvíamos vozes e gritos, e não ouvíamos mais o vento que esbravejava lá fora. A srta. Stark olhou para mim e eu para ela, mas não ousamos dizer nada. Subitamente a srta. Furnivall rumou para a porta, saiu para a antessala, entrou no corredor do oeste e abriu a porta do grande hall. A srta. Stark seguiu-a e eu não ousei sair, embora estivesse tão aterrorizada que meu coração parecia prestes a parar de bater. Tomei a minha querida nos braços, apertei-a bem e fui com elas. No hall os gritos ficaram ainda mais altos, cada vez mais próximos. Pareciam vir da ala leste, logo depois das portas trancadas, logo atrás delas. Então vi que o grande lustre de bronze parecia todo iluminado, embora o hall estivesse na penumbra, e que havia fogo na grande lareira, embora ele não irradiasse nenhum calor. Estremeci de pavor e apertei ainda mais a minha querida. Mas quando fiz isso a porta do leste balançou e ela gritou, subitamente lutando para se libertar de mim:

— Hester, eu preciso ir! A minha menininha está ali. Eu a ouço, ela está vindo! Hester, eu preciso ir!

Apertei-a o máximo que pude, com uma determinação irredutível. Se tivesse morrido, minhas mãos continuariam agarrando-a, tal era a minha firmeza de propósito. A srta. Furnivall ficou atenta, ignorando a minha querida, que agora estava no chão mas continuava presa, pois eu me ajoelhara e prendera seu pescoço com os dois braços. Ela não parava de se debater e de chorar, pedindo-me para soltá-la.

Subitamente a porta do leste abriu-se com um estrondo, como se uma violenta agitação a tivesse arrebentado, e dentro da vasta e misteriosa luz que invadiu o hall surgiu a figura de um velho alto, de cabelos grisalhos e olhos brilhantes. Ele empurrava diante de si, com implacáveis gestos de ódio, uma mulher severa e linda com uma menininha agarrada ao seu vestido.

— Ah, Hester! Hester! — gritou a srta. Rosamond. — É a senhora! A senhora que estava junto dos azevinhos; e a minha menininha está com ela. Hester! Hester! Eu quero ir encontrá-la; elas estão me chamando. Eu sinto isso, eu sinto isso. Preciso ir!

Novamente ela estava numa grande agitação, esforçando-se para se libertar. Segurei-a com uma força cada vez maior, temendo até machucá-la; mas antes isso que deixá-la aproximar-se daqueles terríveis fantasmas. Eles passaram, rumando para a grande porta do hall, onde o vento uivava e rondava em busca da sua presa. Porém, antes que eles a alcançassem, a senhora se virou e eu vi que ela afrontava o velho com um desafio orgulhoso; mas então ela fraquejou e ergueu os braços frenética e penosamente para proteger a filha — a sua filhinha — contra um golpe da muleta erguida pelo pai.

Uma força maior que a minha dilacerou a srta. Rosamond e ela se contorceu nos meus braços soluçando (pois a essas alturas a minha querida estava ficando sem forças).

— Eles querem que eu vá com eles para as colinas, estão me chamando para junto deles. Ah, minha menininha! Eu iria, mas a Hester, malvada, cruel, me segura muito forte. — Porém, quando viu a muleta erguida, ela desmaiou e eu agradeci a Deus por isso. Exatamente nesse momento — quando o velho, o cabelo gotejante como se ele tivesse recebido a lufada de uma fornalha, estava prestes a desferir um golpe na criancinha que se encolhia de medo — a srta. Furnivall, a velha, gritou do meu lado:

— Ah, pai! Pai! Poupe a criancinha inocente! — Mas então eu vi, todos nós vimos, outro fantasma se formar e tornar-se absolutamente nítido na luz azul e enevoada que enchia o hall; nós ainda não o havíamos visto até então, pois era outra senhora que estava de pé ao lado do velho, com um ar de ódio implacável e desdém exultante. Essa figura era muito linda, envergando um chapéu branco e mole que caía sobre as sobrancelhas altivas, e sua boca vermelha estava crispada. Usava um vestido de cetim azul que se abria no peito. Era a imagem da srta. Furnivall quando jovem; e os terríveis fantasmas avançaram, ignorando a desesperada súplica da srta. Furnivall, e a muleta erguida caiu sobre o ombro direito da menininha. A irmã mais nova assistiu àquilo petrificada e mortalmente serena. Mas então as pálidas luzes e o fogo que não aquecia se extinguiram por conta própria e aos nossos pés jazia a srta. Furnivall, atingida pela paralisia, pelo bafejo da morte.

Ela foi levada para a cama naquela noite e nunca mais se levantou. Com o rosto voltado para a parede murmurava baixinho, mas incessantemente:

— Ai de mim! Ai de mim! O que se faz na juventude não pode ser desfeito na velhice! O que se faz na juventude não pode ser desfeito na velhice!

Amelia B. Edwards

A história de Salomé

Alguns anos atrás, não importa quantos, eu, Harcourt Blunt, estava viajando com meu amigo Coventry Turnour e na escada do nosso hotel recebi dele a proclamação — foi uma verdadeira proclamação — de que ele estava novamente apaixonado.

— É verdade, Blunt — disse meu companheiro de viagem —, ela é a criatura mais adorável que já conheci na vida.

Dei uma boa risada e respondi:

— Meu amigo querido, já foram tantas as vezes que você conheceu a criatura mais adorável da sua vida...

— Ah, mas agora, pela primeira vez, eu estou falando sério.

— E já foram muitas as vezes em que você falou sério pela primeira vez. Lembra-se da filha do estalajadeiro em Colônia?

— Uma empregada linda cujo comportamento não se tornaria adequado mesmo com todo o treinamento do mundo.

— Depois foi a vez da linda americana de Interlachen.

— Certo, mas...

— E a *bella marchesa* do baile do Príncipe Torlonia.

— Nenhuma delas é digna de ficar ao lado da minha veneziana imperial. Venha comigo à Merceria e veja com os seus próprios olhos. Tomamos uma gôndola para a Praça de São Marcos e em 15 minutos chegamos lá.

Fui, e durante todo o percurso ele se desmanchou em elogios à moça. Ela era judia — ele a converteria. Seu pai tinha uma loja na Merceria que vendia apenas mercadorias orientais caríssimas e era tão rico quanto Rothschild. Quanto a uma provável mancha às suas próprias perspectivas, por que isso o faria hesitar? Que importância têm as "perspectivas" comparadas à felicidade de uma vida inteira? Além disso, ele não era ambicioso. Não ansiava por entrar no Parlamento. Se o seu tio Sir Geoffrey se desagradasse dele e demonstrasse isso deixando-lhe uma herança de um *shilling*, e daí? Ele tinha uma independência moderada que ninguém poderia lhe roubar, e o que mais um homem sensato pode desejar?

Ouvi, sorri e fiquei em silêncio. Conhecia demais Coventry Turnour para dar qualquer importância ao que ele dizia ou fazia no terreno amoroso. Sua situação normal era estar desesperadamente apaixonado. Éramos amigos desde a infância; e a partir do dia em que ele alimentou uma paixão sem esperanças pela jovem senhora que atendia no balcão da doceira de Harrow, nunca mais o vi "livre e solto" por mais de umas poucas semanas de cada vez. Ele tinha passado por todas as fases de nada menos que três *grandes passions* durante os cinco meses da viagem que estávamos fazendo. E tendo partido de Roma cerca de onze semanas antes com todas as esperanças perdidas e um coração tão despedaçado que não haveria mais a menor possibilidade de juntar novamente os pedaços, agora ele estava, seguindo a marcha normal dos acontecimentos, pronto para se apaixonar novamente.

Chegamos ao *traghetto* San Marco. Era uma manhã sem nuvens de meados de abril, exatamente dez anos atrás. O palácio ducal cintilava sob o sol quente; os gondoleiros estavam agrupados, bisbilhotando, perto do Molo; os vendedores alaranjados estavam ocupadíssimos sob os arcos da *piazzetta*; outros perambulavam e tomavam sorvete e fumavam nos cafés das calçadas. Havia uma orquestra militar australiana com correias, fivelas, bigodes e paletós brancos tocando bem em frente da Praça São Marcos; e a sombra da grande torre com o sino dormia por toda a praça.

Passando sob a arcada baixa que levava à Merceria, mergulhamos subitamente naquele labirinto fresco de ruas estreitas, intrincadas e pitorescas onde o sol nunca entra — onde não se ouvem rodas e não se veem animais com carga —, onde toda casa é uma loja e todas as frentes de loja abrem-se diretamente para a calçada, como num bazar oriental — onde parece que no alto as sacadas quase se encontram, separadas apenas por uma faixa de céu abrasado —, e onde não há um único lugar onde mais de três pessoas possam caminhar lado a lado. Abrindo caminho do melhor modo que conseguimos entre a multidão heterogênea que ali conversa, regateia, compra, vende e circula sempre apressada de um lado para outro, chegamos a uma loja onde se vendiam mercadorias orientais. Umas poucas jarras de vidro com especiarias e algumas peças de tecido espalhavam-se desordenadamente pelo balcão próximo da rua; mas lá dentro, embora parecendo estreito e escuro, o lugar estava apinhado de mercadorias caríssimas. Caixas de magníficas joias orientais, bordados e franjas de ouro e prata, preciosas poções e temperos, brinquedos primorosos ornados com filigranas, prodigiosas esculturas de marfim, sândalo e âmbar, *yataghans* com pedras preciosas, espadas orientais imponentemente ricas, com "pérolas e ouro em profusão", fardos de xales de caxemira, sedas chinesas, musselinas indianas, gazes etc. enchiam todos os centímetros do espaço disponível do chão até o teto, deixando apenas uma faixa estreita da porta até o balcão e uma passagem ainda mais estreita para os cômodos que ficavam atrás da loja.

Entramos. Uma mulher jovem, que lia sentada numa poltrona baixa atrás do balcão, depôs o livro e levantou-se lentamente. Estava toda vestida de negro. Não sei dizer que moda era aquela. Só sei que o vestido lhe caía sobre o corpo em dobras longas e suaves, deixando visível no pescoço e nos pulsos uma faixa estreita de cambraia; e que por mais graciosa e incomum que fosse aquela roupa eu quase não lhe dei atenção, pois estava totalmente tomado de admiração pela beleza da mulher.

Ela era de fato muito linda e sua beleza me surpreendeu. Coventry Turnour, com todo aquele entusiasmo, deixara de lhe fazer justiça. Desmanchara-se em elogios aos seus olhos — uns olhos grandes, brilhantes, melancólicos —, à palidez transparente da pele, à delicadeza dos traços perfeitos; mas não me havia preparado para a dignidade natural, a nobreza e o refinamento absolutos que moldavam cada expressão e cada gesto dela. Meu amigo pediu para ver um bracelete que ele havia examinado na véspera. Altiva, imponente, silenciosa, ela destrancou a caixa em que a joia estava guardada e a depôs no balcão diante dele. Turnour pediu licença para levá-lo até a luz. Ela concordou com a cabeça, mas não disse palavra. Era como se estivéssemos sendo atendidos por uma jovem imperatriz.

Turnour levou o bracelete até a porta e fingiu examiná-lo. A peça era uma fileira dupla de moedas de ouro ligadas a intervalos por um ornamento ovalado cravejado de corais e diamantes. Voltando para a loja, ele me perguntou se aquilo agradaria à sua irmã, a quem prometera uma lembrança de Veneza.

— É uma linda bugiganga — respondi. — Mas uma lembrança de Veneza deve ser algo feito aqui. Isso, imagino eu, é turco.

A linda judia ergueu o olhar. Falávamos em inglês, mas ela entendeu e corrigiu:

— *É greco, signore* — disse ela friamente.

Nesse momento um velho surgiu subitamente de algum escritório de contabilidade nos fundos da loja, um velho grisalho, de barba, uma figura de agiota com olhos ávidos e uma caneta atrás da orelha.

— Vá para dentro, Salomé — disse ele apressadamente. — Eu atendo esses cavalheiros.

Ela levantou os olhos por um momento e depois se afastou silenciosamente e desapareceu na escuridão do cômodo de trás.

Não voltamos a vê-la. Ficamos mais um pouco ali, observando o conteúdo das caixas de joias, mas em vão. Turnour comprou o bracelete e novamente ganhamos as ruas estreitas e voltamos para a luz da Gran' Piazza.

— Bom — disse ele arquejante —, o que você achou dela?

— Ela é muito linda.

— Mais linda do que você esperava?

— Muito mais linda. Mas...

— Mas o quê?

— Quanto mais cedo você conseguir esquecê-la, melhor.

Ele jurou, é claro, que nunca a esqueceria, que jamais poderia esquecê-la. Não daria atenção às incompatibilidades, às objeções, não acreditaria em obstáculos. Na sua relação de dificuldades, o fato de que a bela Salomé não só ignorava a sua paixão e era indiferente à sua pessoa, mas também ignorava até mesmo o seu próprio nome e posição, não podia nem sequer ser admitido. Vendo que ele estava tão surdo à razão, eu não disse mais nada.

No entanto, tudo estaria acabado antes do final da semana.

— Escute, Blunt — disse ele encontrando-me um dia logo cedo no salão do café da manhã do hotel no momento em que eu estava me sentando para responder a uma pilha de cartas da Inglaterra —, você gostaria de ir para Trieste amanhã? Ei, não me olhe desse jeito, você sabe como são as coisas comigo. Fui um idiota supondo que ela poderia gostar de mim, sendo eu um forasteiro, um estrangeiro, um cristão. Bom, de qualquer modo eu estou terrivelmente mal-humorado... e... gostaria de estar a mil quilômetros daqui!

Viajamos juntos para Atenas e ali nos separamos. Turnour ia para a Inglaterra e eu para o Oriente. Minha viagem ainda durou muitos meses. Fui primeiro para o Egito e a Terra Santa; depois me juntei a um grupo de exploradores que ia viajar pelo Eufrates; e finalmente, depois de exatos 12 meses de vida oriental, estava de volta a Trieste em meados de abril do ano seguinte àquele em que se desenrolaram os acontecimentos que acabei de narrar. Em Trieste encontrei o pacote de jornais e cartas que havia muitas semanas eu ansiava por ler, e entre as últimas havia uma de Coventry Turnour. Dessa vez ele não estava perdidamente apaixonado, mas com o casamento marcado. A carta era muito enlevada e extravagante. Escrevera-a o homem mais feliz do mundo, cuja noiva era a mulher mais linda e agradável, e para quem o futuro era um paraíso e o passado uma série melancólica de equívocos. Quanto ao amor, até então ele obviamente não soubera nunca o que era isso.

E a linda Salomé?

Nem uma única palavra sobre ela do início ao fim da carta. Ele a esquecera por completo, como se nunca a tivesse conhecido. E, no entanto, estava desesperadamente apaixonado e desesperadamente desesperado "apenas um aninho atrás"! Ah, estava sim; mas isso fora "apenas um aninho atrás", e quem conhecesse Coventry Turnour jamais esperaria que ele se lembrasse de *la plus grande des passions* por mais de metade desse tempo.

Naquela noite dormi em Trieste e no dia seguinte fui para Veneza. Não sei por quê, não podia tirar da cabeça Turnour e seus romances. Lembrava-me da nossa visita à Merceria. Estava perseguido pela figura da bela judia. Ela continuaria igualmente encantadora? Sentar-se-ia ainda e leria na sua poltrona junto do balcão aberto, com a extensão da loja escura mais atrás e as caixas de roupas e joias caras em toda a volta?

Um impulso irresistível levou-me a ir à Merceria e vê-la novamente. Fui. Minha manhã havia sido muito agitada e só pelas três ou quatro da tarde consegui chegar lá. O lugar estava apinhado de gente. Passei pela rua de que me lembrava perfeitamente, olhando para os dois lados à procura da lojinha escura com seu balcão desajeitado; mas em vão. Depois de avançar tanto que acreditei já ter ultrapassado o ponto, voltei. Casa por casa, examinando todas as entradas, voltei sobre meus passos; mas não a encontrei. Então, concluindo que da primeira vez eu não havia avançado o suficiente na rua, percorri-a novamente até chegar a um lugar de onde irradiavam várias ruas. Ali parei, pois sabia que nunca fora além daquele local.

Agora estava muito claro que o judeu não tinha mais a loja na Merceria e que minha chance de descobrir seu paradeiro era reduzidíssima. Eu não podia indagar ao seu sucessor, porque não conseguia identificar a casa. Achava impossível até mesmo lembrar com o que comercializavam seus vizinhos dos dois lados. Ignorava o nome dele. Assim, convencido da inutilidade de me esforçar mais, desisti da procura e me consolei pensando que meu coração não era feito de diamante e que talvez fosse melhor para a minha paz de espírito não voltar a ver a linda Salomé. No entanto, eu estava fadado a vê-la novamente, e não muitos dias depois disso.

Um ano ou mais daquela exaustiva viagem ao Oriente havia me deixado cansado, e pensando em repousar um pouco a cabeça eu resolvera permitir-me ficar um mês desenhando em Veneza e nas suas redondezas antes de rumar para casa. E uma vez que a primeira coisa que faz um desenhista é escolher as suas perspectivas, e como nunca se inventou para o uso humano uma máquina tão luxuosa quanto a gôndola veneziana, usei os primeiros dias da minha estadia em intermináveis viagens de um lado para outro: explorei todos os canais e *canaletti*, saí na direção de Murano e fui até as ilhas além de San Pietro Castello, observando um número infinito de locais pitorescos e fumando um número infinito de cigarros durante essas peregrinações. No quarto ou quinto dia desse trabalho agradável meu gondoleiro propôs levar-me até o Lido. O sol se poria em cerca de duas horas e o grande banco de areia estava a não mais de cinco ou sete quilômetros de distância. Assim, eu concordei. Imediatamente mudamos de rumo e deslizamos para cada vez mais longe de Veneza. Então o distante cume alongado e escuro que durante o dia inteiro limitara o horizonte achatado subiu gradualmente sobre o nível plácido da Laguna, assumiu um contorno mais fragmentado, transformou-se em outeiros e depressões de areia amarelo-castanha, mostrou aqui e ali um trecho de grama ressecada e mato emaranhado, parecendo as costas de algum deserto inóspito além das quais nenhum viajante poderia penetrar. Meu barqueiro rumou diretamente para um ponto onde algumas estacas na superfície da água anunciavam um local de desembarque; e ali, embora com alguma dificuldade, já que a maré era baixa, levou a gôndola para a terra. Desembarquei. Meu primeiro passo foi entre sepulturas.

— *Il cimeterio giudaico, signore* — disse o gondoleiro levando a mão ao gorro.

O cemitério judeu! O gueto dos mortos! Lembrei-me então de muito tempo antes ter lido ou ouvido falar que os judeus venezianos, isolados na morte — assim como em vida — da vizinhança dos seus governantes cristãos, tinham sido enterrados desde tempos imemoriais nesse lugar ermo e desolado. Abaixei-me para examinar a lápide que estava aos meus pés. Era apenas um fragmento despedaçado, coberto de liquens amarelos e corroído pelo sal e pelo ar. Passei ao seguinte e ao seguinte. Alguns tinham sido completamente cobertos de ervas e sarças; outros estavam semienterrados na areia que migrara para ali, sendo que alguns tinham apenas um canto acima da sua superfície. De vez em quando era possível distinguir uma data, um fragmento de entalhe heráldico ou parte de uma inscrição em hebraico; mas tudo estava mais ou menos quebrado ou apagado.

Vagando assim entre sepulturas e outeiros, sempre subindo, e passando por três ou quatro lagoas cristalinas onde abundavam juncos macilentos, constatei que havia chegado à parte central e mais elevada do Lido, onde a vista era ininterrupta dos dois lados. De um lado ficava a ampla e silenciosa Laguna limitada por Veneza e as colinas Euganeanas; do outro, movendo-se furtivamente em longas e preguiçosas pregas e arremetendo-se sem ruído contra a praia interminável, o Adriático azul. Um velho colhendo conchas do lado do oceano e uma gôndola distante na Laguna eram os únicos sinais de vida num raio de quilômetros.

De pé no ponto culminante dessa barreira estreita, olhando para as duas águas e observando a aproximação gradual do que prometia ser um esplêndido crepúsculo, entrei num desses encadeamentos de pensamento em que o real e o irreal se sucedem de modo tão caprichoso como num sonho. Lembrei-me de que Goethe havia concebido naquele lugar a sua teoria vertebral do esqueleto; de que Byron, muito aleijado para caminhar, deixava seu cavalo no Lido e cavalgava ali de um lado para outro; de que Shelley gostava da solidão selvagem do lugar, sobre o qual escreveu em *Julian and Maddalo*, tendo talvez ouvido exatamente ali o sino da casa louca da ilha de San Giorgio. Então me perguntei se Ticiano não teria vindo da sua casa lúgubre no outro lado de Veneza para estudar o dourado e o púrpura desses céus ocidentais, se Otelo não havia passeado ali com Desdêmona, se Shylock não estaria enterrado naquele cemitério, assim como Lea, a quem ele havia amado "quando era solteirão".

E então, mergulhado nesse devaneio, deparei-me de súbito com outro cemitério judeu.

Era efetivamente outro ou apenas uma parte projetada do primeiro? Não, estava claro que era outro, mais moderno. O chão estava mais bem conservado. Os monumentos eram mais recentes. As datas que eu havia conseguido decifrar nas sepulturas quebradas examinadas lá embaixo eram todas dos séculos XIV e XV; mas as inscrições nessas outras se referiam a sepultamentos bem mais recentes.

Prossegui, avançando uns poucos passos. Parei para copiar num túmulo uns versos italianos originais, depois para colher um buquê de margaridas num outro e por fim para afastar uma sarça que rastejava por um terceiro. Então percebi uma mulher sentada ao lado de uma sepultura a uma dezena de metros do local onde eu estava.

Eu achava que estava totalmente sozinho e fiquei tão surpreso que no primeiro momento quase me convenci de que ela também era "da matéria que compõe os sonhos". Estava vestida dos pés à cabeça no mais profundo luto; seu rosto se voltava para o outro lado, olhando na direção do crepúsculo, com a face apoiada na palma da mão. O túmulo ao lado do qual ela se sentava era evidentemente recente. A escassa vegetação em torno dele fora perturbada havia pouco tempo e a lápide de mármore parecia não estar exposta ao vento e ao tempo por mais de uma semana.

Convencido de que a mulher não havia notado a minha presença, fiquei ali mais uns instantes olhando para ela. Algo na graça e na tristeza da sua atitude, algo na forma da cabeça e na caída dos seus drapeados de crepe negro reteve a minha atenção. Ela era jovem? Imaginei que sim. Chorava a morte de um marido, um amante, um parente? Olhei para a lápide. Tinha caracteres hebraicos, e assim, mesmo que eu estivesse mais próximo, não me esclareceria nada.

Mas eu achava que não tinha o direito de ficar ali de pé assistindo à sua dor, imiscuindo-me na sua privacidade. Resolvi prosseguir sem ruído. Nesse momento ela se virou e olhou para mim.

Era Salomé.

Salomé, pálida e alquebrada por uma dor profunda e devastadora, porém mais linda — se é que isso era possível — do que nunca. Linda, com uma beleza ainda mais espiritual que antes; com as faces tão lívidas e os olhos tão inexprimivelmente brilhantes e solenes que meu coração pareceu parar quando os olhei. Parei durante um segundo, meio imaginando e meio esperando que em seu olhar ela demonstrasse estar me reconhecendo; depois, sem ousar olhar ou permanecer ali por mais tempo, virei-me. Quando já me distanciara o suficiente para não parecer descortês, detive-me e olhei para trás. Salomé havia retomado sua atitude anterior e estava olhando para Veneza e o sol poente. A lápide ao lado da qual ela estava sentada não parecia mais imóvel.

O sol desceu glorioso. O último brilho desmaiou atrás dos domos e das torres de sino de Veneza. Os picos do oeste passaram de rosa a púrpura, de dourado a cinza; uma película de neblina quase imperceptível tornou-se subitamente visível sobre a superfície da Laguna; e no alto a primeira estrela tremulou iluminada. Esperei e observei até as sombras se aprofundarem a ponto de eu não poder mais distinguir os objetos distantes. Que lugar seria aquele? Ela ainda estaria lá? Estaria se mexendo? Teria ido embora? Eu não sabia. Quanto mais olhava, mais ficava em dúvida. Então, temendo me perder nas sombras crepusculares que se adensavam, bati em retirada descendo na direção da orla da água e rumei para o local onde havia desembarcado.

Encontrei o gondoleiro adormecido, com a cabeça numa almofada e tendo sobre si, como coberta, o pedaço de tapete da gôndola. Perguntei-lhe se depois da minha saída ele vira desembarcar outro barco vindo do Lido. Ele esfregou os olhos, levantou-se e num momento já estava desperto.

— *Per Bacco, signore*, eu adormeci — disse ele desculpando-se. — Não vi nada.

— Você viu se algum outro barco estava atracado por aqui, quando nós desembarcamos?

— Não tinha nenhum barco, *signore*.

— E você não viu uma senhora vestida de preto?

Ele riu e balançou a cabeça.

— *Consolatevi, signore* — disse ele maliciosamente. Ela voltará amanhã.

Então, achando que eu ficara soturno, ele tocou o gorro e com um suave "*Scusate, signore*" assumiu seu lugar na popa e ficou à espera. Eu lhe ordenei que rumasse para o hotel; e então, reclinando-me sonhadoramente na minha pequena cabine escura, cruzei os braços, fechei os olhos e pensei em Salomé.

Quão encantadora era ela, infinitamente mais encantadora do que quando eu a vira pela primeira vez! Como era possível que eu não a tivesse admirado mais naquele dia na Merceria? Eu estava cego ou ela realmente ficara mais linda? Era um lugar triste e estranho para encontrá-la novamente. Ela estava olhando do lado da sepultura de quem? Do seu pai? Claro, certamente seria a sepultura do seu pai. Ele era um velho quando eu o vi, e de acordo com as leis da natureza não teria muito tempo de vida. Ele estava morto: por isso minha busca na Merceria havia sido em vão. Ele estava morto. Sua loja havia sido deixada para outro ocupante. Seu estoque fora vendido e disperso. E Salomé... ficara sozinha? Não tinha mãe? Nem irmão? Ou um amante? Seus olhos teriam tido aquele olhar de lamento mudo se ela tivesse na terra alguma ligação muito próxima ou querida? Então eu pensei em Coventry Turnour e seu casamento iminente. Ele a teria amado de fato? Eu duvidava disso. "O verdadeiro amor", dizia uma antiga canção, "não se esquece jamais". Mas ele a havia esquecido, como se o passado tivesse sido um sonho. E contudo ele fora sincero enquanto o sentimento durou. Ele teria arriscado tudo por ela, se ela lhe tivesse dado atenção? Ah, se ela lhe *tivesse* dado atenção! E então eu me lembrei de que ele nunca me contara detalhes daquele caso. Ela o havia rejeitado ou ele a teria pedido em casamento ao velho e este o rejeitara por ele ser cristão? Eu nunca havia me dado o trabalho de lhe perguntar essas coisas enquanto estávamos juntos; mas agora daria o melhor cão de caça dos meus estábulos para saber todos os mínimos detalhes da questão.

Pensando nisso, voltando mentalmente ao local repetidas vezes, imaginando se ela se lembrava de mim, se ela seria pobre, se estaria de fato sozinha no mundo, havia quanto tempo o velho teria morrido e uma centena de outras coisas do mesmo tipo, quase não notei que o barco havia percorrido milhas de mar e que a noite caíra. No entanto, uma pergunta me voltava com mais frequência que qualquer outra: como eu a veria novamente?

Cheguei ao hotel; jantei na *table d'hôte*. Depois do jantar saí para ir até o meu café predileto na *piazza*. Fiquei no Fenice durante uma meia hora assistindo a um ato de uma ópera muito medíocre. Voltei para casa inquieto, apreensivo, insone, e sentado durante horas diante da lareira do quarto eu me fazia a mesma e eterna pergunta: quando a veria novamente?

Esgotado, finalmente dormi na poltrona, e acordei com o sol brilhando na minha janela.

Levantei-me de um salto. Agora eu sabia a resposta. Ela me veio de súbito, como se trazida pela luz do sol. Tudo que eu precisava fazer era ir ao cemitério, copiar a inscrição do túmulo do velho, pedir ao meu amigo intelectual de Pádua, professor Nicolai, que a traduzisse para mim, e então, de posse dos nomes e datas, o resto seria fácil.

Em menos de uma hora eu estava de novo a caminho do Lido.

Copiei a inscrição da lápide colocando sobre ela um papel e esfregando-o com um lápis. Era o modo mais rápido e mais seguro, pois sabendo que em hebraico tudo depende de para onde apontavam os caracteres eu achei temerário confiar nas minhas parcas habilidades. Feito isso voltei depressa, escrevi uma carta ao professor e despachei-a com o molde pelo trem do meio-dia.

O professor não era um homem expedito. Pelo contrário, ele era particularmente lento: sonhador, indolente, mergulhado no saber oriental. De qualquer outro correspondente se poderia esperar uma resposta para o dia seguinte; mas de Nicolai de Pádua teria sido tolo imaginar que ela viria antes de dois ou três dias. E enquanto isso? Bem, enquanto isso havia igrejas e palácios a visitar, desenhos a fazer, cartas de apresentação a ser entregues. De qualquer maneira de nada adiantava impacientar-se.

Mas eu estava impaciente; tão impaciente que não podia desenhar, ler nem ficar quieto por dois minutos seguidos. Tomado de uma inquietação incontrolável, vagava de uma galeria para outra, de um palácio para outro, de uma igreja para outra. Achava enfadonha a prisão de uma gôndola. Eu era, por assim dizer, impelido para o movimento e a ação, e mesmo assim o dia me pareceu infindável.

O dia seguinte foi ainda pior. A resposta de Pádua era apenas uma possibilidade, e saber dessa possibilidade deixou-me intranquilo o dia inteiro. Tendo observado e esperado todas as postas de oito da manhã a quatro da tarde, desci para o *traghetto* da Praça São Marcos e ali fui saudado pelo meu gondoleiro habitual.

Ele tocou o gorro e esperou minha ordem.

— Para onde, *signore*? — perguntou, vendo que eu continuava em silêncio.

— Para o Lido.

Era uma tentação irresistível e eu cedi a ela. Mas cedi contrariando o meu discernimento. Eu sabia que não devia ficar rondando o lugar. Havia resolvido que não faria isso. E, no entanto, fui para lá.

No caminho disse para mim mesmo que estava indo apenas para um reconhecimento do local. Não era improvável que ela fosse para o mesmo lugar mais ou menos à mesma hora do outro dia; e nesse caso eu ultrapassaria a sua gôndola no caminho ou a encontraria amarrada em algum lugar da praia. Em qualquer dessas hipóteses eu estava determinado a não desembarcar. Mas não encontramos nenhuma gôndola além de San Pietro Castello; não vimos nenhum sinal de embarcações ao longo da praia. A tarde já ia avançada; o sol estava próximo do poente; tínhamos a Laguna e o Lido somente para nós.

Meu barqueiro rumou para o mesmo local de atracação e amarrou a gôndola na mesma estaca de antes. Para ele estava claro que eu ia desembarcar; e eu desembarquei. Afinal de contas era evidente que Salomé não podia estar ali, e assim eu não seria culpado de intromissão. Poderia caminhar na direção do cemitério, tomando cuidado para evitá-la se ela estivesse em algum lugar e ficando bem longe do ponto em que a vira da vez anterior. Assim, contrariei outra resolução e subi para o alto do Lido. Novamente cheguei às lagoas salgadas e aos caniços; novamente fiquei com o mar à minha esquerda e a Laguna à minha direita, e o interminável banco de areia estendendo-se por quilômetros entre os dois. Mais além ficava o cemitério. De pé ali eu divisava cada centímetro do campo. Podia até mesmo distinguir a lápide de que eu copiara a inscrição na manhã anterior. Não havia nenhum ser vivo à vista. Tudo indicava que eu estava tão absolutamente só quanto Enoch Arden na sua ilha deserta.

Assim, continuei andando, aproximando-me um pouco mais, e ainda mais; e então, contrariando todas as minhas determinações, me vi de pé naquele lugar, ao lado daquela sepultura da qual eu havia decidido não me aproximar em hipótese alguma.

Agora o sol estava descendo — na verdade já havia descido atrás de uma barreira de cúmulos orlados de dourado — e inundando de carmesim a terra, o mar e o céu. Tinha sido nessa mesma hora que eu a vira. Sentada nesse mesmo lugar. Umas poucas lâminas de grama haviam rompido aqui e ali sobre a sepultura. Seu vestido ou talvez sua mão deve tê-las tocado quando ela se sentou ali. Eu colhi uma e a coloquei cuidadosamente entre as folhas da minha caderneta.

Por fim me virei para ir embora, e ao me virar fiquei cara a cara com ela!

Ela estava a cerca de seis metros de mim, avançando lentamente em direção ao local onde eu me encontrava. Sua cabeça inclinava-se ligeiramente para a frente; as mãos estavam entrelaçadas; os olhos se fixavam no chão. Era a atitude de uma freira. Assustado, confuso, sem ter muita consciência do que fazia, tirei o chapéu e saí do caminho para deixá-la passar.

Ela olhou para cima, hesitante, ficou estática, olhou para mim com uma expressão estranha, fixa, lamentosa, depois baixou novamente os olhos, passou por mim sem voltá-los na minha direção e retomou o lugar e a atitude de antes ao lado da sepultura do pai.

Eu me voltei para o outro lado. Teria dado mundos para falar com ela; mas não havia ousado e a oportunidade se fora. Mas eu poderia ter falado! Ela olhou para mim; olhou para mim com uma expressão muito estranha e lastimável nos olhos, continuou olhando para mim pelo tempo suficiente para alguém contar até cinco... Eu poderia ter falado. Certamente poderia ter falado! E agora... Ah, agora era impossível. Ela havia voltado para a velha atitude pensativa, com a face pousada na mão. Seus pensamentos estavam muito longe. Ela se esquecera até da minha presença.

Voltei para a praia, mais perturbado e inquieto do que nunca. Enquanto havia luz solar fiquei remando para cima e para baixo da margem do Lido, procurando a gôndola de Salomé, esperando, de qualquer forma, vê-la desatracar, segui-la, talvez, pela imensidão das águas. Mas o lusco-fusco chegou rapidamente e depois a escuridão, e finalmente eu parti sem ter visto nenhum outro sinal da sua presença.

Naquela noite fiquei acordado, virando-me na cama a todo momento e pensando nos incidentes dos últimos dias. Estava sempre relembrando aquele olhar longo, firme, lamentoso, que ela fixara em mim no cemitério. Quanto mais pensava nele, mais achava que havia nele um significado mais profundo do que o observado por mim — confuso como eu estava — quando ele me foi dirigido. Era um olhar muito estranho, um olhar quase de súplica, pedindo socorro ou solidariedade, como o apelo mudo dos olhos de um animal doente. Seria isso mesmo? Afinal de contas a hipótese era mais do que provável, pois ela fora deixada sozinha no mundo — talvez sem nenhum parente do sexo masculino para orientá-la — e talvez estivesse em alguma situação de dificuldade e não soubesse a quem pedir ajuda. Tudo isso podia perfeitamente ser verdade. Talvez até mesmo ela tivesse um sentimento instintivo de que podia confiar em mim. Ah, se ela realmente confiasse em mim...

Eu havia esperado receber a carta de Pádua na entrega matinal; mas a manhã e a tarde se passaram como antes e não chegou qualquer carta. Com o dia começando a declinar, encaminhei-me novamente para o Lido. Dessa vez, com o objetivo e a intenção de falar com ela. Atraquei e fui diretamente para o cemitério. Tinha sido um dia nublado. A laguna e o céu eram um único e uniforme cinza plúmbeo, e sobre Veneza caía uma neblina.

Vi-a no momento em que atingi a crista superior. Ela estava caminhando lentamente de um lado para outro entre as sepulturas, como uma sombra imponente. Antes de chegar ali, algo me dizia que eu a encontraria; e agora, por alguma razão que nunca cheguei a definir, sentia-me igualmente confiante de que ela me esperava.

Trêmulo e ansioso, e ao mesmo tempo um tanto temeroso do momento em que ela descobrisse a minha presença, precipitei-me, marcando a areia fofa a cada passo silencioso. Dentro em pouco eu deveria alcançá-la, falar com ela, ouvir a música da sua voz — aquela música de que eu me lembrava tão bem, embora já se tivesse passado um ano desde que a ouvira. Mas como eu deveria me dirigir a ela? O que deveria lhe dizer? Não sabia. Não tinha tempo para pensar. Só podia me apressar para me deter a uns 4 metros do seu vestido que se arrastava pelo chão; ficar quieto quando ela se virasse e tirar o chapéu diante dela como se diante de uma rainha.

Ela parou de caminhar e olhou para mim, exatamente como fizera na tarde anterior. Com o mesmo ar lamentoso nos olhos; com uma expressão ainda mais suplicante. Mas ficou à espera de que eu falasse.

Eu falei. Não me lembro do que disse; só sei que balbuciei uma desculpa — mencionei que tinha tido a honra de conhecê-la antes, meses antes; e tentei dizer mais — tentando manifestar que agradeceria muito e me orgulharia muito se pudesse me empenhar em qualquer serviço, por mais humilde, embora penoso, mas minha voz e minhas palavras falharam, e eu me perdi totalmente.

Calando-me, olhei para cima e encontrei seus olhos fixos em mim.

— O senhor é cristão — disse ela.

Um tremor me percorreu ao ouvir a sua voz. Era a mesma voz: clara, melodiosa, pouco mais forte que um sussurro — e ao mesmo tempo não era exatamente a mesma. Havia uma melancolia na música e, se posso usar uma palavra que, afinal de contas, deixa de expressar o meu significado, um *distanciamento* que chegou aos meus ouvidos como a cadência queixosa de um vento outonal.

Baixei a cabeça e respondi que era.

Ela apontou para a lápide da qual eu havia copiado a inscrição um ou dois dias antes.

— Aqui jaz uma alma cristã — disse ela —, enterrada sem uma oração cristã, com ritos judaicos, num santuário judeu. O senhor, estrangeiro, poderia realizar um ato piedoso para essa alma?

— A *signora* só precisa ordenar — disse eu. — Tudo o que desejar será feito.

— Leia uma oração sobre esta sepultura; trace uma cruz nesta lápide.

— Farei isso.

Ela me agradeceu com um gesto, curvou ligeiramente a cabeça, aproximou de si o vestido e afastou-se até uma plataforma perto dali. Fui dispensado. Não tinha pretexto para me demorar mais — nenhum direito de prolongar nossa entrevista —, nenhum assunto para permanecer ali mais um momento. Assim, deixei-a e não olhei para trás até chegar ao ponto mais distante de onde sabia que ainda poderia vê-la. Mas quando me virei para esse último olhar, ela já não estava à vista.

Eu estava decidido a falar com ela e aquele era o resultado. Um encontro com um estranho nunca nos é favorável. Eu não havia dito nada do que pretendia dizer e não ficara sabendo nada do que pretendia saber. Com relação à sua situação econômica, ao seu local de residência, até mesmo ao seu nome, eu continuava igualmente ignorante. E ao mesmo tempo não tinha motivo para estar insatisfeito. Ela me havia honrado com a sua confiança e me incumbira de uma tarefa de alguma dificuldade e importância. Agora me cabia apenas executar essa tarefa com o maior cuidado e rapidez possíveis. Feito isso eu poderia esperar ganhar um lugar na sua lembrança — e com o tempo, talvez, na sua estima.

Mas nesse ínterim surgiu novamente a velha pergunta: de quem seria a sepultura? Na minha mente eu havia desde o início resolvido essa questão de modo tão conclusivo que quase não podia acreditar, mesmo agora, que não era do seu pai. Mas era inacreditável que ele tivesse morrido como convertido secretamente ao cristianismo. De quem poderia ser a sepultura? De um amante? Um amante cristão? Ai de mim, não se podia excluir essa possibilidade. Ou seria de uma irmã? Qualquer que fosse o caso, era bastante provável que Salomé fosse convertida. Mas eu não tinha tempo a perder com conjeturas. Precisava agir, e agir rapidamente.

Precipitei-me de volta para Veneza, fazendo o gondoleiro remar o mais rápido possível. E enquanto avançava me prometi que todos os desejos de Salomé deviam ser realizados antes que ela voltasse a visitar o lugar. Garantir imediatamente os serviços de um padre que muito cedo pela manhã iria comigo ao Lido e leria sobre a sepultura pelo menos um trecho de um serviço fúnebre, e ao mesmo tempo contratar um artesão para entalhar a cruz, tendo tudo pronto antes que ela ou qualquer outra pessoa chegasse ao lugar no dia seguinte, era esse o meu objetivo especial. E eu estava decidido a realizar esse objetivo, embora precisasse peregrinar por toda Veneza antes de pôr a cabeça no travesseiro.

O padre eu encontrei sem dificuldade. Era um jovem que ocupava quartos do mesmo hotel e no mesmo andar onde eu estava hospedado. Eu cruzava com ele todos os dias na *table d'hôte* e havíamos conversado umas duas ou três vezes na sala de leitura. Era um inglês do norte, não fora ordenado havia muito tempo e era gentil e prestativo. Prometeu muito prontamente fazer tudo o que lhe pedi e tomar o café comigo às seis horas da manhã seguinte para que pudéssemos chegar ao cemitério às oito.

Encontrar o artesão não foi tão fácil; e, no entanto, eu me dediquei à tarefa muito metodicamente. Comecei com o Catálogo Veneziano, do qual copiei uma relação dos nomes e endereços de canteiros. Depois peguei uma gôndola de *due reme* e comecei a minha viagem de descoberta.

Mas uma viagem noturna de descoberta entre os *canaletti* intrincados dos fundos de Veneza não é muito fácil nem muito segura. Estreitos, tortuosos, densamente habitados, quase sempre bloqueados por enormes barcaças de feno, madeira e provisões, quase inteiramente escuros e tão incrivelmente semelhantes que nenhum simples iniciante na topografia veneziana deve jamais esperar diferenciar um do outro, eles desconcertam os próprios gondoleiros e são uma terra desconhecida para todos, com exceção dos seus moradores.

No entanto, eu consegui encontrar três dos endereços constantes na minha relação. No primeiro me disseram que o trabalhador que eu procurava estava trabalhando durante aquela semana além de Murano e não voltaria antes do sábado à noite. No segundo e no terceiro os homens estavam em casa, jantando com a mulher e os filhos no fim de um dia de trabalho; mas nenhum deles consentiu em realizar a minha encomenda. Um, depois de uma consulta sussurrada ao filho, declinou relutantemente. O outro afirmou de modo muito direto não ter coragem de fazer aquilo e não acreditar que eu fosse encontrar em Veneza um canteiro mais corajoso que ele.

Os judeus, disse ele, eram ricos e poderosos; não eram mais um povo oprimido e já não se deixavam insultar impunemente nem mesmo em Veneza. Entalhar uma cruz cristã numa lápide judaica do cemitério judeu seria "uma espécie de sacrilégio" passível, sem dúvida, de punição pela lei. Isso parecia razoável. Assim, vendo que meus remadores não estavam absolutamente confiantes quanto ao caminho e que os *canaletti* eram escuros como as catacumbas, persuadi meu canteiro a vender-me uma marreta com dois cinzéis e resolvi cometer eu mesmo o sacrilégio.

Com essa única exceção, tudo foi feito na manhã seguinte como eu havia planejado. O padre recém-conhecido tomou o café da manhã comigo, acompanhou-me ao Lido, leu alguns trechos do serviço fúnebre que lhe pareceram adequados e então, tendo o que fazer em Veneza, deixou-me com a minha tarefa. Esta não foi absolutamente fácil. Para um artesão hábil teria sido, talvez, um trabalho de meia hora; mas foi o meu primeiro esforço, e embora a obra fosse bastante tosca — uma simples tentativa de entalhar uma cruz latina de cinco centímetros e meio na extremidade da lápide, onde facilmente se poderia deixá-la encoberta com um pouco de areia —, ocupou-me por quase quatro horas. Durante esse tempo de trabalho a manhã nublada e cinzenta ficou mais nublada e cinzenta; uma neblina espessa subia do Adriático e um vento baixo e queixoso ia e vinha como o eco de um réquiem distante. Mais de uma vez eu me sobressaltei, achando que ela havia me surpreendido ali; imaginava ter visto a passagem de uma sombra, ouvia o farfalhar de um vestido, o som surdo de um suspiro. Mas não. A neblina e o vento queixoso me enganavam. Eu estava só.

Quando por fim voltei para o hotel, eram exatamente duas horas da tarde. O porteiro do hall entregou-me uma carta, quando passei por ele. Um relance àquele sobrescrito quase ininteligível foi suficiente. Era de Pádua. Corri para o quarto, rasguei o envelope e li estas palavras:

> CARO SIGNORE — A cópia que o senhor me mandou não é — embora receie seja esta a sua expectativa — antiga nem curiosa. *Altro*; é muito recente. Apenas registra que uma certa Salomé, filha única e amada de um certo Isaac da Costa, morreu no outono passado no dia 18 de outubro aos 21 anos e que esse monumento foi mandado erigir pelo dito Isaac da Costa em memória das virtudes da moça e do luto dele próprio.
>
> Receba, *caro signore*, o penhor da minha sincera estima.
>
> NICOLO NICOLAI.
>
> Pádua, 27 de abril de 1857

A carta caiu da minha mão. Fiquei com a impressão de que a havia lido sem entendê-la. Peguei-a, li-a novamente, palavra por palavra; sentei-me; levantei-me; dei uma volta pelo quarto. Sentia-me confuso, aturdido, incrédulo.

Haveria duas Salomés? Ou aquilo era um equívoco extraordinário e radical?

Hesitei. Não sabia o que fazer. Devia ir à Merceria e ver se o nome Da Costa era conhecido no bairro? Ou descobrir o registro de nascimentos e mortes do distrito judeu? Ou visitar o rabino principal e saber dele quem tinha sido essa segunda Salomé e qual era o seu grau de parentesco com a Salomé que eu conhecia? Decidi-me pelo último caminho. O endereço do rabino principal foi fácil de obter. Ele morava numa casa antiga da Giudecca e ali eu o encontrei — um homem grave e majestoso, com uma barba grisalha que quase lhe chegava à cintura.

Apresentei-me e lhe disse por que o procurara.

— Vim lhe pedir se o senhor pode me dar alguma informação sobre a finada Salomé da Costa, que morreu no dia 18 de outubro passado e foi enterrada no Lido.

O rabino respondeu que sem dúvida podia me dar qualquer informação que eu desejasse, pois ele havia conhecido a moça pessoalmente e era amigo íntimo do seu pai.

— O senhor pode me dizer — perguntei — se alguma amiga querida ou parenta de Salomé tinha esse mesmo nome?

O rabino balançou a cabeça e respondeu:

— Acho que não. Não me lembro de nenhuma outra senhorita com esse mesmo nome.

— Desculpe, mas eu sei que havia outra — respondi. — Havia uma Salomé muito linda que vivia na Merceria quando eu estive em Veneza recentemente, apenas um ano atrás.

— Salomé da Costa era muito bonita — disse o rabino — e vivia com o pai na Merceria. Quando ela morreu, o velho se mudou para o bairro de Rialto.

— O pai dessa Salomé era negociante de mercadorias orientais — apressei-me a dizer.

— Isaac da Costa é negociante de mercadorias orientais — respondeu o velho muito suavemente. — Estamos falando, meu filho, das mesmas pessoas.

— Impossível!

Ele balançou a cabeça novamente.

— Mas ela está viva! — exclamei em grande agitação. — Está viva. Eu a vi. Falei com ela. Eu a vi ontem à tarde.

— Não — disse ele compassivo. — Deve ser um sonho. A pessoa de quem você fala não existe mais.

— Eu a vi ontem à noite — respondi.

— Onde você acha que a viu?

— No Lido.

— No Lido?

— E ela falou comigo. Eu ouvi a sua voz, ouvi com a mesma nitidez com que ouço a minha neste momento.

O rabino cofiou a barba pensativo e olhou para mim.

— Você acha que ouviu a voz dela — exclamou ele. — Isso é estranho. O que ela disse?

Estive prestes a responder, mas me contive. Um súbito pensamento me ocorreu e eu tremi da cabeça aos pés.

— O senhor tem... o senhor tem algum motivo para supor que ela morreu cristã? — balbuciei.

O velho se assustou e mudou de cor.

— Eu... eu... essa pergunta é estranha — gaguejou ele. — Por que você me pergunta isso?

— Sim ou não? — gritei enfurecido. — Sim ou não?

Ele fechou a cara, olhou para baixo, hesitou.

— Admito — disse ele depois de algum tempo —, admito ter ouvido alguma coisa nesse sentido. Pode ser que a senhorita alimentasse dúvidas secretas. Mas não era cristã declarada.

"*Enterrada sem uma prece cristã; com ritos judaicos; num cemitério judeu!*", repeti para mim mesmo.

— Mas me admira o fato de o senhor ter ouvido falar nisso — prosseguiu o rabino. — Somente o pai dela e eu sabemos disso.

— Senhor — disse eu solenemente —, agora eu sei que Salomé da Costa está morta; vi o seu espírito três vezes, assombrando o local onde...

Minha voz falhou. Não pude concluir a frase.

— Ontem à tarde, no crepúsculo — prossegui —, foi a terceira vez. Nunca duvidei de que... de que eu a vi de fato em carne e osso, falei com ela. Ela me respondeu. Ela... ela me disse isso.

O rabino cobriu o rosto com as mãos e permaneceu assim durante algum tempo, perdido em meditação.

— Jovem — disse ele por fim —, sua história é estranha, e você traz fortes evidências para apoiá-la. Pode ser verdade, mas pode ser que você seja o trouxa de alguma lorota. Não sei.

Ele não sabia, mas eu... ah, eu sabia, e muito bem. Sabia agora por que ela havia aparecido para mim vestida com uma beleza tão sobrenatural. Compreendia agora aquele ar de súplica muda em seus olhos, aquele tom de estranho distanciamento na sua voz. A doce alma não podia descansar entre o pó da sua parentela "sem ter recebido a eucaristia, sem os santos óleos, sem a extrema-unção, sem nem mesmo uma oração cristã" sobre a sua sepultura. E agora tudo estava consumado? Eu voltaria a vê-la?

Nunca. Ah, nunca. Como na hora do crepúsculo eu rondei o Lido durante meses, até a primavera florida ser substituída pelo outono e o outono transformar-se em verão; como eu peregrinei de volta a Veneza na primavera, ano após ano, enquanto algum vestígio daquela esperança insensata ainda estava vivo; como desde aquela época meu coração nunca mais palpitou, meu pulso nunca mais deu um salto pelo amor de uma mulher mortal — tudo isso são detalhes em que não preciso entrar. É suficiente dizer que eu fui à sua procura e esperei, mas aquele espírito encantador não voltou a aparecer para mim. Eu ainda espero, mas não mais procuro. Hoje sei que o lugar em que nos encontraremos não será aqui.

Mrs. Henry Wood

REALIDADE OU ILUSÃO?

Essa é uma história de fantasma. Todas as palavras nela contidas dizem a verdade. E não me importo de confessar que séculos depois dela algumas pessoas não gostavam de passar sozinhas pelo local à noite. Algumas pessoas não gostam de passar por lá até hoje.

Era outono e estávamos em Crabb Cot. Lena andava adoentada e em outubro a sra. Todhetley propôs ao fidalgo senhor das terras que seria bom tirá-la dali para ver se a mudança melhoraria o seu estado de saúde.

Nós, as pessoas de Worcestershire, consideramos North Crabb uma aldeia; mas se contarmos as suas casas, as pequenas e as grandes, veremos que são apenas 24. South Crabb, a pouco mais de 800 metros de distância, é muito maior; mas a igreja e a escola ficam em North Crabb.

John Ferrar tinha sido empregado pelo fidalgo Todhetley como uma espécie de inspetor da propriedade ou administrador da mão de obra. Ele havia morrido no inverno anterior deixando apenas dívidas e seu belo filho Daniel. Daniel Ferrar, que era muito superior no tocante à instrução, não gostava de trabalhar: fazia um grande alarde da ajuda que dava ao pai, mas na verdade ela era muito pouca. O velho Ferrar não o encaminhara para nenhuma profissão ou ocupação, e Daniel, orgulhoso como o diabo, não faria isso por conta própria. Gostava de agir como um cavalheiro. Tudo o que fazia agora era trabalhar no seu jardim e alimentar os patos, galinhas, coelhos e pombos que tinha em grande quantidade, vendendo-os nas casas vizinhas e mandando-os para a feira.

Mas, como diziam todos, ele não poderia se manter apenas com as aves. A sra. Lease, que morava no lindo chalé contíguo ao de Ferrar, cansara-se de dizer isso ao rapaz. Essa sra. Lease e a sua filha, Maria, não devem ser confundidas com Lease, o agulheiro da ferrovia; eles não eram aparentados e a situação de vida das duas era melhor que a dele. Daniel Ferrar saía e entrava na casa à vontade quando criança e agora estava noivo de Maria, com o casamento marcado. Maria tinha um pouco de dinheiro e os Lease eram respeitados em North Crabb. As pessoas começaram com falatórios sobre como Ferrar conseguia os grãos para suas aves: não se tinha notícia de que ele os comprasse. E ele teria de sair da sua casa no Natal, pois o proprietário, o sr. Coney, mandara-lhe um aviso nesse sentido. A sra. Lease, ansiosa por causa de Maria, perguntou a Daniel o que ele pretendia fazer, e ele respondeu: "Fazer fortuna." Ele devia começar a fazer fortuna logo que conseguisse dar uma guinada. Mas o tempo passava e a guinada parecia estar sempre igualmente distante.

Quando o verão estava pelo meio, uma sobrinha da diretora da escola, a srta. Timmens, veio para a escola e lá ficou: seu nome era Harriet Roe. O pai, Humphrey Roe, era meio-irmão da srta. Timmens. Ele havia se casado com uma francesa e até morrer morara mais na França do que na Inglaterra. A menina havia sido batizada com o nome de Henriette; mas North Crabb, que não sabia grande coisa de francês, mudou o nome para Harriet. Ela era uma menina vistosa, espontânea e bonita, e logo se aproximou de Daniel Ferrar — ou ele dela. A camaradagem dos dois aumentou tão rapidamente que Maria Lease ficou enciumada e a aldeia começou a dizer que ele gostava mais de Harriet que de Maria. Quando, no final de outubro, Tod e eu fomos a North Crabb para passar o aniversário do fidalgo, as coisas estavam nesse pé. James Hill, o administrador que havia sido contratado pelo fidalgo no lugar de John Ferrar (mas que era muito inferior a Ferrar), nos pôs a par das coisas em geral. Daniel Ferrar andava bebendo, acrescentou Hill, e sua cabeça não era forte o suficiente para resistir ao álcool; e, além disso, parecia que ele estava com alguma preocupação.

— Aquele tipinho, e com duas mulheres brigando por causa dele — gritou Hill, que não gostava de Ferrar. — Vamos ter encrenca entre as duas se elas não baixarem um pouco a crista. Maria Lease está ficando doida, eu sei disso. E a outra, que se acha a preferida, fica tripudiando. Parece a história da Bíblia sobre Lea e Raquel. Dan Ferrar gosta de uma e prometeu se casar com a outra. Já a mocinha francesa — concluiu Hill balançando a cabeça —, essa finge que gosta de qualquer homem que vai atrás dela; quer ter uma dúzia deles na mão.

Nada mais natural que o intratável Hill referir-se a Daniel Ferrar como "tipinho", mas ele era o rapaz mais bonito da igreja na manhã de domingo, e também o mais bem-vestido. Contudo a sua tez parecia mais clara e as mãos tremiam, quando frequentemente ele as erguia jogando o cabelo para trás, dourado pelo sol que atravessava a janela do sul. Ele quase não levantava os olhos, nem mesmo para Harriet Roe, cujos olhos escuros vagavam por toda parte e que exibia uma profusão de fitas cor-de-rosa esvoaçantes. Maria Lease estava pálida, quieta e simpática. Não era bonita, mas seu rosto era sensível e os olhos de um cinza profundo tinham uma seriedade estranha e curiosa. O novo pároco oficiava; era um jovem que acabara de ser designado para a paróquia de Crabb. Ele gostava das grandes comemorações dos dias santos e disse à congregação que esperava vê-la na igreja no dia seguinte, que seria o Dia de Todos os Santos.

Depois do serviço, Daniel Ferrar foi a pé para casa com a sra. Lease e Maria e elas o convidaram para almoçar. Corri ao encontro deles para cumprimentar a velha dama, que certa vez cuidara de mim quando eu estava doente, e prometi aparecer mais tarde para conversar com ela, pois nós voltaríamos para a escola no dia seguinte. Quando me afastei, Harriet Roe passou, com suas fitas cor-de-rosa e o vestido alegre de seda barata brilhando à luz do sol. Ela me olhou e me olhou mais uma vez. E, agora que terminei a explicação do assunto, começa a verdadeira história. Mas parte dela eu terei de contar como se outra pessoa a narrasse.

À tarde o chá estava à espera na mesa da sra. Lease; à espera de Daniel Ferrar. Ele havia deixado as duas pouco antes para cuidar das aves. Não se disse nada sobre a sua volta para o chá, mas naturalmente se esperava que ele voltasse. No entanto, ele não apareceu e o chá foi servido sem ele. Às cinco e meia o sino da igreja tocou chamando para o serviço e Maria se preparou para sair. A sra. Lease não saía à noite.

— Está cedo, Maria. Você vai chegar à igreja antes dos outros.

— Não tem importância, mamãe.

Um ciúme suspeitoso perturbava Maria. Ela temia que a razão secreta da ausência de Daniel Ferrar fosse por ele ter cedido a Harriet Roe; mas talvez ele tivesse ido vê-la por livre e espontânea vontade. A garota avançava a passos lentos. A melancolia do anoitecer — um anoitecer escuro — tinha se insinuado na tarde, mas a lua logo estaria subindo. Ao passar pelo prédio da escola, Maria se deteve e olhou para dentro pela janelinha da sala de estar: as venezianas ainda não tinham sido fechadas e a sala estava iluminada pelo fogo da lareira. Harriet não estava lá. Ela viu apenas a srta. Timmens, a proprietária, que estava colocando o chapéu diante de um espelho de mão apoiado no consolo da lareira. Sem saber de nada, a srta. Timmens voltou-se e escancarou a janela. Fez isso apenas com a intenção de fechar as venezianas, mas Maria achou que havia sido notada e falou:

— Boa noite, srta. Timmens.

— Quem é? — gritou a srta. Timmens em resposta, examinando na escuridão. — Ah, é você, Maria Lease! Você tem alguma notícia da Harriet? Ela foi a algum lugar logo depois do almoço e não voltou para o chá.

— Eu não a vi.

— Ela foi à casa dos Batley, aposto. Essa teimosa sabe que eu não gosto que ela ande na companhia das Batley, que a fazem ficar dez vezes mais frívola.

A srta. Timmens fechou as venezianas com um tranco, sem o qual elas não fechariam, e Maria Lease se afastou.

— Que Batley que nada; ela está com *ele* — gritou ela numa revolta amarga enquanto se virava e afastava-se da igreja. Em vez de se aproximar, ela se afastou da igreja. Ela não se sentia culpada de desejar ver se estava certa ou não, de querer andar um pouco pensando em encontrá-los. De qualquer modo foi o que ela fez. E teve a sua recompensa.

Ao passar pelo alto da alameda de salgueiros, as vozes do casal chegaram-lhe aos ouvidos. As pessoas frequentemente passavam por ali, e era um dos caminhos para South Crabb. Maria afastou-se entre as árvores e eles se aproximaram: Harriet Roe e Daniel Ferrar, de braços dados.

— Acho que vou tirar isso — dizia Harriet. — Não preciso invocar uma tempestade sobre a minha cabeça. E vinda da rígida tia Timmens seria uma tempestade de granizo.

Ferrar respondeu com algo pronunciado rapidamente, mas em voz baixa. Maria Lease precisou esforçar-se para se controlar: raiva, sofrimento, ciúme, tudo isso a incendiava. Abraçando uma árvore amigável, com o coração disparado e os pulsos acompanhando esse ritmo abrasador, ela os observou do outro lado atravessando a estrada. Então Harriet foi para um lado e ele na direção do chalé da sra. Lease. Sem dúvida para levá-la — Maria — para a igreja, com uma desculpa plausível por ter se demorado. Até agora ela não havia tido prova da sua falsidade; não acreditara totalmente nela.

Ela baixou os braços, afastou-se da árvore e começou a andar, lançando um grito agudo e débil de desespero que rompeu o ar da noite. Maria Lease era uma dessas moças de natureza silenciosa, incapaz de jamais falar sobre algo errado desse tipo. Ela enterrou aquilo dentro de si, bem fundo, bem fundo, fora da vista de todos, e entrou na igreja com seu habitual passo silencioso. Em seguida entrou Harriet Roe com a srta. Timmens, muito recatada, como se tivesse estado na casa de algum bebê da escola embalando-o até que ele dormisse. Daniel Ferrar não foi à igreja: ficou, como se constatou depois, com a sra. Lease.

Maria poderia perfeitamente ter ficado em casa em vez de ir à igreja; aliás, isso talvez tivesse sido melhor. Ela não ouviu uma única sílaba do serviço religioso: seu cérebro era um mar de confusão; o tumulto dentro dele ficava cada vez mais alto. Ela não ouviu nem mesmo o texto "Cale-se! Acalme-se!" ou o sermão, ambos curiosamente adequados. Os sofrimentos da mente humana, disse o religioso, esbravejavam e espumavam exatamente como as ondas furiosas do mar numa tempestade, até que Jesus chegou para acalmá-los.

Quando o serviço terminou, corri ao encontro de Maria e fui fazer a visita prometida à velha Mãe Lease. Daniel Ferrar estava sentado na sala de visitas. Ele se levantou e ofereceu a Maria uma cadeira ao lado da lareira, mas ela lhe voltou as costas e ficou ao lado da mesa sob a janela, descalçando as luvas. Uma Bíblia aberta estava diante da sra. Lease, e eu me perguntei se ela teria estado lendo em voz alta para Daniel.

— Qual era o texto, filha? — perguntou a velha.

Sem resposta.

— Você me ouviu, Maria? Qual era o texto?

Maria se virou ao ouvir a pergunta e subitamente despertou. Seu rosto estava lívido; em seus olhos havia um terror vago.

— O texto? — balbuciou ela. — Eu... eu esqueci, mãe. Era do Gênese, acho.

— Era, fidalguinho Johnny?

— Era do quarto capítulo do Evangelho segundo São Marcos, "Cale-se! Acalme-se!".

A sra. Lease olhou para mim.

— Nossa!, eu estava lendo exatamente esse capítulo. Que coisa engraçada! Mas não há nada melhor na Bíblia e não se extraiu dela um texto melhor do que essas duas palavras. Estava falando com o Daniel, fidalguinho Johnny, que se a pessoa tem no coração essa paz, a paz de Cristo, então as tempestades não podem ferir tanto. — Ela fez uma pausa e acrescentou: — O senhor está de volta amanhã outra vez? É uma estadia curta?

Eu não ia embora no dia seguinte. Tod e eu, pegando o fidalgo num momento de bom humor depois do jantar, lhe pedimos para nos deixar ficar até a terça-feira. Tod usou o argumento, rindo enquanto falava, de que não seria certo viajar no Dia de Todos os Santos, tendo o pároco nos recomendado que fôssemos à igreja. O fidalgo nos disse que éramos uma dupla de patifes abusados e que se ele nos deixasse ficar seria com a condição de que fôssemos à igreja. Eu contei isso para as pessoas que estavam na sala.

— Ele pode despachar os senhores de qualquer forma, quando amanhecer — observou Daniel Ferrar.

— Conhecendo o sr. Todhetley como conhece, Ferrar, você devia saber que ele nunca deixa de cumprir o que promete.

Daniel riu.

— Mas ele fica resmungando por causa delas, fidalguinho Johnny.

— Bom, ele pode resmungar amanhã por causa da nossa estadia, dizer que estamos perdendo um tempo que devia ser empregado no estudo, mas não irá nos mandar de volta antes da terça-feira.

Antes da terça-feira! Se então eu tivesse previsto o que ia acontecer antes da terça-feira! Se todos nós tivéssemos previsto! Se tivéssemos visto retratado como num espelho, acontecimento por acontecimento, o desenrolar das poucas horas transcorridas entre as duas datas! Isso teria evitado a calamidade, o terrível pecado que não poderia jamais ser redimido? Ah, sim; certamente teria.

Daniel voltou-se e olhou para Maria.

— Por que você não vem para perto do fogo?

— Estou muito bem aqui, obrigada.

Ela havia se sentado onde estava, com o gorro tocando a cortina. A sra. Lease, sem perceber que algo estava errado, começara a conversar sobre Lena, cuja doença estava evoluindo para uma febre baixa, quando a porta da rua se abriu e Harriet Roe entrou.

— Que noite bonita está fazendo! — disse ela pegando por iniciativa própria a cadeira que eu, dizendo que precisava ir embora, não pegara. — Maria, o que aconteceu com você depois da igreja? Eu a procurei por toda parte.

Maria não respondeu. Parecia soturna e zangada; e seu peito subia e descia como se uma tempestade estivesse se armando. Harriet Roe deu uma risadinha.

— A senhora pretende guardar o dia santo amanhã, sra. Lease?

— Eu, guardar dia santo? O que acontece amanhã para que se guarde dia santo? — respondeu a sra. Lease.

— Eu vou guardar — prosseguiu Harriet, sem responder à pergunta. — Na França eu estava acostumada a guardar. O Dia de Todos os Santos é um feriado importante lá; vamos à igreja com a nossa melhor roupa e depois fazemos visitas. Depois dele, como uma sombra escura, vem o lúgubre Jour des Morts.

— O quê? — gritou a sra. Lease, fazendo uma concha na orelha.

— O Dia dos Mortos. Mas vocês, ingleses, não vão ao cemitério para rezar.

A sra. Lease pôs os óculos, que estavam sobre as páginas abertas da Bíblia, e olhou para Harriet. Talvez ela achasse que eles a ajudariam a entender. A menina riu.

— No Dia dos Mortos, chova ou faça sol, os cemitérios franceses ficam cheios de mulheres ajoelhadas, vestidas de preto; todas rezam pelo repouso dos seus parentes mortos, conforme o costume dos católicos romanos.

Daniel Ferrar, que não havia pronunciado uma única palavra desde que ela entrara, e ficara com o rosto voltado para a lareira, virou-se e encarou-a. Então ela jogou a cabeça e suas fitas cor-de-rosa para trás e sorriu até se verem todos os seus dentes. Eram dentes bons. Mas quanto à reverência no seu tom, isso não existia.

— Eu as vi se ajoelharem com as pernas meio enterradas na lama e na água. Vocês já viram um fantasma? — acrescentou ela com energia. — Os franceses acreditam que os espíritos dos mortos vêm do além no Dia de Todos os Santos. É difícil convencer uma mulher francesa a sair de casa depois que escurece. É a principal superstição deles.

— Qual é a superstição? — perguntou a sra. Lease.

— Ora, *isso* — disse Harriet. — Eles acham que na véspera do Dia dos Mortos as almas do outro mundo têm permissão de voltar a visitar a terra depois que escurece; que elas pairam no ar, esperando aparecer para qualquer parente vivo que se arrisque a sair de casa, para que ele não se esqueça de rezar no dia seguinte para o resto das suas almas.

— Bom, eu nunca! — gritou a sra. Lease olhando exaltada. — O senhor já ouviu falar nisso? — indagou ela voltando-se para mim.

— Já; já ouvi falar.

Harriet Roe olhou para mim. Eu estava de pé no canto da lareira. Ela deu um riso solto.

— Não seria divertido sair amanhã à noite e encontrar os fantasmas? Só que talvez eles não visitem este país, que não está subordinado a Roma.

— Harriet Roe, comporte-se diante dos seus superiores — disse, incisiva, a sra. Lease. — Esse cavalheiro é o jovem sr. Ludlow de Crabb Cot.

— E eu me sinto muito feliz por conhecer o jovem sr. Ludlow — respondeu Harriet descontraída, afastando dos ombros o seu casaco. — Sua sala de visitas está muito quente, sra. Lease.

O gancho do casaco havia se prendido numa corrente fina de ouro retorcida que ela usava no pescoço, deixando-a à vista. Harriet fechou o casaco apressadamente, como se quisesse esconder a corrente. Mas os óculos da sra. Lease a haviam visto.

— O que é que você tem aí, Harriet? Uma corrente de ouro?

Por um momento fez-se uma pausa, e então Harriet Roe voltou a afastar o casaco, com um ar desafiador, e tocou a corrente com a mão.

— É isso mesmo, sra. Lease: uma corrente de ouro. E muito bonita.

— Era da sua mãe?

— Nunca foi de outra pessoa além de mim. Deram-me de presente esta tarde; é uma lembrança.

Por acaso eu estava olhando para Maria, e sua expressão me assustou: ela ficou muito pálida e sombria; pálida de emoção, sombria por um desespero furioso cuja razão eu não alcancei. Harriet Roe, dirigindo-lhe um olhar de triunfo insolente, saiu da casa com tão pouca cerimônia quanto havia entrado, apenas dando um boa-noite geral; e nós ouvimos suas passadas lá fora ficarem cada vez mais fracas na distância. Daniel Ferrar levantou-se.

— Também vou embora, acho. Você está muito insociável hoje, Maria.

— Pode ser. Talvez eu tenha motivo para isso.

Ela recolheu a mão quando Daniel lhe estendeu a dele; e em seguida, como se um pensamento lhe tivesse ocorrido, correu atrás dele no corredor para lhe falar. Eu estava próximo da porta na salinha e assim ouvi o que ela disse.

— Preciso de uma explicação sua, Daniel Ferrar. Agora. Esta noite. Não podemos continuar assim nem mais uma hora.

— Hoje à noite não, Maria; não tenho tempo a perder. E não sei o que você está querendo dizer.

— Você sabe, sim. Escute. Eu não vou descansar, mesmo que precise de vinte noites, enquanto não resolvermos isso. *Juro* que não. Você está brincando comigo. Outras pessoas já estão falando isso há muito tempo e agora eu sei.

Parece que ele disse a Maria algumas palavras tranquilizadoras, pois seu tom era baixo e suave; depois ele saiu, fechando a porta atrás de si. Maria voltou, escondendo o rosto e sua palidez de nós. Ainda assim, sua velha mãe nada perccebeu.

— Por que você não tira seus agasalhos, Maria? — perguntou ela.

— Já vou — foi a resposta.

Eu me despedi, por minha vez, e saí. A meio caminho de casa encontrei Tod e os dois jovens Lexom. Os Lexom nos convidaram para entrar e ficar para o jantar, e nós fomos embora às dez da noite.

— Vamos apanhar — disse Tod ao sair correndo. — Eles nunca nos deixam ficar fora até mais tarde no domingo, por causa da leitura.

Mas na verdade naquele dia nós escapamos ilesos, pois a doença de Lena estava deixando a casa em comoção. Ela passara melhor naquela tarde, mas às nove da noite a febre voltou mais alta do que nunca. Ela estava deitada na cama, com as faces e os lábios vermelhos, os olhos arregalados, brilhantes. O fidalgo havia subido para vê-la e estava furioso como sempre.

— O médico não mandou o remédio — disse a paciente sra. Todhetley, que devia estar extenuada depois de tanto tempo cuidando da menina. — Ela precisa tomar o remédio; sei que precisa.

— Esses meninos estão em boas condições para correr até o Cole e pegar o remédio — gritou o fidalgo. — Uma caminhada nesta bela noite não os prejudicará.

Evidentemente estávamos em boa forma para tanto. E pusemos nossos casacos novamente; com a incumbência de recomendar ao sr. Cole que viesse bem cedinho no dia seguinte.

— Você faz muita questão de que eu vá, Johnny? — perguntou Tod quando estávamos transpondo a porta. — Eu estou terrivelmente cansado.

— Nenhuma. Vou sozinho sem problema. Estarei de volta dentro de meia hora.

Peguei o caminho mais curto. Voei pelos campos a meio galope, assustando as lebres. O sr. Cole morava perto de South Crabb e eu não creio que se tenham passado mais de dez minutos quando bati à sua porta. Mas voltar com a mesma rapidez era outra conversa. O médico não estava em casa. Tinha sido chamado por um paciente às oito da noite e ainda não voltara.

Entrei para esperar: o criado havia dito que ele poderia voltar a qualquer momento. De nada adiantaria ir embora sem o remédio; sentei-me no consultório diante das estantes e adormeci contando as vasilhas brancas e os vidros de remédio. A entrada do médico me acordou.

— Sinto muito que você tenha tido de vir e esperar — disse ele. — Quando o meu outro paciente, que me deteve durante muito tempo, melhorou, eu fui para Crabb Cot com o remédio da menina, que estava no meu bolso.

— Eles acham que ela está muito mal esta noite.

— Eu a deixei melhor, dormindo tranquila. Logo ela voltará a ficar bem, espero.

— Nossa! Já está muito tarde! — exclamei quando por acaso vi o relógio ao cruzar o vestíbulo. Já era quase meia-noite. O sr. Cole riu, dizendo que o tempo passa depressa quando estamos dormindo.

Voltei lentamente. O sono, ou o meio galope antes dele, me fizeram sentir-me tão cansado quanto Tod havia dito estar. Era uma noite para se ficar ao ar livre e aproveitar: calma, quente, clara. A lua, alta no céu, iluminava cada porção de grama; cintilava na água do riachinho, revelava o musgo nos muros cinzentos da velha igreja e brincava no seu relógio redondo, com os ponteiros cravados no número 12.

Meia-noite em North Crabb equivale a três da madrugada em Londres, pois no campo a maioria das pessoas já está dormindo às dez da noite. Assim, ao ouvir vozes altas e raivosas irromperem numa briga exatamente quando a última pancada do relógio estava sumindo no ar da noite, fiquei imóvel, quase não acreditando nos meus ouvidos.

Eu estava então me aproximando de casa. Os sons chegaram do fundo de um prédio que era o único naquele canto solitário do lado esquerdo da rua. O prédio pertencia ao magistrado e chamavam-no de celeiro amarelo por serem suas paredes pintadas com uma leve camada de amarelo, mas na verdade ele era usado como depósito de grãos. Eu estava passando diante dele quando as vozes se elevaram no ar. Corri para perto do prédio e então vi: Maria Lease e alguém mais que inicialmente não distingui. Cumprindo a sua promessa de não descansar enquanto não "ajustasse as contas" com Daniel Ferrar, Maria havia saído à procura dele. Que azar a levara a procurá-lo perto do depósito? — talvez o fato de ela tê-lo procurado em vão em todos os lugares.

No fundo desse depósito, a alguns passos, havia uma porta que não era usada. Não era usada em parte por não ser necessária, pois a entrada principal ficava na frente; em parte porque sua chave havia desaparecido havia muito tempo. Saindo sorrateiramente por essa porta surgiu Daniel Ferrar vestido num blusão e com um saco de grãos nos ombros. Maria o viu e ficou à distância, oculta pela sombra. Ela o observou fechar a porta e pôr a chave no bolso. Observou-o dar uma sacudida no saco pesado ao virar-se para descer a escada. Então ela saiu da sombra aos gritos. Suas censuras o petrificaram e ele ficou ali como se tivesse virado estátua. Foi nesse momento que eu apareci.

Logo compreendi o que acontecera; para isso não precisava das palavras de Maria. Daniel Ferrar tinha a chave que desaparecera e podia entrar e sair à vontade na calada da noite, quando todos dormiam, e tirar os grãos sem a devida permissão. Não era de admirar que suas aves prosperassem; não era de admirar que murmurassem em Crabb Cot sobre o misterioso desaparecimento dos grãos.

Nos primeiros momentos Maria Lease ficou completamente enlouquecida. Numa aldeia honesta o furto é considerado uma coisa terrível, uma desgraça, um crime. E, além disso, havia o seu sofrimento anterior naquela noite. Daniel Ferrar era ladrão! Daniel Ferrar era falso com ela! Ela despejava confusamente uma tempestade de palavras e censuras, nenhuma delas muito clara. "Vivendo do roubo! Criminoso condenado! Degredo perpétuo! Os grãos do magistrado Todhetley! Engordando as aves com grãos roubados! Comprando correntes de ouro com os lucros para Harriet Roe, aquela francesa arrogante e espalhafatosa! Passeando às escondidas com ela!"

Quando me viu indo na direção deles, Maria parou de acusar. Houve uma pausa; e então ela, no seu louco sofrimento, denunciou-o para mim, como representante (foi o que ela disse) do senhor magistrado: o violador do nosso depósito! O ladrão dos nossos grãos estocados!

Daniel Ferrar permanecia no alto da escada, quieto como uma pedra, imóvel. Então ele desceu os degraus e voltou para mim seu rosto branco. Não disse uma única palavra em defesa própria: o golpe o esmagara. Sendo um homem orgulhoso (se é que alguém entende isso), ser descoberto nesse malfeito era para ele pior que a morte.

— Não me julgue com muito rigor, senhorzinho Johnny — disse ele num tom tranquilo. — Durante todo este tempo, tenho me sentido quase cansado da minha vida.

Depondo o saco de grãos perto da escada, ele tirou do bolso a chave e entregou-me. O aspecto do rapaz tinha mudado: havia em todo o seu ser tanta tristeza e algo reprimido com tanta dor que eu tive pena, como se ele não tivesse culpa. Maria Lease prosseguia com sua ira.

— Amanhã, quando a polícia o levar para a prisão de Worcester, você vai ficar ainda mais cansado. O senhor Todhetley não vai poupar você, embora seu pai tenha sido durante muitos anos o administrador dele. Ele não poderia fazer isso, mesmo que quisesse, porque você foi pego em flagrante pelo mestre Ludlow.

— Me dê a chave de novo só por um momento, por favor — disse ele calmamente, como se não tivesse ouvido nada. E eu lhe dei a chave. Acho que teria lhe dado a minha cabeça, se ele a tivesse pedido.

Ele destrancou a porta do celeiro, levou o saco ao ombro e o colocou ao lado dos outros. O saco era seu, como se constatou depois, mas ele o deixou lá dentro. Trancando de novo a porta, ele me deu a chave e se afastou num passo abatido.

— Até logo, senhorzinho Johnny.

Respondi seu cumprimento polidamente, embora ele tivesse praticado um roubo. Quando ele desapareceu, Maria Lease, ainda tomada de ira, arremessou-se na direção do chalé de sua mãe, lançando um estranho grito de desespero.

— Por onde você andou, Johnny? — rugiu o magistrado senhor das terras, que estava acordado à minha espera. — Estava atirando nas corujas, não estava? Ou estava correndo atrás das lebres?

Disse-lhe que tinha esperado o sr. Cole e voltara com mais vagar do que fora. Mas me calei sobre o resto e fui para o meu quarto imediatamente. E ele foi para o dele.

Sei que sou apenas um desastrado — as pessoas me dizem isso com frequência. Mas nada posso fazer quanto a isso; não fui eu que me fiz. Fiquei acordado até quase o amanhecer, primeiro desejando que Daniel Ferrar pudesse ser escondido e depois pensando que talvez fosse possível escondê-lo. Seria ótimo se ele aprendesse a lição e se corrigisse no futuro. Nós gostávamos do velho Ferrar; ele tinha feito muitas coisas boas para mim e para Tod. E afinal de contas gostávamos de Daniel. Assim, quando amanheceu, eu nada disse sobre o que havia se passado na noite anterior.

— Daniel está em casa? — perguntei, tendo ido à casa de Ferrar imediatamente depois do café da manhã. Queria lhe dizer para se comportar direito, ia lhe dar uns conselhos.

— Ele saiu de manhã — respondeu a velha que cuidava da casa e vendia as aves na feira. — Deve chegar logo, porque ainda não tomou o café da manhã.

— Quando ele chegar, diga-lhe para esperar aqui porque eu quero falar com ele. Diga a ele que está tudo bem. Você vai lembrar, Goody? Diga para ele: "Está tudo bem."

— Vou me lembrar, prometo, mestre Ludlow.

Tod e eu, cumprindo a promessa, fomos à igreja. Havia lá umas dez pessoas nos bancos. Harriet Roe era uma delas, com suas fitas cor-de-rosa, a corrente de ouro retorcida à vista, por cima de um paletó de veludo curto.

— Não, senhor, ele ainda não veio para casa; não tenho ideia de onde possa ter ido — foi a resposta da velha Goody quando voltei à casa de Ferrar. Assim, escrevi um bilhete a lápis e disse à criada para entregá-lo quando ele voltasse, pois eu não podia continuar nessas escapadas de hora em hora.

Depois do almoço, caminhando atrás do celeiro — acho que alguma lembrança me levou até lá, pois aquele não era um lugar frequentado —, vi Maria Lease vindo na minha direção.

Bom, ela estava muito mudada. A mulher furiosa da noite anterior havia se acalmado e se tornara uma coisa lamentável, com aspecto desvairado, abatida pela dor, prestes a morrer de remorso. A raiva excessiva havia operado suas consequências habituais, gerando uma reação a favor de Daniel Ferrar. Ela se aproximou de mim, as mãos cruzadas em desespero, suplicando que eu o poupasse, que eu não contasse o que ele havia feito, que eu lhe desse uma chance para o futuro. Seus lábios tremiam e havia círculos escuros em volta dos olhos rasos.

Eu disse que não havia falado nada e não pretendia fazer isso. Ela esteve prestes a cair de joelhos, mas mudou de ideia.

— Você sabe onde ele está? — perguntei quando ela ficou mais calma.

— Ah, eu queria saber, senhorzinho Johnny. Ele é o tipo de pessoa que pode cometer um ato desesperado. Daniel não é capaz de enfrentar uma vergonha. E eu estava louca, fui muito dura, má, fazendo o que fiz ontem à noite. Ele pode se arremessar no mar ou se alistar para ser soldado.

— Acho que ele já deve ter chegado em casa. Eu deixei para ele um bilhete dizendo que ia vê-lo à noite. Se ele prometer não continuar fazendo coisas erradas, por mim ninguém jamais saberá o que aconteceu.

Ela foi embora mais leve e eu perambulei pelos lados de South Crabb. Tod e eu tínhamos estado muito ansiosos com relação àquele dia santo, mas no final das contas não parecia que ele seria grande coisa. Ao voltar para casa — não havia nada que justificasse continuar ali — fui até o local ao lado do bosque de três cantos onde havia visto Maria, e então um policial a cavalo me alcançou. Meu coração quase parou, pois achei que ele tinha vindo prender Daniel Ferrar.

— Você pode me dizer se eu estou perto de Crabb Cot, da casa do magistrado Todhetley? — perguntou ele freando o cavalo.

— O senhor chegará lá dentro de um minuto ou dois. Eu moro lá. O magistrado Todhetley não está em casa. O que o senhor quer com ele?

— Quero apenas entregar um documento oficial. Preciso entregar esse documento pessoalmente a todos os juízes de condados.

Ele seguiu em frente. Quando cheguei em casa, vi o papel dobrado na mesa do hall. O homem e o cavalo já haviam ido embora. Lá dentro estava pior do que fora: havia menos o que fazer. Tod tinha desaparecido depois da igreja; o magistrado não estava na aldeia; a sra. Todhetley estava no andar de cima com Lena. E eu saí novamente. Eram apenas três da tarde.

Passou-se uma hora ou mais: encontrei uma pessoa, conversei com outra, aticei os patos e gansos; fiz de tudo. A sra. Lease tinha a cabeça oculta num xale amarelo, espichada sobre a paliçada, quando passei pelo seu chalé.

— Não fique no frio, mãe.

— Estou procurando a Maria. Não sei o que aconteceu com ela hoje, senhorzinho Johnny — disse ela baixando a voz num tom confidencial. — A menina parece ter enlouquecido; ficou o dia inteiro andando sem parar de um lado para outro, como cachorro na feira.

— Se eu a encontrar, lhe digo para vir para casa.

E logo depois eu realmente a encontrei. Ela estava saindo do quintal de Daniel Ferrar. Imaginei que ele havia voltado para casa.

— Não — disse ela parecendo mais desvairada, esgotada, pálida, do que antes. — Era isso que eu ia lhe perguntar. Estou desnorteada. Certamente ele foi embora. Foi embora!

Eu não pensava assim. Não era provável que ele fosse embora sem levar suas roupas.

— Mas eu sei que ele foi, senhorzinho Johnny. Alguma coisa está me dizendo isso. Já procurei em toda parte. Estou muito apavorada. Nunca me senti assim em toda a vida.

— Espere até de noite, Maria. Acho que ele voltará para casa à noite. Sua mãe está procurando você; eu disse a ela que se a encontrasse a mandaria para casa.

Ela se voltou mecanicamente para o chalé e eu continuei. Então, enquanto estava sentado num portão olhando o pôr do sol, Harriet Roe passou encaminhando-se para a alameda de salgueiros e acenou com a cabeça para mim, com aquele seu modo espontâneo e afável.

— Você vai lá para esperar os fantasmas à noite? — perguntei, e imediatamente desejei não ter perguntado. — Logo mais estará escuro.

— É mesmo — disse ela voltando o rosto para o céu vermelho no oeste. — Mas hoje eu não tenho tempo para fantasmas.

— Você viu Ferrar hoje? — gritei com uma ideia na cabeça.

— Não. E não posso imaginar aonde ele tenha ido. A menos que seja para Worcester. Ele me disse que teria de ir lá esta semana.

Era evidente que ela não sabia nada sobre ele, e prosseguiu no seu caminho com outro aceno de cabeça descontraído. Sentei-me no portão até o sol se pôr e então achei que era hora de ir para casa.

Bem perto do celeiro amarelo — o cenário da confusão da noite anterior —, com quem eu me depararia, senão com Maria Lease? Ela estava de pé, imóvel, e se voltou rapidamente ao ouvir meus passos. Seu rosto estava outra vez radiante, mas tinha uma expressão atônita.

— Acabei de vê-lo: ele não foi embora — disse ela num murmúrio contente. — Você estava certo, senhor Johnny, e eu estava errada.

— Onde foi que você o viu?

— Aqui, há menos de um minuto. Eu o vi duas vezes. Ele estava bravo, muito bravo, e não me deixou falar com ele. Das duas vezes foi embora antes que eu me aproximasse. Ele está por aí.

Eu olhei ao redor mas não vi Ferrar em parte alguma. O único lugar em que ele poderia se esconder era o celeiro, que estava trancado. O relato que ela fez foi este — e seu rosto ficou novamente atônito enquanto ela contava.

Sem conseguir ficar em casa, ela havia vindo para cá mais uma vez e vira Ferrar de pé no canto do celeiro, olhando-a muito zangado. Ela achou que ele a estava esperando ali, mas antes que ela se aproximasse ele desapareceu, sem que ela visse para onde. Ela passou rapidamente pela frente do celeiro, correu para os fundos e ele estava lá. Estava de pé ao lado da escada olhando para ela, esperando-a, como mais uma vez lhe pareceu; e olhava para ela com o mesmo olhar fixo. Mas de novo ele lhe escapou antes que ela conseguisse chegar aonde ele estava; e foi nesse momento que eu cheguei ao local.

Procurei em torno do celeiro, por toda parte, mas não vi Ferrar. Era algo extraordinário; não havia nenhum lugar onde ele pudesse ter se escondido. Dentro do celeiro ele não poderia estar, pois a porta ficara muito bem trancada; e não se via sinal dele ao ar livre. Ainda havia luz diurna, embora um tanto escassa; a luz vermelha ainda estava no oeste. Além do campo, no fundo do celeiro, havia um bosque em forma de triângulo; e esse bosque era ladeado pela ravina de Crabb, que ia para a direita e para a esquerda. A ravina de Crabb tinha fama de ser mal-assombrada porque às vezes se via à noite uma luz esquivar-se em suas encostas escarpadas e ninguém sabia explicar aquilo. Era um lugar muito animado para quem gostava de escuridão.

— Você tem certeza de que era Ferrar, Maria?

— Claro! — respondeu ela surpresa. — Você acha que eu poderia confundi-lo com outra pessoa, senhor Johnny? Ele usava aquele horroroso gorro de pele de foca amarrado sobre as orelhas e o grosso casaco cinza. O casaco estava todo abotoado. Eu não o via com esse casaco e esse gorro desde o inverno passado.

Que Ferrar devia ter se escondido em algum lugar parecia óbvio. Mas para acolhê-lo não havia nada além do chão. Maria disse que da última vez o perdera de vista de repente; aliás, das duas vezes. E era absolutamente impossível que ele tivesse podido fugir até o triângulo ou outro lugar qualquer, pois nesse caso ela certamente o veria passar pelo espaço aberto. Aliás, eu também o teria visto.

No total não haviam transcorrido dois minutos desde a minha chegada — embora pareça mais tempo quando o caso é relatado — quando, antes que pudéssemos procurar mais, ouvimos vozes se aproximarem, vindas da direção de Crabb Cot e Maria, sem querer ser vista, afastou-se rapidamente. Eu ainda estava intrigado quanto ao lugar onde Ferrar poderia ter se escondido quando eles chegaram aonde eu estava: o magistrado, Tod e dois ou três homens. Tod se aproximou lentamente com uma expressão grave.

— Johnny, que coisa mais chocante!

— Chocante? O quê?

— Você não ouviu falar? É, você não poderia ter ouvido.

Eu não sabia de nada. Não sabia que havia alguma coisa para saber. Tod me contou sussurrando:

— Daniel Ferrar está morto, caro.

— *O quê?*

— Ele se matou. Meia hora atrás. Enforcou-se no bosque.

Fiquei nauseado, juntando as coisas, comparando uma lembrança com outra. Acho que você vai pensar que só um idiota completo faria uma coisa dessas.

Ferrar estava mesmo morto. Tinha passado o dia inteiro escondido no bosque de três pontas, talvez à espera da noite para fugir, talvez à espera da noite para apenas voltar para casa. Quem pode saber? Mais ou menos às duas e meia Luke Macintosh, um homem que trabalhava às vezes para nós e às vezes para o velho Coney, passando por acaso pelo bosque, viu Daniel ali e conversou com ele. O mesmo homem, ao voltar logo antes do pôr do sol, encontrou-o pendurado numa árvore, morto. Macintosh correu com a notícia para Crabb Cot e agora eles estavam indo para o lugar. Quando os fatos foram examinados houve razão suficiente para pensar que a infeliz visita do policial a cavalo aterrorizara Ferrar, levando-o ao ato; talvez — todos nós achávamos isso — ela tivesse lhe roubado a razão. Como quer que se explicasse o fato, era uma coisa horrível.

Mas e quanto à aparição que Maria Lease viu? Àquelas alturas Ferrar já estava morto havia pelo menos meia hora. Seria realidade ou ilusão? Ou seja (como disse o magistrado), os olhos de Maria viram um Daniel Ferrar real, espectral ou foram enganados por uma imaginação do seu cérebro? As opiniões se dividem. Nada pode abalar a sua crença inalterável na realidade do fato. Para a garota, ele continua sendo uma certeza terrível, verdadeira e indubitável como o céu.

Se disser que também acredito nela serei chamado de idiota e idiota perdido. Mas não há nenhum obstáculo difícil de superar. Ferrar, quando encontrado, estava usando o gorro de pele de foca amarrado sobre as orelhas e o casaco cinza grosso abotoado de alto a baixo, exatamente como Maria Lease o havia descrito para mim; e ele não os havia usado desde o inverno anterior ou tirado do baú onde eles ficavam guardados. A velha que cuidava da casa não sabia que o rapaz havia se matado. Quando lhe contaram que ele tinha morrido com aquelas coisas, ela protestou que elas estavam no baú e correu para trazê-las. Mas as coisas não estavam lá.

Charlotte Riddell
A casa velha da alameda Vauxhall

I

— Sem teto... sem lar... sem esperança!

Muitas pessoas que antes dele caminharam por aquela mesma rua devem ter dito as mesmas palavras — os extenuados, os desolados, os famintos, os abandonados, os refugos da humanidade lutadora que estão sempre indo e vindo, frios, famélicos e miseráveis, nas calçadas da paróquia de Lambeth; mas aquele jovem que corria pela alameda Vauxhall numa noite invernal chuvosa, sem capa nos ombros nem chapéu na cabeça, talvez as tenha pronunciado com uma convicção tão profunda da sua verdade e um sentimento de autocomiseração tão agudo quanto jamais se viu.

Uma frase estranha para ser dita por um rapaz de 21 anos, e mais estranha ainda vinda de uma pessoa que parecia — e era efetivamente — um cavalheiro. Ele não tinha tampouco o aspecto de alguém que caíra em desgraça. Nenhum sinal poderia levar um transeunte a imaginar que ele tivesse sido derrotado após uma longa luta contra uma calamidade. Suas botas não estavam gastas nos saltos ou arruinadas nos dedões, como acontecia com muitas, muitas botas que se arrastavam pela calçada. As roupas eram boas e elegantes, e desconheciam os rasgões, remendos e farrapos que se esquivavam tristemente, curvavam-se nas portas e estendiam mudamente a mão suplicando por caridade. Seu rosto não se contraía pela fome nem era marcado por rugas repulsivas ou brutalizado pela bebida e o deboche, e no entanto ele disse convicto que não havia esperança para ele e no seu desespero jovem quase disse em voz alta aquelas palavras.

Era uma noite ruim para estar ao relento com esse sentimento no coração. A chuva era fria, impiedosa e cada vez mais forte. Um vento úmido, cortante, soprava pelas ruas que levavam ao rio. Os vapores da usina de gás pareciam se precipitar com a chuva. A estrada estava enlameada; o calçamento, escorregadio; os lampiões queimavam com pouca luz; e aquele melancólico distrito londrino estava com o seu aspecto mais sombrio.

Certamente não era uma noite para se estar fora, longe de casa, sem um lar para ir nem um trocado no bolso, mas era essa a situação do jovem cavalheiro que caminhava pela alameda Vauxhall com a chuva caindo na sua cabeça desprotegida.

Ele olhou com inveja para as casas tão grandes e boas, que no passado eram habitadas por ricos cidadãos e agora tinham seus andares alugados para inquilinos semanais. Ele daria muito dinheiro para ter um quarto ou até mesmo um canto de um quarto. Tinha andado por muito tempo, na verdade desde que escurecera, e em dezembro escurece cedo. Estava cansado e com fome e frio, e não lhe restara alternativa além de caminhar pelas ruas toda a noite.

Quando passava sob um dos lampiões, a luz que iluminava seu rosto revelava traços jovens e bonitos, uma boca expressiva, sensível, e aquele desenho das sobrancelhas — não exatamente um franzido, mas um repuxado — que frequentemente se considera indicador de genialidade, mas com mais certeza acompanha uma organização impulsiva que facilmente se apraz, facilmente se deprime, capaz de um intenso sofrimento ou de se divertir à vontade. Em sua vida breve ele não havia se divertido muito e sofrera bastante. Naquela noite, quando caminhava sem chapéu na chuva, as coisas tinham chegado a uma crise. Até onde, no seu desespero, ele se sentiu capaz de ver ou raciocinar, a coisa mais sensata a fazer seria morrer. O mundo não o queria e ficaria melhor sem ele.

A porta de uma das casas estava aberta, e ele viu no vestíbulo mal iluminado umas poucas peças de mobília à espera de serem retiradas. Junto do meio-fio havia uma carroça, e dois homens estavam levando para lá uma mesa. Ele parou por um segundo.

"Ah", pensou ele, "até essas pessoas pobres têm um lugar para ir, um abrigo, enquanto eu não tenho um teto sobre a minha cabeça nem um *shilling* para pagar um albergue noturno". E ele prosseguiu a passo acelerado, como se a lembrança o estivesse animando, tão esperto que um homem que corria atrás dele teve alguma dificuldade para alcançá-lo.

— Senhorzinho Graham! Senhorzinho Graham! — exclamou o homem ofegante. E ouvindo isso o jovem parou como se tivesse sido alvejado.

— Quem é você que me conhece? — perguntou ele olhando em volta.

— Eu sou William; o senhor não se lembra do William, senhorzinho Graham? E, pelo amor de Deus, *sir*, o que o senhor está fazendo fora de casa sem chapéu numa noite como esta?

— Eu o esqueci — foi a resposta — e não quis voltar para procurá-lo.

— Então por que o senhor não compra outro? O senhor vai morrer de frio; e além disso, desculpe-me, *sir*, mas na verdade seu aspecto é estranho.

— Eu sei disso — disse carrancudo o senhorzinho Graham —, mas não tenho um tostão furado no bolso.

— Então o senhor e o patrão... — começou o homem, mas nesse ponto ele hesitou e se calou.

— Se houve uma briga? Houve, e uma briga que vai durar pelo resto da nossa vida — concluiu o outro com uma risada amarga.

— E aonde o senhor está indo agora?

— Indo! A parte alguma, apenas vou procurar a pedra de calçamento mais macia ou o abrigo de uma arcada.

— O senhor está brincando!

— Não estou com o humor próprio para piadas.

— Volte comigo, senhorzinho Graham. Estamos mudando, mas há um resto de fogo na lareira e será melhor conversar sem essa chuva. O senhor vem comigo?

— Ir com você? Claro que vou! — disse o jovem e os dois, virando-se, fizeram o caminho de volta para a casa que ele havia observado ao passar.

Era um apartamento muito velho, e seu amplo vestíbulo, seguido de degraus baixos, que se subiam comodamente, as molduras profundas até o teto, o piso de carvalho e as portas de mogno eram um testemunho silencioso da riqueza e estabilidade do proprietário original, que vivera antes que se sonhasse com Tradescants e Ashmoles e estava dormindo havia bem mais tempo que estes no cemitério da igreja de St. Mary, contígua ao palácio do arcebispo.

— Vamos subir, *sir* — convidou o locatário que se mudara —; aqui está fazendo frio, com a porta escancarada.

— Então a casa inteira era sua, William? — perguntou Graham Coulton um tanto surpreso.

— A casa inteira, e eu estou saindo dela muito contrariado; mas a minha mulher não gosta dela. Nesta sala, *sir* — e com um orgulho um tanto constrangido, William, fazendo as honras da residência que fora sua, introduziu seu convidado num aposento espaçoso que ocupava toda a extensão do primeiro andar.

Embora estivesse extremamente cansado, o jovem não pôde conter uma exclamação de perplexidade.

— Puxa vida, nós não temos um espaço tão grande quanto esse em casa, William — disse ele.

— É uma casa boa — respondeu William juntando as brasas, enquanto falava e atirava sobre elas alguns paus —; mas ela está arruinada, como acontece com muitas famílias boas.

Havia quatro janelas na sala, com as venezianas fechadas; elas tinham assentos fundos, baixos, que faziam pensar nos dias agradáveis do passado, quando, com boas cortinas e bons estofamentos, compunham refúgios aconchegantes para as crianças e às vezes também para os adultos; não havia ficado nenhuma mobília, a menos que se considerassem como tal um banco comprido de carvalho com espaldar alto ao lado da lareira e um grande espelho deixado numa moldura no canto oposto do apartamento, com um consolo de mármore negro. Mas a própria ausência de poltronas e mesas permitia que se tivesse uma boa apreciação das magníficas proporções da sala, e graças a ela também a atenção não era desviada do teto ornamentado, das paredes almofadadas, da pitoresca cornija da lareira, tão originalmente entalhada, e da lareira revestida de azulejos, cada um com a figura de algum tema bíblico ou alegórico.

— Se você ainda morasse aqui, William — disse Coulton deixando-se cair, exausto, no banco —, eu lhe pediria para me deixar passar a noite exatamente aqui onde estou.

— Se o senhor se arranjar, eu não sei de nada que o impeça de ficar aqui — respondeu o homem abanando a madeira que se inflamava. — Só vou entregar a chave ao proprietário amanhã, e de qualquer modo o senhor estará melhor aqui do que nas ruas frias.

— Você está falando sério? — perguntou ansioso o outro. — Fico-lhe muito grato, porque estou quase morto de cansaço.

— Então fique, senhorzinho Graham, e seja bem-vindo. Vou buscar um cesto de carvão que eu ia pôr na carroça e fazer um bom fogo, para que o senhor possa se aquecer; então preciso ir correndo até a outra casa e ficar um pouquinho lá, só um minuto ou dois; mas não é longe, e eu estarei de volta logo que puder.

— Obrigado, William; você sempre foi bom para mim — disse o jovem agradecido. — Aqui está muito agradável. — E ele esticou as mãos entorpecidas sobre a madeira em chamas e olhou em torno da sala com um sorriso satisfeito.

— Eu não esperava entrar num lugar desses — observou ele enquanto o amigo reaparecia carregando um cesto grande cheio de carvão, com o qual começou a preparar um fogo vigoroso. — Tenho certeza de que a última coisa que eu poderia ter imaginado seria encontrar alguém conhecido na alameda Vauxhall.

— De onde o senhor estava vindo, senhorzinho Graham? — perguntou William, curioso.

— Da casa do velho Melfield. Eu já frequentei a sua escola, sabe, e ele agora está aposentado e vive da renda de anos de roubalheira no estádio de Kennington. Eu achei que ele talvez me emprestaria um dinheirinho ou me ofereceria um pernoite, ou até mesmo uma taça de vinho; mas, ah, meu Deus, não. Ele assumiu um tom virtuoso e disse que não tinha nada para oferecer a um filho que havia desafiado a autoridade do seu pai. Deu-me uma porção de conselhos e só isso, e com uma cortesia afável convidou-me a ir para fora, na chuva, o que me deu vontade de espancá-lo.

William balbuciou à meia-voz algo que não chegava a ser uma bênção e acrescentou em tom alto:

— De qualquer modo eu acho que o senhor está melhor aqui. Volto dentro de meia hora.

Ao ficar sozinho o jovem Coulton tirou o paletó e, mudando ligeiramente a posição do banco, pendurou-o numa extremidade para secar. Com o lenço ele enxugou um pouco o cabelo; depois, totalmente exausto, deitou-se diante da lareira e, fazendo o braço de travesseiro, logo estava dormindo.

Foi acordado quase uma hora depois pelo som de alguém atiçando o fogo e andando tranquilamente pela sala. Pondo-se sentado, olhou em torno de si, estranhando por um momento, e então, reconhecendo seu humilde amigo, disse rindo:

— Eu fiquei atordoado. Não conseguia saber onde estava.

— Sinto muito que o senhor esteja aqui, *sir* — foi a resposta —, mas ainda assim acho que aqui é melhor que na rua. A noite está detestável. Trouxe comigo um tapete no qual o senhor talvez possa se enrolar.

— Mas eu gostaria que você tivesse trazido alguma coisa para eu comer — disse o jovem rindo.

— O senhor está com fome, *sir*? — perguntou William num tom preocupado.

— Estou. Não comi nada desde o café da manhã. Meu pai e eu começamos a discutir no instante em que nos sentamos para almoçar, e eu me levantei e deixei a mesa. Mas a fome não é importante. Eu estou seco e quente, e no sono posso esquecer o resto.

— E agora está tarde demais para comprar qualquer coisa — disse o homem para si próprio. — Os estabelecimentos estão todos fechados há muito tempo. O senhor acha, *sir* — acrescentou ele animado —, que se satisfaria com um sanduíche de pão com queijo?

— Se eu acho? Eu diria que isso é um banquete — respondeu Graham Coulton. — Mas não se preocupe com comida hoje, William. Você já teve trabalho suficiente e de sobra.

A única resposta de William foi arremessar-se para a porta e descer correndo a escada. Depois ele reapareceu trazendo numa das mãos um sanduíche de pão com queijo embrulhado num papel e na outra uma caneca de estanho cheia de cerveja.

— Foi o melhor que eu pude conseguir, *sir* — disse ele desculpando-se. — Precisei suplicar isso à senhoria.

— À saúde dela! — exclamou o jovem alegremente, tomando um grande gole. — Isso é melhor que champanhe na casa do meu pai.

— Ele deve estar preocupado com o senhor — arriscou William, que, tendo a essa altura esvaziado o carvão, estava agora sentado no cesto virado de borco, observando tristonho a satisfação com que o filho do seu ex-senhor comia aquele sanduíche de pão com queijo.

— Não — foi a resposta categórica. — Quando vir que está chovendo a cântaros ele vai desejar apenas que eu esteja desabrigado no dilúvio e dirá que ficar bem encharcado me fará baixar a crista.

— Não acho que o senhor esteja certo quanto a isso — observou o homem.

— Estou certo, sim. Meu pai sempre me odiou, assim como odiava a minha mãe.

— Perdão, *sir*. Ele gostava muito da sua mãe.

— Se você tivesse ouvido o que ele falou sobre ela hoje veria que há razões para mudar de opinião. Ele me disse que eu me pareço com ela tanto no modo de pensar quanto no físico. Que eu sou um covarde, um simplório e um hipócrita.

— Ele não falava a sério, *sir*.

— Falava, sim. Ele acha mesmo que eu sou covarde, porque eu... eu... — E o jovem entrou num estado de agitação emocional, com lágrimas histéricas.

— Eu não gosto nem um pouco de deixá-lo aqui sozinho — disse William olhando em torno de si com um ar preocupado —, mas não tenho nenhum lugar adequado para pedir abrigo para o senhor e sou forçado a ir embora, porque sou guarda-noturno e preciso me apresentar à meia-noite.

— Eu vou ficar bem — foi a resposta. — A única coisa de que eu preciso é não falar mais sobre o meu pai. Conte-me sobre você, William. Como foi que conseguiu morar numa casa tão grande, e por que está se mudando?

— O senhorio me pôs aqui para tomar conta da casa; e minha mulher cismou de não gostar dela.

— Por que ela não gostou?

— De noite ela se sentia muito sozinha com as crianças — respondeu William virando a cabeça para o outro lado. Depois ele acrescentou: — Agora, *sir*, se não posso fazer mais nada para o senhor, preciso ir embora. Tenho pouco tempo. Amanhã cedo dou um pulo aqui.

— Boa noite — disse o jovem estendendo a mão, que o outro apertou com tanta efusão e sinceridade quanto a que lhe foi oferecida. — O que seria de mim esta noite, se não o tivesse encontrado por acaso?

— Não acho que haja muito acaso no mundo, senhorzinho Graham — comentou William tranquilamente. — Espero que o senhor descanse bem e que a chuva que apanhou não lhe faça mal.

— Não estou nem um pouco preocupado com isso — foi a resposta, e no minuto seguinte o jovem estava sozinho na Casa Velha da alameda Vauxhall.

II

Deitado no banco, com o fogo extinto e a sala em total escuridão, Graham Coulton teve um sonho curioso. Achou que ao acordar de um sono profundo encontrara na lareira um toco que ardia sem chama e na extremidade do apartamento o espelho refletindo clarões súbitos. Ele não conseguia entender como lhe era possível, estando tão longe do espelho, ver tudo refletido ali; mas esqueceu sem perplexidade o problema, como tantas vezes acontece nos sonhos.

Tampouco se surpreendeu quando viu uma figura feminina sentada ao lado da lareira, ocupada em tirar alguma coisa do colo e deixá-la cair com um gesto desesperado.

Ele ouviu o som suave do ouro e soube que ela estava erguendo e deixando cair umas moedas. Virou-se um pouco como se para ver a pessoa dedicada àquela tarefa tão singular e sem sentido, e descobriu que onde não havia cadeira na noite anterior havia agora uma, e nela estava sentada uma bruxa velha e enrugada, de roupas pobres e esfarrapadas, com um chapéu feminino que quase lhe cobria o cabelo branco e ralo, as faces encovadas, o nariz curvo, os dedos parecendo garras quando mergulhavam na pilha de ouro, cujos pedacinhos eles levantavam apenas para em seguida espalhar melancolicamente.

— Ah, a minha vida perdida — lamentou ela, e sua voz comunicava a mais triste angústia. — Ah, a minha vida perdida... Se eu pudesse ter de volta um dia, uma hora da minha vida!

Da escuridão, do canto da sala onde as sombras se adensavam, da melancolia que jazia perto da porta, da noite sombria, chegaram, com os pés encharcados e a umidade gotejando-lhes da cabeça, os velhos e as crianças, as mulheres alquebradas e os corações abatidos cujo sofrimento aquele ouro poderia ter aliviado, mas de cuja desgraça ele zombava.

Em torno daquela mulher avarenta, que antes se sentava vangloriando-se — assim como agora se sentava lamentando-se —, eles se aglomeraram, todos aqueles vultos pálidos, tristes: os velhos de dias, as crianças de horas, a soluçante pobreza honesta e banida, a imoralidade arrependida. Porém um grito abafado continuava nos lábios pálidos daquelas pessoas, um pedido de socorro que poderia ter sido atendido mas que ela recusara.

Eles se aproximaram dela, todos juntos, como haviam feito isoladamente em vida; pediram, soluçaram, suplicaram; com olhos enfurecidos a figura olhava os pobres que havia repelido, as crianças para cujo choro ela fizera ouvidos moucos, os velhos que ela deixara morrer de inanição por não lhes dar o que para ela seria uma bagatela; então, com um grito terrível, ela ergueu os braços magros acima da cabeça e afundou até desaparecer sob o ouro que transbordou do seu colo. O ouro se espalhou ao cair do seu colo e rolou pelo chão, até seu brilho se perder na escuridão mais além.

Então Graham Coulton acordou para valer, transpirando por todos os poros, com um medo e uma angústia que ele nunca tinha sentido em toda a sua existência e com o som daquele grito de partir o coração — Ah, a minha vida perdida — ainda nos seus ouvidos.

Parece que de mistura com tudo isso tinha havido também alguma lição para ele que ele esquecera, que por mais que ele tentasse lembrar fugia da sua memória, e que escapulira no próprio ato de acordar.

Ele ficou por um tempo pensando em tudo isso, e então, ainda sonolento, voltou mais uma vez à terra dos sonhos.

Talvez fosse natural que, junto com as estranhas fantasias que se sucedem desfilando na noite escura, a primeira visão devesse voltar, e o jovem logo se esforçava por recordar cena após cena em que no lugar principal estava a figura da mulher que ele vira sentada ao lado de um fogo que se extinguia...

Ele a viu caminhar lentamente pelo chão mascando uma casca de pão seco — ela, que poderia ter comprado todos os luxos que a riqueza é capaz de ordenar; na lareira, contemplando-a, havia um homem de presença imponente, vestido à moda antiga, que tinha nos olhos uma expressão raivosa e nos lábios um sorriso crispado de asco. De algum modo, embora dormindo, o homem que sonhava percebeu que aquele era o ancestral da descendente que ele havia observado. Que, usada para maus propósitos, a casa onde ele estava dormindo nunca havia descido tanto da sua alta posição quanto com aquela mulher possuída de uma alma tão deplorável, contaminada com a imperfeição mais desprezível e insidiosa que a pobre humanidade conhece, pois todas as outras imperfeições parecem estar ligadas à carne, mas a ganância da avareza corrói a própria alma.

Mesmo sendo ela uma pessoa tão suja, com um aspecto tão repulsivo e o coração tão duro, ele viu outro fantasma que, chegando à sala, encontrou-a quase na entrada, tomou-a pela mão e aparentemente pediu sua ajuda. Ele não ouviu tudo o que foi dito, mas entendeu uma ou outra palavra. Algumas falavam de tempos passados, outras mencionavam uma mãe jovem e bonita — evocando, ao que parece, uma época em que eles eram irmão e irmã ainda crianças e a maldita ganância de ouro não os havia separado. Tudo em vão: a bruxa respondeu a ele exatamente como respondera às crianças, às meninas e aos velhos da visão anterior. Seu coração era tão insensível à afeição natural quanto se mostrara para com a solidariedade humana. Ele aparentemente implorou por ajuda para evitar uma desgraça ou uma terrível infelicidade, mas diamantes teriam sido mais sensíveis ao seu pedido. Então a figura que estava de pé na lareira transformou-se num anjo e dobrou suas asas tristemente sobre o rosto, e o homem, com a cabeça baixa, deixou a sala a passos lentos.

Depois disso o cenário voltou a mudar; era noite novamente e a avarenta foi para o andar superior. Lá embaixo Graham Coulton viu-a em imaginação subindo, a custo, degrau por degrau. Ela havia envelhecido estranhamente desde as cenas anteriores. Deslocava-se com dificuldade; parecia empregar um esforço supremo para se arrastar de degrau em degrau, a mão descarnada seguindo pelo balaústre com determinação lenta e dolorosa. Fascinados, os olhos do jovem acompanhavam o avanço daquela mulher fraca, decrépita. Ela estava solitária numa casa desolada, com um negrume mais profundo que a escuridão da noite esperando para tragá-la.

A Graham Coulton pareceu que depois disso ele ficou quieto durante algum tempo num sono sem sonhos, e ao acordar se viu entrando num salão tão sórdido e sujo em seus petrechos quanto fora a pessoa da mulher da sua visão anterior. A esposa do mais pobre dos trabalhadores teria mais confortos em torno de si do que se via naquele salão. Uma cama com dosséis mas sem nenhum tecido caindo deles, uma persiana despencando obliquamente, no chão um tapete velho, sujo e coberto de poeira, uma pia raquítica com a pintura gasta, uma velha penteadeira de mogno e um espelho rachado e cheio de manchas foram os objetos que ele distinguiu à primeira vista, olhando para o salão naquela meia-luz tão frequente nos sonhos.

Aos poucos, contudo, ele percebeu o contorno de alguém que estava deitado muito encolhido na cama. Aproximando-se, percebeu que era a pessoa cuja horripilante presença parecia invadir toda a casa. Que aspecto terrível tinha ela, com os cachos brancos e ralos espalhados pelo travesseiro, restos de cobertores franzidos em seus ombros, e dedos que mais pareciam garras segurando ávidos as roupas, como se até no sonho ela defendesse o seu ouro.

Era um espetáculo medonho e repulsivo, mas que não tinha metade do terror daquele que se lhe seguiu. Enquanto olhava, o jovem ouviu passadas furtivas na escada. Depois viu primeiramente um homem e depois o companheiro dele se insinuarem cautelosos no salão. Dccorrido mais um segundo os dois ficaram ao lado da cama, e em seus olhos se lia um assassinato.

Graham Coulton tentou gritar, tentou se mexer, mas a força inibidora que existe nos sonhos apenas amarrava sua língua e paralisava seus membros. Ele só podia ouvir e olhar, e o que ouviu e viu foi isto: acordando subitamente, a mulher olhou, apenas para receber um golpe de um dos facínoras, cujo exemplo seu companheiro imitou, cravando-lhe uma faca no peito.

Com um grito gorgolejante ela caiu de volta na cama, e nesse mesmo momento, também com um grito, Graham Coulton acordou outra vez e agradeceu aos céus por aquilo não ter sido mais que ilusão.

III

— Espero que tenha dormido bem, *sir*. — Era William, que, entrando no hall e com a luz do sol de uma bela manhã atrás de si, perguntou: — O senhor teve um sono repousante?

Graham Coulton riu e respondeu:

— Na verdade acho que dormi bastante bem, mas, não sei se por causa da briga com o meu pai, da cama dura ou do queijo que comi — mais provavelmente por causa do pão com queijo tão tarde da noite —, sonhei a noite inteira, os sonhos mais extraordinários. Uma velha ficava aparecendo o tempo todo, e eu vi assassinarem-na.

— Verdade, *sir*? — disse William nervoso.

— Verdade, sim — respondeu Graham Coulton. — Mas tudo já acabou. Eu fui lá na cozinha e me lavei todo, e estou tão fresco quanto uma margarida e tão faminto quanto um caçador, e, ah, William, você pode me providenciar um café da manhã?

— Claro, senhorzinho Graham. Eu trouxe uma chaleira e vou imediatamente pôr a água para ferver. Imagino, *sir* — disse ele hesitante —, que o senhor esteja voltando para casa hoje.

— Casa! — repetiu o jovem. — Claro que não. Nunca mais eu volto para casa enquanto não puder retornar com uma medalha pendurada no paletó ou uma perna ou braço amputado. Refleti muito sobre isso, William. Vou me alistar. Estão falando em guerra e, vivo ou morto, meu pai terá motivo para voltar atrás em sua opinião sobre eu ser covarde.

— Tenho certeza de que o almirante nunca achou que o senhor é covarde — disse William. — Afinal o senhor tem coragem para dez homens!

— Não de acordo com ele — respondeu tristemente o jovem.

— O senhor não vai fazer nada precipitadamente, senhorzinho Graham; não vai se alistar nem fazer nada desse tipo só porque está com raiva.

— Se eu não fizer isso o que será de mim? — perguntou o outro. — Não posso cavar; tenho vergonha de esmolar. Se não fosse você, ontem à noite eu não teria um teto sobre a minha cabeça.

— Não foi muito mais que um teto, receio.

— Não foi muito mais que um teto! — repetiu o jovem. — Ora, quem poderia querer mais? Que salão de primeira é este — prosseguiu ele, olhando o apartamento, onde William estava agora acendendo um fogo —; pode-se perfeitamente dar um jantar para vinte pessoas aqui!

— Se acha o lugar tão bom, senhorzinho Graham, o senhor pode ficar aqui por algum tempo, até resolver o que irá fazer. O senhorio não se oporá, tenho certeza.

— Ah, bobagem! Ele pediria um aluguel alto para uma casa como esta.

— *Se ele conseguisse*, ouso dizer — foi a resposta cheia de significado dada por William.

— O que você está querendo dizer? O apartamento não será alugado?

— Não, *sir*. Eu não quis lhe dizer isso ontem à noite, mas houve um assassinato aqui e desde então as pessoas evitam a casa.

— Um assassinato! Que tipo de assassinato? Quem foi assassinado?

— Uma mulher, senhorzinho Graham, a irmã do proprietário. Ela morava aqui sozinha e parece que tinha dinheiro. Tivesse ou não dinheiro, ela foi encontrada morta com uma facada no peito, e se é que tinha, ele deve ter sido levado quando aconteceu o crime, pois nunca se encontrou nada na casa desde aquele dia.

— Foi por isso que a sua mulher não quis ficar aqui? — perguntou o jovem inclinando-se contra a lareira e olhando pensativo para William.

— Foi, *sir*. Ela não pôde aguentar mais. Ficou tão magra e nervosa como ninguém imaginaria ser possível. Ela nunca viu nada, mas disse que ouvia passos e vozes, e que quando caminhava pela sala ou subia a escada parecia que alguém sempre a seguia. Púnhamos as crianças para dormir no grande salão onde o senhor ficou ontem à noite e elas diziam que frequentemente viam uma velha sentada ao lado da lareira. Comigo nunca aconteceu nada — concluiu William com uma risada —; eu estava sempre pronto para adormecer no minuto em que punha a cabeça no travesseiro.

— Não encontraram os assassinos? — perguntou Graham Coulton.

— Não, *sir*. O proprietário, irmão da srta. Tynan, sempre foi considerado suspeito, embora eu tenha certeza de que isso é uma coisa injusta. Sabia-se que ele tinha vindo pedir ajuda um dia ou dois antes do assassinato, e também se sabia que passadas umas duas semanas ele conseguiu resolver a dificuldade que o estava preocupando. O dinheiro nunca apareceu; e as pessoas não sabem o que pensar.

— Hum... — resmungou Graham Coulton, e deu umas voltas pelo apartamento. — Eu poderia conhecer esse proprietário?

— Certamente, *sir*, se o senhor tivesse um chapéu — respondeu William com um decoro tão sério que o jovem explodiu numa risada.

— Isso é um obstáculo, claro — observou ele —, e em vez de ir lá eu vou escrever um bilhete. Tenho um lápis no bolso, vamos lá!

Meia hora depois do envio do bilhete William estava de volta com uma moeda, os cumprimentos do proprietário e a garantia de que ele teria muito prazer se o sr. Coulton pudesse "dar um pulo" na sua casa.

— Não vá fazer nada precipitado, *sir* — suplicou William.

— Ora, homem — respondeu o jovem —, pode-se ser atingido tanto por um fantasma quanto por uma bala. De que você está com medo?

William balançou a cabeça. Ele não achava que seu jovem patrão fosse do tipo capaz de ficar sozinho numa casa mal-assombrada e, à força dos seus próprios esforços não assistidos, resolver o mistério que ela certamente encerrava. E no entanto Graham Coulton parecia mais leve e alegre do que normalmente ao deixar a casa do proprietário e, cantarolando uma ária enquanto caminhava, subir a rua Lambeth até o lugar onde William o esperava de volta.

— Resolvemos a questão — disse ele. — E agora se o papai quiser seu filho para o Natal, ele terá dificuldade em encontrá-lo.

— Não diga isso, senhorzinho Graham, não diga isso — suplicou o homem com um calafrio —; talvez teria sido melhor, afinal de contas, se o senhor nunca tivesse aparecido na alameda Vauxhall.

— Não fique aí grasnando, William — respondeu o jovem. — Macacos me mordam se essa não foi a melhor coisa que eu já fiz para mim mesmo.

Durante todo o resto daquela manhã e à tarde Graham Coulton procurou diligentemente o tesouro perdido que o sr. Tynan lhe assegurou nunca ter sido encontrado. A juventude é confiante e teimosa, e aquele novo explorador sentiu-se satisfeito por saber que seria bem-sucedido naquilo em que outros tinham se frustrado. No segundo andar ele encontrou uma porta trancada, mas na hora não deu atenção a isso, pois achava que se algo estava escondido na casa seria mais provável encontrá-lo na sua parte inferior do que na superior. Mais para o final da tarde ele prosseguiu na sua busca, revirando a cozinha e o porão, inclusive os muitos armários antiquados que ali havia.

Já eram quase onze horas quando, remexendo entre as arcas vazias de uma adega tão grande quanto uma câmara mortuária familiar, Graham Coulton subitamente sentiu um ar frio nas costas. Ele se voltou e sua vela apagou-se imediatamente, e assim que ficou na escuridão ele viu no vão da entrada uma mulher parecida com aquela que assombrara seus sonhos durante toda a noite anterior.

Ele correu com as mãos estendidas para pegá-la, mas agarrou apenas o ar. Acendeu novamente a vela e examinou bem o porão, fechando a comunicação com o andar térreo enquanto fazia isso. Tudo em vão. Não encontrou nenhum sinal de alguma criatura viva — nenhuma janela estava aberta, nenhuma porta desaferrolhada.

"É muito esquisito", pensou ele enquanto, depois de fechar muito bem a porta do alto da escada, procurava na parte superior da casa, com exceção do quarto mencionado.

"Preciso conseguir a chave dessa porta amanhã", pensou ele. Estava de pé, desanimado, com as costas voltadas para a lareira e os olhos vagando pela sala de estar onde novamente estava morando.

Exatamente quando pensou isso ele viu, de pé no vão da porta aberta, uma mulher com o cabelo branco desgrenhado, vestida pobremente, esfarrapada e suja. Ela ergueu a mão e fez para ele um gesto ameaçador, e então, justo quando ele estava se precipitando na direção dela, algo maravilhoso aconteceu.

Por trás do grande espelho deslizou uma segunda figura feminina, e, ao vê-la, a primeira se virou e fugiu, com gritos penetrantes enquanto a outra a seguia de andar em andar.

Quase nauseado de terror, Graham Coulton observou as duas mulheres horríveis, enquanto elas fugiam para o andar superior e passavam correndo pela sala com a porta trancada até o alto da casa.

Alguns minutos se passaram antes que o jovem se recuperasse. Quando isso aconteceu, ele foi examinar os apartamentos superiores, mas encontrou-os totalmente vazios.

Naquela noite, enquanto estava deitado diante da lareira, ele fechou e aferrolhou cuidadosamente a porta da sala de estar; e antes de se afastar arrastou até ela um banco pesado, de modo que mesmo se a fechadura fosse arrombada só seria possível entrar fazendo um barulho considerável.

Durante algum tempo ele ficou acordado, depois caiu num sono profundo, do qual foi acordado subitamente por um ruído que parecia algo se arrastando sorrateiramente atrás do revestimento da parede. Ele se ergueu nos cotovelos e ficou atento; então viu consternado, sentada no outro lado da lareira, a mesma mulher que antes ele havia visto em sonhos chorar pelo seu ouro.

A lareira não tinha se apagado totalmente e naquele momento lançou uma última língua de fogo. À sua luz, apesar de muito efêmera, ele viu que a figura apertava contra os lábios um dedo espectral, e pela posição da cabeça e a atitude do corpo parecia estar prestando atenção.

Ele também prestou atenção — na verdade estava muito amedrontado para fazer qualquer outra coisa; os sons que o haviam acordado tornaram-se cada vez mais nítidos; era um farfalhar furtivo vindo de detrás do revestimento e que se tornava cada vez mais forte.

— São ratos — pensou o jovem, embora na verdade estivesse começando a bater os dentes de medo. Mas então ele viu o que o fez descartar essa ideia: *o brilho de uma vela ou lampião numa fenda da almofada do revestimento.* Ele tentou se levantar, fez o possível para gritar — tudo em vão. E, desabando, não se lembrou de nada mais até acordar para encontrar a luz cinza do amanhecer se insinuando por uma das venezianas que ele havia deixado parcialmente aberta.

Durante horas depois do café da manhã — em que ele quase não tocou —, muito depois de William tê-lo deixado ao meio-dia, Graham Coulton, tendo de manhã feito uma longa e minuciosa investigação na casa, sentou-se pensativo diante da lareira e, então, parecendo ter se resolvido, pôs o chapéu que havia comprado e saiu.

Ao retornar, as sombras do anoitecer já desciam, mas as calçadas estavam cheias de gente que ia fazer compras, pois era véspera de Natal e quem tinha dinheiro se ocupava em gastá-lo.

Naquela noite a casa estava terrivelmente lúgubre. Pelas salas desertas Graham soube que aquela imagem fantasmagórica estava rondando queixosa. Quando voltou as costas, viu que estava passando rapidamente do espelho para a lareira e da lareira para o espelho; mas agora ele a temia, pois algo que lhe ocorrera naquele dia o assustava bem mais.

O horror da casa silenciosa foi se apoderando dele. Graham Coulton só ouvia a batida do seu coração na tranquila quietude que reinava desde o sótão até o porão.

Finalmente William chegou; mas o jovem não lhe disse nada sobre o que lhe ia pela cabeça. Conversou com ele animado e, bastante esperançoso, imaginou onde seu pai acharia que ele estava, e desejou que o sr. Tynan lhe mandasse um pudim de ameixas para o Natal. Então William disse que já estava na hora de ir embora, e quando o sr. Coulton desceu para a porta de entrada viu que a chave não estava lá.

— Ah, sim — disse ele —, eu a retirei hoje para lubrificá-la.

— Ela estava precisando de óleo — concordou William —; estava muito dura. — E depois de dizer essa obviedade ele desapareceu.

O jovem fez o caminho de volta até a sala de jantar, onde só parou para trancar a porta do lado de fora; depois, tirando as botas, subiu até o alto da casa e ali, entrando pelo sótão, esperou pacientemente na escuridão e no silêncio.

Passou-se muito tempo — ou pelo menos foi o que lhe pareceu — antes que ele ouvisse o mesmo som que o havia despertado na noite anterior — um farfalhar furtivo — e seguido de um golpe de ar frio, seguido de passadas cautelosas, seguidas da abertura silenciosa de uma porta lá embaixo.

A ação não levou tanto tempo quanto o exigido para narrá-la. Num minuto o jovem estava no patamar e tinha fechado uma parte do lambril da parede que estava aberta; ele se arrastou silenciosamente de volta para a janela do sótão, levantou o trinco e fez soar um estrondo, que ecoou pelas ruas desertas, até bem longe, e então, descendo precipitadamente a escada, encontrou um homem que, passando por ele ainda mais depressa, dirigia-se para o patamar acima; mas ao perceber que o caminho da fuga estava fechado, ele voltou a descer correndo e encontrou Graham lutando desesperadamente com seu companheiro.

— Dê a faca para ele, vamos! — disse ele selvagemente. No instante seguinte Graham sentiu no ombro algo como um ferro quente, e então ouviu um baque: um dos homens, em rápida fuga, tropeçou e caiu do alto da escada até a parte mais baixa.

Nesse mesmo momento houve um ruído de algo quebrando, como se a casa estivesse caindo, e o jovem Coulton, fraco, nauseado e sangrando, caiu inconsciente no limiar da sala onde a srta. Tynan fora assassinada.

Quando voltou a si, ele se viu na sala de estar com um médico examinando a sua ferida.

Próximo da porta um policial empertigado montava guarda. A sala estava cheia; todos os pobres e vagabundos que ficam nas ruas nessa hora estavam se acotovelando para ver o que havia acontecido.

Através da neblina dois homens estavam sendo levados para a delegacia; um, com a cabeça muito ferida, numa padiola; o outro, algemado e dizendo horríveis palavrões.

Depois de algum tempo aquela multidão deixou a casa. Então a polícia tomou conta dela e o sr. Tynan foi chamado.

— O que foi aquele barulho medonho? — perguntou Graham debilmente, agora sentado no chão, com as costas apoiadas na parede.

— Não sei. Houve algum barulho? — indagou o sr. Tynan indulgente com a sua fantasia.

— Houve, na sala de estar, acho; a chave está no meu bolso.

Ainda indulgente com o rapaz ferido, o sr. Tynan pegou a chave e correu para cima.

Quando abriu a porta, espantou-se com o que apareceu diante dos seus olhos! O espelho tinha quebrado — estava no chão, partido em mil pedaços; o consolo havia cedido ao seu próprio peso e o mármore também estava estilhaçado. Mas o que mais atraiu a sua atenção não foi isso. Centenas, milhares de moedas de ouro espalhavam-se pelo chão, e uma fenda atrás do espelho abrigava caixas com as ações, os títulos e os bônus cuja posse havia custado a vida à sua irmã.

— Muito bem, Graham, e o que você quer? — perguntou o almirante Coulton naquela noite, quando o seu primogênito surgiu diante dele, parecendo um tanto pálido mas idêntico quanto ao resto.

— Não quero nada — respondeu o jovem —; apenas pedir o seu perdão. William me contou toda a história que eu desconhecia. E se o senhor permitir, vou tentar recompensá-lo pelas dificuldades que teve. Disponho de recursos — prosseguiu o jovem com um riso nervoso. — Mudei a minha sorte desde que o deixei, e também a sorte de outro homem.

— Acho que você perdeu o juízo — disse sucintamente o almirante.

— Não, *sir*, eu o encontrei — contestou Graham Coulton —, e quero lutar para fazer da minha vida algo melhor do que faria se não tivesse ido para a Velha Casa da alameda Vauxhall.

— Alameda Vauxhall! Do que você está falando?

— Vou lhe contar, *sir*, se puder me sentar — respondeu o jovem, e então lhe contou a sua história.

Margaret Oliphant
A PORTA ABERTA

Fiquei com a casa de Brentwood ao voltar da Índia em 18.., pensando em acomodar provisoriamente a minha família enquanto não encontrasse para ela uma residência permanente. A casa oferecia muitas vantagens que a tornavam bastante apropriada. Ficava perto de Edimburgo, e meu filho Roland, cuja educação tinha sido bastante descuidada, podia ir e voltar da escola, o que se considerou melhor para ele do que sair de casa para estudar ou então ficar sempre dentro dela sendo educado por um preceptor. O primeiro desses expedientes me teria parecido preferível, o segundo era o recomendado pela sua mãe. O médico, como homem judicioso, optou pelo meio-termo. "Ponham-no no seu pônei e deixem que ele vá cavalgando para a escola secundária toda manhã; isso lhe fará um bem enorme", disse o dr. Simson, "e quando o tempo estiver ruim, ele poderá ir de trem". Sua mãe aceitou essa solução com mais facilidade do que eu esperava; e o nosso menino pálido, que nunca vira nada mais revigorante do que Simla, começou a travar uma batalha com a viva brisa do norte na severidade abrandada do mês de maio. Antes das férias de julho tivemos a satisfação de vê-lo começar a adquirir um pouco da tez morena e corada dos seus colegas de escola. O sistema inglês não era recomendável para a Escócia naquela época. A escola Fettes não era um pequeno Eton; e acredito que, caso fosse, minha mulher ou eu não nos deixaríamos seduzir pelo exotismo e requinte desse colégio. O rapaz era duplamente querido para nós, pois dos muitos garotos que tivéramos era o único que nos restara; e era frágil de corpo, acreditávamos, e profundamente sensível de espírito. Mantê-lo em casa e ao mesmo tempo mandá-lo para a escola — juntando as vantagens dos dois sistemas — parecia ser tudo o que se podia desejar. As duas meninas também encontraram em Brentwood tudo o que queriam. Estavam perto de Edimburgo o bastante para ter o número suficiente de mestres e aulas de que precisavam para completar essa educação que nunca se completa, exigida pelos jovens de hoje. Sua mãe se casou comigo quando era mais jovem que Agatha, e eu gostaria de vê-las superar aquela mulher! Na época do casamento eu não tinha mais de 25 anos — a idade dos rapazes que hoje vejo rondando-as sem terem nenhuma ideia do que vão fazer na vida. Contudo acho que todas as gerações têm um conceito de si próprias que as eleva, na sua opinião, acima da que vem depois delas.

Brentwood localiza-se naquela opulenta e bela escarpa, uma das mais ricas da Escócia, que fica entre a cordilheira de Pentland e a baía. Quando o tempo está claro, temos à nossa esquerda um vislumbre azulado do grande estuário que, como um arco metálico envolto por uma braçadeira, abarca os campos opulentos e as casas dispersas; e à direita os cumes azuis, não gigantescos como os que nos acostumáramos a ver, mas com altura suficiente para todas as glórias da atmosfera, o movimento das nuvens e as doces reflexões, que dão a um país montanhoso um interesse e um encanto inigualáveis. Edimburgo fica também à direita, com seus dois cumes mais baixos — o Castle e o Calton Hill —, as agulhas das igrejas e as torres perfurando a fumaça, e Arthur's Seat agachado um pouco atrás, como um guardião já um tanto desnecessário, gozando o seu repouso ao lado da amada pupila, que agora, por assim dizer, já é capaz de sozinha cuidar de si. Do gramado e das janelas da sala de visitas podíamos ver toda essa diversidade de paisagem. A cor, em certas épocas um tanto fria, às vezes era tão viva e cheia de vicissitudes quanto um drama teatral. Aquela cor e frescura reanimavam os olhos que tinham se cansado das planícies áridas e dos céus flamejantes. A paisagem era sempre jovial, fresca e repousante.

A aldeia de Brentwood ficava quase sob a casa, no outro lado da pequena ravina profunda aos pés da qual um regato — que deve ter sido um rio encantador, vigoroso e brincalhão — corria entre pedras e árvores. Contudo o rio, como tantos daquele distrito, tinha sido sacrificado ao comércio e estava sujo com os restos da fabricação de papel. Mas o prazer que ele nos dava não tinha sido tão comprometido quanto sei que aconteceu com outros regatos. Talvez por nossa água ser mais veloz, ou talvez ele fosse menos atravancado de sujeira e resíduos. Nosso lado do pequeno vale era encantadoramente *accidenté* e ornado de belas árvores, por entre as quais muitos caminhos sinuosos nos levavam para a margem do rio e até a ponte que atravessava o regato já na aldeia. Esta ficava na depressão e subia pelo outro lado com casas muito prosaicas. A arquitetura da aldeia não floresce na Escócia. As ardósias azuis e a pedra cinzenta são inimigas juradas da construção com cor local; e embora eu, de minha parte, não desgoste dessas igrejas antiquadas — com bancos e galerias, pequenos espaços reservados às famílias em todo o contorno da construção, externamente a caixa quadrada com o pedacinho de agulha parecendo uma alça para erguê-la —, elas não beneficiam a paisagem. Mas um conjunto de casas em diferentes elevações, com faixas de jardim entre elas, uma cerca viva com roupas postas a secar, o começo de uma rua com a sua sociabilidade rural, as mulheres à porta e a locomotiva arrastando-se, dá um centro para a paisagem. Era prazeroso contemplá-la, e a casa era conveniente em muitos sentidos. Tínhamos no nosso terreno uma porção de locais para caminhar, pois a encosta era linda em qualquer época do ano, com as árvores verdes na primavera ou avermelhadas no outono. No parque que cercava a casa ficavam as ruínas da mansão original de Brentwood, uma casa bem menor e menos importante que o sólido edifício georgiano onde morávamos. As ruínas eram pitorescas, contudo, e conferiam importância ao lugar. Até mesmo nós, que não passávamos de moradores temporários, éramos um tanto orgulhosos delas, como se de algum modo elas nos conferissem uma certa dignidade. O velho prédio conservara os restos de uma torre, uma massa indistinta de alvenaria coberta de hera e arcabouços de paredes ligadas a ela, cheios de terra. Eu nunca o examinei minuciosamente, envergonho-me de dizer. Havia uma sala grande, ou o que fora uma sala grande, com a parte inferior das janelas ainda existente e em perfeito estado, embora cheia de terra e ondulando com um exuberante aglomerado de sarças e muitas outras plantas surgidas ao acaso. Essa era a parte mais antiga. A uma pequena distância ficavam alguns fragmentos da construção, muito banais e desconexos, num dos quais a sua própria banalidade e a total ruína sugeriam uma certa melancolia. Esse fragmento era a extremidade de uma empena baixa, um pedaço de parede cinza, todo incrustado de liquens, em que havia um vão de porta comum. Provavelmente seria ali a entrada de serviço, uma porta dos fundos ou uma entrada para a parte de serviço da casa. Nada restara para entrar — despensa e cozinha tinham deixado de existir; mas ali ficara o vão da porta, aberto e vazio, para ser atravessado por todos os ventos, pelos coelhos e por todas as criaturas selvagens. Aquilo impressionou meu olhar, da primeira vez que fui a Brentwood, como um comentário patético sobre uma vida que acabou. Uma porta que não levava a lugar algum — talvez fechada um dia com um cuidado ansioso, aferrolhada e protegida, e agora esvaziada de qualquer significado. Eu me impressionei, lembro-me, desde o início; assim, talvez se possa dizer que minha mente associara àquelas ruínas uma importância injustificada.

O verão foi para todos nós um período muito feliz de repouso. O calor do sol indiano ainda estava nas nossas veias. Tínhamos a impressão de que o verde, a umidade e o frescor da paisagem setentrional não seriam nunca suficientes para nós. Até a neblina nos agradava, livrando-nos de toda a febre e despejando dentro de nós vigor e frescura. No outono seguimos a moda da época e viajamos para ter uma mudança que não sentíamos minimamente necessária. Foi quando a família tinha se acalmado para o inverno, quando os dias eram curtos e escuros, e tínhamos pela frente o reino rigoroso da neve, que ocorreram os incidentes capazes de me desculpar por impor ao mundo as minhas questões privadas. Contudo esses incidentes foram muito curiosos, e assim imagino que as inevitáveis referências à minha família e aos meus interesses pessoais urgentes receberão um perdão generalizado.

Eu estava ausente, em Londres, quando esses acontecimentos começaram. Em Londres um velho indiano mergulha de volta nos interesses a que estava associada toda a sua vida anterior e encontra diariamente antigos amigos. Eu tinha estado circulando entre uma meia dúzia destes — divertindo-me num regresso à minha vida anônima, embora no fundo tivesse ficado muito grato por abandoná-la — e deixara de receber algumas cartas vindas de casa, porque ficara no campo da sexta-feira até a segunda-feira, na casa do velho Benbow, e na volta parara para jantar e dormir no Sellar e dar uma olhada nos estábulos de Cross, que me ocuparam mais um dia. Nunca é prudente deixar de receber cartas. Nessa vida transitória, como diz o Livro de Orações, como se pode ter certeza do que vai acontecer? A mesma coisa vale para a nossa casa. Eu sabia exatamente (assim acreditava) o que as cartas iam me dizer: "O tempo estava tão bom que Roland não foi de trem nem uma vez, e ele gosta de cavalgar mais do que de qualquer outra coisa." "Querido papai, cuidado para não esquecer nada, mas traga para nós isso e isso e isso" — uma lista tão comprida quanto o meu braço. Queridas meninas e ainda mais querida mãe! Nada neste mundo deveria me fazer esquecer as suas encomendas ou perder as suas cartinhas, por mais que houvesse Benbows e Crosses no mundo.

Mas eu confiava em que em casa tudo estaria bem e tranquilo. Quando voltei para o meu clube, contudo, três ou quatro cartas estavam à minha espera, algumas delas com um "Urgente" que as pessoas antiquadas e ansiosas ainda acreditam ser capaz de influenciar o correio e acelerar a velocidade da correspondência. Já ia abrir uma delas quando o porteiro do clube me levou dois telegramas, um dos quais, disse ele, havia chegado na noite anterior. Como era de se esperar, abri o último em primeiro lugar, e li o seguinte: "Por que você não vem nem responde? Pelo amor de Deus, venha. Ele está muito pior." Foi como um raio caindo sobre a cabeça de um homem que tinha apenas um filho, um garoto que era a luz dos seus olhos! O outro telegrama minhas mãos trêmulas custaram a abrir, apesar da pressa; seu conteúdo era mais ou menos o mesmo: "Nada melhor; médico teme meningite. Chama você dia e noite. Não deixe nada detê-lo." A primeira coisa que fiz foi olhar os horários para ver se conseguiria partir antes do trem noturno, embora soubesse que isso não seria possível. Depois fui ler as cartas, que infelizmente me forneciam todos os detalhes, com toda a clareza. Elas me diziam que o menino tinha ficado pálido durante algum tempo, com o olhar amedrontado. Sua mãe havia notado isso antes de eu viajar, mas não dissera nada para não me alarmar. Esse olhar havia piorado dia a dia; e logo se observou que Roland voltou para casa num galope desenfreado pelo parque, seu pônei arquejado e espumando, ele próprio "branco como um lençol", mas com a transpiração escorrendo-lhe da testa. Durante muito tempo ele havia resistido às perguntas que lhe faziam, mas acabou mostrando mudanças de comportamento tão estranhas, com uma relutância para ir à escola, um desejo de ser buscado de carruagem à noite — um luxo ridículo —, uma recusa a sair para o gramado e acessos nervosos a cada som, que sua mãe insistiu para que ele lhe desse uma explicação. Quando o garoto — nosso garoto Roland, que nunca soubera o que era ter medo — começou a falar a ela sobre vozes que ele tinha ouvido no parque e sombras que haviam lhe aparecido entre as ruínas, minha mulher imediatamente o pôs na cama e chamou o dr. Simson — o que evidentemente era a única coisa a fazer.

Saí correndo naquela noite, claro, com o coração ansioso. Não sei dizer como passei as horas até a saída do trem. Devemos todos agradecer a rapidez da ferrovia quando estamos ansiosos; mas teria sido um alívio se eu tivesse podido me atirar numa diligência postal logo que os cavalos fossem arreados. Cheguei a Edimburgo muito cedo na escuridão da manhã invernal, e quase não ousei olhar para o homem a quem perguntei: "O que aconteceu?" Minha mulher mandara uma carruagem me buscar, o que, antes que o homem falasse qualquer coisa, concluí ser um mau sinal. Sua resposta foi aquela resposta estereotipada que põe em louca atividade a imaginação: "Tudo na mesma." Tudo na mesma! O que significaria isso? Tive a impressão de que os cavalos se arrastavam pela longa e escura estrada secundária. Enquanto nos arremessávamos pelo parque me pareceu ter ouvido alguém se lamentar entre as árvores; furioso, apertei o punho na sua direção (quem quer que fosse a pessoa). Por que a tola da mulher que fica no portão permitiu que alguém fosse perturbar a paz do lugar? Se não estivesse com tanta pressa de chegar em casa, acho que teria mandado parar a carruagem e descido para ver quem era o vagabundo que havia entrado e escolhido o meu terreno, entre todos os lugares do mundo — quando meu filho estava doente! — para resmungar e gemer! Mas ali eu não tinha razão para me queixar do nosso ritmo lento. Os cavalos voaram como um raio pelo caminho e chegaram arquejantes diante da porta, como se tivessem terminado uma corrida. Minha mulher estava à minha espera com o rosto pálido e uma vela na mão, que a fez parecer ainda mais pálida à luz que o vento fazia tremular. "Ele está dormindo", disse ela sussurrando, como se sua voz pudesse acordá-lo. E quando tive voz eu respondi, também num sussurro, como se o retinir dos estribos dos cavalos e o som dos seus cascos não fossem mais perigosos. Fiquei com ela na escada durante um momento, quase temendo entrar, agora que havia chegado; e me pareceu que eu via sem olhar, se posso dizer isso, que os cavalos estavam relutando em virar, embora seus estábulos ficassem na outra direção, ou que os homens estivessem relutantes. Essas coisas me ocorreram depois, embora no momento eu não fosse capaz de qualquer outra coisa além de fazer perguntas e saber qual era a situação do menino.

Olhei para ele da porta do quarto, pois receávamos nos aproximar e interromper aquele sono abençoado. Parecia um sono real, e não a letargia em que minha mulher disse que ele às vezes caía. Ela me contou tudo no quarto contíguo, que se comunicava com o dele, levantando-se de vez em quando e indo até a porta de comunicação; e nisso havia muita coisa que assustava e confundia bastante. Parecia que desde o início do inverno, desde que começara a escurecer cedo e a noite caía antes de sua volta da escola, ele vinha ouvindo vozes entre as ruínas; inicialmente, segundo ele, fora apenas um gemido — que assustava seu pônei tanto quanto a ele —, mas aos poucos o gemido se transformou numa voz. As lágrimas corriam pelas faces de minha mulher enquanto ela me contava como ele se levantava de noite e gritava: "Ah, mamãe, me deixe entrar, ah, mamãe, me deixe entrar!" com uma tristeza de partir o coração. E ela ficava sentada durante todo o tempo, esperando apenas fazer tudo o que seu coração podia desejar. Mas embora tentasse acalmá-lo, dizendo-lhe: "Você está em casa, querido. Eu estou aqui. Você não me reconhece? Sua mãe está aqui", ele apenas a olhava e depois de algum tempo se levantava com o mesmo grito. Outras vezes ele ficava muito razoável, disse ela, perguntando ansioso quando eu viria, mas declarando que precisaria ir comigo logo que eu chegasse, "para convidá-los a entrar". O médico acha que seu sistema nervoso deve ter recebido um choque, disse a minha mulher. "Ah, Henry, será que nós o pressionamos demais quanto ao seu estudo, ele que é um menino tão delicado? E o que é o estudo comparado à sua saúde? Até mesmo você desprezaria honras ou prêmios se isso prejudicasse a saúde do menino." Até mesmo! Como se eu fosse um pai desumano que sacrificasse meu filho à minha ambição. Mas eu não aumentaria a preocupação de minha mulher fazendo essa observação. Depois de algum tempo eles me convenceram a me deitar, descansar e comer — coisas que não me tinham sido possíveis desde que eu recebera as cartas. O simples fato de estar em casa era, evidentemente, uma grande coisa; e quando me disseram que eu seria chamado imediatamente quando ele despertasse e me solicitasse, me senti capaz, mesmo no amanhecer escuro e gelado, de dormir durante uma hora ou duas. Na verdade, eu estava tão extenuado e tenso pela ansiedade, e ele tão calmo e consolado por saber que eu estava a caminho, que não fui perturbado antes da tarde, quando o crepúsculo tinha novamente se instalado. Quando fui vê-lo havia luz diurna apenas suficiente para iluminar seu rosto. E que mudança tinha se operado em duas semanas! Ele estava mais pálido e mais abatido, pensei, do que naqueles terríveis dias na planície, antes de sairmos da Índia. Pareceu-me que o seu cabelo havia ficado longo e liso; os olhos eram luzes flamejantes que se projetavam do rosto branco. Ele tomou minha mão num aperto frio e trêmulo, e fez sinal para que todos saíssem do quarto.

— Saiam, até a senhora, mamãe — disse ele.

Isso penetrou no coração da minha esposa, pois ela não gostou de ver que o garoto tinha mais confiança em mim do que nela; mas ela nunca fora uma mulher voltada para si, e nos deixou a sós.

— Eles saíram? — perguntou ansioso o meu filho. — Eles não me deixavam falar. O médico me tratou como se eu fosse louco. Eu sei que não estou louco, papai.

— Claro, claro, meu filho; eu sei disso. Mas você está doente e é preciso ficar calmo. Você não só não está louco, Roland, como também é sensato e compreende. Quando se está doente é preciso se sacrificar. Não se deve fazer tudo o que se faria numa situação normal.

Ele acenou com a mão numa espécie de indignação.

— Então, papai, eu não estou doente — gritou ele. — Ah, eu pensei, quando você chegou, que você não iria me deter; você veria o bom senso que há no caso! O que vocês acham que acontece comigo, todos vocês? Simson é muito bom, mas é apenas um médico. O que vocês acham que acontece comigo? Eu não estou mais doente que vocês. Um médico, evidentemente, acha que estamos doentes no momento em que nos olha — é para isso que ele está aqui —, e nos manda para a cama.

— Que é o melhor lugar para você no momento, meu querido rapazinho.

— Eu decidi — gritou o garoto — que aguentaria até o senhor chegar em casa. Disse para mim mesmo: não vou aterrorizar a mamãe e as meninas. Mas agora, papai — gritou ele, já começando a pular da cama —, não é doença; é um segredo.

Seus olhos brilharam tão intensamente, seu rosto foi tomado de um sentimento tão forte, que meu coração desmoronou comigo. Podia ser nada mais que a febre a responsável por aquilo, e a febre pode ser fatal. Eu o tomei nos braços para pô-lo de volta na cama.

— Roland — disse eu, indulgente com a pobre criança, pois sabia que esse era o único caminho —, se vai me contar esse segredo para fazer algum bem, você sabe que precisa ficar calmo, bem calmo, e não se emocionar. Se você for se emocionar, eu não posso deixá-lo falar.

— Está bem, papai — disse o menino. Ele ficou calmo imediatamente, como um homem, como se tivesse entendido muito bem. Quando o pus de volta no travesseiro, ele ergueu o olhar para mim com aquele ar agradecido, doce, com que as crianças doentes cortam nosso coração, os olhos marejando em sua fraqueza. — Eu tive certeza, assim que o senhor entrou aqui, que o senhor saberia o que fazer — disse ele.

— Certamente, meu filho. Agora fique quieto e conte tudo como um homem.

E pensar que eu estava dizendo mentiras para o meu próprio filho! Pois eu fiz isso apenas para satisfazê-lo, pensando, meu pobre pequeno, que seu cérebro não estava em ordem.

— Sim, papai. Papai, tem uma pessoa no parque, alguém que tem sido muito maltratado.

— Calma, meu querido; lembre-se: você não pode se emocionar. Mas quem é essa pessoa? E quem a tem maltratado? Logo nós vamos acabar com isso.

— Ah — gritou Roland. — Não é tão fácil quanto o senhor imagina. Eu não sei quem é. É apenas um grito. Ah, se o senhor ouvisse! O grito entra na minha cabeça, quando estou dormindo. Eu o ouvi com toda a clareza; e eles acham que eu estou sonhando, ou talvez delirando — disse o garoto com uma espécie de sorriso desdenhoso.

Esse olhar do menino me deixou perplexo. Não parecia febre, como eu pensara.

— Você tem a certeza absoluta de que não sonhou isso, Roland? — perguntei.

— Sonhei? Imagine! — Ele estava novamente dando um salto, quando de repente se lembrou e deitou-se com aquele mesmo sorriso no rosto. — O pônei também ouviu — garantiu ele. — Ele saltou como se tivesse sido alvejado. Se eu não tivesse agarrado os freios... porque eu estava amedrontado, papai.

— Isso não é nenhuma vergonha, filho — disse eu, embora mal soubesse por quê.

— Se eu não tivesse me grudado nele como uma sanguessuga, ele teria me lançado acima da sua cabeça, e ele só voltou a tomar fôlego quando estávamos na porta. O pônei sonhou com isso? — perguntou ele com um desdém suave e também com indulgência pela minha tolice. Depois acrescentou lentamente: — Da primeira vez, e durante todo o tempo antes da sua viagem, era apenas um grito. Eu não lhe contei porque era muito insignificante para se apavorar. Achei que seria uma lebre ou um coelho preso numa armadilha, então fui lá de manhã e olhei, mas não havia nada. Depois que o senhor foi para Londres, eu ouvi realmente pela primeira vez, e é isto que ele diz. — Ele ergueu-se no cotovelo, aproximando-se de mim, e olhou para o meu rosto. — "Ah, mamãe, me deixe entrar, ah, mamãe, me deixe entrar!" — Ao dizer essas palavras, uma névoa cobriu seu rosto, a boca tremeu, os traços suaves se fundiram e se transformaram, e quando ele terminou de pronunciá-las a névoa se dissolveu numa torrente de lágrimas grossas.

Seria uma alucinação? Seria a meningite? A fantasia descontrolada provocada pela grande fraqueza física? Como eu poderia saber? Achei mais sensato receber aquilo como se fosse tudo verdade.

— Isso é muito tocante, Roland — disse eu.

— Ah, se o senhor tivesse ouvido, pai! Eu pensei comigo mesmo: "Se o papai ouvisse isso ele faria alguma coisa"; mas a mamãe, o senhor sabe, ela fica nas mãos do dr. Simson, que é médico e nunca pensa em nada que não seja mandar a gente para a cama.

— Não devemos culpar o dr. Simson por ser médico, Roland.

— Não, não — disse o meu filho com uma tolerância e uma indulgência encantadoras. — É por isso que ele é bom; ele existe para isso, eu sei. Mas o senhor... o senhor é diferente; o senhor é o meu pai e vai fazer alguma coisa; imediatamente, papai, imediatamente, hoje à noite.

— Claro — disse eu. — Sem dúvida é alguma criança perdida.

Ele me dirigiu um olhar súbito, rápido, investigando o meu rosto como se para ver se, afinal de contas, isso era tudo a que a minha eminência de "pai" se reduzia. Era só isso? Então ele pegou no meu ombro com a mão magra, apertou-o e me alertou com voz trêmula:

— Preste atenção. E se não for... um ser vivo?

— Meu querido, então como você poderia tê-lo ouvido? — perguntei.

Ele se afastou de mim exclamando irritado:

— Como se o senhor não soubesse!

— Você está querendo me dizer que é um fantasma? — perguntei.

Roland retirou a mão do meu ombro. Sua fisionomia assumiu um aspecto de grande dignidade e gravidade; os lábios continuavam ligeiramente trêmulos.

— O que quer que fosse... o senhor sempre disse que nós não devíamos pronunciar esses nomes. O que quer que fosse foi alguma coisa que estava em dificuldade. Ah, pai, numa dificuldade terrível!

— Mas, filho — disse eu —, se era uma criança que se perdeu, ou alguma pobre criatura humana... Mas, Roland, o que você quer que eu faça?

— Eu saberia, se fosse o senhor — disse a criança impacientemente. — Foi isso que eu sempre disse para mim mesmo: "O papai vai saber." Ah, papai, papai, ter de enfrentar aquilo noite após noite, passando por uma dificuldade tão terrível, tão terrível, e não poder fazer nada para ajudar. Eu não quero chorar. Isso é coisa de bebê, eu sei. Mas o que mais eu posso fazer? Completamente sozinho e desgraçado lá fora, sem ninguém para ajudá-lo. Eu não aguento isso, não aguento! — gritou meu filho generoso. E na sua fraqueza, depois de muitas tentativas de se conter, ele explodiu num grande acesso infantil de soluços e lágrimas.

Não me lembro de jamais ter ficado tão perplexo na minha vida. E, mais tarde, quando rememorava aquele diálogo, também havia nele algo de cômico. É muito ruim saber que a mente do seu filho está tomada pela convicção de que ele viu ou ouviu um fantasma. Mas ele exigir que você vá imediatamente ajudar esse fantasma é a experiência mais desconcertante pela qual eu já passara. Sou um homem ponderado e não supersticioso — pelo menos não mais que todo mundo. Evidentemente eu não acredito em fantasmas; mas não nego, não mais que qualquer outra pessoa, a existência de histórias que eu não posso fingir compreender. O sangue gelou nas minhas veias, quando pensei que Roland podia ser um garoto que via fantasmas; pois isso normalmente indica um temperamento histérico e uma saúde débil, tudo o que os homens mais detestam e temem para seus filhos. Mas ter de aceitar o seu fantasma e resolver o que havia de errado com ele, e safá-lo dos seus problemas, era uma missão suficiente para confundir qualquer homem. Fiz o possível para consolar meu filho sem prometer nada extravagante. Mas ele era muito inteligente. Não aceitou meus carinhos. Com as gotas de chuva penduradas nas pestanas e os soluços que de quando em quando lhe cortavam a voz, ele ainda assim voltou à carga:

— Agora ele está lá; vai ficar lá a noite inteira. Ah, pense, papai, pense: se fosse eu! Este pensamento não me deixa descansar. Não! — gritou ele, afastando a minha mão. — Não! O senhor vai lá lhe prestar socorro, e a mamãe pode tomar conta de mim.

— Mas, Roland, o que eu posso fazer?

Meu filho abriu os olhos, que estavam maiores pelo cansaço e a febre, e me deu um sorriso do qual, acredito, apenas as crianças doentes sabem o segredo.

— Eu tinha certeza de que, assim que chegasse, o senhor saberia o que precisa fazer. Eu sempre disse: "O papai sabe"; e a mamãe — gritou ele, com um abrandamento de repouso no rosto, os membros relaxando, seu corpo abandonando-se na cama num sossego preguiçoso —, a mamãe pode vir para tomar conta de mim.

Eu chamei minha mulher e o vi voltar-se para ela com a dependência total de uma criança, e então me afastei e os deixei. Eu era o homem mais perplexo de toda a Escócia. E no entanto preciso dizer que tinha este consolo: estava muito mais calmo que Roland. Ele podia estar tendo uma alucinação, mas tinha a mente muito clara e eu não achava que ele estivesse tão doente quanto era a opinião de todos. As meninas estavam atônitas até com o modo tranquilo como eu encarava a situação.

— Como o senhor acha que ele está? — perguntaram-me elas em uníssono aproximando-se de mim e agarrando-me.

— Muito melhor do que eu esperava — disse eu —; ele não está muito mal absolutamente.

— Ah, papai, você é um amor — gritou Agatha beijando-me e gritando contra o meu ombro, enquanto a pequena Jeanie, que estava mais pálida que Roland, punha as duas mãos em torno das minhas e não conseguia falar.

Eu não sabia nada sobre a questão, nem metade do que sabia Simson; mas elas acreditavam em mim; achavam que agora tudo ficaria bem. Deus é muito bom para você, quando seus filhos o olham desse jeito. A pessoa fica humilde, seu orgulho se aplaca. Eu não merecia aquilo; e então me lembro de que precisava fazer o papel de pai para o fantasma de Roland, o que quase me fez rir, embora fosse o caso de chorar. Era a missão mais estranha jamais confiada a um homem mortal.

Foi então que eu me lembrei subitamente do aspecto dos homens, quando eles se viraram a fim de levar a carruagem para os estábulos na escuridão da manhã; eles não tinham gostado daquilo, nem os cavalos. Lembrei-me de, mesmo na minha ansiedade por causa de Roland, tê-los ouvido correr a toda velocidade pelo caminho de volta para os estábulos e de haver feito uma anotação mental sobre a necessidade de investigar aquilo. Achei que a melhor providência seria ir imediatamente até os estábulos e fazer algumas perguntas. É impossível sondar a mente das pessoas rústicas, mas, pelo que eu conhecia deles, o motivo da correria devia ser alguma brincadeira diabólica. Ou então eles estavam interessados em prejudicar a reputação do caminho para Brentwood. Estava escurecendo na hora em que saí, e ninguém que conhece o campo precisa ser informado sobre como a escuridão de uma noite de novembro é negra sob altos loureiros e teixos. Embrenhei-me no matagal duas ou três vezes sem ver um palmo adiante do nariz, até conseguir chegar à estrada de carruagens, mais larga, onde as árvores se afastavam um pouco nos dois lados e se via um pálido brilho cinzento de céu, sob o qual as tílias e os olmos iam se anuviando como fantasmas; mas ficou escuro novamente quando eu me aproximei do canto onde ficavam as ruínas. Olhos e ouvidos estavam atentos, como se pode imaginar; mas eu nada enxergava na escuridão absoluta, e, até onde posso me lembrar, não ouvi nada. Contudo veio-me uma forte impressão de que alguém estava ali. A maioria das pessoas já teve essa sensação. Já havia me acontecido de ela ficar forte a ponto de me despertar do sono, essa impressão de que alguém estava olhando para mim. Suponho que a minha imaginação tinha sido afetada pela história de Roland; e o mistério da escuridão é sempre cheio de sugestões. Bati com força os pés no cascalho para me animar e gritei bruscamente: "Quem está aí?" Ninguém respondeu, e nem eu esperava que alguém respondesse, mas a impressão tinha ficado. Eu era tão tolo que não gostava de olhar para trás, mas fiquei meio de lado, vigiando a escuridão atrás de mim. Foi com um grande alívio que avistei a luz dos estábulos, que era como um oásis na escuridão. Caminhei muito rapidamente para aquele lugar iluminado e animado, achando o retinir do balde do cavalariço um dos sons mais agradáveis que eu já ouvira. O cocheiro era o chefe daquela pequena colônia, e foi para a casa dele que eu rumei a fim de continuar as minhas investigações. Ele havia nascido naquele distrito e durante anos tomara conta do lugar na ausência da família; ele tinha de saber tudo o que acontecia e todas as tradições do lugar. Vi que os homens me olharam apreensivos quando eu apareci entre eles numa hora daquelas e me seguiram com os olhos até a casa de Jarvis, onde ele morava sozinho com sua mulher, pois os filhos já eram todos casados e haviam se mudado de lá. A sra. Jarvis me fez perguntas ansiosas. Como estava o pobre menino? Mas os outros sabiam — suas caras deixavam isso muito claro — que essa não era a principal preocupação que rondava a minha mente.

— Barulhos? Ah, sim, tem barulhos; o vento nas árvores e a água murmurando pelo vale. Mas vagabundos, coronel, não; quase não se vê essa ralé por aqui. E Merran, que fica no portão, é uma pessoa cuidadosa. — Um tanto constrangido, Jarvis passava o peso do corpo de uma perna para a outra enquanto falava. Mantinha-se na sombra e olhou para mim o mínimo possível. Era óbvio que a sua mente estava perturbada, e ele tinha motivos para se manter reservado. Sua mulher sentava-se perto dele, olhando-o rapidamente de vez em quando mas sem nada dizer. A cozinha era muito aconchegante, quente e clara, totalmente diferente do frio e do mistério da noite lá fora.

— Acho que o senhor está brincando comigo, Jarvis — disse eu.

— Brincando, coronel? Eu não. Por que eu iria brincar? Se o próprio diabo estivesse na casa velha eu não estaria nem um pouco interessado nele, de qualquer jeito.

— Sandy, fecha o bico! — ordenou gritando sua mulher.

— E por que eu tenho de fechar o bico? O coronel está me fazendo perguntas e eu estou respondendo, se o próprio diabo...

— E eu estou dizendo para você fechar o bico! — gritou a mulher, muito agitada. — Tempo escuro de novembro e noites compridas, você sabe. Como é que você ousa pronunciar o nome dele, um nome que não pode ser pronunciado? — Ela atirou a meia no chão e se levantou, ainda em grande agitação. — Eu disse que você não ia poder esconder. Não é uma coisa que dá para esconder; e a cidade inteira sabe tão bem quanto você ou eu. Conta logo para o coronel, ou então eu conto. — Ela estalou os dedos com um ar de profundo desdém.

Quanto a Jarvis, vermelho e grande como era, ele se encolheu todo diante da sua mulher decidida. Repetiu para ela duas ou três vezes o que ela lhe havia dito:

— Fecha o bico! — E, subitamente mudando de tom, gritou: — Então conte para ele, diabo! Eu lavo as minhas mãos. Se todos os fantasmas da Escócia estiverem na casa velha, o que é que eu tenho a ver com isso?

Depois disso eu extraí sem grande dificuldade toda a história. Na opinião dos Jarvis e de todos por ali, a certeza de que o lugar era assombrado estava fora de qualquer dúvida. À medida que Sandy e sua mulher foram falando, muito excitados e atropelando um ao outro na ânsia de narrar tudo, o caso foi se revelando a mais flagrante superstição que eu já havia ouvido, e não era destituído de poesia e melancolia. Ninguém sabia dizer há quanto tempo a voz tinha sido ouvida pela primeira vez. A opinião de Jarvis era de que seu pai, que fora cocheiro em Brentwood antes dele, nunca ouvira falar naquilo, e que tudo surgira nos últimos dez anos, desde que a casa antiga desmoronara por completo: uma data maravilhosamente moderna para um caso com a veracidade tão garantida. De acordo com essas testemunhas, e com muitas outras que interroguei posteriormente e que não discordaram em nada umas das outras, era somente nos meses de novembro e dezembro que ocorria "a visita". Durante esses meses, os mais escuros do ano, dificilmente uma noite se passava sem que se ouvissem aqueles gritos inexplicáveis. Nada, dizia-se, jamais havia sido visto — pelo menos nada que pudesse ser identificado. Algumas pessoas, mais audazes ou mais fantasiosas que as outras, tinham visto a escuridão se mexer, disse a sra. Jarvis com uma poesia espontânea. Começava ao cair da noite e continuava, com intervalos, até o romper da aurora. Com muita frequência era apenas um grito inarticulado e queixoso, mas às vezes as palavras que haviam tomado posse da imaginação do meu pobre menino eram nitidamente audíveis: "Ah, mamãe, me deixe entrar!" Os Jarvis desconheciam a realização de alguma investigação sobre o caso. A propriedade de Brentwood havia caído nas mãos de um ramo distante da família, que vivera ali apenas pouco tempo; e das muitas pessoas que moraram nela, como acontecera comigo, poucas tinham permanecido mais de um mês de dezembro. E ninguém havia se dado o trabalho de examinar detalhadamente os fatos.

— Não, não — protestou Jarvis balançando a cabeça. — Não, não, coronel. Eles não iriam ter trabalho com esse caso, porque eles estouravam de rir com a história. Ninguém acredita em fantasmas. O último morador disse que devia ser o vento nas árvores ou a água no meio das pedras. Ele disse que era muito fácil explicar isso, mas resolveu se mudar. Quando o senhor chegou, coronel, nós ficamos torcendo para que ninguém da casa ouvisse. E eu não queria atrapalhar o negócio e prejudicar a propriedade a troco de nada.

— O senhor chama a vida do meu filho de nada? — perguntei no transtorno do momento, incapaz de me conter. — E em vez de me contar tudo isso o senhor contou para ele, para um garoto sensível, uma criança que não tem possibilidade de analisar os indícios nem de julgar por si mesma, uma criatura jovem de bom coração?

Eu estava falando com uma raiva que aumentava com a minha percepção de que aquilo muito provavelmente era injusto. Meu coração estava amargurado com aqueles criados imperturbáveis que sem nenhum escrúpulo arriscavam a saúde das crianças e o bem-estar da família apenas para não deixar a casa ficar vazia. Se me tivessem advertido, eu teria tomado as minhas precauções ou deixado a casa, ou mandado Roland estudar fora, uma centena de coisas que agora eu não podia fazer; e lá estava eu com o meu filho com meningite, e sua vida, a vida mais preciosa que havia na terra, suspensa na balança, dependendo da eventualidade de eu conseguir encontrar a explicação para uma história banal de fantasma! Eu andava de um lado para outro tomado de indignação e pensando no que iria fazer. Pois levar Roland dali, mesmo se ele pudesse viajar, não acalmaria a sua mente agitada; e eu temia que até mesmo uma explicação científica do som refratado, ou de uma reverberação, ou qualquer certeza fácil com que os homens mais velhos são tranquilizados, não alteraria o estado do menino.

— Coronel — disse Jarvis solenemente —, e *ela* é testemunha: eu nunca disse nada sobre isso para o menino; nem eu nem ninguém da cavalariça ou do jardim; dou minha palavra de honra sobre isso. Em primeiro lugar o seu filho não facilita uma conversa. Tem gente que gosta de conversar e gente que não gosta. Tem gente que fica provocando até você contar todos os mexericos da cidade e tudo o que você sabe, e até mais. Mas a cabeça do fidalguinho Roland está cheia de livros; ele só quer saber disso. Ele é educado e bonzinho, um bom sujeito; mas não é do tipo falante. E o senhor entende, é do nosso interesse, coronel, que vocês fiquem em Brentwood. Eu me encarreguei de dar a ordem: "Não falem nada para o fidalguinho Roland nem para as meninas, nem uma sílaba." As criadas, que não precisam sair à noite, não sabem quase nada ou nem sabem nada sobre isso. E tem pessoas que acham ótimo ter um fantasma, tendo medo só de topar com ele; se ele está num lugar onde elas não passam, está tudo bem. Se quando veio conhecer a casa o senhor tivesse sabido da história, talvez teria pensado assim.

Isso era verdade, embora não tenha contribuído nem um pouco para me tirar da perplexidade. Se tivéssemos ouvido falar na história antes de mais nada, é possível que toda a família tivesse considerado a posse de um fantasma uma clara vantagem. É o padrão da época. Nunca pensamos que é um risco brincar com a imaginação jovem, e então gritamos, com palavras que são do momento: "Um fantasma! Não falta mais nada para ela ficar perfeita!" Eu não teria agido de modo diferente. Teria sorrido, claro, à ideia do fantasma, e achar que era o meu fantasma teria agradado à minha vaidade. Ah, sim, eu não reivindico isenção. As meninas teriam se encantado. Posso imaginar sua ansiedade, seu interesse e agitação. Não; de nada adiantaria terem nos contado; nós teríamos fechado o contrato com mais interesse ainda, pois somos uns tolos.

— E ninguém tentou investigar isso — perguntei —, para ver o que está acontecendo de fato?

— Ah, coronel — disse a mulher do cocheiro —, e quem vai investigar, como o senhor diz, uma coisa em que ninguém acredita? Se alguém fizesse isso, todos por aqui iam estourar de rir, como diz o meu marido.

— Mas vocês acreditam — afirmei virando-me subitamente para ela. A mulher, pega de surpresa, afastou-se um pouco de mim.

— *Sir*, coronel, o senhor está me assustando! Eu! O mundo tem coisas muito estranhas. Uma pessoa ignorante não sabe o que vai pensar. Mas o ministro e as famílias ricas riem na sua cara. Investigar uma coisa que não existe! Não, não, vamos deixar do jeito que está.

— Venha comigo, Jarvis — disse eu apressadamente —, e nós vamos pelo menos fazer uma tentativa. Não diga nada para os homens nem para ninguém. Vou voltar depois do jantar e então faremos uma tentativa séria de ver o que é, se é que existe alguma coisa. Se eu o ouvir (e eu duvido que isso vá acontecer), o senhor pode ter certeza de que eu não vou descansar até descobrir o que é. Esteja pronto à minha espera por volta de dez horas.

— Eu, coronel?! — disse Jarvis numa voz fraca. Mergulhado na minha preocupação, eu não ficara olhando-o, mas quando fiz isso descobri que o cocheiro gordo e rosado tinha passado por uma grande mudança. — Eu, coronel?! — repetiu ele enxugando o suor da sobrancelha. Seu rosto rosado tinha dobras flácidas penduradas, os joelhos tremiam, a voz parecia quase se extinguir na garganta. Então ele começou a esfregar as mãos e a sorrir para mim de um modo desaprovador, imbecil. — Não tem nada que eu não faça para agradar o senhor, coronel — afastando-se um passo. — Tenho certeza de que *ela* vai confirmar que eu sempre disse que eu nunca trabalhei para um cavalheiro tão bom, tão educado... — Nesse ponto Jarvis fez uma pausa, novamente olhando para mim, esfregando as mãos.

— E então? — perguntei.

— Mas, *sir*! — prosseguiu ele com aquele sorriso imbecil e ao mesmo tempo insinuante. — O senhor precisa levar em conta que os meus pés não estão acostumados. Com um cavalo entre as pernas ou o freio na mão, acho que eu não sou pior que nenhum homem; mas a pé, coronel... Não é brincadeira — e então ele deu um risinho rouco — na minha vida. Eu tenho andado a cavalo durante toda a minha vida. Enfrentar a pé uma coisa que a gente não conhece, coronel!

— Bom, *sir*, se *eu* vou fazer isso — comecei asperamente —, por que o senhor não poderia?

— Ah, coronel, tem uma grande diferença. Em primeiro lugar, o senhor anda por todo o campo sem nenhum problema; mas uma caminhada me cansa mais que uma cavalgada de mil milhas; e o senhor é um cavalheiro, isso é agradável para o senhor; e o senhor não é tão velho quanto eu; e é para o seu filho, não é, coronel? E além disso...

— Ele acredita em fantasmas, coronel, e o senhor não acredita — disse a mulher.

— A senhora vem comigo? — perguntei voltando-me para ela.

Ela deu um pulo para trás e seu transtorno fez tombar a cadeira.

— Eu! — gritou ela e então deu um riso histérico. — Eu não tenho nada contra ir; mas o que as pessoas iam dizer se ouvissem falar que o coronel Mortimer foi com uma velha tonta junto dele?

A ideia me fez rir, também, embora eu estivesse pouco inclinado a isso.

— Sinto muito que o senhor tenha tão pouca coragem, Jarvis — disse eu. — Acho que vou precisar procurar outra pessoa.

Jarvis, chamado nos brios, começou a protestar, mas eu cortei sua fala. Meu mordomo era um soldado que havia estado comigo na Índia e provavelmente não tinha medo dos homens nem do demônio — sobretudo dos primeiros; e eu achei que estava perdendo tempo. Os Jarvis estavam muito ansiosos para se livrar de mim. Acompanharam-me até a porta com as cortesias mais ansiosas. Lá fora os dois cavalariços estavam bem perto, um tanto confusos com a minha súbita saída. Não sei se eles tinham ouvido — pelo menos estavam o mais perto que podiam, para captar qualquer migalha de conversa. Eu acenei para eles ao passar, respondendo aos seus cumprimentos, e ficou muito claro para mim que eles também estavam felizes em me ver pelas costas.

E você julgará muito estranho, mas seria tolo omitir que eu próprio, embora inclinado a empreender a investigação de que falei e que me comprometera com Roland a realizar, e sabendo que a saúde, talvez a vida, do meu filho dependia do resultado dela, sentia a mais inexplicável relutância em passar pelas ruínas a caminho de casa. Minha curiosidade era intensa; e no entanto era tudo o que a minha mente podia fazer para impelir meu corpo. Tenho certeza de que os cientistas classificariam o fato de outro modo e atribuiriam a minha covardia ao estado do meu estômago. Prossegui; mas se tivesse seguido o meu impulso eu teria me virado e examinado. Tudo em mim parecia protestar contra aquilo; meu coração palpitava, minhas pulsações começaram, como marretas, a bater contra meus ouvidos e todas as partes sensíveis. Estava muito escuro, como já disse; a casa velha, com sua torre informe, surgiu como uma compacta massa na escuridão quase igualmente sólida. Do outro lado os grandes cedros escuros, que nos enchiam de orgulho, pareciam dominar a noite. Meus pés saíram do caminho, por força da minha confusão e da escuridão, e com um grito eu me detive ao sentir que me chocava contra algo sólido. O que seria? O contato com uma pedra, amoreiras espinhosas e visgo me refez um pouco. "Ah, é apenas a empena", disse eu em voz alta com um sorrisinho para me tranquilizar. A impressão áspera das pedras me deixou mais calmo. Enquanto avançava com dificuldade expulsei a minha tolice visionária. O que pode ser mais facilmente explicado do que eu ter me desviado do caminho na escuridão? Isso me levou de volta à existência comum, como se uma mão sensata me tivesse sacudido, livrando-me de toda a tolice da superstição. Como aquilo era tolo, afinal! Que importância tinha o caminho que eu tomara? Ri novamente, dessa vez com o coração mais leve, quando de repente, logo depois, o sangue me gelou nas veias, um calafrio percorreu-me a espinha, minhas faculdades pareceram me abandonar. Perto de mim, ao meu lado, aos meus pés, houve um suspiro. Não, não um resmungo, não um queixume, nada que fosse tão tangível; um suspiro perfeitamente suave, débil, inarticulado. Dei um salto para trás e meu coração parou de bater. Eu não ouvira bem! Mas não, era impossível eu não ter ouvido bem. Eu ouvira tão claramente quanto ouço a minha voz; um suspiro longo, suave, cansado, como se puxado até o fundo e esvaziando uma carga de tristeza que enchia o peito. Ouvir isso na solidão, no escuro, na noite (embora ainda estivesse claro), teve um efeito que eu não posso descrever. Eu o sinto agora: uma coisa fria arrastando-se sobre mim, desde a cabeça até os pés, que se recusava a sair. Gritei com uma voz trêmula: "Quem está aí?", como havia feito antes, mas não houve resposta.

Nem sei bem como cheguei em casa; mas na minha mente não havia mais nenhuma indiferença quanto à coisa — fosse lá o que fosse — que rondava aquelas ruínas. Meu ceticismo desapareceu como uma neblina. Tanto quanto Roland, eu estava firmemente convencido de que havia algo. Nem por um momento fingi para mim mesmo que era possível eu ter me enganado; houve movimentos e barulhos que eu percebi por toda parte: estalos de gravetos no gelo e pedrinhas rolando no caminho, que às vezes têm um som muito soturno e *quando não há nenhum mistério real* nos deixam perplexos imaginando quem fez aquilo; mas eu garanto que *quando há alguma coisa* todos esses pequenos movimentos da natureza não nos afetam nem um pouquinho. Eu estava familiarizado com *tudo aquilo*. Não estava familiarizado com o suspiro. Aquilo não era a simples natureza; tinha um significado: sentimento, a alma de uma criatura invisível. É isso que faz tremer a natureza humana: uma criatura invisível, mas com sensações, sentimentos e força para se expressar de algum modo. Não experimentei a mesma relutância em virar as costas à cena de mistério que experimentara quando me encaminhava para os estábulos; mas quase corri para casa, impelido pela ânsia de fazer tudo o que precisava ser feito a fim de me dedicar ao esclarecimento do fato. Bagley estava no hall, como sempre quando eu entrava. À tarde ele ficava ali, sempre parecendo muito ocupado mas, até onde sei, sem nunca fazer nada. A porta estava aberta, e assim eu não perdi tempo e, esbaforido, corri para dentro. Mas quando ele veio ajudar-me a tirar o sobretudo eu vi o seu olhar tranquilo e num momento me acalmei. O que quer que parecesse estranho, incompreensível, resultava em nada na presença de Bagley. Eu o olhava e ficava pensando como *ele* era feito: o cabelo repartido, o nó da sua gravata branca, o caimento das suas calças, cada uma dessas coisas era uma obra de arte perfeita; mas eu sabia como cada uma delas era obtida, e isso fazia toda a diferença. Atirei-me em cima dele, por assim dizer, sem esperar para perceber que ele era o oposto de tudo o que eu vinha pensando.

— Bagley — disse eu —, quero que você saia comigo hoje à noite para vigiar...

— Caçadores, coronel — disse ele com um brilho de prazer em todo o seu ser.

— Não, Bagley; muito pior — gritei.

— Pois não, coronel; a que horas, *sir*? — disse o homem; mas eu ainda não havia lhe dito do que se tratava.

Eram dez horas quando nós saímos. Estava tudo na mais perfeita quietude dentro de casa. Minha mulher velava o sono de Roland, que tinha estado muito calmo, disse ela, e que (embora, sem dúvida, a febre devesse continuar) tinha passado melhor desde a minha chegada. Eu disse a Bagley para vestir um sobretudo grosso sobre o seu casaco da noite e fiz o mesmo — com botas fortes, pois o solo era como uma esponja, ou pior.

Conversando com ele quase esqueci o que íamos fazer. Estava mais escuro até mesmo do que estivera antes, e Bagley ficou muito perto de mim enquanto caminhávamos. Eu tinha na mão uma lanterna pequena, que nos dava uma orientação parcial. Tínhamos chegado ao local onde o caminho faz uma curva. De um lado estava o gramado para jogo de bola, do qual as meninas haviam se apossado para o seu jogo de *croquet* — uma relva maravilhosa cercada em todo o seu contorno por azevinhos enormes, todos com trezentos anos ou mais; do outro lado, as ruínas. Ambos estavam negros como a noite; mas antes de chegarmos lá havia uma pequena clareira na qual pudemos distinguir apenas as árvores e a linha mais clara da estrada. Achei melhor parar ali e tomar fôlego.

— Bagley — disse eu —, há uma coisa nessas ruínas que eu não entendo. É para lá que eu estou indo. Fique de olhos abertos e muito alerta. Esteja pronto para pular em cima de qualquer estranho que vir; qualquer estranho, homem ou mulher. Não machuque, mas agarre qualquer coisa que você vir.

— Coronel — disse Bagley com um ligeiro tremor na voz —, eles dizem que acontecem coisas por aqui. Não é homem nem mulher.

Não havia tempo para desperdiçar com palavras.

— Você tem coragem para vir comigo? A questão é essa — disse eu.

Bagley endireitou o corpo sem dizer palavra e prestou continência. Então eu vi que não precisava temer nada.

Fomos adiante até o ponto onde, conforme os meus cálculos, eu tinha ouvido aquele suspiro quando ia para casa. No entanto a escuridão era tão completa que todas as marcas, de árvores ou caminhos, por exemplo, tinham desaparecido. Num momento sentíamos os pés no cascalho, no outro eles afundavam silenciosamente na grama escorregadiça, e isso era tudo. Eu havia fechado a minha lanterna, pois não queria assustar ninguém, quem quer que fosse. Bagley me seguia, segundo me parecia, pisando nas minhas pegadas enquanto eu imaginava avançar na direção da massa da casa em ruínas. Parecia que nós ficávamos muito tempo tateando à procura do caminho; o som dos nossos pés no solo úmido era a única coisa que indicava o nosso avanço. Depois de algum tempo fiquei imóvel para ver, ou melhor, sentir, onde nós estávamos. A escuridão era silenciosa, mas não mais silenciosa que numa noite invernal comum. Os sons que mencionei — o estalo de raminhos, o movimento de um cascalho, o som de um sussurro nas folhas mortas ou de uma criatura rastejante na relva — eram audíveis quando se aguçava o ouvido, todos eles suficientemente misteriosos quando temos a mente desocupada, mas que naquele momento eram para mim incitantes como sinais da vida da natureza, até mesmo na morte do gelo. Enquanto estávamos parados chegou do alto das árvores na encosta o pio prolongado de uma coruja. Alarmado, Bagley deu um salto; estava com os nervos à flor da pele, e não sabia do que tinha medo. Mas para mim o som era estimulante e agradável, sendo reconhecível.

— Uma coruja — disse eu em voz muito baixa.

— É, coronel — disse Bagley batendo o queixo.

Ficamos parados durante cerca de cinco minutos, enquanto ele irrompeu na quietude do ar, o som ampliando-se em círculos, morrendo na escuridão. Esse som, que não é animador, quase me alegrou. Era natural, e aliviava a tensão da mente. Retomei a marcha com coragem renovada, minha agitação nervosa acalmando-se.

De repente, muito subitamente, perto de nós, aos nossos pés, irrompeu outro grito. Dei um salto para trás no primeiro momento de surpresa e horror e, ao fazer isso, choquei-me bruscamente com a mesma alvenaria tosca e as amoreiras com que havia colidido antes. Esse novo som veio do chão, de baixo para cima — uma voz baixa, queixosa, que gemia cheia de sofrimento e dor. O contraste entre essa voz e o pio da coruja era indescritível; esta com uma selvageria e uma naturalidade saudáveis, aquela um som que gelava o sangue, cheio de sofrimento humano. Depois de muito tempo tateando desajeitadamente — pois, apesar de tudo o que podia fazer para manter minha coragem, eu tinha as mãos trêmulas —, consegui retirar a tampa corrediça da minha lanterna. A luz se lançou como uma coisa viva, e então o lugar logo ficou visível. Se tivesse sobrevivido algo além da parede da empena que eu descrevi, nós seríamos o que estaria dentro da construção arruinada. Ele estava próximo de nós, o vão da porta que havia ali, projetando-se diretamente na escuridão de fora. A luz mostrava o pedaço de parede, a hera cintilando contra ela em nuvens de verde-escuro, os ramos da amoreira ondulando e abaixo a porta aberta, uma porta que não levava a lugar algum. Foi dali que veio a voz que se extinguiu exatamente quando a lanterna iluminou esse cenário estranho. Fez-se silêncio por um momento, e então ela soou novamente. Veio de mais perto, tão penetrante, inspirando tanta piedade, que eu dei um salto nervoso e a lanterna caiu da minha mão. Quando tateava à procura dela no escuro, minha mão foi agarrada por Bagley, que me pareceu ter caído de joelhos; mas eu estava perturbado demais para pensar naquilo. Ele me agarrou na confusão do seu terror, esquecendo todo o decoro com que se comportava habitualmente.

— Pelo amor de Deus, o que é isso, *sir*? — disse ele ofegante. Se eu cedesse, evidentemente seria o fim para nós dois.

— Sei tanto quanto você — respondi —; é o que nós precisamos descobrir. Vamos, homem, vamos! — Eu o fiz levantar-se. — Você vai dar a volta e examinar o outro lado ou vai ficar aqui com a lanterna?

Bagley olhou-me arquejante, o horror estampado em seu rosto.

— Não podemos ficar juntos, coronel? — perguntou ele com os joelhos trêmulos.

Eu o empurrei contra o canto da parede e pus a lanterna na sua mão.

— Fique firme até eu voltar; não deixe que nada escape aos seus sentidos — disse-lhe.

A voz estava a menos de um metro de nós, não havia dúvida quanto a isso.

Fui para o outro lado da parede, mantendo-me colado a ela. A lanterna agitou-se na mão de Bagley, mas embora estivesse trêmula, sua luz brilhou pela porta vazia, um alongado bloco de luz marcando todos os cantos desmoronados e massas de folhagem suspensa. O que seria aquela coisa escura e achatada que estava numa pilha do lado dela? Avancei contra a luz do vão da porta e ataquei-a com as mãos; mas era apenas um arbusto que crescia bem junto da parede. Enquanto isso a visão da minha figura atravessando o vão da entrada havia levado ao máximo a excitação nervosa de Bagley. Ele voou na minha direção, agarrando-me o ombro:

— Peguei ele, coronel! Eu peguei! — gritou ele com uma voz de súbita exultação.

Ele achava que era um homem, e ficou imediatamente aliviado. Mas então a voz voltou a romper entre nós, aos nossos pés, mais próxima de nós do que qualquer ser poderia estar. Ele me soltou e caiu contra a parede, a boca aberta como se estivesse morrendo. Suponho que naquele momento ele viu que o que ele havia agarrado era eu. Quanto a mim, meu autocontrole era muito pouco maior. Arranquei da sua mão a lanterna e virei-a turbulentamente em todas as direções. A coisa estava agora perto dos meus ouvidos, gritando, gritando, como se para salvar a sua vida. Ou eu ouvi as mesmas palavras que Roland ouvira, ou então, na minha agitação, a imaginação de Roland se apoderou de mim. A voz prosseguiu, transformando-se numa articulação nítida, mas variando de lugar, ora num ponto ora noutro, como se seu dono estivesse lentamente indo para trás e para a frente: "Mamãe! Mamãe", e então houve uma explosão de gemidos. Quando minha mente se estabilizou, acostumando-se (nossa mente se acostuma a tudo), a impressão que tive foi de alguma criatura apreensiva, sofredora, que andava de lá para cá diante de uma porta fechada. Às vezes — mas isso deve ter sido pela minha agitação — eu acreditava ouvir o som de uma batida seguido da voz que voltava: "Ah, mamãe! Ah, mamãe!" Tudo isso perto, muito perto do lugar onde eu estava de pé com a lanterna, ora diante de mim ora atrás de mim: uma criatura inquieta, infeliz, queixosa, chorosa, diante do vão vazio da porta que ninguém podia mais fechar ou abrir.

— Você está ouvindo, Bagley? Está ouvindo o que diz a coisa? — gritei transpondo o vão da porta. Ele estava grudado à parede, os olhos vidrados, semimorto de horror. Fez um movimento com os lábios, parecendo querer me responder, mas não ouvi nenhum som. Então ele ergueu a mão com um curioso movimento imperativo, como se ordenando que eu fizesse silêncio e prestasse atenção. E eu não posso dizer por quanto tempo fiz isso. Comecei a me interessar, a ficar dominado por aquilo sem conseguir explicar por quê. A coisa parecia evocar visivelmente uma cena que qualquer um podia entender: algo trancafiado, que vagava incansavelmente de um lado para outro; às vezes a voz baixava, como se tivesse se lançado ao chão, às vezes se afastava alguns passos, tornando-se forte e clara. Eu ouvia todas as palavras claramente: "Ah, mamãe, me deixe entrar!, ah, mamãe, mamãe, me deixe entrar, ah, me deixe entrar!" Não é de se admirar que o menino tivesse ficado transtornado de compaixão. Tentei acalmar a mente com relação a Roland, à sua convicção de que eu podia fazer alguma coisa, mas minha cabeça girava alvoroçada, até mesmo quando superei em parte o terror. Finalmente as palavras se extinguiram e houve um som de soluços e gemidos. Gritei: "Em nome de Deus, quem é você?", tendo na mente a impressão de que usar o nome de Deus era um ato profano, uma vez que eu não acreditava em fantasmas ou em qualquer coisa sobrenatural; mas assim mesmo eu gritei, e esperei, com o coração dando um salto de terror diante da possibilidade de uma resposta. Não posso dizer a razão disso, mas senti que se houvesse uma resposta eu não suportaria. Contudo não houve resposta; os gemidos continuaram e então a voz se elevou, como se fosse real; um pouco mais alto novamente, as palavras recomeçaram: "Ah, mamãe, me deixe entrar, ah, mamãe, me deixe entrar!", com uma expressão que partia o coração.

Como se fosse real! O que eu quero dizer com isso? Imagino que com a continuidade da coisa eu tenha ficado menos alarmado. Comecei a recuperar o uso dos meus sentidos — parece que eu explicava tudo para mim mesmo dizendo que aquilo já havia acontecido, que era a rememoração de uma cena real. Não sei dizer por que me teria parecido que havia algo verdadeiramente satisfatório e tranquilizador nessa explicação, mas assim foi. Comecei a ouvir quase como se estivesse assistindo a uma peça e me esqueci de Bagley, que se recostara na parede em estado de prostração. O súbito aparecimento de algo que fez meu coração pular mais uma vez, uma figura grande e negra que agitava os braços no vão da porta, tirou-me daquela estranha condição de espectador que se instalara em mim. "Entre! Entre! Entre!", gritava ela numa voz rouca e grave de baixo profundo, e então o pobre Bagley desmaiou atravessando-se na soleira. Ele era menos sofisticado do que eu e não tinha sido capaz de suportar por mais tempo. Eu o julguei algo sobrenatural, assim como ele me julgou, e se passou algum tempo até eu perceber as necessidades do momento. Só depois me dei conta de que desde que comecei a dar atenção ao homem, não ouvi mais a outra voz. Reanimar Bagley exigiu algum tempo. Deve ter sido uma cena estranha: a lanterna iluminando um ponto na escuridão, o rosto branco do homem deitado contra a terra preta, eu em cima dele fazendo o que me era possível fazer por ele. Provavelmente alguém que nos tivesse visto pensaria que eu o estava matando. Quando finalmente consegui despejar um pouco de conhaque na boca de Bagley, ele se sentou e olhou transtornado em torno de si.

— O que está acontecendo? — perguntou ele. Então me reconheceu e tentou se pôr de pé enquanto dizia numa voz débil: — Perdão, coronel.

Eu o levei para casa do melhor modo que pude, fazendo-o apoiar-se no meu braço. O grande camarada estava fraco como uma criança. Felizmente ele não se lembrou durante algum tempo do que havia acontecido. A voz se calou e tudo ficou silencioso depois do seu desmaio.

— O senhor está com uma epidemia na sua casa, coronel — disse-me Simson na manhã seguinte. — O que significa isso tudo? Seu mordomo está aqui delirando, dizendo que ouviu uma voz. Isso jamais aconteceria, o senhor sabe, e até onde sei o senhor também caiu nessa.

— É, eu também ouvi, doutor. Achei melhor falar com o senhor. O senhor está tratando muito bem do Roland, é claro, mas o menino não está delirando; ele está tão lúcido quanto o senhor ou eu. É tudo verdade.

— Tão lúcido quanto... eu... ou o senhor. Eu nunca achei que o menino estava demente. Ele tem agitação cerebral, febre. Quanto ao senhor, não sei o que o senhor tem. Seu olhar está um tanto estranho.

— Ora — disse eu —, o senhor não pode nos pôr a todos na cama. Seria melhor ouvir e prestar toda a atenção aos sintomas.

O médico encolheu os ombros mas me ouviu pacientemente. Não acreditou numa única palavra da história, isso ficou evidente, mas ouviu tudo do início ao fim.

— Meu caro amigo — disse ele —, o menino me disse exatamente isso. É uma epidemia. Quando uma pessoa cai vítima desse tipo de coisa é absolutamente garantido: sempre há dois ou três.

— Então como o senhor explica isso? — disse eu.

— Ah, explicar! Isso é outra coisa; não há explicação para os frenesis a que o nosso cérebro está sujeito. Pode ser ilusão; pode ser um efeito dos ecos ou do vento, algum distúrbio fonético ou outro qualquer...

— Venha comigo esta noite e julgue por si só — propus.

Ao ouvir isso ele riu alto, depois disse:

— Até que é uma boa ideia. Mas eu estaria definitivamente arruinado, se soubessem que John Simson correu atrás de fantasmas.

— Aí está — protestei eu. — O senhor nos critica, a nós que somos ignorantes dos seus distúrbios fonéticos, mas por temer ser ridicularizado não ousa examinar o que de fato está acontecendo. Isso é ciência!

— Não é ciência, é senso comum — respondeu o médico. — Muito visivelmente se trata de ilusão. Examinar isso é incentivar uma tendência perniciosa. O que de bom poderia advir da minha ida até lá? Mesmo se me convencesse, eu não poderia acreditar.

— Eu teria sido capaz de dizer isso ontem; e não quero que o senhor se convença ou acredite — esclareci. — Se o senhor comprovar que é uma ilusão, eu lhe ficarei muito agradecido. Venha; alguém precisa ir comigo.

— O senhor é um insensível — disse o médico. — O senhor enlouqueceu esse pobre sujeito e para o resto da vida fez dele, quanto a isso, um lunático; e agora quer me prejudicar. Mas vou abrir uma exceção e fazer o que me pede. Para salvar as aparências, se o senhor me der uma cama eu virei depois das minhas últimas visitas.

Ficou combinado que eu o encontraria no portão e que visitaríamos o cenário das ocorrências da noite anterior antes de irmos para casa, para que nenhum de nós fosse mais esperto que o outro. Era muito pouco provável que a causa da súbita doença de Bagley não chegasse de algum modo ao conhecimento pelo menos dos criados, e assim era melhor que tudo fosse feito o mais silenciosamente possível. O dia me pareceu muito longo. Precisei passar uma parte dele com Roland, o que foi uma terrível tortura para mim, pois não me ocorria nada para dizer ao garoto. Ele continuava melhorando, mas ainda estava numa situação muito precária, e a veemência trêmula com que se voltou para mim quando sua mãe saiu do quarto me deixou alarmado.

— Pai! — disse ele sem se mexer.

— Sim, filho. Estou dando toda a atenção ao caso; tudo o que eu posso fazer está sendo feito. Ainda não cheguei a nenhuma conclusão. Não estou esquecendo nada do que você falou — disse em tom lamentoso. O que eu não podia fazer era incentivar a sua mente ativa a ficar ocupada com aquele mistério. Era uma situação muito difícil, pois era preciso lhe dar alguma satisfação. Ele olhou para mim muito ansioso, os grandes e brilhantes olhos azuis parecendo maiores e mais brilhantes no rosto branco e cansado.

— Você precisa confiar em mim — sugeri.

— Está certo, papai. O senhor sabe das coisas — disse ele para si mesmo, como se para acalmar alguma dúvida interior.

Eu o deixei logo que pude. Ele era a coisa mais preciosa que eu tinha na terra, e sua saúde era o meu primeiro pensamento; no entanto, de alguma forma, no alvoroço dessa outra questão, pus isso de lado e preferi não me ocupar muito de Roland, o que era o mais curioso de tudo.

Naquela noite, às onze horas, encontrei-me com Simson no portão. Ele havia vindo de trem e eu o fiz entrar. Eu estava tão absorto na experiência iminente que passei pelas ruínas quase sem pensar, ao ir ao encontro dele, se você me entende. Estava com a lanterna; e ele me mostrou a vela fina pronta para o uso.

— Não há nada como a luz — disse ele no seu tom zombador.

A noite estava muito silenciosa — quase não se ouvia nenhum som —, mas não muito escura. Pudemos nos manter no caminho sem dificuldade enquanto avançávamos. Ao nos aproximarmos do lugar ouvimos um gemido baixo, interrompido de vez em quando por um grito triste.

— Essa deve ser a sua voz — disse o médico. — Achei que devia ser alguma coisa desse tipo. É um pobre animal preso em alguma dessas armadilhas infernais que vocês deixam por aí; o senhor vai encontrá-lo em algum lugar entre os arbustos.

Eu não disse nada. Não estava muito amedrontado, mas me senti triunfalmente satisfeito com o que aconteceu em seguida. Levei-o até o lugar onde Bagley e eu ficáramos na noite anterior. Tudo estava tão silencioso quanto podia estar uma noite invernal; tão silencioso que ouvimos o som distante dos cavalos nos estábulos e uma janela sendo fechada na casa. Simson acendeu sua vela e começou a examinar à volta, cutucando por toda parte. Nós parecíamos dois conspiradores à espera de algum infeliz viajante, mas a quietude não era quebrada por nenhum som. O gemido havia cessado antes de chegarmos lá em cima; uma estrela ou duas brilhava sobre nós no céu, olhando para baixo como se surpresa com nossos estranhos procedimentos. O dr. Simson não fez nada além de emitir risinhos reprimidos.

— Achei que seria isso mesmo — disse ele. — É a mesma coisa com mesas e todas as outras coisas do aparato dos fantasmas; a presença de um cético faz tudo cessar. Quando eu estou presente não acontece nada. Quanto tempo o senhor acha que é necessário ficar aqui? Ah, não se queixe; quando *o senhor* estiver satisfeito, *eu* estarei.

Não vou negar que me senti desapontadíssimo com esse resultado, que me fez parecer um tolo crédulo. Aquilo deu ao médico uma situação de superioridade em relação a mim que dificilmente alguma outra coisa poderia dar. Eu teria de suportar todos os seus princípios morais durante os próximos anos, e o seu materialismo, seu ceticismo, aumentaria até o insuportável.

— Na verdade parece — disse eu — que não vai haver nenhuma...

— Manifestação — disse ele sorrindo —; é como dizem todos os médiuns. Sem manifestações, em consequência da presença de um cético.

Seu riso soou muito penoso para mim em meio ao silêncio; e agora era quase meia-noite. Mas aquele riso pareceu o sinal: antes que ele se extinguisse o gemido que tínhamos ouvido antes voltou. Começou a uma certa distância e veio na nossa direção, mais e mais próximo, como alguém que estivesse caminhando e gemendo para si mesmo. Agora já não se podia pensar que seria uma lebre presa numa armadilha. A aproximação era lenta, como a de uma pessoa fraca, com pequenas paradas e pausas. Nós a ouvimos vir pela relva diretamente para o vão de porta vazio. Simson tinha ficado um pouco assustado com o primeiro som. Ele disse impaciente:

— Essa criança não devia ficar fora de casa tão tarde.

Mas ele sabia, tanto quanto eu, que aquilo não era uma voz de criança. À medida que ela se aproximava, ele foi ficando em silêncio e, indo para o vão da porta com a vela, ficou olhando para fora na direção do som. Estando a vela desprotegida, sua chama oscilava no ar da noite, embora quase não houvesse vento. Lancei firmemente pelo mesmo espaço a luz da minha lanterna, e então vimos um esplendor no meio da escuridão. Uma emoção gelada havia percorrido meu corpo ao primeiro som, mas quando ele se aproximou eu confesso que meu único sentimento foi de satisfação. O zombador não poderia mais zombar. A luz incidiu sobre seu rosto e ele o ocultou com grande sucesso, mas estava perplexo. E então tudo o que havia acontecido na noite anterior se repetiu, provocando em mim uma estranha sensação de repetição. Cada grito, cada soluço parecia o mesmo de antes. Eu ouvi quase sem nenhuma emoção, pensando no efeito daquilo sobre Simson. Ele mantinha uma atitude muito confiante. Todo aquele ir e vir da voz acontecia, se podíamos confiar nos nossos ouvidos, bem diante do vão de porta vazio e completamente iluminado, cuja luz incidia sobre as folhas cintilantes dos grandes azevinhos logo adiante. Nem um coelho podia ter atravessado o gramado sem ser visto; mas não havia nada. Depois de algum tempo Simson, com certa cautela e o corpo relutante, segundo me pareceu, saiu com a vela no espaço. Sua figura apareceu de corpo inteiro contra o arbusto. Bem nesse momento o tom da voz baixou, como de costume, e pareceu se arremessar para a porta, embaixo. Simson recuou violentamente, como se alguém estivesse avançando contra ele, depois se voltou e baixou a vela, parecendo examinar alguma coisa.

— O senhor está vendo alguém? — gritei num sussurro, sentindo o calafrio do pânico nervoso me percorrer.

— Não é nada mais que um... maldito arbusto — disse ele.

Eu sabia muito bem que aquilo era tolice, pois o arbusto ficava do outro lado. Ele foi andando à procura da árvore, dando voltas, cutucando com sua vela por toda parte, depois voltou para onde eu estava, no lado interno da parede. Não zombava mais; seu rosto estava contraído e pálido.

— Quanto tempo isso dura? — sussurrou ele para mim como alguém que não quer interromper quem está falando. Eu tinha ficado perturbado demais para observar se as sucessões e mudanças da voz eram as mesmas da noite anterior. Subitamente ela se apagou no ar quase enquanto ele estava falando, com um soluço suave, reiterado, extinguindo-se. Se havia algo a ser visto, eu diria que naquele momento era a pessoa agachada no chão ao lado da porta.

Depois disso nós fomos para casa em total silêncio. Somente quando a casa já estava diante de nós, eu lhe disse:

— O que o senhor acha disso?

— Não sei lhe dizer o que eu acho disso — ele se apressou a declarar.

Ele não aceitou — embora fosse um homem muito moderado — o clarete que lhe ofereci, mas quis um conhaque que estava na bandeja, e tragou-o quase puro.

— Preste atenção, eu não acredito numa única palavra disso tudo — disse ele quando havia acendido sua vela —; mas não posso dizer ao senhor o que eu acho — acrescentou ele depois de se ter virado, no meio da escada.

Tudo isso, contudo, não me adiantou nada quanto à solução do meu problema. Eu precisava ajudar aquilo que chorava, soluçava, que já era para mim uma personalidade tão discernível quanto qualquer coisa que eu conhecia, do contrário o que iria dizer a Roland? Eu sentia que o meu menino morreria se eu não descobrisse um modo de ajudar essa criatura. Pode ser que você fique surpreso por eu falar desse jeito sobre a questão. Eu não sabia se era um homem ou uma mulher; mas agora tinha tanta certeza de que era uma alma sofredora quanto tinha certeza de que eu existia; e cabia a mim mitigar essa dor — acabar com ela, se isso fosse possível. Algum outro pai ansioso que tremia pelo seu único filho já teria tido uma tarefa dessas? Senti no coração, por mais fantástico que isso possa parecer, que precisava cumprir aquilo de algum modo ou desistir do meu filho; e você pode imaginar que eu preferia morrer a fazer isso. Mas nem mesmo a morte melhoraria a minha situação, a menos que ela me levasse para o mesmo mundo daquele que estava rondando a porta.

Na manhã seguinte Simson saiu de casa antes do café da manhã e, quando voltou, tinha nas botas sinais evidentes da relva molhada; além disso, parecia preocupado e cansado, coisa muito natural, tendo em vista o que acontecera na noite anterior. Depois do café ele melhorou um pouco e visitou dois dos seus pacientes, pois Bagley continuava inválido. Acompanhei-o no caminho para a estação ferroviária, para ouvir o que ele tinha a dizer sobre o menino.

— Roland está indo muito bem — disse ele —; até agora não há complicações. Mas preste atenção: não dá para brincar com esse menino, Mortimer. Não lhe diga nem uma palavra sobre o que aconteceu ontem à noite.

Então precisei lhe contar sobre o pedido impossível que Roland me havia feito — o que deixou o velho muito perturbado, percebi bem, embora ele tentasse rir.

— Precisamos simplesmente jurar em falso para todos — disse ele — e garantir que o senhor o exorcizou. — Mas o dr. Simson tinha um coração muito bom para se satisfazer com isso. — É uma coisa assustadoramente grave para você, Mortimer. Não posso rir, como gostaria de fazer. Bem que gostaria de imaginar um meio de sair disso, pelo seu bem. Aliás — acrescentou ele bruscamente —, o senhor não notou aquele arbusto do lado esquerdo?

— Havia um do lado direito da porta. Eu percebi que na noite passada o senhor se enganou sobre a posição dele — respondi.

— Enganei-me! — gritou ele com um curioso riso abafado, levantando a gola do casaco como se sentisse frio. — Hoje não existe arbusto, nem do lado esquerdo nem do direito. Vá até lá e veja. — Poucos minutos depois, ao subir no trem, ele olhou para trás e acenou dizendo: — Hoje à noite eu volto.

Acho que não senti nada em relação a isso, enquanto me afastava da agitação costumeira da estação, que fez as minhas preocupações particulares parecerem estranhamente antiquadas. Minha mente havia ficado evidentemente satisfeita com o fato de o ceticismo do dr. Simson ter sido derrotado por completo. Mas depois a parte mais grave da questão me afligiu. Da estação fui diretamente para o presbitério, que ficava num pequeno platô na margem do rio oposta à floresta de Brentwood. O ministro era de um tipo não mais tão comum na Escócia quanto já havia sido. Era um homem de boa família, com apurada educação formal no estilo escocês: forte em filosofia, não tão forte em grego, mais forte que tudo em experiência — um homem que ao longo da vida havia convivido com a maioria das pessoas notáveis da Escócia —, e tinha a fama de ser muito bom em doutrina, sem que isso comprometesse a tolerância de que os velhos, que são homens bons, são geralmente dotados. Era antiquado. Talvez não pensasse tanto quanto muitos jovens nos difíceis problemas da teologia e nem se fizesse nenhuma das perguntas árduas sobre a Confissão de Fé, mas compreendia a natureza humana, o que talvez seja melhor. Ele me acolheu cordialmente.

— Entre, coronel Mortimer — disse ele. — Meu prazer em vê-lo é ainda maior por ver que isso é um bom sinal da saúde do seu filho. Ele está passando bem? Deus seja louvado. E o Senhor o abençoe e o guarde. Muita gente está rezando por ele, e isso não pode fazer mal a ninguém.

— Ele vai precisar de todas essas preces, dr. Moncrieff — disse eu —, e também do seu conselho. — E eu lhe contei a história, mais detalhadamente do que fizera com Simson. O velho religioso ouviu-me com muitas exclamações contidas e no final tinha lágrimas nos olhos.

— Isso é simplesmente lindo — disse ele. — Acho que nunca ouvi nada igual. É tão belo quanto Burns resolvendo libertar um indivíduo, e nenhuma igreja reza por eles. Ai, ai! Então ele quer que o senhor console o pobre espírito que está perdido? Deus abençoe o menino! Nisso há algo incomum, coronel Mortimer. E além disso a confiança que ele tem no pai! Eu gostaria de pôr isso num sermão. — Então o velho me dirigiu um olhar alarmado e disse: — Não, não. Eu não estava pensando num sermão; preciso escrever falando sobre isso no *Children's Record*.

Vi o pensamento que havia passado pela sua mente. Ele pensou, ou temia que eu pensasse, num sermão fúnebre. Acredite-me: isso não me deixou nem um pouco mais animado.

Dificilmente eu poderia dizer que o dr. Moncrieff me deu algum conselho. Como alguém pode dar conselho sobre um assunto desses? Mas ele disse:

— Acho que eu também vou lá. Sou um velho. Aqueles que estão mais afastados do mundo invisível são mais propensos a se assustar do que eu. Tenho obrigação de pensar na minha jornada aqui. Não tenho crenças preestabelecidas sobre o assunto. Também vou lá; e talvez na hora certa o Senhor nos iluminará quanto ao que fazer.

Isso me aliviou um pouco — mais do que o que Simson dissera. Saber claramente o que era a causa do fato não era o meu maior desejo. O que estava na minha cabeça era outra coisa: meu filho. Quanto à pobre alma na porta aberta, para mim a sua existência era tão inquestionável quanto a minha, como já disse. Não se tratava de fantasma. Eu conhecia a criatura, e ela estava em dificuldade. É o que eu achava, assim como Roland. Ouvi-la foi inicialmente um grande choque para os meus nervos, mas agora não mais: a pessoa se acostuma com tudo. Mas fazer alguma coisa por ela era o grande problema. Como eu poderia ser útil para um ser que era invisível, que não era mais mortal? "Talvez na hora certa o Senhor nos iluminará quanto ao que fazer." A fraseologia era muito antiquada, e uma semana antes, com toda a probabilidade, eu teria sorrido (embora sempre com boa vontade) da credulidade do dr. Moncrieff. Mas senti um grande alívio — se racional ou não, não sei dizer — ao ouvir o simples som daquelas palavras.

O caminho para a estação e para a aldeia atravessava a ravina, mas não próximo às ruínas. Contudo, apesar de o sol e o ar fresco, a beleza das árvores e o som da água serem muito confortantes para o nosso estado de espírito, eu tinha a mente tão cheia do meu próprio assunto que não pude evitar virar para a direita quando cheguei ao alto da ravina e ir direto para o lugar que posso chamar de cenário de todos os meus pensamentos. Ele estava banhado de sol, como todo o resto do mundo. A empena arruinada voltava-se exatamente para leste, e na altura em que estava o sol a sua luz atravessava o vão da porta assim como fizera a nossa lanterna, inundando de claridade a grama úmida que ficava mais além. Havia uma estranha insinuação na porta aberta — tão inútil, uma espécie de emblema da inutilidade — que não tolhia nada, sendo possível ir aonde se quisesse, e ao mesmo tempo nos sugeria aquela ilusão de clausura — com aquela passagem de entrada, desnecessária, que levava a nada. E por que uma criatura deveria pedir e chorar para entrar — para nada — ou ser mantida fora — por nada! O melhor era não ficar pensando muito naquilo, pois do contrário o cérebro começaria a girar. No entanto, com um sorrisinho mental pela inexatidão da lembrança — de que até um cientista pode ser culpado —, lembrei-me do que Simson havia dito sobre o arbusto. Agora eu via a luz da minha lanterna brilhar sobre a cintilação molhada da superfície das folhas pontiagudas no lado direito — e ele pronto a apostar que a árvore ficava do lado esquerdo!

Dei a volta para ter certeza. E então vi o que ele havia dito. À direita ou à esquerda não havia nenhum arbusto. Fiquei perplexo com isso, embora fosse apenas uma questão de detalhe: nada, absolutamente; uma moita de amoreiras ondulando, a grama crescendo até as paredes. Mas afinal de contas, embora eu tenha me chocado por um momento, que importância tinha aquilo? Havia marcas, como se algumas passadas tivessem sido dadas de um lado para outro diante da porta; mas podiam ser as nossas pegadas; e tudo estava claro, em paz e silencioso. Cutuquei durante algum tempo na outra ruína — as ruínas maiores da casa antiga —, como fizera antes. Havia marcas na grama aqui e ali — eu não as chamaria de pegadas —, por toda parte; mas isso não revelava nada. No primeiro dia eu havia examinado minuciosamente os cômodos arruinados. Eles estavam cheios de terra e entulho: samambaias e amoreiras murchas; ali ninguém poderia se refugiar. Fiquei vexado porque Jarvis me viu saindo daquele lugar, quando subiu para receber ordens. Não sei se os criados tinham ficado sabendo das minhas expedições noturnas. Mas havia no seu rosto uma expressão significativa. Algo que me lembrou da minha própria sensação quando Simson, com todo o seu ceticismo, emudeceu de surpresa. Jarvis ficou satisfeito porque a sua veracidade era agora inquestionável. Antes disso eu nunca havia me dirigido a um criado num tom tão peremptório. Mandei-o embora com "um tremendo de um pito", como mais tarde o homem classificou o que eu disse. Naquele momento uma interferência de qualquer tipo era intolerável para mim.

Mas o mais estranho de tudo foi que eu não podia encarar Roland. Não subi imediatamente para o quarto dele, como seria esperado. As meninas não conseguiram entender isso. Acharam que havia algum mistério naquilo.

— Mamãe foi descansar — disse Agatha. — Ele passou muito bem a noite.

— Mas ele quer tanto o senhor ao lado dele, papai! — gritou a pequena Jeanie, sempre com os dois braços abraçando os meus, naquele seu jeito tão encantador.

Acabei sendo obrigado a ir, mas para falar o quê? Só pude beijá-lo e lhe dizer para ficar calmo porque eu estava fazendo tudo o que podia. A paciência de uma criança tem algo de místico.

— Vai ficar tudo certo, papai? — perguntou ele.

— Deus permita! Espero que sim, Roland.

— Ah, claro, vai ficar tudo certo.

Talvez ele tenha compreendido que dada a minha ansiedade eu não podia ficar com ele como teria ficado em outras circunstâncias. Mas as meninas estavam mais surpresas do que é possível relatar. Olhavam para mim com olhos assombrados.

— Se eu estivesse doente, papai, e o senhor só ficasse comigo por pouco tempo, isso partiria o meu coração — disse Agatha.

Mas o menino foi compreensivo. Sabia que por vontade própria eu não faria aquilo. Fechei-me na biblioteca, onde não pude descansar, e fiquei andando de um lado para outro como uma fera enjaulada. O que eu poderia fazer? E se não pudesse fazer nada, o que seria do meu menino? Essas eram as perguntas que, sem cessar, se alternavam na minha mente.

Simson chegou para o jantar, e quando a casa estava totalmente quieta e a maioria dos criados já havia se recolhido, fomos ao encontro do dr. Moncrieff, como havíamos combinado, no alto da ravina. Simson, de seu lado, estava disposto a zombar do doutor.

— Se houver algum encantamento, eu vou quebrá-lo — disse ele.

Não respondi. Eu não o havia convidado. Ele podia fazer o que quisesse: ficar ou ir embora. Ele falou muito, bem mais do que seria do meu agrado, enquanto prosseguimos.

— Uma coisa é certa: deve haver alguma intervenção humana — disse ele. — Essa história de aparições é um disparate. Nunca investiguei muito as leis do som, e a ventriloquia tem muita coisa que nós desconhecemos.

— Se isso lhe é indiferente, Simson — pedi —, eu gostaria que o senhor guardasse essas opiniões só para si. Não estou num momento favorável para essa discussão.

— Ah, eu espero saber respeitar a idiossincrasia — respondeu ele. O simples tom da sua voz me irritou além do suportável. Esses cientistas! Fico pensando em como as pessoas podem suportá-los como suportam, quando não estão com disposição para ouvir a sua fria confiança. O dr. Moncrieff encontrou-nos mais ou menos às onze horas, a mesma hora da noite anterior. Ele era um homem gordo, com um semblante venerável e cabelos brancos; velho mas em pleno vigor, temendo menos um passeio noturno em tempo frio do que muitos jovens. Tinha na mão uma lanterna. Estávamos plenamente dotados dos meios de iluminar o lugar, e éramos todos homens resolutos. Consultamo-nos rapidamente enquanto rumávamos para as ruínas, e o resultado foi que nos pusemos em diferentes postos. O dr. Moncrieff permaneceu do lado interno da parede — se é que se pode falar em lado interno quando há unicamente uma parede. Simson ficou ao lado das ruínas, de modo a interceptar qualquer comunicação com a mansão original, objetivo em que sua mente se fixara. Eu me coloquei do outro lado. Dizer que nada podia se aproximar sem ser visto era evidente por si mesmo. Tinha sido assim também na noite anterior. Agora, com nossas três luzes no meio da escuridão, o lugar inteiro parecia iluminado. A lanterna do dr. Moncrieff, que era grande, sem nenhum recurso para ser fechada — era uma lanterna antiquada, com uma extremidade côncava e enfeitada —, brilhava firmemente, seus raios projetando-se para cima na escuridão. Ele a colocou na relva, onde seria o meio da sala, se é que aquilo havia sido uma sala. O efeito usual da luz fluindo do vão da porta foi impedido pela iluminação que Simson e eu fornecemos do outro lado. Com exceção dessas diferenças, tudo parecia igual à noite anterior.

E o que ocorreu foi exatamente a mesma coisa, com a mesma impressão de repetição, ponto por ponto, como já comentei antes. Declaro que me pareceu estar sendo empurrado, posto de lado, pelo dono da voz enquanto na sua perturbação ele andava de um lado para outro — embora essas palavras sejam perfeitamente fúteis, uma vez que a torrente de luz emitida pela minha lanterna e pela vela de Simson estendia-se ampla e clara por toda a relva, sem nenhuma sombra, sem a menor interrupção. Eu tinha deixado até de me alarmar. Meu coração estava dilacerado de compaixão e preocupação — compaixão pela pobre criatura humana que estava sofrendo e preocupação comigo mesmo e com meu filho. Deus meu!, se eu não conseguisse encontrar nenhuma ajuda — e que ajuda eu poderia encontrar? —, Roland morreria.

Ficamos todos em total silêncio até a primeira sequência se esgotar, como eu sabia (por experiência) que aconteceria. O dr. Moncrieff, para quem aquilo era novidade, estava absolutamente estático do outro lado da parede, assim como nós no nosso lugar. Meu coração continuou batendo quase do mesmo modo de sempre enquanto ouvi a voz. Já me acostumara; ela não fazia subir minhas pulsações como da primeira vez. Mas no momento em que a coisa se arremessou em soluços contra a porta (não posso usar outras palavras) houve subitamente algo que levou meu sangue a correr nas veias e o coração a quase sair pela minha boca. Era a voz que estava do outro lado da parede — a voz do ministro Moncrieff, que conhecíamos bem. Eu não me surpreenderia se ela pronunciasse alguma fórmula de exorcismo, mas não estava preparado para o que ouvi. Ele falou com uma espécie de gagueira, como se emocionado demais para dizer qualquer coisa.

— Willie, Willie! Ah, Deus nos proteja!, é você?

Essas palavras simples tiveram sobre mim um efeito que a voz da criatura invisível deixara de ter. Achei que o velho, a quem eu havia levado para aquela situação perigosa, tinha enlouquecido de terror. Precipitei-me para o outro lado da parede, também eu meio enlouquecido com a ideia. Ele estava de pé onde eu o havia deixado, sua sombra vaga e grande projetada sobre a grama pela luz da lanterna que estava aos seus pés. Levantei a minha lanterna para ver o rosto dele enquanto me aproximava. Ele estava muito pálido, os olhos úmidos e brilhantes, a boca trêmula e entreaberta. Não me viu e não me ouviu. Eu e o dr. Simson, que havíamos vivido essa experiência antes, tínhamos nos agachado um diante do outro para reunir um pouco de força a fim de resistir àquilo. Mas ele nem sequer percebeu que eu estava lá. Todo o seu ser parecia absorto em ansiedade e ternura. Ele estendeu as mãos e vi que elas tremiam — por impaciência, pareceu-me, e não por medo. Ele continuou falando durante todo o tempo.

— Willie, se for você (e é você, a não ser que seja uma ilusão do Demônio), Willie, rapaz!, por que vir aqui e assustar essas pessoas que não o conhecem? Por que você não foi procurar a mim?

Ele pareceu esperar uma resposta. Quando se calou, seu semblante, com todos os traços movendo-se, continuou falando. Simson me deu outro terrível choque, insinuando-se com a lanterna pelo vão da porta, tão tomado de espanto e tão intensamente curioso quanto eu. Mas o ministro recomeçou, sem vê-lo, falando com outra pessoa. Sua voz assumiu um tom de advertência:

— Você acha que está certo vir aqui? Sua mãe partiu pronunciando o seu nome. Você acha que ela iria fechar a porta para o seu próprio filho? Você acha, criatura covarde, que o Senhor irá lhe fechar a porta? Não! Eu o proíbo! Eu o proíbo! — gritou o velho. A voz soluçante estava recomeçando a gritar. Ele deu um passo adiante, dizendo numa voz de comando as últimas palavras: — Eu o proíbo. Não chore mais para os homens. Vá para casa, espírito errante! Vá para casa! Está me ouvindo? Eu o crismei, pelejei com você, intercedi por você com o Senhor! — Nesse ponto o tom alto da sua voz baixou e se impregnou de ternura. — E ela também, essa pobre mulher a quem você chama. Ela não está aqui. Você vai encontrá-la com o Senhor. Vá lá e procure-a, não aqui. Está me ouvindo, rapaz? Vá à procura da sua mãe lá. O Senhor vai deixá-lo entrar, embora seja tarde. Homem, crie coragem! Se é para ficar soluçando e pedindo, faça isso na porta do céu, e não na porta arruinada da sua pobre mãe.

Ele parou para tomar fôlego. E a voz se calara, não como antes, quando seu tempo tinha se esgotado e ela já havia feito todas as repetições habituais, mas embargada e soluçante, como se vencida. Então o ministro falou novamente:

— Você está me ouvindo, Will? Ah, rapaz, você sempre frequentou os ambientes torpes. Pare com isso agora. Vá para casa, junto do seu Pai, o Pai! Você está me ouvindo? — Nesse ponto o velho caiu de joelhos, com o rosto erguido, as mãos trêmulas suspensas, brancas na luz cercada de escuridão. Eu resisti pelo tempo que pude, embora não saiba dizer por quê, e então caí também de joelhos. Simson ficou o tempo todo no vão da porta com uma expressão indizível no rosto, o lábio inferior pendido, os olhos desvairados, olhando fixo. Parecia que nós estávamos rezando era para ele, aquela imagem de admiração e de ignorância perplexa. Durante todo o tempo a voz, com um soluço baixo e reprimido, pareceu-me ter ficado exatamente onde ele estava de pé.

— Senhor — disse o ministro —, Senhor, acolha-o na sua morada eterna. A mãe que ele chama está convosco. Quem pode abrigá-lo, fora Vós? Senhor, nunca é tarde demais e nem difícil demais para Vós. Senhor, permita àquela mulher levá-lo para dentro! Permita que ela o leve para dentro!

Dei um salto para a frente a fim de pegar algo que havia se arremessado violentamente pela porta. A ilusão foi tão forte que só parei ao sentir a testa roçar a parede e as mãos tocarem o chão — pois não havia ali ninguém para impedir que eu caísse, foi o que pensei na minha insensatez. Simson estendeu-me a mão para ajudar-me a me levantar. Ele estava tremendo e frio, o lábio inferior pendendo, quase sem conseguir falar.

— Acabou — disse ele gaguejando —, acabou!

Inclinamo-nos um contra o outro durante um momento, tremendo tanto que todo o cenário tremia, como se fosse se dissolver e desaparecer. E no entanto não esquecerei aquilo enquanto viver: o brilho das luzes estranhas, a escuridão ao redor, a figura ajoelhada com toda a brancura da luz concentrada na sua venerável cabeça branca e nas mãos erguidas. Uma quietude estranha e solene pareceu se instalar à nossa volta. A intervalos uma única sílaba, "Céus! Céus!", saía dos lábios do velho ministro. Ele não viu nenhum de nós e nem pensou em nós. Nunca fiquei sabendo durante quanto tempo ficamos ali de pé, como sentinelas protegendo-o em suas preces, segurando nossas lanternas de um jeito aturdido, sem saber o que fazíamos. Mas finalmente ele se levantou e, pondo-se de pé, totalmente ereto, ergueu os braços como fazem os ministros escoceses no final do serviço religioso e solenemente deu a bênção apostólica. Para quê? Para a terra silenciosa, a floresta escura, a ampla atmosfera que respirava; pois nós éramos apenas espectadores que disseram um "Amém" ofegante!

Ao voltarmos para casa pareceu-me que devíamos estar no meio da noite. Na verdade era muito tarde. O dr. Moncrieff pôs o braço sobre o meu. Ele caminhava lentamente, com um ar de exaustão. Era como se estivéssemos voltando de um leito de morte. Algo acalmava e solenizava o próprio ar. Havia nele aquela impressão de alívio que ele sempre nos parece ter no final de uma luta de morte. E a natureza persistente, nunca desencorajada, voltou em todos nós, enquanto retornávamos aos caminhos da vida. Não nos dissemos nada, na verdade, durante algum tempo; mas quando saímos da área arborizada e chegamos à clareira próxima à casa, onde podíamos ver o céu, o dr. Moncrieff foi o primeiro a falar.

— Preciso ir andando — disse ele. — Já está muito tarde e eu tenho medo. Vou descer pela ravina, como vim.

— Mas não vai sozinho. Eu vou com o senhor.

— Bom, não vou me opor a isso. Sou velho e a agitação me esgota mais que o trabalho. Está bem, agradeço o seu braço. Esta noite, coronel, o senhor fez uma boa ação para mim.

Apertei a mão que ele pousara no meu braço, sentindo-me incapaz de falar. Mas Simson, que havia feito meia-volta junto conosco e tinha andado todo aquele tempo com a vela acesa, totalmente inconsciente, voltou a si, talvez com o som das nossas vozes, e apagou a vela com um movimento rápido, como se envergonhado.

— Deixe que eu carregue a sua lanterna — disse ele. — Ela é pesada. — Ele se refez com um salto e num momento, do espectador pasmo que havia sido, tornou-se cético e cínico. — Eu gostaria de lhe fazer uma pergunta — disse ele. — O senhor acredita em Purgatório, doutor? Ele não está na doutrina da Igreja, até onde eu sei.

— Um velho como eu às vezes não sabe ao certo em que acredita — respondeu o dr. Moncrieff. — Só existe uma coisa de que eu tenho certeza, e essa coisa é a bondade amorosa de Deus.

— Mas eu achava que isso estava nesta vida. Não sou teólogo...

— Se eu visse um amigo dentro dos portões do inferno — cortou o velho, novamente com um tremor que me parecia estar invadindo-o completamente —, eu não me desesperaria, porque seu Pai ainda assim o levaria pela mão, se ele chorasse como aquele homem.

— Admito que é muito estranho, muito estranho. Não consigo compreender. Tenho certeza de que nisso há interferência humana. Doutor, o que o levou a ter certeza com relação à pessoa e ao nome?

O ministro levantou a mão com a impaciência que uma pessoa mostraria se lhe perguntassem como ele reconheceu seu irmão.

— Ora, bolas! — disse ele numa linguagem familiar. Depois acrescentou num tom mais solene: — Como eu não iria reconhecer uma pessoa a quem conheço melhor, bem melhor, do que ao senhor?

— Então o senhor viu o homem?

O dr. Moncrieff não respondeu. Agitou de novo a mão num movimento um tanto impaciente e caminhou, apoiando-se pesadamente no meu braço. E nós prosseguimos durante muito tempo sem nenhuma outra palavra, ziguezagueando pelos escuros caminhos íngremes que escorregavam com a umidade do inverno. O ar estava quase parado; seu movimento mal chegava a provocar um débil suspiro nos galhos, que se misturava ao som da água na direção da qual descíamos. Quando voltamos a falar, foi sobre questões indiferentes: a profundidade do rio e as chuvas recentes. Separamo-nos com o ministro na porta de casa. Sua velha criada apareceu, muito perturbada com aquela demora.

— Nossa, ministro! O rapazinho piorou? — gritou ela.

— Muito pelo contrário; ele está melhor. Deus o abençoe! — disse o dr. Moncrieff.

Acho que se ao voltarmos a subir a ravina Simson tivesse recomeçado com as suas perguntas, eu o teria arremessado contra as pedras. Mas ele ficou em silêncio, por uma bendita inspiração. E o céu estava claro como não havia estado por muitas noites, brilhando no alto das árvores, aqui e ali a débil cintilação de uma estrela em meio à multidão de ramos escuros e desfolhados. O ar, como disse, tocava-os muito suavemente, com uma cadência branda e tranquila. Era real, como todo som natural, e nos chegava como uma quietude de paz e alívio. Achei que havia nele um som, como o da respiração de alguém que dorme, e me pareceu claro que Roland devia estar dormindo, satisfeito e calmo. Quando entramos, fomos ao seu quarto. Ali encontramos o total silêncio do descanso. Minha mulher olhou para cima, despertando de um cochilo, e sorriu para mim.

— Acho que ele está muito melhor. Mas você demorou muito — disse ela sussurrando e protegendo os olhos contra a luz que acendêramos para que o médico pudesse ver seu paciente. O menino já estava quase com a sua cor normal. Acordou quando nos pusemos em torno da sua cama. Seus olhos tinham aquele olhar semiadormecido da infância, feliz por fechar-se novamente e ao mesmo tempo gostando da interrupção e do brilho da luz. Inclinei-me sobre ele e beijei sua testa, que estava úmida e fresca.

— Está tudo bem, Roland — disse eu.

Ele olhou para cima com um vislumbre de prazer, pegou minha mão e encostou-a em sua face, e com isso voltou a dormir.

Nas noites seguintes eu vigiei as ruínas. Passava todas as horas escuras até a meia-noite patrulhando em torno do pedaço de parede a que tantas emoções se ligavam. Mas não ouvi nada e não vi nada além do tranquilo curso da natureza. E nem, até onde sei, se voltou a ouvir alguma coisa. O dr. Moncrieff me contou a história do jovem, cujo nome não hesitou em revelar. Eu não perguntei, como fez Simson, como ele o reconheceu. Ele havia sido um indivíduo imprestável: fraco, tolo, facilmente manobrável e "perdido", como dizem as pessoas. Tudo o que tínhamos ouvido havia se passado de fato em sua vida, disse o ministro. O jovem tinha voltado para casa um dia ou dois depois da morte de sua mãe — que trabalhava como criada na mansão original — e, desesperado com a notícia, havia se jogado no chão diante da porta, pedindo a ela que o deixasse entrar. O velho quase não conseguiu narrar o caso, com a voz embargada pelo choro. Pareceu-me — que os céus nos ajudem, como sabemos pouco sobre tudo! — que uma cena daquele tipo seria capaz de deixar a sua marca no cerne oculto da natureza. Não finjo saber como, mas na época a repetição me pareceu — em sua terrível estranheza e incompreensibilidade — quase mecânica, como se o ator invisível não pudesse se exceder ou variar, mas estivesse fadado a reencenar tudo. Uma coisa que me impressionou bastante, no entanto, foi a semelhança entre o velho ministro e meu filho quanto ao modo de considerar aqueles fenômenos estranhos. O dr. Moncrieff não ficou aterrorizado como eu próprio havia ficado, assim como todos nós. Para ele não se tratava de nenhum "fantasma", como receio que todos nós o consideramos vulgarmente, mas sim de uma pobre criatura que nós conhecemos naquelas condições, exatamente como ele o havia conhecido em carne e osso, sem ter nenhuma dúvida quanto à sua identidade. E para Roland era a mesma coisa. Para o meu filho esse espírito sofredor — se é que era um espírito —, essa voz que vinha do invisível, era um pobre semelhante em aflição que precisava ser ajudado para poder sair da sua dificuldade. Ele me falou sobre o caso com toda a franqueza quando melhorou. "Eu sabia que o senhor encontraria uma saída", disse ele. E isso foi quando ele estava forte e bem, e a ideia de que ele poderia se tornar histérico ou ficar tendo visões já havia sido esquecida.

Preciso acrescentar um fato curioso que não me parece ter qualquer relação com o que eu disse acima, mas de que Simson fez um grande uso: a determinação do médico em encontrar de algum modo a interferência humana. Tínhamos examinado muito minuciosamente as ruínas na época desses acontecimentos; mas depois, quando tudo já havia acabado, quando por acaso passávamos por elas numa tarde de sábado, no ócio desse dia sem ocupações, Simson cutucou com sua bengala uma janela velha que havia sido totalmente tomada pela terra caída. Ele ficou muito alvoroçado e gritou para que eu fosse ver. Ali nós encontramos um pequeno buraco — pois aquilo era mais um buraco do que uma sala — inteiramente oculto sob as ruínas tomadas pela hera, no qual havia uma quantidade de palha deixada num canto, como se alguém tivesse feito uma cama ali, e alguns restos de cascas pelo chão. Alguém havia se instalado ali, e não fazia muito tempo, concluiu o médico; e ele tem certeza de que esse ser desconhecido era o autor de todos os sons misteriosos que nós ouvimos.

— Eu lhe disse que havia interferência humana — disse ele triunfalmente.

— Ele se esquece, suponho, de como ele e eu ficamos com nossas lanternas sem ver nada, enquanto o espaço entre nós era atravessado por algo que falava, soluçava e sofria. Não há nenhum argumento com homens desse tipo. Nesse terreno ele está pronto para dar uma risada de mim.

— Eu fiquei perplexo, não podia compreender, mas sempre estava convencido de que no fundo do caso havia interferência humana. E aí está ela. E devia ser um sujeito inteligente — disse o médico.

Bagley deixou o serviço da casa, assim que ficou bem. Garantiu-me que não era por falta de respeito, mas que ele não podia suportar "esse tipo de coisa", e o homem estava tão abalado e lívido que foi com prazer que lhe dei um presente e deixei-o partir. De minha parte, fiz questão de ficar pelo tempo — dois anos — que nos comprometêramos com a casa de Brentwood; mas não renovei o aluguel. A essas alturas nós já havíamos encontrado a nossa residência permanente, uma casa agradável que compráramos.

Preciso acrescentar que quando o médico me desafia, sempre posso fazer a gravidade voltar ao seu semblante — e conseguir uma pausa na zombaria — quando evoco o arbusto. Para mim aquilo foi uma questão pouco importante. Posso acreditar que foi um engano. Não me preocupei com o caso; mas na sua mente o efeito foi diferente. A voz sofredora, o espírito em aflição, ele podia pensar naquilo como resultado de ventriloquia ou reverberação, ou o que quer que lhe agradasse: uma brincadeira bem planejada e prolongada, feita pelo vagabundo que havia encontrado um abrigo na velha torre. Mas o arbusto o desconcertava. As coisas têm efeitos muito diferentes na mente de pessoas diferentes.

Ella D'Arcy

A Villa Lucienne

Madame Koetlegon contou essa história, e contou-a tão bem que era como se a alameda sombria, o jardim descuidado e a casa de venezianas fechadas fossem velhos conhecidos dos seus ouvintes, que pareciam sentir uma débil reverberação da emoção incomunicável experimentada por ela com o guarda carrancudo, o trapo de renda e o pavilhão fechado. E no entanto, como vocês verão, na realidade não existe absolutamente nenhuma história; é apenas um registro de como, dois invernos atrás na Riviera, ela foi com algumas amigas procurar uma chácara mobiliada, que uma delas estava pretendendo comprar.

Depois do almoço começamos a nossa expedição: madame de M., Cécile, sua nora viúva, e eu. Renée, a filhinha de Cécile, sua babá e Médor, o *boarhound* tão amado pelo pobre Guy, retardavam-se atrás de nós pela íngreme estrada ensolarada.

O dia de dezembro estava deliciosamente azul e quente. Cécile tirou seu casaco de pele e o carregava no braço. Nós apenas baixamos os óculos escuros, quando uma tela de oliveiras à esquerda interpôs a sua folhagem verde-acinzentada entre nós e o sol.

No alto dessas árvores homens descalços armados com bambus batiam nos galhos para derrubar as frutas; e três gerações de mulheres, avós, mães e crianças, ajoelhadas na grama reuniam em cestos as pequenas azeitonas arroxeadas. Todas essas mulheres interromperam o que faziam para nos seguir com olhos negros persistentes enquanto passávamos. Mas os homens continuaram trabalhando sem se perturbar. A batida e o roçar dos seus bastões contra os galhos faziam um acompanhamento caracteristicamente sulino para a nossa conversa desordenada.

Tínhamos motivo para estarmos felizes, agradavelmente estimuladas pela beleza do tempo e do cenário. Renée e Médor, com risadas estridentes e graves alaridos de alegria, brincavam juntos durante todo o caminho. E quando o muro do jardim, que agora substituíra as oliveiras à nossa direita, cedeu lugar a dois portões de ferro abertos na entrada de um caminho largo e reto, e nós, olhando para cima entre os arcos das palmeiras e dos coqueiros, vimos uma casa branca, elegante, banhada de sol no alto, Cécile deu um salto ao concluir que aquela era a Villa Lucienne e que ela não iria encontrar em lugar algum uma casa que à primeira vista lhe conviesse mais.

Mas a mulher que veio nos receber, uma jovem alegre e morena com uma incrível abundância de seios sob o lenço de lã alaranjado cruzado na frente, disse-nos que não: aquela era a Villa Soleil (um nome muito apropriado!) e pertencia a monsieur Morgera, o deputado, que estava agora em Paris. A Villa Lucienne era mais acima — ela apontou vagamente para atrás de si, na direção da casa —, depois de uma longa caminhada pela estrada que ali fazia uma curva. Mas se as senhoras não se importassem de andar por uma trilha talvez um pouquinho úmida, devido à chuva de segunda-feira, em cinco minutos elas estariam na Villa, pois na verdade as duas casas ficavam a uma distância de um grito.

Por um espaçoso jardim dourado pela luz do sol, lírico com o canto de pássaros, brilhante de flores, onde o eucalipto, a mimosa e as rosas-chá misturavam no ar seus perfumes fortes e sutis, ela nos conduziu até um ângulo onde havia uma cerca de loureiros. Ali a jovem se abaixou para afastar alguns ramos velhos de pinheiro que estavam fechando a entrada de um caminho escuro e coberto por um caramanchão. Esse caminho parecia se estender interminavelmente numa escuridão verde, com um leve aclive em toda a sua extensão e o grau de inclinação da subida sendo alterado aqui e ali por alguns degraus de madeira apodrecida.

Nós teríamos de subir aquela alameda, disse-nos nossa guia, e certamente encontraríamos Laurent no alto. Laurent, explicou-nos ela, era o jardineiro que morava na Villa Lucienne e a mostrava para os visitantes. Mas pouca gente havia aparecido lá, embora já se tivesse passado um tempo enorme desde a morte da velha madame Gray, o que havia ocorrido antes de ela, a mulher que falava, ter vindo para o sul com os Morgera. Teríamos de explicar a Laurent que na Villa Soleil haviam nos mandado para lá, e então tudo estaria certo. Porque ele às vezes usava a alameda, que lhe proporcionava um atalho para Antibes; mas a passagem havia sido fechada muitos anos antes, para evitar que as crianças dos Morgera entrassem na propriedade vizinha.

Ah, madame foi muito boa, não foi incômodo algum, e evidentemente, se gostarem dela, as senhoras podem voltar pela alameda; mas uma vez chegadas à Villa elas estariam próximas da estrada que ficava mais distante da praia, que provavelmente seria preferível. Então chegou a sua voz cordial chamando atrás de Cécile: "É melhor madame vestir o casaco de pele, porque o caminho é frio."

Era frio e também úmido, com a frialdade úmida dos lugares onde o sol e o vento nunca penetram, e, além disso, tão estreito que tínhamos de caminhar em fila indiana. As paredes dos dois lados e o teto baixo sobre nossas cabeças eram formados por caramanchões de madeira em total decadência. Mas o teto e as paredes poderiam ser retirados por completo sem que o túnel mudasse de forma, pois as trepadeiras, que os haviam ultrapassado, tinham com o tempo desenvolvido troncos e ramos retorcidos, que formavam um segundo túnel natural externo. Através dos pontos onde a armação de madeira estava quebrada podíamos ver os caules grossos, inextricavelmente torcidos; e mais além havia novamente um emaranhado de folhagem, que não permitia a entrada de um raio de sol. O chão era coberto de liquens e de um musgo esponjoso que gotejava água sob nossos pés, e se tinha a consciência de que no lugar inteiro — chão, paredes e teto — devia rastejar a vida repulsiva, viscosa, corrediça, que fervilha nos lugares escuros e solitários.

A mudança do jardim alegre e perfumado para essa melancólica alameda, carregada dos odores da umidade e da decadência, era curiosamente deprimente. Seguíamos em silêncio, um atrás do outro. Primeiro Cécile, depois Renée, agarrada na mão da sua babá, com Médor quase as empurrando; madame de M. vinha em seguida e eu era a última.

Vocês devem ter considerado impossível encontrar um lugar tão sombrio em qualquer jardim do Sul, mas, por outro lado, é apenas no Sul que se veem esses contrastes extraordinários de alegria e melancolia.

A súbita quebra de um dos degraus sob o meu pé nos assustou a todas, e a dispersão de uma imensa colônia de tatuzinhos que havia formado seu hábitat nas fendas da madeira deixou-me nauseada e arrepiada. Fiquei incrivelmente animada quando saímos do túnel novamente para o sol e a Villa.

À luz do dia, mas não à luz do sol, pois o jardinzinho em que entramos era circundado pelas copas compactas dos pinheiros que subiam a colina de todos os lados. O lugar havia sido escolhido, claro, por causa da magnífica vista que imaginamos que se teria das janelas da Villa, embora ali onde estávamos nada pudéssemos ver além das árvores escuras, do jardim selvagem e da casa excessivamente sombreada. E nada disso nós chegamos a ver muito claramente, pois a nossa atenção se concentrava num homem que estava de pé no meio do jardim, com mato até os joelhos, evidentemente nos esperando.

Era um camponês atarracado, vestido com a roupa habitual daquela região: calça de brim imensamente larga, cinturão carmim e camisa de flanela aberta no peito. Seu pescoço era grosso e a pele morena como a de um mulato; um cabelo anelado e grisalho cobria sua cabeça, o rosto e o peito. Ele permaneceu impassível, silencioso, as mãos enterradas nos bolsos, examinando cada uma de nós com olhinhos desconfiados e inamistosos.

No que me dizia respeito, e apesar de a Villa ter se revelado um palácio, eu teria preferido abandonar imediatamente a busca a seguir na companhia dele. Mas Cécile dirigiu-se a ele com uma polidez intrépida.

— Na Villa Soleil nos disseram que poderíamos entrar por aqui. Ficamos sabendo que a Villa Lucienne está para ser alugada com os móveis. Podemos vê-la?

Pela sua expressão inexpressiva e carregada poderíamos ter presumido que a última coisa que ele esperava ou desejava era encontrar um inquilino para a Villa, e eu imaginei aliviada que ele ia se negar a mostrar a casa. Mas, depois de uma longa pausa, ele resmungou:

— Sim, as senhoras podem vê-la. — Então nos deu as costas para desaparecer na parte mais baixa da casa.

Olhamos umas para as outras, todas com caras desconcertadas, depois demos a volta pelo jardim cinza e sombrio: um jardim que havia muito tempo estava em ruínas, com caminhos e canteiros de flores inextricavelmente misturados, com ervas e urtigas sufocando as roseiras negligenciadas, com plantas que o vento espalhara e cresciam nos vasos de pedra do terraço, com grama pressionada entre os degraus de mármore que levavam à porta do hall.

No meio do gramado uma escultura de terracota, uma divindade campestre caída do seu pedestal, olhava para cima com uma careta sardônica no meio da vegetação emaranhada, e madame de M. começou a citar:

Un vieux faune en terre-cuite
Rit au centre des boulingrins,
Présageant sans doute une fuite
De ces instants sereins
Qui m'ont conduit et t'ont conduit...

A própria Villa estava dilapidada, com um aspecto tão lastimável quanto o jardim. Apenas o andar térreo conservava sinais de ocupação, com uma camisa xadrez estendida para secar no parapeito de uma janela, uma vassoura velha, um pote de barro e uma jarra de estanho alinhados contra a parede. Mas a parte superior, com o gesso amarelo caindo das paredes, as persianas pintadas de cinza monotonamente fechadas, gritava com mil vozes que havia anos não tinha sido aberta, que havia anos ninguém entrava ali e havia anos ninguém morava ali.

Nosso jardineiro carrancudo reapareceu com algumas chaves na mão. Precedeu-nos na escada. Nós trocamos perguntas mudas; toda a nossa vontade de inspecionar a Villa havia desaparecido. Mas Cécile é uma mulher de caráter; ela estava empenhada.

— Vou dar uma corrida lá em cima para ver como é — disse ela —; não vale a pena a senhora se cansar, mamãe. Vocês todas esperem aqui.

Ficamos no pé da escada. Laurent já estava no alto. Cécile começou a subir rapidamente atrás dele, mas antes que chegasse à metade se virou e, para nossa surpresa, disse:

— Gostaria que todas vocês subissem, todas. — Ela parou e esperou até nós a alcançarmos.

Laurent ajustou uma chave na porta e ela se abriu com um guincho de dobradiças enferrujadas. Ele nos seguiu, fechando-a atrás de si, e então nós ficamos na total escuridão. Passei 15 difíceis segundos. Ouvimos um trinco girar, uma porta interna se abriu e na semiobscuridade de venezianas fechadas vimos a figura atarracada do homem afastar-se de nós numa sala de visitas comprida, antiquada e vazia, na direção de duas janelas na outra extremidade.

No mesmo instante Renée explodiu em lágrimas:

— Eu não gosto disso. Estou com medo! — soluçou ela.

— Ah, minha filhotinha! — disse a avó. — Veja, agora está bem iluminado!

Laurent havia aberto as persianas e um panorama fantástico se mostrava à nossa vista: toda a cadeia de montanhas atrás de Nice, com seus picos nevados inundados pelo rosa do céu ao pôr do sol.

Mas Renée apenas agarrava com mais força a roupa de madame de M. e chorava:

— Ah, eu não gosto disso, Bonnemaman! Ela ainda está olhando para mim. Eu quero ir para casa!

— Ninguém está olhando para você — disse-lhe a avó. — Fale com o seu amigo Médor. Ele vai tomar conta de você.

Mas Renée sussurrou:

— Ele não vai entrar. Ele também está com medo.

E, atentas, nós ouvimos o latido impaciente e queixoso do cão, chamando-nos do jardim.

Cécile mandou Renée e a enfermeira irem para fora, para junto do cão, e, enquanto Laurent as levava, nós fomos para o terraço. Por um momento nossos corações relaxaram com a incomparável beleza da vista, pois, estando agora acima do alto das árvores, nós víamos a admirável baía e o céu ilimitado; regalamos nossos olhos com as cores inimagináveis daquelas formas incomparáveis. Estávamos quase prestes a declarar que morar na Villa era uma boa sorte que não se devia deixar escapar quando ouvimos um passo atrás de nós e ao nos virarmos vimos Laurent vigiando-nos taciturno da soleira da janela, e novamente experimentamos a opressão da sua personalidade desagradável.

Guiados por ele, inspecionamos então a mobília centenária, as sedas desbotadas, as douraduras embaçadas, os brocados, que em outros tempos haviam embelezado a sala, esfarrapados. Os espelhos ovais estavam escurecidos pelo mofo, o piso de tacos tinha uma camada tão grossa de pó que parecia um estofo cinza. Cortinas, amareladas, pegajosas, de um material indeterminado, pendiam tristemente onde um dia haviam drapejado janelas e portas. Originalmente elas podiam ter sido de cetim cor-de-rosa, pois havia vestígios da cor rosa nas paredes e no teto, pintados ao modo alegre do Sul, com cupidos e pombos, festões de flores e laços de fitas. Mas essas pinturas estavam todas fragmentadas, indistintas, parecendo perder a sequência e o contorno quanto mais diligentemente se tentava decifrá-las.

Mas não se podia deixar de ver que, quando recém-mobiliada, a sala devia ter sido encantadora. Fiquei imaginando para quem ela teria sido arrumada daquele modo, por que fora abandonada daquele modo. Pois cresceu em mim, não sei dizer por quê, a curiosa convicção de que tendo o último habitante da sala a deixado casualmente, ele nunca, por algum obstáculo inesperado, voltou para lá. Essa ideia me foi sugerida por coisas muito insignificantes: a pilha minúscula de cinzas na mesinha de mármore; os poucos galhos murchos no vaso ao lado dela, que falavam da última rosa colhida no jardim; a grande espreguiçadeira arrastada para o lado da lareira de consolo esculpido, que parecia conservar a impressão do último ocupante; e nos recessos escuros da lareira aberta o calor sem chamas que minha imaginação detectou nas achas de lenha semicarbonizadas.

As outras dependências da Villa se pareciam com o *salon*; toda vez que o nosso guia mal-humorado abria as venezianas, nós víamos uma repetição da mobília velha, da decoração descorada; tudo coberto de pó e estragado pelo tempo. Nesses outros cômodos não havia tampouco sinais de uma ocupação anterior, até que, preso na moldura de um espelho, um fragmento comprido de renda chamou minha atenção. Era uma renda primorosamente refinada e coberta de teia de aranha, e supus que ela tivesse sido arrancada de um xale de gala ou de um debrum, quando quem a vestia passou correndo e ela se prendeu na moldura.

Talvez fosse estranho ver aquele pedaço de renda preso assim, mas não tão estranho, certamente, a ponto de explicar a estranha emoção que se apoderou de mim: uma emoção avassaladora, seguida de um medo avassalador. Eu tive uma intenção momentânea de mostrar a renda aos outros, mas um olhar a Laurent congelou as palavras nos meus lábios. Nunca na minha vida experimentei um medo tão paralisante. Eu estava tomada por um intenso desejo de me afastar daquele homem e da Villa.

Mas madame de M., olhando da janela, havia observado um pavilhão isolado no meio do jardim. Ela perguntou se o alugariam junto com a casa. Laurent concordou carrancudo. Então ela deduziu que nós poderíamos visitá-lo. Não, disse o homem, isso era impossível. Cécile argumentou que era bem razoável os inquilinos poderem ver todas as dependências pelas quais iriam pagar, mas ele recusou, e dessa vez com tanta rudeza, os olhinhos estúpidos apertados com tanta malignidade, que meu pânico se transmitiu aos outros, e foi um salve-se quem puder.

Pegamos Renée, a babá e Médor ao passarmos precipitadamente pelo jardim e, mesmo sem termos recebido nenhuma orientação, encontramos o portão para a estrada que ficava mais distante da praia.

Assim que nos vimos longe, sob o céu sereno do entardecer, serpeando lentamente para o oeste no caminho ladeado por oliveiras, começamos: "Que bandido odioso!", disse uma. "Que lugar sinistro, misterioso!", completou a outra. Comparamos nossas observações. Descobrimos que todas nós tínhamos sentido o mesmo medo imenso e inexplicável.

Cécile, a menos nervosa das mulheres, fora a primeira a senti-lo. Tinha sido presa dele quando subia a escada que dava acesso à porta de entrada, e seu terror fora tão real, explicou-nos, que ela teria voltado se nós não tivéssemos subido. Nada a convenceria a entrar na Villa sozinha.

Madame de M. relatou que sua mente ficara um tanto perturbada desde o momento em que entramos no jardim, mas que quando o homem nos negou o acesso ao pavilhão ela foi subitamente invadida por um sentimento insuportável de que uma maldade fora cometida ali. Sendo muito imaginativa (sem dúvida tinha sido dela que o pobre Guy herdara seus talentos extraordinários), madame de M. estava convencida de que o jardineiro havia assassinado alguém e enterrado o corpo dentro do pavilhão.

Mas para mim não era tanto a personalidade do homem — embora eu admitisse que ele não era nada atraente — quanto a Villa em si que inspirava medo. O medo parecia transpirar das paredes, embaçar os espelhos com seu hálito frio, fazer estremecer as cortinas esfarrapadas, impregnar toda a atmosfera como se com uma essência, um gás, uma doença contagiosa. Podia-se combatê-lo e expulsá-lo durante um tempo maior ou menor, de acordo com a capacidade de resistência de que se era dotado, mas se estava fadado a sucumbir a ele no final. Os vapores opressivos e invisíveis tinham tomado conta de nós, uma depois da outra, e o incidente do pavilhão fechado levara nossos terrores às raias do ridículo.

As experiências da babá, que ela nos relatou um dia ou dois depois, confirmaram essa opinião. Ela nos disse que quando Renée começou a chorar e ela a tomou pela mão a fim de levá-la para fora, imediatamente também ela ficou muito nervosa e inquieta, como se com o contato das mãos a perturbação da menina tivesse se comunicado a ela.

— E aconteceu uma coisa muito estranha — disse ela —; quando nós chegamos ao jardim, lá estava Médor, as patas dianteiras plantadas firmemente no chão, todo o seu corpo rígido e o pelo arrepiado ao longo da coluna.

A babá estava convencida de que tanto a criança quanto o cão haviam visto alguma coisa que os outros não viram.

Isso nos fez lembrar de uma frase de Renée, uma frase muito curiosa:

— Ah, eu não gosto disso, Bonnemaman! Ela ainda está olhando para mim.

E Cécile se incumbiu de conversar com ela.

— Você se lembra, Renée, de quando a mamãe a levou para conhecer a linda Villa, outro dia?

Renée arregalou os olhos apreensiva.

— Por que você chorou?

— Eu fiquei com medo da mulher — sussurrou ela.

— A mulher... onde estava a mulher? — perguntou Cécile.

— Ela estava na sala de visitas, sentada na espreguiçadeira.

— Ela era velha como a vovó ou moça como a mamãe?

— Era como a Bonnemaman — disse Renée, e sua boquinha começou a tremer.

— E o que ela fez?

— Ela se levantou e começou a... a vir...

Mas nesse ponto Renée rompeu em lágrimas outra vez. E como a menina é muito nervosa, muito irritável, tivemos de encerrar o assunto.

Mas o que tudo aquilo significava, se havia qualquer coisa na história da casa ou do seu guardião que explicasse as nossas sensações, nunca soubemos. Claro que investigamos a questão, fazendo perguntas sobre Laurent e a Villa Lucienne, mas muito pouco soubemos, e mesmo esse pouco era tão vago, tão estranho ao caso, que não parece valer a pena repetir.

O fato inquestionável é o medo arrasador que a aventura provocou em todas nós; e esse efeito me é impossível descrever, sendo ele exatamente a cristalização de uma dessas emoções sutis, não formuladas, que apenas o pobre Guy poderia ter esperado descrever adequadamente.

Mary E. Wilkins

O terreno desocupado

Quando em Townsend Centre todos ficaram sabendo que os Townsend iam se mudar para a cidade grande houve muito alvoroço e sobressalto. Pois a mudança dos Townsend equivalia mais ou menos à mudança da cidade. Os ancestrais dos Townsend haviam fundado a aldeia cem anos antes. O primeiro Townsend tinha uma estalagem à beira da estrada para homens e animais, conhecida como a "Tabuleta do Leopardo". A placa da estalagem, na qual a figura de um leopardo estava pintada em azul-claro, ainda sobrevivia e em situação de destaque, tendo sido pendurada acima da porta dianteira do Townsend atual. Esse Townsend, chamado David, era dono da loja da aldeia. Desde a época do seu pai, quando se construíra a ferrovia que cruzava Townsend Centre, não havia mais taverna. Assim, a família, que a marcha do progresso expulsara da atividade escolhida originalmente, abriu uma loja de artigos agrícolas que era quase uma estalagem rural, distinguindo-se desta principalmente pelo fato de todos os hóspedes estarem sempre em trânsito, nunca exigindo camareiras, garantindo seu repouso na boca de barris de açúcar e de farinha ou em caixas de bacalhau e a restauração das suas forças com iniciativas que iam desde ocasionais investidas furtivas ao equipamento da loja até a redução sem lucro da provisão de uvas-passas, pão doce, bolachas e queijo.

Os Townsend abandonaram o lar dos seus antepassados graças a um súbito acesso de riqueza proporcionado pela morte de um parente, aliado ao desejo da sra. Townsend de garantir mais vantagens educacionais para o seu filho George, de 16 anos, e melhores oportunidades matrimoniais para a sua filha Adrianna, dez anos mais velha. Contudo a última razão para deixar Townsend Centre não foi declarada abertamente, apenas engenhosamente conjeturada pelos vizinhos: "Sarah Townsend acha que em

Townsend Centre não há ninguém adequado para se casar com a sua Adrianna, e assim ela vai levá-la para Boston a fim de ver se a menina arranja alguém de lá", disseram eles. Então eles imaginaram o que Abel Lyons faria. Ele havia cortejado humildemente Adrianna anos atrás, mas a mãe dela não o aprovava e a jovem, que era obediente, o rejeitara delicadamente e com muita tristeza. Ele fora seu único namorado e ela se sentia pesarosa e agradecida; era uma moça simples, desajeitada, e reconhecia pacientemente esse fato.

Mas sua mãe era ambiciosa, mais que seu pai, um homem bem satisfeito com o que tinha e nada propenso a mudanças. Contudo ele cedeu à esposa e consentiu em vender sua loja, comprar uma casa em Boston e se mudar para lá.

David Townsend era curiosamente diferente da linhagem de que descendia. Havia retrocedido ou progredido, conforme a perspectiva com que se olhava. Seu caráter moral era certamente melhor, mas ele não tinha o espírito feroz e não agarrava avidamente as vantagens, traços distintivos dessa linhagem. Na verdade os Townsend antigos, embora preeminentes e respeitados como homens de propriedades e influência, tinham uma reputação que não estava acima de suspeitas. Havia sobre eles mais de um murmúrio negativo que era passado de mãe para filho na aldeia, e isso era especialmente verdade com relação ao primeiro Townsend, aquele que construiu a taverna com a Tabuleta do Leopardo Azul. Seu retrato, um repelente esforço de arte contemporânea, ficava dependurado no sótão da casa de David Townsend. Contavam-se muitas histórias de farras desregradas, para dizer o mínimo, naquela velha casa de beira de estrada, e de apostas altas, discussões de bêbados, socos e dinheiro de procedência ilícita, e os arrogantes Townsend, que aterrorizavam todo mundo, silenciavam o falatório punindo sem nenhuma clemência os questionadores. David Townsend não aterrorizava ninguém. Ele havia adquirido na loja, com métodos honestos, a sua pouca competência, trocando por produtos locais ou por dinheiro as suas excelentes mercadorias pesadas em balanças não adulteradas. Era tranquilo e confiável, com uma boa autoestima e um evidente talento para a administração do dinheiro. Tinha sido principalmente por essa última razão que ele sentira prazer com a súbita riqueza herdada. Agora ele tinha mais oportunidades de exercer sua astúcia inata para os negócios. Isso ele demonstrou na compra de uma casa em Boston.

Num dia de primavera, depois de fecharem a velha casa, retirarem cuidadosamente o Leopardo Azul da sua toca sobre a porta dianteira e embarcarem os bens móveis da família num trem, os Townsend partiram para

Boston. Foi um dia triste e memorável para Townsend Centre. Um homem de Barre havia alugado a loja — David tinha resolvido no último momento não vendê-la — e os velhos amigos se reuniam melancólicos e conversavam sobre a situação. Tornou-se evidente o enorme orgulho que eles tinham daquele conterrâneo, ostentando-o como um estandarte, e com o maior alarde, para o recém-chegado.

— David é terrivelmente esperto — diziam eles. — Viveu em Townsend Centre a vida inteira, mas na cidade grande ninguém vai conseguir passar a perna nele. Ele está sempre de olhos bem abertos. Sabe quanto ele pagou pela casa de Boston? Bom, a casa custa 25 mil dólares e David comprou por 5 mil. É verdade, ele comprou por 5 mil.

— Essa casa deve ter algum problema — comentou o recém-chegado franzindo as sobrancelhas do outro lado do balcão. Ele estava começando a perceber a sua situação aviltante.

— Não tem nenhum problema. David olhou tudo direitinho. Ele não deixa passar nada. Estava tudo na mais perfeita ordem, água quente e fria, e tudo mais, e num dos melhores lugares da cidade, uma rua de alta classe. David disse que o aluguel naquela rua nunca fica em menos de mil. É verdade, David conseguiu uma barganha: 5 mil dólares por uma casa que vale 25 mil.

— Tem algum problema nela! — grunhiu do outro lado do balcão o recém-chegado.

Contudo, como afirmavam seus conterrâneos e aliados, parecia não haver dúvida sobre a excelência da casa da cidade grande que David Townsend havia comprado e sobre o fato de que ele a tinha conseguido por um preço absurdamente baixo. Inicialmente a família inteira ficou desconfiada. Apurou-se que a casa custara uma soma enorme pouco tempo antes; estava em perfeitas condições; não havia nada errado com o encanamento, o aquecimento, enfim, com nada. Nem mesmo uma fábrica de sabão nas proximidades perturbava o olfato, como a sra. Townsend garantiu vagamente. Ela já ouvira falar de casas rejeitadas por razões como essa, mas não havia fábrica de sabão. Todos eles olharam e cheiraram; quando veio a primeira chuva eles olharam para o teto, certos de ver pontos escuros onde os vazamentos tinham começado, mas não havia nada. Eles foram forçados a admitir que suas suspeitas estavam afastadas, que a casa era perfeita e até fazia esquecer o mistério do preço inferior ao que ela valia. Isso, contudo, era mais uma perfeição na opinião dos Townsend, que tinham seu quinhão de besteiras da Nova Inglaterra. Durante um mês eles viveram muito felizes na nova casa, embora às vezes um tanto solitários, saudosos da sociedade de Townsend Centre. Então o problema começou. Os Townsend, embora vivessem numa bela casa de um bairro de gente distinta, quase um bairro elegante, eram fiéis aos seus antepassados e mantinham, como eram acostumados, apenas uma empregada. Era uma mulher de meia-idade, filha de um agricultor das redondezas de Townsend Centre, que morara com eles nos últimos dez anos. Numa agradável manhã de segunda-feira, ela se levantou cedo e lavou a roupa da família antes de servir o café da manhã, que havia sido preparado pela sra. Townsend e por Adrianna, como era costume no dia de lavar roupa. A família estava sentada à mesa do café da manhã na sala de jantar do porão, e a empregada, chamada Cordelia, estava pendurando as roupas no terreno desocupado. Esse terreno desocupado parecia valer um bom dinheiro, pois ficava numa esquina. Era bastante estranho que ainda não tivessem construído nada nele. Os Townsend ficaram pensando nisso, concluindo que preferiam a sua própria casa àquele terreno. No entanto o tinham utilizado ao máximo, na sua desconsideração inocente, rural, pelos direitos de propriedade sobre terrenos desocupados.

— Nós podíamos pendurar a nossa roupa lavada no terreno desocupado — dissera a sra. Townsend a Cordelia na primeira segunda-feira passada na casa. — Nosso pequeno quintal não tem nem metade do tamanho necessário para todas as nossas roupas, e, além disso, lá bate mais sol.

Assim, Cordelia havia pendurado ali a roupa lavada durante quatro segundas-feiras, e aquela era a quinta. O café da manhã estava quase acabado — eles estavam nas panquecas de trigo-sarraceno — quando ela chegou correndo à sala de jantar e ficou olhando para eles, sem voz, com um semblante que indicava um terror supremo. Ela estava com uma palidez de morte. Suas mãos, encharcadas de água com sabão, caíam crispadas ao longo do corpo, entre as pregas do vestido de chita; até seu cabelo, que era claro e ralo, parecia arrepiado de medo. Todos os Townsend voltaram-se e olharam para ela. David e George ergueram-se pensando em ladrões.

— Cordelia Battles, qual é o problema? — gritou a sra. Townsend. Adrianna, sem fôlego, ficou tão pálida quanto a empregada. — Qual é o problema? — repetiu a sra. Townsend, mas a empregada não conseguia falar. A sra. Townsend, que sabia ser decidida, levantou-se de um salto, correu até a mulher apavorada e sacudiu-a violentamente. — Cordelia Battles, fale! — disse ela. — Não fique aí parada de olhos arregalados, como se tivesse ficado muda! O que foi que aconteceu?

Então Cordelia disse numa voz débil:

— Tem... alguém... pendurando roupas... no terreno vago — gaguejou ela e, buscando apoio, agarrou uma cadeira.

— Quem? — gritou a sra. Townsend, exaltando-se até a indignação, pois já se sentia proprietária do terreno desocupado. — São as pessoas da casa ao lado? Eu gostaria de saber que direito elas têm! Nós estamos do lado desse terreno desocupado.

— Eu... não sei... quem é — gaguejou Cordelia.

— Ora, a gente vê a menina da casa ao lado ir para a missa todas as manhãs — disse a sra. Townsend. — Ela tem um cabelo muito vermelho. Já era hora de você saber quem é ela, Cordelia.

— Não é aquela moça — gaguejou Cordelia. Então ela acrescentou com uma voz horrorizada: — Eu não consegui ver quem era.

Eles todos olharam.

— Por que não conseguiu ver? — perguntou a sua patroa. — Você ficou cega?

— Não, senhora.

— Então por que você não conseguiu ver?

— Eu só vi... — Cordelia hesitou, com uma expressão do maior horror.

— Viu o quê? — disse a sra. Townsend impaciente.

— Eu só vi a sombra de alguém, muito magra, pendurando as roupas, e...

— E o quê?

— Eu vi as sombras das roupas mexendo no varal.

— Você não viu as roupas?

— Só a sombra no chão.

— Que tipo de roupas eram?

— Estranhas — respondeu Cordelia com um estremecimento.

— Se eu não conhecesse você tão bem, ia achar que você andou bebendo — disse a sra. Townsend. — Escute, Cordelia Battles, eu vou lá no terreno desocupado. Vou ver com os meus próprios olhos do que é que você está falando.

— Eu não posso ir — gaguejou a pobre mulher.

Com isso a sra. Townsend e todos os outros, com exceção de Adrianna, que ficou para tremer junto com a empregada, saíram precipitadamente para o terreno desocupado. Era preciso ir até o portão da área, na rua, para chegar lá. O terreno não tinha nada de diferente de qualquer terreno desocupado. Um grande álamo — relíquia da floresta que havia ali antigamente — tremeluzia num canto; quanto ao resto, era tomado por ervas reles e umas poucas flores empoeiradas. Os Townsend se postaram logo depois da cerca rude de tábuas que separava o terreno da rua e olharam com surpresa e horror, pois Cordelia havia falado a verdade. Todos eles viram o que ela descrevera — a sombra de uma mulher incrivelmente magra se deslocando pelo chão com os braços estendidos para cima e as sombras de vestimentas estranhas, indefiníveis, ondulando suspensas no varal. Mas quando eles ergueram o olhar para a substância das sombras não havia nada para ser visto, exceto o ar de outubro, claro e limpo.

— Meu Deus! — exclamou a sra. Townsend. Seu rosto assumiu uma estranha expressão de ira misturada a terror. De repente ela avançou determinada, embora o marido tentasse segurá-la. — Me largue — disse ela e foi em frente, mas logo se encolheu e deu um grito forte. — O lençol molhado bateu no meu rosto — gritou ela. — Me leve daqui, me leve daqui! — E então ela desmaiou. Os homens levaram-na de volta para casa. — Foi horrível — lastimou-se ela quando voltou a si, deitada no chão da sala de jantar e com a família rodeando-a. — Ah, David, o que você acha que é aquilo?

— Não é nada — respondeu David Townsend intrepidamente. Ele era notável pela coragem e pela firme crença nos fatos palpáveis. Agora estava negando para si mesmo ter visto algo incomum.

— Ah, é sim — disse chorosa a sua mulher.

— Eu vi alguma coisa — afirmou George numa sombria voz de baixo.

A empregada soluçava convulsivamente e Adrianna, solidária, fazia o mesmo.

— Não vamos falar mais sobre isso — disse David. — Jane, tome este chá quente, vai lhe fazer bem; e Cordelia, vá pendurar as roupas no nosso quintal. George, vá lá e instale o varal para ela.

— Lá já existe um varal — respondeu George, dando de ombros.

— Você está com medo?

— Não, não estou — replicou indignado o menino e saiu com o rosto lívido.

Depois disso Cordelia pendurava a roupa dos Townsend no quintal da casa deles, sempre dando as costas para o terreno desocupado. Quanto a David Townsend, ele passava boa parte do tempo no terreno olhando as sombras, mas não chegava a nenhuma explicação, embora tentasse se satisfazer com muitas.

— Imagino que as sombras venham da fumaça das nossas lareiras ou do álamo — disse ele.

— Por que as sombras vêm só nas manhãs de segunda-feira e nunca em outro dia? — perguntou a sua mulher.

David ficou em silêncio.

Novos mistérios não tardaram a aparecer. Um dia Cordelia tocou a sineta do almoço na hora habitual dessa refeição na casa, a mesma hora em que eles almoçavam em Townsend Centre — meio-dia — com a família reunida. Espantada, Adrianna olhou para as travessas na mesa.

— Nossa, que esquisito! — exclamou ela.

— O que é esquisito? — perguntou sua mãe.

Cordelia parou bruscamente quando ia pôr um copo de água ao lado de um prato, o que fez a água se derramar.

— Nossa — disse Adrianna empalidecendo —, eu achei que teríamos cozido. Senti cheiro de repolho cozinhando.

— Eu sabia que ia acontecer outra coisa — disse Cordelia arfante, apoiando-se fortemente no espaldar da cadeira de Adrianna.

— O que é que você quer dizer? — perguntou a sra. Townsend asperamente, mas seu rosto começou também a assumir a palidez que todos os rostos da casa andavam mostrando com muita facilidade à mais simples menção de algo fora do comum.

— Durante toda a manhã eu senti no meu quarto o cheiro de repolho cozinhando — disse Adrianna num fio de voz —, e agora temos bacalhau com batatas para o almoço.

Os Townsend olharam uns para os outros. David se levantou com uma exclamação e saiu correndo da sala. Os outros esperaram tremendo. Quando ele voltou, estava cabisbaixo.

— O que você fez? — perguntou hesitante a sra. Townsend.

— Tem um pouco de cheiro de repolho lá fora — admitiu ele relutante. Então ele olhou para ela desafiador. — Vem da casa ao lado e bafeja sobre a nossa — disse ele.

— A nossa casa fica mais no alto.

— Não tem importância. Essas coisas nunca podem ser explicadas.

— Cordelia — disse a sra. Townsend —, vá até a casa ao lado e pergunte se eles estão comendo repolho no almoço.

Cordelia saiu correndo da sala e voltou logo depois.

— Ela disse que eles não comem repolho — anunciou ela com um triunfo soturno e um olhar conclusivo para o sr. Townsend. — A filha deles é muito atrevida.

— Ah, papai, vamos mudar daqui; vamos vender a casa — gritou Adrianna num tom de pânico.

— Se você acha que eu vou vender uma casa que comprei tão barato porque sentimos cheiro de repolho num terreno desocupado, você está enganada — respondeu David firmemente.

— Não é só o repolho — disse a sra. Townsend.

— E algumas sombras — acrescentou David. — Estou cansado dessas bobagens. Achei que você era mais sensata, Jane.

— Um menino da escola me perguntou se nós morávamos na casa ao lado do terreno desocupado da Wells Street e assobiou quando eu disse que sim — comentou George.

— Deixe ele assobiar — aconselhou o sr. Townsend.

Depois de algumas horas a família, estimulada pelo calmo bom senso do sr. Townsend, concordou em que era muito idiota perturbar-se com um misterioso cheiro de repolho. Eles chegaram a rir de si mesmos.

— Acho que nós ficamos tão nervosos por causa daquelas sombras suspensas sem as devidas roupas que estamos vendo coisas demais — admitiu a sra. Townsend.

— Qualquer dia você vai descobrir que isso tem tanta importância quanto o repolho — disse seu marido.

— Como é que você explica o lençol molhado batendo no meu rosto? — perguntou a sra. Townsend.

— Você imaginou isso.

— Eu *senti* isso.

Naquela tarde as coisas correram normalmente na família até perto das quatro horas. Adrianna foi para o centro fazer compras. A sra. Townsend ficou costurando ao lado da porta da sacada do seu quarto, que ficava no terceiro andar, de frente. George ainda não havia chegado em casa. O sr. Townsend escrevia uma carta na biblioteca. Cordelia estava ocupada no porão; o crepúsculo, que cada dia chegava mais cedo, começava a se adensar quando subitamente houve uma forte batida que balançou a casa desde os alicerces. Até as travessas retiniram no aparador e os copos repicaram como sinos. Os quadros caíram das paredes do quarto da sra. Townsend. Mas não foi somente isso. Todos os espelhos da casa racharam simultaneamente — pelo menos foi o que lhes pareceu — de cima a baixo, depois se partiram em fragmentos no chão. A sra. Townsend estava amedrontada demais para gritar. Sentou-se enrodilhada na cadeira, respirando com dificuldade. Seus olhos, que iam de um lado para outro num pavor incrédulo, voltaram-se para a rua, e então ela viu um grande grupo negro de pessoas atravessando-a bem na frente do terreno desocupado. Havia algo indizivelmente estranho e soturno naquele grupo que se deslocava; eles pareciam deslizar sobre o chão, com rostos mortalmente pálidos e ondulações de véus negros franzidos. Então eles passaram. A sra. Townsend virou a cabeça para ver, e eles desapareceram no terreno desocupado. O sr. Townsend irrompeu no quarto; estava lívido e parecia ao mesmo tempo zangado e alarmado.

— Você caiu? — perguntou ele inconsequentemente, como se a queda de sua mulher, que era miúda, pudesse ter produzido todo aquele transtorno.

— Ah, David, o que foi isso? — sussurrou a sra. Townsend.

— Como é que eu vou saber?! — respondeu David.

— É horrível demais. Ah, veja o espelho, David!

— Estou vendo. O do consolo da lareira na biblioteca também está quebrado.

— Ah, isso é sinal de morte!

Os dois ouviram os passos de Cordelia, que subia tropegamente a escada. Ela quase caiu ao entrar no quarto. Cambaleou até o sr. Townsend e agarrou seu braço. Ele lhe dirigiu um olhar oblíquo, ao mesmo tempo furioso e compassivo.

— Bom, o que é que está acontecendo? — perguntou ele.

— Não sei. O que é? Ah, o que vem a ser isso? O espelho da cozinha quebrou. Está todo esparramado pelo chão. Ah, ah! O que é isso?

— Sei tanto quanto você. Não fui eu que fiz isso.

— Espelhos partidos são sinal de morte na casa — disse Cordelia. — Se for a minha, espero que eu esteja pronta; mas prefiro a morte a passar tanto medo como tenho passado ultimamente.

O sr. Townsend livrou-se dela e, tomando uma resolução, olhou para as duas mulheres trêmulas.

— Vejam bem, vocês duas — disse ele. — Isso é uma bobagem. Vocês vão morrer mas é de medo, se continuarem assim. Eu também fui um bobo por me assustar. Isso não é outra coisa senão um terremoto.

— Ah, David! — exclamou sua mulher, não muito tranquilizada.

— Não é nada mais que um terremoto — insistiu o sr. Townsend. — Um terremoto é exatamente assim. As coisas sempre quebram nas paredes e no meio do cômodo não acontece nada. Eu já li sobre isso.

Subitamente a sra. Townsend deu um grito e apontou.

— Como é que você explica isso — gritou —, se é um terremoto? Ah, ah, ah!

Ela estava à beira da histeria. O sr. Townsend segurou-a firme pelo braço, enquanto mirava na direção do dedo rígido que ela apontava. Cordelia também olhou, seus olhos parecendo convergir para um ponto brilhante de medo. No chão, diante do espelho quebrado, havia um material negro formando uma crista alta e horripilante.

— É alguma coisa que você deixou cair — foi a resposta do sr. Townsend, pronunciada quase com um grito.

— Não é. Ah!

O sr. Townsend largou a mão da sua mulher e deu um passo na direção do objeto. Era um véu de crepe muito comprido. Ele o levantou e o véu flutuou sobre o seu braço, como se carregado de eletricidade.

— É seu — disse ele à mulher.

— Ah, David, eu nunca tive um véu preto. Você sabe, ah, você sabe que eu... não posso... a não ser que você estivesse morto. Por que é que isso está aqui?

— Como é que eu vou saber?! — exclamou David olhando para o véu. Seu rosto estava muito pálido, mas ele ainda se sentia mais indignado do que amedrontado.

— Não pegue nisso; não!

— Eu gostaria de saber que diabo significa isso — protestou David, agitando furioso o pano. Ao cair no chão, ele formou exatamente a mesma pilha comprida de antes.

Cordelia começou a chorar com soluços dilacerantes. A sra. Townsend estendeu o braço e seus dedos gelados pousaram na mão do marido.

— O que foi que houve com essa casa, afinal? — grunhiu ele.

— Você vai ter de vender a casa. Ah, David, nós não podemos morar aqui.

— Por causa de uma bobagem dessas você quer vender uma casa pela qual eu paguei apenas 5 mil dólares sendo que ela valia 25 mil? Isso eu não faço!

David deu um passo na direção do véu negro, mas ele se levantou do chão e afastou-se, indo para o outro lado do quarto e parando na altura em que ficaria se estivesse na cabeça de uma mulher. David o perseguiu, agarrando o vazio por todo o quarto, depois girou nos calcanhares com uma exclamação e a coisa caiu no chão novamente formando a pilha comprida. Então se ouviram passadas rápidas na escada e Adrianna entrou correndo no quarto; foi direto para o pai e agarrou seu braço. Tentou falar, mas apenas balbuciou incompreensivelmente; seu rosto estava azul. O pai sacudiu-a violentamente.

— Adrianna, seja mais sensata! — gritou ele.

— Ah, David, como é que você pode falar assim? — choramingou a sra. Townsend.

— Eu não posso evitar. Estou louco! — disse ele enfaticamente. — O que houve com essa casa e com vocês todos, afinal de contas?

— O que foi, Adrianna, minha pobre filhinha? — perguntou sua mãe. — Dê uma olhada no que aconteceu aqui.

— Foi um terremoto — disse seu pai obstinadamente —; não é para ter medo.

— E como é que você explica *isso*? — disse a sra. Townsend com uma voz terrível, apontando para o véu.

Adrianna não olhou — estava muito envolvida nos seus próprios terrores. Começou a falar quase sem voz.

— Eu... estava... vindo... pelo terreno desocupado — disse ela ofegante — e... eu... eu... estava com o meu chapéu novo numa sacola de papel e... um embrulhinho de fita azul, e... vi uma multidão, uma multidão terrível... ah! uma multidão de gente com rosto branco, como se... todos eles estavam vestidos de preto.

— Onde é que eles estão agora?

— Não sei. Ah! — Adrianna desmoronou arquejando debilmente numa cadeira.

— Traga um copo de água para ela, David — pediu sua mãe soluçando.

David saiu do quarto com uma exclamação impaciente e voltou com um copo que ele segurou na altura dos lábios da filha.

— Vamos, beba isso! — ordenou ele asperamente.

— Ah, David, como é que você pode falar desse jeito? — reclamou chorando sua mulher.

— Não posso evitar. Eu estou completamente doido — respondeu David.

Então se ouviu um pulo no andar superior e George entrou. Estava muito branco, mas riu para eles com um ar despreocupado.

— Alô! — disse ele numa voz entrecortada, tentando controlá-la. — Que confusão foi essa no terreno abandonado?

— Por quê? O que foi que aconteceu? — perguntou seu pai.

— Ah, nada, apenas... bom, tem umas luzes em cima dele, exatamente como se houvesse uma casa ali, bem no lugar onde estariam as janelas. A gente tem a impressão de que pode entrar nela, mas olhando bem vê aquelas ervas balançando no chão, como sempre foi. Fiquei olhando sem acreditar no que via. Uma mulher também viu. Ela se aproximou, do mesmo jeito que eu. Olhou, deu um grito e saiu correndo. Eu esperei para ver se vinha mais alguém, mas ninguém apareceu.

O sr. Townsend saiu correndo do quarto.

— Acho que tudo já terá acabado quando ele chegar lá — disse George, e então olhou o quarto. — O que foi que aconteceu aqui? — gritou ele.

— Ah, George, a casa inteira balançou e todos os espelhos quebraram — gemeu sua mãe, e Adrianna e Cordelia se juntaram a ela.

George assobiou com lábios pálidos. Então o sr. Townsend entrou.

— Bom — perguntou George —, o senhor viu alguma coisa?

— Eu não quero falar — disse o pai. — Já aguentei demais.

— Precisamos voltar a vender para Townsend Centre — gritou a sua mulher com uma voz ansiosa. — Ah, David, diga que você volta.

— Não vou voltar por causa de uma bobagem dessas, e vender uma casa de 25 mil dólares que me custou 5 mil — reafirmou ele firmemente.

Mas naquela mesma noite a sua resolução foi abalada. A família inteira ficou de vigília na sala de jantar. Eles temiam ir dormir — todos eles, exceto possivelmente o sr. Townsend. A sra. Townsend declarou terminantemente que ia deixar aquela casa terrível e ir para Townsend Centre quer ele fosse ou não, a menos que todos ficassem juntos vigiando, e o sr. Townsend concordou. Eles escolheram a sala de jantar porque ela ficava mais próxima da rua, caso eles quisessem sair às pressas, e tomaram seus lugares em volta da mesa em que Cordelia servira um lanche.

— É exatamente como se nós estivéssemos velando um defunto — comentou ela num sussurro horrorizado.

— Cale o bico se você é incapaz de dizer alguma coisa sensata — esbravejou o sr. Townsend.

A sala de jantar era muito grande, com acabamentos de carvalho e papel de parede azul-escuro acima do lambril. A velha tabuleta da taverna, o Leopardo Azul, estava sobre o console da lareira. O sr. Townsend havia insistido em pendurá-la ali, porque tinha um curioso orgulho dela. A família sentou-se reunida até depois da meia-noite e nada de incomum aconteceu. A sra. Townsend começou a cochilar; o sr. Townsend lia o jornal com ostentação. Adriana e Cordelia olhavam de um lado para outro da sala e depois uma para a outra, como se comparando observações sobre o terror. George tinha um livro que ele examinava furtivamente. De repente Adrianna exclamou assustada e Cordelia fez o mesmo. George assobiou baixinho. A sra. Townsend acordou com um sobressalto e o jornal do sr. Townsend caiu no chão.

— Olhem! — exclamou Adrianna.

A tabuleta do Leopardo Azul sobre a prateleira brilhava como se estivesse sob a luz de uma lanterna. A luz vinha de cima e foi ficando cada vez mais brilhante, enquanto eles olhavam. O Leopardo Azul parecia agachar-se ganhando vida e saltar. Então a porta da sala da frente se abriu — a porta externa, que havia sido cuidadosamente fechada — com um guincho e todos reconheceram aquele ruído. Ficaram todos olhando. O sr. Townsend estava tão paralisado quanto os outros. Eles ouviram a porta da frente fechar-se e depois a porta da sala escancarar-se, e lentamente aquele horrível grupo negro que fora visto de tarde entrou. Os Townsend se levantaram todos ao mesmo tempo e se comprimiram no canto mais distante; eles se seguraram uns nos outros e olharam. As pessoas, com o rosto brilhando com uma palidez de morte, as roupas negras ondulando, atravessaram a sala. Eram ligeiramente mais altas que os mortais, ou pareciam sê-lo para os olhos aterrorizados que as olhavam. Chegaram ao console da lareira onde estava pendurada a tabuleta e então um comprido braço envolto num tecido negro ornamentado levantou-se e fez um movimento, como se batendo à porta. Depois o grupo todo passou e ficou invisível, como se tivesse atravessado a parede, e a sala voltou a ser o que era. A sra. Townsend tremia com um calafrio nervoso, Adrianna quase desmaiara, Cordelia estava histérica. David Townsend ficou olhando de um modo curioso para a tabuleta do Leopardo Azul. George olhava para ele com uma expressão de horror. Havia algo no rosto do seu pai que o fazia esquecer tudo o mais. Finalmente ele tocou timidamente no braço do velho.

— Pai — murmurou ele.

David voltou-se e olhou com uma expressão de fúria, depois seu rosto desanuviou; ele passou a mão pela testa.

— Meu Deus! O que foi que aconteceu comigo? — balbuciou ele.

— Pai, o senhor estava parecendo aquela figura horrível do velho Tom Townsend no sótão de Townsend Centre — choramingou o menino estremecendo.

— Você devia pensar que eu estava parecendo um sujeito que passou por uma situação maldita como essa — resmungou David, mas seu rosto estava branco. — Vá pôr um pouco de chá quente para a sua mãe — ordenou ele rispidamente para o menino. Ele próprio sacudiu Cordelia violentamente. — Pare com isso! — gritou nos seus ouvidos e sacudiu-a mais uma vez. — Você não pertence à igreja? — reclamou ele. — Do que você tem medo? Você não fez nada errado, fez?

Então Cordelia citou as Escrituras em meio a uma explosão de soluços e gargalhadas.

— "Eis que eu fui moldada na iniquidade; e em pecado minha mãe me concebeu" — gritou ela. — Se eu não fiz nada errado, talvez eles, que vieram aqui, tenham feito, e quando o Diabo e as Forças da Escuridão estão circulando eu sou responsável, eu sou responsável! — Então ela deu uma gargalhada alta, aguda e comprida.

— Se você não se calar — disse David, mas tendo ainda no rosto aquela brancura de horror —, eu vou despachar você num pacote para aquele terreno abandonado. Estou falando sério.

Então Cordelia ficou quieta, depois de revirar desvairadamente os olhos para ele. A cor estava voltando às faces de Adrianna; sua mãe tomava chá quente em goles espasmódicos.

— Já passa da meia-noite — disse ela com a voz entrecortada — e eu acho que eles não vão voltar hoje. Você acha, David?

— Não, eu não acho — disse David conclusivamente.

— Ah, David, eu não quero ficar outra noite nesta casa horrível.

— Nós não vamos ficar. Amanhã a gente empacota tudo e faz as malas. Vamos voltar para Townsend Centre, nem que seja preciso chamar o corpo de bombeiros para a mudança — disse David.

Adrianna sorriu em meio ao seu terror, pensando em Abel Lyons.

No dia seguinte o sr. Townsend foi procurar o corretor de imóveis que lhe havia vendido a casa.

— Não adianta — disse ele —, eu não aguento mais. Venda a casa pelo preço que o senhor conseguir. Eu vendo por qualquer preço mas não continuo nela.

Então ele acrescentou umas poucas palavras pesadas que expressavam a sua opinião sobre os sujeitos que lhe venderam uma coisa daquelas. Mas o corretor alegou estar inocente quanto ao problema.

— Eu confesso que desconfiei de que havia alguma coisa errada quando o proprietário, que me pediu sigilo quanto ao nome dele, me disse para vender a casa por qualquer preço, sem limite mínimo. Eu nunca havia ouvido nenhum comentário, mas comecei a desconfiar de que alguma coisa estava errada. Então andei investigando e descobri que na vizinhança corria um boato de que havia alguma coisa fora do comum no terreno abandonado. Eu tinha me perguntado por que ninguém construía ali. Ouvi falar que uma vez alguém resolveu construir, contratou um empreiteiro e esse empreiteiro morreu. Depois outra pessoa projetou uma casa, mas um dos pedreiros foi assassinado no caminho do trabalho quando ia cavar o alicerce, e os outros desistiram. Não dei muita atenção a essas conversas. De qualquer forma eu nunca acreditei nesse tipo de coisa e, além disso, não soube da existência de nada de errado com a casa, fora uma informação de que os seus moradores viam ou ouviam coisas estranhas no terreno abandonado, e assim eu achei que isso não atrapalharia o senhor, especialmente porque o senhor não parecia ser um homem medroso e a casa era uma barganha como eu nunca tivera antes. Mas isso que o senhor está me contando é inacreditável.

— O senhor sabe os nomes dos donos anteriores do terreno abandonado? — perguntou o sr. Townsend.

— Não tenho certeza — respondeu o corretor —, pois os donos originais viveram muitas décadas atrás, mas sei que o lote é conhecido como o lote do velho Gaston. O que foi? O senhor não está bem?

— Não, não é nada — respondeu o sr. Townsend. — Venda a casa pelo que o senhor conseguir. Talvez outra família não seja tão perturbada quanto nós fomos.

— Os senhores não vão sair da cidade, não é? — disse, polido, o corretor.

— Estou voltando para Townsend Centre no primeiro trem que partir depois que tivermos preparado a nossa mudança — respondeu o sr. David Townsend.

Ele não contou para o corretor e nem para ninguém da família o que o havia assustado quando soube o nome dos donos anteriores do terreno: lembrara-se imediatamente da história de um assassinato horrível que havia acontecido no Leopardo Azul. O nome da vítima era Gaston e o assassino jamais fora descoberto.

E. NESBIT

O CARRO VIOLETA

Você conhece a chapada gredosa em argila do Sul da Inglaterra — com seus espaços amplos e batidos de vento, os ombros arredondados das colinas curvados contra o céu, as baixadas onde se aninham sedes e terras de fazendas com árvores em toda a sua volta, tão comprimidas umas contra as outras como um cravo numa casa de botão? Nos dias longos de verão é prazeroso ficar deitado nessa chapada, entre a relva baixa e o céu luminoso, cheirar o tomilho selvagem e ouvir o retinir delicado dos sinos dos carneiros e a música da cotovia. Mas nos entardeceres de inverno, quando o vento está despertando para começar seu trabalho, cuspindo chuva nos nossos olhos, surrando as pobres árvores nuas e sacudindo a poeira pelas colinas como um manto cinza, nessa época é melhor estar diante do calor de uma lareira, numa das solitárias sedes de fazenda construídas em locais abrigados, e contrapor à escuridão cada vez mais profunda as janelas da casa que brilham com a luz da vela e da lareira, como a fé mantém erguida a sua luz do amor na noite de pecado e de sofrimento que é a vida.

Não estou acostumada ao esforço literário — e sinto que não devo dizer o que tenho para dizer, ou que o irei convencer, a menos que eu fale de modo muito simples. Pensei que podia adornar minha história com palavras agradáveis, dispostas com elegância. Mas quando penso no que realmente aconteceu, vejo que as palavras mais simples serão as melhores. Não sei como tecer uma trama nem como bordá-la. É melhor não tentar. Essas coisas aconteceram. Eu não tenho habilidade para fazer acréscimos ao que ocorreu; nem há necessidade de algum acréscimo meu.

Sou enfermeira e me mandaram ir para Charlestown a fim de atender a um caso de distúrbio mental. Estávamos em novembro e havia uma neblina densa em Londres, e assim meu táxi andou num ritmo de pedestre e com isso eu perdi o trem que ia tomar. Mandei um telegrama para Charlestown e aguardei na melancólica sala de espera de London Bridge. O que me fez passar o tempo foi uma criancinha. A mãe, uma viúva, parecia estar deprimida demais para responder às suas sucessivas perguntas. Dava respostas curtas e, parecia-me, insatisfatórias para a filha. A criança acabou por perceber que sua mãe não estava, por assim dizer, disponível. Então se reclinou na grande cadeira empoeirada e bocejou. Quando olhou para mim, eu sorri. Ela não sorriu, mas ficou olhando. Tirei da minha sacola uma bolsa de seda, que brilhava com contas e borlas de aço, e fiquei revirando-a. Então a criança deslizou pela cadeira e disse: "Me dá." Depois disso, tudo foi fácil. A mãe ficou sentada de olhos fechados. Quando me levantei para ir embora, ela os abriu e me agradeceu. A criança, segurando-se nela, me beijou. Mais tarde eu as vi entrando num vagão da primeira classe do meu trem. A minha passagem era de terceira classe.

Eu esperava, claro, que houvesse algum veículo à minha espera na estação, mas não havia. E tampouco havia um táxi ou uma carruagem à vista. Àquelas alturas já era praticamente noite e o vento estava tocando a chuva quase horizontalmente pela rua pouco frequentada que começa diante da porta da estação. Olhei para fora, perdida e perplexa.

— Você não contratou uma carruagem? — Era a viúva que falava.

Eu expliquei.

— Meu carro estará aqui daqui a pouco — disse ela. — Posso levá-la? Para onde você está indo?

— Charlestown — respondi, e ao dizer esse nome notei uma mudança muito estranha no rosto da jovem senhora. Uma mudança pequena, mas inequívoca. — Por que a senhora me olha desse modo? — perguntei sem rodeios.

E evidentemente ela me disse:

— De que modo?

— Existe algo de errado com a casa? — perguntei, pois achei que aquela pequena mudança significava isso. Eu era muito jovem e havia ouvido histórias. — Estou me referindo a alguma razão para eu não ir até lá.

— Não, ah, não. — A jovem olhou em volta através da chuva, e para mim foi como se ela tivesse me dito que havia uma razão pela qual *ela* não gostaria de ir lá.

— Não se preocupe — disse eu —, a senhora é muito gentil, mas provavelmente vai precisar dar uma volta e...

— Mas eu levo você, *claro* que eu levo você — protestou ela.

Então a criança avisou:

— Mãe, vem vindo um carro.

E ele veio, embora nenhuma de nós o tivesse ouvido até a criança falar. Eu não entendo nada de carros a motor e não conheço o nome de nenhuma peça. Aquele parecia uma berlinda, só que se entrava nele por trás, como se faz numa *wagonette* (os assentos ficavam nos cantos), e quando a porta fechou havia um assento mais alto, onde a criança se sentou entre nós. E o carro andou como mágica — ou como um trem de sonhos.

Fomos rapidamente através da escuridão — apesar de todo o zumbido da maquinaria, eu ouvia o vento gritando e a violenta arremetida da chuva contra as janelas. Não se podia ver nada do lugar, apenas a noite escura e a luz dos postes à frente.

Depois de um longo tempo — pelo menos foi o que me pareceu — o motorista desceu e abriu um portão. Nós o transpusemos e então o pavimento ficou bem mais acidentado. Dentro do carro nós nos mantínhamos muito calados; a criança havia adormecido.

Paramos e o carro continuou pulsando como se estivesse sem fôlego, enquanto o motorista descia meu baú e depositava-o no chão. Estava tão escuro que eu não vislumbrava a forma da casa, apenas as luzes das janelas do andar térreo, que juntamente com a luz do carro nos permitiam ter um vislumbre do jardim dianteiro de muro baixo. Mas eu soube que a casa era de bom tamanho, cercada de árvores grandes, e que havia um lago ou rio próximo dela. À luz do dia descobri na manhã seguinte que tudo era exatamente assim. Nunca entendi como foi que adivinhei aquilo na primeira noite, no escuro, mas eu realmente soube disso. Talvez houvesse alguma coisa no modo como a chuva caía sobre as árvores e sobre a água. Não sei.

O motorista levou o baú por um caminho de pedra e eu saí do carro, despedindo-me e agradecendo.

— Não fique esperando, por favor, pode ir embora — disse eu. — Eu estou bem. Mil vezes obrigada!

No entanto, o carro continuou pulsando até eu chegar à porta de entrada; então tomou fôlego, por assim dizer, pulsou mais alto, fez a volta e se foi.

Mas a porta não se abria. Procurei a tranca e dei algumas batidas resolutas. Do outro lado da porta tive a certeza de ter ouvido um sussurro. A luz do carro havia diminuído, tornando-se uma estrelinha distante, e quase já não se ouvia o arfar do motor. Quando o som desapareceu totalmente, o lugar ficou numa quietude de morte. As luzes avermelhadas brilhavam atrás da cortina das janelas, mas não havia nenhum outro sinal de vida. Arrependi-me de ter tido tanta pressa de me separar da minha acompanhante, da companhia humana e da presença sólida e competente do carro motorizado.

Bati novamente, e dessa vez dei um grito depois da batida.

— Olá! — gritei. — Abram para mim. Eu sou a enfermeira!

Houve uma pausa, uma pausa que permitiria aos cochichadores trocar olhares do outro lado de uma porta.

Então um ferrolho rangeu, uma chave girou e o vão da porta deixou de emoldurar a madeira fria e úmida, mostrando luz e um calor acolhedor — e rostos.

— Entre, ah, entre — disse uma voz, uma voz feminina.

E uma voz masculina completou:

— Não sabíamos que tinha alguém aí.

E eu havia até sacudido a porta com as minhas batidas!

Entrei, piscando por causa da luz. O homem chamou um criado e juntos eles levaram para cima meu baú.

A mulher pegou meu braço e me levou para um quarto baixo, quadrado, agradável, simples e confortável, com um sólido conforto no estilo de meados da era vitoriana — aquele que se expressa nos tecidos dos estofados e mogno. À luz da lâmpada eu me virei e olhei para ela. Era uma mulher baixa e magra, com o cabelo, o rosto e as mãos no mesmo tom de amarelo acinzentado.

— Sra. Eldridge? — perguntei.

— Sim — respondeu ela muito suavemente. — Ah, que bom você ter vindo. Espero que não vá se aborrecer aqui. Espero que fique. Espero poder fazê-la se sentir bem.

Ela falava com um jeito suave e ansioso, muito cativante.

— Tenho certeza de que ficarei muito bem aqui — disse eu. — Mas sou eu quem deve tomar conta da senhora. A senhora está doente há muito tempo?

— Não sou eu quem está doente — corrigiu ela —, é ele...

Ora, tinha sido o sr. Robert Eldridge que havia escrito me contratando para cuidar da sua mulher, que estava, afirmou ele, ligeiramente perturbada.

— Entendo — disse eu. Não se deve contradizê-los, isso somente agrava seu problema.

— A razão... — começou ela, os passos dele soaram na escada e ela saiu apressada para trazer velas e água quente.

Ele entrou e fechou a porta. Era um velho loiro e barbudo, muito comum.

— Tome conta dela — disse ele. — Eu não quero que ela fale com as pessoas. Ela fica imaginando coisas.

— Que forma assumem essas fantasias? — perguntei prosaicamente.

— Ela acha que eu estou louco — respondeu ele com uma risadinha.

— Isso é muito comum. É só isso?

— Quase. E ela não ouve coisas que eu ouço, não vê coisas que eu vejo e não sente cheiros. Aliás, você não viu ou ouviu um barulho como de um motor ao chegar aqui, ouviu?

— Eu cheguei num carro a motor — disse sucintamente. — Os senhores não mandaram um carro para me buscar e uma senhora me deu uma carona. — Eu ia explicar que tinha perdido o trem do horário anterior, quando vi que o homem já não prestava atenção em mim. Ele estava vigiando a porta. Quando sua mulher entrou, com uma jarra fumegante numa das mãos e um castiçal baixinho na outra, ele foi encontrá-la e sussurrou ansioso. As únicas palavras que consegui ouvir foram: "Ela chegou num carro a motor!"

Aparentemente um carro motorizado era para aquelas pessoas simples uma novidade tão grande quanto para mim. Diga-se de passagem: meu telegrama foi entregue na manhã seguinte.

Eles foram muito gentis comigo; trataram-me como uma convidada de honra. Quando a chuva passou, no final do dia seguinte, e eu pude sair, vi que Charlestown era uma fazenda, uma fazenda grande, mas até para os meus olhos inexperientes ela pareceu descuidada e pobre. Não havia absolutamente nada para eu fazer, além de seguir a sra. Eldridge, ajudá-la como pudesse nas tarefas da casa e sentar-me com ela quando ela costurava na sua despojada sala de visitas. Depois de alguns dias na casa, eu comecei a juntar as coisinhas que havia observado isoladamente e a vida na fazenda de repente me pareceu ficar mais inteligível, como acontece depois de algum tempo com os ambientes estranhos.

Constatei que havia observado que o sr. e a sra. Eldridge gostavam muito um do outro e que esse amor, e o modo como eles o demonstravam, mostrava que eles haviam conhecido o sofrimento e o tinham suportado juntos. Que ela não demonstrava nenhum sinal de perturbação mental, fora a sua crença persistente de que *ele* estava perturbado. Que de manhã eles estavam sempre muito animados; que depois da "xícara de chá tomada cedinho" — ou seja, assim que clareava o dia — eles sempre iam passear juntos.

Que eles nunca me convidavam para ir com eles nesse passeio, que sempre tomava a mesma direção: atravessando a chapada argilosa, na direção do mar. Que sempre ao voltar desse passeio eles estavam pálidos e deprimidos; que em seguida ela chorava sozinha no quarto enquanto ele cuidava da sua contabilidade e pagava o salário dos empregados, fechado no quartinho que eles chamavam de escritório, onde ele mantinha seus chicotes de montaria e espingardas. Depois do jantar, servido cedo, eles sempre faziam um esforço para se animar. Eu sabia que esse esforço era por minha causa, e sabia que ambos sabiam que era bom para o outro fazer esse esforço.

Do mesmo modo como antes de eles terem me mostrado, eu havia sabido que Charlestown era cercada de árvores altas e tinha por perto um grande lago, eu também soube, e de um modo inexplicável, que o medo morava com aqueles dois. Eu ainda não estava havia dois dias na casa quando descobri que tinha começado a gostar deles. Eles eram tão bondosos, tão gentis, tão comuns, tão simples... o tipo de gente que não devia ter ficado conhecendo o que é sentir medo — o tipo de gente que por direito devia ter tido todas as alegrias honestas, simples, e sido poupada de todos os sofrimentos, fora os inescapáveis: a morte de velhos amigos e as lentas mudanças que acontecem com o passar dos anos.

Eles pareciam pertencer àquela terra — à chapada argilosa e ao arvoredo, e aos velhos pastos e aos milharais que estavam minguando. De repente me peguei desejando que também eu tivesse pertencido àquilo tudo, que eu tivesse nascido filha de fazendeiro. Toda aquela tensão e dificuldade com provas e exames, com a escola, com a faculdade e o hospital, pareciam tão vulgares e fúteis, comparadas com aqueles segredos proporcionados pela vida no campo. E eu sentia isso quanto mais via que precisava deixar tudo aquilo, que ali não havia trabalho na especialidade para a qual, fosse lá como fosse, eu tinha me preparado.

— Eu não devo ficar — disse a ela numa tarde ao lado da porta aberta. Estávamos em fevereiro e as grossas gotas de neve formavam tufos ao lado do caminho de lajes. — Vocês estão muito bem.

— *Eu* estou — disse ela.

— Vocês estão muito bem, os dois — corrigi. — Não está certo eu ganhar dinheiro de vocês sem fazer nada.

— Você está fazendo tudo — garantiu ela. — Você não sabe o quanto. — E acrescentou vagamente: — Nós tivemos uma filha. — Então, depois de uma pausa muito longa, ela disse, muito calma e pronunciando tudo com muita clareza: — Ele nunca mais foi o mesmo.

— Não foi o mesmo? Como assim? — perguntei, erguendo o rosto na direção da luz fraca do sol de fevereiro.

Ela deu uma batida na testa franzida, amarelo acinzentada, como fazem as pessoas do campo.

— Aqui — respondeu ela.

— Como? — indaguei. — Querida sra. Eldridge, conte-me; talvez eu possa ajudar de alguma forma.

A voz dela era muito sã, muito doce. Eu havia chegado à conclusão de que não sabia qual dos dois precisava da minha ajuda.

— Ele vê coisas que ninguém mais vê e ouve coisas que ninguém mais ouve, e sente cheiros que você não sente se está do lado dele.

Lembrei-me com um súbito sorriso das palavras que ele me dissera na minha primeira manhã ali: "Ela não vê, não ouve e não sente cheiros."

E mais uma vez fiquei pensando: para qual deles eu devia o meu serviço?

— A senhora tem alguma ideia do porquê disso? — perguntei.

Ela pegou no meu braço.

— Foi depois que a nossa Bessie morreu — respondeu ela —, no mesmo dia do enterro dela. O carro a motor que a matou (dizem que foi acidente) estava na Estrada de Brighton. Era um carro violeta. As pessoas vão ao velório de uma rainha vestidas de violeta, não vão? — acrescentou ela. — E a minha Bessie era uma rainha. Assim, a cor do carro era a cor certa.

Então eu me convenci de que a mulher não era normal, e vi o porquê disso. Era a perda que havia perturbado a sua mente. Deve ter havido alguma mudança no meu olhar, embora eu devesse ter sido mais esperta, pois ela disse subitamente:

— Não. Eu não vou lhe contar mais nada.

E então ele chegou. Ele nunca me deixava sozinha com ela durante muito tempo. E nem ela o deixava sozinho comigo por muito tempo.

Eu não tinha a intenção de espioná-los, embora não tenha certeza quanto à minha posição de enfermeira de pessoas mentalmente perturbadas justificar tal espionagem. Mas eu não espionei. Foi por acaso. Eu havia ido à cidade para comprar uma seda azul para o forro de uma blusa que eu estava fazendo, e um crepúsculo magnífico me tentou a prolongar a minha caminhada. Foi assim que me vi no alto da chapada argilosa, onde ela desce para a orla fendida da Inglaterra — as escarpas brancas contra as quais o Canal Inglês se choca eternamente. O tojo estava florido e as cotovias cantavam, e meus pensamentos se voltavam para a minha própria vida, para as minhas esperanças e sonhos. Então eu percebi que tinha chegado a uma estrada, sem saber quando havia chegado a ela. Andei por ela na direção do mar, e logo ela deixou de ser uma estrada e se fundiu na grama sem caminhos, como um riacho às vezes desaparece na areia. Não havia nada além da grama e de arbustos de tojo, da música das cotovias e, depois do declive que terminava na extremidade da escarpa, do retumbar do mar. Voltei, seguindo a estrada, que novamente se definia a alguns metros dali, e logo mergulhei numa senda em cujas altas laterais havia uma cerca viva de alguma erva marrom. Foi ali que eu os vi no lusco-fusco. E ouvi suas vozes antes de vê-los, e antes de lhes ser possível me ver. Foi a voz dela que eu ouvi primeiro.

— Não, não, não, não, não — disse ela.

— Estou lhe dizendo que sim — era a voz dele. — Ali, você não está ouvindo? Um som arfante, logo ali, ali. Deve estar bem na extremidade da escarpa.

— Não tem nada ali, meu querido — disse ela —; é verdade, não tem nada.

— Você está surda... e cega. Afaste-se, eu estou lhe dizendo, ele está perto de nós.

Então eu cheguei perto do ângulo da senda e, ao me aproximar, vi-o pegar no braço dela e atirá-la contra a cerca viva, violentamente, como se o perigo que ele temia estivesse de fato muito perto deles. Parei no início da curva da cerca viva e me afastei. Eles não tinham me visto. Os olhos dela estavam fixos no rosto dele, contendo um mundo de compaixão, amor e sofrimento. O rosto dele era uma máscara de terror; seus olhos iam rapidamente de um lado para outro, como se ele seguisse a passagem veloz de alguma coisa — alguma coisa que nem ela nem eu víamos. No momento seguinte ele estava curvado, com o corpo comprimido contra a cerca viva — o rosto oculto nas mãos e todo o seu corpo tremendo de tal forma que eu pude perceber isso até mesmo da distância em que estava, a uns 12 metros de lá, através da tela aberta da cerca viva.

— E o cheiro! — disse ele. — Você não vai me dizer que não está sentindo.

Ela tinha os braços em torno dele.

— Vamos para casa, meu querido — sugeriu ela. — Vamos para casa! É tudo imaginação sua. Venha para casa com a sua velha que o ama.

Eles foram para casa.

No dia seguinte eu pedi à sra. Eldridge que fosse até o meu quarto a fim de ver a minha nova blusa azul. Quando mostrei a costura eu lhe disse o que havia visto e ouvido no dia anterior.

— E agora eu sei — disse eu — qual de vocês precisa de cuidados.

Para o meu espanto, ela disse muito ansiosa:

— E qual de nós é?

— Ora, ele, claro — respondi —, não havia nada lá.

Ela se sentou perto da janela, na poltrona estofada de *chintz*, e teve uma crise de choro. Fiquei ao lado dela e a acalmei o mais que pude.

— É muito bom saber — disse ela finalmente —; eu não sabia em que acreditar. Muitas vezes, ultimamente, eu me perguntei se afinal de contas quem estava louca não seria eu, como ele disse. E não havia nada lá? *Nunca* houve qualquer coisa lá. E quem achava era ele, não eu. Era ele. Bom, isso é algo para se ficar agradecida.

Então eu disse para mim mesma que suas lágrimas tinham sido mais de alívio pelo fato de ela poder se considerar salva. Olhei-a com desgosto e até esqueci que sempre tinha gostado tanto dela. E com isso as palavras que ela disse a seguir me cortaram, como se fossem faquinhas.

— Isso é ruim demais para ele — disse ela —, mas não é nada, perto do que seria se eu realmente saísse do meu juízo e ele se considerasse o causador disso. Você vê, agora eu posso tomar conta dele como sempre tomei. É apenas uma vez por dia que isso acontece com ele. Ele não suportaria se fosse o tempo inteiro, como será para mim agora. É muito melhor que seja ele; eu sou mais capaz de suportar isso do que ele.

Eu a beijei então e a enlacei dizendo:

— O que é que o amedronta tanto, e que, como a senhora diz, acontece todo dia?

— É... desde que... Vou lhe contar. De certo modo me desafogo falando sobre isso. Foi um carro violeta que matou a nossa Bessie. Você sabe, a nossa filha, de quem já lhe falei. E é um carro violeta que ele acredita ver; todo dia no caminho. E ele diz que o ouve e que sente o cheiro da máquina... aquilo que põem nele, sabe?

— Gasolina?

— É, e dá para *ver* que ele ouve esse carro e que ele o vê. O carro o persegue, como se fosse um fantasma. Sabe, foi ele que pegou a nossa Bessie depois que o carro violeta a atropelou. Foi isso que o transtornou. Eu só a vi quando ele a carregava nos braços; e ele havia coberto o rosto dela. Mas ele a viu do jeito que ela foi deixada, deitada ali no anoitecer... Durante dias e dias se via na estrada o lugar onde a coisa aconteceu.

— Eles não voltaram?

— Ah, sim... Eles voltaram. Mas Bessie não voltou. Mas eles foram punidos. Na própria noite do enterro aquele carro violeta despencou no penhasco; se fez em pedaços, assim como todas as pessoas que estavam nele. Era o marido da viúva que trouxe você aqui, quando você chegou.

— Como é que ela consegue andar de carro depois disso? — comentei. Eu precisava dizer qualquer banalidade.

— Ah — disse a sra. Eldridge —, são coisas que você está acostumada a fazer. Nós não paramos de andar porque a nossa menina foi morta na estrada. Andar de carro é para eles tão natural quanto para nós é caminhar. Meu velho está chamando. Coitado. Ele está me chamando para eu sair com ele.

Ela deixou o quarto muito precipitadamente. Na correria escorregou na escada e torceu o tornozelo, causando uma distensão.

Depois que eu imobilizei o seu pé e a coloquei no sofá, ela olhou para ele, de pé, parecendo indeciso e olhando para fora da janela com a boina na mão. Então ela olhou para mim.

— O sr. Eldridge não pode deixar de caminhar — disse ela. — Vá com ele, querida. Respirar o ar puro lhe fará bem.

Assim, eu fui. Sabia, tão bem como se ele me tivesse dito, que ele não queria a minha companhia e tinha medo de ir sozinho, e que ainda assim ele precisava ir.

Fomos pelo caminho em silêncio. Na virada, ele parou subitamente, pegou no meu braço e me afastou. Seus olhos seguiram algo que eu não via. Então ele soltou uma respiração contida e disse:

— Achei que tinha ouvido o barulho de um motor se aproximando. — Ele tivera dificuldade em controlar o seu terror, e eu vi gotas de suor na sua testa e nas têmporas. Então nós voltamos para casa.

A distensão tinha sido grave. A sra. Eldridge precisava descansar e no dia seguinte fui eu quem novamente o acompanhou até o ângulo da senda.

Dessa vez ele não pôde, ou não tentou, esconder o que sentia.

— Olhe. Preste atenção! — disse ele. — Claro que você está ouvindo, não está?

Eu não estava ouvindo nada.

— Afaste-se — gritou ele estridentemente, e nós nos afastamos, ficando colados à cerca viva.

Novamente os olhos seguiram algo que para mim era invisível, e novamente a respiração contida se soltou.

— Qualquer dia destes isso vai me matar — disse ele —, e acho que por mim eu não me importo se for logo... se não fosse por ela.

— Me conte — pedi, cheia da importância, da competência consciente, que sentimos na presença dos problemas dos outros. Ele olhou para mim.

— Vou lhe contar, por Deus — concordou ele. — Eu não poderia contar para *ela*. Minha jovem, eu cheguei ao ponto de querer ser católico, para poder contar para um padre. Mas posso contar para você, sem perder a minha alma mais do que ela já está perdida. Você já ouviu falar de um carro violeta que se espatifou, caiu no despenhadeiro?

— Ouvi — respondi. — Ouvi, sim.

— O homem que matou a minha filha era novo aqui. E ele não tinha olhos nem ouvidos, do contrário teria me reconhecido, uma vez que nós ficamos cara a cara no inquérito feito. E era de se esperar que naquele dia ele ficasse em casa, com as venezianas fechadas. Mas não foi o que aconteceu. Na própria hora em que nós a estávamos enterrando, ele ficou rodando pelo campo no seu maldito carro violeta. E no entardecer (estava subindo uma neblina) ele chega atrás de mim nesta própria senda, eu me afasto e ele para e grita, com as suas malditas luzes bem na minha cara: "O senhor pode me dizer qual é o caminho para Hexham, homem?"

"Eu teria gostado de dizer a ele qual era o caminho para o inferno. E aquele era o caminho para mim, não para ele. Não sei como foi que eu fiz aquilo. Não tinha essa intenção. Não achei que eu ia... e antes que eu me desse conta, já havia dito. 'Vá em frente', eu disse; 'vá sempre em frente'.

"Então o carro arfou, gargalhou e se foi. Corri atrás dele, tentando pará-lo — mas do que adianta correr atrás desses demônios motorizados? E ele seguiu reto. E todo dia depois disso, todo bendito dia, o carro se aproxima, o carro violeta que ninguém vê, somente eu, e segue em frente."

— O senhor deve se afastar daqui — aconselhei, falando como eu havia sido treinada a falar. — O senhor imagina essas coisas. Provavelmente o senhor imaginou isso tudo. Eu não acho que o senhor tenha realmente dito para o dono do carro violeta que ele devia ir em frente. Acho que tudo isso é a sua imaginação e o choque com a morte da sua pobre filha. O senhor deve se afastar daqui.

— Não posso — objetou ele veementemente. — Se eu fizesse isso, outra pessoa veria o carro. Alguém *precisa* vê-lo todo dia, enquanto eu viver. Se não for eu, será outra pessoa. E eu sou a única pessoa que *merece* vê-lo. Eu não gostaria que ninguém mais o visse; é horrível demais. É muito mais horrível do que você pensa — acrescentou ele falando lentamente.

Eu lhe perguntei, caminhando ao lado dele pela senda tranquila, o que havia de tão horrível com o carro violeta. Acho que esperava ouvir como resposta que o sangue da sua filha estava esparramado por todo ele. Mas o que na verdade o sr. Eldridge disse foi:

— É horrível demais para eu lhe dizer. — E ele estremeceu.

Eu era jovem nessa época, e a juventude sempre acha que pode mover montanhas. Convenci-me de que podia curá-lo do seu delírio, atacando não o forte principal, que é sempre, para começar, inexpugnável, mas um secundário. Iniciei a campanha para persuadi-lo a não ir àquele ângulo da senda naquela hora da tarde.

— Mas se eu não for, outra pessoa vai ver.

— Ninguém estará lá para ver — afirmei animadamente.

— Alguém estará lá. Escreva o que eu digo: alguém estará lá, e então os outros saberão.

— Então esse alguém será eu — disse-lhe. — É isso. O senhor fica em casa com a sua esposa e *eu* vou. Se vir o carro, prometo que lhe conto, e se não vir... bom, então poderei partir com a consciência tranquila.

— Consciência tranquila — repetiu ele.

Eu argumentava com ele toda vez que era possível encontrá-lo sozinho. Pus toda a minha vontade e toda a minha energia naquele trabalho. De repente, como uma porta que estamos tentando fechar e que vinha resistindo a todas as chaves, até a última, ele cedeu e ficou resolvido que eu ia à senda e ele não.

Eu fui.

Sendo, como disse antes, novata como escritora de histórias, talvez eu não lhe tenha transmitido quão difícil foi para mim ir até lá, que eu me senti ao mesmo tempo covarde e heroica. Provavelmente esse negócio de um carro imaginário visto apenas por um pobre fazendeiro lhe parece muito banal e comum. Mas para mim não parecia. A ideia daquela coisa vinha dominando a minha vida havia semanas e meses, antes mesmo de eu saber qual era a natureza da dominação. Era aquele o medo que havia muito eu sabia que andava com aquelas duas pessoas, o medo que compartilhava a sua cama e a sua mesa, que se deitava e se levantava com elas. O medo que o velho tinha daquilo e o medo que ele tinha do seu medo. E o velho era terrivelmente convincente. Quando alguém falava com ele era muito difícil acreditar que ele era louco e que não havia, não podia haver, um automóvel misteriosamente horrível que era visível para ele e invisível para os outros. E era fácil dizer "Bobagem!" quando ele dizia que se não estivesse na senda outra pessoa veria o carro, mas pensar "Bobagem!" não era tão fácil e *sentir* "Bobagem!" era muito difícil.

Caminhei na trilha para cima e para baixo em meio à semiobscuridade, evitando pensar no que seria o horror oculto do carro violeta. Eu não deixaria que o sangue entrasse nos meus pensamentos. Não seria vencida por um desvio de pensamento ou por quaisquer daquelas loucuras transcendentais. Não seria hipnotizada para ver coisas.

Caminhei pela trilha. Eu havia lhe prometido que ficaria próxima do ângulo durante cinco minutos, e fiquei ali na escuridão que se adensava, olhando para a escarpa e o mar. Algumas estrelas pálidas ainda eram visíveis. Tudo estava muito quieto. Cinco minutos é um tempo muito longo. Fiquei com o relógio na mão. Quatro, quatro e quinze, quatro e meia. Cinco. Virei-me imediatamente. E então vi que *ele* havia me seguido; estava de pé a uns 12 metros de distância, com o rosto voltado para o outro lado, para um carro a motor que vinha disparado pela trilha. Antes que o carro chegasse aonde ele estava, eu sabia que seria insuportavelmente horrível. Eu me imprensei contra a cerca viva desfolhada, deixando espaço para a passagem de um carro real — embora soubesse que aquele carro não era real. Parecia real, mas eu sabia que não era.

Quando o carro se aproximou do velho, ele começou a recuar e depois gritou subitamente. Eu o ouvi: "Não, não, não, não! Chega, chega!", gritou ele e se atirou no chão diante do carro, sendo esmagado pelos grandes pneus. Então o carro passou veloz por mim e eu vi qual era o maior horror contido nele. Não havia sangue — o horror não era esse. A cor era violeta, como a sra. Eldridge havia dito.

Cheguei até o velho e ergui sua cabeça. Ele estava morto. Agora eu estava muito calma e controlada, e sentia que estar assim era extremamente louvável para mim. Fui até uma cabana perto, onde um trabalhador estava tomando chá. Ele me arrumou alguns homens e um pedaço de tapume.

Quando contei para a sua mulher, a primeira coisa inteligível que ela disse foi:

— Melhor para ele. O que quer que tenha feito, agora ele pagou.

Assim, aparentemente ela sabia — ou imaginava — mais do que ele achava.

Fiquei com ela até a sua morte. Ela não viveu muito tempo.

Talvez você pense que o velho tenha sido atropelado e morto por um carro a motor real, que por acaso passava por aquela senda, por acaso àquela hora e por acaso violeta. Bem, um carro real deixa a sua marca na pessoa que ele mata, não deixa? Mas quando eu ergui da estrada a cabeça do velho ele não tinha marcas nem sangue, nem ossos fraturados. Seu cabelo não estava desgrenhado, a roupa não estava em desordem. Não havia nele nem mesmo uma mancha de lama, a não ser onde ele batera na estrada ao cair. Não havia marcas de pneus na lama.

O carro a motor que o matou chegou e partiu como uma sombra. Quando o velho se atirou no chão, ele se desviou ligeiramente para que as duas rodas passassem sobre seu corpo.

Ele morreu, disse o médico, de parada cardíaca. Eu sou a única pessoa que sabe que ele foi morto por um carro violeta que, depois de matá-lo, rumou silenciosamente na direção do mar. E esse carro estava vazio; não havia ninguém nele. Era apenas um carro violeta que passava rápida e silenciosamente pelas sendas e estava vazio.

EDITH WHARTON

OS OLHOS

I

Naquela noite, depois de um excelente jantar na casa do nosso velho amigo Culwin, uma história de Fred Murchard — a narrativa de uma estranha aparição — havia nos deixado com a mente predisposta para fantasmas.

Vista através da névoa de nossos charutos, e ao brilho modorrento do fogo da lareira, a biblioteca de Culwin, com suas paredes de carvalho e as velhas encadernações escuras, constituía um bom cenário para essa diversão; e sendo as experiências com fantasmas de primeira mão, depois da abertura de Murchard, o único tipo aceitável para nós, fizemos um levantamento no grupo e cobramos de cada integrante uma contribuição. Éramos oito, e sete de nós planejaram, de modo menos ou mais adequado, cumprir a condição imposta. Todos nós nos surpreendemos ao constatar que pudemos reunir tamanha demonstração de impressões sobrenaturais, pois nenhum de nós, com exceção do próprio Murchard e do jovem Phil Frenham — cuja história foi a mais insignificante do grupo —, tinha o costume de enviar sua alma para o invisível. E assim tivemos, de modo geral, todas as razões para nos orgulharmos das nossas sete "apresentações", e nenhum de nós teria imaginado poder esperar uma oitava do nosso anfitrião.

Nosso velho amigo, o sr. Andrew Culwin, que havia se sentado bem reclinado na sua poltrona, atento e piscando em meio aos círculos de fumaça com a tolerância jovial de um velho ídolo sábio, não era o tipo de homem preferido para esses contatos, embora tivesse imaginação suficiente para, sem invejá-los, deleitar-se com os privilégios superiores dos seus convidados. Pela idade e educação ele pertencia à forte tradição positivista, e a sua formação intelectual ocorrera na época da luta épica entre a física e a metafísica. Mas ele tinha sido, então e sempre, essencialmente um espectador, um observador jocoso e distanciado do imenso e confuso show de variedades da vida, que de vez em quando saía sorrateiramente da sua poltrona para ir ao fundo da sua casa e dar um breve mergulho na sociabilidade, mas nunca, até onde sei, demonstrava o menor desejo de subir ao palco e "apresentar um número".

Entre os seus contemporâneos sobrevivia uma vaga tradição de, numa época remota e no clima romântico, ele ter sido ferido num duelo; mas essa lenda combinava tanto com o que nós, homens mais jovens, conhecíamos do seu caráter quanto a afirmação de minha mãe de que ele já havia sido "um homenzinho encantador e de olhos bonitos" correspondia a qualquer possível reconstituição da sua fisionomia.

"Ele nunca pode ter parecido outra coisa senão um feixe de varas", disse Murchard sobre Culwin certa vez. "Melhor ainda, uma tora fosforescente", alguém emendou; e nós admitimos a felicidade dessa descrição do seu tronquinho atarracado, com o piscar vermelho dos olhos num rosto que parecia uma casca mosqueada. Culwin sempre possuíra um lazer que ele alimentara e protegera, em vez de desperdiçá-lo em atividades vãs. Suas horas cuidadosamente resguardadas tinham sido dedicadas ao cultivo de uma inteligência fina e a uns poucos hábitos judiciosamente escolhidos; e nenhum dos incômodos comuns à experiência humana parecia ter-lhe cruzado o céu. Contudo a investigação desapaixonada do universo não havia elevado a sua opinião sobre essa experiência dispendiosa, e seu estudo da espécie humana parecia ter resultado na conclusão de que todos os homens são supérfluos e as mulheres são necessárias apenas porque alguém precisava cozinhar. Sobre a importância desse aspecto, as suas convicções eram absolutas, e a gastronomia era a única ciência que ele admirava como um dogma. Deve-se reconhecer que os seus jantares eram um argumento forte a favor dessa visão, além de serem uma razão — embora não a principal — para a fidelidade dos seus amigos.

Mentalmente ele exercia uma hospitalidade menos sedutora, mas não menos estimulante. Sua mente era como um fórum ou um local de livre ingresso para a troca de ideias; um tanto frio e penetrado pelo vento, mas leve, espaçoso e em ordem — uma espécie de bosque acadêmico do qual todas as folhas haviam caído. Nessa área privilegiada uma dezena de nós estava acostumada a estender os músculos e expandir os pulmões; e como se para prolongar tanto quanto possível a tradição do que sentíamos ser uma instituição prestes a desaparecer, um ou dois novatos eram de vez em quando acrescentados ao grupo.

O jovem Phil Frenham era o último, e o mais interessante, desses recém-chegados, e um bom exemplo da afirmação um tanto mórbida de Murchard de que o nosso velho amigo "gostava deles suculentos". Era verdade que Culwin, apesar de toda a sua secura, apreciava particularmente as qualidades líricas da juventude. Sendo um amante muito digno dos prazeres da vida, não frustrava as flores da alma que reunia em seu jardim; sua amizade não era uma influência desintegradora: pelo contrário, ela forçava a ideia jovem a um florescimento mais robusto. E em Phil Frenham ele tinha um bom sujeito para experiências. O rapaz era realmente inteligente, e sua boa índole era como o confeito genuíno sob uma gelatina superior. Culwin o tirara de um nevoeiro de embotamento familiar e o levara a um píncaro em Darien; e a aventura não o havia lesado nem um pouco. Na verdade, a habilidade com que Culwin havia planejado estimular as suas curiosidades sem privá-las do viço de admiração que lhes era próprio me pareceu uma resposta suficiente à metáfora do bicho-papão engendrada por Murchard. Nada havia de frenético no florescimento de Frenham, e seu amigo idoso não tinha sequer roçado nas bobagens consagradas. Não se poderia querer melhor prova disso do que o fato de Frenham ainda reverenciá-las em Culwin.

— Existe nele um lado que vocês não veem. *Eu* acredito nessa história do duelo! — declarou ele. E a própria essência dessa crença o impeliu, exatamente quando nosso pequeno grupo estava se dispersando, a se voltar para o nosso anfitrião com o pedido jocoso: — E agora o senhor tem de nos contar sobre o *seu* fantasma!

A porta da frente havia se fechado para Murchard e os outros; apenas Frenham e eu permanecemos; e o dedicado criado que presidia sobre os destinos de Culwin, tendo trazido um novo suprimento de água tônica, fora laconicamente dispensado.

A sociabilidade de Culwin era uma flor que se abria à noite, e nós sabíamos que ele esperava que o núcleo do seu grupo ficasse com ele depois da meia-noite. Mas parece que o apelo de Frenham o desconcertou comicamente, e ele se levantou da poltrona para a qual havia acabado de voltar a se sentar depois das despedidas no hall.

— Meu fantasma? Vocês acham que eu sou tolo o bastante para me dar o trabalho de manter um fantasma de minha propriedade, quando existem tantos tão encantadores no armário dos meus amigos? Pegue outro charuto — disse ele voltando-se para mim com uma risada.

Frenham riu também, pondo-se de pé diante do consolo da lareira e voltando-se para encarar seu amigo de barba curta.

— Ah — disse ele —, você nunca se cansaria de compartilhar se encontrasse um de quem realmente gostasse.

Culwin havia se reclinado novamente na poltrona, com a cabeça encaixada no vão do couro gasto, seus olhinhos brilhando no alto de um novo charuto.

— Gostasse... *gostasse*! Meu Deus! — resmungou ele.

— Ah, então você gostou! — Frenham pulou sobre ele no mesmo instante, olhando-me de soslaio com um ar vitorioso; mas Culwin se curvou como um gnomo entre as suas almofadas, escondendo-se numa nuvem de fumaça protetora.

— De que adianta negar? Você já viu de tudo, assim é claro que já viu um fantasma! — persistiu o seu jovem amigo, falando intrepidamente dentro da nuvem. — Ou se não viu um é porque viu dois!

A forma do desafio pareceu impressionar nosso anfitrião. Ele arremessou a cabeça para fora da fumaça com um movimento estranho, mas muito próprio dele, lembrando uma tartaruga, e piscou para Frenham em sinal de aprovação.

— É isso — disse ele sacudindo-se com uma risada —; é porque eu vi dois!

Essas palavras foram tão inesperadas que precisaram de um silêncio profundo para ser assimiladas, e enquanto isso nós continuamos olhando um para o outro sobre a cabeça de Culwin, e Culwin olhava para os seus convidados. Finalmente Frenham, sem dizer nada, atirou-se na poltrona do outro lado da lareira e se inclinou para a frente com seu sorriso atento...

II

— Ah, é claro que eles não são fantasmas de espetáculo; um colecionador não lhes daria importância... Não quero que vocês fiquem com grandes expectativas. O único mérito deles é a sua força numérica: o fato excepcional de serem *dois*. Mas em contrapartida preciso admitir que em nenhum momento eu provavelmente os poderia ter exorcizado pedindo ao meu médico uma receita ou ao meu oculista um par de óculos. Só que... como eu nunca pude decidir se devia ir ao médico ou ao oculista, ou seja, se estava sofrendo uma ilusão ótica ou digestiva... eu os deixei seguir a sua interessante vida dupla, embora às vezes eles tornassem a minha vida extremamente incômoda...

"Sim... incômoda. E vocês sabem como eu detesto sentir-me incomodado! Mas quando a coisa começou, fazia parte do meu orgulho idiota não admitir que eu podia ser incomodado pela insignificante questão de ver dois...

"E eu não tinha razão, de fato, para imaginar que estivesse doente. Até onde sabia, eu estava apenas aborrecido, horrivelmente aborrecido. Mas parte do meu aborrecimento — lembro-me disso — era o fato de eu estar me sentindo incomumente bem e não saber como liberar a minha energia excedente. Eu havia chegado de uma longa viagem — pela América do Sul e México — e durante um inverno estacionei próximo de Nova York na casa de uma velha tia que havia conhecido Washington Irving e se correspondia com N.P. Willis. Ela morava mais ou menos perto de Irvington, numa vila gótica muito úmida, coberta de árvores norueguesas e que parecia exatamente um emblema comemorativo feito de cabelo. Seu aspecto pessoal estava em harmonia com essa imagem, e o seu próprio cabelo — do qual sobrara bem pouco — deve ter sido sacrificado para a construção do emblema.

"Eu acabara de chegar ao final de um ano agitado, com consideráveis dívidas para pagar em dinheiro e em emoção; e teoricamente parecia que a mansa hospitalidade da minha tia seria tão benéfica para os meus nervos quanto para a minha carteira. Mas o azar foi que, uma vez sentindo-me seguro e abrigado, minha energia logo começou a reviver; e como eu poderia liberá-la dentro de um emblema comemorativo? Naquela época eu tinha a ilusão de que o esforço intelectual contínuo era capaz de absorver toda a atividade de um homem; e resolvi escrever um grande livro — já não sei mais sobre o quê. Minha tia, impressionada com esse plano, cedeu-me a sua biblioteca gótica, cheia de clássicos encadernados de tecido negro e retratos desbotados de celebridades. E eu me sentei à minha escrivaninha para ganhar um lugar entre eles. E com o fim de facilitar a minha tarefa ela me emprestou uma prima para copiar o manuscrito.

"A prima era uma boa moça, e eu tinha a ideia de que uma boa moça era exatamente aquilo de que eu precisava para restaurar a fé na natureza humana e principalmente em mim mesmo. Ela não era nem bonita nem inteligente — pobre Alice Nowell! —, mas me intrigava ver uma mulher satisfeita sendo tão desinteressante, e eu queria descobrir o segredo dessa satisfação. Ao fazer isso agi de forma bastante imprudente e atrapalhei tudo — ah, por apenas um momento! Não me envaideço contando-lhes isso, pois a pobre moça nunca havia visto ninguém além dos seus primos...

"Bem, eu me sentia evidentemente desgostoso com o que tinha feito e muito preocupado com a necessidade de encontrar um modo de corrigir as coisas. Ela estava hospedada na casa e uma noite, depois de a minha tia ter ido para a cama, ela desceu até a biblioteca para pegar um livro que não havia conseguido encontrar, como qualquer heroína ingênua, nas prateleiras que ficavam atrás de nós. Estava com o nariz vermelho e aturdida, e subitamente me ocorreu que seu cabelo, embora fosse muito grosso e bonito, teria exatamente o mesmo aspecto do de minha tia quando ela fosse mais velha. Fiquei feliz por ter notado esse detalhe, pois isso facilitou a minha decisão de fazer o que era certo; e quando achei o livro que ela não havia perdido, disse-lhe que estava de partida para a Europa naquela semana.

"Naquela época, a Europa era terrivelmente longe, e Alice soube imediatamente o que eu queria dizer. Ela não reagiu do modo como eu esperava; ela teria facilitado as coisas se a sua reação tivesse sido diferente. Segurando o livro com muita força, ela se afastou por um momento para desligar a lâmpada da minha escrivaninha — que tinha uma cúpula de vidro esmerilhado com folhas de videira e gotas de vidro em toda a borda, eu me lembro. Então voltou, ergueu a mão e disse 'Adeus'. E ao dizer isso ela olhou diretamente para mim e me beijou. Eu nunca havia sentido nada tão fresco, tímido e corajoso quanto o seu beijo. Aquilo foi pior do que qualquer censura, e me deixou envergonhado por merecer uma repreensão dela. Eu disse para mim mesmo: 'Vou me casar com ela, e quando minha tia morrer, ela deixará esta casa para nós e eu vou me sentar aqui na escrivaninha e continuar escrevendo o meu livro. E Alice se sentará ali com seu bordado e olhará para mim como está fazendo agora. E a vida prosseguirá assim durante anos a fio.' A perspectiva me amedrontou um pouco, mas naquele momento não me amedrontou tanto quanto fazer qualquer coisa que a magoasse. Dez minutos depois ela tinha no dedo o anel com o meu sinete e ouvira de mim a promessa de que, quando eu fosse para o estrangeiro, ela iria comigo.

"Vocês irão se perguntar por que eu estou me estendendo sobre esse incidente. É porque a noite em que ele ocorreu foi a própria noite em que me ocorreu pela primeira vez a estranha visão de que lhes falei. Acreditando ardorosamente, naquela época, numa sequência necessária entre causa e efeito, eu tentei encontrar algum tipo de relação entre o que tinha acabado de acontecer comigo na biblioteca da minha tia e o que aconteceu na mesma noite, apenas algumas horas depois; e assim a coincidência entre os dois acontecimentos sempre permaneceu na minha mente.

"Fui dormir com o coração oprimido: a primeira boa ação feita conscientemente na minha vida pesava sobre mim e, jovem como era, eu via a gravidade da minha situação. Isso não deve levá-los a imaginar que até então eu havia sido um instrumento de destruição. Eu tinha sido apenas um jovem inofensivo, que havia seguido sua inclinação e rejeitado qualquer colaboração com a Providência. Agora eu havia subitamente me encarregado de promover a ordem moral do mundo e me sentia como o espectador confiante que dá seu relógio de ouro para o feiticeiro e não sabe de que modo vai consegui-lo de volta, quando o truque acabar... Mas um brilho de arrogância temperou meus temores e enquanto me despia eu disse a mim mesmo que com o tempo — depois que eu tivesse me acostumado a ser bom — isso provavelmente não me deixaria tão nervoso. E na hora em que estava na cama e tinha apagado a vela, eu senti que de fato *estava* me acostumando com a situação e que, até onde eu havia chegado, aquilo não era diferente de me afundar num dos colchões macios da minha tia.

"Com essa imagem eu fechei os olhos e, quando os abri, a noite já estava bem avançada, pois meu quarto ficara frio e estava profundamente quieto. Fui despertado pelo estranho sentimento que todos nós conhecemos — o sentimento de que havia no quarto algo que não estava ali, quando adormeci. Sentei-me e forcei os olhos na escuridão. O quarto estava escuro como breu e inicialmente não vi nada, mas aos poucos um vago brilho no pé da cama transformou-se em dois olhos que olhavam para mim. Não consegui distinguir os traços ligados a eles, mas os olhos tornavam-se cada vez mais distintos enquanto eu olhava, emitindo uma luz própria.

"A sensação de ser observado nada tinha de agradável, e pode-se supor que meu primeiro impulso teria sido pular da cama e me arremessar sobre a figura invisível ligada aos olhos. Mas não foi; meu impulso foi simplesmente ficar quieto... Não sei dizer se isso aconteceu por eu ter percebido imediatamente a natureza misteriosa da aparição — tendo assim a certeza de que se efetivamente pulasse da cama eu me arremessaria sobre nada — ou simplesmente como consequência do efeito paralisante dos próprios olhos. Eles eram os piores olhos que eu já havia visto: os olhos de um homem — mas que homem! Meu primeiro pensamento foi que ele devia ser terrivelmente velho. As órbitas eram afundadas e as pálpebras com uma grossa linha vermelha se dispunham sobre os globos oculares como venezianas das quais os cordões estivessem rompidos. Uma pálpebra caía um pouco mais abaixo da outra, com o efeito de um olhar oblíquo torcido; e entre essas pregas de carne, com suas escassas pestanas, os próprios olhos, disquinhos vítreos com a borda que parecia de ágata, lembravam pedrinhas presas por uma estrela do mar.

"Mas a idade não era a coisa mais desagradável naqueles olhos. O que me deixou nauseado foi a sua expressão de segurança maligna. Eu não saberia explicar de outra forma o fato de eles parecerem pertencer a um homem que na sua vida havia feito muito mal, mas sempre se mantivera dentro dos limites do perigo. Não eram os olhos de um covarde, mas de alguém inteligente demais para correr riscos; e aquele olhar de astúcia vil fez o sangue me subir à cabeça. Mas isso ainda não era o pior; pois enquanto continuávamos nos esquadrinhando um ao outro, eu vi neles um matiz de escárnio e senti que o objeto desse escárnio era eu.

"Com isso, fui tomado de um impulso de fúria que me fez saltar da cama e me lançou direto para a figura invisível. Mas evidentemente não havia nenhuma figura ali e os meus punhos golpearam o vazio. Envergonhado e frio, tateei por ali à procura de fósforos e acendi as velas. O quarto tinha o mesmo aspecto de sempre — como eu sabia que ele teria; e eu me arrastei de volta para a cama e apaguei as velas.

"Mas os olhos reapareceram logo que o quarto voltou a escurecer; e então me dediquei a lhes fazer uma explanação sobre alguns princípios científicos. De início pensei que a ilusão podia ter sido causada pelo brilho das últimas brasas do fogo; mas a lareira ficava no lado oposto ao da cama e instalada de tal modo que o fogo não podia se refletir no meu espelho de toalete, o único do quarto. Então me ocorreu que eu podia ter sido iludido pelo reflexo das brasas em algum pedaço polido de madeira ou metal; e embora não pudesse descobrir nenhum objeto daquela espécie na minha linha de visão, eu me levantei novamente, fui tateando até a lareira e cobri o fogo remanescente. Mas assim que me deitei de novo, os olhos estavam de volta no pé da cama.

"Então era uma alucinação. Claro. Mas o fato de eles não se deverem a nenhuma ilusão provocada externamente não os tornou nem um pouco mais agradáveis. Pois se eles eram uma projeção da minha consciência, diabos!, que problema havia com esse meu órgão? Eu tinha me aprofundado o suficiente no mistério dos estados mórbidos patológicos para ter uma ideia das condições sob as quais uma mente exploradora podia se expor a uma tal advertência à meia-noite; mas não lograva acomodá-lo ao meu caso presente. Eu nunca me sentira mais normal, física e mentalmente; e o único fato incomum da minha situação — o de ter garantido a felicidade de uma moça amável — não parecia ser do tipo capaz de convocar espíritos impuros para rodear meu travesseiro. Mas os olhos continuavam olhando para mim...

"Fechei os meus e tentei evocar a figura de Alice Nowell. Os olhos dela não eram dignos de nota, mas eram saudáveis como a água fresca, e, se ela tivesse mais imaginação — ou pestanas mais longas —, sua expressão seria interessante. De qualquer forma eles não se mostravam muito eficazes e, em poucos minutos, percebi que tinham mudado misteriosamente e eram os olhos do pé da cama. Senti-los dardejarem para mim através das minhas pálpebras fechadas me exasperou mais do que vê-los, por isso abri os olhos de novo e encarei diretamente aquele olhar odioso...

"E a noite inteira se passou desse modo. Não posso lhes dizer com o que se pareceu aquela noite nem quanto tempo ela durou. Vocês já ficaram na cama tentando manter os olhos fechados, sabendo que se os abrissem veriam algo que temiam e abominavam? Parece fácil, mas é diabolicamente difícil. Aqueles olhos estavam suspensos ali e me atraíam. Eu tinha a *vertige de l'abîme,* e suas pálpebras vermelhas eram o limiar do meu abismo... Eu já havia experimentado horas nervosas anteriormente, horas em que sentira o vento do perigo no meu pescoço; mas nunca sentira esse tipo de tensão. Não era que os olhos fossem medonhos; eles não tinham a majestade das forças da escuridão. Mas tinham — como direi? — um efeito físico equivalente ao de um mau cheiro: seu olhar deixava um rastro como o de uma lesma. E eu não atinava com o objetivo que eles tinham comigo, de qualquer modo — e olhava e olhava, tentando descobrir...

"Não sei que efeito eles estavam tentando produzir; mas o efeito que eles produziram de fato foi o de me fazerem despachar a minha mala e muito cedo na manhã seguinte sair correndo para a cidade. Deixei um bilhete para a minha tia, explicando que eu estava doente e tinha ido me consultar com um médico; e na verdade eu me sentia doente — a noite parecia ter retirado de mim todo o sangue. Mas quando cheguei à cidade não fui ao médico. Fui para a casa de um amigo e me atirei numa cama, dormindo durante dez horas celestiais. Quando acordei, a noite já ia pelo meio e eu gelei ao pensar no que podia estar à minha espera. Sentei-me tremendo e olhei para a escuridão; mas não havia interrupção na sua superfície abençoada, e quando vi que os olhos não estavam ali eu caí em outro longo sono.

"Eu não havia deixado nada escrito para Alice ao partir, porque pretendia voltar na manhã seguinte. Mas na manhã seguinte estava demasiado exausto para viajar. No correr do dia a exaustão aumentou, em vez de ir desaparecendo como a fadiga deixada por uma noite de insônia: o efeito dos olhos parecia ser cumulativo e a ideia de vê-los novamente foi se tornando intolerável. Durante dois dias eu combati o meu medo; na terceira noite me controlei e resolvi voltar na manhã seguinte. Depois dessa decisão me senti bem mais feliz, pois sabia que o meu desaparecimento abrupto e o fato estranho de eu não ter escrito nada deviam ter sido muito penosos para a pobre Alice. Fui para a cama com a mente leve e caí no sono imediatamente; mas no meio da noite acordei e lá estavam os olhos...

"Bem, eu simplesmente não podia encará-los; e, em vez de voltar para a casa da minha tia, juntei num baú umas poucas coisas e me atirei no primeiro vapor que partia para a Inglaterra. Estava tão cansado, quando subi a bordo, que a primeira coisa que fiz foi rastejar até a cama e então dormi durante a maior parte da viagem. E não posso lhes dizer que bem-aventurança foi acordar daqueles longos trechos de sono sem sonhos e olhar destemidamente para a escuridão, *sabendo* que eu não ia ver os olhos...

"Fiquei fora durante um ano, depois mais um; e durante esse tempo todo nunca tive nem sequer um vislumbre deles. Essa razão seria suficiente para prolongar a minha estadia, mesmo se eu estivesse numa ilha deserta. Outra era, evidentemente, que eu havia percebido com toda a clareza, durante a viagem de volta, a total impossibilidade de me casar com Alice Nowell. O fato de eu ter precisado de tanto tempo para chegar a essa descoberta me aborrecia e me fez querer evitar explicações. A felicidade de escapar de um ataque dos olhos e desse outro constrangimento deu à minha liberdade uma extraordinária animação; e quanto mais me regalava com ela, mais eu gostava do seu sabor.

"Os olhos haviam cavado na minha consciência um buraco tão grande, que durante muito tempo continuei intrigado com a natureza da aparição e imaginando se algum dia ela voltaria. Mas com o passar do tempo eu perdi esse medo e conservei apenas a precisão da imagem. Depois, por sua vez, ela desapareceu.

"O segundo ano me encontrou estabelecido em Roma, onde eu estava planejando, pelo que me lembro, escrever outro grande livro — uma obra definitiva sobre as influências etruscas na arte italiana. De qualquer modo eu havia encontrado um pretexto desse tipo para alugar um apartamento ensolarado na Piazza di Spagna e dar umas voltas pelo Fórum. E ali, uma manhã, um jovem encantador foi me encontrar. De pé à luz tépida, esguio e imberbe, o rapaz podia ter saído das ruínas de um altar — o de Antinuo, digamos; mas em vez disso ele vinha de Nova York, com uma carta de (com tanta gente no mundo!) Alice Nowell. A carta — a primeira que eu recebia dela desde o rompimento — era simplesmente uma frase de apresentação do seu jovem primo, Gilbert Noyes, com um pedido para que eu o acolhesse. Parecia — pobre rapaz — que ele 'tinha talento' e 'queria escrever'; e tendo a família empedernida insistido em que a sua caligrafia devia tomar a forma de partidas dobradas, Alice havia intervindo para que ele tivesse uma licença de seis meses, durante a qual devia viajar para o exterior recebendo uma ninharia e provar de alguma forma a capacidade de aumentar a soma com sua caneta. Fiquei logo de saída impressionado com as condições exóticas do teste, que me pareceu tão conclusivo quanto uma 'provação' medieval. Depois fiquei tocado com o fato de ela ter mandado o rapaz para mim. Eu sempre havia desejado fazer alguma coisa para ela, a fim de me justificar aos meus próprios olhos, mais do que aos dela; e ali estava uma ótima ocasião.

"Imagino que seja seguro estabelecer o princípio de que, como regra geral, os gênios predestinados não surgem diante de alguém no sol primaveril do Fórum parecendo um dos seus deuses banidos. De qualquer modo, o pobre Noyes não era um gênio predestinado. Mas lindo ele era, e também um companheiro encantador. Mas fiquei desanimado quando ele começou a falar sobre literatura. Eu conhecia muito bem todos os sintomas — as coisas que ele tinha 'nele mesmo' e as coisas fora dele que se intrometiam! É esse o teste real, afinal de contas. Era sempre — pontualmente, inevitavelmente, com a inexorabilidade de uma lei mecânica —, era *sempre* a coisa errada que o impressionava. Cheguei a me dar conta de um certo fascínio em decidir antecipadamente que coisa errada ele ia escolher; e adquiri uma habilidade admirável nesse jogo...

"O pior de tudo era que a sua *bêtise,* a sua tolice, não era da espécie óbvia demais. As senhoras que o conheciam em piqueniques achavam que ele era um intelectual; e mesmo em jantares ele passava por inteligente. Eu, que o tinha sob a lente do microscópio, imaginava de vez em quando que ele poderia desenvolver um tipo de talento minguado, algo com que ele pudesse se arranjar e que o fizesse feliz — afinal de contas não era com isso que eu estava preocupado? Ele era tão encantador — continuava sendo muito encantador — que convocava toda a minha caridade para a defesa desse argumento; e nos primeiros meses eu realmente acreditei que ele tinha alguma chance...

"Aqueles meses foram encantadores. Noyes estava constantemente comigo, e quanto mais eu o conhecia, mais gostava dele. Sua estupidez era uma graça natural — era tão linda quanto as suas pestanas. E ele era tão alegre, tão afetuoso e estava tão feliz comigo que lhe contar a verdade teria sido tão agradável quanto cortar o pescoço de um animal meigo. Inicialmente eu ficava imaginando o que havia posto naquela mente radiante a detestável ilusão de que ela continha um cérebro. Depois comecei a ver que aquilo era simplesmente uma paródia protetora — um estratagema instintivo para se afastar da família e da vida numa mesa de escritório. Não que Gilbert não acreditasse em si mesmo. Não havia nele o menor vestígio de hipocrisia. Ele tinha certeza de que o seu 'chamado' era irresistível, mas para mim o que salvava a situação era que *não* era e que um pouco de dinheiro, um pouco de lazer e um pouco de prazer o transformariam num ocioso inofensivo. Infelizmente, contudo, não havia esperança de dinheiro, e com a alternativa da mesa de escritório diante de si ele não podia adiar a sua experiência na literatura. O material que ele apresentou era deplorável e hoje vejo que eu sabia disso desde o início. Mas o absurdo de resolver todo o futuro de um homem numa primeira tentativa pareceu justificar o fato de eu ter adiado o meu veredicto, talvez até mesmo incentivando-o um pouco, alegando que em geral a planta humana precisa de calor para florescer.

"De qualquer modo eu me conduzi de acordo com esse princípio e o sustentei a ponto de conseguir uma prorrogação do seu período de teste. Quando deixei Roma, ele foi comigo e nós vagabundeamos durante um delicioso verão entre Capri e Veneza. Eu disse para mim mesmo: 'Se ele tiver em si alguma coisa, ela vai se revelar agora.' E foi o que aconteceu. Ele nunca havia sido tão encantador e encantado. Houve momentos na nossa peregrinação em que a beleza produzida pelo som murmurante parecia na verdade se transportar para o seu rosto — mas apenas para resultar num dilúvio de tinta desmaiadíssima...

"Bem, chegou a hora de fechar a torneira; e eu sabia que a única mão capaz de fazer isso era a minha. Estávamos de volta a Roma e eu o havia levado para morar comigo, pois não queria que ele ficasse sozinho na sua *pension,* quando tivesse de encarar a necessidade de renunciar à sua ambição. Evidentemente eu não havia contado apenas com o meu julgamento ao decidir aconselhá-lo a abandonar a literatura. Tinha enviado seus escritos para várias pessoas — editores e críticos — e eles sempre nos devolviam os textos com uma gélida falta de comentários. Na verdade não havia nada a dizer...

"Confesso que nunca me senti tão miserável quanto no dia em que resolvi conversar sobre isso com Gilbert. Dizer a mim mesmo que era meu dever despedaçar as esperanças do pobre rapaz não me tranquilizava, pois eu sabia que muitos atos de crueldade gratuita são justificados com essa alegação. Sempre relutei em usurpar as funções da Providência, e quando preciso exercê-las prefiro decididamente que não seja num mandado de destruição. Além disso, no final das contas, quem era eu para decidir — mesmo depois de um ano de experiência — se o pobre Gilbert tinha ou não talento?

"Quanto mais olhava para o papel que tinha resolvido desempenhar, menos eu gostava dele; e gostei dele ainda menos quando Gilbert se sentou na minha frente, a cabeça atirada para trás à luz da lâmpada, exatamente como Phil está agora... Eu estivera lendo seu último manuscrito e ele sabia disso, e sabia que seu futuro estava pendente do meu veredicto: nós havíamos concordado tacitamente quanto a isso. O manuscrito estava entre nós, na minha mesa. Era um romance, seu primeiro romance, e ele se inclinou e estendeu a mão para pegá-lo, tendo no olhar toda a sua vida.

"Eu me levantei e limpei a garganta, tentando manter os olhos no manuscrito e longe do seu rosto.

"— O fato é que, meu querido Gilbert — comecei.

"Vi-o empalidecer, mas num instante ele estava de pé olhando para mim.

"— Ah, escute, não fique desse jeito, meu querido! Eu não estou tão terrivelmente magoado assim. — Ele havia posto as mãos nos meus ombros e estava rindo de mim do alto da sua estatura, com um tipo de alegria ferida de morte que cravou a faca no meu flanco.

"Ele foi de uma coragem demasiadamente brutal para que eu sustentasse uma falsidade sobre o meu dever. E de repente me ocorreu que ao magoá-lo eu iria magoar outras pessoas: em primeiro lugar a mim mesmo, uma vez que mandá-lo para casa significaria perdê-lo; mas particularmente à pobre Alice Nowell, para quem eu tanto havia desejado provar a minha boa-fé e a vontade de servi-la. Parecia mesmo que ao falhar com Gilbert eu falhava duas vezes com ela.

"Mas a minha intuição foi como um desses relâmpagos que iluminam todo o horizonte, e no mesmo instante eu vi o que me aconteceria se não contasse a verdade, e disse para mim mesmo: 'Eu o terei pelo resto da vida' — e até então eu nunca estivera tão certo de querer nessas condições a ninguém, homem ou mulher. Esse impulso de egotismo me fez resolver-me. Eu estava envergonhado, e para esquecer isso dei um salto que me fez aterrissar bem nos braços de Gilbert.

"— O livro é bom e vocês todos estão errados! — gritei para ele. E enquanto ele me abraçava e eu ria e me sacudia nos seus braços, tive durante um minuto o sentimento de autocomplacência que deve acompanhar os passos dos justos. Ora bolas, fazer as pessoas felizes *tem* seus encantos...

"Gilbert, evidentemente, queria comemorar a sua emancipação de algum modo espetacular; mas eu o mandei sair sozinho para fazer explodirem as suas emoções e fui para a cama a fim de fazer adormecerem as minhas.

Enquanto me despia, comecei a imaginar que gosto elas deixariam — muitas das melhores não deixam nenhum. Mas eu não estava arrependido e pretendia esvaziar a garrafa, *mesmo* se aquilo se tornasse um tanto enfadonho.

"Depois de ir para a cama, fiquei durante um bom tempo sorrindo à lembrança dos seus olhos — seus olhos exultantes... Então adormeci e, quando acordei, o quarto estava mortalmente frio e eu me sentei abruptamente — e lá estavam *os outros olhos*...

"Já se passaram três anos desde que eu os vira, mas eu tinha pensado neles com tanta frequência, que imaginava ser impossível eles me pegarem de surpresa novamente. Agora, com o seu escárnio vermelho voltado para mim, soube que havia realmente acreditado no retorno deles e que eu estava igualmente indefeso... Como antes, foi a impertinência insana da sua chegada que a tornou tão horrível. Que diabo eles estariam procurando para aparecer para mim naquela hora? Eu havia vivido mais ou menos despreocupadamente os anos decorridos desde o nosso último encontro, embora as minhas piores leviandades não fossem graves o suficiente para provocar o exame daquele olhar infernal; mas naquele momento específico eu estava realmente no que se poderia chamar de estado de graça; e não sou capaz de lhes dizer como o fato aumentou o horror que eu senti...

"Mas não é suficiente dizer que eles eram tão maus quanto antes: eles eram piores. Piores em razão do que nesse intervalo eu havia aprendido da vida, de todas as detestáveis implicações que a minha experiência mais ampla lia neles. Eu via então o que não havia visto antes; que aqueles olhos tinham gradualmente se tornado hediondos, o que aumentara aos pouquinhos a sua vileza por uma série de pequenas torpezas lentamente acumuladas ao longo dos anos de trabalho. Sim, concluí que o que os tornara tão maus era que eles tinham ficado maus lentamente...

"Lá estavam eles suspensos na escuridão, as pálpebras inchadas caídas sobre os pequenos bulbos úmidos que giravam molemente nas órbitas e a protuberância de carne fazendo uma sombra vaga embaixo — e enquanto seu olhar se deslocava com os meus movimentos tive a impressão da sua tácita cumplicidade, de uma profunda compreensão oculta entre nós que era pior do que o primeiro choque da sua estranheza. Não que eu os compreendesse; mas que eles tornavam muito claro que algum dia eu iria... Sim, isso era a pior parte da coisa, decididamente; e era o sentimento que se tornava mais forte cada vez que eles voltavam...

"Pois eles adquiriram o abominável hábito de voltar. Eles me lembravam os vampiros que gostam de carne fresca, pelo modo como pareciam cobiçar maldosamente o gosto de uma boa consciência. Toda noite, durante um mês, vinham reivindicar o seu bocado da minha: desde que eu fiz Gilbert feliz eles simplesmente não davam folga aos seus caninos. A coincidência quase me fez odiá-lo, pobre rapaz, por mais que eu a julgasse fortuita. Eu ponderava muito sobre a questão mas não encontrava nenhuma sugestão de explicação, exceto na possibilidade da sua ligação com Alice Nowell. Mas os olhos tinham se esquecido de mim no momento em que eu a abandonei, e assim dificilmente eles seriam os emissários de uma mulher desprezada, mesmo se alguém tivesse fotografado a pobre Alice encarregando aqueles espíritos de se vingarem dela. Isso me pôs a pensar e comecei a imaginar se eles se esqueceriam de mim, caso eu abandonasse Gilbert. A tentação era pérfida e eu precisava me opor obstinadamente a ela; mas na verdade — ah, meu Deus! — ele era encantador demais para ser sacrificado a esses demônios. E assim, afinal de contas, eu nunca descobri o que eles queriam..."

III

O fogo crepitou na lareira, fazendo subir um clarão que punha em relevo a cara enrugada do narrador, meio oculta sob a barba grisalha. Metida no vão do espaldar da poltrona, ela se projetou durante um instante como um entalhe de pedra amarelada com veios vermelhos e pontos esmaltados no lugar dos olhos. Então o fogo se extinguiu e ela voltou a ser um sombrio borrão de Rembrandt.

Phil Frenham, sentado numa cadeira baixa do outro lado da lareira, apoiara um dos braços compridos na mesa que havia atrás dele e sustentava com a mão a cabeça atirada para trás, tendo os olhos fixos no rosto do amigo anfitrião. Ele não havia se mexido desde o início da história e continuou mantendo a sua imobilidade silenciosa depois que Culwin deixou de falar. Fui eu quem, com uma vaga sensação de desapontamento porque a história havia parado de repente, finalmente perguntou:

— Mas durante quanto tempo você continuou vendo-os?

Culwin, tão afundado na poltrona que nos dava a impressão de ser uma pilha das suas próprias roupas vazias, fez um pequeno movimento, como se surpreso com a minha pergunta. Pareceu um tanto esquecido do que estivera nos contando.

— Quanto tempo? Ah, durante todo aquele inverno. Foi infernal. Eu nunca me acostumei com eles. Acabei adoecendo.

Frenham mudou de posição e, ao fazer isso, seu cotovelo chocou-se contra um espelhinho com moldura de bronze que estava sobre a mesa atrás dele. Ele se virou e mudou ligeiramente o ângulo do espelho; então retomou a sua posição anterior, com a cabeça morena atirada para trás sobre a palma da mão erguida, os olhos fixos no rosto de Culwin. Algo no seu olhar silencioso me embaraçava, e como se para desviar minha atenção disso eu me apressei a fazer outra pergunta:

— E você nunca tentou sacrificar Noyes?

— Ah, não. A verdade é que eu não precisei. Ele fez isso por mim, pobre garoto!

— Fez isso por você? Como assim?

— Ele me levou à exaustão; a mim e a todo mundo. Ficava despejando a sua lamentável tolice e apregoando-a em todos os lugares até se tornar um horror. Tentei desabituá-lo de escrever, sempre do modo mais gentil, claro, atirando-o para pessoas agradáveis, dando-lhe uma oportunidade de se fazer notar, de chegar a perceber o que ele *realmente* tinha para dar. Eu havia antevisto essa solução desde o início: tinha certeza de que, uma vez esfriado o primeiro ardor da autoria, ele ocuparia o seu lugar como um parasita encantador, o tipo de Cherubino crônico para quem, nas sociedades antigas, sempre havia um lugar à mesa e um abrigo atrás das saias das senhoras. Eu o vi tomar seu lugar como "o poeta": o poeta que não escreve. Esse tipo é conhecido em toda sala de visitas. Viver desse modo não custa muito dinheiro. Eu havia arranjado tudo na minha mente, e tinha certeza de que com uma pequena ajuda ele poderia conseguir isso dentro de poucos anos; e nesse ínterim ele certamente se casaria. Eu o via casado com uma viúva bem mais velha que ele, com um bom cozinheiro e uma casa bem administrada. E na verdade eu tinha uma viúva em vista... Enquanto isso fazia tudo para ajudá-lo na transição: emprestei-lhe dinheiro para aliviar a sua consciência, apresentava-o a mulheres lindas a fim de fazê-lo esquecer as suas promessas. Mas nada dava certo; ele tinha apenas uma ideia na sua bela e obstinada cabeça. Queria a coroa de louros, e não a rosa; e ficava repetindo a premissa de Gautier e martelando e limando a sua prosa ruim até havê-la espalhado por Deus sabe quantas centenas de páginas. De vez em quando ele mandava um pacote para um editor, e evidentemente este o devolvia.

"Nos primeiros tempos isso não teve importância — ele se achava 'incompreendido'. Assumiu a atitude do gênio, e logo que uma obra voltava para casa ele escrevia outra para fazer companhia àquela. Depois ele teve uma reação de desespero e me acusou de havê-lo enganado, e Deus sabe mais o quê. Isso me deixou furioso, e eu lhe disse que fora ele que se enganara a si mesmo. Ele tinha ido me encontrar determinado a escrever e eu havia feito o possível para ajudá-lo. Fora esse o meu crime, e eu o tinha cometido em consideração à sua prima, e não a ele.

"Parece que isso o impressionou, deixando-o silencioso por um minuto. Então ele disse:

"— Meu tempo acabou e o meu dinheiro acabou. O que você acha que eu devo fazer?

"— Acho que é bom você não bancar o idiota — respondi.

— O que você quer dizer com não bancar um idiota? — perguntou ele.

"Peguei uma carta na minha escrivaninha e entreguei-a a ele.

"— Quero dizer recusar essa oferta da sra. Ellinger para ser seu secretário por um salário de 5 mil dólares. O posto pode prometer bem mais que isso.

"Ele estendeu impetuosamente a mão e tomou-me a carta.

"— Ah, eu sei muito bem o que ele promete! — disse ele, vermelho até a raiz do cabelo.

"— E qual é a sua resposta, caso você saiba? — perguntei.

"Ele nada disse de imediato, mas se virou afastando-se lentamente para a porta. Ali, com a mão na soleira, parou para dizer quase num sussurro:

"— Então você acha mesmo que o que eu escrevo não é bom?

"Eu estava cansado e exasperado e ri. Não defendo a minha risada — ela foi de péssimo gosto. Mas preciso declarar como atenuante que o rapaz era um tolo e que eu havia me esforçado ao máximo para ajudá-lo — realmente havia.

"Ele saiu do quarto fechando a porta silenciosamente atrás de si. Naquela noite eu fui para Frascati, onde havia prometido passar o domingo com alguns amigos. Estava feliz por me livrar de Gilbert, e além dele — como fiquei sabendo naquela noite — eu me livrara também dos olhos. Caí no mesmo sono letárgico que tinha tido antes, quando parei de vê-los; e ao acordar na manhã seguinte, no meu quarto tranquilo sobre os azevinhos, senti o cansaço absoluto e o profundo alívio que sempre se seguiam a esse sono. Fiquei duas noites abençoadas em Frascati e, quando voltei para os meus aposentos em Roma, soube que Gilbert havia partido... Ah, não havia acontecido nada de trágico — o episódio nunca chegou a *isso*. Ele simplesmente havia empacotado seus manuscritos e embarcado para os Estados Unidos — para a sua família e a escrivaninha em Wall Street. Deixou um bilhete bastante correto comunicando-me a decisão e de modo geral se comportou, nas circunstâncias, tão pouco como um tolo quanto é possível um tolo se comportar..."

IV

Culwin fez novamente uma pausa e Frenham ainda estava sentado imóvel, o contorno escuro da sua cabeça jovem refletido no espelho atrás dele.

— E o que foi que Noyes se tornou depois disso? — perguntei finalmente, perturbado por uma sensação de incompletude, pela necessidade de algum fio condutor entre linhas paralelas da história.

Culwin deu de ombros.

— Ah, ele não se tornou nada. No caso dele não se pode falar em "tornar-se". Ele vegetou num escritório, acredito, e finalmente conseguiu na China um posto num consulado e um casamento monótono. Anos depois eu o vi em Hong Kong, gordo e com a barba por fazer. Disseram-me que ele bebia. Ele não me reconheceu.

— E os olhos? — perguntei depois de outra pausa que o silêncio não quebrado de Frenham tornava opressiva.

Culwin, afagando o queixo, piscou para mim meditativamente através das sombras.

— Nunca mais os vi depois da minha última conversa com Gilbert. Junte as coisas, se você puder. De minha parte, eu não encontrei a ligação.

Ele se levantou, as mãos nos bolsos, e caminhou severamente até a mesa na qual estavam dispostos drinques revigorantes.

— Vocês devem estar ressecados, depois dessa história seca. Venha, sirva-se, meu querido companheiro. Venha, Phil — disse ele virando-se de volta para a lareira.

Frenham não respondeu aos convites hospitaleiros do seu anfitrião. Continuava sentado imóvel na poltrona baixa, mas quando Culwin avançou na sua direção os olhos dos dois se encontraram num longo olhar; depois disso o jovem, virando-se subitamente, arremessou os braços sobre a mesa atrás de si e deixou cair o rosto sobre eles.

Esse gesto inesperado fez Culwin parar de repente, enrubescido.

— Phil, o que há com você? Puxa vida, os olhos o assustaram? Meu querido, meu querido rapaz, eu nunca tive um tributo como esse à minha capacidade literária, nunca!

Ele deu uma risadinha ao pensar no que dissera e parou no tapete diante da lareira, as mãos ainda nos bolsos, olhando para a cabeça curvada do rapaz. Então, uma vez que Frenham ainda não lhe dera uma resposta, aproximou-se um ou dois passos.

— Anime-se, meu querido Phil! Já se passaram anos, desde que eu os vi. Parece que ultimamente não fiz nada suficientemente ruim para convocá-los do caos. A menos que ao evocá-los agora eu tenha feito *você* vê-los, mas isso seria a sua pior estocada até agora!

Esse pedido brincalhão terminou numa voz trêmula. Culwin deu uma risada constrangida e se aproximou ainda mais, curvando-se sobre Frenham e pousando as mãos gotosas nos ombros do rapaz.

— Phil, meu querido garoto, falando sério, qual é o problema? Por que você não responde? Você viu os olhos?

Frenham ainda tinha o rosto oculto, e de onde eu estava, atrás de Culwin, vi nosso anfitrião, como se repugnado com essa atitude inexplicável, afastar-se lentamente do amigo. Quando fez isso, a luz da lâmpada da mesa incidiu de cheio no seu rosto congestionado e eu surpreendi o reflexo dele no espelho atrás da cabeça de Frenham.

Culwin também viu o reflexo. Ficou parado com o rosto no mesmo nível do espelho, como se quase não reconhecesse como seu o semblante que ali estava. Mas enquanto olhava, sua expressão gradualmente mudou, e durante um considerável espaço de tempo ele e a imagem do espelho se confrontaram com um olhar de ódio que foi aumentando lentamente. Então Culwin largou os ombros de Frenham e afastou-se um passo.

Frenham, com o rosto ainda oculto, não se mexeu.

May Sinclair
O Símbolo

I

Em toda a minha vida eu só conheci uma mulher adorável: a esposa do meu irmão, Cicely Dunbar.

Acho que nem sempre as cunhadas se adoram, e tenho consciência de que o meu principal mérito aos olhos de Cicely era ser irmã de Donald; mas para mim não se tratava de uma qualidade extrínseca: era apenas e simplesmente Cicely.

E como foi que Donald... Mas como todos os Dunbars, Donald sofre do mal de ser escocês, de modo que se ele tem um sentimento é um ponto de honra fingir que não tem. Acho que durante o namoro ele se soltou um pouco, quando ele não era ele mesmo, falando estritamente; mas imagino que depois de casado ele preferiria morrer a usar tantas palavras para dizer a Cicely que ele a amava. E Cicely queria ouvir isso. Você diz que ela devia saber sem ser preciso que ele lhe dissesse? Você não conhece Donald. Não pode imaginar a habilidade perversa que ele era capaz de empregar para ocultar a sua afeição. Ele tem esse temperamento — acho que é escocês — que se deleita em repreender rudemente, encontrar um defeito e contrariar expectativas. Se Donald sabe que você quer que ele faça algo, isso já é razão suficiente para ele não fazer. E minha cunhada, que era tão transparente quanto um cristal branco, nunca era capaz de dissimular um desejo. Assim, Donald podia, como se diz, "levar a melhor sobre ela" a todo momento.

Mas eu acho que meu irmão não sabia realmente da gravidade da doença dela. Ele não queria saber. Além disso, estava tão absorto na tentativa de concluir o seu "Elementos de Economia Social" (inconcluso até hoje, aliás) que não tinha olhos para ver o que todos nós víamos: do modo como o seu pobre coração estava indo, Cicely não teria muito tempo de vida.

Claro que ele entendeu que essa razão era suficiente para nos últimos meses eles terem quartos separados. E isso no primeiro ano do casamento, com ele ainda violentamente apaixonado por ela. Nunca perco de vista esses dois fatos, quando tento desculpar Donald; pois eles foram a causa principal da indelicadeza e perversidade que acho tão difícil de perdoar. Até mesmo agora, quando penso em como ele descarregava tudo na pobre querida, como se fosse culpa dela, tenho de me lembrar de que a inocência de cordeiro a tornava um pouco enervante.

Ela não entendia por que Donald não a queria mais consigo na biblioteca, enquanto ele lia ou escrevia. Parecia-lhe pura crueldade deixá-la trancada do lado de fora quando ela estava doente, uma vez que antes da doença ela sempre tivera a sua cadeira ao lado da lareira, onde lia ou bordava durante horas sem falar, quase sem respirar, temendo interrompê-lo. Agora era a ocasião, pensava ela, em que ela podia esperar um pouco de tolerância.

Você acha que Donald falaria sobre os seus sentimentos para se justificar? Não ele. Eram os *seus sentimentos*, e ele não falaria sobre eles; e ele nunca explicou nada que as pessoas não entendessem.

Isso — ela querer sentar-se com ele na biblioteca — foi o motivo da terrível briga que eles tiveram no dia da morte dela; isso e o peso para papéis, o precioso peso para papéis em que ele não deixava ninguém tocar, porque havia sido um presente de George Meredith. Era um bloco de metal encimado por um Buda de alabastro branco pintado e com douraduras; a peça tinha uma inscrição: *Para Donald Dunbar, de George Meredith. Com cumprimentos afetuosos.*

Meu irmão era extremamente apegado a esse peso para papéis, em parte, receio, porque ele proclamava a sua intimidade com o grande homem. Por essa razão a família o chamava ironicamente de o Símbolo.

Ele ficava num canto da escrivaninha de Donald, tão perto do tinteiro que o Buda branco já havia recebido um ou dois respingos. E naquela noite Cicely havia ido nos encontrar na biblioteca e aborrecera Donald por permanecer ali já que ele queria que ela saísse. Ela havia pegado o Símbolo e estava limpando-o para ter um pretexto para ficar.

Ela morreu depois da briga que eles tiveram então.

A briga começou com Donald gritando com ela.

— O que você está fazendo com o peso para papéis?

— Apenas tirando a mancha de tinta.

Ainda a vejo agora, a querida. Ela havia umedecido o canto do seu lenço com a linguinha cor-de-rosa e estava esfregando o Buda. Suas mãos começaram a tremer, quando ele gritou.

— Você pode largar o Buda, fazendo o favor? Eu já lhe disse para não pegar nas minhas coisas.

— *Você* manchou de tinta o Buda — disse Cicely. Ela estava dando uma última esfregada quando ele se levantou, ameaçador.

— Largue o Buda — ordenou, escandindo cada palavra.

E a coitadinha largou o Buda. Na verdade ela o deixou cair no chão.

— Ah — gritou ela, abaixando-se e pegando-o. Seus grandes olhos marejados olharam para ele amedrontados.

— Não quebrou.

— Apesar de você — resmungou ele.

— Seu estúpido! Você sabe que eu preferia morrer a quebrar qualquer coisa de que você gosta.

— Ele vai acabar quebrando algum dia, se você ficar se intrometendo.

Eu não aguentei aquilo e disse:

— Você não pode gritar com ela desse jeito. Você sabe que ela não aguenta isso e vai acabar adoecendo novamente.

Isso lhe devolveu a sensatez por um momento.

— Sinto muito — disse ele; mas fez com que a frase soasse como se não sentisse.

— Se você sente muito — insistiu ela — podia me deixar ficar aqui. Vou ficar absolutamente quieta.

— Não, eu não quero que você fique aqui; não posso trabalhar com você na sala.

— Você pode trabalhar com a Helen.

— Você não é a Helen.

— Ele só quer dizer que não está apaixonado *por mim*, querida.

— Ele quer dizer que eu não sou de nenhuma utilidade para ele. Eu sei que não sou. Não posso nem me sentar nos manuscritos para que eles não voem. Ele se importa mais com essa porcaria de peso para papéis do que comigo.

— Bom... George Meredith me deu esse peso para papéis.

— E quanto a mim, eu não fui presente de ninguém. Eu me dei.

Isso ativou novamente o demônio dele. Ele *precisava* atormentá-la.

— Isso não deve ter custado muita coisa a você — disse ele. — E eu preciso lembrá-la de que o peso para papéis tem *algum* valor intrínseco.

Dito isso ele a deixou.

— Por que ele saiu? — perguntou ela.

— Porque está envergonhado de si mesmo, imagino — respondi. — Ah, Cicely, por que é que *você responde* para ele? Você sabe como ele é.

— Não! — disse ela apaixonadamente. — É exatamente isso que eu não sei. Eu nunca soube.

— Pelo menos você sabe que ele está apaixonado por você.

— Então ele tem um jeito estranho de demonstrar isso. Ele nunca faz nada além de bater o pé, gritar e pôr defeito no que eu faço. Tudo isso por causa de um peso para papéis!

Ela afagava o objeto enquanto falava, acariciando o Buda de alabastro como se fosse uma coisa viva.

— O pobre Buda. Você acha que ele vai quebrar, se eu o acariciar? É melhor não fazer isso. Eu estou falando sério, Helen, eu preferiria morrer a estragar alguma coisa de que ele realmente gosta. Mas olhe como ele me magoa.

— Alguns homens *precisam* magoar as coisas de que gostam.

— Eu não me importaria de ele me magoar, se pelo menos soubesse que ele gosta de mim. Helen, eu daria qualquer coisa para saber isso.

— Acho que você sabe.

— Não sei! Eu não sei!

— Bom, algum dia você vai saber.

— Nunca! Ele não vai me dizer.

— Ele é escocês, minha querida. Morreria se lhe dissesse.

— Então como é que eu vou saber?! Se eu morresse amanhã eu morreria sem saber.

E naquela noite, sem ter sabido, ela morreu.

Ela morreu porque nunca soube realmente.

II

Nós nunca conversamos sobre ela. Não era o feitio do meu irmão. As palavras — dizê-las ou ouvi-las — o magoavam.

Ele tinha se tornado mais mal-humorado do que nunca, porém menos irritável, pois a fonte da sua irritação havia desaparecido. Embora mergulhasse no trabalho, como outro homem afundaria na dissipação, para afastar o pensamento dela, podia-se perceber que ele já não tinha nenhum interesse no livro; não amava mais seu trabalho. Atacava-o com uma fúria que tinha mais ódio do que amor. Passava a maior parte do dia e as longas noites trancado na biblioteca, saindo apenas para uma caminhada curta uma hora antes do jantar. Podia-se perceber que logo mais ele deixaria de ter todos os impulsos espontâneos e se tornaria a criatura do hábito e da rotina.

Tentei animá-lo, arrancá-lo da sua rotina mortal, mas de nada adiantou. O primeiro esforço — pois ele efetivamente se esforçava — o esgotava, e ele voltava a mergulhar nela.

Mas ele gostava que eu lhe fizesse companhia; e eu passava na biblioteca todo o tempo que me sobrava dos afazeres domésticos e da jardinagem. Acho que ele não gostava de ficar sozinho no lugar onde eles tiveram a briga que a matou; e eu percebi que a causa da briga, o Símbolo, havia desaparecido da sua mesa.

E todas as coisas de Cicely, tudo o que podia fazer com que ele se lembrasse dela tinha sido tirado de vista. Era o morto enterrando a sua morta.

Apenas a cadeira que ela adorava continuava no lugar ao lado da lareira — a cadeira *dela*, se é que se pode dizer que era dela, uma vez que ela não tinha permissão de se sentar nela. A cadeira estava sempre vazia, pois por um acordo tácito nós dois a evitávamos.

Nós nos sentávamos ali durante horas seguidas sem nos falarmos, enquanto ele trabalhava e eu lia ou costurava. Nunca ousei perguntar-lhe se ele alguma vez teve, como eu tinha, a impressão da presença de Cicely na biblioteca, naquele lugar onde ela tanto ansiava entrar e do qual ela havia sido tão cruelmente expulsa. Era impossível dizer o que ele sentia ou não sentia. O rosto do meu irmão era uma máscara pesada, sombria; suas costas, arqueadas sobre a escrivaninha, um muro atrás do qual ele se escondia.

Vocês precisam saber que duas vezes na minha vida eu mais do que *senti* essas presenças; eu as vi. Talvez isso seja porque eu sou de ambos os lados uma celta das montanhas, e minha mãe tinha o mesmo dom incomum. Eu nunca falei ao meu irmão sobre as aparições, porque Donald as teria reduzido ao que ele chama de minha fantasia histérica. E tenho certeza de que se ele próprio um dia tivesse sentido ou visto alguma coisa ele nunca acreditaria no fato.

Preciso explicar que das duas vezes a visão foi premonitória de uma morte (no caso de Cicely eu não fui alertada) e das duas vezes ela durou apenas um segundo; e também que, embora eu tenha certeza de estar bem acordada das duas vezes, quem quiser poderá falar que eu estava dormindo e sonhei com aquilo. O que acho estranho é que eu não estava nem amedrontada nem surpresa.

E assim eu não fiquei nem surpresa nem amedrontada da primeira vez em que a vi.

Foi no crepúsculo do início do outono, mais ou menos às seis horas da tarde. Eu estava sentada no meu lugar diante da lareira. Donald estava na sua poltrona à minha esquerda, fumando cachimbo, como sempre, antes que a luz artificial o fizesse sair para o seu passeio na escuridão.

Eu havia tido uma impressão tão forte da presença de Cicely ali na sala, que ao olhar para cima e vê-la sentada na sua cadeira à minha direita senti apenas uma súbita dor aguda e sagrada que era ao mesmo tempo alegria.

O fantasma era perfeito e vívido, como se fosse de carne e osso. Eu teria achado que era a própria Cicely, se não soubesse que ela estava morta. Ela não olhava para mim; seu rosto estava voltado para Donald com aquele seu olhar ansioso, sonhador, examinando o rosto dele numa tentativa de descobrir o segredo que ele lhe ocultava.

Olhei para Donald. Seu queixo estava um pouco pendido, o cachimbo caído num lado da boca. Ele estava absorto no cachimbo. Era evidente que ele não havia visto o que eu via.

E apesar de os outros fantasmas que mencionei terem desaparecido imediatamente, *esse* durou um tempo um pouco maior, e sempre com os olhos fixos em Donald. Durou até mesmo quando Donald se mexeu, enquanto ele se inclinava para a frente, batendo o cachimbo na lareira para tirar as cinzas e, suspirando, estendeu-se, virou-se e saiu da sala. Então, quando a porta se fechou atrás dele a figura inteira desapareceu subitamente — não hesitante, mas sim como uma lâmpada que se apaga.

Eu a vi novamente na noite seguinte e na outra, na mesma hora e no mesmo lugar, e com o mesmo olhar voltado para Donald. E novamente eu tive certeza de que ele não a viu. Mas pensei, pelo fato de ele suspirar e se estirar com frequência, como quem não está à vontade, que meu irmão estava percebendo que havia algo por ali.

Não; eu não estava amedrontada. Estava alegre. Sabe, eu adorava Cicely! E me lembro de pensar: "Finalmente, finalmente, minha pobre querida, você conseguiu entrar. E agora pode ficar o tempo que quiser. Ele não vai expulsá-la."

Nas primeiras vezes eu a vi exatamente como disse. Eu olhava e via o espectro ali, sentado na cadeira. Contudo ele desaparecia subitamente quando Donald saía da sala. Então eu sabia que estava sozinha.

Mas quando me acostumei com a sua presença, ou talvez quando ela se acostumou com a minha e descobriu que eu não tinha medo dela, que na verdade eu adorava tê-la ali, ela passou a confiar em mim, e assim eu percebia todos os seus movimentos. Via-a atravessar a sala a partir da porta, indo diretamente para seu lugar ambicionado e acomodando-se enrodilhada, numa postura de satisfação, tranquilizada, como se tivesse esperado uma oposição que não lhe era mais oferecida. Mas ela não estava feliz, e isso eu via pelo seu olhar para Donald. *Isso* nunca mudou. Era um olhar com tanta incerteza sobre ele quanto ela havia tido quando viva.

Até então, na sexta ou sétima vez em que a vi, eu não tinha nenhuma pista sobre o segredo da sua aparição; e seus movimentos me pareciam misteriosos e sem propósito. Apenas duas coisas eram claras: era por causa de Donald que ela aparecia — ela desaparecia no instante em que meu irmão saía; e eu nunca a vi quando estava sozinha. E ela sempre escolhia a biblioteca, e a essa hora antes de as luzes serem acesas, quando Donald se sentava sem fazer nada. Era evidente, também, que ele nunca a via.

Mas eu sabia que ela às vezes estava ali com Donald, quando eu não estava; pois mais de uma vez as coisas da escrivaninha, livros ou papéis, desapareceram do lugar, embora sempre ficassem à vista. Então ele me perguntava se eu as pegara.

— Ou você está mentindo — dizia ele — ou eu estou enganado. Eu poderia jurar que pus essas anotações do lado *esquerdo*; e agora elas não estão desse lado.

E uma vez — isso foi maravilhoso — eu vi, sim, eu *a vi* chegar e empurrar a coisa perdida para debaixo da mão dele. E tudo o que ele disse foi:

— Ora, eu estou... eu poderia jurar que...

Pois seja porque o fantasma tinha adquirido segurança, seja porque agora seu objetivo finalmente se fixara, ele começou a se deslocar regularmente pela sala, e era evidente que seus movimentos tinham uma razão e uma finalidade.

Ele estava procurando alguma coisa.

Num finzinho de tarde nós estávamos os três sentados no nosso lugar, Donald silencioso na sua cadeira e eu na minha, e ela sentada com sua atitude de admiração e expectativa, quando subitamente vi meu irmão olhar para mim.

— Helen — disse ele —, você está olhando para o quê?

Eu me assustei. Tinha esquecido que cedo ou tarde a direção dos meus olhos acabaria por me delatar.

Ouvi-me balbuciando:

— Eu... eu... eu estava olhando?

— Estava. Eu gostaria que você não estivesse.

Eu sabia o que ele queria dizer. Ele não queria que eu ficasse olhando para a cadeira; não queria saber que eu estava pensando nela. Baixei a cabeça para mais perto da minha costura, de modo a não ter mais o espectro no meu campo de visão.

Então eu vi que ela havia se levantado e estava atravessando o tapete da lareira. Parou nos joelhos de Donald e ficou ali, olhando para ele com um olhar tão atento e fixo que eu não tive dúvida de que aquilo significava alguma coisa. Eu a vi erguer a mão e tocá-lo; e, embora Donald suspirasse e mudasse de posição, percebi que ele não viu nem sentiu nada.

Então o fantasma se voltou para mim — e essa foi a primeira vez que ele deu sinal de estar consciente da minha presença — com um olhar de súplica, a mesma súplica que eu havia visto no rosto da minha cunhada quando ela estava viva, em ocasiões em que ela se sentia incapaz de fazê-lo mudar de atitude e implorava para que eu intercedesse. Ao mesmo tempo três palavras se formaram no meu cérebro com um impulso súbito, rápido, como se eu as tivesse ouvido gritadas:

— Fale com ele, fale com ele!

Então eu soube o que ela queria. Ela estava tentando se fazer vista por Donald, fazer-se sentida, e se angustiava ao descobrir que não conseguia. Então ela notou que eu a vira e lhe ocorreu a ideia de se valer de mim para chegar a Donald. Acho que nesse momento eu devo ter imaginado por que ela havia vindo ali, e então disse:

— Você me perguntou por que eu estava olhando e eu menti. Eu estava olhando para a cadeira de Cicely.

Vi que Donald estremeceu ao ouvir o nome.

— Porque — prossegui — eu não sei o que *você* sente, mas eu sempre sinto como se ela estivesse ali.

Ele não disse nada; mas levantou-se, como se sacudido pela opressão da lembrança que eu havia evocado, e ficou de pé inclinado sobre o parapeito da lareira, de costas para mim.

O fantasma se retirou para o seu lugar, onde, como antes, manteve os olhos fixos em Donald.

Eu estava determinada a derrubar as defesas do meu irmão, a levá-lo a dizer alguma coisa que o fantasma ouvisse ou fazer algum gesto que ele entendesse.

— Donald, você acha que é uma coisa boa, uma coisa *generosa*, nunca falar sobre ela?

— Generosa? Generosa para quem?

— Para você mesmo, em primeiro lugar.

— Você pode me deixar fora disso.

— Para mim, então.

— O que é que isso tem a ver com você? — Sua voz era a mais dura e cortante que ele podia conseguir.

— Tem tudo a ver comigo — disse eu. — Você se esquece de que eu a adorava.

Ele ficou em silêncio. Pelo menos ele respeitou o meu amor por ela.

— Mas não era isso que ela queria.

Isso o magoou. Vi-o se enrijecer, enquanto eu ainda estava falando.

— Veja, Donald — persisti —, *eu* gosto de pensar nela.

Aquilo foi crueldade minha. Mas eu *precisava* abrir uma brecha no seu escudo.

— Você pode pensar quanto quiser — replicou ele —, desde que pare de falar.

— De qualquer modo não falar é tão ruim para você — disse eu — quanto para mim.

— Não me importa se é ruim para mim. Eu *não posso* falar sobre ela, Helen. Não quero.

— Como é que você sabe que não é ruim para *ela*? — indaguei.

— Para *ela*?

Vi que o havia instigado.

— É. Ela está ali durante todo o tempo.

— O que é que você quer dizer com *ali*?

— Aqui, nesta sala. Eu lhe digo que não posso ignorar a sensação de que ela está aqui.

— Ah, sentir, sentir — disse ele. — Mas não fale comigo sobre isso!

E ele saiu da sala, arremessando-se furioso para fora. E imediatamente a chama do fantasma se apagou.

Eu pensei: "Como ele deve tê-la magoado!" Era aquela velha história mais uma vez: eu tentando levá-lo a capitular, fazê-lo expor-se a ela; ele nos rejeitando, punindo-nos a ambas. Agora eu sabia qual era a razão da sua volta: ela havia voltado para descobrir se ele a amava. Com um anseio que a morte não extinguiu, ela havia voltado para ter certeza. E agora, como sempre, com as minhas interferências desajeitadas, ele apenas tinha se tornado mais inflexível, mais obstinado. Eu pensei: "Se ele pelo menos pudesse vê-la! Mas enquanto a rejeita, ele nunca a verá."

Mas se uma vez eu pudesse levá-lo a acreditar que ela estava ali...

Resolvi contar para ele da próxima vez que eu visse o fantasma.

Na noite seguinte e na seguinte a sua cadeira estava vazia, e eu achei que ela havia se afastado, magoada pelo que havia ouvido da última vez.

Mas na terceira noite nós mal havíamos acabado de nos sentar quando eu a vi.

Ela estava sentada, alerta e observando, sem olhar para Donald como era o costume, mas olhando à volta da sala, como se procurasse algo que ele havia perdido.

— Donald — comecei —, se eu lhe dissesse que Cicely está aqui agora, imagino que você não me acreditaria, não é?

— É provável?

— Não. Mas de qualquer forma eu a vejo tão claramente quanto vejo você.

O fantasma se levantou e foi para o lado dele.

— Ela está de pé ao seu lado.

Nesse momento o fantasma se mexeu e foi para a escrivaninha. Eu me virei e segui os seus movimentos. Ela deslizou sobre a mesa suas mãos abertas, tocando tudo, indubitavelmente à procura de algo que acreditava estar ali.

Então eu prossegui.

— Agora ela está diante da escrivaninha. Está procurando alguma coisa.

O espectro ficou ali meio afastado, frustrado e contrariado. Depois, subitamente, começou a abrir e fechar as gavetas, sem nenhum ruído, fazendo uma busca em todas elas. Então eu disse:

— Ah, agora ela está remexendo nas gavetas!

Donald se pôs de pé. Ele me encarou, ansioso e com uma espécie de medo. Imagino que tenha sido por isso que ele não chegou a notar o abre e fecha de gavetas.

O fantasma continuou sua busca desesperada.

A última gaveta não se movia. Eu a vi puxá-la e sacudi-la, e recuar novamente, frustrada.

— Está trancada — disse eu.

— O que é que está trancada?

— A última gaveta.

— Tolice! Não é nada disso.

— É sim, eu estou lhe dizendo. Me dê a chave. Ah, Donald, me dê a chave!

Ele deu de ombros; mas de qualquer forma procurou a chave nos bolsos e a passou para mim com um gesto de desagrado, como se estivesse fazendo a vontade de uma criança.

Destranquei a gaveta, abri-a ao máximo e ali, empurrando bem para o fundo, fora da vista, vi o Símbolo.

Eu não o vira desde o dia da morte de Cicely.

— Quem o pôs lá? — perguntei.

— Eu.

— Era isso que ela estava procurando — disse eu.

Entreguei-lhe o Símbolo, segurando-o na palma da minha mão, como se aquilo fosse a prova de que eu a havia visto.

— Helen — disse ele com gravidade. — Acho que você deve estar doente.

— Você acha? Não estou doente a ponto de não saber por que você o guardou — disse eu. — Foi porque ela achou que você se interessava mais por ele do que por ela.

— Você precisa me lembrar disso? Alguma coisa terrivelmente errada deve estar se passando com você, Helen — disse ele.

— Pode ser. Pode ser que eu apenas queira saber o que *ela* queria... Você a amava, Donald?

Naquele momento eu não estava vendo o fantasma, mas o sentia, perto, perto, vibrando, palpitando, enquanto instigava meu irmão.

— Amava? — gritou ele. — Eu a amava loucamente. E ela sabia disso.

— Ela não sabia. Ela não estaria aqui, se soubesse.

Nesse ponto ele se afastou de mim e foi para o seu lugar ao lado do aparador da lareira. Eu o segui até ali.

— O que você vai fazer com relação a isto?

Estendi o Símbolo para ele. Ele se afastou, olhando para a peça com uma expressão de ódio concentrado e aversão.

— Fazer com ele? — disse. — Essa coisa maldita a matou! É isto que eu vou fazer com ele...

Ele o tomou da minha mão e lançou-o com toda a força contra as barras da lareira. O Buda caiu, espatifando-se no meio da lenha.

Então eu o ouvi dar um grito curto, um gemido. Ele avançou um passo, abrindo os braços, e eu vi o fantasma se deslizar entre eles. Durante um segundo ela ficou ali, em volta do seu peito; então, subitamente, diante dos nossos olhos, desmoronou numa pilha brilhante, um bruxuleio de luz no chão, aos pés de Donald.

Depois isso também se extinguiu.

III

Nunca mais voltei a ver o fantasma.

Nem tampouco meu irmão o viu. Mas eu só fiquei sabendo disso algum tempo depois, porque por alguma razão não tínhamos achado importante falar sobre aquilo. E no final foi ele quem falou primeiro.

Estávamos sentados juntos na biblioteca, num entardecer de novembro, quando subitamente ele disse, sem nenhum propósito:

— Helen, agora você nunca a vê?

— Não — respondi. — Nunca!

— Então você acha que ela não vem mais?

— Por que ela viria? — disse eu. — Ela vinha aqui para descobrir uma coisa. Agora ela sabe o que queria saber.

— E o que era?

— Ora, que você a amava.

Seus olhos tinham uma expressão estranha, resignada, tristonha.

— Você acha que foi para isso que ela voltou? — perguntou ele.

Richmal Crompton

ROSALIND

Conheci Rosalind muito tempo antes de Heath tê-la visto. Não sei de onde ela havia vindo. Acho que era balconista numa loja antes de se tornar modelo do velho Follett. Se você se lembra das pinturas do velho Follett, vai se lembrar da figura dela: uma garota de uns 17 anos com a pele oleosa, olhos úmidos azul-acinzentados, maravilhosas pestanas muito negras e uma cabeleira curta de cachos dourados avermelhados. Lembro-me de ter notado que o contorno do seu lábio superior era o arco perfeito de um círculo. O nariz era delicioso — ligeiramente *retroussé** e um tanto pueril. Ela era pequena e graciosa — mais para duende que para fada... Claro que as pessoas comentavam quando ela ia à casa de Follett, mas eu sabia de alguma forma que nada de extraordinário se passava ali. Ela era uma perfeita criança e o velho Follett a tratava como se fosse seu pai. Ele era um velho terrível, com uma reputação fragilíssima, mas Rosalind apelava para algum veio de paternidade bem recôndito nele. Eu ia muito ao seu estúdio e Rosalind quase sempre estava lá. Quando não posava para ele estava cozinhando suas refeições, remendando suas roupas ou limpando o estúdio. Ela o fazia trocar a roupa íntima e periodicamente limpava o seu velho e ensebado paletó de veludo. Se o deixassem agir como bem entendesse, ele seria o velho mais sujo que eu já conheci. Sua atroz barba castanha lhe chegava quase até o peito, e dela não havia quem o convencesse a se desfazer.

Acho que foi Follett quem a fez se vestir de marrom e dourado. Eu nunca a via com roupas de outras cores, a não ser quando posava; fora isso ela usava sempre algum vestido num tom quente de marrom com um toque de dourado puxando para o amarelo.

---

* "Arrebitado." Em francês no original. (N. da T.)

Fui eu quem levou Heath, a pedido dele, ao estúdio de Follett. E curiosamente não fora nenhuma das imagens de Rosalind que o havia atraído. Ele tinha se entusiasmado com alguns esboços de Canterbury que vira numa exposição e, sabendo que eu conhecia o artista, me pediu para apresentá-lo a ele. Isso era bem típico de Heath. Ele não era artista e não tinha um interesse particular em arte, mas estava sempre lançando-se em desvios — interessando-se de repente por algo, correndo loucamente atrás daquilo durante algum tempo, depois cansando-se do mesmo modo repentino e vagando sem objetivo até que um novo interesse o atraísse. Naquela época ele estava numa fase artística.

Eu conhecia Heath desde a infância. Ele parecia ter todos os dons que a Fortuna pode conceder: boa aparência, dinheiro, encanto, capacidade e situação social; mas não conseguia ser o que poderia ser. Ele não era muito confiável. Nunca se podia ter muita certeza quanto a ele. Era capaz de fazer as coisas com tanta facilidade que em geral parecia ficar adiando a realização de todas elas. Poderia ter sido um poeta ou romancista bem-sucedido, mas não tinha paciência para o esforço ou o desapontamento. Até mesmo no esporte, em que ele era excelente, os seus "dias de folga" eram mais numerosos e erráticos que os das outras pessoas. Quando lhe prometia fazer alguma coisa, era mais seguro supor que ele se esqueceria. Certamente você conhece esse tipo. Existem milhares de homens como ele, mas a boa aparência de Heath e seu encanto pareciam de certo modo colocá-lo à parte.

Ele se apaixonou imediatamente por Rosalind. Nós nos sentamos no estúdio e conversamos sobre arte, ou melhor, o velho Follett discursou e nós ouvimos. O velho Follett sempre podia discursar durante horas. Rosalind comprou sanduíches e fez café numa pequena máquina que ficava na mesa entre tubos de tinta e paletas. Naquela noite notei pela primeira vez como as suas mãos eram bonitas. Ela usava um vestido absurdo que Follett havia desenhado para ela — seda marrom escura num modelo medieval, com uma grande gola de renda dourada em estilo Médici. Não estava nem um pouco de acordo com ela, mas a deixava deliciosa e infantil e — de partir o coração.

De qualquer modo vi Heath observá-la e soube que ele se apaixonara por ela. Eu conhecia os sinais do enamoramento de Heath. Quanto a Rosalind, eu não tinha certeza. Ela quase nem olhava para ele, mas em algumas mulheres isso é um mau sinal.

Heath não a mencionou, quando fomos para casa. Eu sabia que ele tinha tido incontáveis casos, mas mesmo então me pareceu que aquele havia ido mais longe que a maioria.

Não me surpreendi quando soube que ele estava tendo aulas com Follett. Ia lá toda manhã. Essas aulas devem ter sido estranhas. Follett não tinha mais talento para ensinar do que Heath para aprender. Mas Follett falava. Ele adorava falar... Follett, com sua comprida e farta barba castanha e o casaco de veludo ensebado, uma paleta numa das mãos e um pincel na outra, dando passadas pelo estúdio, falando, falando, falando. Heath sentado na mesa toda manchada de tinta, os olhos fixos em Rosalind... e Rosalind indo de um lado para outro com seus movimentos jovens e graciosos, a adorável cabeleira cacheada, o nariz e a boca deliciosos, sem olhar para nenhum deles. Follett nunca fez desenhos de Rosalind quando Heath estava lá e nunca permitiu que Heath fizesse desenhos dela, o que faz pensar que ele talvez não fosse tão obtuso quanto parecia. Evidentemente lhe era impossível resistir à remuneração ridiculamente alta que Heath oferecia para as suas "aulas". Acho que Heath se torturava com a suspeita de que Follett era amante dela.

Então Follett morreu. Na época eu não estava na Inglaterra, mas vi a notícia nos jornais. Fiquei imaginando o que seria feito do estúdio desengonçado com aquelas cadeiras e mesas arruinadas — e de Rosalind.

Fui lá no dia seguinte ao meu regresso a Londres. Heath abriu a porta. Estava muito loquaz e agitado. Havia comprado o estúdio com toda a mobília de várias cores. Era artista. Estava trabalhando arduamente. Não mencionou Rosalind, mas quando ela entrou no estúdio com café e sanduíches a história me pareceu muito óbvia. Ela estava transformada — brilhava intensamente com uma beleza radiante, sem perder aquele comovente aspecto de menininha. Sua felicidade era evidente para quem quer que a olhasse. Ela estava gloriosa, perdidamente apaixonada. Acho que em parte era seu êxtase de felicidade que lhe emprestava aquela curiosa aparência patética. Heath dava a mesma impressão. Os dois estavam desesperadamente apaixonados um pelo outro. E ele estava trabalhando arduamente. O que era estranho era o fato de que ele tinha um claro talento para a arte (exatamente como parecia ter um claro talento para qualquer coisa em que pusesse as mãos) e estava produzindo um trabalho extraordinariamente bom, ao seu modo: bizarro, impressionante e realmente original.

Eu ia lá todas as noites. Heath tinha, na época, desistido do seu antigo círculo de amizades. Passava todo o tempo naquele pequeno estúdio miserável que ficava num canto de Chelsea, brincando de ser artista e adorando Rosalind. Eu nunca havia visto uma mulher tão feliz, tão profundamente apaixonada, tão desligada do passado e do futuro. Seus olhos quase não se afastavam de Heath. Eles trabalhavam juntos, riam juntos, conversavam juntos, cozinhavam juntos, lavavam a roupa juntos. Tudo isso era um jogo glorioso. Muitas vezes eles se esqueciam da minha presença; e Heath a tomava nos braços e a beijava apaixonadamente como se eu não estivesse ali. Parece que agora eu a estou vendo, reclinada nos braços dele numa ânsia de êxtase, os olhos fechados, a boca pálida...

Às vezes eu me perguntava o que se passava na mente de Rosalind. Será que ela de fato achava que aquilo duraria ou resolvera que a sua felicidade presente valia toda a tristeza que viria depois? Seguramente ela não demonstrava qualquer apreensão, qualquer pressentimento. Mas ninguém poderia tê-los visto então, tão jovens, tão apaixonadamente enamorados, tão bonitos, sem imaginar que a tragédia devia estar por perto. Esse tipo de coisa é perfeito demais para durar para sempre...

A ideia de casar-se com Rosalind não havia ocorrido a Heath, assim como a Rosalind não ocorrera a ideia de que ele devia se casar com ela. Quando morresse seu pai, Heath seria o visconde de Evesham, e havia nele um forte traço de orgulho da sua nobreza. Eu sempre soube que, quando Heath fosse se casar, ele escolheria uma mulher de família aristocrática, educada e culta, uma mulher que pudesse ocupar seu lugar no mundo como Lady Evesham. O amor não seria precondição para o seu casamento, mas Heath escolheria essa mulher com todo o cuidado.

O atual visconde de Evesham estava muito velho e fraco, e eu achava que o final do idílio de Rosalind aconteceria quando ele morresse e Heath se tornasse visconde de Evesham. Mas o rompimento não esperou tanto: aconteceu quando Heath soube que Rosalind estava grávida. A notícia o sacudiu abruptamente — chamou-o à razão, tirou do romance a alegria despreocupada e a felicidade. Rosalind estava tão alegre que levou algum tempo para perceber a atitude dele. Inicialmente, quando viu como Heath havia mudado (ele era tão capaz de esconder o que sentia quanto uma criança), ela achou que ele estava doente. Passou-se algum tempo antes que ela percebesse que o seu maravilhoso segredo lhe trouxera apenas repugnância, constrangimento e ansiedade. Saber disso matou algo nela, algo que de forma pueril tinha sido alegre e esperançoso. E trouxe algo muito antigo e bastante amargo para o seu rostinho encantador. Tenho a impressão de que essa reação dele a fez sofrer mais do que tudo o que lhe aconteceu depois. Lembro-me de uma visita que lhes fiz nessa época. Eles ainda estavam no estúdio. Heath estava mal-humorado e calado. Evitava olhar para ela, como se a achasse uma figura desagradável (ela estava com uns quatro meses de gravidez e já não tinha mais aquela magreza de garoto). Ela era um fantasma pálido, infeliz.

Evidentemente Heath não era o tipo que deixava qualquer laço prendê-lo, a menos que fossem os da sua própria inclinação. Ele começou a ser visto de novo nos clubes e na casa dos amigos. Visitava Rosalind com uma frequência cada vez menor. Então certo dia ele me disse que a havia mandado para o campo "até depois". "Ela estará melhor longe de Londres", disse-me. Mas eu sabia que o verdadeiro motivo era que ele a queria fora da sua vista e o máximo possível fora da sua lembrança.

Eu o encontrei diversas vezes em Frene Court antes de perceber o que estava acontecendo. A princípio pensei que seria Hope Cross, que sempre estava por lá, mas logo descobri que era Helen. Ele a havia escolhido para ser a futura Lady Evesham. Ela era tudo o que ele queria que sua esposa fosse: de origem e educação irrepreensíveis, inteligente, culta, séria. Seu aspecto era o oposto ao de Rosalind. Já houve quem dissesse que ela não tinha cor. Sua pele tinha a palidez do marfim e as ondas suaves do cabelo eram de um cinza *cendré* pálido, olhos azul-claros e lábios serenos e bem desenhados. Ela parecia uma princesa perdida numa floresta encantada. Eu era apaixonado por ela desde sempre, mas esperava ter uma situação decente para lhe oferecer. Agora sabia que não teria chance numa competição com Heath. Para lhe fazer justiça, ele nunca soube que eu amava Helen.

Um dia ele veio à minha casa para me contar que Helen aceitara seu pedido. Estava exuberante, alvoroçado, feliz, quase o Heath dos tempos de Rosalind. Eu poderia tê-lo detestado, se fosse possível detestá-lo. Mas não era possível detestar Heath. Ele era tão terrivelmente atraente.

— E Rosalind? — perguntei com brutalidade.

Seu rosto ficou sombrio.

— Vou até lá para contar a ela — respondeu ele secamente.

— Obviamente você vai garantir a subsistência dela e da criança? — disse eu.

Ele me lançou um olhar feroz, como um escolar genioso.

— Claro — disse.

Fui visitar Rosalind uma semana depois de ele a ter informado. Ela estava deitada num sofá, às vésperas do parto. Ainda usava um dos seus vestidos marrons e dourados. Era o fantasma daquela mulher que um dia fora. Seu rosto estava mais fino e sem cor, a boquinha adquirira traços de sofrimento lastimável e coragem, seus olhos eram opacos como se o brilho tivesse sido levado por um dilúvio de lágrimas salgadas... Todo o seu esplendor havia desaparecido — e no entanto ainda estava lá aquele tocante olhar pueril que a tornava tão digna de pena.

— Ele lhe contou? — perguntei.

Ela fez que sim com a cabeça, mordiscando o lábio torcido.

— Rosalind — disse eu —, não... não leve isso tão a sério. Você é jovem. Tem toda a vida pela frente. Você vai ter um filho.

— Eu não quero esse filho — replicou ela numa vozinha sombria —, agora que ele não vai compartilhá-lo comigo. Nunca imaginei que seria assim. Eu achei que ele adoraria ser pai.

— Mas olhe, Rosalind — disse eu com aquela animação abominável com que tentamos encorajar inválidos deprimidos —, você não deve pensar assim. Com o tempo você vai esquecê-lo.

— Não vou. Não quero esquecer. — Então a cor foi voltando às suas faces pálidas e ela fechou os punhos. — Eu não posso *suportar* pensar nessa... nela. Não vou deixar que ele seja dela... Ah, ela não pode... não pode...

Fiquei surpreso. E temeroso.

— Rosalind — disse suavemente —, não faça nenhuma tolice.

Ela ficou quieta e subitamente muito calma.

— Que tipo de coisa você está querendo dizer? — perguntou ela.

— Contar para Helen... ou qualquer coisa desse tipo.

— Ah, não — disse ela naquela vozinha estranha. — Eu não faria nada que o deixasse zangado comigo. De qualquer modo eu acho que não vou viver muito tempo — concluiu ela.

Então voltei para a tarefa que eu me impusera, a tarefa idiota de "animá-la". Ela me observava com um sorrisinho, como se estivesse se divertindo.

Na semana seguinte o bebê nasceu morto e Rosalind morreu um ou dois dias depois.

Eu estava com Heath quando chegou o telegrama com a notícia. Adivinhei o conteúdo pela súbita expressão de alívio no seu belo rosto sem energia. Ele andava amedrontado. Helen era uma mulher profundamente religiosa e idealista, e ele tinha ficado aterrorizado com a possibilidade de ela descobrir sobre Rosalind e a criança. Se ele efetivamente não pusesse um ponto final no compromisso, isso o faria levar uma tremenda queda do pedestal em que ela o havia posto. E agora, por um extraordinário golpe de sorte, tanto Rosalind quanto a criança estavam mortas.

— É isso aí — disse ele ao me passar o telegrama.

Foi como se ele dissesse: "Um final satisfatório para um caso insatisfatório."

Nesse momento acho que realmente o detestei. Depois disso estive dois meses no exterior e, ao voltar, achei que Heath tinha um mau aspecto. Parecia estar numa crise de nervos. Assustava-se com qualquer som.

Fiquei com ele durante o fim de semana na casa de campo do seu pai. Foram dias tensos. Cheios de dedos, falávamos apenas sobre assuntos impessoais, evitando Helen e Rosalind e o seu iminente casamento. Cavalgamos na floresta no anoitecer de sábado. Era outono e as árvores estavam assumindo tons vívidos de vermelho e dourado. Quando estávamos voltando, ele freou o cavalo com um movimento abrupto.

— Você a viu? — sussurrou ele asperamente.

Eu havia visto antes que ele falasse. Estávamos passando por uma trilha relvada que cruzava em ângulo reto com o caminho pelo qual cavalgávamos. Na extremidade da trilha havia uma enorme faia, uma confusão de marrons e dourados. Quando passamos e olhamos para ela, uma rajada de vento agitou um galho baixo que quase varreu o chão, e por apenas um segundo na distância sombreada ele tomou a forma de uma jovem vestida de marrom e dourado.

— Foi o galho no vento — disse eu —, uma brincadeira das sombras.

Ele mordeu o lábio.

— Não foi — disse ele entre os dentes. — Eu a vejo sempre.

Significativamente, ele não havia entrado no estúdio desde que se cansara de Rosalind e tampouco tomara providências para vendê-lo ou alugá-lo. Já não me lembro de como Helen veio a saber do estúdio. Imagino que ele ou eu o tenhamos mencionado em alguma referência casual aos velhos tempos. Quando viu o interesse de Helen no assunto, ele logo mudou o rumo da conversa, mas Helen começou a fazer perguntas ansiosas. Onde ficava? Que tamanho ele tinha? Por que ela ainda não o havia visto? Ele respondeu carrancudo, mas todos nós estávamos habituados ao seu mau humor. Ele tinha algo de muito atraente e infantil. Helen insistiu. Devia haver um aquecedor lá. Ela precisava ir lá ver. Heath, eu e ela podíamos ir até lá para tomarmos chá no dia seguinte. Ela levaria as provisões e faria chá para nós... Heath se opôs. O lugar era úmido e devia estar com uma camada de alguns centímetros de poeira. Aquilo era um celeiro. Muito melhor ele levá-la para a costa; eles poderiam fazer um piquenique decente lá. Isso seria bem melhor do que um estúdio velho e mofado. Mas Helen insistiu.

— Querido, eu não sabia que você era artista. Estou tão emocionada que não consigo me exprimir. Preciso ir ver isso.

Ela ria enquanto falava, com um brilho intenso nos olhos azuis, o poente dando um tom de ouro prateado ao seu cabelo ondeado... Posso vê-la agora. Heath cedeu de má vontade, depois se deixou levar de volta ao bom humor.

O piquenique estava desde o início fadado a ser um fracasso. Dentro do estúdio fazia muito frio, embora lá fora o sol brilhasse. O lugar parecia mal-assombrado. Vi Helen estremecer e aconchegar as peles em torno de si ao entrar. O rosto de Heath parecia cinza na súbita escuridão. As janelas estavam imundas. O cordão que afastava a persiana da claraboia estava rompido e nós não pudemos alcançá-lo. Havia teias de aranha em todos os cantos. Tudo estava coberto de poeira. A mesa era uma confusão de tubos de tinta imundos, papel, pincéis e paletas. Uma figura de argila parecia fazer uma careta horrível num canto escuro. No peitoril da janela ficara esquecido um prato com um pêssego mofado. Havia em tudo uma espécie de cheiro úmido de *morte*. E subitamente eu tive uma visão do lugar como ele tinha sido: claro e agradável, limpo, cheio de amor, luz e risadas; Rosalind indo de um lado para outro com os infalíveis cafés e sanduíches, Rosalind sentada no tapete da lareira balançando cerejas, Rosalind rindo a sua persistente e doce risadinha, Rosalind nos braços de Heath no próprio lugar onde Helen estava agora. Não era de admirar que o estúdio estivesse frio, cinzento e... de partir o coração.

Helen deu um súbito gritinho e nós dois nos viramos para ela.

— O que foi? — perguntei.

— Nada — disse Helen. Ela parecia assustada, divertida e ao mesmo tempo envergonhada. — Sinto muito. Não foi nada. Eu... deve ter sido a luz do sol no carvalho escuro. Durante um segundo pareceu que a porta tinha aberto e uma moça estava ali, vestida de marrom e dourado. Então, quando olhei melhor vi que a porta estava fechada e era somente a luz do sol no carvalho escuro. Sinto muito, assustei vocês.

Obviamente a coisa ficou irremediável depois disso. Heath empalideceu até os lábios. Ficou olhando para trás de si, para os cantos no fundo da sala. Quando a porta rangeu, enquanto tomávamos chá, ele deixou cair com um tinido a xícara e o pires. Vi que sua sobrancelha tinha gotas de suor. Ele ficou mexendo os lábios secos enquanto olhava fixamente para a porta fechada. Helen foi esplêndida. Ela enfrentou a situação: fez chá, riu e tagarelou, e se recusou a notar a tensão do clima.

Depois do chá ela abriu uma pasta que estava na mesa e começou a olhar os desenhos guardados nela. Evidentemente o primeiro que ela pegou era de Rosalind — Rosalind vestida como um pajem, os lábios curvados num sorriso deliciosamente impudente, a cabeleira de cachos dourados avermelhados chamejantes sob a luz do sol. Rosalind — instinto, com vida, risos e brejeirice... Pobre Rosalind, infeliz, morta...

— Que criança adorável! — disse Helen. — Quem é ela?

A essa altura Heath já se recuperara.

— Ah, apenas um modelo vivo — disse ele quase displicentemente.

Mais tarde, quando Helen e eu estávamos na janela observando a rua, eu o vi pegar aquele desenho e deslizá-lo para dentro do seu bolso.

Havia outra pasta cheia de desenhos de Rosalind que Helen não chegou a ver. Percebi que os olhos de Heath a vigiavam o tempo todo, como se temendo que ela acabasse por descobri-la, e em certo momento ele empurrou-a desajeitadamente para ainda mais longe da vista, entre alguns papéis.

Mas Helen estava genuinamente surpresa e impressionada com a qualidade dos trabalhos de Heath, e isso foi pouco a pouco o acalmando. Ele reagia como uma criança aos elogios que lhe eram feitos.

Depois disso não vi Heath durante algum tempo. Nosso encontro seguinte foi curioso. Ocorreu-me subitamente ir ver o túmulo de Rosalind. Eu detestava pensar que ele estaria descuidado e sem manutenção. Pensei que podia tomar algumas providências e garantir que ele fosse regularmente cuidado. Tomei um trem para a estação da aldeia e fui até o cemitério da igreja. Quando encontrei a sepultura, meu espanto foi tal que fiquei estático. Era fevereiro, mas a sepultura estava literalmente coberta de rosas e orquídeas que tinham acabado de ser postas ali: as rosas e as orquídeas mais caras que era possível comprar. Então vi Heath vindo de trás da igreja na direção do túmulo. Ele havia comprado braçadas de rosas e orquídeas em Bond Street e as pusera na sepultura sem que houvesse ali nenhum meio de mantê-las frescas, nem água nem latas nem nada do tipo; simplesmente as depositara em pilhas sobre a sepultura de Rosalind e seu filho. Ele não demonstrou constrangimento por ser visto ali e tampouco surpresa por me encontrar. Apenas disse, tão displicentemente quanto se tivéssemos nos encontrado nas corridas de cavalos:

— Dentro de 15 minutos parte um trem para Londres. Você vem?

Caminhamos em silêncio de volta para a estação. Olhei-o com curiosidade. Ele emagrecera. Seu rosto estava enrugado e... espasmódico, de certo modo, parecendo manipulado por cordões, e transmitia sofrimento. Quando a estação estava à vista, ele disse subitamente:

— Você viu o bebê?

— Não.

— Nem eu. Não pude ir lá. — (Isso era típico de Heath. Ele havia se persuadido de que tinha desejado ir ver Rosalind e a criança e não conseguira.) — Mas gostei de saber que era um menino. Ela queria um menino.

Então eu entendi o que tinha acontecido. O amor por Rosalind estava se insinuando de volta no seu coração. O velho, apaixonado e agora torturante amor. Eu sempre soubera que Rosalind havia ido mais longe que qualquer dos seus outros casos de amor. Desconfiava que Helen o atraía apenas por ser adequada para o papel de sua esposa, e não porque ele a amasse. E agora ele estava perseguido pelo amor por Rosalind, por um anseio doído, torturante, por Rosalind, mais forte que qualquer outra paixão que ele já conhecera. Pobre fantasminha infeliz. Agora ela estava totalmente vingada.

Nós nos separamos na estação terminal de Londres.

— Você está indo para o mesmo lado que eu? — perguntei.

— Não, eu vou para o estúdio.

— Então você voltou a pintar?

— Não.

Não, ele não voltara a pintar. Ficava sentado sozinho no estúdio assombrado, ansiando por ela, alimentando o seu amor com lembranças de todas as palavras e gestos dela, prestando atenção aos ecos da sua risada argentina, olhando para os desenhos da pasta que ele havia escondido de Helen.

O dia do seu casamento se aproximava. Você irá compreender que, independentemente do meu sentimento por Helen, eu não estava satisfeito com o casamento. Ao mesmo tempo eu achava que, uma vez casado, ele esqueceria Rosalind e aprenderia a amar Helen. Isso era algo que ninguém poderia evitar. E Helen seria a esposa ideal para ele. Ela era muito sensata. Lidaria muito bem com ele. Eu queria que ele fosse feliz. Com todos os seus defeitos e fraquezas, ele era um sujeito agradável... E quanto a Helen, ele podia lhe dar o tipo de posição social que ela parecia ter nascido para ocupar.

Eu seria padrinho, claro. Heath e eu fomos nos hospedar na estalagem de Craigford, onde Helen morava com sua tia Lady Frene. Lady Frene era surda e tinha um grave reumatismo, e não entra na história. Chegamos na véspera do casamento e Helen insistiu para que fôssemos almoçar com elas. Disse que sabia que aquilo não era nada convencional, mas que parecia tolice deixar de fazê-lo. Estávamos todos um pouco nervosos, mas juntos seríamos capazes de rir até sair daquele estado.

O almoço foi uma refeição estranha. A sala de jantar ensolarada não se parecia nada com o estúdio empoeirado e cheio de teias de aranha, mas aquele almoço com Helen me lembrou o "piquenique" inesquecível no estúdio do velho Follett. O clima era igualmente elétrico, dando a mesma impressão de se estar à beira de um vulcão. Heath estava diferente: febrilmente alegre num minuto e soturnamente mal-humorado no outro. Voltei a notar como o seu bonito rosto estava branco e contraído. Helen era a mesma de sempre: encantadora e interessante, a anfitriã perfeita.

Depois do almoço, Helen sugeriu que fôssemos dar uma caminhada. Ela devia estar imaginando que isso desanuviaria a atmosfera e faria Heath voltar ao seu estado normal. Penso que todos nós sentimos uma grande apreensão, um confuso presságio de mal; todos, com exceção de Heath, que agora parecia febrilmente exaltado.

Quero relatar com a maior precisão possível o que ocorreu em seguida, mas tudo aconteceu tão rapidamente, que é difícil cumprir esse propósito.

Íamos caminhando pela estrada. Do lado em que estávamos havia uma cerca viva, do outro lado ficava o muro alto que cercava o terreno de Frene Court. Um carro estava vindo na nossa direção a uma velocidade moderadamente lenta. Todos nós o vimos durante algum tempo antes de ele ficar do nosso lado. Quando isso aconteceu, Heath subitamente se pôs diante dele. O motorista não pôde parar. Ele bateu em Heath, atirou-o no chão e passou por cima dele. Mas não é que Heath tenha deliberadamente se posto na frente do carro. Parece que ele não viu o carro. Foi como se subitamente ele tivesse resolvido atravessar a estrada, com carro ou sem carro. Nada era importante, fora chegar ao outro lado da estrada. Foi essa a impressão que eu tive, quando ele deu um passo à frente.

O motorista foi um sujeito decente. Levou-nos a todos para Frene Court e depois saiu dirigindo furiosamente à procura de um médico. Mas Heath estava morto quando nós o tiramos da estrada.

No dia seguinte ao enterro fui ver Helen. Precisava esclarecer as coisas para ela. Aparentemente o fato terrível era que Heath havia se suicidado para evitar casar-se com ela, mas eu tinha certeza de que não era nada disso.

Encontrei Helen no jardim. Ela estava muito pálida e linda num vestido preto.

— Helen — falei sem pensar —, ele não fez aquilo de propósito.

— Eu sei — disse ela —, foi a moça do outro lado da estrada. Ela acenou para ele, quando o carro ia passar.

— Que moça?

— Você não a viu? Ela usava um vestido longo marrom com uma gola dourada em estilo Médici. Estava com um bebê nos braços e o mostrou para ele, depois acenou.

— Não vi nada.

— Ele viu. Você não ouviu?

— Ouviu o quê?

— Ele deu um gritinho quando a viu, depois correu para encontrá-la.

— Não havia ninguém lá — disse eu —; a estrada estava totalmente vazia.

— Quem era ela? — perguntou Helen como se não tivesse me ouvido.

— Eu não vi nada — repeti tenazmente.

— De quem era a criança?

Encolhi os ombros. Eu me sentia terrivelmente abalado.

— Dela, supostamente, já que ela a estava segurando — disse eu, tentando falar num tom bem-humorado de quem satisfaz a fantasia de uma criança.

Ela replicou numa voz quasc inaudível:

— E a criança era... dele também?

— Não sei lhe dizer — respondi. — Eu não vi nada.

Depois disso Helen teve um esgotamento nervoso e por recomendação médica viajou pelo exterior durante um ano. Nós nos casamos dois anos depois e temos sido absolutamente felizes desde então. Mas nunca mencionamos um para o outro a morte de Rosalind nem a de Heath. Acho que sentimos que devíamos a ele pelo menos essa lealdade.

Margery Lawrence
A caçarola assombrada

— É — disse o homem magro e comprido que estava no canto —, eu tive uma experiência estranha que deve entrar na categoria das histórias de "Assombração". Não é que alguma vez eu tenha *visto* o fantasma; eu nunca vi um fantasma propriamente dito na minha vida. Mas aquilo foi estranho. É. Estranho... Contar para você? Sim, claro, se você quiser, Saunderson! Peça à moça das bebidas para ela despejar outro uísque com soda, por favor... Obrigado, Laurie! Vamos à longa história, e não me interrompam.

Um dia, quase dois anos atrás, eu estava procurando um apartamento em Londres, um apartamento mobiliado, porque não sabia quanto tempo ia ficar na Inglaterra e não valia a pena comprar mobília. Os aluguéis eram muito altos no distrito da minha preferência — nas imediações de St. James — e eu não queria nada que fosse longe dele, pois julgava fundamental o contato com os meus interesses comerciais. Quando já estava desesperado, quase desistindo e me resolvendo a me hospedar num hotel ou no meu clube, um corretor ligou para mim e disse que acreditava ter encontrado o apartamento que eu queria. A proprietária estava no exterior e ele achava que eu ia adorar o imóvel. O endereço era exatamente onde eu queria e o aluguel era incrivelmente baixo, e assim eu pulei dentro de um táxi e corri ao encontro dele, certo de encontrar alguma armadilha em algum lugar, mas o apartamento era um encanto, com uma bela mobília e completo em todos os detalhes que pude imaginar. Fui cauteloso e fiz todos os tipos de perguntas, mas até onde o corretor tinha conhecimento era um negócio bastante correto: a proprietária ia ficar no exterior indefinidamente, os inquilinos anteriores tinham ido embora... Por que eles haviam saído? Eu queria saber, mas o corretor ficou brincando com o lápis e me garantiu que não sabia. Uma doença na família os fez resolver sair de uma hora para a outra, segundo lhe parecia. Bem, de qualquer forma em uma semana eu estava estabelecido lá, com o meu fiel Strutt para me servir — você conhece Strutt, claro, um dos melhores sujeitos que já nasceram. Ele tem um papel importante nessa história admirável que vou lhe contar.

A primeira noite que passei lá me pareceu indescritivelmente deliciosa, depois do desconforto e da inconveniência que eu vinha sofrendo em vários hotéis nos últimos seis meses, e eu dei um suspiro de prazer ao espichar as pernas diante da lareira e sorver o excelente café que estava na mesinha ao lado. Strutt havia me arranjado uma mulher para cozinhar — esse Strutt é um sujeito maravilhoso — e certamente ela cozinhava, embora o vislumbre que tive dela pela porta da cozinha quando ia para a sala de jantar me tenha dado uma péssima impressão: era uma velha de aspecto melancólico e na verdade sumamente desfavorecido, com uma rede de chenile — coisa que eu acreditava estar desaparecida havia décadas — segurando o cabelo. Toquei a campainha pedindo mais café e, como sempre, Strutt já estava diante de mim quase no momento em que o meu dedo soltou a campainha.

— Mais café, por favor, Strutt. E aliás o jantar foi muito bom — disse eu despreocupadamente. — Onde foi que você encontrou essa cozinheira? Ela parece excelente.

Strutt pegou minha xícara vazia enquanto respondia na sua voz monótona (existe algo tão rigidamente contido quanto a voz de um mordomo bem treinado?).

— Ela veio aqui um dia pegar não me lembro o quê, na véspera da vinda do senhor para cá, e eu estava aqui preparando algumas coisas para o senhor. Nós conversamos e eu fiquei sabendo que ela era criada da proprietária do apartamento e cuida dele enquanto a proprietária está no exterior. Pareceu-me uma pessoa sensível e competente, senhor, e eu a contratei, depois de ter tentado obter referências dela com a sua patroa e não conseguir, pois ninguém sabia o endereço dela. Tomei a liberdade de exercer o meu próprio julgamento, senhor, e a contratei por um mês a título de experiência. O senhor acha que eu agi corretamente, senhor?

— Ah, claro — apressei-me a dizer, pois na verdade o julgamento de Strutt é invariavelmente melhor que o meu. — Eu diria que ela é um achado, se a sua culinária se mantiver nesse padrão. Tudo bem, diga a ela que eu estou satisfeito.

A porta se fechou sem nenhum ruído e eu mergulhei num escritório marrom. O apartamento era muito silencioso, e o agradável crepitar das chamas soava alto no silêncio, como tiros abafados; a poltrona de couro macia era confortável e sob o abajur vermelho havia três livros que eu queria muito ler. Com um suspiro de satisfação, peguei um deles e em cinco minutos estava tão absorto na sua leitura que quase não percebi a entrada de Strutt com uma segunda xícara de café, e a traguei mecanicamente enquanto lia. As civilizações extintas sempre foram o meu hobby, embora eu nunca tenha tido dinheiro para ir explorá-las pessoalmente. Aquele livro era um relato emocionante de recentes escavações e descobertas, e eu o devorei até voltar assustado à realidade e perceber que já passava de meia-noite e o fogo havia se apagado.

Com uma risada e um calafrio, e levantando-me com dificuldade, acendi a luz da sala e me servi de uísque — o sifão assobiou quando pressionei o jato, e ao ver que ele estava vazio xinguei Strutt pelo seu esquecimento (aquilo não era absolutamente típico dele). Pensando que talvez houvesse outro na cozinha, fui até lá para procurar, sentindo-me um tanto rabugento e muito sonolento. A cozinha estava clara ao luar, e todos os potes, panelas, garrafas e objetos emitiam luzes prateadas — era um efeito muito lindo. Havia muitas coisas no fogão, e eu me lembro hoje de que uma, uma pequena caçarola, não estava com a tampa no lugar certo — não estava devidamente encaixada — e seu aspecto me pareceu estranhíssimo, como se ela tivesse levantado a tampa para me espiar de soslaio. Encontrei um sifão novo no armário, tomei um drinque e fui para a cama; meu último pensamento quando me encolhi voluptuosamente entre os lençóis de linho foi que quanto aos seus gostos a mulher que havia mobiliado e aparelhado o apartamento de modo tão perfeito devia ser uma amante dos prazeres físicos, pois eu ainda não havia encontrado ali nenhum artigo que não denunciasse o verdadeiro apreciador da volúpia. Fiquei pensando ociosamente na razão da sua partida, deixando tudo o que havia no apartamento, até a roupa de cama e mesa, a louça, potes e panelas... e então o sono chegou e eu mergulhei na inconsciência sem ter concluído a minha investigação. Devo ter dormido umas duas horas, imagino, e então fui acordado por um súbito ataque de dor, uma coisa extraordinária! Acordei tremendo e arquejante, as mãos apertando alternadamente a garganta e o estômago, acometido pelas mais terríveis cólicas que me faziam contorcer-me convulsivamente à medida que a dor me dobrava em nós e o suor corria pelo meu rosto, ou por acessos de tosse frenética que me pareciam capazes de arrebentar-me os pulmões — eu me senti como se os meus órgãos vitais estivessem queimando!... Com dificuldade tentei pegar a campainha, mas, antes que a tocasse, Strutt estava no quarto, despertado pela minha tosse e inclinando-se ansiosamente sobre mim.

— Meu Deus, senhor, o que aconteceu? O senhor me acordou com a sua tosse! Espere um segundo, senhor. Vou pegar um pouco de conhaque.

A bebida espalhou-se pelos meus dentes que se chocavam, pois eu tremia como se tivesse malária, e meus olhos arregalados estavam embaciados de dor. O rosto do pobre Strutt merecia um estudo (ele sempre foi muito dedicado a mim). No entanto, algumas gotas desceram pela minha garganta, e depois de outra dose eu me senti ligeiramente melhor. Então me reclinei nos travesseiros, arquejante e com calafrios. Meu pijama estava úmido e amassado pela transpiração, e quando as minhas percepções começaram a voltar eu me perguntei: por que esse ataque e o que poderia ter acontecido para causá-lo? Strutt alvoroçou-se no meu quarto e pegou outro pijama, com o olhar ansioso voltando-se para mim a cada minuto. Mas não precisou se preocupar durante muito tempo, pois eu estava retornando à minha saúde normal — o que, no entanto, tornava a coisa ainda mais estranha.

Strutt aproximou-se da cama.

— Está se sentindo melhor, senhor? Eu o aconselharia a mudar essa roupa de cama úmida e deixar que o esfregue antes de voltar a adormecer.

Sentindo-me já quase bem, embora ainda abalado com a lembrança daqueles dez minutos medonhos, saí da cama e fiquei perdido em especulações enquanto Strutt me esfregava. Ao voltar para a cama, poucos minutos depois, vestido num pijama limpo e com uma boa dose de conhaque com soda dentro de mim, eu não conseguia entender o que podia ter me atacado de forma tão terrível e desaparecido tão completamente, sem deixar nenhum vestígio — pois eu me sentia tão bem quanto antes do ataque.

— Strutt — disse eu —, sabe-se lá o que aconteceu comigo; não pode ter sido alguma coisa que eu comi, porque você provavelmente comeu a mesma coisa e está bem. Mas foi o ataque mais abominável, que não tem nada a ver com febre. Aliás, eu não tinha febre; já tive muitas vezes e sei como é. Será que o meu coração está em ordem?

— Eu diria que sim, senhor, mas talvez fosse bom ir ao médico amanhã. Que tipo de dor era? Desculpe-me falar, senhor, mas o seu aspecto era simplesmente horrível. Nunca vi a febre deixá-lo tão... nunca, senhor!

A voz de Strutt revelava convicção. Além disso, o sujeito já havia me visto febril o suficiente para saber. Franzi as sobrancelhas:

— O que foi que eu comi? Uma sopa inocente, de linguado, um pouco de bife com legumes. Tudo bem cozido. Ah, e uma entrada: cogumelos na torrada. Cogumelos!

Olhei triunfante para Strutt. Por um minuto achei que tinha descoberto.

— Cogumelos! Ela deve ter usado um cogumelo venenoso, não comestível. Isso acontece...

— Perdão, senhor — disse Strutt com firmeza —, mas não pode ser isso. Eu gosto muito de cogumelos, senhor, e comi alguns; e a sra. Barker também comeu... A razão não pode ser essa. O senhor não comeu mais nada, senhor, fora o café, que eu próprio fiz; a segunda xícara pelo menos, pois a sra. Barker já havia ido para casa quando o senhor tocou a campainha.

Fiquei em silêncio, recostado nos travesseiros, porém mais intrigado que antes — contudo estava muito agradecido por voltar a me sentir bem para me preocupar muito com a causa do meu estranho ataque.

— Bom, eu não posso me preocupar mais com isso, Strutt. Apague as luzes. Amanhã de manhã vou ao médico.

Fiz isso, e o seu relato confirmou o que eu achara e aumentou ainda mais a minha perplexidade: eu estava muito bem em todos os aspectos; até mesmo o ocasional vestígio de febre deixado pela minha longa estadia no Oriente parecia ter desaparecido. O velho Macdonald me deu uns soquinhos nas costelas ao se despedir e disse rindo:

— Não venha correndo me ver da próxima vez que você estiver com dodói na barriga depois de uma ou duas doses de uísque a mais, meu querido. Faça uma longa caminhada e ele vai embora. Você é forte como um cavalo jovem, e quanto ao seu coração... não espere que eu vá encontrar nada disso em você. Seu coração funciona como um cavalo de tiro.

Fui para St. James mais perplexo do que nunca — que diabos havia acontecido comigo na noite anterior? À luz da minha perfeita saúde e ótima disposição naquela manhã, o sofrimento da noite anterior parecia mais inexplicável que antes — obviamente o velho Mac achava que eu estava tenso e exagerara as reações a um pesadelo a ponto de sentir aquilo. Era muito irritante, mas eu ainda tinha a lembrança vívida daquela sensação terrível, asfixiante e abrasadora, as dores torturantes que se instalaram no meu corpo, dilacerando-me e me retorcendo — parecia-me — até os meus próprios ossos protestarem e estremecerem dentro de mim. Meu Deus! — um sonho? Ainda perdido em pensamentos sobre aquele caso curioso, corri a toda velocidade para encontrar um amigo na escada do Clube: George Trevanion, que apertou minha mão encantado e me fez uma porção de perguntas. Jantamos juntos no Clube naquela noite e depois passamos muito tempo contando histórias ao lado da lareira. Quando nos despedimos, Trevanion havia prometido jantar comigo na noite seguinte — eu estava, admito, ansioso por lhe mostrar as minhas novas instalações. Nossa conversa sobre negócios — éramos ambos engenheiros — absorveu-me tanto e havia tantas coisas para dizer que eu esquecera de contar-lhe — como era minha intenção — o meu fabuloso ataque de dor, o que me aborreceu um pouco, pois, tendo passado trinta anos percorrendo o mundo, ele poderia estar em condições de descobrir imediatamente a sua causa.

Quando entrei no apartamento, havia algumas cartas na mesa da salinha escura. Peguei-as; nada interessante, apenas algumas contas e um convite ou dois. Deixei-os de volta ali e me virei para pendurar o casaco. A porta da cozinha se abria para o hall e estava fechada quando entrei; mas quando me virei vi que ela se abrira sem ruído e vi também a cozinha iluminada pelo luar — nesses apartamentos pequenos normalmente se tem da sala uma visão da cozinha. O fogão a gás ficava no mesmo lado da porta e em cima dele havia vários utensílios já prontos para o uso na manhã seguinte — acho que vi uma chaleira grande e duas caçarolas, uma grande e uma pequena de ágata. A porta aberta me fez pular, mas evidentemente eu disse "Bobagem!" e pensei o mesmo. Parei um segundo para acender um cigarro, mas a caixa de fósforos caiu dos meus dedos, os palitos esparramando-se pelo tapete. Segurei entre os dedos o cigarro apagado e olhei. Pela minha honra, foi isto que eu vi, ou achei que vi: a caçarola — a pequena, no fogão, mais próxima da porta — parecia estar ligeiramente inclinada e sob a sua tampa inclinada olhava para mim! Imagino que a história não pareça tão horrível quanto eu quero que pareça, mas juro que aquilo foi a coisa mais extraordinária que eu já vi, ou quero ver. Durante um segundo fiquei frio e paralisado, com a boca grudenta de medo — de certo modo a total banalidade da história tornava-a mais aterrorizadora —, e então praguejei para mim mesmo, entrei na cozinha e agarrei a caçarola, erguendo-a contra a luz.

Era, sem dúvida, uma simples ilusão gerada pelo luar — lembro-me de ter notado na noite anterior como o luar brilhava na cozinha —, mas, céus!, por um minuto aquilo me abalou, isso é inegável! Aquele ataque da noite anterior deve ter perturbado meus nervos mais do que eu imaginava. Meu Deus, que idiota! Pus a caçarola de volta, rindo com vontade, e voltando para o hall peguei novamente as cartas, ainda sorrindo da minha tolice. Voltei a relancear a cozinha, enquanto rumava para o quarto — vi novamente o fogão e a fileira de panelas em cima dele. A tampa da pequena caçarola ainda estava inclinada para um lado — debaixo dela a caçarola continuava com o aspecto absurdo de estar me olhando disfarçadamente. A sua própria imobilidade quase parecia uma ameaça... Ri mais uma vez, enquanto ia para a cama. Parecia uma total loucura... Engraçado, assustar-se com uma caçarola. Meu Deus, um pedaço de lata, um artigo de casa de ferragens — isso somente demonstra o que a luz e nervos um pouco irritados podem fazer com a pessoa.

Dormi esplendidamente e acordei com uma fome canina. Naquele dia voei para o trabalho como um gigante revigorado. Trevanion e eu nos encontramos no Clube mais ou menos às seis e meia para tomar um drinque e tomamos vários. Foi bom encontrá-lo novamente; tínhamos sido companheiros inseparáveis em todos os tipos de lugares estranhos, e até voltarmos a nos encontrar eu realmente não sabia quanta falta ele me fazia. Por volta das 7h50 fomos caminhando para o apartamento e lá encontramos à nossa espera um excelente jantar — eu havia dito a Strutt que pusesse à prova a sra. Barker e, por Deus, ela nos preparou uma refeição de reis. Sopa cremosa, ostras com queijo — que coisa maravilhosa é isso! —, galinha assada, salada e um suflê que se desmanchava na boca; no início estávamos ocupados demais apreciando os sabores e não conversamos, mas por fim Trevanion sentou-se olhando-me com reverência e deu um longo suspiro de satisfação.

— Rapaz, você deve ser um perfeito Creso! Eu gostaria de saber onde foi que você arranjou dinheiro para pagar este apartamento, essa comida e o seu *cordon bleu* na cozinha.

Dei uma risada triunfal, sorvendo as últimas gotas do meu clarete.

— Ah, foi pura sorte. O aluguel deste apartamento é irrisório; a cozinheira me caiu nas mãos com o apartamento, e, sendo um tanto inclinado para os prazeres terrenos, eu me sinto no direito de exceder um pouquinho no gasto com comida, especialmente quando um velho companheiro reaparece.

A sobrancelha de Trevanion franziu-se.

— Um apartamento na St. James por um aluguel irrisório? Você tem certeza de que não está enganado? Isso me parece quase impossível.

Dei de ombros, enquanto me levantava e nos dirigíamos para as poltronas ao lado da lareira da sala de fumar; a razão daquela pechincha ainda era absolutamente obscura para mim, e depois de algum tempo abandonamos o assunto e começamos a falar de outras coisas. Strutt serviu café e licores, e as horas passaram imperceptivelmente enquanto mascávamos nossos cachimbos e tagarelávamos sobre os velhos tempos e sobre aventuras velhas e novas. Finalmente Trevanion olhou para o relógio e riu, guardando seu cachimbo.

— Meu Deus, está muito tarde! Eu já devia estar em casa, mesmo não podendo me vangloriar de ter acomodações palacianas como as suas, seu diabo sortudo. De qualquer forma, venha jantar comigo uma noite qualquer da semana que vem e eu verei se posso arranjar uma boa bebida ou duas para você, embora não possa prometer um jantar no mesmo padrão do seu.

Ele já alcançara a porta e tinha a mão na maçaneta, e eu estava de pé no tapete da lareira tirando a borra do meu cachimbo. De repente ficamos ambos em silêncio, tendo ele interrompido no meio uma frase enquanto prestávamos atenção. Naquele silêncio o corredor foi atravessado pelo som de algo fervendo no fogão frio, que estava negro e silencioso desde a saída da sra. Barker, duas horas antes! Olhamos um para o outro, boquiabertos de perplexidade, e então Trevanion riu.

— Que barulho estranho. Parece uma chaleira ou alguma coisa fervendo. Talvez o seu criado tenha feito um grogue quente às escondidas e deixado o fogo ligado.

Por alguma razão ficamos olhando severamente um para o outro, enquanto ele falava. Eu sabia que Strutt não teria deixado o fogo aceso; a porta da cozinha estava aberta, mas de onde estávamos não podíamos ver seu interior, porque a porta da sala de fumar ficava na extremidade de um recuo em relação ao corredor. O luar invadia o corredor pela porta aberta invisível, e junto com ele vinha o nítido som de borbulhar e fervura, como água numa chaleira — ou caçarola... No silêncio parecia — por mais ridículo que isso possa soar — haver no som uma espécie de ameaça tranquila. Tomei precipitadamente o rumo da porta.

— Provavelmente é apenas um vento encanado passando por uma greta ou alguma coisa do tipo. Em todo caso vamos ver.

Pessoalmente, a última coisa que eu queria fazer era entrar naquela cozinha — aquela cozinha detestável, como eu já começara a chamá-la mentalmente. Mais uma vez a porta estava aberta, sendo que Strutt me garantiu que a havia fechado quando a sra. Barker foi embora e que sempre fazia isso. Havia agora na atmosfera do apartamento inteiro algo de que eu não gostava. Mas eu ainda não admitira definitivamente o meu medo nem para mim mesmo, e assim estava de cabeça bem erguida ao passar pelo corredor e contornar o recuo entrando na cozinha. Os sons borbulhantes, claros e nítidos até o momento em que contornei o recuo cessaram imediatamente e seguiu-se o silêncio. Na cozinha clareada pelo luar, Trevanion e eu olhamos um para o outro apalermados. O fogão tinha apenas um utensílio, a pequena caçarola de ágata que eu havia notado antes, mas o fogo sob ela estava apagado. Trevanion dava pancadinhas na janela, examinava o ferrolho; tinha na sobrancelha um franzido de perplexidade. Peguei a caçarola, vagamente atrapalhado, e examinei seu interior: vazio, evidentemente.

— Palavra de honra, isso é muito estranho! — disse Trevanion coçando a cabeça. — O ar borbulhando num olho de nó de madeira *poderia* fazer um barulho assim, mas parece que não existe fresta em nenhum lugar que possa deixar entrar vento. Imagino que não haja um bico de gás deixado aceso em nenhum lugar que possa fazer um som como o de água fervendo. O aquecedor de água está ligado?

O aquecedor não estava ligado e tampouco havia outro bico de gás, pois o apartamento era iluminado por eletricidade. Finalmente nós desistimos de explicar aquilo e nos olhamos embasbacados, totalmente desconcertados. Trevanion coçou mais uma vez a cabeça e então riu e deu de ombros, enquanto pegava o chapéu.

— Bom, é a coisa mais extraordinária que eu já vi, mas provavelmente há alguma razão simples para isso. Ligue para mim quando descobrir, Connor, amigo velho. Fiquei intrigado e realmente gostaria de saber o que é. Nunca ouvi nada tão nítido e tão estranho, diabo! Acho que você deve ter algum fantasma que ferve água para um grogue espectral...

A risada animada de Trevanion sumiu na rua. Bati a porta do apartamento e fiquei durante um minuto com a mão no queixo, pensativo. Diabos, alguma coisa estava de fato fervendo, eu podia jurar, mas o quê? Como se em resposta ao meu pensamento, um som débil rompeu novamente o silêncio do apartamento: outra vez o borbulhar de uma chaleira — ou caçarola — com água fervendo. Por que de algum modo eu sempre pensava numa caçarola, quando o som começava? O ruído era fraco inicialmente, mas foi ficando mais nítido enquanto eu prestava atenção, com todos os músculos tensionados. Qualquer que fosse a coisa maldita, agora eu haveria de pegá-la!

A porta da cozinha estava entreaberta, claro — eu a havia fechado quando fui olhar o aquecedor, mas estava aberta de novo quando saí do banheiro —, e sem dúvida o som vinha de lá. Cautelosamente avancei um passo, embora minhas costas tenham se arrepiado inexplicavelmente quando fiz isso, e inclinando-me para a frente examinei em volta da porta. A caçarolinha estava onde eu a havia posto, no fogão, ainda fria e sem fogo embaixo dela — mas estava fervendo! A tampa estava elegantemente oblíqua e se inclinava um pouco mais a cada segundo, mais ou menos, quando o líquido, qualquer que fosse ele, borbulhava lá dentro e jatos de vapor saíam dela, deixando-me cada vez mais embasbacado. Enquanto eu ouvia, o ruído do borbulhar se transformou numa cançãozinha diabólica, quase como se a coisa estivesse cantando para si mesma, secreta e abominavelmente... rindo para si mesma de um modo aversivamente disfarçado, se é que você me entende! Engasguei de puro medo e, imagine, a caçarola imediatamente voltou a ser apenas uma caçarola comum e silenciosa no fogão. Mesmo me sentindo abalado, tal era o meu estado nervoso, eu me forcei a entrar, e então vi que ela estava fria e vazia... Xingando a mim mesmo por ser tão tolo, tomei uma bebida forte e, apesar de um terrível sentimentozinho tremulante de que aquilo era mais do que eu gostaria que fosse, disse com firmeza para mim mesmo que eu certamente exagerara no uísque e por isso o que era luz e o barulho feito por um camundongo perdido eu havia transformado naquela coisa toda. Obviamente eu sabia, no fundo, que não era isso e que eu vira *de verdade* aquela caçarola abominável com alguma bebida infernal fervendo dentro dela — mas isso eu não admitia, e me atirei na cama a uma velocidade considerável — confesso — e a todo instante olhando sobre o ombro para a escuridão.

Contudo, eu dormi bem, novamente, e acordei rindo muito de mim mesmo, mas com uma gratidão secreta pelo fato de Trevanion também ter feito papel de idiota por causa daquele barulho misterioso. Fiquei durante uns minutos piscando na réstia de luz solar filtrada pelas persianas e consultei o relógio: nove horas! Xingando Strutt pela sua preguiça — eu sempre tomava banho às oito e meia, diabos! —, toquei a campainha. Um passo arrastado aproximou-se pelo corredor e o rosto sombrio e enrugado da sra. Barker apareceu na porta.

— O que foi que aconteceu com o Strutt? São nove horas!

Com seus olhos miúdos e misteriosos — que velha bruxa ela é, meu Deus!, pensei impaciente —, a mulher me observou em silêncio por alguns segundos e então fez um sinal com o polegar sobre o ombro.

— Ele passou mal das tripas, sei lá por quê. Ficou se torcendo e xingando como um condenado. — Seus lábios se retorceram num riso sem alegria e eu a olhei com menos simpatia do que antes.

Enquanto ela falava, ouvi um gemido débil vindo do quarto de Strutt. Ordenando sumariamente à sra. Barker que voltasse para a cozinha, pulei para fora da cama e voei pelo corredor. O coitado do Strutt estava deitado na cama inteiramente vestido, os lábios azuis e secos de dor, os membros contraídos convulsivamente. Ele não conseguia falar, mas seus olhos imploravam por ajuda. Desabotoei o seu colarinho e gritei para a sra. Barker pedindo conhaque — os olhares do pobre coitado realmente me deixaram apavorado. Fazendo-o beber aos golinhos, nós conseguimos que ele melhorasse, embora na hora eu tenha ficado impressionado com o fato de a ajuda da mulher não ter sido dada de muito boa vontade; e por fim Strutt se ergueu, trêmulo mas em seu estado normal. Sentei-me na cama olhando para ele, muito preocupado.

— O que foi que aconteceu, Strutt? Parece o mesmo tipo de ataque que eu tive na outra noite. Melhor ir procurar o meu médico, você não pode ficar assim. Quando foi que começou?

Strutt limpou a garganta, a voz ainda rouca, e ainda sentindo dor.

— Eu me levantei por volta das sete, senhor, como sempre, ou talvez um pouco antes. A sra. Barker estava atrasada, e assim fiz um pouco de chá para mim e cozinhei um ovo. Comecei a comer e logo senti como se alguma coisa estivesse pegando fogo dentro de mim. Era uma dor terrível; eu não conseguia me mexer nem gritar uma única palavra. Não sei o que foi, senhor, mas garanto que é o mesmo tipo de coisa que o senhor teve outro dia.

Franzi as sobrancelhas e pensei.

— Bom, é melhor você ir ver o dr. Macdonald. Isso está além dos meus conhecimentos.

Strutt foi devidamente examinado pelo médico e declarado em perfeita saúde — essa nova confusão me fez sentir quase como se afinal devesse existir algum fundamento nas superstições e como se houvesse uma maldição no meu novo apartamento. Eu ainda estava perdido em especulações sobre isso quando encontrei Trevanion na Bond Street, muito elegante e garboso, vindo de um almoço com a mulher que ele estava cortejando no momento. Ele parou para conversar comigo.

— E então, Connor, já achou algum fantasma?

Balancei a cabeça.

— Bem que eu gostaria! Escute: as coisas extraordinárias que estão acontecendo lá em casa ultimamente parecem não ter fim. — E eu mergulhei na história, começando com o meu ataque de mal-estar, passando pelo que eu vi, ou achei que vi, na cozinha depois da saída dele e concluindo com o misterioso colapso de Strutt naquela manhã. Trevanion ouviu atento e, contrariando as minhas expectativas, não riu. Bond Street numa bela manhã de primavera não parece um lugar adequado para discutir uma história de bicho-papão, mas nenhum de nós ligou para isso naquela hora.

— É estranho mesmo — disse Trevanion por fim. — Há muito tempo eu não ouço uma história tão estranha. Francamente, se não fosse você e se eu não tivesse, eu próprio, ouvido aquele barulho, eu diria que foi uísque demais e que você estava imaginando coisas. Mas... espere, hoje à noite, digamos às onze e meia, eu apareço no seu apartamento e nós vamos tentar fazer uma experiência. Tenho uma ideia brotando na minha cabeça! Até logo, meu querido.

Fiquei aliviado por ele não ter rido e supus, pela sua atitude séria em relação àquela coisa tão incompreensível, que ele devia ter ficado mais impressionado do que eu imaginara com o episódio do misterioso borbulhar. Que ligação aquilo tinha — se é que tinha alguma ligação — com os ataques de dor igualmente misteriosos sofridos por mim e por Strutt? O caso ficava se intrometendo no meu trabalho, que consequentemente não rendeu grande coisa, e eu ainda estava refletindo sobre o assunto quando a campainha tocou naquela noite e Strutt fez entrar Trevanion acompanhado de um cão, para meu grande espanto. Apertamo-nos as mãos calorosamente.

— Eu não sabia que você tinha um cachorro — disse eu —, mas já que estava querendo um, você não podia ter arranjado um espécime melhor do que esse velho *collie* degenerado?

Trevanion riu misteriosamente. Quando Strutt saiu da sala, ele se inclinou para mim e sussurrou:

— A experiência é com ele!

Fiz uma exclamação e Trevanion prosseguiu, enquanto o velho cão se instalou diante do fogo da lareira.

— Em primeiro lugar, eu posso dar uma comida a esse velho animal? Ele está muito faminto, acho. É o cachorro do porteiro do clube. Eu o tomei emprestado esta noite. Como você disse, ele é um vira-lata, mas é um bom animal. E a comida dele?

— Claro — disse eu. — Acho que deve haver alguns ossos na cozinha. Vou falar com o Strutt.

Trevanion segurou minha mão que já estava erguida na direção da campainha.

— Eu não quero o Strutt, obrigado. Quero eu mesmo dar isso ao cachorro. Esquente uns restos para ele. Você sabe que tipo de coisa.

Olhei para ele e dei de ombros. Eu conhecia Trevanion bem demais para lhe fazer muitas perguntas no início de uma história.

— Ah, está bem, meu amigo, embora eu na verdade não veja de que modo essa comida quente... Você fala como se o cachorro fosse o ganhador de um Derby.

— Eu não estou doido, apesar de parecer — garantiu Trevanion entrando na cozinha agora muito clara e tão alegre quanto se podia imaginar. — Tudo faz parte da experiência.

Deixei-o vistoriando potes e panelas e fui para a minha poltrona e para o meu livro sobre o Egito, até ser interrompido pela entrada do meu amigo, com o cão lambendo os beiços depois de ter comido. Atirando-se na poltrona oposta, Trevanion pegou a garrafa de uísque e eu olhei-o divertido por cima do livro.

— Terminaram as suas feitiçarias no fogão, Trev? — perguntei usando a velha abreviação do seu nome com que eu costumava chamá-lo. Trevanion riu enquanto enchia o cachimbo.

— Quando tivermos resolvido essa história você poderá rir de mim o quanto quiser, meu querido. Nove vezes em cada dez a coisa pode ter uma explicação comum, mas sempre existe a pequeníssima probabilidade de a décima vez se manifestar. Você se lembra do caso da Caixa que Não Para Fechada, quando você e eu estávamos trabalhando na estrada perto de Lahroe? Aquilo foi horripilante...

Concordei com a cabeça sem nada dizer. Naquele momento eu havia esquecido aquela velha história, que nunca fora totalmente explicada. Trevanion prosseguiu:

— Bom, eu acho, pelo que senti aqui na outra noite e por várias outras coisinhas — e ainda mais se a pequena experiência que acabei de tentar aqui com Ben for bem-sucedida —, eu acho que temos aqui um dos poucos casos de "esquisitice" genuína. Algo realmente misterioso.

Eu o interrompi, com um calafrio percorrendo a minha coluna.

— Sua experiência, então, foi com o cachorro?

Trevanion olhou para mim de um modo estranho.

— Dei a ele comida feita na caçarola que borbulhava! — disse ele por fim. Minha espinha sofreu outro calafrio, embora eu não imaginasse exatamente qual seria seu objetivo. Eu o fitei, perplexo.

— Mas o quê... Não estou entendendo bem qual é a sua intenção, Trev. O que é que você provaria com isso?

— Se eu estiver certo, nós logo veremos — disse Trevanion —, mas não vou lhe contar todas as minhas ideias antes do fim da sessão, pois elas podem influenciar as suas impressões e eu quero deixar sua mente tão aberta quanto possível esta noite... Mas por volta da meia-noite eu proponho que você, eu e o velho Ben nos fechemos na cozinha para vermos se alguma coisa acontece. Acho que se nós estivermos certos e *existir* efetivamente algo mais nisso do que as coisas da vida cotidiana, o comportamento do cão irá nos contar. Os animais são muito mais suscetíveis à influência psicológica do que nós, sobretudo os cães e os gatos. De qualquer forma, vale a pena tentar ver se ele parece sentir alguma coisa; se isso acontecer, temos uma prova de que você e eu não estamos ambos ligeiramente malucos.

Uma respiração entrecortada de Ben o interrompeu, e como um raio nós nos viramos. O pobre cão estava em convulsões de sofrimento mortal, os olhos saltando da sua cabeça, contorcendo-se e mordendo freneticamente nossas mãos enquanto tentávamos ajudá-lo. Corri para pegar um conhaque e leite quente, e nós dois conseguimos que ele melhorasse e nos sentamos olhando um para o outro, a pele formigando levemente com um certo pavor — pelo menos a minha...

— Eu estava absolutamente certo na minha primeira suposição, acho — disse Trevanion orgulhosamente, acariciando a cabeça do cachorro ainda ofegante e exausto. — Pobre Ben! Eu fervi uns restos naquela caçarola infernal e eles fizeram mal a ele, mas eu precisava descobrir de algum modo se a minha ideia estava certa, e, por Deus, ela estava. Tudo o que é cozido naquela coisa faz mal para as pessoas ou lhes dá um ataque como de envenenamento.

— Você acha que é algo na pintura? — arrisquei.

Trevanion não tinha certeza — era apenas uma caçarola comum de ágata —, mas achava que não. Ben continuava deitado ofegante no tapete diante da lareira, ainda em estado lamentável mas já recuperando as forças a cada minuto. Eu me abaixei e o afaguei.

— Temos de lhe dar outros cinco minutos ou mais para ele se recuperar — disse Trevanion. — Coitado. Mas não tem importância, ele estará bem num instante. Não me importo de lhe dizer, no entanto, que precisaremos de toda a nossa coragem para encarar a sua cozinha e a caçarola infernal. Aquele borbulho foi a coisa mais desagradável e perturbadora que eu já ouvi. O fato de ele não ter origem parece esconder algum significado sinistro; e o som ronronante de uma chaleira com água fervendo é normalmente uma coisa muito alegre.

Concordei com ele. Naquele momento eu não queria pensar demais naquilo, para falar a verdade, e assim fui logo procurar as cartas e nós jogamos pôquer durante mais ou menos meia hora. Então Strutt apareceu, deixou na mesa um sifão e com o seu habitual "Mais alguma coisa, senhor? Boa noite, senhor" foi para os seus aposentos.

Trevanion, com uma olhada no relógio — que marcava exatamente meia-noite, ou poucos minutos antes —, levantou-se e acordou o velho cão, que estava dormindo com o queixo sobre as patas. Em silêncio nós apagamos algumas luzes e fomos pé ante pé até a cozinha. A porta estava aberta, evidentemente, mas fora isso o apartamento inteiro parecia normal. Tínhamos levado conosco almofadas e tapetes e os atiramos no canto da cozinha que ficava mais distante do fogão, próximo da janela; dali podíamos ver tanto a porta quanto o fogão — e a caçarola — sem estarmos muito próximos. Como sempre, eu senti uma terrível relutância em entrar ali, mas a presença de Trevanion conseguiu acabar com ela, e, além do mais, apesar de todo o medo, eu queria saber o que nós poderíamos ver. Instalando-nos ali, procurei um cachimbo no bolso e percebi que o cão não estava conosco. Trevanion esticou o pescoço chamando-o baixinho. Os olhos do cão velho brilharam nas sombras do hall; ele pôs um nariz cauteloso na soleira e imediatamente se retirou com as orelhas em pé. Trevanion olhou para mim e balançou a cabeça.

— Você está vendo? Existe *mesmo* uma atmosfera divertida aqui. Venha, Ben, amigão, venha aqui. — À força de muita bajulação o cachorro se arrastou até a cozinha, bastante a contragosto mas obediente, e nós abrimos espaço para ele ao nosso lado. Mas ele não se deitou e ficou levantando a cabeça e farejando o ar, os olhos atentos, intrigado e com um temor vagamente instigante. O silêncio foi aumentando com o passar dos minutos e mesmo os comentários ocasionais que no início trocávamos em tom baixo se extinguiram no silêncio que envolvia todo o apartamento, e nós fumávamos nosso cachimbo solenemente, os olhos grudados na cabeça peluda de Ben. Parecia que o ar se tornava cada vez mais frio, também, enquanto estávamos sentados ali, apesar da tepidez da noite primaveril que se insinuava pela janela entreaberta. Enquanto o silêncio aumentava, o frio também parecia se intensificar; tínhamos a impressão de que a atmosfera trazia uma ameaça fria, muda, que nos cercava cada vez mais de perto, tão gradualmente que nós quase não percebemos quando ela começou, e de repente estávamos cercados, imersos nela. Eu tinha as mãos congeladas e minha mente parecia ter ficado igualmente fria e muda. Trevanion me disse depois que sentiu a mesma coisa. O pelo amarelo de Ben estava arrepiado num colarinho em torno da sua cabeça, seus olhos cautelosos, velhos mas alertas, vagando incessantemente pela pequena cozinha. O luar, inundando todo o cômodo com uma luz branca e misteriosa, contribuía para o efeito sinistro — as sombras de contornos nítidos, negras, atrás de cada peça de mobília —, o relógio do vovô parecendo ocultar uma coisa esguia que nos vigiava furtivamente com olhinhos medonhos.

Trevanion mexeu a perna e tossiu. Nossos olhos se encontraram e eu vi na mente dele o mesmo pensamento: o silêncio, ajudado pela nossa vívida imaginação — que já estava superexcitada em virtude do episódio com o pobre Ben —, iria atuar sobre os nossos nervos até nos levar a criar formas e sons a partir de meras sombras e do silêncio da noite? Nesse momento o cão subitamente decidiu por nós: com um latidinho de agitação ele se sentou, os olhos fixos na porta aberta; eu não ouvi nada, mas obviamente seus ouvidos, mais aguçados para graus de som, haviam captado na escuridão do apartamento algo que o afligiu vagamente. Normalmente qualquer cão teria logo saído para investigar, mas Ben permaneceu, pronto para a ação, a cabeça para a frente, as patas esticadas — Trevanion me cutucou para observá-lo, mas eu não precisava disso —, e então subitamente se colou ao chão entre nós, a cabeça baixa, os olhos fixos na porta, todo trêmulo. No mesmo instante eu tive a impressão de ouvir um movimento tênue na escuridão além da porta — muito tênue, mas inegável. Pareceu-me o som de uma porta sendo fechada com um cuidado delicadíssimo, de modo a evitar qualquer rangido ou estrépito do trinco. A perfeita cautela subentendida no som tornou-o particularmente horrível — senti meu cabelo se arrepiar ao apurar os ouvidos, perguntando-me se aquele som podia ser produto da minha imaginação. A pausa do silêncio que se seguiu foi quase pior — era como a pausa feita por alguém que, tendo fechado a porta, ficasse à espera lá fora para se certificar de não ter sido ouvido. Controlei-me, olhei para Trevanion. Ele também tinha a mão fria; no entanto, nós estávamos ambos suficientemente equilibrados... à espera. Para falar a verdade eu duvido que algum de nós pudesse ter se mexido, pois estávamos presos na fascinação do medo. De repente Ben deu um ganido aterrorizado e se encolheu impetuosamente nos tapetes. Outro som rompeu na aterradora quietude. Um débil movimento no corredor, na extremidade mais distante: pé ante pé, parando para ser ainda mais secreto, *Algo* se movia furtivamente na direção da porta da cozinha! O vento encanado parecia se tornar ainda mais frio; eriçava os pelos dos nossos braços e o casaco rústico de Ben. A pele se arrepiava suave e horrivelmente nos meus ossos, quando agarrei a mão fria e úmida de Trev e olhei para a porta, tentando parar de bater o queixo, enquanto a Coisa que estava no corredor se arrastava suavemente, cada vez mais próxima. Digo "se arrastava" porque isso descreve com clareza o som: um passo quase inaudível acompanhado de um suave farfalhar como o de uma saia que se arrasta. Nesse momento tomei consciência de outro fenômeno — o ar era invadido por um aroma forte, de patchuli, talvez, mas de qualquer forma um perfume muito perceptível que parecia anunciar a aproximação da Coisa. Nossa garganta secou de medo, nós nos encolhemos bem perto um do outro, olhando para o cão que gemia e chorava — e os passos se aproximaram e pararam do outro lado da porta da cozinha, como se o que quer que estivesse caminhando naquela noite tivesse parado para nos examinar pela fenda da porta e através dela risse de nós! Por puro terror, superior a tudo o que eu jamais conhecera, a bruxaria nos mantinha estáticos, olhando fixo, enquanto Ben, trêmulo, os olhos esbugalhados, levantava-se lentamente como se para enfrentar alguma coisa. Silêncio de morte. Nem Trevanion nem eu víamos nada, mas o olhar do cão seguia Alguém que entrava, mantendo-se sempre numa altura de cerca de um metro e meio do chão. O luar entrava de cheio na cozinha, mas Alguém entrou — parou — e caminhou em direção ao fogão. Enquanto nossos olhos aterrorizados seguiam os de Ben, fixos no Invisível, ouvimos o ruído fraco de uma cautelosa mão se deslocando entre potes e panelas sobre o fogão — e subitamente, no silêncio ouviu-se um sonzinho sinistro — o tinido de uma tampa de caçarola cuidadosamente levantada. Meus olhos saltaram e eu fiquei mudo e boquiaberto — a tampa da caçarolinha, como eu temera, acabara de ser levantada e debaixo dela parecia que uma rala espiral de vapor, fina, azul e horrível, subia furtivamente. Por absurdo que possa parecer, isso simplesmente me arruinou — o feitiço do puro terror dominou-nos a ambos —, e com um grito de medo mortal eu me atirei para longe dos tapetes e passei correndo como um louco por aquele horrível fogão, tendo Trevanion nos meus calcanhares atrapalhando-se com o pobre Ben enquanto corria. Chegamos à sala de fumar e, batendo a porta para confinar o Horror que imperava na cozinha sinistra, afundamos em duas cadeiras, transpirando de pavor. Eu estava lívido e suado, e a mão de Trevanion se chocou com os copos, quando ele foi nos servir uma boa dose de uísque. Mesmo agora, no silêncio, insinuava-se no ar aquele horrível som de água borbulhando; havia nele quase um quê de meditação, como se a alma que havia atrás daquele odioso ruidinho ronronante estivesse se divertindo e se sentasse rindo para si mesma, planejando uma nova ação maligna — uma notinha trocista, ameaçadora. Ah, aquele som era inexprimivelmente vil e terrível. E pensar — pois agora sabíamos disso — que Algo, ou melhor, Alguém, sem o recurso da energia — de gás ou qualquer outra — desenvolvida pelo homem, ferveria naquela horrível caçarolazinha algum tipo de bebida diabólica todas as noites que eu passasse naquele apartamento! A voz de Trevanion quebrou o silêncio, ainda bastante trêmula.

— Bom, eu disse que você tinha um espectro, Connor, e, por Deus, você tem uma beldade! Admito francamente que esta noite eu não vou voltar a passar pela porta daquela cozinha; vou reivindicar um colchão no chão, se na sua cama não podem dormir dois!

Sua risada foi um tanto áspera, mas atingiu o seu próprio objetivo e eu me controlei. Tirando os óculos, dei umas palmadinhas em Ben e notei que seu pelo começava a se assentar e que a luz do terror ia desaparecendo dos seus olhos.

À distância, porém mais debilmente, o som infernal ainda ronronava.

— O que é isso, em nome de Deus? — exclamei.

Trevanion estava se recobrando rapidamente. Acendeu um cigarro.

— Eu não sei, por certo, mas precisamos interrogar o seu criado Strutt. Acho que você vai descobrir que ele sabe mais sobre isso do que você imagina; ele apareceu na cozinha quando eu estava dando a comida para o Ben e eu vi que ele se sobressaltou e olhou para a caçarola de um jeito furtivo; eu fingi não perceber. Então ele olhou para a prateleira onde ela às vezes fica e pareceu perplexo. Vou sondá-lo. Obviamente tudo gira em torno daquela caçarola infernal. Seja como for, estamos ambos embasbacados demais para fazer qualquer outra coisa esta noite. Vamos nos deitar e amanhã nós investigamos a história.

Dormimos como duas pedras, Trevanion no sofá do meu quarto, afundado em tapetes e travesseiros. Acordei com o dia já claro e Strutt no meu ombro com uma chávena de chá. Eu sempre tive um fraco por chá na cama, mesmo sabendo que isso parece feminino. Trevanion já estava acordado. Quando meu criado foi lhe entregar o chá, Trevanion olhou para ele.

— Strutt — disse ele —, você ferveu a água do chá na... caçarola?

Houve uma pausa e os olhos de Strutt, primeiro vazios e depois tomados por um alívio apaixonado, encararam os olhos azuis atentos de Trevanion.

— O senhor... então o senhor sabe? Graças a Deus eu não sou louco.

Virei-me para ele bruscamente.

— Ah, Strutt, você também deve ter visto alguma coisa!

— Visto alguma coisa, senhor! Bom, cavalheiros, os senhores não imaginam como eu fico aliviado por ver que os senhores sabem e não acham que eu estou doido nem bêbado... Bom, eu não sei dizer o que é. Estes últimos dois dias têm sido um inferno — perdão, senhor, mas é verdade — e eu não ousei falar com o senhor temendo que o senhor me julgasse maluco ou achasse que eu havia bebido.

Os olhos cansados de Strutt, sob os quais se viam fortes olheiras, contavam a sua própria história, e o alívio apaixonado, quase lacrimoso, da sua voz era claramente real. Senti uma grande admiração por Strutt ao perceber que nos últimos dias ele certamente enfrentara sozinho um sem-número de terrores. Trevanion meneou a cabeça, os olhos alertas e interessados.

— Vá em frente, Strutt, isso é muito interessante. Agora me diga: quando você fez o café para o sr. Connor na primeira noite que ele passou aqui, você usou aquela caçarola para ferver a água ou uma chaleira?

Os olhos de Strutt voltaram a encarar resolutos os de Trevanion. Acho que nós dois sabíamos qual seria a resposta antes que ele a desse.

— A caçarola, senhor. A chaleira estava vazando. A caçarolinha de ágata... a... a... aquela que *ferve*, senhor. — A voz de Strutt subitamente mergulhou num sussurro desagradável, e, embora já fosse dia claro, nós involuntariamente nos arrepiamos.

— E no dia em que você passou mal?

Meu criado concordou com a cabeça.

— Sim, senhor, eu cozinhei nela um ovo para o meu desjejum... Eu... queria ter falado antes com o senhor sobre isso, senhor, mas tudo parecia tão maluco que eu não quis... Eu receava que se lhe contasse tudo o que vi e ouvi o senhor acharia que eu tinha dado para beber.

— Meu Deus, agora não! — disse eu fervorosamente. — Depois de ontem à noite eu acreditaria em qualquer coisa que ouvisse sobre este apartamento infernal! Vá em frente, Strutt, pelo amor de Deus. Conte para nós tudo o que você sabe sobre a coisa; não deixe de mencionar nada.

— Bom, senhor, na primeira noite que eu dormi aqui, a noite em que o senhor passou mal, eu saí do seu quarto e fui ver se tudo estava em ordem; então ouvi alguma coisa cantando na cozinha, borbulhando e parecendo soltar um vapor, como uma chaleira com água fervente. Pensando que decerto eu havia esquecido alguma coisa no fogo, ou a sra. Barker, eu entrei lá, mas vi que estava tudo calmo e absolutamente frio e escuro. Nenhum sinal... Bom, eu senti medo, mas achei que devia estar meio dormindo. Então voltei para o meu quarto e deixei a porta aberta, e dentro de alguns minutos o mesmo barulho apareceu de novo. Fui até lá, pé ante pé, para tentar descobrir o que fazia aquele barulho e então vi a caçarolinha fervendo furiosamente. O senhor não acha que eu estou bêbado, não é, senhor?

— Claro que não. Não achamos. Eu não acho. Continue. O que foi que você fez?

— Eu entrei, senhor. Não me importo de dizer que foi muito difícil fazer isso. Eu teria dado um mês de salário para não ir lá, mas não queria me sentir derrotado e, além de tudo, achava que eu *precisava* ver as coisas... Bom, senhor, no instante em que pus o pé na cozinha aquela coisa maldita parou; é a mais pura verdade. Nem estava quente. Então eu voltei correndo para o meu quarto. Bom, na manhã seguinte acordei imaginando que decerto eu tinha tido um acesso de loucura ou estava vendo coisas, mas não gostei do aspecto daquela caçarola até que comecei a achar que estava agindo como um bobo e cozinhei aquele ovo nela para mostrar que eu não me importava. Bom, depois de passar tão mal quanto o senhor eu disse que não ia me meter mais com aquela coisa abominável e a joguei na lixeira, mas na noite passada ela estava de volta, e, perdoem-me, senhores, mas se eu fosse os senhores não poria a mão nela. Tem alguma coisa errada com ela; não toquem nela.

A voz perturbada de Strutt silenciou e os olhos de Trevanion se encontraram com os meus. Ele sacudiu a cabeça.

— Você tem razão, Strutt. Tudo o que você diz serve para provar a minha teoria. Obviamente tudo o que é cozido naquela coisa produz sintomas agudos de algum tipo de envenenamento. Arsênico, eu diria. Os detalhes nós podemos descobrir mais tarde. Mas, diabos, que relação tem essa história com a caçarola? Entendi que todas as coisas da cozinha pertenciam à mulher que morava aqui antes.

— Sim, senhor, foi o que eu entendi. A sra. Barker trabalhou para ela durante muito tempo e tomava conta do apartamento, quando ela foi embora. Ontem eu ouvi o que nós não sabíamos, quando o senhor aceitou o apartamento: sucessivamente três famílias haviam ficado com ele e desistido muito de repente. Fiquei sabendo que uma ou duas delas caíram doentes sem mais nem menos. Tenho certeza de que no fundo o motivo da saída delas foi essa caçarola, senhor. De qualquer modo nenhuma delas ficou mais de um mês aqui.

— Sra. Barker... sra. Barker — cismou Trevanion. — Fico pensando se essa velha alma sabe de alguma coisa...

Enquanto ele falava, ouvimos o que pareceu um leve arrastar de pés do outro lado da porta. Pulei da cama e corri para abri-la. A sra. Barker estava lá fora, em pessoa, seu rosto enrugado e repulsivo cheio de raiva e medo, as mãos nodosas torcidas no avental. Todos nós olhamos, depois Trevanion agarrou o seu pulso, enquanto ela tentava escapar.

— Não, a senhora não vai embora! Eu gostaria de saber por que é que a senhora estava aí escutando.

A sra. Barker olhou para ele carrancuda e virulenta mas não deu nenhuma resposta. Arrastando-a para dentro do quarto, Trevanion fechou a porta determinado.

— Escute aqui, tem uma coisa de que eu não estou gostando, Connor. Você acha que isso tudo é uma vigarice dessa velha bruxa, por razões que só ela conhece?

Balancei a cabeça, ainda sem entender. Mesmo me parecendo agora uma velha má, com o rosto todo torcido de ódio, eu não via de que modo ela podia ter sido responsável por todas as coisas estranhas que nós tínhamos, os três, testemunhado nos últimos dias.

— A senhora sabe... alguma coisa! — disse Trevanion com firmeza. — Conte-nos toda a verdade sobre essa história detestável e nada lhe acontecerá. Do contrário...

— Não vou contar a vocês. Além do mais, não há nada para contar — respondeu a velha mal-humorada.

Strutt interrompeu-a subitamente.

— A senhora está mentindo. Perdão, senhor, mas eu a vi rir quando o sr. Connor passou mal. Ora, pecadora cruel, conte tudo o que a senhora sabe sobre isso, como lhe pediram, ou eu faço a senhora comer alguma coisa preparada naquela caçarola.

Foi horrível. Ao ser ameaçada, a bruxa se debateu como um coelho atingido e ergueu as mãos trêmulas, retorcidas. Seu terror mortal era pavorosamente sincero. Levantei a mão.

— Tudo bem, Strutt. Deixe-a, Trev. Ela vai falar.

Com uma voz trêmula e tensa, soturna mas vencida, a velha começou a sua história. Será que algum dia eu esquecerei a cena: o quarto em desalinho, Trevanion e eu de pijama, atentos, e Strutt, impassivelmente correto, como sempre, de costas para a porta enquanto ela falava? A história foi incompleta; muita coisa precisou ser aceita sem contestação, mas o quadro que ela nos formou da sua ex-patroa foi suficientemente sinistro. Jovem, linda, dura como mármore; um marido velho que se interpunha entre ela e os fins a que ela aspirava... Um amante — amantes — e riquezas a serem ganhas, quando o velho morresse. Um dos amantes era médico, um misterioso pacote de pó visto sendo entregue por ele à mulher certo dia em que a velha estava espionando, e depois o papel vazio, encontrado num canto, com alguns grãos de pó branco nas dobras. Depois disso a saúde do marido enfraquecendo gradualmente, sendo ajudada apenas pela constante solicitude da sua jovem esposa, a menina dos seus olhos. Ela era incansável nos cuidados com ele. Quantas vezes não acordava no meio da noite para cozinhar sopa ou preparar um chá ou qualquer coisa que ele quisesse? Por fim ele ficou tão mal, que não conseguia ingerir nada que ela lhe preparava. Seus ataques de dor eram terríveis, diziam as pessoas; parece que o faziam se contorcer — o médico disse que era coração —, o jovem médico que era amigo de madame estava cuidando dele, e ele e madame riam juntos na escada, quando ele deixava o quarto do velho. Então o marido morreu e foi enterrado às pressas. O médico era louco pela madame e uma noite a sra. Barker os ouviu planejar se casarem logo. Ela disse que o estava favorecendo no seu testamento e rindo insistiu em que ele devia retribuir aquela gentileza. Ele fez isso e a sra. Barker foi convidada para ser testemunha; eles estavam muito contentes juntos e madame insistiu em fazer um ponche especial para ele comemorar a sua felicidade. Madame entrou rindo na cozinha e parecia até conversar com a caçarola enquanto a água fervia para o ponche. Então ela dispensou a sra. Barker, mas o médico não chegou a ter lua de mel. No dia seguinte foi encontrado morto no apartamento e madame partiu com outro homem, um espanhol com quem ela estava tendo um romance ao mesmo tempo. Não, disseram que foi ataque do coração, mas a sra. Barker... Bom, ela pensou uma porção de coisas que não chegou a falar. De que adiantaria? E madame deixou as suas instruções para cuidar do apartamento até ele ser alugado, o que se revelou um serviço ótimo. Mas ela nunca pensou em cozinhar alguma coisa naquela caçarola; guardou-a numa prateleira até que um dia os novos inquilinos a usaram, ficaram doentes e partiram. A mesma coisa aconteceu novamente com os outros inquilinos, e eles diziam que viam coisas e ouviam a chaleira ou alguma coisa ferver, quando não havia nada lá. Sim, madame usava um cheiro engraçado — começava com "p" mas ela não sabia dizer a palavra —, havia noites em que ele recendia em todo o apartamento... Ela não podia dizer que tinha visto alguma coisa — tomava o cuidado de ir para a cama cedo, quando estava morando no apartamento, e de qualquer modo nunca saía da cozinha... Sim... (desafiadora) ela havia usado a coisa de propósito uma vez ou duas! Era uma mulher pobre, e tomar conta do apartamento é um trabalho bom, quando se tem um emprego como esse e ninguém se mete. É verdade, ela havia usado a caçarola antes para afugentar inquilinos porque queria manter o seu emprego e não se importava. Havia uma porção de outros apartamentos em Londres. Não... Ela... A coisa só acontecia quando a caçarola estava no fogão, como era costume. É verdade, ela não a encontrou no dia em que Strutt a atirou na lata de lixo; então procurou por toda parte até encontrá-la e pô-la de volta. Evidentemente ela queria que nós fôssemos embora, como os demais — os corretores estavam tão irritados com aquela história de inquilinos indo embora logo no início do contrato que disseram que se acontecesse a mesma coisa conosco eles não se esforçariam para alugar o apartamento novamente... Arrependida? Por quê? Ela nunca soube de ninguém que tivesse morrido com aquilo. Somente tinham ataques, como o velho.

Nós a dispensamos e depois que a porta se fechou sobre a sua figura o olhar de Trevanion encontrou o meu.

Cautelosamente, fomos até a cozinha e pegamos a caçarola, instrumento aparentemente inofensivo dos crimes de uma mulher implacável. Cautelosamente eu a entreguei para Strutt.

— Pelo amor de Deus, Strutt, amarre uma pedra nessa coisa vil e atire-a no Tâmisa, ou queime-a. Livre-se dela, de algum modo. Parece que nos aconteceu uma das histórias mais desagradáveis de que eu já ouvi falar. Contudo, uma vez livres disso eu não acho que nós iremos ser incomodados outra vez, pois obviamente essa coisinha horrível é o "germe" da assombração.

Isso realmente era verdade, pois o borbulhar espectral nunca voltou a perturbar o apartamento, e nem a porta da cozinha insistiu em se abrir. O fantasma foi esconjurado — mas muitas vezes eu especulo sobre o destino provavelmente reservado para o infeliz que agora está apaixonado pela mulher cujas mãos brancas já prepararam a morte do marido e do amante naquela misteriosa caçarola.

Margaret Irwin

O LIVRO

Numa noite nevoenta de novembro o sr. Corbett, tendo adivinhado já no terceiro capítulo da sua história de detetive quem era o assassino, levantou-se da cama desapontado e desceu a escada para procurar algo mais satisfatório que o fizesse adormecer.

A neblina havia se insinuado pelas janelas fechadas e encortinadas da sala de jantar e pairava espessa no ar num silêncio que parecia tão pesado e sem vida quanto ela própria. A atmosfera era mais sufocante que no seu quarto, e muito fria, embora numa grande lareira ainda queimassem os restos de um fogo.

A estante da sala de jantar era a mais provida da casa e tinha uma coleção descuidadamente heterogênea que atendia a todos os gostos da casa, junto com alguns enfadonhos e obscuros livros de teologia remanescentes da venda da biblioteca de um tio erudito. Romances baratos, comprados em bancas de estações ferroviárias pela sra. Corbett — para quem o único tempo disponível para leituras era o das viagens —, estavam comprimidos ali como sardinha em lata, anões intrusos entre as respeitáveis obras de cultura do século XIX sobriamente encadernadas em azul-marinho ou verde, que o sr. Corbett julgara correto comprar nos seus tempos de Oxford; ao lado deles pavoneavam os grandes livros de história infantil com encadernação alegre e as coleções de Contos de Fada, com livros de todas as cores.

Entre essa multidão ordenada de livros encadernados com tecido destacava-se aqui e ali um embolorado sepulcro de erudição, marrom por conta da poeira e não tanto do couro, que não trazia na sua lombada despedaçada qualquer vestígio de letras douradas, mesmo que pálidas, dizendo o que havia lá dentro. Alguns desses sobreviventes moribundos da biblioteca do decano estavam inospitamente atados com braçadeiras desbotadas; todos permaneciam fechados e pareciam impenetráveis, as ameaçadoras costas em branco erguendo-se sobre suas vizinhanças frívolas com o ar de escárnio próprio de um conhecimento privado e oculto. Pois agora apenas o verme da degradação abria caminho pelas suas páginas que cheiram ao maligno.

Num raro voo de fantasia, o sr. Corbett imaginou que o ar vaporoso e oprimido pela neblina que em torno da biblioteca parecia se adensar era como o hálito úmido e venenoso exalado por algum daqueles volumes em lenta decomposição. Ao longo de todo aquele dia ele não fora atingido de modo tão agudo quanto ali, com o desconforto causado por aquela presença penetrante e impalpável; tentando tirar aquilo da garganta ele sofreu um engasgo desagradabilíssimo.

Ele escolheu apressadamente como adequado para um *fog* londrino um volume de Dickens que estava na segunda prateleira, e já estava no pé da escada quando resolveu que sua leitura naquela noite devia, por contraste, ser de céus azuis italianos e estátuas brancas, em belas frases rítmicas. Voltou para procurar um Walter Pater.

Encontrou *Marius the Epicurean* (Mário, o epicurista) inclinado num espaço vazio deixado pela retirada que ele fizera de *The Old Curiosity Shop* (A velha loja de antiguidades). Era um intervalo grande demais para ter sido deixado por um único volume, pois os livros daquela prateleira ficavam muito comprimidos uns contra os outros. Ele pôs o Dickens de volta na prateleira e viu que ainda havia espaço para um livro grande. Então disse para si mesmo com palavras cuidadosas e precisas: "Isso é bobagem. Ninguém pode ter entrado na sala de jantar e retirado um livro enquanto eu estava atravessando o hall. Já devia haver um espaço vazio anteriormente na segunda prateleira." Mas outra parte da sua mente ficava dizendo numa torrente precipitada, atropelada: "Não havia espaço vazio na segunda prateleira. Não havia espaço vazio na segunda prateleira."

Ele procurou agarrar tanto o *Marius* quanto *The Old Curiosity Shop* e foi para o quarto numa pressa desnecessária e absurda, já que mesmo se ele acreditasse em fantasmas — o que não acontecia — ninguém tinha a menor razão para suspeitar da existência de algum na moderna casa de Kensington onde ele e sua família viveram durante os últimos 15 anos. A leitura era a melhor coisa para acalmar os nervos, e Dickens era um autor agradável, saudável e substancioso.

Naquela noite, no entanto, Dickens impressionou-o de modo diferente. Por trás da compaixão sentimental do autor pelos fracos e desamparados ele percebeu um prazer revoltante com a crueldade e o sofrimento, ao passo que as figuras grotescas das ilustrações de Cruikshank revelavam muito claramente as distorções hediondas da alma daquelas pessoas. O que lhe havia parecido divertido soava agora diabólico, e, repugnado com esses dois prediletos, ele se voltou para Walter Pater a fim de ter o repouso e a dignidade de um espírito clássico.

Mas então ele se perguntou se esse espírito não era essencialmente do tipo marmóreo, frígido e inerte, contrário ao objetivo da natureza. "Já pensei muitas vezes", disse ele para si mesmo, "que existe algo de mau na adoração austera da beleza pela beleza". Ele nunca havia pensado nisso antes, mas gostou de achar que esse impulso de fantasia era resultado da reflexão madura, e com essa satisfação se preparou para dormir. Acordou duas ou três vezes aquela noite, o que era incomum, mas não lhe desagradou, porque em todas elas estava tendo sonhos horríveis com aquelas inocentes obras vitorianas. Lépidos demônios de suíças e bombachas torturavam uma donzela encantadora e olhavam de soslaio, deleitados com a sua angústia; os deuses e heróis da fábula clássica praticavam atos cujo crime e vergonha declarados o sr. Corbett nunca havia apreciado nas obras latinas e gregas. Quando acordou suando frio por conta do espetáculo da língua cortada e gotejando sangue de Filomela estuprada, ele resolveu que o melhor seria descer e procurar outro livro que levasse seus pensamentos para outra direção mais agradável. Mas a sua crescente relutância em fazer isso encontrou uma centena de desculpas. Agora a lembrança do espaço vazio na prateleira lhe ocorria com uma impressão de importância anormal; nos tumultuados cochilos que se sucederam depois disso, esse intervalo entre dois livros parecia a deformidade mais hedionda, como um intervalo entre os dentes da frente na careta de algum monstro.

Mas de manhã, na luz clara do dia, o sr. Corbett desceu para a agradável sala de jantar com suas janelas ensolaradas e o cheiro de café e torrada, e tomou um café da manhã tão farto quanto em qualquer outro dia, com a mente ocupada principalmente pelos cumprimentos a si mesmo porque o vento havia levado a neblina para longe, a tempo do seu jogo de golfe do sábado. Assobiando alegremente, estava despejando a sua última xícara de café quando sua mão se deteve no momento em que, passeando o olhar pela estante, percebeu que agora não havia nenhum intervalo na segunda prateleira. Ele perguntou quem havia ido à estante naquele dia, mas nenhuma das meninas fora, e Dick e a sra. Corbett ainda não haviam descido. A criada nunca tocava nos livros. Quiseram saber qual era o livro que estava faltando na estante, o que o fez parecer tolo, pois ele não soube dizer. As coisas que nos perturbam à meia-noite são insignificantes às nove da manhã.

— Eu achei que havia um intervalo vazio na segunda prateleira — disse ele —, mas isso não tem importância.

— Nunca há intervalo vazio na segunda prateleira — disse a pequena Jean animadamente. — Mesmo se a gente tira uma porção de livros dela, quando vai pôr de volta o espaço está sempre preenchido. O senhor nunca observou isso? Eu observei.

Nora, a do meio, disse que Jean era uma tonta; tinham-na encontrado chorando por causa das ilustrações divertidas de *The Rose and the Ring* (A rosa e o anel), porque, segundo a garotinha, nelas as pessoas tinham caras repulsivas, e a figura de um gato preto a havia perturbado porque ela achava que ele era um feiticeiro. O sr. Corbett não gostava de pensar nessas fantasias para a sua Jeannie. Ela logo retalhou dizendo que Dicky era igualmente mau e era um menino grande. Ele havia chutado um livro pela sala e dito "Que porcaria", exatamente assim. Jean era uma boa imitadora; seu tom expressava uma aversão virulenta e ela fez o gesto de deixar cair um livro como se simplesmente tocá-lo fosse uma coisa asquerosa. Dicky, que tinha feito sinais violentos para ela, disse-lhe que ela era uma cobrinha detestável e que ele nunca mais a levaria a passear na garupa da sua bicicleta. O sr. Corbett estava perturbado. Empregadas domésticas desagradáveis e colegas de escola capazes de grandes maldades passavam pela sua cabeça, enquanto com um ar grave ele perguntava ao filho onde ele tinha pegado esse livro.

— Naquela estante de livros, claro — disse Dicky furioso.

No final das contas o livro era *As viagens de Gulliver* na versão infantil, que a avó lhe tinha dado, e Dicky precisou finalmente explicar a fúria que sentia em relação ao demônio que o escreveu com o objetivo de mostrar que os homens eram piores que os animais e que a espécie humana era um fracasso total. Um menino que nunca havia trazido para casa um boletim escolar bom não tinha o direito de ser tão morbidamente sensível a ponto de perceber o cinismo latente da deliciosa fábula de Swift, e ainda mais na edição alegre e cuidadosamente expurgada que publicam atualmente. O sr. Corbett não podia dizer que ele próprio havia notado o cinismo, embora soubesse da sua presença pelos livros de crítica, e um tanto aborrecido ele aconselhou o filho a pegar uma história moderna e animada de aventura para meninos que não deprimiria ninguém. Mas parecia que no momento Dicky estava "brigado com a leitura", e as meninas repetiram isso.

O sr. Corbett logo descobriu que também ele estava "brigado com a leitura". Todos os livros novos lhe pareciam fracos, sem sabor e desinteressantes; ao passo que os seus velhos livros conhecidos eram deprimentes ou até mesmo obscuramente repugnantes. Todos os autores devem ter a mente suja; provavelmente eles escreviam o que não ousavam expressar na sua vida. Stevenson havia dito que a literatura é uma secreção mórbida; ele leu Stevenson novamente para descobrir essa morbidade e a detectou nos seus artigos de autocomiseração disfarçada em coragem, e em *A ilha do tesouro* viu uma atração doentia pela brutalidade.

Isso lhe deu um interesse por descobrir o que lhe tinha desagradado tanto e seu gosto pela leitura reviveu, enquanto ele se regalava na exploração das fraquezas ocultas de mentes que muitos tolos valorizavam como grandes e nobres. Viu Jane Austen e Charlotte Brontë como dois exemplos desagradáveis de solteironas; a primeira como uma abelhuda acidulada que se metia nos namoros dos outros, a outra como uma delirante ansiosa que buscava a autoimolação no altar das suas paixões frustradas. Comparava o amor de Wordsworth pela natureza ao egoísmo monstruoso do líder venerável, isolado do rebanho.

Esses poderes de penetração o deixavam perplexo. Com uma mente tão aguda e original ele deveria ter atingido a grandeza, mas era um simples advogado, e nem mesmo um advogado próspero. Se tivesse dinheiro poderia fazer algo com as ações de marfim, mas seria puro jogo, e ele não tinha sorte. A inveja natural que sentia dos seus conhecidos mais ricos agora se misturava a um desprezo, quase aversão, pela estupidez deles. A digestão do almoço na City se arruinava, quando ele encontrava caducos sentimentais mas bem-sucedidos que outrora havia considerado sujeitos agradáveis. Bastava vê-los para seu jogo de golfe ficar estragado, e assim ele veio a preferir ler sozinho na sala de jantar até nas tardes ensolaradas.

Ele descobriu também, e ligeiramente chocado, que a sra. Corbett sempre o havia entediado. Começou a antipatizar ativamente com Dicky, definindo-o como um cabeça-dura insolente, e quanto às duas meninas, achava-as tão insipidamente iguais quanto ratos brancos; foi um alívio quando ele aboliu o cansativo hábito que as crianças tinham de entrar na sala para lhe dar boa-noite.

No silêncio e isolamento da sala de jantar, agora ininterruptos, ele lia com uma pressa febril, como se estivesse procurando alguma pista para o conhecimento, alguma chave secreta para a existência que a reanimaria e inflamaria, que a transformaria do atual torpor monótono numa vida digna dele e de suas aptidões.

Ele até mesmo explorou os poucos restos decrépitos da biblioteca de teologia do seu tio. Entediado e frustrado, ainda assim persistiu, e teve o alívio ocasional de uma gravura feia de Adão e Eva com figuras que pareciam almofadas cilíndricas e tinham o cabelo como dálias, ou um mapa do Cosmo com a boca do inferno num canto, expelindo demônios. Um desses livros tinha na margem diagramas e símbolos que ele considerou serem fórmulas matemáticas de um tipo que ele não conhecia. Agora ele sabia que essas fórmulas eram desenhadas, e não impressas, e que o livro estava manuscrito numa letra negra muito benfeita e complicada que parecia impressão com tipo gótico. Além disso era em latim, fato que deu ao sr. Corbett um choque de desapontamento irracional. Pois, enquanto examinava os sinais da margem, ele havia sido tomado por um júbilo extraordinário, como se soubesse que estava no limiar de uma descoberta capaz de mudar toda a sua vida. Mas ele havia esquecido o latim que aprendera.

Com um ar reservado e culpado que teria parecido absurdo para qualquer pessoa que soubesse da sua intenção inofensiva, ele foi de mansinho até o quarto de estudos para pegar o dicionário e a gramática de latim de Dicky e voltou depressa para a sala de jantar, onde, com uma aplicação ansiosa que surpreendeu a ele próprio, tentou descobrir do que se tratava o livro. Não havia título e nem autor. No final havia muitas páginas em branco e a escrita terminava no fim de uma página sem nenhum ornamento ou cabeçalho, como se o livro não tivesse sido concluído. Com base nas sentenças que ele pôde traduzir, parecia ser uma obra de teologia, e não de matemática. Havia constantes referências ao Mestre, aos seus desejos e exigências, que pareciam ser de um tipo complicado. O sr. Corbett começou a pular estas como simples relatos de cerimonial, mas seus olhos pousaram numa palavra que lhe pareceu inesperada num relato desse tipo. Ele leu atentamente esse trecho, olhando cada palavra no dicionário, e quase não acreditou no resultado da sua tradução. "É evidente", resolveu ele, "que este livro foi escrito por algum antigo missionário e o trecho que acabei de ler é o registro de algum rito terrível praticado por uma tribo selvagem de adoradores do diabo". Embora o qualificasse de "terrível", ele refletiu sobre isso, registrando na memória todos os detalhes. Então se divertiu copiando os sinais na margem próxima a eles e tentando descobrir o seu significado. Mas uma sensação de frio doentio instalou-se em todo o seu corpo, sua cabeça girava e ele quase não conseguia ver as figuras que estavam diante dos seus olhos. Ele desconfiou de um repentino ataque de gripe e foi pedir um remédio à sua mulher.

Eles estavam todos na sala de visitas, a sra. Corbett ajudando Nora e Jean num jogo novo, Dicky tocando pianola e Mike, o *terrier* irlandês, que havia deixado seu lugar habitual no tapete da lareira da sala de jantar e estava estendido ao lado do fogo. O sr. Corbett captou imediatamente a paz e a animação da cena, antes que sua família se voltasse para ele e perguntasse em tons assustados o que acontecera. Mentalmente ele registrou que eles lembravam carneiros; olhou-se no espelho e nada na sua aparência lhe pareceu estranho; eram os rostos embasbacados da sua família que eram desconhecidos. Então ele observou o comportamento extraordinário de Mike, que saltara do tapete da lareira e estava agachado no canto mais distante sem emitir um único som, mas com os olhos dilatados e espuma em volta dos dentes. Sob o olhar do sr. Corbett, ele se retirou furtivamente para a porta, numa lamúria fraca e abjeta, e, depois, quando seu dono o chamou, rosnou de um modo horrível e seu pelo se eriçou no alto do pescoço. Dicky abriu a porta para a sua passagem e eles o ouviram arrastar as patas pela escada numa velocidade frenética até a cozinha, e depois sucessivos uivos longos.

— O que será que está acontecendo com o Mike? — perguntou a sra. Corbett.

Essa pergunta quebrou um silêncio que parecia já estar durando muito tempo. Jean começou a chorar. O sr. Corbett disse irritado não saber qual era o problema com nenhum dos dois.

Então Nora perguntou:

— O que é esse sinal vermelho no seu rosto?

Ele olhou novamente no espelho e não viu nada.

— Daqui ele é bem visível — disse Dicky. — Estou vendo as linhas de uma impressão digital.

— É, é exatamente isso — disse a sra. Corbett com a sua voz vigorosa de *staccato*. — A impressão de um dedo na sua testa. Você andou escrevendo com tinta vermelha?

O sr. Corbett deixou precipitadamente a sala e foi para o quarto, onde escreveu um bilhete dizendo que estava com dor de cabeça e jantaria na cama. Não queria ninguém fazendo confusão em volta dele. Na manhã seguinte ele estava admirado dos caprichos da gripe, pois nunca se sentira tão bem em sua vida.

Ninguém fez comentários sobre o seu aspecto no café da manhã, e assim ele concluiu que a marca havia desaparecido. O velho livro de latim que estivera traduzindo na noite anterior tinha sido tirado da escrivaninha, embora a gramática e o dicionário de Dicky ainda permanecessem ali. A segunda prateleira estava, como sempre durante o dia, congestionada de livros. Ele se lembrava de que o livro estivera na segunda prateleira. Mas dessa vez não perguntou quem o tinha posto de volta.

Naquele dia ele teve um inesperado golpe de sorte com um cliente novo chamado Crab, que lhe confiou grandes somas de dinheiro. Além disso, não se irritou ao ver os seus conhecidos mais prósperos, mas com dificuldade conteve a vontade de rir na presença deles, de tal modo estava confiante de que com toda a sua admirável capacidade ele logo os superaria em riqueza. No jantar, brincou com a família e sentiu com isso a alegria de um colegial. Mas o efeito sobre ela foi o contrário, pois eles o olhavam com uma perplexidade estúpida ou olhavam para o prato, deprimidos e nervosos. Será que o julgavam bêbado?, perguntou-se. Então ficou furioso com as vis e bestiais suspeitas e o embotamento mental da sua família. Incrível, mas ele era mais jovem que qualquer um deles!

Apesar dessa nova vivacidade, contudo, ele não pôde cuidar das cartas que devia ter escrito naquela noite e descobriu que pela primeira vez não queria ler nada. Pegou ao acaso um livro que estava acima da sua cabeça e viu que era o velho manuscrito em latim. Ao virar as páginas rígidas e amareladas, notou com prazer o cheiro de degradação que anteriormente o repugnara naqueles volumes deteriorados, um cheiro, pensava ele agora, de conhecimento antigo e secreto.

A ideia do segredo pareceu impressioná-lo pessoalmente, pois ao ouvir um passo no hall ele fechou às pressas o livro e o pôs de volta no lugar. Foi para a sala de estudo, onde Dicky estava fazendo seu dever de casa, e disse ao filho que precisava novamente do dicionário e da gramática latina para um relatório sobre direito antigo. Aborreceu-se porque se atrapalhou e falou confusamente. Achou que o menino olhou para ele de um modo estranho e em seu íntimo xingou o filho de demoniozinho suspeito, embora não pudesse dizer do que ele fosse suspeito. Contudo, quando entrou de novo na sala de jantar, ele ficou atento à porta e então trancou-a, girando a chave na fechadura suavemente antes de abrir os livros na escrivaninha.

O texto e o latim pareceram bem mais claros que na noite anterior e ele pôde ler um trecho aleatório referente a um julgamento em 1620 de uma parteira alemã acusada de matar e dissecar 783 crianças. Mesmo levando em conta as oportunidades que a profissão lhe abria, o número pareceu excessivo e, além disso, ele não pôde saber o motivo dos assassinatos. Resolveu traduzir o livro desde o início.

Parecia ser um relato sobre alguma sociedade secreta, cujas atividades e rituais eram de natureza tão obscura ou tão vis e terríveis, que o sr. Corbett não acreditou inicialmente tratar-se do registro de uma mente humana, embora o seu profundo interesse por ele devesse tê-lo convencido de que do ponto de vista da sua própria humanidade, pelo menos, o livro não lhe era totalmente alheio.

Ele leu até bem mais tarde do que seu horário normal de se recolher e, quando por fim se levantou, foi com o livro nas mãos. Para adiar a separação, ficou de pé folheando-o até chegar ao final, e então uma nova peculiaridade o impressionou.

A tinta estava bem mais fresca e era de uma qualidade bem inferior à da tinta grossa e desbotada da maioria do livro; examinando melhor, se não fosse pela complicada caligrafia do final do século XVII ele teria dito que o livro havia sido publicado com os recursos modernos e escrito muito recentemente.

No entanto, isso não explicava a perplexidade e muito menos o desalento e o temor que ele agora sentia, enquanto contemplava a última sentença, que dizia: "*Contine te in perennibus studiis.*" O sr. Corbett reconheceu imediatamente uma citação de Cícero que lhe martelaram na escola, até que ela entrasse na sua cabeça. Pareceu-lhe estranho o fato de ele não a ter notado na noite anterior.

Então ele se lembrou de que o livro terminava no fim de uma página. Mas agora as duas últimas sentenças estavam escritas bem no alto de uma página. Por mais que as olhasse, a única conclusão a que ele podia chegar era de que elas haviam sido acrescentadas depois da noite anterior.

Então ele leu a frase que antecedia a última: "*Re imperfecta mortuus sum*" e a traduziu inteira como: "Morri sem atingir o meu objetivo. Continua, tu, os estudos intermináveis."

Com os olhos ainda fixos na frase, o sr. Corbett recolocou o livro na escrivaninha e se afastou dele indo de costas para a porta, a mão estendida atrás de si, tateando e depois puxando com força o trinco. Como a porta se recusava a abrir, sua respiração saiu num grito fraco, quase inarticulado. Então ele se lembrou de que a havia trancado e ficou remexendo a chave em movimentos frenéticos e inoperantes até conseguir finalmente abri-la, após o que ele a fechou com um estrondo atrás de si enquanto entrava no hall.

Durante um momento ele ficou ali olhando para o trinco da porta; então, com um movimento furtivo, sua mão deslizou na direção do trinco, tocou-o, começou a girá-lo, quando subitamente ele afastou a mão e subiu para o quarto, de três em três degraus.

Ali ele se comportou de um jeito comparável apenas ao modo como ele perdera a cabeça depois de perder a inocência, quando tinha 16 anos. Escondeu o rosto no travesseiro, chorou, delirou dizendo frases sem sentido, repetindo: "Nunca, nunca, nunca. Eu nunca vou fazer isso outra vez." Com as palavras "Ajude-me" ele atentou para o que estava dizendo; elas o fizeram lembrar de outras palavras e ele começou a rezar em voz alta. Mas as palavras pareciam embaralhadas, insistiam em chegar à sua cabeça numa ordem inversa, e assim ele percebeu que estava rezando de trás para a frente, e esse final absurdo subitamente o fez rir muito alto. Ele se sentou na cama, encantado com essa volta à sanidade, ao senso comum e ao humor, quando a porta que dava para o quarto da sra. Corbett se abriu e ele viu sua mulher olhando-o com um rosto estranho, cinza, contraído, que a fazia parecer o fantasma aterrorizado do que ela era normalmente: tranquila e plácida.

— Não tem nenhum ladrão — disse ele irritado. — Vim deitar tarde, é só isso, e devo ter acordado você.

— Henry — disse a sra. Corbett, e ele percebeu que ela não o ouvira. — Henry, você está escutando isso?

— O quê?

— Essa risada.

Ele ficou em silêncio. Uma cautela instintiva o alertava a esperar até que ela falasse novamente. E ela fez isso, implorando com os olhos para que ele a tranquilizasse.

— Não era uma risada humana. Parecia a risada de um demônio.

Ele conteve uma violenta inclinação para rir novamente. Era mais sensato não dizer que a risada que ela ouvira era a sua própria. Ele lhe disse para parar de ser tão fantasiosa e a sra. Corbett, recuperando gradualmente a docilidade, voltou para obedecer a uma ordem impossível, pois ela não podia deixar de ser o que nunca fora.

Na manhã seguinte o sr. Corbett se levantou antes de todos os criados e deslizou até a sala de jantar. Como antes, apenas o dicionário e a gramática estavam na escrivaninha. O livro estava de volta na segunda prateleira. Ele o abriu no final. Outras duas linhas tinham sido acrescentadas, levando o texto até o meio da página. Elas diziam:

Ex auro canceris
In dentem elephantis.

Que ele traduziu assim:

Com o dinheiro do caranguejo[*]
No dente do elefante.

---

[*] No original: "crab", que vem a ser o sobrenome do cliente mencionado no início do conto. (N. da T.)

A partir de então os seus conhecidos na City notaram uma mudança medíocre no colega, um tanto frouxo e pouco empreendedor. A depressão rabugenta dos últimos tempos o abandonou: ele parecia ter rejuvenescido vinte anos, estar forte, ágil e animado, com uma autoconfiança nos negócios que lhes pareceu loucura. Com um alvoroço que não lhes era desagradável, eles esperaram a inevitável quebra, mas todas as especulações do "velho Corbett", por mais insensatas e temerárias, acabavam sendo bem-sucedidas. Ele não os evitava mais, pelo contrário: desviava do caminho para exibir a consciência da sua atual sorte, ousadia e energia, e para zombar deles de um modo que começou a torná-lo antipatizado. Isso ele acolheu de bom grado, como um sinal da sua superioridade e de que os outros o invejavam.

Ele nunca ficava na cidade para jantares ou teatros, porque agora se apressava a voltar para casa, onde, logo que tinha certeza de que não seria incomodado, pegava o manuscrito na segunda prateleira da sala de jantar e ia para as últimas páginas.

Toda manhã o sr. Corbett constatava que umas poucas palavras haviam sido acrescentadas desde a noite anterior e as considerava ordens dirigidas a ele. Inicialmente estas diziam respeito apenas às suas transações com dinheiro, dando-lhe segurança para as suas fantasias mais ousadas, e desde o sucesso brilhante e imprevisto que havia se seguido ao seu jogo com o dinheiro do sr. Crab no marfim africano, ele havia seguido todos aqueles conselhos sem hesitar.

Mas agora, entremeadas a essas ordens havia outras, sem sentido, infantis e ao mesmo tempo revoltantes, que só podiam ser inventadas por um imbecil decadente ou — é forçoso admitir — pelas fantasias ociosas de qualquer homem comum que permite à sua imaginação vagar desenfreadamente. O sr. Corbett alarmou-se ao reconhecer uma ou duas dessas fantasias como tendo sido produzidas pela sua própria mente; elas lhe ocorreram durante seu frequente tédio na igreja e lhe pareceram impossíveis de ser concebidas por qualquer outra pessoa.

Inicialmente ele não deu atenção a essas instruções, mas depois descobriu que suas novas especulações declinavam tão rápido que começou a temer que, além da fortuna, a sua reputação e segurança estivessem também ameaçadas, uma vez que ele havia especulado com o dinheiro de vários clientes. Ficou claro para ele que era preciso seguir todas as ordens do livro ou nenhuma, e então ele começou a executar as blasfêmias pueris e excêntricas nelas implicadas, divertindo-se de um modo desdenhoso, que contudo foi aos poucos se transformando numa consciência do significado monstruoso que elas encerravam. As ordens se tornaram mais caprichosas e de execução mais difícil, mas agora ele já não hesitava em obedecer a elas cegamente, pois andava assombrado por um temor que embora incompreensível ele sabia não estar ligado apenas ao fracasso financeiro.

Então ele compreendeu o efeito do livro sobre as outras pessoas que estavam próximas dele e a razão que havia impelido o seu agente misterioso a passar os livros para a segunda prateleira para que tudo em volta ficasse sob a influência daquele conhecimento antigo e secreto.

Obedecendo ao livro, o sr. Corbett incentivou os filhos, escarnecendo da sua estupidez, a ler mais, mas ele via que agora as crianças nunca pegavam um livro na estante da sala de jantar. Ele próprio não precisava mais ler: ia para a cama cedo e dormia bem. As coisas que durante toda a vida ele havia ansiado por fazer, quando tivesse bastante dinheiro, pareciam-lhe agora insípidas. O que mais lhe dava prazer era cheirar e tocar aquelas páginas mofadas, quando as virava para encontrar a última mensagem escrita para ele.

Uma noite havia ali apenas duas palavras: "*Canem occide*".

Ele riu dessa ordem simples e agradável para matar o cão, pois se aborrecera com Mike quando o animal passou da dedicação para a aversão que o mantinha à distância. Além disso, a ordem não poderia ter sido feita num momento mais oportuno, pois ao remexer numa mesa antiga ele havia acabado de descobrir alguns saquinhos de veneno de rato comprados anos antes e esquecidos. Assim, ninguém saberia da existência do veneno e seria fácil matar Mike sem outra suspeita além da negligência de algum vizinho. Ele assobiou animado enquanto subia a escada para pegar os pacotinhos e voltou para esvaziar um deles na vasilha de água para o cão que ficava no hall.

Naquela noite a família foi acordada por gritos aterrorizados que procediam da escada. O sr. Corbett foi o primeiro a correr para lá, impelido pela prudência instintiva que estava sempre com ele naqueles tempos. Viu Jean de camisola, arrastando-se com mãos e joelhos para o patamar, agarrando qualquer coisa que pudesse apoiá-la, gritando de um modo asfixiado, sem lágrimas, antinatural. Ele a carregou para o quarto que ela dividia com Nora, seguido logo atrás pela sra. Corbett.

Não foi possível obter de Jean nenhuma informação coerente. Nora disse que ela devia ter tido o mesmo pesadelo de sempre; quando seu pai lhe perguntou que pesadelo era esse, ela disse que Jean às vezes acordava chorando no meio da noite porque tinha sonhado com uma mão que passava do fundo para a frente na estante de livros da sala de jantar até encontrar um certo livro e levá-lo da prateleira. Nesse ponto ela sentia tanto medo que acordava.

Ao ouvir isso, Jean voltou a gritar e o sr. Corbett não obteve mais nenhuma explicação. Ele foi até a escada para ver o que havia levado sua filha a sair da cama e ir até lá. Ao olhar para baixo no hall iluminado, viu a vasilha de Mike virada para baixo. Abaixou-se para examinar e viu que a água que ele havia envenenado devia ter sido derramada e absorvida pelo capacho, que estava muito molhado.

Ele voltou para o quarto das meninas, disse à sua mulher que ela estava cansada e devia ir para a cama, que agora era a vez de ele ficar confortando Jean. A menina estava bem mais calma. Ele a pôs no joelho, mas a princípio ela se esquivou. O sr. Corbett se lembrou, zangando-se por ser magoado, de que agora ela não se sentava mais no seu joelho, e teria gostado de castigá-la por isso zombando dela e amedrontando-a. Mas era preciso adulá-la para que ela lhe contasse o que ele queria saber e, com esse objetivo, ele a acalmou, chamando-a de nomes carinhosos que ele imaginava ter esquecido, dizendo-lhe que nada iria acontecer, agora que ele estava ali.

De início a sua esperteza divertiu-o. Ele deu uma risadinha, quando Jean enterrou a cabeça no seu roupão. Mas depois foi tomado por uma sensação desagradável, e então agarrou Jean como se quisesse ter a proteção da filha, embora estivesse tão tranquilamente garantindo-lhe a sua. Foi-lhe difícil ouvir por fim o que ele tinha induzido a menina a lhe contar.

Ela e Nora haviam mantido Mike consigo durante toda a noite e querendo mimá-lo o levaram para dormir no quarto delas. Ele se deitara ao pé da cama de Jean e elas tinham ido dormir. Então Jean começou com seu velho sonho da mão se mexendo sobre os livros da estante da sala de jantar; mas em vez de tirar um livro, a mão saiu da sala de jantar e começou a subir a escada. Chegou em cima pousada no corrimão e foi até a porta do quarto delas, então girou a maçaneta muito suavemente e abriu-a. Nesse ponto Jean pulou acordada e acendeu a luz, chamando Nora. A porta, que tinha ficado fechada quando elas foram dormir, estava escancarada e Mike havia saído.

Ela disse a Nora que tinha certeza de que alguma coisa horrível aconteceria com ele, se ela não fosse trazê-lo de volta, e correu para o hall, onde viu que ele ia começar a beber a água da vasilha. Ela gritou o seu nome e ele olhou para cima mas não subiu, e assim ela correu para pegá-lo e começou a puxá-lo para subir com ela, quando a parte de trás da sua camisola foi agarrada e ela sentiu uma mão segurar seu braço.

Ela caiu e então se arrastou para cima o mais rápido que conseguiu, gritando o tempo todo.

Agora estava claro para o sr. Corbett que a vasilha de Mike devia ter virado de cabeça para baixo naquele tumulto. Jean estava chorando novamente, mas dessa vez ele, sentindo-se incapaz de consolá-la, retirou-se para o seu quarto e lá se pôs a andar de um lado para outro numa agitação incompreensível, debatendo perpetuamente uma questão que nunca o havia preocupado.

"Eu não sou um homem mau", dizia ele para si mesmo. "Nunca fiz nada realmente errado. Meus clientes não saem perdendo nas minhas especulações, apenas melhoram. E tampouco eu gastei a minha nova riqueza com prazeres indecentes e sensuais, que agora não me atraem."

Então ele acrescentou: "Não está errado tentar matar um cachorro, um bruto de má índole. Ele se voltou contra mim. Poderia ter mordido a Jeannie."

Ele notou que pensara nela como Jeannie, como não fazia havia algum tempo, talvez pelo fato de tê-la chamado assim naquela noite. Seria preciso proibi-la de sair do quarto à noite, ela não poderia se intrometer. Seria mais seguro para ele se ela simplesmente não estivesse lá.

Novamente aquele medo fez com que uma sensação de mal-estar e frio o percorresse: ele agarrou o espaldar da cama, como se estivesse caindo, e ficou abraçando-o por alguns minutos. "Estava pensando num internato", disse ele para si mesmo. E então: "Preciso descer e descobrir... descobrir..." E não foi capaz de saber o que era preciso descobrir.

O sr. Corbett abriu a porta e prestou atenção. A casa estava quieta. Ele deslizou até o patamar e foi até a porta do quarto de Nora e Jean, onde ficou novamente atento. Não havia nenhum som, e com isso ele se sentiu novamente dominado por um terror irracional. Imaginou Jean deitada muito quieta na cama, quieta demais. Ele se afastou da porta precipitadamente, arrastando os chinelos pelo corredor e escada abaixo.

O fogo ainda crepitava na lareira da sala de jantar. Uma consulta ao relógio lhe mostrou que ainda não era meia-noite. Ele examinou a estante. Viu na segunda prateleira um intervalo inexistente quando da sua saída. Na escrivaninha havia um grande livro aberto. Ele sabia que precisava atravessar a sala e ver o que estava escrito nele. Então, como antes, palavras em que ele não tinha pensado saíram soluçantes dos seus lábios: "Não, não, isso não. Nunca, nunca, nunca." Mas ele atravessou a sala e olhou para o livro. Como da última vez, a mensagem se compunha de apenas duas palavras: "*Infantem occide*".

Ele escorregou e caiu para a frente, debruçado sobre a escrivaninha. Suas mãos agarraram o livro, ergueram-no enquanto ele se recompunha, e ele percorreu com o dedo as palavras que tinham sido escritas. O cheiro de deterioração chegou até suas narinas. Ele disse a si mesmo que não era um caduco choramingas e sim um homem mais forte e mais sensato que seus colegas, superior às emoções comuns da humanidade, que detinha nas mãos as fontes do poder antigo e secreto.

Ele já sabia qual seria a mensagem. Era afinal de contas a única providência segura e lógica a tomar. Jean tinha adquirido um conhecimento perigoso. A menina era uma espiã, uma antagonista. As circunstâncias de ela ser tudo isso de modo inconsciente, ter apenas oito anos de idade, ser sua filha caçula e predileta, eram apelos sentimentais que não podiam fazer diferença para um homem de raciocínio sensato como o dele. Jean havia se aliado a Mike contra ele. "Quem não está comigo está contra mim", repetiu ele suavemente. Ele mataria o cachorro e a criança com o pó branco que ninguém sabia estar com ele. Seria bastante seguro.

Ele depositou o livro na escrivaninha e rumou para a porta. O que era preciso fazer ele faria rapidamente, pois mais uma vez estava com aquela sensação de frio mortal. Ele gostaria de não ter de fazer aquilo naquela noite; na noite anterior teria sido mais fácil, mas naquela noite ela havia se sentado no seu joelho e assim o levado a temer. Ele imaginou-a deitada muito quieta na cama, quieta demais. Mas seria ela que estaria deitada lá, não ele, e assim por que ele haveria de ter medo? Ele estava protegido pelos poderes antigos e secretos. Segurou a maçaneta da porta mas seus dedos pareciam ter ficado dormentes, pois não conseguiu girá-la. Agarrou a maçaneta, agachado e trêmulo, curvado sobre ela até ajoelhar-se no chão, com a cabeça abaixo dela e ainda agarrando-a com as mãos erguidas. De repente as mãos afrouxaram a pressão e se lançaram para os lados com o gesto frenético de um homem que cai de uma grande altura, e ele se pôs de pé. Agarrou o livro e atirou-o no fogo da lareira. Uma violenta sensação de sufocação o dominou, ele sentiu que estava sendo estrangulado, como num pesadelo tentou várias vezes gritar bem alto, mas da sua garganta não saía nenhum som. Ele simplesmente não conseguia puxar o ar dos pulmões. Caiu de costas no chão, pesadamente, e ali ficou muito quieto.

De manhã a empregada que foi abrir as janelas da sala de jantar encontrou seu patrão morto. A sensação que isso causou na City não foi tão grande quanto a provocada pela queda simultânea de todas as especulações recentes do sr. Corbett. Supôs-se imediatamente que ele devia ter sabido com antecedência do desastre e teria cometido suicídio.

No entanto, o relatório médico definiu como causa da morte do sr. Corbett um estrangulamento da traqueia pela pressão de uma mão que deixara a marca dos seus dedos na garganta do morto.

F. M. MAYOR

SRTA. DE MANNERING DE ASHAM

9 de outubro

Minha querida Evelyn,

Uma vez que você diz ter um real interesse nessa minha experiência, estou atendendo ao seu pedido e fazendo-lhe um relato sobre ela. Aceite-o como um penhor da minha amizade, pois, para falar a verdade, eu vinha tentando esquecê-la, seja lá o que ela fosse. Espero no final chegar a acreditar que nunca a tive, mas no momento minha lembrança está mais viva do que eu gostaria.

Afetuosamente sua

MARGARET LATIMER

Você se lembra da minha amiga Kate Ware? Ela andava doente e me pediu para ficar com ela num balneário da Costa Leste. "É apenas Brixton-by-the-Sea, com uma pitada de Kensington", escreveu Kate; "mas eu preciso ir, porque minha tia mora lá e gosta de me ver. Venha, se achar suportável".

"Acho que podemos passar um dia fora", disse Kate certa manhã, depois de estarmos lá havia uma semana. "Beira-mar em demasia me faz achar que na verdade a Inglaterra é só isso. Vamos preparar uns sanduíches e ir de bicicleta tão longe quanto pudermos."

Chegamos a uma hospedaria de beira de estrada, tão silenciosa, tão serena, tão animada no seu silêncio que sentimos finalmente ter encontrado a tranquilidade e o descanso de que estávamos precisando. É verdade, acho que nossos nervos estavam um tanto debilitados; de qualquer forma, sendo professoras de adolescentes nós sabíamos o que é nervosismo. Mas até agora eu me senti capaz de controlar os meus, só que, como diz Hamlet, tenho tido sonhos. E Kate é bastante estranha por natureza; não acho que os nervos dela a tornem nem um pouco mais estranha.

— Agora — disse Kate quando tínhamos terminado a refeição (ela sempre resolve tudo) — eu proponho pegarmos o pônei daqui e darmos uma volta. Não gosto de profanar estes caminhos solitários, que existem há gerações e gerações antes das bicicletas, com nada mais moderno do que o Tommy.

Em geral Kate quer estar com um mapa e saber exatamente aonde ela vai, mas naquele dia concordamos em pegar a primeira curva à esquerda e ver aonde ela nos levaria. A tarde estava sonolenta e Tommy trotava tão suavemente, que estávamos os três cochilando antes de termos percorrido uns dois quilômetros. Então chegamos aos portões de ferro batido que já foram magníficos com pilares de pedra dos dois lados. Os pilares estavam agora destruídos e o muro mais atrás desmoronara. Kate propôs: "Vamos entrar." Eu protestei, dizendo que era propriedade particular, mas nós entramos.

Chegamos a uma alameda de loureiros que lembrava os sepulcrais arbustos que nossos pais e os pais dos nossos pais adoravam plantar em torno da sua residência, só que aqueles eram em geral mais espiralados. A alameda devia estar lá havia muitos anos e as árvores já eram tão altas que chegavam a bloquear quase completamente o céu. Era muito estreita e a umidade — o chão negro perpetuamente molhado, que sempre me oprimiu nesses lugares — ali parecia quase insuportável. Achei que nunca iríamos sair para o pedacinho de luz branca que víamos na extremidade daquele caminho. Ao mesmo tempo eu temia o que esperava encontrar ali; um desses grandes, lúgubres e negros mausoléus de mansão, que muito frequentemente são acompanhados pelos arbustos. Mas essa alameda parecia ter sido plantada aleatoriamente, pois levava apenas a outro portão, que se abria para um parque descuidado. Vimos diante de nós uma extensão de grama cheia de espaços vazios e depois dela as cristas de árvores verde-escuras muito densas ocultavam completamente o horizonte. Aqui e ali havia outras árvores; pareciam muito velhas e algumas tinham sido atingidas por raios. Fiquei triste por suas feridas; era como se ninguém se importasse se elas viviam ou morriam.

No canto esquerdo do parque havia uma pequena igreja, tão pequena que devia ter sido uma capela para culto exclusivo dos proprietários do parque; mas nós concluímos que eles não valorizavam a sua igreja, pois não havia caminho para ela, nada além de grama, crescida, exuberante e úmida.

Não sei quando foi que se tornou absolutamente claro para mim que eu detestava parques, mas me lembro de que essa consciência me veio de repente e com muita força. Eu estava extremamente preocupada em dissimular esse meu sentimento para Kate. Contudo lhe disse que a grandiosidade era opressiva e que eu preferia os jardins pequenos.

— É verdade — disse Kate —, a pessoa deve se sentir muito cercada morando num parque, como se nunca pudesse sair e como se outras coisas...

Então Kate se calou. Pedi que prosseguisse e ela me respondeu que não tinha nada mais a dizer. Não sei se você quer conhecer todos esses pequenos detalhes, mas quase tudo o que tenho a lhe dizer é simplesmente uma sucessão de pequenos detalhes. Lembro-me de olhar para o céu, apenas para manter os olhos longe das árvores distantes. Eu não gostava de vê-las — parece uma razão bastante reles para uma mulher de 38 anos — porque elas eram muito escuras. Aos 6 anos de idade eu tinha medo do escuro e também, embora adorasse o campo, uma impressão de medo e isolamento, se o sol não estava brilhando e eu me encontrava sozinha num campo amplo; mas a mente de uma criança está aberta a todos os horrores, ou melhor, cria o terror a partir de tudo. Eu achava que tinha esquecido esse mal, como se nunca o tivesse conhecido. Devia ter presumido que o peso dos meus muitos anos de vida adulta teria me defendido, mas lhe afirmo ter sentido imediatamente que estava — o que afinal de contas estamos — tão à mercê do universo quanto um inseto.

Lembro-me de que olhei para o céu e observei que ele havia mudado. Quando nos aproximávamos, estava com seu aspecto comum — um descolorido pálido — da metade dos dias do ano. Algumas pessoas reclamam disso, mas esse céu é muito inglês, e se você não gosta, ou melhor, não se deleita com ele, não pode verdadeiramente se deleitar com a Inglaterra. O céu tinha agora aquele estranho aspecto a que os dias são propensos no Norte. Não acho que as pessoas saibam o que é isso na Itália ou no sul da França. Às vezes imagino que a inesperada estranheza e rusticidade da nossa literatura se devem a esses dias; é algo que compensa por eles.

Se eu dissesse que o dia estava morrendo, você pensaria em belos crepúsculos, e certamente o dia não poderia estar morrendo, pois eram apenas três da tarde, mas ele parecia doente; e o cinza da atmosfera não era aquele cinza prateado — que para mim é o do mais doce de todos os céus do ano —, mas um cinza insalubre, que fazia as árvores parecerem ainda mais negras. Eu teria achado aquilo um alívio, caso tivesse começado a chover, pois teria havido algum barulho; o silêncio era absoluto.

Exatamente quando eu estava me perguntando para onde deveria voltar meus olhos a seguir, Tommy parou subitamente e quase nos fez saltar da charrete.

— Você está fazendo Tommy se confundir — disse Kate.

Mas o problema era simplesmente que Tommy não queria prosseguir. Ele era um poneizinho muito doce, ansioso, como disse Kate, por fazer tudo o que as pessoas lhe pedissem, antes mesmo de pedirem.

— Tommy está com medo — disse Kate. — Ele está tremendo e suando.

Kate desceu e tentou acalmá-lo, mas durante algum tempo isso não adiantou nada.

— É mais uma humilhação para os homens de ciência — disse Kate. — Tommy está vendo um anjo no caminho. Os animais são muito estranhos, sabe? Você nunca viu cães afugentarem fantasmas no crepúsculo? Fico muito feliz por não termos as faculdades deles.

Então Tommy subitamente nos surpreendeu ficando tão calmo quanto antes.

Avançamos um pouco mais e chegamos à mansão. Era uma construção de 150 anos antes do período dos mausoléus, mas não poderia ser mais lúgubre, embora deva ter sido uma nobre mansão jacobita. Não é que ela parecesse estar precisando de reparos — uma casa pode ser muito jovial, na verdade até bem mais jovial, se estiver mal conservada. E nela havia um terraço com plantas de estufa em vasos colocados aqui e ali e também um gramado bem tratado, o que indicava presença humana recente. Contudo parecia que ela estava abandonada havia anos.

Não posso lhe dizer como me senti aliviada, quando apareceu um jovem respeitável vestido informalmente. Quase sempre quem fala com estranhos é Kate, mas no momento em que ele apareceu achei que precisava me agarrar a ele para ter proteção. Não estava sentindo que Tommy e Kate me oferecessem essa proteção.

Pedi desculpa por invadir uma propriedade privada.

— Não é nenhuma invasão, senhorita, de forma alguma. — Ele prosseguiu dizendo que gostaria que isso acontecesse com mais frequência, pois o proprietário, o coronel Winterton, quase nunca ia lá, gostando de deixar a casa com os criados, e "se não houvesse alguns criados para dar animação a ela, com um quarto trancado e tudo", ele realmente não sabia...

Não me pareceu conveniente incentivá-lo a falar sobre o assunto do quarto trancado; mudamos o rumo da conversa e perguntei sobre a igreja.

Ele disse que era uma igreja muito antiga e havia sepulturas, e que as pessoas vinham de muito longe para ver. Mas ele próprio não dava valor àquilo.

Kate, louca por roteiros turísticos, declarou que ia visitar a igreja.

Eu não fui, embora achando que gostaria de ver as sepulturas. Disse que precisava segurar o pônei. O jovem disse que era cavalariço e seguraria o pônei para mim. Então eu disse que estava cansada e com isso Kate declarou que iria sozinha. Ela começou a andar.

— Não vá por aí, senhorita — disse o cavalariço —, a grama está muito úmida. Contornando pela direita é melhor.

O caminho que ele indicou me pareceu igual ao dela, mas Kate seguiu o conselho.

Conversei com o cavalariço, enquanto Kate estava fora, e gostei de saber que ele adorava cinema e que seu pai era seleiro e morava na rua principal de alguma cidadezinha. Isso era animador e distraiu meus pensamentos, e eu consegui ficar tão interessada que foi o jovem quem disse:

— Ali vem a senhora.

— E então — disse eu —, como era a igreja?

— Estava fechada — respondeu Kate —, mas por fora era bonita.

— Mas Kate — exclamei —, como você está pálida!

— Claro que eu estou — replicou Kate. — Eu sempre estou.

O jovem se apressou a perguntar se Kate não queria que ele lhe trouxesse um copo de água.

— Ah, não é preciso, obrigada — disse Kate. — Mas acho que nós já devemos ir. Existe algum outro caminho? Não gosto de fazer o mesmo caminho na volta.

Havia, e partimos. Logo que nos despedimos do jovem, Kate começou:

— Quanto à Grace Martin; você acha que ela tem chance de conseguir o diploma?

E nós conversamos sobre formaturas, até voltarmos à hospedaria. Quanto àquele sentimento de opressão, eu não tinha ideia do que poderia ser. Eu estava bem e o mundo parecia o mesmo de sempre: glorioso, seguro, irritante e confortável. Estava clareando e as árvores e cercas vivas tinham o aspecto que costumam ter no final de agosto: empoeiradas e um pouco descuidadas, mostrando aqui e ali uma folha vermelha, eventuais agregados de linárias e todas aquelas florzinhas amarelas cujos nomes ninguém se lembra, mas para as quais nos voltamos ternamente em nossas lembranças, quando vemos a beleza das terras estrangeiras. De vez em quando meus pensamentos se afastavam da nossa conversa para imaginar do que eu poderia estar com medo.

Deram-nos chá na casa de Tommy e a mulher do dono da hospedaria ficou feliz por ter com quem conversar.

— É, a velha mansão, é uma pena o coronel vir aqui tão raramente. Ele a comprou há apenas sete anos e já parece estar cansado dela, e além de tudo só manda homens para cá. Os homens gastam mais, mas eu acho que com mulheres o lugar fica mais animado. Ela já mudou de dono várias vezes. É verdade, existe um quarto trancado. As pessoas falam que houve alguma coisa com uma empregada muitos anos atrás e um bebê, se as senhoras me desculpam por mencionar isso, porque tenho certeza de que eu não devia falar. Se a gente for dar atenção a tudo o que se fala numa aldeia como esta; as senhoras sabem como é: num lugar pequeno uma pessoa diz uma coisa e outra diz algo diferente. Eu mesmo venho da Noruega.

— A igreja parece muito abandonada — disse Kate. — O cemitério está coberto de mato.

— É verdade, o sr. Fuller é um homem bom, mesmo sendo tão importante. Nos primeiros tempos dele aqui havia muitas idas e vindas, serviços religiosos e excentricidades. Ele me diz: "Diga-me, sra. Gage, é por isso que as pessoas não vêm?" "Ah", digo eu, "bom, claro, eu já andei muito pelo mundo e conheço a vida, assim, se é de altos ou baixos eu simplesmente não reparo". Disse isso para desconversar, pobre homem, porque não era nada disso. Eles não vêm de jeito nenhum depois que escurece, sobretudo em novembro; em dezembro volta a melhorar; e para o serviço de comunhão, que é com o que ele mais se importa, o grupo é muito pequeno, às vezes não chega a dois ou três, e então ele fica muito desanimado. Parece que agora ele perdeu todo o ânimo.

— Mas por que é melhor em dezembro?

— Não sei lhe dizer, senhorita, mas eles sempre falam que essas coisas são piores em novembro. Eu sempre ouvia o meu pai falar isso.

Eu tinha imaginado que o que havia esquecido durante o dia voltaria à noite, e lá pelas duas horas, quando estava lendo *Framley Parsonage* com toda a determinação possível, ouvi baterem à porta e Kate entrou.

— Vi a luz do quarto acesa — disse ela. — Eu também não consigo dormir. Pareceu-me que você tampouco estava se sentindo bem no parque. É verdade? Você não consegue disfarçar o que sente, você sabe disso. Aquela ida à igreja, ou não ida, afinal: quando me aproximei da igreja e do cemitério... *ugh!* No entanto eu *não* serei controlada por um pensamento e pretendo ir lá amanhã. Mas queria, se você não se importar muito, dormir aqui hoje.

Chamei-a para a minha cama.

— Obrigada, eu vou sim — disse ela. — É muita gentileza sua, Margaret. Eu sei que você detesta tanto quanto eu dividir a cama com alguém, mas do jeito como eu me sinto...

Na manhã seguinte, Kate estava examinando o guia de turismo na mesa do café da manhã.

— Nós estamos aqui — disse ela. — "A mansão de Asham é uma bela mansão jacobita. A igreja, situada no parque, era originalmente a capela particular dos Mannering. Muitos membros da família estão enterrados lá e suas sepulturas merecem uma visita. As inscrições em francês normando são particularmente interessantes. As chaves podem ser obtidas com o coveiro." Nada sobre o quarto trancado; acho que dificilmente saberemos qualquer coisa. Precisamos ver as sepulturas, você não acha?

Kate era uma pessoa que raramente demonstrava o que sentia, e eu sabia que ela não se referiria à noite anterior.

Fomos de bicicleta até a mansão. A manhã era muito doce, luminosa e batida de vento, uma manhã que teria agradado a Wordsworth, acredito, e que deve lhe ter inspirado muitos poemas.

— Quando chegarmos ao parque — disse Kate — vamos caminhar na grama levando as bicicletas até a igreja.

Comecei. Mas fui tomada exatamente pela mesma sensação anterior, só que dessa vez nada na natureza calma e bela poderia ter produzido aquilo. As árvores, embora escuras, não pareciam absolutamente sinistras, mas imponentes e benignas, como frequentemente é o seu aspecto entre começo de agosto e início de setembro. O que quer que fosse estava dentro de mim. Senti que não podia entrar na igreja.

— Você vai sozinha — disse eu.

— É melhor você vir — protestou Kate. — Sei exatamente como você se sente, mas será pior ficar sozinha aqui.

— Acho que talvez não seja — afirmei.

— Muito bem — disse Kate. — Passeie de bicicleta por aí e me encontre no outro portão.

Declarei-me uma covarde, mas Kate disse que não tinha importância ser covarde. Eu pretendia sair imediatamente, mas havia alguma coisa errada na bicicleta. O conserto levou uma boa meia hora, mas, enquanto eu estava concentrada nele, toda a minha opressão passou, e me senti leve e em paz. Quando fiquei pronta, Kate havia visitado as sepulturas e estava saindo da porta da igreja. Observei-a andar pelo caminho e vi que havia outra mulher no cemitério. Ela estava caminhando muito rapidamente. Chegou atrás de

Kate, depois a ultrapassou pelo seu lado esquerdo quase tocando nela. Eu estava longe demais para ver o rosto da mulher. Fiquei aliviada por saber que Kate tinha alguém consigo. Subi na bicicleta; quando olhei novamente, a mulher havia desaparecido.

Encontrei Kate fora da igreja. Seus olhos sempre foram estranhos, mas agora eles tinham um brilho meio amedrontado e meio alvoroçado que me deixou muito inquieta. Perguntei-lhe se ela havia conversado com a mulher sobre a igreja.

— Que mulher? Onde? — disse Kate.

— Aquela que estava agora no cemitério.

— Não vi ninguém.

— Deve ter visto. Ela passou bem perto de você.

— Verdade? — disse Kate. — Passou do meu lado esquerdo?

— Isso. Como é que você sabe?

— Ah, não sei. Vamos entregar as chaves e voltar depressa para casa. Esfriou muito.

Sempre achei que Kate era um tanto masculinizada, e ela era masculinizada em seu extremo mau humor. Se qualquer coisa de qualquer natureza dava errado, ela ficava amuada e impenetrável. Era nessa disposição de humor que ela estava agora.

— Eu não sei por que nunca falo as coisas na hora — disse Kate no dia seguinte. Estava chovendo e nós nos sentáramos perto de uma lareirinha muito agradável. — É um sinal de fraqueza da mente, acho. Contudo, se você quiser ouvir o que tenho a dizer sobre a Igreja de Asham, eu lhe direi. Vi as sepulturas; elas são tudo o que deviam ser. Espero que os De Mannering tenham sido merecedores delas. Mas a igreja... Talvez por ser filha de religioso eu tenha me aborrecido tanto; mas havia um tapete velho e sujo enrolado no altar, todas as cortinas estão cheias de buracos, a pintura está descascando, parte da balaustrada do coro está quebrada e a igreja é um refúgio de insetos. Eu não sabia que tínhamos na Inglaterra igrejas tão abandonadas. Para mim aquilo estragou bastante o efeito da visão das sepulturas, além de ter me dado a desagradável ideia de que eu não queria olhar para trás; eu não sei o que eu achava que ia ver. Contudo dei a devida atenção a cada sepultura. Então, quando estava no cemitério, tive a mesma impressão de antes; não conseguia tirar da cabeça que alguma coisa de que eu não gostava ia acontecer no próximo minuto. Logo fiquei com aquela sensação que os livros chamam de sangue gelando nas veias; isso realmente significa, penso eu, um tal aperto no coração que não se consegue respirar;

e ao mesmo tempo tive uma consciência tão aguda de que alguém estava de pé no meu lado esquerdo que quase senti estar sendo empurrada, embora não houvesse ninguém ali, sabe? Isso demorou um segundo, imagino, mas depois eu me senti uma intrusa no cemitério e achei melhor ir embora.

Uma semana depois a tia-avó da esperta estalajadeira que se autoproclamava cosmopolita veio tirar a mesa do chá. Inicialmente ela estava muito respeitosa e acabrunhada, mas eu nunca soube de alguém com tanto jeito para lidar com velhas e homens do campo quanto Kate. Dentro em pouco a sra. Croucher estava sentada no sofá com Kate ao seu lado.

— Mansão de Asham — disse ela. — Bom, a minha mãe era costureira lá, quando mocinha. Ah, meu Deus, quantas vezes ela me falou nisso. Ah, o lindo lugar e os encantadores loureiros na alameda, onde a srta. De Mannering tanto gostava de caminhar. Foram plantados pelo velho cavalheiro, o sr. De Mannering; era para eles serem mais altos que a mansão, é o que dizem. Pensavam em fazer melhorias maravilhosas; ele queria derrubar a mansão velha e construir outra melhor, mas na hora H não tinha dinheiro. É, naquela época ela já estava caindo aos pedaços, porque o sr. William, que era o único filho e morava no estrangeiro, não tinha nenhum juízo. É, a minha mãe estava lá na época da família, quando as coisas eram diferentes.

— Então a senhora não tem um bom conceito do coronel Winterton?

— Ah, acho que ele é um moço bom, dizem que ele é muito mão-aberta no Natal, distribui carvão e outras coisas, mas essas pessoas novas chegam e vão embora, está na cara que elas não podem ser como a família. Na aldeia nós achamos que eles são novos-ricos, mas eu não tenho nada contra o coronel Winterton.

— Alguém da família ainda está por aqui?

— Ah, não, dona. Eles foram todos embora. Tem gente que diz que ainda tem um sr. De Mannering nos Estados Unidos, mas ele nunca veio por aqui.

— É muito triste, quando as famílias antigas se vão — disse Kate com simpatia.

— Ah, é, dona. Coitado do velho sr. De Mannering. Mas o lugar só foi vendido depois que ele morreu. Minha mãe sentiu muito.

— No tempo da sua mãe havia um quarto trancado, sra. Croucher?

— Não quando ela foi lá pela primeira vez, dona.

— Ela era empregada, não é?

— Não era empregada — disse ela com um ar de mistério importante. — É o que dizem, e é melhor que seja assim; eu não falaria isso para qualquer um, mas não me importo de falar para uma pessoa como a senhora. Não era empregada doméstica, de jeito nenhum.

— Não era empregada?

— Não; a minha mãe me disse isso muitas vezes. A srta. De Mannering era uma pessoa muito fina, era uma dama e devia ter uns 46 ou 47 anos, quando pegou a doença que a matou. E de noite, na véspera da sua morte, a minha mãe estava sentada costurando no quarto da sra. Packe (a criada da patroa; a minha mãe era a criada encarregada das costuras, sabe?), e ela ouviu o dr. Mason dizer: "A senhora não deve levar a sério o que a srta. De Mannering diz, sra. Packe. As pessoas ficam imaginando coisas muito estranhas, quando estão doentes", disse ele. "Não, senhor, eu não vou ligar", e ela vai direto falar com a minha mãe: "Se você ouvisse o modo como ela fala: 'Ah, meu bebê', diz ela, 'se pelo menos eu tivesse podido vê-lo sorrindo. Ah, se ele tivesse vivido apenas um dia, uma hora, até mesmo um momento'. Eu digo para ela", diz a sra. Packe para a minha mãe, "'Seu bebê, madame, do que é que a senhora está falando?' Era uma coisa muito estranha para ela falar", diz a sra. Packe. "Você não acha, Bessie?" Bessie era a minha mãe. "Eu não sei de nada", diz a minha mãe; ela não gostava da sra. Packe. "A srta. De Mannering não percebeu", a sra. Packe continuou falando, "então ela disse: 'Se pelo menos eu o tivesse enterrado no cemitério.' Aí eu falo para ela: 'Mas então onde foi que a senhorita enterrou o bebê, madame?', e, imagine!, ela se vira e olha para mim dizendo: 'Eu o queimei'". Bom, essa é a verdade, é o que a minha mãe me contou, e ela sempre dizia, minha mãe dizia que a sra. Packe repetia isso para quem quisesse ouvir.

— Acho que a sua mãe tinha toda a razão — disse Kate. — Que coisa! A pobre srta. De Mannering devia estar delirando. É tão terrível...

— Não, a minha mãe não gostava de ficar espalhando histórias sobre a família — disse a srta. Croucher, adotando uma linha de pensamento bem diferente. E seja por ter ouvido a história muitas vezes ou porque no campo as pessoas estão mais acostumadas às tragédias — tenho observado coisas bem mais estranhas acontecerem no campo do que na cidade —, a srta. Croucher não parecia ter nenhuma ideia do horror daquilo que estava contando. Pelo contrário, acho que ela considerava despretensioso aquele fato, uma lembrança de um período alegre da sua infância.

— Então — prosseguiu a sra. Croucher — a sra. Packe diz para a minha mãe: "Vá lá ouvir o que ela diz", e a minha mãe diz: "Eu não gosto disso, o que é que ela poderia falar?" "Ah", diz a sra. Packe, "ela não está percebendo nada; você vai e olha da porta". "Assim, eu fui", disse a minha mãe, "e dei uma espiada, mas não vi nada, somente a srta. De Mannering deitada na cama, pois lá não tinha velas acesas, apenas a luz do fogo da lareira. A única coisa que aconteceu foi que eu ouvi a srta. De Mannering dar um suspiro terrível e falar bem baixinho, mas dava para ouvir muito bem o que ela dizia: 'Ah, se pelo menos eu o tivesse enterrado no cemitério.' Eu não quis ficar mais", disse a minha mãe, "e a srta. De Mannering morreu naquele mesmo dia, às sete horas da noite". Sempre que a minha mãe falava sobre isso comigo, ela dizia: "Eu só lamento ter entrado no quarto dela, disso me arrependi a minha vida inteira. Tomei uma liberdade que nunca devia ter tomado."

— Mas — disse Kate, formulando a pergunta com dificuldade — alguém...? Alguém desconfiou de que a srta. De Mannering...?

— Não, dona. A srta. De Mannering era muito reservada. Ela não era uma mulher conversadora, como algumas; ela não era do jeito da senhora, se a senhora me desculpa, dona. Não estou querendo dizer que ela poderia ter contado qualquer coisa para qualquer pessoa, claro, e ela não tinha amigos, nem irmãos, e eles nunca tinham companhia na mansão, e o patrão se casou muito tarde, e assim ele era o que vocês chamam de idoso, e os criados tinham um medo terrível dele, por causa do seu mau humor; até a srta. De Mannering tinha um medo terrível dele, diziam.

"Os criados comentavam muitas coisas, de acordo com a sra. Packe, e havia na casa uma empregada, ela trabalhava para a família havia muito tempo e ela se lembrava de que um inverno, anos antes, acho que uns 18 ou vinte anos antes, a srta. De Mannering estava adoentada e dispensou a empregada, e então não dormiu no seu quarto, mas num quarto numa outra parte da casa, sem ninguém por perto. É o quarto que eles trancaram, dona. E eles se lembram de que uma vez ela ficou doente por muitos meses e a sua babá, que morava em Selby, quando estava muito velha começou a falar o que não devia, como às vezes acontece com os velhos. Ela morreu muitos anos depois da srta. De Mannering e revelou o que devia ter guardado só para si mesma.

"Não muito tempo depois da morte da srta. De Mannering, começaram a dizer que ela saía daquele quarto, descia a escada, ia até a porta da frente, descia para o parque, percorria a alameda, voltava para a casa e então cruzava o parque e ia para o cemitério. E as pessoas dizem, claro, que ela estava tentando encontrar um lugar para o seu filho. Algumas pessoas dizem que o sr. Northfield viu tudo isso (o sr. Northfield morou em Asham antes do coronel Winterton). Dizem que foi por isso que ele vendeu Asham. Quanto ao sr. Fuller, dizem que ele falou com ela; dizem que é por isso que ele ficou tão calado.

"E tem também os que dizem, a srta. Jarvis — ela era dona do Javali Azul, na aldeia, quando eu era menina — dizia que a srta. Emily Robinson, filha de Sir Thomas Robinson — que comprou a propriedade do sr. Seaton, que a comprou depois da morte da srta. De Mannering e na minha opinião ele não tinha nada de 'Sir'; era dono de uma loja de cortinas em Londres, dizem por aí —, dizia que ela contraiu muito subitamente uma doença do coração e foi encontrada morta com o rosto no chão da alameda. Claro que dizem que ela encontrou a srta. De Mannering e deu uma ajuda a ela. O lacaio que estava acompanhando a srta. Robinson — ela era muito orgulhosa, *ela* era, e sempre andava acompanhada de um lacaio — diz que ele *viu* muito claramente uma mulher chegar atrás dela e então ela caiu. A coitada da sra. Dicey — a família dela estava na mansão antes dos Northfield — também foi embora de repente, mas ela estava sempre muito doente, e eu não concordo com essas histórias todas.

"Mas as pessoas acreditam em tudo. Bom, não faz muito tempo, talvez uns vinte anos atrás, na época dos Northfield, um lacaio pôs em apuros uma das empregadas e claro que teve gente nova na aldeia desde que a família foi embora, e dizem que o quarto foi trancado por causa *dela*. Isso é ridículo."

— A senhora viu essa mulher alguma vez, sra. Croucher?

— *Ver* eu não posso dizer que vi, dona, mas mais de uma vez que eu estava andando no parque eu *ouvi* essa mulher atrás de mim. Foi em novembro. Novembro é o mês, como a senhora sabe muito bem, dona — percebi que Kate ficou satisfeita pelo fato de a mulher supor que ela soubesse —, e a gente ouvia as folhas sussurrando enquanto ela caminhava. Se a gente faz de conta que não aconteceu nada e vai em frente não precisa ter medo. Eles nunca fazem nenhum mal; só dão um frio na espinha da gente.

— A sua mãe alguma vez a viu?

— Se viu, nunca disse. Minha mãe não contaria histórias contra a srta. De Mannering; dizia que não tinha nenhuma queixa dela. Um jovem tratou a minha mãe muito mal e um dia ela estava chorando. A srta. De Mannering ouviu, entrou no quarto de costura e disse: "O que foi?" e a minha mãe lhe contou, e a srta. De Mannering lhe disse com muito carinho: "É muito triste, Bessie, mas a vida é muito triste." Em geral a srta. De Mannering nunca falava com ninguém.

"Minha mãe comprou um retrato da srta. De Mannering, se as senhoras quiserem ver. Tudo ficou muito confuso, quando o sr. De Mannering morreu. Nada havia sido tocado durante anos, e havia todos os vestidos e coisas pessoais da srta. De Mannering. Ninguém tinha visto aquilo desde a morte dela. Assim, o que a minha mãe pôde comprar, ela comprou, e deixou tudo comigo, e me encarregou de cuidar para que aquilo nunca caísse em mãos que não fossem cuidar bem. Tem muita coisa escrita, sabe, mas eu não sou muito letrada, embora a minha querida mãe fosse, e não posso lhes contar o que tem naqueles papéis, não que a minha mãe tenha lido os papéis da srta. De Mannering, pois ela dizia que isso não lhe competia."

A sra. Croucher foi até o quarto e nos trouxe os papéis e o retrato. Era uma aquarela com data: Bath, 1805. O artista dera o melhor de si ao retratar a srta. De Mannering, com um cinturão azul para combinar com um pedaço de céu azul e a gola coral para combinar com os seus lábios de coral. A figura que nos era apresentada era de uma jovem simples, morena, pálida, magra, elegante, fina, de nariz comprido. Os retratos desse período mostram que esse tipo não era incomum. Eu deveria ter medo da srta. De Mannering por causa da sua boca e da inclinação da cabeça, muito aristocratas e orgulhosas, mas adorei seus olhos tristes, tímidos, que pareciam pedir bondade e proteção.

A sra. Croucher estava ansiosa por dar a Kate o retrato, "pois ninguém se importa com as minhas velharias". Kate recusou. "Mas depois que a senhora se for", disse ela, pois ela sabe que todas essas sras. Crouchers estão dispostas a discutir sua morte abertamente, "se a sua sobrinha mandar o retrato para mim eu gostaria de ter a srta. De Mannering; vou honrá-la devidamente".

Então a sra. Croucher se retirou, "porque eu devo estar cansando as jovens damas com a minha conversa". É muito tocante o modo como as pessoas pobres, por mais que sejam velhas e fracas, acham que tudo vai cansar "uma dama", por mais que ela seja jovem e robusta.

Nós nos voltamos para os papéis da srta. De Mannering. Era estranho ler o que tinha sido escrito havia mais de um século, guardado havia tanto tempo e nunca lido. Tive uma sensação terrível de estar me intrometendo, mas Kate disse que se nós continuássemos com tantos escrúpulos, a vida não ia continuar. Assim, eu copiei a narrativa para você. Estou certa de que, se a sra. Crouch a conhecesse, a acharia digna de compartilhar a notável honra que ela nos conferiu.

Já faz 22 anos, e no entanto os acontecimentos de 1805 estão gravados na minha memória com mais exatidão do que quaisquer outros. É para fugir da grande pressão que eles exercem no meu cérebro que eu os entrego ao papel, confiando às páginas de um livro o que não pode ser relatado a um amigo.

Se o meu destino tivesse sido mais de acordo com o de qualquer outra jovem da minha posição social, eu teria sido preservada da calamidade que me aconteceu. Mas estamos nas mãos de um Criador impiedoso que designa para cada um sua trajetória. Eu pequei por vontade própria, não tento mitigar meu pecado. Minha mãe, Lady Jane de Mannering, filha do conde de Poveril, morreu quando eu tinha 5 anos de idade. Ela me confiou aos cuidados de uma governanta e de uma babá fiel, e, graças à sua solicitude afetuosa na infância e na adolescência, eu quase não me ressenti da falta dos cuidados maternos. Quanto ao meu pai, eu o via muito pouco. Era um homem violento e mal-humorado. Meu irmão, 14 anos mais velho que eu, estava lhe causando muita ansiedade por causa de seu grande esbanjamento. Algumas palavras do meu pai e uma observação casual, levianamente feita quando eu estava ouvindo, deixaram em mim uma impressão indelével. Na solidão incomum da minha existência tive muito lazer, lazer demais para refletir sobre reminiscências que teria sido melhor esquecer. Os pensamentos alegres, naturais à minha idade, não deviam ter deixado espaço para elas no meu coração. Quando eu tinha 13 anos, meu pai me disse um dia: "Não quero você se esquivando por aqui. Você é bem Poveril. Todo mundo sabe que um Poveril certa vez, apesar de todo o orgulho dessa gente, rebaixou-se a ponto de se casar com uma dama de companhia francesa. Por isso todos eles são morenos e amarelos como você." Fui correndo, horrorizada, para o meu quarto.

Outro dia a srta. Fanshawe estava falando com a governanta de uma jovem que viera passar a tarde comigo. Elas estavam caminhando atrás de nós e eu ouvi a conversa.

— A srta. Maynard não é linda? — perguntou a srta. Adams. — Acho que aquele cabelo dourado e os olhos brilhantes serão uma sensação até em Londres. Que pena a srta. De Mannering ser tão morena; todo mundo gosta das belezas louras. E os olhos dela são pequenos demais.

— A beleza é algo que uma mulher jovem deseja muito — disse a srta. Fanshawe —, mas talvez lhe deem um valor exagerado. Todo mundo pode ser bonito; uma ordenhadora pode ser bonita; mas o ar de categoria e berço supera a beleza e é, acredito, mais valorizado por um homem de gosto exigente. E esse ar a srta. De Mannering tem em grau admirável.

Minha boa, amada Fan! Mas aos 15 anos eu gostaria muito mais de ter a dádiva dessas ordenhadoras! A partir de então eu tive certeza de que não conseguiria agradar ninguém.

A srta. Fanshawe, que nunca deixou de me dar o incentivo e a autoconfiança que me faltavam, morreu quando eu estava com 17 anos — a idade que, acima de todas as outras na vida de uma mulher, exige o consolo e a proteção de uma amiga. Meu pai, cada vez mais absorvido pelas dificuldades financeiras, não providenciou a minha apresentação ao mundo. Ele não tinha amigos, mas as irmãs da minha mãe haviam me convidado várias vezes para visitá-las. Meu pai, no entanto, que não se dava bem com a família, não permitia que eu fosse. A mais rigorosa economia era necessária. Ele não permitia que eu fizesse convites, e assim eu não podia aceitar nenhum convite. A mansão ficava numa parte muito deserta do campo, e era realmente raro algum visitante encontrar seu caminho até lá. Meu irmão estava proibido de frequentá-la. Meses, até anos, se passavam sem que eu visse alguém.

Subitamente meu pai disse para mim, certo dia: "Você está com 25 anos, me disse aquele maldito advogado dos Poverils; 25 anos e ainda solteira. Eu não tenho dinheiro para lhe deixar depois da minha morte. Escreva e diga à sua tia em Bath que você irá visitá-la, e ela deve encontrar um marido para você."

Segregada da sociedade como eu estivera até então, a perspectiva de deixar a mansão e mergulhar no mundo da elegância me encheu da maior apreensão. "Eu lhe imploro, senhor, que me perdoe", chorei. "Permita que eu fique aqui. Eu não lhe peço nada, mas não posso ir para Bath."

Caí de joelhos diante dele, mas ele não voltou atrás, e algumas semanas depois eu estava em Bath.

Minha tia, Lady Theresa Lindsay, viúva, era uma das mulheres mais alegres naquela cidade alegre, e especialmente naquela temporada, pois ela estava apresentando a filha, a srta. Leonora.

Meu pai havia me dado dez libras para comprar roupas para a minha visita, mas, inteiramente inexperiente como eu era, eu me equipei mal.

— Minha querida — disse a minha prima de um modo persuasivo, que não podia magoar. — A pobre Nancy, a copeira, ficaria vermelha, se se apresentasse com essas coisas. Você precisa se esconder totalmente do mundo nos próximos dias, como os monges de La Trappe, e se entregar às mãos da mamãe e às minhas. Depois desse tempo eu não duvido que a srta. Sophia de Mannering vá rivalizar com a elegante homenageada, Lady Charlotte Harper.

A minha querida Leonora fez tudo o que estava ao seu alcance para me preparar da melhor forma possível, para me louvar e incentivar, e a minha formidável tia foi bondosa por causa da minha mãe. Mas o medo que eu sentia da multidão de rapazes na sala de visitas da minha tia não foi facilmente eliminado.

— Eu fico tremendo quando eles se aproximam — confessei a Leonora.

— Treme quando eles se aproximam? — disse Leonora. — Mas faz parte do papel deles tremer quando nós nos aproximamos, minha priminha, tremer com a esperança de que seremos gentis com eles ou com o temor de que não sejamos. Digo minha priminha porque eu sou uma gigante — ela era muito alta e extremamente bonita —, e também sou muito velha e experiente, e você deve pedir a minha ajuda em tudo.

Eu gostaria de ter ficado recolhida durante as reuniões que havia na casa, mas Leonora sempre me buscava e me apresentava seus amigos. Mas minha deselegância e embaraço logo as cansaram, e depois das atenções exigidas pela cortesia elas me preteriram em favor de companhia mais agradável. Claro que eu não podia culpá-las; tinha sido exatamente isso que eu havia imaginado. Mas a mortificação me feria e eu disse à minha prima:

— É impossível, Leonora. Eu nunca, nunca posso esperar agradar alguém.

— Quem pesca diligentemente — respondeu ela — não ficará sem recompensa. Um rapaz disse para mim esta noite: "A sua prima me atrai; ela tem uma expressão especial." O capitão Phillimore é famoso por ser um conhecedor do nosso sexo. É um peixe grande, e eu a cumprimento de todo o coração.

O capitão Phillimore ia frequentemente à casa da minha tia. Uma vez ele começou a conversar comigo. Depois me procurou; inicialmente eu não queria acreditar que aquilo era possível, mas ele me procurou novamente, e mais uma vez.

— O capitão Phillimore é um relacionamento que não deve ser desprezado pela antiga casa de De Mannering — disse a minha tia. — É verdade que falam de extravagâncias dele, e outras questões; mas a família é rica, e não há homem elegante de quem não contem histórias assim. O casamento o sossegará.

Passaram-se semanas. Estávamos em abril. Minha tia ia sair de Bath dentro de poucos dias e eu devia voltar para casa; a temporada chegava ao final. Minha tia deu uma recepção de despedida para os seus amigos. O capitão Phillimore levou-me até a antessala contígua a uma das salas de visitas. Disse-me que me amava, que me amara desde a primeira vez em que me viu. Ele me beijou. Eu nunca, nunca esquecerei a minha suprema felicidade naquele momento.

— Existem — disse ele — razões importantes pelas quais o nosso compromisso precisa por enquanto ser do conhecimento apenas de nós dois. Logo que for possível, eu informo o meu pai e então rumo às pressas para Asham a fim de obter o consentimento do sr. De Mannering. Até então não diga nem uma única palavra para a sua tia. Será mais seguro que nós nem sequer nos correspondamos. — Ele me disse que havia sido convocado subitamente para juntar-se ao seu regimento na Irlanda e precisava deixar Bath no dia seguinte. — Por isso preciso vê-la novamente antes de partir. A noite está quente como se fosse verão. Você pode me encontrar no jardim dentro de uma hora? Precisamos ter uns poucos minutos a sós, longe dessa multidão irritante.

Eu, que normalmente era tímida, nada temi. Não tive dificuldade em escapar sem ser notada. A família inteira estava ocupada com a recepção. No final de um longo terraço havia uma pérgula. Ali nós nos encontramos. Ele insistiu comigo para que eu me entregasse inteiramente a ele, usando os sofismas mais depravados que os filósofos franceses descrentes tinham posto em circulação; disse que o casamento é uma fórmula supersticiosa sem nenhum valor para os mais esclarecidos da humanidade. Mas, ai de mim, não havia necessidade de sofismas. O que quer que ele me propusesse, se tivesse me mandado me atirar num precipício, eu teria obedecido. Eu o amava de um modo que nenhum frágil mortal devia ser amado. Quando seus olhos azul-claros me olhavam e sua mão me acariciava, eu desmoronava como um devoto diante de um santuário. Com os olhos totalmente abertos cedi a ele.

Voltei para o interior da casa. Minha ausência não tinha sido notada. Minha prima foi ao meu quarto e disse com um sorriso malicioso:

— Não vou fazer nenhuma pergunta; sou orgulhosa demais para implorar confidências. Mas sei de coisas. Dê-me um beijo e receba a minha bênção.

Recolhi-me ao meu quarto e não consegui dormir a noite inteira, numa exaltação febril. Foi somente no dia seguinte que reconheci minha culpa. Quase não conseguia encarar minha tia Leonora, porém esse comportamento passou despercebido; pois de manhã um nobre russo ligado à corte imperial que andara se derramando em atenções com minha prima pediu sua mão e foi aceito. Na agitação que se seguiu, eu fiquei esquecida e, quando falei em voltar para Asham uns dois dias antes, senti que elas gostaram da ideia. Minha tia estava ansiosa por ir sem demora a Londres, para começar os preparativos para o casamento.

Ela se despediu cordialmente de mim, convidando-me a acompanhá-la em Bath no ano seguinte.

— Mas mamãe — disse Leonora —, acho que o capitão Phillimore irá se opor a isso. Tudo indica que o capitão e a sra. Phillimore serão meus primeiros visitantes em São Petersburgo.

Aquela bondade me feriu como uma faca, e voltei para Asham com o coração oprimido.

— Onde está o seu marido? — foi a saudação do meu pai.

— Não tenho, senhor — disse eu.

— Você é mais tola do que eu imaginava — respondeu ele, e não quis saber mais nada sobre a minha visita.

O tempo passou. Todo dia eu esperava que o capitão Phillimore aparecesse. Em vão; ele não veio. A certeza foi substituída pela esperança, a esperança pela dúvida, a dúvida pelo medo. Eu não me desesperaria; não podia me desesperar. Logo se tornou evidente que eu ia ser mãe. O horror dessa descoberta, sem que eu tivesse a menor ideia do paradeiro do capitão Phillimore, me levou à mais deplorável perturbação. Eu ficava andando sem parar, com a febre da loucura, pela alameda de lauréis e o parque. Ia à igreja, esperando encontrar ali alguma consolação, mas os túmulos dos meus antepassados De Mannering me lembravam que somente eu, entre todas as mulheres da família, havia trazido a desonra para nosso nome.

Eu ansiava por despejar meu sofrimento em algum ouvido humano, mesmo sabendo que com isso exporia minha desonra. Naquela solidão, havia apenas uma pessoa em quem eu podia confiar: minha velha babá, que morava em Selby, a mais de 5 quilômetros de distância. Caminhei até lá numa noite de verão e com muitas lágrimas lhe contei tudo. Ela misturou suas lágrimas às minhas. Eu era sua filha de leite, ela não se esquivou de mim. Tudo o que estivesse dentro do seu alcance ela faria por mim. Ela conhecia uma mulher discreta em Ipswich, para onde ela poderia providenciar que eu fosse, quando chegasse a hora, e que depois tomaria conta da criança. Indicou tudo o que poderia ser feito para evitar suspeitas em casa e na aldeia.

Nos primeiros tempos minha prima e minha tia escreviam constantemente, e, até depois do casamento de Leonora, eu continuei tendo notícias vindas da Rússia. Minhas cartas eram curtas e frias. Quando soube que seria mãe, eu não pude suportar continuar comunicando-me com elas. Minha tia me escreveu uma carta gentil, censurando-me pelo meu silêncio. Não respondi, e gradualmente toda a correspondência cessou. Mas suas cartas afetuosas eram tudo o que eu tinha para me consolar do infortúnio dos meses que se seguiram. Nunca as esquecerei. Embora fosse verão, o clima era quase sempre sombrio e tempestuoso. Havia muitas tempestades com trovões, que devastaram os olmos do parque. O zunido do vento à noite através dos galhos pesados e a chuva caindo contra a minha janela me davam um indescritível sentimento de apreensão, e então eu cobria a cabeça com o travesseiro para não ouvir nada. Mas o mais terrível para mim foram os longos dias de agosto, quando o céu plúmbeo oprimia meu espírito e parecia que eu e o mundo estávamos igualmente mortos. Lutei contra o domínio dessas fantasias, que talvez não fossem incomuns no meu estado, mas seriam certamente acalmadas pela ternura de um marido indulgente. Eu podia imaginar essa ternura. Dia e noite o capitão Phillimore estava nos meus pensamentos. O orgulho feminino não veio em minha ajuda; eu o amava mais apaixonadamente do que nunca.

No dia 20 de novembro algumas damas nos visitaram na mansão. Tínhamos um vínculo comum com duas primas delas e as encontrei várias vezes em Bath. Elas falaram de conhecidos mútuos. O nome do capitão Phillimore acabou sendo mencionado. Algum dia eu irei esquecer aquelas palavras?

— Você ouviu contar a história do capitão Phillimore, o grande conquistador capitão Phillimore? O major Richardson, que era íntimo dele em Bath, comentou com o meu irmão que ele lhe disse no início da temporada: "Quer apostar comigo que em uma temporada eu acabo com a virtude das três donzelas mais inocentes e imaculadas, velhas ou novas, em Bath? A virtude fácil não me atrai; prefiro a difícil, mas a minha paixão é pela inexpugnável", e o major Richardson garantiu para o meu irmão que o capitão Phillimore ganhou a aposta. Sr. De Mannering, estamos comentando escândalos muito chocantes; três damas de estrita virtude foram desonradas durante uma temporada em Bath. Este mundo está perdido!

Meu pai parecera até então não estar prestando atenção naquela tagarelice, mas nesse ponto ele explodiu:

— Se qualquer mulher deixa sua virtude ser atacada por um devasso, então ela também é uma devassa. Se isso acontecer com uma filha minha, eu primeiro a açoitarei e depois a expulsarei de casa.

Durante essa conversa senti meu coração ser apunhalado e, assim, não pude nem falar nem respirar. Como foi possível minhas companheiras não perceberem nada, não sei dizer. Eu não ousei me mexer, não ousei deixar minha cadeira a fim de buscar um copo de água para me acalmar. Mas acho que aparentemente estava à vontade e, logo que voltei a ter voz, me forcei a dizer com suficiente serenidade:

— O major Richardson estava cumulando de atenções a srta. Burdett. Seu irmão falou alguma coisa sobre esse caso?

Logo depois as damas foram embora.

Retirei-me para meu quarto. Eu havia passado para um cômodo que ficava na parte mais solitária da casa, distante tanto do meu pai quanto dos criados. Tentei em vão me acalmar, mas a febre se tornava cada vez mais incontrolável. Mandei um mensageiro para a minha babá, implorando-lhe que viesse me ver sem demora. Eu ansiava por soluçar minhas mágoas para ela, com seus braços bondosos em torno de mim. Apesar da destruição de todas as minhas esperanças, meu ídolo não se despedaçava. Meu amor estava morto, mas embora pudesse desprezá-lo, eu não podia odiá-lo.

Mais tarde, naquele mesmo dia, fiquei doente, e durante a noite o bebê nasceu. Meu quarto era tão isolado, que eu não tive muito receio de ser descoberta. Parece que recebi uma força descomunal, quc mc possibilitou fazer o que era necessário para meu ser querido. Ele abriu os olhos; parecia-se muito com a minha mãe. Quem poderia descrever a minha alegria? Fui consolada com a ideia de que naquela hora de aflição eu tive minha mãe comigo. Deitei-me com o meu doce bebê nos braços e beijei-o uma centena de vezes. Seus gritinhos doridos eram a música mais melodiosa para os meus ouvidos. Mas minha alegria teve vida breve; meu precioso tesouro me foi concedido por apenas três horas. Levei muito tempo para me convencer de que ele havia deixado de respirar. O que eu iria fazer com o encantador corpo de cera? O horror de que a minha privacidade fosse invadida, de que algum intruso descobrisse o meu bebê e profanasse com perguntas e censuras o corpinho doce e inerte, me era insuportável. Eu o teria levado para o cemitério e cavado com minhas próprias mãos a pequena sepultura. Mas a primeira nevada do inverno vinha caindo por algumas horas, e assim seria inútil me arriscar.

O fogo ainda estava queimando; empilhei lenha e carvão sobre ele. Envolvi o bebê num lenço de caxemira de minha mãe; repeti o que pude me lembrar do serviço fúnebre, consolando-me e tranquilizando-me com as promessas dessa oração. Não pude olhar as chamas destruindo-o. Fugi para o outro canto do quarto e ocultei o rosto no chão. Depois disso me lembro de um sentimento confuso de que eu própria estava queimando e precisava escapar das chamas. Não tive consciência de mais nada, até abrir os olhos e me ver deitada na cama, com minha babá perto de mim e o velho Brooks, boticário da aldeia e que sempre nos atendia, sentado do meu lado.

— Como a senhorita se sente, srta. De Mannering? — disse ele.

— Eu estive doente?

— Muito doente há semanas — disse ele —, mas agora acho que tudo vai ficar bem.

Minha babá me disse que assim que recebeu o recado partiu para Asham, mas a neve não lhe permitia caminhar e ela foi forçada a parar no meio da noite numa hospedaria que não fica longe de Selby. Ela se levantou antes da aurora e chegou à mansão, quando os criados estavam abrindo as venezianas. Correndo para o meu quarto, ela me encontrou deitada no chão, tomada por um perigoso acesso de febre. Ela cuidou de mim durante todo o tempo em que estive doente e não permitiu que ninguém se aproximasse, com exceção do boticário, porque durante o meu delírio eu falava constantemente na criança.

O boticário me visitava todo dia. No início eu estava tão fraca que quase não o notava, mas minhas forças foram voltando, e com elas veio a lembrança. Ele me disse certa manhã:

— Você esteve à beira da morte, srta. De Mannering. Achei que não nos seria possível salvá-la.

Na angústia do meu espírito, não pude conter um grito:

— Deus devia ter permitido que eu morresse.

— Não — protestou ele —, se a sua vida foi poupada, a senhorita rejeitaria a dádiva das mãos do Todo-Poderoso?

— Ah — gemi cheia de amargura. — O senhor não sabe...

— Sim — contestou ele olhando muito sério para mim —, eu sei de tudo.

Virei-me trêmula para ele.

— Não tema nada — disse ele. — O que sei não será revelado jamais.

Continuei com o rosto voltado para a parede.

— Minha querida — prosseguiu ele com suprema bondade. — Não fuja de um velho que a assistiu desde a infância e também a sua mãe. Meu pai e o pai do meu pai trataram dos De Mannering e eu gostaria de fazer tudo o que está ao meu alcance para servi-la. O médico às vezes pode dar a sua humilde ajuda à alma, assim como ao corpo. Deixe-me lembrar à sua alma sofredora que todos nós, pecadores, temos a promessa do perdão do Redentor. Eu lhe imploro: não se desespere. Quanto ao meu campo específico, o corpo: a senhorita não deve passar seu período de convalescença nesta nossa região inclemente. Procure sol e calor, e mude de ambiente para animar seu espírito.

Essa benevolência me tocou, levando-me às lágrimas. Entre soluços eu lhe respondi:

— Ai de mim, eu não tenho amigos. Não tenho nenhum lugar para ir.

— Não deixe que isso nos desanime — disse ele com um sorriso —, nós vamos imaginar um plano. Vou me sentar à beira da minha lareira com o meu copo de uísque e certamente conseguirei imaginar um plano.

Ele se empenhou generosamente e eu acabei indo fazer uma visita à sua irmã em Worthing. Ela cuidou de mim com o carinho de uma mãe, e eu voltei para Asham com a saúde restaurada. Minha alma encontrou a paz; eu aprendi a perdoá-lo. Os anos se passaram em aparente tranquilidade, mas sempre que chegava o mês de novembro, ou sempre que os ventos se alçavam no céu cinzento, eu sofria, como havia sofrido nos meses que antecederam o nascimento do meu filho. Minha mente estava povoada de temores infundados, sobretudo o de que eu não encontraria meu bebê no Céu, porque seu corpo não repousava em solo sagrado. E as convicções da minha Razão e da minha Fé não eram capazes de exorcizar aquele delírio. Mas eu tinha...

Nesse ponto o texto se interrompia.

— Espere — disse Kate —, tem também uma carta.

Então ela leu o seguinte:

Hen and Chicken Court, 3,
Clerkenwell.
7 de março de 1810

Senhora,

Fiquei sabendo que meus dias estão contados. Estando, assim, no limiar da eternidade, arrisco-me a me dirigir à senhora. Tenho desejado há muito tempo implorar seu perdão, mas não me atrevi a tanto. Imploro-lhe que não rejeite minha carta. Deus sabe que a senhora tem motivos para odiar o nome daquele que a enganou. Sim, minhas promessas eram falsas, mas mesmo naquele momento eu hesitei, ao me deparar com seu olhar confiante e afetuoso, e frequentemente, durante a minha posterior carreira de deboches, a evocação dessa imagem me acusou. Se eu tivesse aproveitado a oportunidade que o Destino me ofereceu e ligado a minha felicidade a uma pessoa tão inocente e crédula quanto a senhora, talvez fosse poupado da infelicidade que tem me cabido.

Sou, senhora, seu criado obediente,

Frederic Phillimore.

Durante um minuto fui incapaz de falar; estava totalmente concentrada imaginando o que a srta. De Mannering deve ter sentido ao ler aquela carta.

Então Kate disse:

— O que será que ela escreveu para ele? Quantas vezes esta carta deve ter sido dobrada e redobrada, lida e relida. E percebe-se que em alguns pontos as palavras estão borradas. Acho que são as lágrimas dela, lágrimas por aquele canalha!

Contudo, depois de ouvir a leitura da carta, cujo estilo antiquado, arrevesado, faz duvidar da sinceridade do autor, eu achei que podia imaginar melhor do que Kate tudo o que ela pode ter significado para a srta. De Mannering.

— Amanhã será nossa última tarde aqui — disse Kate, e sugeriu num tom persuasivo: — O que você acha de darmos adeus a Asham?

Mas embora a srta. De Mannering seja um fantasma bondoso, eu não gosto de fantasmas; além do mais, agora conheço o seu segredo, eu *não podia* me intrometer na vida dela. Assim, não voltamos a Asham. Já estamos de volta à escola, e aqui termina a minha história.

ANN BRIDGE
A ESTRADA PARA A ESTAÇÃO

Quando a última pessoa a relatar seu caso terminou de falar, houve uma pausa. Estávamos sentados em torno da lareira, cada um ocupado com seus próprios pensamentos; a mente de cada um buscando sua própria solução para os problemas levantados pela estranha história que acabáramos de ouvir. Foi Tredgold quem rompeu o silêncio.

— A história foi boa, muito boa — disse ele enchendo meditativo o cachimbo. — Eu sempre quis que os psicólogos nos aproximassem um pouco mais da compreensão desses fatos, ou aparições, ou como quer que vocês gostem de chamá-los. Às vezes eles parecem comunicações e às vezes não. — Ele acendeu cuidadosamente o cachimbo e então se virou na cadeira para se dirigir ao seu vizinho mais próximo. — Acho que aquela história da sua esposa, doutor, é uma das mais estranhas que já ouvi nesse campo.

— A história do trem? — disse o dr. Freeland. — É de fato uma história esquisita.

Evidentemente insistimos com o doutor para que ele nos contasse.

— Muito bem — disse ele —, vou contar.

Ele também fez os preparativos para um novo cachimbo, afastando um pouco sua cadeira do fogo.

— Aconteceu quando estávamos morando no campo — começou o doutor, comprimindo o fumo no fundo do cachimbo. — Na época eu não tinha clientela; ganhava a vida com trabalhos diversos: dava plantões num hospital de Londres dois ou três dias por semana e nos fins de semana substituía um homem naquela grande clínica privada de Westlea. Era um tipo de vida bastante movimentado, mas conveniente para ele e também para mim.

"Certo dia — foi no começo da semana, uma terça-feira, acho —, recebi na cidade uma carta de um homem que eu conhecia bem, dizendo que ele estava voltando para a Inglaterra num determinado navio e queria me ver imediatamente ao chegar. Eu tinha até certo ponto cuidado dele nos velhos tempos, e ele criara o hábito de me pedir conselhos etc.; mas ele estava no Canadá havia anos e eu pouco soubera dele nesse período. Não o havia visto desde o meu casamento e ele não conhecia a minha mulher. Ele insistiu quanto à necessidade de me ver imediatamente, mas não disse qual era o problema.

"Eu me informei sobre o navio num jornal e então liguei para o escritório londrino da companhia e fiquei sabendo que ele chegaria a Plymouth dois dias depois. Naquela época os trens que serviam o porto costumavam desengatar um vagão em Westbury e depois dessa estação um trem rápido que vinha na outra linha desengatava dois vagões no Entroncamento de Hedworth, a uns 12 quilômetros da nossa casa. Havia uma hora de espera em Westbury, mas ainda assim essa alternativa era muito mais rápida do que ir direto para a cidade com o trem que saía do porto e depois voltar.

"Assim, mandei um telegrama para esse homem, que ele receberia em Plymouth, dizendo-lhe que viesse desse modo para Hedworth, e lhe escrevi também uma carta de boas-vindas. Mandei um bilhete para a minha mulher dizendo-lhe que fosse me encontrar às 19h11 em Hedworth para trazermos esse homem. Expliquei quem era ele, pois eu não tinha certeza de poder ir lá naquela noite. Mas minha mulher estava muito acostumada a ter estranhos empurrados para ela, e eu sabia que ela lidaria muito bem com a situação, até eu chegar em casa."

O médico fez uma pausa, acendeu outro fósforo e deu uma baforada no seu cachimbo.

— Preciso dizer que achei um pouco esquisito — prosseguiu ele — esse homem querer me ver com tanta urgência, ao sair do navio, por assim dizer. Mas supus que ele estivesse em alguma dificuldade, e ele havia se habituado, como eu disse, a pedir a minha ajuda. Ah, bom, geralmente o que julgamos estranho não é aquilo que deveríamos julgar.

"Minha mulher, uma criatura boa e sensível, achou que não havia absolutamente nada estranho. Ela preparou um quarto e um jantar e então saiu de carro para se encontrar com o estranho no Entroncamento. Eu sempre me deslocava para todos os lugares na minha velha motocicleta, e assim ela não precisava se preocupar em me transportar.

"Estávamos no início do inverno, em novembro, e na hora que ela saiu de casa já era noite fechada. Evidentemente ambos conhecíamos muito bem a estrada para a estação — naqueles 12 quilômetros não havia uma única lombada cuja existência ignorássemos. É um trecho de estrada muito comum; primeiro uma extensão de reta entre pastagens — saibro, com carvalhos ao longo da cerca viva, durante uns cinco quilômetros —, em seguida um trecho de bosque fechado, e depois disso a estrada sobe pela chapada argilosa antes de cair para o vale, onde o rio, a estrada principal e a ferrovia correm juntos. A noite estava fria, seca e nublada, sem lua; minha mulher comentou comigo que observou, talvez pela centésima vez, enquanto dirigia, como a estrada lhe parecia branca, a não ser nos locais onde as folhas caídas a haviam umedecido e manchado; e como a luz dos faróis iluminava os troncos dos carvalhos pelos quais ela passava, um depois do outro. Ela estava muito atenta aos pedestres, porque achava que ia cruzar no meio da noite com um seu irmão mais novo — ele costumava vir, muito displicentemente, em qualquer trem e caminhar com uma mochila desde o Entroncamento.

"Assim, ela estava, como eu disse, muito atenta aos pedestres e, em algum ponto mais ou menos no meio do primeiro trecho de reta plana que mencionei, viu um homem a pé vindo em sua direção, caminhando do lado direito da estrada. Ela desacelerou, me disse ela, muito pouco, apenas o necessário para poder vê-lo. Não era Jim, o seu irmão; era um homem de meia altura, com uma capa impermeável muito clara, que parecia quase branca à luz forte do carro. Ela o observou — mesmo depois de ter visto que não era Jim — com a espécie de precisão involuntária com que as pessoas às vezes notam detalhes irrelevantes e percebeu que havia uma mancha escura ou marca que aparecia muito claramente no lado esquerdo da sua capa e que ele tinha uma deformação muito visível no olho e na sobrancelha direitos. Obviamente ela não prestou atenção a isso na hora, mas apenas registrou mecanicamente a impressão, por assim dizer.

"Ela continuou dirigindo por uns três quilômetros ou mais, e já estava no trecho de bosque — faias jovens, plantadas muito próximas umas das outras, de modo que sob a luz fraca os troncos parecem chuva — quando viu à frente outro homem caminhando na direção dela, novamente do lado direito da estrada. Desde o homem anterior ela havia cruzado com um ou dois carros e ciclistas — aquela não era de modo algum uma estrada particularmente deserta —, mas nada a ultrapassara. Como da primeira vez, ela começou a olhar atentamente esse homem logo que o viu; e ao se aproximar e poder vê-lo com mais detalhes, notou logo de saída que também ele tinha uma capa de chuva muito clara, e em seguida que a capa tinha uma mancha escura no lado esquerdo — e então, enquanto efetivamente passava por ele e via com nitidez seu rosto, notou que ele tinha a mesma deformação no olho e na sobrancelha direitos que ela havia observado no homem visto poucos quilômetros atrás. *Era o mesmo homem.*

"Ela disse que toda a estranheza do fato não a impressionou imediatamente — ela ficou intrigada por alguns segundos, imaginando onde o havia visto antes. Então, ao se lembrar, teve uma sensação bastante desagradável. Passou mais alguns momentos tentando atinar com alguma hipótese que explicasse os fatos inquietantes — é assim que todos nós tratamos os fatos inquietantes. Mas nada servia de explicação. Ela sabia que o havia visto, sabia onde o havia visto; lembrava-se claramente de que nada a havia ultrapassado, indo no mesmo sentido que ela. Ela não iria se iludir, tentando acreditar que não fosse o mesmo homem, pois sua atenção involuntária e espontânea, nos dois casos, havia registrado muito clara e aguçadamente uma impressão.

"Ela começou a se sentir muito indisposta. Foi então que olhou para trás. Mas no bosque a estrada não era mais reta — ela fazia uma curva longa, e, tão rapidamente quanto tinham passado seus pensamentos, ela havia percorrido um longo trecho; de qualquer modo ela percebeu que o homem estava fora de vista. A estrada atrás dela estava, obviamente, vazia, entre as margens saibrosas e as paredes verdes de árvores — do que era possível se avistar, pois a estrada atrás dos nossos faróis é sempre muito escura.

"Ela continuou dirigindo. Mas então foi evidente a sua alegria ao cruzar com um ou dois carros, e ela desejou intensamente não ver nenhum outro pedestre. E depois daquela primeira pausa, ela também não estava inclinada a olhar para trás — a escuridão da estrada atrás de si, naquele único relance, havia começado a lhe fazer penetrar algo muito próximo do horror.

"Ela dirigia a uma boa velocidade, forçando o carro na longa subida que vai para a chapada argilosa. Bem no alto há um poste sinalizador num cruzamento de quatro vias. Seu farol mostrou o poste branco a uma boa distância e ela ficou feliz por vê-lo, pois ele significava que a viagem estava quase no fim — restavam apenas a descida para o vale e a estação. Mas no momento seguinte ela viu que havia um homem sob o poste de sinalização. Em pânico, determinada a não olhar para ele, ela pôs o pé no acelerador. Mas precisou olhar, não pôde evitar; e enquanto passava veloz voltou a ver na luz inclemente a capa branca, a mancha escura do lado esquerdo, a sobrancelha torcida e o olho deformado.

"Dessa vez ela ficou aterrorizada. Durante um curto espaço de tempo, segundo disse, ela praticamente perdeu o controle de si mesma e dirigiu às cegas, com a única ideia de alcançar luzes, rostos e fala humana. Viu-se descendo a colina num ritmo perfeitamente inconsequente, e a impressão de perigo físico real a fez retomar o domínio das suas emoções. No alto da colina há uma curva perigosa, e por isso ela desacelerou e depois continuou dirigindo de modo mais razoável até a estação.

"Ela deixou o carro do lado de fora e entrou correndo. Eram 19h10 pelo relógio da estação. O saguão estava quente e bastante iluminado, passageiros e carregadores deslocavam-se e o lugar inteiro estava tão *normal* que ela se tranquilizou. O velho chefe da estação, que era sempre muito amável conosco, apareceu e começou a conversar com ela, e a sua conversa paternal a fez se sentir ainda melhor. Ele lhe perguntou quem ela viera receber e ela lhe disse; a ideia de que ela teria companhia para a viagem de volta deixou-a quase à vontade. Eles rumaram juntos para a plataforma e ficaram à espera do trem. O expresso estava muito atrasado, mas às 19h32 — o chefe da estação tirou o relógio e conferiu o horário em voz alta — chegou rugindo e os vagões desengatados, rangendo e gemendo nos metais, pararam bem diante da plataforma. 'Agora nós vamos encontrar o seu cavalheiro para a senhora, madame', disse o velho.

"Mas eles não o encontraram. Os vagões se esvaziaram e as pessoas pegaram sua bagagem e começaram a deixar a estação a pé ou nos carros que estavam à espera; mas ninguém pareceu estar à espera com aquele ar interrogativo, tão fácil de localizar, de completo estranho desejoso de ser encontrado. Eles ficaram intrigados. O chefe da estação consultou o guarda que tomava conta dos vagões desengatados de Westbury até Hedworth e parava com eles nesse último lugar. 'Essa senhora está aqui para receber um rapaz que desembarcou do trem do porto; ele deve ter pegado esse trem em Westbury.' 'Qual era o nome do rapaz?', perguntou o guarda. 'Macmurdo', disse a minha mulher. Ah, sim, ele estava aqui sim; o guarda estava com as suas coisas no bagageiro. Eles foram olhar e havia lá três caixas com o nome dele e as etiquetas do vapor. Mas a essa altura não havia mais ninguém na plataforma além deles próprios e dos carregadores. 'Que coisa estranha', disse o guarda levantando o boné e coçando a cabeça. 'Eu vi esse rapaz em Westbury, peguei as coisas dele e conversei com ele. Um rapaz americano, não é? Pelo menos falava como americano.' Então a bomba estourou, por assim dizer. Até então minha mulher estava bastante aborrecida e entediada com o fato de o homem não aparecer; ela estava de pé, muito à vontade sob as lâmpadas, quando o guarda perguntou para o carregador que tinha recolhido bilhetes dos passageiros que saíam: 'George, você viu um rapaz de capa branca com um defeito no olho direito?'

"— *O que é que o senhor está dizendo?* — exclamou ela para o guarda. A pergunta foi feita num tom tão agudo que minha mulher notou a surpresa dele. Mas ela estava agitada demais para se importar. — *Como* foi que o senhor disse que ele era? — repetiu ela.

"— Ele era um rapaz mais para alto, não era? — disse o guarda. — E tinha um casaco esbranquiçado e esse defeito no olho; uma coisa aflitiva, chamava atenção, por isso eu notei o sujeito. É isso mesmo, não é?

"— Claro que era — o horror estava exatamente no fato de o guarda ter visto com tanta precisão o que ela havia visto. Ela estava a ponto de lhe perguntar se a capa branca tinha uma marca escura no lado esquerdo, quando se lembrou de que para os objetivos de um mundo são, um mundo de guardas e carregadores, ela de modo algum vira o tal homem. Não poderia, vocês me entendem? O guarda o havia visto em Westbury, e nenhum poder terreno teria sido capaz de levá-lo para a estrada da estação, onde ela o vira, antes das sete horas. Pela segunda vez naquela noite, ela voltou a se controlar e fez as perguntas adequadas, racionais. Ele tinha certeza de que havia visto o rapaz entrar no trem? Como é que ele sabia o nome, sabia que era aquele rapaz? O guarda foi muito positivo e claro. O expresso estava atrasado ao sair de Westbury e o rapaz chegou nervoso até ele e lhe perguntou quando o trem ia sair. 'Ele me deu a bagagem para ser posta no bagageiro e por isso eu vi o nome; e ele me perguntou onde era o restaurante e lhe mostrei. Conversamos bastante; ele era muito falante, como a maioria dos homens americanos. Eu *tinha* de me lembrar dele', disse o guarda, 'porque ele me deu meia libra de gorjeta. Tirou a nota de um grande maço de dinheiro que ele tinha'.

"Não restava dúvida: era Macmurdo que ela havia visto; mas, como vocês podem imaginar, minha mulher não participou da busca subsequente nos vagões vazios. Eles não encontraram nada, embora num local houvesse uma confusão de jornais que o guarda remexeu um pouco, descuidadamente. De Macmurdo não se viu nenhum vestígio, e nem minha mulher esperava encontrá-lo. Ela achou que ele estivessem em outro mundo. Pobre coitado, sem dúvida ele estava. Na manhã seguinte, quando os vagões foram limpos, encontraram manchas de sangue no assento e no chão do vagão que estava cheio de jornais espalhados, e não haviam se passado nem 24 horas quando um grupo de assentadores de trilhos, ao fazer sua ronda diária naquele trecho, encontrou o cadáver de um homem no meio do aterro da linha, entre Westbury e Armlea. Ele tinha caído com violência, mas a causa da morte não havia sido a queda; uma grande mancha de sangue no lado esquerdo da sua capa clara assinalava o ponto em que ele fora cruelmente esfaqueado — assassinado, não havia a menor dúvida —, por causa do 'grande maço de dinheiro' que o guarda observara quando ele lhe deu a gorjeta. Seu relógio, o anel e outros pertences não foram tocados; levaram apenas o dinheiro. E entre os papéis que facilmente o identificaram estava a minha carta de boas-vindas que lhe dizia qual trem ele devia tomar."

O médico fez uma pausa e bateu o cachimbo contra a lareira.

— A carta me levou para a investigação — prosseguiu ele —, e assim eu ouvi tudo o que a polícia pôde explicar. Ele foi esfaqueado e atirado entre as 18h40, quando o trem partiu de Westbury (atrasado, como vocês se lembram) e as 19h17, horário da chegada em Armlea. Armlea era a única parada entre Westbury e Hedworth; e minha mulher tinha estado no Entroncamento durante algum tempo, quando o trem deixou o lugar.

— O assassino deve ter saído do trem ali, claro — concluiu alguém.

— Era o que se supunha — disse o médico —, mas isso foi confirmado posteriormente.

— Como? — perguntaram cinco vozes concomitantes.

— Essa é a parte mais curiosa — disse o médico. — Mais de um ano depois minha mulher estava novamente no Entroncamento, no início da noite, para me encontrar. Sendo uma criatura corajosa, ela não quis permitir que aquela experiência desagradável na estrada da estação depois do anoitecer a impedisse de transitar por ali durante muito tempo. "Coitado", ela me disse mais de uma vez, "ele queria ajuda e estava procurando-o para ter essa ajuda, como sempre; era só isso. Eu gostaria de ter podido ajudá-lo". Ela estava ali na estação, e dessa vez o trem que vinha da chapada argilosa estava atrasado. Ela estava sentada na sala de espera lendo um jornal, bem debaixo de uma lâmpada, quando o homem chegou. Ela olhou para cima, como era de se esperar, e o viu, e nesse momento a luz incidiu, imagino, no seu rosto. Não havia mais ninguém no saguão. Quando o homem a viu, ela disse que o rosto dele mudou totalmente ("ele ficou horripilante", foi a expressão dela), ele recuou um ou dois passos meio cambaleante e depois se virou e saiu precipitadamente como um homem que tivesse recebido um murro. Ela ficou muito perturbada, como é natural, por ter produzido essa reação numa pessoa totalmente estranha, e, na verdade, tentou ver seu reflexo num desses quadros esmaecidos das companhias marítimas que sempre estão dependurados nas salas de espera. Não encontrou nada de estranho na sua aparência, e assim continuou lendo o jornal. Então alguma coisa a fez erguer o olhar, e lá estava o homem novamente, examinando debruçado da janela que se abria para a plataforma. Ele ficou por ali durante algum tempo e por fim entrou, parecendo impressionantemente alterado, e disse que precisava falar-lhe. Ela o fez sentar-se, pois ele estava muito trêmulo, e imediatamente confessou o assassinato do meu pobre amigo. Minha mulher achou inicialmente que ele estava delirando, mas não podia haver engano: ele deu o nome, a data e a hora do trem. Estava desesperadamente precisado de dinheiro, tinha visto as notas quando Macmurdo deu a gorjeta para o guarda em Westbury e num súbito impulso cometera o assassinato. Confirmando a suposição da polícia, ele saiu do trem em Armlea e desapareceu.

— Mas afinal de contas por que... — alguém começou.

— Ele contou para minha mulher? — perguntou o médico. — Ela lhe perguntou isso e vocês podem fazer o que quiserem com a resposta que ele deu. "O senhor precisa contar isso para a polícia", aconselhou ela. "Por que o senhor me contou?"

— Porque *a senhora estava lá!* — disse ele.

— O que você quer dizer com "lá"? — indagou a minha mulher, sobressaltada.

— A senhora chegou e me olhou — respondeu o pobre infeliz, tremendo como uma folha. — Três vezes, enquanto eu estava espalhando os jornais, antes de chegar a Armlea, a senhora ficou de pé na porta e olhou para mim. A senhora acha que eu poderia esquecer o seu rosto? — ele quase gritava. — Eu sabia que um dia ia ver a senhora outra vez, e então teria de lhe contar.

O médico calou-se novamente, mas dessa vez ninguém fez qualquer comentário.

— É isso — disse ele depois de algum tempo —, façam o que quiserem com essa história.

Perguntamos o que foi feito do assassino.

— Ah, nós o entregamos para a polícia — respondeu o médico. — Não se podia fazer outra coisa, e era o que ele queria. Mas antes do julgamento ele ficou totalmente maluco e agora está no hospício, acho.

— E o senhor, doutor, o que fez dessa história? — perguntou Tredgold depois de outra pausa.

O médico inclinou-se para a frente e bateu o cachimbo na lareira pela última vez.

— Só Deus sabe! — disse ele.

STELLA GIBBONS
A TORRE QUE RUGE

Meu pai inclinou a cabeça para me beijar, mas desviei o rosto e seus lábios tocaram apenas a ponta do meu véu. Por cima de seu ombro, vi os olhos magoados de minha mãe e os meus próprios, cheios de lágrimas.

Baixei o véu, com dedos trêmulos, murmurei algumas palavras que esqueci e entrei na cabine, cuja porta meu pai abria para mim. No assento do canto havia um maço de rosas brancas, um exemplar de um jornal feminino e uma cesta com o meu lanche da viagem.

Meu coração estava petrificado. As rosas, colhidas no jardim da nossa casa em Islington, não o amoleceram nem um pouco. Eu as afastei cuidadosamente para o lado e afundei no lugar do canto. Não disse uma palavra; e meu pai e minha mãe também ficaram em silêncio; então eu desejei que eles fossem embora.

— Amanhã você escreve, minha filha, contando como foi a viagem e como está a tia Julia? — pediu minha mãe.

— Está bem, mamãe. — Meus lábios estavam rígidos e frios.

— Lembre-se, Clara, de que esperamos que você aproveite plenamente o ar da Cornualha e volte para casa num estado de espírito muito diferente e com a saúde recuperada. — A voz do meu pai era uma advertência.

— Está certo, papai.

Dobrei no colo minhas mãos metidas em luvas negras e olhei para fora da janela, evitando o olhar de minha mãe.

As paixões que invadem um coração aos 19 anos, como um exército belo e ameaçador, parecem muito desmaiadas e pequenas se as olhamos retrospectivamente depois de decorridos cinquenta anos, como estou fazendo agora, mas na manhã de final de verão a que me refiro, enquanto esperava meus pais na estação ferroviária, não poderia haver coração mais feroz e ao mesmo tempo mais frio que o meu. Uma voz, que nunca mais eu ouviria, ressoava nos meus ouvidos, e um rosto, que eu havia prometido esquecer, ocupava meus olhos.

"Tudo o mais" (como escreveu aquele filósofo alemão) "era loucura".

Meus pais haviam nos separado; e o meu coração estava em pedaços; e nada mais havia para dizer. Eu desejava que o trem partisse, para ficar sozinha.

A viagem foi monótona. Minha tia Julia não tinha dinheiro suficiente para pagar uma carruagem, e quando, no fim do mesmo dia, saí do trem na cidade de N..., na Cornualha, descobri que precisava pegar um cabriolé para a aldeia onde ela morava, perto do mar, a 3,5 quilômetros dali.

Consegui uma carruagem antiga, dirigida por um homem de aspecto ranzinza que vestia uma capa larga, e o carregador, com a ajuda desse homem, levantou meu baú até o lugar do motorista, deu-me um braço cavalheiresco para eu subir, piscou para o condutor e partimos.

Deixamos para trás a cidade; e já no crepúsculo chegamos ao final da nossa última viela e nos defrontamos com uma pequena baía arenosa onde quebravam as ondas do mar aberto. No outro lado da baía, ficava a aldeia onde morava minha tia.

O cavalo afrouxou o ritmo até quase a marcha e as rodas deslizarem na areia fina, enquanto íamos para o outro lado da baía; o som suave das folhas caídas e as luzes que brilhavam nas janelas da aldeia foram um bálsamo para mim.

Subitamente eu vi algo que — já então — me assustou e impressionou tanto, que me inclinei e cutuquei a capa do condutor.

— O que é aquilo... aquelas ruínas à esquerda? — perguntei apontando.

Ele não virou a cabeça na direção para a qual eu estava apontando e tive alguma dificuldade em ouvir sua resposta mal-humorada, indistinta, que veio depois de uma pausa:

— É a Torre Que Ruge — disse ele finalmente, enrolando o chicote nas costelas do cavalo.

Com um interesse mais vivo do que qualquer objeto me havia despertado nos últimos meses, olhei para o contorno indistinto da torre circular arruinada, situada de frente para as ondas que quebravam e quase totalmente coberta por um belo arbusto de rosas silvestres. Não passava de um aro de pedra, mais alto em alguns pontos que em outros, mas com o círculo ininterrupto. Estava de pé sem suportes na curva mais baixa do penhasco baixo que rodeava a baía.

Lembro-me de estar sentada bem ereta na carruagem oscilante, enquanto nos aproximávamos da aldeia, e de haver examinado animadamente a torre até ela desaparecer numa curva no rochedo; e mesmo quando ela desapareceu, eu a via nítida no olho da minha mente, como a lembrança fascinante de uma luz depois que ela se apaga.

A recepção que minha tia Julia me fez foi gentil, mas reservada, como merecia uma sobrinha impertinente e voluntariosa que fora imprudente a ponto de entregar seu afeto a um pretendente inadequado. Ela deixou claro para mim que aquela estadia de um mês não seria uma época de lamúrias ociosas — "sonhador", lembro-me de ela ter chamado assim o meu ar desanimado. Eu teria de ajudá-la fazendo barra em saias, cuidando das galinhas e do jardim.

Mas de manhã, depois que fazia a cama, arrumava o quarto e ajudava Bessie a dar comida às galinhas, eu podia passar o tempo como quisesse até o almoço, ao meio-dia; e essas eram as horas de que eu mais gostava — ou melhor, tanto quanto me era possível gostar de qualquer hora naqueles tempos infelizes.

Eu escalava pedra após pedra, atravessava lagos num sonho amargo e via com olhos alheios, infelizes, as estufas da praia, as copas verdes, violetas e vermelhas, ondulando abaixo de mim em inocente beleza.

Mas eu apenas ficava mais entristecida vendo tudo aquilo. Eu não estava sozinha em meio àquela beleza e não ficaria assim para sempre? E o meu coração se endurecia, minha língua ficava menos apta a exclamar e louvar, e meus pensamentos voltavam-se cada dia mais e mais para dentro de mim mesma.

A Torre Que Ruge, que, podem estar certos, foi o primeiro lugar a me receber no primeiro dia da minha estadia, tornou-se o meu refúgio predileto. Sua roseira estava no auge da floração, e não importava a hora do dia em que a visitasse, o primeiro som que eu ouvia ao me arremessar na relva ressecada, ofegante depois de escalar o lado íngreme do rochedo, era o zumbido contínuo, sonolento, das abelhas selvagens saqueando os cálices abertos das rosas.

Escrevi "o primeiro som que eu ouvia".

Mas havia outro som.

Fiquei sabendo, antes de estar havia uma semana na casa de tia Julia, quando a Torre ganhou esse nome estranho.

Era a tarde de um dia muito quente e sem nuvens. Pela crista do rochedo eu estava voltando languidamente de uma caminhada até uma aldeia que ficava no interior, girando o chapéu na mão, os olhos semicerrados contra a ondulação cintilante da grama e os golpes cintilantes do mar.

Não estava pensando em nada em particular, nem mesmo na minha dor; minha mente estava paralisada como um pântano negro sob o sol — sem flores, estagnada. Se havia um pensamento pairando no fundo da minha mente (hoje posso escrever isso sem um sorriso), era a suposição esperançosa de que haveria peixe fresco para o jantar. Mas se alguém adivinhasse isso, teria recebido uma negação enraivecida. Eu acalentava a minha dor; era tudo o que eu tinha. Nada poderia atenuá-la; era uma ferida incurável.

Ai de mim! A lição mais amarga que aprendi desde então é com que suavidade e falta de piedade o Tempo nos rouba até as nossas feridas mais caras.

Ao me aproximar da Torre dei uma olhada, como sempre, na sua direção. Um pequeno grupo de aldeões estava por ali, as mulheres agrupadas a alguma distância, os homens espalhados em torno dela num círculo interrompido, como uma guarda avançada indecisa.

Quando cheguei mais perto, ouvi um som indescritível, aparentemente vindo de nenhum lugar específico, mas sim de todo o ar em volta, e que a princípio pensei (por não ter uma ideia melhor) ser o zumbido das abelhas em enxame.

Era um rugido suave, cavernoso, furioso, como de uma distante cachoeira gigantesca; o mesmo som descrito pelo meu tio-avô Max ao nos contar como o coração fraquejou no corpo quando ele ouviu, na calada da noite, as longínquas vozes solenes de leões cortejando e caçando no deserto estrelado.

O som aumentava e diminuía em ondas, exatamente como aumenta e diminui o rugir de um animal.

Quando avancei pela grama, pretendendo perguntar a uma das mulheres o que estava acontecendo, vi a minha própria apreensão refletida nos olhares oblíquos ou desviados das pessoas da aldeia.

— O que é isso? O que está acontecendo? — perguntei incisivamente para uma mulher perto de mim. — O que é esse barulho estranho?

Ela hesitou, pediu ajuda com um olhar para o marido, que estava do seu lado, mas ele ignorou esse apelo. Repeti a minha pergunta imperiosamente.

— É só a Torre Que Ruge — disse ela por fim, relutante. — Quando a roseira está toda florida e o dia é de calor sufocante, a Torre ruge, como acontece agora.

— Mas o que é isso? O que é que produz esse som horrível?

Silêncio novamente. Os outros aldeões estavam olhando curiosos para mim; alguns deles se aproximaram com lentidão do nosso grupinho, mas ninguém tentou me responder.

Por fim, no fundo do grupo, uma voz masculina hesitante apresentou--se espontaneamente:

— Dizem que é água debaixo da Torre. Debaixo da Torre tem uma grande caverna, dizem, e quando a maré chega até lá a água faz esse barulho.

Ouvi uma ou duas concordâncias desanimadas, mas não fiquei satisfeita; a explicação era plausível e ao mesmo tempo não convencia. Mas o modo constrangido dos aldeões e seus olhos inquisitivos me desagradaram e eu me apressei a deixar o lugar.

Eu já estava havia uma semana na casa de tia Julia quando certa manhã fui até a cozinha para entregar a Bessie uma roupa de linho que ela me havia prometido lavar.

Ela não estava lá, mas num canto da mesa da cozinha estava sentada uma garotinha de cabelo louro ocupada com um papel e os lápis que ela tirava de uma caixa colorida. Era Jennie, a sobrinha de Bessie, que por ser uma menina boazinha e tranquila tinha permissão da minha tia para ficar na cozinha.

— Bom dia, dona Clara — murmurou ela, olhando-me de esguelha.

— Onde está a sua tia, Jennie? — perguntei impaciente; eu queria sair logo para a praia. — Ela vai lavar essa roupa para mim hoje, porque vou precisar usá-la amanhã para ir à igreja.

— Ela foi à feira, dona Clara, e só volta daqui a uma hora ou mais.

— Ora, ela foi muito negligente. A roupa não vai secar e não poderá ser passada a tempo para eu usar amanhã. Entregue-a para ela assim que ela entrar, Jennie, e diga que preciso dela esta noite.

Eu já estava saindo apressadamente da cozinha, mas então meu aborrecimento aumentou por causa do olhar solene, tímido, de Jennie. Subitamente eu parei e peguei a sua caixa de lápis na mesa.

— Ora! Eis a Torre Que Ruge! — disse eu meio para mim mesma num novo tom de voz, cheio do prazer que senti ao ver a imagem pintada na tampa da caixa. — Onde foi que você arrumou isso, Jennie? Quem foi que pintou? E quem é essa estranha criatura com a tromba, perto da Torre?

— Foi o Davy que me deu isso — respondeu pausadamente Jennie. — O Davy Doido, é assim que ele é chamado, porque é um velho ruim da cabeça. Ele pintou a caixa para mim com esse animal esquisito. E o Davy disse que viu o bicho.

Olhei para ela e depois para a caixa, perguntando-me onde o velho maluco poderia ter encontrado o modelo para o monstro corpulento, de tromba comprida e com as quatro patas marrons agachadas que ele havia pintado perto da Torre.

— Você não deve mentir, Jennie. É feio — repreendi afetadamente.

— Mas o Davy viu mesmo esse bicho, dona Clara — insistiu Jennie. — Muito tempo atrás, quando ele era criança. É esse barulho que a gente ouve saindo da Torre, quando a roseira está florida. É por isso que ela é chamada de Torre Que Ruge. O Davy diz que é o coitado do bicho, que foi trancado lá dentro e não consegue sair.

Continuei olhando para ela. A menina não parecia absolutamente amedrontada; tinha uma das mãozinhas sobre o seu desenho, como se estivesse prestes a continuar a brincar.

— Tudo bem — disse eu por fim, inspirando profundamente —, você é uma menininha feia porque fica repetindo as mentiras do Davy, Jennie. Devia ter vergonha de fazer isso. — Mas a minha voz não parecia tão severa quanto eu gostaria.

— Está certo, dona Clara. Sinto muito — murmurou Jennie ansiosa, e então eu me encaminhei para a porta. Mas parei na soleira e chamei-a de novo, curiosa:

— Você não ficou com medo, Jennie, quando o Davy lhe contou essa história?

— Ah, não, dona Clara — respondeu ela tranquilamente. — Ele não faz mal para ninguém, aquele bicho. Todo mundo tem medo dele por aqui e ninguém tem a menor pena dele, mas ele não faz mal para ninguém. Ele só quer ir para a casa dele, foi o que disse o Davy.

Depois dessa conversa, onde os meus passos poderiam ir senão para a Torre, naquela tarde, quando minha tia estava cochilando no jardim?

Atravessei os bancos de areia e subi a suave ladeira em direção à Torre. Lá estava ela, semicoberta com a sua roseira, o calor e o silêncio impregnando as suas próprias pedras. As abelhas zumbiam nas flores e as borboletas dançavam sobre os galhos mais altos.

Atravessei pela grama e subi na pedra tombada que eu sempre usava como degrau, quando queria olhar para o círculo de grama que havia dentro da Torre, embaixo.

No início da manhã a roseira e o muro lançavam uma sombra torta até certo ponto da grama e no crepúsculo a sombra reaparecia do outro lado, mas agora, ao meio-dia, quando olhei lá embaixo a grama estava sem nenhuma sombra, clara e profunda como esmeralda.

Pousei os cotovelos no aro de pedra quebrada e olhei para baixo. Meus pensamentos eram vagos. Certamente eu não tinha medo, e isso agora me parece estranho, pois o desenho do Davy Doido mostrava uma fera tal que causava pensamentos estranhos até mesmo na mente de uma garota mais equilibrada do que eu.

Mas tudo o que eu senti, parada ali no calor e no silêncio modorrento, foi uma espécie de curiosidade travessa e uma volta da inexplicável compaixão que eu havia experimentado quando ouvi falar da Torre e do seu rugido.

Enquanto permanecia ali, quase dormindo em pé, um suavíssimo tremor começou a vibrar ruidosamente, quase indistinguível do rumor longínquo do mar, e seu volume aumentou, subindo acima do som das ondas e das abelhas até dominá-lo inteiramente, e então percebi que a Torre estava rugindo e que eu estava, como um nadador num banco de areia apertado pelo mar, na maré alta do seu som.

Então meu coração começou a bater mais rápido. Dei uma rápida olhadela sobre o ombro, tirei os cotovelos do muro e me preparei para fugir.

Mas não fugi. Fiquei, e ninguém se surpreendeu mais do que eu. Pois a compaixão havia voltado ao meu coração; aquela compaixão surpreendente, irracional, por um simples som que eu tinha ouvido.

Hesitei no meu pedestal de pedra, agarrando-me ao muro com uma das mãos e examinando embaixo o silencioso fosso verde. Nada havia ali, evidentemente. A grama queimava serenamente à luz do sol, as abelhas pairavam entre as rosas. E o som suave, lastimável, rugia perto de mim em ondas, abandonado, desesperançado.

Medrosa e emotiva como eu era, fiz uma coisa estranha. Debrucei-me sobre aquele fosso vazio chamando suavemente:

— Você está me ouvindo? Coitado! Pobre criatura atormentada! Posso ajudá-lo? Eu farei isso, se puder.

As palavras tolas, banais e humanas, voltaram hesitantes do altaneiro e intransponível muro, belo por sua roseira e grama cintilante. Chamei novamente sobre o fosso sinistro:

— Preste atenção! Eu estou aqui. Vou rezar para você, se as orações o ajudarem. Pobre criatura perdida! Você tem uma amiga na terra, se isso for importante para você. Eu farei o que puder...

Nos meus olhos brotaram lágrimas; eram as primeiras que eu vertia por outra pessoa nos últimos meses. Mal sabendo o que fazia, pus as mãos firmemente no muro e saltei para dentro do fosso. Só Deus sabe que objetivo eu imaginava alcançar!

Aterrissei com um impacto ruidoso, cambaleei para a frente e caí com as mãos e os joelhos na grama. Estava consciente de que a única coisa que eu podia ver do meu mundo conhecido era um círculo tosco de céu muito azul, contra o qual a roseira oscilava ao vento.

Em toda a minha volta, ensurdecendo os ouvidos com suave reiteração, subia e descia a voz da Torre Que Ruge.

— Muito bem! — disse eu em voz alta, trêmula, pondo-me de pé com as costas quase tocando o muro, como se estivesse acuada. — Cá estou eu no olho do furacão. Agora tenho de ir até o fim.

Mas as palavras eram desnecessariamente corajosas. Nada acontecera, nem mesmo a catástrofe esperada. Aqueles sentimentos, aliviados pela minha torrente de lágrimas, lentamente se acalmaram. O rugido pareceu estar morrendo em longos repiques de som exaustos, ou então meus ouvidos estavam se acostumando a ele.

— Claro. A maré está baixando — murmurei, contornando devagar o círculo de grama, roçando levemente a parede com a ponta dos dedos enquanto andava. — Eu fui uma grande tola. — As lágrimas e a compaixão de pouco antes me fizeram corar.

Minha prisão não era realmente uma prisão. Eu sabia que podia sair dali quando decidisse, escalando o muro áspero de menos de dois metros que tinha pontos de apoio mais do que suficientes. Mas eu gostei de ficar por ali, isolada do mundo, à luz do sol e no silêncio. Sentei-me na grama, sob a massa da roseira que pairava lá em cima, e com um suspiro cansado apoiei as costas no muro.

Como era profundo o silêncio! Pois então o rugido havia cessado. Nem uma abelha zumbia, nem uma borboleta se agitava. O ar do verão, refrescado naquele fosso, tinha um cheiro doce.

Seria fácil escrever neste ponto: "Devo ter adormecido."

Mas eu sei, como sei que meu corpo deve logo morrer, que não adormeci, nem mesmo por alguns segundos. Estava acordada, bem acordada. E vi o que vi.

Uma sombra se elevou da grama esmeralda.

Era marrom e grande, muitas vezes maior que eu, e a princípio pareceu um espessamento do ar imediatamente acima da grama, e eu pisquei os olhos uma ou duas vezes, acreditando que eles ainda estavam embaçados por causa das lágrimas recentes. Mas a sombra persistiu. Ficou mais escura e mais espessa e começou a tomar forma. Era atarracada, obesa, agachada, com uma cabecinha afundada entre os ombros, uma longa tromba e quatro patas como as dos ratos saindo lateralmente do seu corpo.

Eu me inclinei para a frente, piscando novamente; até mesmo esfreguei os olhos com os punhos, mas a sombra não se mexeu. E enquanto a olhava, o som débil voltou a tremular ruidosamente no ar silencioso, chegou a ser um rumor de barulho, diminuiu para um sussurro e subiu novamente.

A Torre estava rugindo e o som chegava da garganta do monstro que estava na minha frente, com a cabeça lançada para trás. A criatura — visão, fantasma, o que quer que ela fosse — voltava a cabeça para um lado e para outro enquanto rugia, como se em extrema angústia; captei a cintilação dos seus olhos oblíquos quando a cabeça ondulava.

O monstro olhou para mim? Pergunta estranha, com mais do que uma insinuação de comicidade! Como é que eu posso falar seriamente de olhares trocados entre um habitante deste mundo e um visitante de algum outro mundo que eu não posso nem mesmo imaginar qual seja? Mas me parece, ao relembrar, que o animal reconheceu a minha presença ali, pois logo fez um confuso movimento circular e virou a cabeça para mim, ainda rugindo lamentavelmente, como se implorando a minha ajuda.

Assim, nós nos encaramos, eu e a Voz da Torre Que Ruge, e enquanto olhava, todos os sentimentos vindos do meu coração subitamente voltavam-se para ele, inundando-o com uma enorme onda de piedade.

Estendi as mãos e falei para a monstruosidade que estava diante de mim, como se ela pudesse entender:

— Posso fazer alguma coisa? — sussurrei. — Você gostaria que eu trouxesse um religioso?

Mas enquanto as palavras tolas deixavam meus lábios secos, a sombra marrom mudou.

Não posso descrever o que aconteceu em seguida. Sou apenas um ser humano; para isso seria necessária a pena dos arcanjos de Milton.

A sombra correu para cima, desfazendo-se durante essa corrida. Parecia ter sido impelida diretamente para o zênite, aspirada por alguma força invisível.

Durante um terrível instante, eu tive um relance de asas enormes, cobertas de uma extremidade à outra com plumas de cobre, de um rosto coroado com cabelos que eram como raios dourados se arremessando, um rosto alegre, sorrindo para mim em êxtase, um corpo assexuado, novamente raiado de ouro como uma folha raiada. Um choque cegante percorreu meu esqueleto, talvez (que o Deus da criação me perdoe se estou blasfemando) um abraço de gratidão.

Depois ele se foi. Foi-se como se eu nunca o tivesse visto.

Nada restou. A Torre Que Ruge ficou inteiramente vazia; senti isso enquanto me sentava com os olhos fechados. A virtude se retirara das próprias rosas, cujo único mistério era agora o mistério de todas as coisas que crescem.

Então eu me levantei e depois de muitas tentativas consegui subir e sair da Torre Que Ruge.

Fraca como um gatinho, voltei para casa pela orla da praia. A espuma quebradiça corria aos meus pés; eu seguia seu curso sob minhas pálpebras cansadas, abaixadas. O vento do mar, lento e forte, soprando pelas nuvens da tardinha, acariciava minhas faces. Eu não pensava em nada. Minha mente estava calma como os bancos de areia estendidos diante de mim.

Eu já não me sentia infeliz. Olhava para o céu infinito, para a areia, o mar que escurecia, os rochedos orlados de flores, e pensava, com um prazer fatigado, em como eu era rica por ter tantos, tantos anos diante de mim para amar a beleza de tudo aquilo.

Pois agora tudo aquilo me pertencia, assim como todas as belezas. Essa foi uma dádiva daquele terrível espírito de quem eu tinha sentido pena na Torre. Minha compaixão, acreditei, o havia libertado, e em troca ele tinha varrido do meu coração a tristeza pessoal e me libertado para todas as belezas.

Senti-me estranhamente sem referências, como (com as nossas limitações humanas) imaginamos que um grão de areia ou uma flor de trevo deva se sentir. Com passos leves, despreocupada, calma, fui distraidamente para casa.

Isso foi há cinquenta anos.

Durante o resto do tempo que fiquei lá, fiz perguntas cautelosas à minha tia, ao Davy Doido e na aldeia, mas nunca pude encontrar um fiapo de lenda capaz de explicar (se é que alguma explicação é possível) o que acontecia na Torre Que Ruge. Davy ficou aterrorizado e se recusou a me responder; e minha tia olhou para mim, como se eu tivesse enlouquecido.

Mas durante toda a minha longa vida, cheia até a borda de alegrias e tristezas, a dádiva da Torre Que Ruge nunca me deixou. Uma parte de mim é intocável; uma parte de mim sempre pode escapar para a beleza circundante do mundo natural e ser livre.

É motivo de admiração o fato de, agora que eu sou uma mulher velha demais para fazer concessões aos que acreditam que este mundo é o único em que os seres humanos habitarão, eu não ter medo da morte?

Sem nenhuma assombração, muda, uma simples ruína de pedras, a Torre Que Ruge pode estar de pé até hoje. Mas eu nunca voltei lá para ver.

Elizabeth Bowen

Os alegres campos outonais

O grupo de caminhantes da família, embora composto por muita gente, não se dispunha em formação de combate nem se dispersava sobre a palha; mantinha-se numa procissão de grupinhos de dois ou três. Quem ia à frente era papai, com seu bastão alpino, ladeado por Constance e o pequeno Arthur. Do grupo de Robert e do primo Theodore, numa conversa concentrada, participava também Emily, que no entanto se mantinha um pouco afastada. Depois vinham Digby e Lucius, mirando corvos imaginários. Henrietta e Sarah fechavam o cortejo.

Era Sarah que via os outros mais à frente na palha dourada, que os conhecia, sabia o que uns eram em relação aos outros, sabia seus nomes e sabia o seu próprio. Era ela que sentia a palha sob os pés e a ouvia produzir mais adiante, sob os passos dos outros, um suave, tenso e contínuo amassamento ruidoso que soava diferente. O campo e todos os distantes campos à vista sabiam, assim como Sarah, que eles eram do papai. A colheita havia sido boa e já fora guardada. Ele estava satisfeito, pois naquela tarde havia feito a escolha instintiva da sua filha mais feminina, que era o mais próximo de um filho bebê. Arthur, cuja mão papai estava segurando, dava vários pulinhos ansiosos a cada passo do homem grande. Quanto a Constance — Sarah frequentemente via o brilho da pluma do seu chapéu quando a irmã virava a cabeça, a curva do seu corpete apertado quando ela virava o dorso —, ela dava atenção ao papai, mas não lhe dava os seus pensamentos, pois já havia sido pedida em casamento.

As filhas do fazendeiro, desde Constance até a mais nova, andavam com suas saias verdes, vermelhas ou marrons, dobradas, com exceção de Henrietta, que ainda tinha os tornozelos livres. Elas caminhavam dentro de um som abafado contínuo, mas atrás de si deixavam silêncio. Atrás delas, gralhas que, com o sol acendendo o azul das suas asas azul-escuras, haviam se levantado e descrito círculos voltavam agora a aterrissar uma a uma na terra e recomeçavam a bicar. Papai e os meninos tinham roupas escuras como as gralhas, mas não tinham pontos luminosos, a não ser nos colarinhos brancos.

Era Sarah que localizava os pensamentos de Constance, que sabia que a mão de Arthur era um prisioneiro torcido, sentia a profundidade do ressentimento de Emily pela desatenção do primo Theodore, exultava com Digby e Lucius pela queda imaginária de tantos corvos. Ela se afastou, no entanto, como se de uma cordilheira rochosa, da conversa entre Robert e o primo Theodore. O que ela sabia acima de tudo era que ficava tonta de amor à aproximação do rosto jovem e alerta de Henrietta, e também dos seus olhos, que brilhavam com o céu e interrogavam a tarde.

Ela reconhecia a cor da despedida, sentia o sabor de uma tristeza doce, enquanto do chalé dentro da tela de árvores a fumaça da lenha subia, fundindo pungente e azul. Era a véspera da volta dos irmãos para a escola. O clima era de domingo; papai havia deixado livre o fim da tarde; todos eles (com exceção de um), rodeando Robert, Digby e Lucius, andavam pela propriedade que os irmãos não veriam novamente durante muito tempo. Robert — isso era visível — não estava contrariado por voltar aos seus livros; no ano seguinte iria para a faculdade, como Theodore; além do mais, com tudo isso, eles viam que Robert não era o herdeiro. Mas no mirar e disparar de Digby e Lucius ocultava-se uma dor física, a repugnância das vítimas, embora esses dois estivessem mais longe de ser herdeiros do que Robert.

Sarah disse para Henrietta:

— E pensar que eles não estarão aqui amanhã...

— É nisso mesmo que você está pensando? — perguntou Henrietta com seu sutil gosto pela verdade.

— Mais, eu estava pensando que você e eu vamos voltar a ficar perto uma da outra na mesa...

— Você sabe que nós sempre ficamos tristes quando os meninos estão para ir embora, mas nunca ficamos tristes quando eles vão embora. — O doce sorriso culpado e recíproco que começou nos lábios de Henrietta terminou nos de Sarah. — Além do mais — disse a irmã mais nova —, nós sabemos que isso é apenas algo que está acontecendo outra vez. Aconteceu no ano passado e vai acontecer no ano que vem. Mas ah, como é que eu vou me sentir e como é que você vai se sentir, se for algo que nunca aconteceu antes?

— Por exemplo, quando Constance se casar?

— Ah, eu não estou me referindo a *Constance*! — respondeu Henrietta.

— Se for — disse Sarah, pensativa — algo, o que quer que seja, que aconteça com nós duas? — Nunca ela iria querer ter de acordar bem cedo se não fosse com os primeiros movimentos de Henrietta, parecendo um passarinho, ou com sua face sendo roçada no escuro pelo babado de outro travesseiro em cuja concavidade não repousasse a face de Henrietta. Se um dia elas tivessem de deixar de se deitar na mesma cama, ela rezava para que fosse para elas se deitarem na mesma sepultura. — Você e eu vamos ficar como estamos — disse ela —, e assim nada pode atingir uma sem atingir a outra.

— É o que você diz; é o que eu ouço você dizer! — exclamou Henrietta, que então, com a boca aberta, dirigiu a Sarah o seu olhar mais atormentado. — Mas eu não posso me esquecer de que você escolheu nascer sem mim; que você não esperou... — Mas nesse ponto ela se interrompeu, riu abertamente e disse: — Ah, *veja*!

À frente delas acontecera um transtorno. Tendo chegado ao cume, Emily parou tão abruptamente para se ajoelhar e dar um laço em sua bota, que Digby caiu em cima dela com uma exclamação. O primo Theodore fora bastante educado e parara ao lado de Emily, mas Robert, prestando atenção apenas ao que ele estava dizendo, continuou andando cabisbaixo e quase colidiu com papai e Constance, que haviam virado para olhar para trás. Papai, perplexo, soltou a mão de Arthur, com o que Arthur caiu no refugo.

— Meus Deus — exclamou Constance, embaraçada, para Robert.

Papai disse:

— O que está acontecendo aí? Posso saber aonde você está indo, Robert? Digby, lembre-se de que essa é a sua irmã Emily.

— Prima Emily está com um problema — informou o primo Theodore.

A pobre Emily, atrapalhada com as suas próprias saias e agora vermelha como um pimentão embaixo da aba do chapéu, disse numa voz abafada:

— É só o laço da minha bota, papai.

— O laço da sua bota, Emily?

— Eu estava dando um laço.

— Então é melhor dar o laço. Devo pensar — disse papai olhando para o grupo inteiro — que todos vocês têm de cair como peças de dominó porque Emily precisou se abaixar?

Henrietta deu um gritinho, atirou os braços em volta de Sarah, enterrou o rosto na irmã e desatou a rir. Não conseguia parar e se sacudia inteira.

Papai, que achava Henrietta irrecuperavelmente destrambelhada, a ponto de só atentar para ela à mesa, não reparou naquilo, simplesmente fez sinal para os outros se reunirem e prosseguirem. Deu para ver que o primo Theodore, ajudando Emily a se levantar, observou como a cor vermelha lhe caía bem, mas ela recusou gelidamente sua mão, olhou para outro lado, tocou o broche no pescoço e disse:

— Obrigada, eu não sofri um acidente.

Digby pediu desculpa a Emily, Robert ao papai e a Constance. Constance reergueu Arthur e com o lenço deu-lhe umas batidinhas no calção. Cada um voltou ao seu passo próprio, retomando todos a caminhada.

Sarah, sem ter ideia de como acalmar o riso, sussurrava amavelmente no ouvido da irmã:

— Vamos, vamos, vamos.

Entre as meninas e os outros a distância aumentava; começou a parecer que elas iam ficar para trás.

— E por que não? — perguntou Henrietta levantando a cabeça em resposta ao pensamento de Sarah.

Elas olharam em torno de si com os mesmos olhos. O planalto tosquiado parecia flutuar na distância, que se estendia estonteante até minúsculas montanhas azuis cristalinas. Não tinha fim aquela tarde, cuja luz continuava amadurecendo agora que o milho fora ceifado. A luz enchia o silêncio que, estando papai e os outros inaudíveis, passara a ser completo. Apenas fileiras de árvores cruzavam e outeiros formavam ilhas nos vastos campos. A sede da fazenda havia mergulhado para sempre abaixo deles na vastidão do bosque, e assim, ali onde as meninas estavam quase não se ouvia nem mesmo um murmúrio.

A sombra da mesma gralha que descrevia círculos passou sobre Sarah e depois sobre Henrietta, e estas por sua vez lançavam uma sombra sobre a palha.

— Mas, Henrietta, nós não podemos ficar aqui o resto da vida.

Henrietta imediatamente voltou os olhos para a única pluma de fumaça solitária, vinda do chalé.

— Então vamos visitar o pobre velho. Ele está morrendo e os outros estão felizes. Um dia nós vamos passar e não vamos mais ver fumaça; então o teto dele acabará caindo e nós vamos ficar sempre lamentando não termos ido lá hoje.

— Mas ele não se lembra mais da gente.

— Não tem importância, ele vai saber que a gente está lá na porta.

— Mas nós podemos esquecer que essa é a caminhada de despedida de Robert, Digby e Lucius? Nós duas estaríamos sendo insensíveis, se não ligássemos para eles.

— Então o Fitzgeorge é muito insensível! — sorriu Henrietta.

— Fitzgeorge é o mais velho e está no Exército. Acho que o Fitzgeorge não é desculpa para a gente.

Um suspiro resignado, ou talvez o simulacro dele, saiu do peito ainda estreito de Henrietta. Querendo adiar as coisas por mais um momento apenas, ela fez com uma das mãos uma sombra sobre os olhos, para sondar a distância como um marinheiro à procura de um navio. Olhou com esperança e aplicação em todas as direções, menos naquela onde ela e Sarah deviam ir.

— Ah, mas Sarah, eles estão aqui, vindo, estão mesmo! — gritou Henrietta. Ela tirou o lenço e começou a agitá-lo, para um lado e para outro no ar parado.

Bem ao longe elas viram dois cavaleiros a meio galope numa trilha de grama entre dois campos. Quando a trilha entrou numa depressão eles afundaram com ela, mas então se ouviu o tropel dos cascos. A reverberação encheu a terra, o silêncio e o ser de Sarah; sem olhar para o ponto em que os cavaleiros reapareceriam, ela fixou os olhos no lenço da irmã, que, caído frouxo enquanto sua dona esperava atentamente, mostrava um canto mordido assim como uma mancha de ameixa preta. Novamente ele se tornou uma bandeira, em furioso movimento.

— Acene também, Sarah, acene também! Faça o seu bracelete brilhar!

— Eles devem ter visto a gente, se é que dá para eles nos verem — disse Sarah de pé e estática como uma pedra.

Os acenos de Henrietta pararam subitamente. De frente para a irmã, ela embolou e apertou o lenço, como se para fazê-lo parar de mentir.

— Vejo que você está tímida — disse ela numa voz abafada. — Tão tímida que não vai acenar nem para o Fitzgeorge?

Seu modo de não falar o nome *do outro* tinha uma centena de significados; ela apresentou todos eles com o seu modo de não olhar para o rosto de Sarah. A inspiração impulsiva que ela havia tomado saiu de mansinho, silenciosamente, enquanto seus olhos — até então muito brilhantes, extremamente eloquentes — embotaram-se com um alarme solitário e perplexo. Assim, esperar a chegada de Eugene foi se tornando, a cada momento, uma tortura para Sarah.

Fitzgeorge, herdeiro do papai, e seu amigo Eugene, o herdeiro do fidalgo vizinho, saíram da trilha, tiraram o chapéu e subiram cavalgando em trote. O sol baixo transformou a pele de Fitzgeorge e fez Eugene piscar os olhos escuros. Os jovens puxaram as rédeas; as meninas ergueram o olhar para os cavalos.

— E o meu pai, Constance e os outros? — perguntou Fitzgeorge, como se a palha e os restos de caule os tivessem engolido.

— Lá na frente, a caminho da pedreira, do outro lado da colina.

— Ouvimos falar que vocês todos estavam caminhando juntos — disse Fitzgeorge, parecendo contrariado.

— Nós duas estamos seguindo.

— O quê? Sozinhas? — perguntou Eugene falando pela primeira vez.

— Abandonadas! — vibrou Henrietta, levantando duas mãos zombadoras.

— Tudo bem — disse Fitzgeorge em tom grave depois de pensar um pouco, e então deu a entender a Eugene que eles deviam prosseguir. Tarde demais: Eugene havia desmontado. Fitzgeorge viu, deu de ombros e golpeou de leve seu cavalo fazendo-o avançar a trote; mas Eugene dirigiu o seu lentamente entre as irmãs. Ou melhor, Sarah caminhou do lado esquerdo dele, o cavalo do lado direito e Henrietta do outro lado do cavalo. Henrietta, agindo como alguém muito solitária, olhava para o céu, preguiçosamente segurando um dos estribos vazios. Sarah, contudo, olhava para o chão, com Eugene inclinado como se para falar mas sem falar. Envolvida, entontecida, cegada como se estivesse dentro de uma onda, ela sentia seus traços entalhados em resplendor acima dela. Ao lado dos passos estreitos do cavalo, Eugene ajustava o seu passo largo ao dela. Seu cotovelo estava atravessado na rédea; com os dedos ele afastou o cacho que lhe caíra na testa, quando ele se inclinou para ela. Sarah registrou o gesto sublime e sabia como era o sorriso que estava nos lábios dele. Assim, cada um tremia diante de uma imagem sem olhá-la, enquanto a cor subia queimando lentamente as curvas das faces dela. A consumação aconteceria quando os olhos dos dois se encontrassem.

Do outro lado do cavalo, Henrietta começou a cantar. Imediatamente a sua dor, como um raio, passou através do cavalo e de Eugene para penetrar no coração de Sarah.

Transpomos a linha do horizonte: a família entra no nosso campo de visão e nós no dela. Eles param, à espera, na descida para a pedreira. O belo grupo imobilizado no forte sol amarelo, enfileirado atrás do papai e coroado por Fitzgeorge, voltou para os retardatários seus olhos cheios de censuras, esperando cerrar fileiras em torno de Henrietta, Sarah e Eugene. Mais um momento e será tarde demais; não será possível mais nenhuma comunicação. Parem, ah, parem o canto lancinante de Henrietta! Abracem-na forte novamente! Digam a única palavra possível! Digam... ah, digam o quê? Ah, perdeu-se a palavra!

"*Henrietta...*"

Um choque com uma dor tremenda nos nós dos dedos da mão bruscamente estendida — de Sarah? Os olhos, abrindo-se, viram que a mão golpeara, em vez de ter sido golpeada: havia um canto de uma mesa. Havia poeira, esbranquiçada e saibrosa, no tampo da mesa e no telefone. Uma luz branca opaca, mas penetrante, enchia a sala e o que havia sobrado do teto; seu primeiro pensamento foi que aparentemente nevara. Nesse caso, era inverno agora.

Através do rústico tecido indiano, esticado e pregado com tachas acima da janela, chegava o som de um piano: alguém estava tocando — mal — Tchaikovsky numa sala sem janelas nem portas. De algum outro lugar na cavidade, chegava uma cascata de marteladas. Bem perto, uma voz:

— Ah, acordada, Mary?

Vinha do outro lado da porta aberta, que se projetava entre ela e a pessoa que falava — ele na soleira, ela deitada no colchão nu de uma cama. A voz acrescentou:

— Eu tinha saído.

Convocando de algum lugar as palavras, ela disse:

— Por quê? Eu não sabia que você estava aqui.

— Evidentemente... Diga: quem é "Henrietta"?

Lágrimas desesperadas encheram seus olhos. Ela recolheu a mão ferida, começou a lamber o nó do dedo e choramingou:

— Eu me feri.

Um homem cujo nome ela sabia ser "Travis", mas que ela não via, chegou perto da porta dizendo:

— Na verdade eu não me surpreendo.

Sentado na beira do colchão, ele afastou dos lábios dela a mão ferida e segurou-a. Esse ato, gentil em si, foi acompanhado de um olhar de preocupação quase hostil.

— Ouça, Mary — disse ele. — Enquanto você dormia eu percorri toda a casa novamente e cada vez mais me convenço de que ela não é segura. No seu juízo normal você nunca tentaria ficar aqui. Houve alertas, e mais do que alertas, durante o dia inteiro; mais uma explosão em qualquer lugar por perto, o que pode acontecer a qualquer momento, e possivelmente o resto disto aqui vai abaixo. Você fica me dizendo que tem coisas para cuidar, mas não sabe o caos em que estão os aposentos todos. Até terem desobstruído mais, onde você pode esperar começar? E se *alguma coisa* pudesse ser feita, você não seria capaz de fazer. Seus nervos sabem disso, se é que você não sabe; foi quase aterrorizante, quando eu olhei para dentro agora há pouco, ver o modo como você estava dormindo... você desistiu de tudo.

Ela ficou olhando por sobre o ombro dele a janela com o pano indiano. Ele prosseguiu:

— Você não gosta disto aqui. O seu eu não gosta. A sua vontade fica dirigindo o seu eu, mas ele não pode ser dirigido o tempo todo, e assim ele faz a sua própria escapada: dorme. Muito bem, eu quero que você durma tanto quanto você (de fato) dorme. Mas não *aqui*. Por isso providenciei um quarto para você num hotel. Agora vou buscar um táxi. Você pode praticamente se mudar sem acordar.

— Não, eu não posso entrar num táxi sem acordar de todo.

— Você se dá conta de que é a única pessoa que ficou neste conjunto de casas?

— Então quem é que está tocando piano?

— Ah, um homem de uma companhia de mudanças na casa 6. Eu não contei a jacquerie;* claro que *eles* tomaram conta de tudo; estão sem supervisão, para lá e para cá, divertindo-se muito. Quando eu vim vê-la, dez minutos atrás, eles estavam destruindo aquela estufa do outro lado. Quebrando vidro a sangue-frio; era embrutecedor. Você não mexia uma pálpebra; na verdade acho que você sorria. — Ele ficou atento. — Sim, o piano... eles são intelectuais. Você sabe que tem um trabalhador lá embaixo deitado no seu sofá azul olhando as figuras de um dos seus livros franceses?

— Não — disse ela. — Eu não tenho ideia de quem está lá.

— Obviamente. Com a fechadura da sua porta da frente arrebentada, quem quiser pode entrar ou sair.

---

* Revolta dos camponeses franceses contra a nobreza, ocorrida em1358. Posteriormente a palavra veio a ser empregada para designar qualquer revolta camponesa. (N. da T.)

— Inclusive você.

— Inclusive eu. Pedi a um sujeito que ele pusesse de volta a fechadura antes de anoitecer. Quanto a você, você não sabe o que está acontecendo.

— Fiquei sabendo — disse ela, fechando os dedos diante dos olhos.

A irrealidade daquele quarto e da presença de Travis caiu sobre ela como caem as fantasias dos sonhos que sabemos serem sonhos. As ruínas do ambiente impressionavam-na menos que o fato de ele ser um tipo de estratagema ou armadilha; e ela exultou, na verdade, com a sua decrepitude. Quanto a Travis, ele teve seu papel na conspiração para mantê-la longe dos seus dois seres amados. Ela achava que ele começava a sentir que agora era insignificante. Ela se esforçava para não o condenar, não desprezá-lo por ele ignorar Henrietta, Eugene, a sua perda. O amor dele, possessivo e raivoso, evidentemente fazia parte da história dele com Mary, da qual, como um livro já lido, ela se lembrava claramente, mas com indiferença. Furiosa por ser retida ali, enquanto o momento a esperava no milharal, ela concedeu um sorriso para o absurdo de ser sobrecarregada com o corpo e o amante de Mary. Erguendo a cabeça do travesseiro sem fronha, ela olhou, até os pés cruzados, a forma dentro da qual se via presa: sobre a cama o corpo impertinente de Mary envergava um moderno vestido preto curto que tinha pedaços de estuque. O branco na biqueira do sapato de camurça preta mostrava que Mary devia ter escalado tetos desabados; as linhas da vida na palma das mãos de Mary estavam estampadas com poeira.

Isso a inspirou a dizer:

— Mas eu comecei; tenho separado as coisas de valor e as que eu quero.

Como resposta, Travis voltou-se e olhou para baixo, expressivamente, para algum objeto que estava no chão fora da vista dela, perto da cama.

— *Eu* vejo — disse ele — uma velha caixa de couro embolorada bocejando aberta com Deus sabe o quê: trastes, cartas ilegíveis, diários, fotos amareladas e principalmente estuque e poeira. Que coisa, Mary, você está procurando um testamento perdido?

— Tudo o que se desenterra parece ter a mesma idade.

— Então o que é isso, de onde vem? Coisas de família?

— Não tenho ideia — ela bocejou na mão de Mary. — Podem nem ser coisas minhas. Morando numa casa como esta, com quartos vazios, posso ter sido levada a guardar mais coisas do que eu sabia, durante anos. Eu me deparei com estas e me surpreendi. Dê uma olhada, se quiser.

Ele se inclinou e começou a se dedicar à caixa — não sem desconfiança, ela achou. Enquanto ele soprava uma areia grossa dos pacotes e remexia em fitas, ela ficou olhando para as ripas expostas no teto, calculando. Então disse:

— Desculpe o meu mau humor, sobre o hotel e tudo. Saia por umas duas horas e depois volte com um táxi e eu vou embora sem criar problema. Está bem assim?

— Tudo bem, mas por que não agora?

— *Travis...*

— Desculpe. Será como você quer... Tem umas coisas muito mórbidas nesta caixa, Mary, pelo que eu vi de relance. As fotos se parecem mais com você. Cômicas, mas líricas. Todas de um grupo de pessoas: uma barba, uma arma e um chapéu-coco, um garotinho com um bigode, uma pequena carruagem parada na frente de uma mansão, um grupo numa escada, uma *carte de visite** de duas jovens de mãos dadas diante de um campo pintado...

— *Me dê isso!*

Ela tentou instintivamente, e não conseguiu, desabotoar o peitilho do vestido de Mary — ele não oferecia hospitalidade à foto — e, assim, só pôde se estender sobre o colchão, afastando-se de Travis, e cobrir com seu corpo os dois rostos. Atormentada com aquele olhar oblíquo de Henrietta, ela registrou também uma espécie de choque pessoal por ter visto Sarah pela primeira vez.

A mão de Travis tocou-a e ela estremeceu. Magoado, ele disse:

— Mary...

— Dá para você me deixar *sozinha*?

Ela não se mexeu nem o olhou até ele sair dizendo:

— Então nos vemos daqui a duas horas.

Assim, ela não o viu pegar a perigosa caixa e levá-la debaixo do braço, para fora do seu alcance.

Eles estavam de volta. Agora o sol se punha atrás das árvores, mas seus raios passavam ofuscando entre os galhos na bela sala vermelha e quente. As pontas douradas das samambaias da jardineira se enrolavam, e Sarah, de pé ao lado delas, beliscou uma folha de gerânio perfumado. O tapete tinha no centro uma grande grinalda de romãs, sobre a qual não havia mesa nem cadeiras, e esse círculo inteiro estava entre ela e os outros.

---

* Foto em tamanho reduzido (cerca de 9,5 x 6,5 cm) montada em cartão rígido ligeiramente maior. Esteve muito na moda, no mundo inteiro, na década de 1860. (N. da T.)

Ainda não se acendera a lareira, mas no lugar onde eles estavam agrupados havia uma. Henrietta, indolente, sentava-se num tamborete baixo, repousando o cotovelo sobre a cabeça no braço da cadeira da mamãe e olhando atenta para longe, como se para dentro de um fogo. Mamãe bordava, seus pensamentos atrasando a agulha; a extensão de *frivoleté* com rosas que ela já havia feito se derramava sobre as suas saias maleáveis. Estendido no tapete aos pés de mamãe, Arthur olhava um álbum de paisagens suíças, sem apreciá-las mas cumprindo a promessa de ficar bem quietinho. Sarah, de onde estava, via inexpressivas neves eternas ou cataratas com vapores sobrepairantes à medida que o pobre Arthur virava as páginas, separadas umas das outras por papel de seda.

Eugene estava de pé apoiado no consolo de mármore branco da lareira. As sombras vermelho-escuras que se acumulavam na sala de estar, enquanto as árvores dominavam uma porção cada vez maior do sol, iriam alcançá-lo por último, talvez nunca: parecia a Sarah que uma lâmpada tinha sido acesa atrás do rosto dele. Eugene era o único cavalheiro entre as damas: Fitzgeorge havia ido para os estábulos, papai fora dar uma ordem; o primo Theodore estava consultando um dicionário; na sala das armas, Robert, Lucius e Digby executavam os tristes ritos, depositando suas armas. Sabia-se que tudo aquilo estava acontecendo, mas não se ouvia nada.

Essa hora de luz sutil — que não era fixada pelo relógio, pois era cedo no inverno e tarde no verão, e na primavera e no outono era agora, mais ou menos na hora em que Arthur ia para a cama — sempre tinha sido para Sarah a hora de Henrietta. Estar com ela dentro ou fora de casa, no andar de cima ou no térreo, era compartilhar a mesma crepitação. O espírito dela passava correndo pelo seu com um estremecimento sorridente e entrava num elemento dele próprio. Folhas, galhos e espelhos de cômodos vazios tornavam-se animados. As irmãs sussurravam, fugiam precipitadamente e se escondiam onde mais ninguém brincava passando medo, onde mais ninguém se divertia sentindo medo. Até que, à força de uma fazer o coração da outra bater violentamente, Henrietta perdia tão completamente toda a razão humana e Sarah ficava tão próxima de perdê-la que se sabia que mamãe olhava para elas examinando-as, enquanto se sentava instalada para a noite entre as calmas luzes âmbar.

Mas agora Henrietta havia fechado a hora dentro do seu peito. Passando-a sentada ao lado da mamãe, numa imitação imatura de Constance, a filha da Sociedade, ela renunciava até o fim dos tempos a qualquer outra coisa. Sempre tinha sido ela que, com um ato feroz, destruía qualquer brinquedo que estivesse superado. Ela se sentava ereta, com o dedo sustentando remotamente a face. Ela não olhava nunca para Sarah, e isso era suficiente como admissão da eterna derrota das duas.

Eugene, que regressara havia não muito tempo de uma excursão pelo estrangeiro, falava de viagem, dirigindo-se à mamãe, que pensava mas não falava da sua lua de mel. Mas de vez em quando ela precisava pedir a Henrietta que lhe passasse a tesoura ou as lãs, e Eugene aproveitava esses momentos para olhar para Sarah. Em olhos sempre brilhantes de melancolia ele ousava começar a não permitir outra expressão. Mas isso em si declarava a conspiração do amor ainda não declarado. Ela, por sua vez, olhava para ele como se, transfigurado pela estranha luz, ele fosse na verdade um quadro, um quadro que não podia vê-la. O papel de parede agora flamejava escarlate atrás do ombro dele. Mamãe, Henrietta e até o inocente Arthur não tinham pressa de levantar a cabeça.

— Se eu fosse homem, levaria minha noiva para a Itália — declarou Henrietta.

— Na Suíça tem mulas — comentou Arthur.

— Sarah — disse a mamãe, que havia virado sua cadeira suavemente —, onde é que você está, meu amor? Você não vai nunca se sentar?

— Para Nápoles — completou Henrietta.

— Você não pensa em Veneza? — perguntou Eugene.

— Não — respondeu Henrietta —, por que iria pensar? Eu gostaria de subir no vulcão. Mas não sou homem e é ainda menos provável que eu venha a ser uma noiva.

— Arthur — disse mamãe.

— Mamãe?

— Veja as horas.

Arthur suspirou educadamente, levantou-se e repôs o álbum na mesa circular, sobre outros volumes. Ofereceu a mão a Eugene, a face a Henrietta e à mamãe; depois olhou para Sarah, que foi encontrá-lo.

— Conte para mim, Arthur — disse ela abraçando-o —, o que foi que você fez hoje?

Arthur apenas a fitou com seus olhos azuis redondos.

— Você também estava lá: nós fomos caminhar no milharal, com Fitzgeorge no cavalo dele, e eu caí. — Ele deixou tombar os braços e disse: — Preciso voltar para o meu besouro. — Ele teve dificuldade, como sempre tinha, para girar a maçaneta da porta de mogno.

Mamãe esperou até ele sair da sala e então disse:

— Arthur já é quase um homem; não vem correndo para mim quando se machuca. Imagine, eu nem fiquei sabendo que ele tinha caído. Antes que a gente se dê conta ele também estará indo para a faculdade. — Ela suspirou e levantou os olhos para Eugene. — Amanhã será um dia triste.

Eugene indicou com um gesto a sua própria tristeza. Os sentimentos de mamãe somente podiam ser manifestados na sala de estar, que apesar do seu tamanho e formalidade era lírica e quase exótica. Havia um aspecto aveludado nas partes mais sombrias do ar; nas janelas as cortinas escuras lançavam jorros de renda; no piano os títulos das músicas eram ternos, e a harpa, embora em silêncio, brilhava num canto, além dos sofás, estantes, poltronas e mesas ocasionais que se sustentavam sobre pezinhos cambaleantes. A qualquer momento podia soar um tinido das gotas de brilho do dia mais claro, uma vibração dos instrumentos musicais ou um estremecimento das franjas e das samambaias. Mas os vasos altos sobre os consoles, os álbuns empilhados nas mesas, as conchas e as estatuetas nas prateleiras, tudo tinha, como o alabastro Torre de Pisa Inclinada, um equilíbrio próprio. Nada caía, nada mudava. E tudo na sala de estar era emudecido, pesado, manobrado por mamãe. Quando ela acrescentava: "Nós não vamos nos sentir exatamente como nos sentimos", devia-se entender que do seu lugar na extremidade oposta à do papai na mesa ela não teria falado assim.

— Sarah — disse Henrietta curiosa —, por que você perguntou a Arthur o que ele havia feito? Não é possível que você tenha esquecido o que se passou durante o dia.

Raramente as irmãs se dirigiam uma à outra ou se faziam perguntas em público; supunham que elas sabiam o que ia pela cabeça uma da outra. Mamãe, embora imperturbável, olhava para uma e outra. Henrietta prosseguiu:

— Nenhum dia, e muito menos o dia de hoje, é igual a outro, sei que isso é verdade — disse ela a Eugene. — Você não vai jamais se esquecer da minha figura acenando o lenço?

Antes que Eugene tivesse esboçado uma resposta, ela se voltou para Sarah:

— Ou *você*, vai esquecer a imagem deles cavalgando pelos campos?

Eugene também voltou lentamente os olhos para Sarah, como se esperasse com algo como medo a resposta dela à pergunta que ele não havia feito. Ela levou uma cadeirinha dourada para o meio da grinalda do tapete, onde ninguém nunca se sentava, e se sentou, dizendo:

— Mas desde então acho que estive dormindo.

— Até uma hora depois de ter sido decapitado, Carlos I andou e falou — disse Henrietta zombando.

Sarah, angustiada, apertou as palmas das mãos contra um pedaço de folha de gerânio.

— De que outra forma — perguntou ela — eu poderia ter tido um sonho tão ruim?

— A explicação deve ser essa — disse Henrietta.

— Uma fantasia insignificante — concluiu mamãe.

Por mais temerário que pudesse ser dizer alguma coisa, Sarah gostaria de saber falar mais claramente. Ela não podia suportar as trevas e a solidão do seu infortúnio. Como era possível pôr em palavras o sentimento de deslocamento, o medo disforme que a tinha acompanhado desde que ela se viu na sala de estar? A fonte de ambos havia sido o que ela precisava chamar de seu sonho. Como dizer aos outros com que veemência ela tentava ligar o seu ser a cada segundo, não porque cada um deles fosse singular em si mesmo, cada um deles uma condensada gota da névoa de amor da sala, mas porque ela apreendeu que os segundos eram numerados? Sua esperança era que os outros soubessem pelo menos vagamente. Se Henrietta e Eugene eram capazes de compreender como quão completamente e quase inexoravelmente ela fora arrebatada deles, iriam eles sem falta segurar suas mãos? Ela chegou ao ponto de estender bruscamente as mãos, como se alarmada com uma vespa. O pedaço de gerânio caiu no tapete.

Mamãe, atribuindo esse comportamento de Sarah a apenas uma causa, só podia mesmo pensar reprovadoramente em Eugene. Embora sua conversa fosse encantadora, teria sido melhor se ele tivesse feito aquela visita com o objetivo de falar com o papai. Virando-se para Henrietta, ela lhe pediu que tocasse a campainha para que acendessem as velas, pois o sol havia se posto.

Eugene, que já não estava mais no lugar de antes, não podia fazer um gesto na direção da corda da campainha. Sua cabeça escura estava sob a maré de penumbra; pois, com um joelho na extremidade da grinalda, ele estava tateando no tapete à procura do que havia caído da mão de Sarah. No silêncio inevitável podia-se ouvir o bando de gralhas que, voltando dos campos, sobrevoava a casa; seu som enchia o céu e até a sala, e parecia tão inútil tocar a campainha que Henrietta ficou tremendo ao lado da cadeira da mamãe. Eugene se levantou, pegou seu lenço branco e, enquanto o observavam, cuidadosamente envolveu nele o que acabara de encontrar, depois devolveu o lenço à algibeira do paletó. Tudo isso foi feito em meio ao devaneio que acompanha qualquer ato final, que mamãe instintivamente murmurou para Henrietta:

— Mas você será a minha menininha, quando Arthur tiver ido embora.

A porta se abriu para Constance aparecer no limiar. Atrás da sua figura majestosa aproximavam-se globos, nadando na sua própria luz: eram as lâmpadas para as quais Henrietta não havia tocado a campainha, mas elas foram colocadas em primeiro lugar nas mesas do hall.

— Nossa, mamãe — exclamou Constance —, eu não estou vendo quem está com a senhora!

— Eugene está conosco — informou Henrietta —, mas já ia perguntar se pode mandar vir o seu cavalo.

— É mesmo? — disse Constance para Eugene. — Fitzgeorge tem perguntado por você, mas eu não sei onde ele está agora.

As figuras de Emily, Lucius e o primo Theodore ziguezaguearam sob a luz da lâmpada do hall e se reuniram atrás de Constance, na porta da sala de estar. Emily disse sobre o ombro da irmã:

— Mamãe, Lucius quer perguntar se dessa vez ele pode levar o violão para a escola.

— Mas há um problema — observou o primo Theodore. — A arca de Lucius já está fechada e com correias.

— Já que o Robert está levando a sua caixa de tintas — pediu Lucius —, não vejo por que eu não poderia levar o meu violão.

— Mas Robert — disse Constance — logo irá para a faculdade.

Lucius passou espremendo-se entre os outros na sala de estar para olhar ansiosamente para a mamãe, que disse:

— Você se lembrou disso tarde; teremos de ver.

Os outros se afastaram para deixar a mamãe, seguida de Lucius, sair. Então Constance, Emily e o primo Theodore sentaram-se em partes diferentes da sala de estar, à espera das lâmpadas.

— Que bom que as gralhas acabaram de passar — disse Emily —, elas me deixam nervosa.

— Por quê? — bocejou Constance arrogantemente. — O que você acha que pode acontecer?

Robert e Digby entraram em silêncio.

Eugene disse para Sarah:

— Vou voltar amanhã.

— Mas, ah — começou ela. Ela se virou e gritou: — Henrietta!

— Mas qual é o problema? — perguntou Henrietta invisível no fundo da cadeira dourada. — Alguma coisa pode ser mais próxima do que amanhã?

— Mas uma coisa terrível pode estar para acontecer.

— Não pode deixar de haver amanhã — ponderou Eugene num tom grave.

— Vou providenciar para que haja amanhã — disse Henrietta.

— Você nunca me perderá de vista?

Eugene, dirigindo-se a Henrietta, disse:

— Prometa a ela o que ela lhe pede.

Henrietta gritou:

— Ela *nunca* está fora da minha vista. Quem é você para me pedir isso, Eugene? O que quer que tente se interpor entre mim e Sarah torna-se nada. Isso, venha amanhã, venha mais cedo, venha... quando você quiser, mas ninguém jamais ficará completamente sozinho com Sarah. Você nem sabe o que está tentando fazer. É *você* que está fazendo acontecer uma coisa terrível. Sarah, diga a ele que isso é verdade! Sarah...

No escuro podiam-se adivinhar os outros, nas cadeiras e sofás, voltando olhos julgadores para Sarah, que, como já acontecera uma vez, não pôde falar...

... A casa balançou: simultaneamente a janela enfeitada com o tecido se partiu e caiu outra parte do teto, embora não sobre a cama. O som enorme e surdo da explosão morreu, e o que ficou audível foram apenas pingos de desintegração em partes da casa. Até a sufocante e ardida poeira de estuque ter tempo de se assentar, Mary ficou com os lábios bem apertados, narinas sem respirar e olhos fechados. Lembrando-se da caixa, ela se perguntou se novamente seus guardados haviam sido enterrados. Não, descobriu ela olhando sobre a extremidade da cama: isso não podia ter acontecido porque a caixa não estava ali. Travis, que devia tê-la levado, quando voltasse explicaria por quê, sem dúvida. Mary olhou para o seu relógio, que havia parado, o que não era surpreendente, pois ela não se lembrava de lhe ter dado corda nos últimos dois dias — mas ela não se lembrava de grande coisa. Pela janela arrebentada apareceu a intemporalidade de uma tarde de final de verão impenetravelmente nublada.

Não tendo restado nada, ela gostaria que ele viesse para levá-la para o hotel. O único caminho de volta aos campos fora interrompido com a queda de Mary do teto e sua recuperação. Sarah tinha razão ao duvidar que houvesse amanhã: Eugene e Henrietta estavam perdidos no tempo para a mulher que chorava ali na cama, não mais conjeturando quem ela era.

Por fim ela ouviu o táxi e depois Travis precipitando-se pela escada entulhada.

— Mary, você está bem, Mary... *outro*?

Um rosto lívido e tão desamparado surgiu na porta que ela só pôde estender os braços e dizer:

— Estou, mas onde é que *você* estava?

— Você disse duas horas. Mas eu gostaria...

— Eu estava com saudade.

— É verdade? Você sabe que está chorando?

— Sei. Como é que nós vamos viver sem naturezas? Nós agora só conhecemos a inconveniência, não a dor. Tudo se pulveriza tão facilmente porque está podre e seco; só é admirável o fato de haver tanto barulho. A fonte, a seiva deve ter secado, ou o pulso deve ter parado, antes de eu e você termos sido concebidos. Tanta coisa fluía nas pessoas; tão pouca coisa flui em nós. Tudo o que nós podemos fazer é imitar o amor ou a dor... Por que você levou a minha caixa?

Ele disse apenas:

— Está no meu escritório.

Ela prosseguiu:

— O que aconteceu é cruel: deixaram-me com um fragmento arrancado de um dia, um dia que eu nem mesmo sei onde ou quando; e agora como é que eu vou estabelecer isso como um padrão contra a mediocridade de tudo o mais?... Ou então eu sou uma pessoa esgotada por um sonho. Não posso esquecer o clima daquelas horas. Ou a vida naquele ritmo, notável; não digo feliz, não, mas retesada como uma harpa. Tive uma irmã chamada Henrietta.

— E eu estive olhando o que há na sua caixa. O que mais você espera? Tive de cancelar este dia, em termos de trabalho, graças a você. E não dava para ficar sentado sem fazer nada durante as últimas duas horas. Só olhei rapidamente uma ou outra coisa, mas já conheço a família.

— Você falou que eram coisas mórbidas.

— Falei? Continuo achando que não vai funcionar.

Ela disse:

— E então havia o Eugene.

— Provavelmente. Não acho que encontrei muita coisa sobre ele, fora algumas notas que ele deve ter feito para Fitzgeorge a partir da leitura de algum livro sobre cultivo científico. Bom, aí está: eu classifiquei tudo e pus de volta novamente, tudo, com exceção de um cacho de cabelo caído de uma carta que não consegui localizar. Por isso o cabelo está no meu bolso.

— De que cor ele é?

— Castanho acinzentado. Claro, está um pouco... desidratado. Quer que eu lhe dê?

— Não — respondeu ela estremecendo. — Nossa, Travis, como você se vinga!

— Não considerei o caso assim — disse ele perplexo.

— O táxi está esperando? — Mary desceu da cama e, atravessando o quarto, começou a olhar em volta procurando as coisas que precisava levar consigo, parando de vez em quando para limpar o vestido. Tirou da bolsa o espelho para ver se seu rosto estava muito sujo.

— Travis — disse ela de repente.

— Mary?

— É só que eu...

— Tudo bem. Não vamos imitar nada agora.

No táxi, olhando pela janela, ela disse:

— Suponho então que sou descendente de Sarah?

— Não — respondeu ele —, isso é impossível. Deve haver alguma razão pela qual esses papéis estão com você, mas não essa. Com base em todas as evidências negativas, Sarah, assim como Henrietta, continuou solteira. Não encontrei nenhuma menção a elas, depois de uma determinada data, nas cartas de Constance, Robert ou Emily, o que faz parecer provável que as duas tenham morrido jovens. Fitzgeorge se refere, numa carta que já velho escreveu para Robert, a um amigo da juventude que foi derrubado do cavalo e morto ao voltar de uma visita à casa deles. Esse jovem, cujo nome não aparece, estava sozinho; e a noite, outonal, era linda, embora fosse tarde. Fitzgeorge se pergunta, e diz que sempre vai se perguntar, o que pode ter feito o cavalo se assustar naqueles campos vazios.

Rosemary Timperley

A amante vestida de negro

A escola estava mergulhada num silêncio mortal e parecia deserta. Nervosa, saí da estrada e me aproximei, segui um caminho contornando a lateral do prédio e cheguei à entrada principal. Quis abrir a porta, mas estava trancada, e assim toquei a campainha.

Ouvi passos se aproximando. A porta se abriu. Um homem alto, com rosto de camponês e um bigode grisalho, estava ali de pé.

— Bom dia — disse eu. — Sou a srta. Anderson. Tenho uma entrevista com a diretora às dez horas.

— Ah, sim. Entre, senhorita. Sou o vigia. — Ele se afastou para eu passar e voltou a fechar a porta. — A senhorita espere aqui; vou ver se a srta. Leonard já pode atendê-la.

Ele saiu pelo corredor que eu via diante de mim, virou à direita e desapareceu.

De costas para a porta da frente, eu esquadrinhei o hall. Na parede à minha esquerda havia um mural de baeta verde com uns poucos avisos muito bem dispostos e presos com percevejos. Eu me perguntei se aquele mural ainda estaria tão arrumadinho quando as férias terminassem e as crianças voltassem. Depois do mural havia portas de vaivém que se abriam para um ginásio de esportes vazio, com um equipamento ocioso e o chão brilhante de cera. A pintura era recente e o lugar parecia recém-redecorado. À minha direita havia outras portas, fechadas e misteriosas — mas tudo num prédio desconhecido parece misterioso. E à minha frente, à esquerda do corredor e lado a lado com ele, havia um lance de escada que levava ao andar superior.

Meu nervoso aumentou. As entrevistas sempre me deixam em pânico e eu realmente precisava daquele trabalho. Tremendo um pouco, esperei. O próprio silêncio parecia incomodar os meus ouvidos. Fiquei atenta à espera dos passos do vigia em sua volta.

Subitamente uma mulher apareceu no alto da escada e começou a descer. Ela me assustou porque sua aproximação não havia produzido nenhum ruído, o que me fez lembrar das minhas diretoras anteriores, cujo hábito de usar sapatos com sola macia lhes dava uma capacidade excepcional de aparecer silenciosamente, quando menos as esperávamos. Essa mulher que estava na escada era pálida, morena, muito magra, e usava um vestido negro que não era suavizado por nenhum tipo de ornamento. Sem sorrir, ela olhou para mim com lindos olhos escuros que pareciam muito infelizes.

— Srta. Leonard? — perguntei.

Ela não respondeu e nem tampouco parou, apenas se encaminhou para a porta do ginásio. Ao mesmo tempo ouvi os passos do vigia e me virei para vê-lo entrar de volta no corredor.

— Por aqui, meu bem — disse ele. — A srta. Leonard vai falar com a senhorita agora.

Enquanto o seguia, acreditei estar sentindo o cheiro de alguma coisa queimando e, assim, eu hesitei. Novamente olhei pelo vidro no alto das portas do ginásio. A mulher de negro estava fora da vista.

— Qual é o problema? — O vigia veio até mim. — Está nervosa?

— Estou, sim. Mas não é isso... eu achei que tinha sentido cheiro de queimado.

Ele olhou para mim bruscamente.

— Não, agora não — disse ele. — Isso já acabou. Mas eu tenho uma fogueira acesa no terreno. Talvez a fumaça esteja vindo para cá.

— Provavelmente. De qualquer modo eu já não sinto mais o cheiro. Foi a srta. Leonard que eu vi um segundo atrás?

— Onde? — perguntou ele.

— Na escada, depois ela foi para o ginásio...

— A senhorita está muito nervosa — disse ele, enquanto eu o seguia no corredor. — Não há ninguém no prédio hoje, com exceção da senhorita, de mim e da srta. Leonard, e ela está na sala dela esperando pela senhorita. Vai entrar no quadro de professoras?

— Espero que sim. Eu me candidatei para o emprego de professora de inglês.

— Então eu lhe desejo boa sorte — disse ele.

Paramos do lado de fora de uma porta.

— Essa é a sala da srta. Leonard, senhorita. — Ele bateu na porta e ouvimos uma voz:

— Entre!

Eu entrei na sala da diretora da escola.

A srta. Leonard estava na sua escrivaninha, tendo atrás de si a janela. Ela se levantou imediatamente, uma figura roliça mas ao mesmo tempo majestosa, de cabelos brancos bem penteados e um conjunto rosa-shocking que realçava a cor das suas faces. Sua figura era o oposto da mulher de negro.

Ela sorriu.

— Entre e sente-se, srta. Anderson. Estou feliz por vê-la. Não é fácil encontrar pessoal logo depois do anúncio no final do trimestre de outono.

— E também não é fácil encontrar um emprego nessa época — disse eu. — A maioria das escolas contrata para todo o ano letivo.

— Nós também, mas de repente houve uma vaga. Bom, você tem 25 anos, tem curso superior de inglês e dois anos de experiência como professora. — Ela olhava para o meu currículo, que estava na sua escrivaninha.

— Isso mesmo, srta. Leonard.

— Você está sem lecionar há um ano. Posso saber por quê?

— Minha mãe e eu fomos morar em Roma com a minha irmã e o marido dela, que é italiano. Minha mãe estava doente e queria ver a minha irmã antes... Bom, minha mãe morreu e eu resolvi voltar para a Inglaterra.

— E você sabe alguma coisa sobre esta escola?

— Não. Eu simplesmente respondi ao seu anúncio.

— Que bom que você fez isso. — Ela pegou uma pasta de papéis e entregou-o para mim. — Pus aqui o seu horário para o próximo trimestre e os detalhes do roteiro do curso e os livros adotados. Assim você pode "fazer o dever de casa" antes de começar.

— Quer dizer que eu consegui o emprego?

— E por que não conseguiria?

— Ah, isso é maravilhoso. Obrigada.

Conversamos durante algum tempo; então, enquanto me levava para a porta principal, ela disse:

— Você vai achar as outras professoras muito simpáticas e amigáveis.

— Acho que já vi uma delas — disse eu.

— Verdade? Quem?

— Não sei. Ela desceu a escada, enquanto eu esperava no hall. Estava com um vestido preto.

A srta. Leonard disse despreocupadamente:

— Os professores vêm às vezes durante as férias, para pegar algum objeto pessoal ou o que quer que seja. Até logo, srta. Anderson. Quando a senhorita chegar no primeiro dia do período venha à minha sala para que eu lhe mostre onde é a sala das professoras e depois a leve para a sua primeira aula.

E a entrevista terminou.

O Natal passou, começou o ano, estudei cuidadosamente a minha pasta de informações e, então, na noite da véspera do primeiro dia do trimestre, nevou. Eu precisava pegar o trem para ir de onde estava morando até a escola, e exatamente na manhã em que eu mais queria ser pontual o meu trem não pôde prosseguir por causa da neve. Quando cheguei à escola, estava atrasada e agitada.

Como se isso não bastasse, a própria escola estava diferente sob a neve. Eu não conseguia encontrar o caminho para a porta principal. Tomei um caminho errado e me perdi andando em volta do prédio. Então dei uma olhada na janela de uma sala de aula.

Dentro as luzes estavam acesas. Cerca de 35 meninas vestidas com blusa branca e túnica preta estavam sentadas nas carteiras e atentas à professora — a mulher morena e magra vestida de negro que eu havia visto antes. Fascinada, fiquei ali olhando. Era como assistir a uma peça muda, estando eu na escuridão do lado de fora e os atores na luz, desempenhando seus papéis.

Na fileira da frente da classe estava uma garota de cabelos loiros que lhe caíam nos ombros. Ao lado dela uma menina morena tinha o cabelo cortado curto como o de um garoto. E junto a esta, uma garota com uma cabeleira de cachos vermelhos.

Todas as alunas estavam concentradas, mas essa ruivinha tinha uma expressão de adoração para a professora. Isso era tocante mas ao mesmo tempo alarmante. Nenhum ser humano merece tanta veneração juvenil...

Voltei sobre meus passos pelo caminho errado na neve, encontrei o certo e por fim cheguei à porta de entrada. Dessa vez ela não estava trancada. Entrei e me precipitei para a sala da srta. Leonard.

— Entre! — gritou ela em resposta à minha batida.

Ao entrar, eu falei atropeladamente:

— Desculpe o atraso. Sinto muitíssimo, mas o trem... a neve...

— Não tem importância, srta. Anderson. Eu imaginei isso. Vou levá-la para a sala das professoras.

Ela me guiou pela escada que saía do hall e por um corredor do primeiro andar, e então entramos numa sala. Era uma sala de professores comum

— quadro de avisos, escaninhos, mesas, cadeiras duras, cadeiras confortáveis, aquecedor elétrico. A luz estava acesa mas não havia ninguém na sala — pelo menos eu pensei inicialmente que não havia ninguém, depois percebi que uma mulher estava sentada numa das cadeiras. Vi-a apenas no canto do meu olho: ela estava numa cadeira no fundo da sala, longe do aquecedor; assim, embora a tenha reconhecido como a mulher de negro, não me virei para olhá-la. Se eu pensei alguma coisa, foi apenas que ela era muito corajosa para deixar sua sala de aula, onde eu a vira minutos antes, e vir se sentar na sala das professoras — e agora ela havia sido surpreendida pela entrada da diretora.

A srta. Leonard, contudo, não a notou e disse:

— Este será o seu escaninho, srta. Anderson. O sinal vai tocar a qualquer momento para o final do primeiro período, então eu a levarei até a sala da sua primeira aula. São duas aulas de inglês seguidas, você deve ter visto isso no seu horário. A sra. Gage, nossa professora de biologia, está tomando conta delas agora e gostará de vê-la, pois por direito esses dois primeiros horários deveriam ser seus horários livres. É por isso que a sala de professores está vazia.

Mas a sala de professores não estava vazia. Havia a mulher de negro, olhando séria para mim, com aqueles lindos olhos escuros...

A srta. Leonard me levou para a minha primeira aula. A professora que estava ali olhou rapidamente em torno, quando entramos. Era uma mulher animada, morena, muito jovem, com ombros ansiosamente inclinados e óculos de armação preta. Usava um suéter vermelho e saia marrom.

— Cá estamos, sra. Gage — disse a srta. Leonard. — Agora a senhora terá o seu segundo período livre. — Ela ficou diante das alunas. — Meninas, esta é a srta. Anderson, sua nova professora de inglês. Ajudem-na o máximo que vocês puderem, vocês farão isso?

Também eu fiquei diante das alunas. Era a mesma classe que eu havia visto pela janela apenas 15 minutos antes. Estavam lá a menina de cabelo claro na fileira da frente, a morena ao lado dela, e...

Não. Era diferente. A criança de cabelo ruivo encaracolado não estava lá. Sua carteira estava vazia. E, evidentemente, a professora era outra...

A srta. Leonard e a sra. Gage saíram da sala. Eu tive de me arranjar sozinha naquela classe conhecida, desconhecida. Passei os quarenta minutos seguintes, mais ou menos, tentando conhecê-las, verificando os seus livros e assim por diante, então o sinal tocou para o recreio da manhã e eu voltei para a sala das professoras.

A cadeira em que eu havia visto sentada a mulher vestida de negro estava agora vazia, mas outras cadeiras haviam sido ocupadas. As professoras estavam reunidas para o lanche das onze horas. Eu ouvi alguém dizer, acima do ruído das muitas vozes:

— Como foi que aquela cadeira foi parar tão longe? Quem a colocou lá?

— Os faxineiros da noite fazem cada coisa... — disse outra voz.

— Extraordinário, isso sobre os faxineiros da noite — disse a primeira. — Eles trabalham aqui há anos, assim como nós, e quem são os fantasmas, eles ou nós? Nós coexistimos, mas nunca nos encontramos.

Uma mulher de avental chegou trazendo uma bandeja com café, xícaras e pires. A sra. Gage aproximou-se de mim.

— Café, srta. Anderson?

— Ah, obrigada.

— Como é que você gosta?

— Preto. Sem açúcar.

— Igual ao meu.

Ela serviu café para nós duas.

— Lamento você ter perdido um período livre por minha causa — disse eu. — Meu trem ficou preso na neve.

— Tudo bem.

Sorvendo o café, estudei as outras mulheres à minha volta.

— Não é que todo mundo vem tomar café no recreio? — perguntei à sra. Gage.

— Todo mundo! É graças a esse lanche das onze que nós conseguimos seguir em frente.

— Então onde é que está... bom... uma das professoras? Ela estava na sua classe, na minha classe, esta manhã. Eu a vi pela janela...

— Não naquela classe — disse a sra. Gage. — Eu comecei com eles imediatamente depois da reunião da manhã.

— Mas era mesmo aquela classe. Eu reconheci algumas das meninas. E uma que tinha cabelo ruivo não estava lá.

A sra. Gage olhou para mim com simpatia.

— Você está muito preocupada por ter chegado tarde, não está? E talvez você esteja preocupada também por outras razões. Eu não a culpo. Não é fácil tomar o lugar da srta. Carey.

— Srta. Carey? Quem... — Mas quando eu tentava fazer outra pergunta a mulher de avental entrou para retirar as xícaras sujas e o sinal tocou para o terceiro período. Todas nós saímos para as nossas classes.

Eu ainda tinha mais um período com a mesma turma onde havia dado aula antes — ou assim pensei, até chegar à sala. Então eu vi que a cadeira da professora já estava ocupada.

A mulher de negro estava sentada lá.

E a criança de cabelo ruivo estava na terceira carteira na fileira da frente.

— Desculpe — murmurei retirando-me e fiquei no corredor para conferir o meu horário. Certamente eu havia me enganado. Mas não, eu estava certa, aquela era a minha classe. Assim, eu voltei. E então a cadeira da professora estava vazia. Assim como a terceira carteira da fileira da frente...

Então eu comecei a ter medo. Tanto medo que um arrepio mórbido percorreu-me a espinha, o suor se espalhou pela minha pele e eu precisei de todo o autocontrole para encarar a turma e dar uma aula.

No final da aula, quando o sinal tocou para o período seguinte, eu perguntei para a classe em geral:

— Onde está a garota que se senta aqui? — indicando a terceira carteira da fileira da frente.

Ninguém respondeu. As meninas ficaram anormalmente quietas e olharam para mim.

— E então? — disse eu.

A garota de cabelo claro disse:

— Ninguém se senta aí, senhorita.

E a morena ao lado dela acrescentou:

— Essa era a carteira da Joan.

— Mas onde está a Joan?

Silêncio novamente.

Então a sra. Gage entrou.

— Olá, srta. Anderson. Parece que estamos sempre nos alternando. Você sabe em que classe vai no último período?

— Sei, sim, obrigada. Tenho o meu horário. — Saí correndo.

A atividade é o melhor remédio para o medo, e eu fiquei muito ocupada conhecendo outra turma até o sinal tocar para o almoço. Quando voltei novamente à sala das professoras — e de novo ela estava cheia —, lá estava a sra. Gage, acolhendo-me bondosa sob a sua asa.

— A srta. Leonard me pediu para cuidar de você até você se virar sozinha — disse ela. — A sala de refeições das professoras é no segundo andar. Quer ir comigo?

A oferta me agradou.

O professorado, somente mulheres, sentou-se em três mesas compridas na sala de jantar, e o lugar era tão ruidoso quanto uma sala de aula antes da chegada do professor! Duas mulheres de avental, uma das quais eu havia visto no intervalo, serviram nossa refeição. A conversa era principalmente sobre compras — o pecado habitual das professoras. Como recém-chegada, eu me mantive calada, mas fiquei olhando para aquelas mulheres uma a uma, tentando identificar a mulher de preto.

Ela não estava lá.

Sem fome, fiz o que me foi possível com a torta de carne e cenoura. Depois, quando veio o pudim de arroz e ameixa (pois as professoras têm a dieta das alunas), murmurei para a sra. Gage:

— Quem é a professora que usa um vestido preto?

Ela olhou em volta.

— Ninguém, até onde eu vejo.

— Não, ela não está aqui. Mas eu a vi.

— Verdade? Mas eu acho que todo mundo está aqui hoje. Às vezes saímos para almoçar, mas quando o tempo está como o de hoje é mais fácil ficar no prédio. Como era essa professora?

— Morena, pálida, magra, não muito jovem e com lindos olhos.

— E de vestido negro, você disse?

— É.

A sra. Gage deu um sorrisinho, um sorriso sem graça.

— Parece a srta. Carey, mas a srta. Carey você não pode ter visto.

— A professora que saiu, cujo lugar eu ocupei...

— Ninguém pode ocupar o lugar de Joanna.

— Ah... eu não quis dizer...

— Srta. Anderson, eu sinto muito. Também não quis dizer nada. — Ela não olhava para mim, mas tinha deixado de comer as ameixas.

— Aconteceu alguma coisa ruim com ela? — perguntei.

— Ela tentou incendiar a escola.

As palavras foram sussurradas e o barulho das vozes em torno de nós era tão alto, que achei que havia ouvido errado e assim perguntei:

— O quê?

— Ela tentou incendiar a escola — repetiu a sra. Gage. Dessa vez outras mulheres na nossa mesa ouviram. A conversa se arrefeceu e cessou. Algumas cabeças voltaram-se para a sra. Gage.

— Não me olhem desse jeito — disse ela. — Estou apenas contando para a srta. Anderson o que aconteceu no trimestre passado. Ela tem o direito de saber. — Sem ter terminado de comer a sobremesa, ela afastou a cadeira com um ruído arranhador e saiu da sala. Fiquei petrificada. As conversas recomeçaram, murmuradas, mas ninguém falou comigo, e assim fingi que comi mais um pouco e então me levantei e saí.

Voltei para a sala das professoras.

A sra. Gage, de cigarro na mão, estava sentada ao lado do aquecedor.

— Sinto muito pelo que houve — disse ela. — Até você perguntar, eu supunha que você soubesse. Os jornais deram a notícia.

— Eu estava morando na Itália. Só voltei logo antes do Natal. A senhora não quer me dizer o que aconteceu, antes que as outras voltem do almoço?

— Claro. Pegue um cigarro. Péssimo primeiro dia para você. — Ela me passou um cigarro e o acendeu para mim.

— O cheiro de queimado — disse eu. — Eu tinha notado antes.

— São os nossos cigarros, só isso, srta. Anderson. E seria melhor fumá-los antes que todo mundo volte. Algumas professoras detestam a fumaça de cigarro. Essas solteironas!

— Eu também sou.

— Não, você ainda é jovem. Então você quer saber sobre Joanna Carey?

— Claro que quero. Afinal de contas eu a vi. Ela foi demitida e agora volta sem ser convidada, ou não é isso?

— Minha querida, você não pode ter visto essa pessoa. Ela está morta.

— Então quem foi que eu vi?

A sra. Gage ignorou a minha pergunta e disse:

— A srta. Carey, que se chamava Joanna, foi professora aqui durante vinte anos. Era uma excelente professora e as crianças a adoravam. Então, há mais ou menos um ano, ela mudou.

— Em que sentido?

— Não no modo de ensinar. Seu trabalho continuou sendo brilhante. Mas na atitude. Depois de ter sido muito compreensiva e simpática com as meninas, ela aos poucos se tornou cada vez mais cínica, chegando mesmo a ser cruel. Deixava bem claro para todas nós, professoras e alunas, que agora detestava seu trabalho e só continuava nele porque precisava ganhar a vida de algum modo.

— Mas por que isso aconteceu?

— Por quê? Quem sabe por que as coisas acontecem? Mas na verdade eu sei mais sobre ela do que a maioria das professoras. Joanna e eu éramos amigas antes da sua mudança. Ela frequentemente visitava a mim e ao meu marido, nos velhos tempos. Ela e eu de vez em quando conversávamos abertamente, enquanto lavávamos a louça. Assim fiquei sabendo coisas da sua vida particular. Ela foi amante de um homem casado durante dez anos. De repente ele a dispensou, resolveu "ser um bom moço" novamente. Quando isso aconteceu, ela me contou rindo, sem parecer estar muito magoada. Mas foi a partir desse momento que ela começou a mudar, a ficar amarga, desiludida. Não tinha mais interesse pelo mundo. O sal havia perdido o sabor. Ela começou a se vingar, não daquele homem, mas de todas as pessoas com quem tinha contato. Isso significava nós, professoras e alunas. Ela estava cheia de ódio, e ódio gera ódio. Até eu, que tinha sido sua amiga, comecei a evitá-la. No final ela estava sozinha.

— A senhora disse que ela tentou incendiar a escola.

— É verdade. Ela não conseguiu. Mas, ao tentar, acabou morrendo queimada. E também uma das crianças.

— Uma das crianças? Ah, não!

— É verdade, srta. Anderson. Eu não diria isso se não fosse verdade. Eu, que já havia sido tão amiga de Joanna, seria a última pessoa a admitir isso se não fosse verdade. Mas aconteceu.

— O que aconteceu, exatamente?

— Numa sexta-feira à noite, perto do final do último trimestre, ela voltou para a escola. Foi isso que a polícia descobriu posteriormente, quando investigou. Todo mundo, fora o sr. Brown, o vigia, tinha ido embora. Ela mergulhou em parafina a base das cortinas longas do ginásio e pôs fogo nelas. Imagine o clarão que isso produziu, todas as cortinas daquela sala enorme! Por que ela não foi embora depois disso, ninguém sabe. Talvez tenha desmaiado. Talvez ela se tenha deixado queimar, como aquele estudante tcheco. As pessoas fazem essas coisas quando estão desesperadas. O sr. Brown viu as chamas, ligou para os bombeiros e depois que eles vieram e apagaram o fogo o corpo dela foi encontrado entre as cinzas das cortinas.

— E a menina? A senhora disse...

— Sim. A pequena Joan Hanley. Uma gracinha de garota, de cabelo ruivo encaracolado. Ela adorava a Joanna. Seu corpo também foi encontrado lá, queimado, entre as cinzas das cortinas.

— Mas como foi que aconteceu de ela estar lá?

— Mais uma vez, ninguém sabe. Ela era uma das que adoravam a Joanna. Na escola há muitas. As escolas femininas são diabólicas nesse sentido, piores ainda que as alas femininas dos hospitais. Surgem paixões nada naturais. Joan Hanley teria feito qualquer coisa por Joanna Carey. Assim, Joanna convidou a menina para a "festa"? Não sei. Mas parece que sim.

— A polícia não descobriu nada sobre a razão da presença da garota lá?

— Eles tentaram. Ela havia dito aos pais que ia ao cinema, ela fazia isso muitas vezes nas noites de sábado. Não tendo voltado para casa na hora habitual, seus pais estranharam... e o que eles souberam em seguida foi que a polícia estava na porta da casa, dizendo-lhes que sua filha tinha morrido queimada na escola. Isso é tudo o que eu sei, srta. Anderson, tudo o que todas nós sabemos. Depois que aconteceu isso os operários restauraram o ginásio, daí a pintura recente e as belas cortinas novas. Essas tragédias acontecem o tempo todo, em todo o mundo, eu sei disso, mas penso na Joanna, no seu ódio e amargura, atraindo uma criança para uma coisa dessas... Ah, meu Deus! — Ela pôs as mãos no rosto.

A sala das professoras ficou em total silêncio. Somente nós duas estávamos lá, a sra. Gage e eu, curvadas sobre o aquecedor, nossos cigarros queimando, o silêncio agora cobrindo o mundo lá fora — e Deus sabe por que subitamente olhei para trás.

Olhei para a cadeira do fundo da sala e vi que ela já não estava mais vazia. A mulher de negro se sentava ali e me encarou com aqueles olhos trágicos.

Então a porta da sala das professoras abriu-se de repente e as outras mulheres a invadiram, enchendo de barulho o silêncio, enchendo com seus corpos as cadeiras vazias, falando de trabalho, e eu pensei: não é de admirar que Joanna Carey tenha passado a odiar tudo isso. Mas queimar uma garota e também a si própria... Não!

— Não fui eu! — O som chegou claramente, alto, como se enchesse o mundo. Mas ninguém parecia ouvi-lo. Aquilo só fora dito dentro da minha cabeça.

— Vou provar — disse a voz alta na minha cabeça. — Venha!

A sra. Gage estava reclinada na cadeira ao lado do aquecedor. Ela havia acendido outro cigarro e fechara os olhos. Parecia cansada, com muita razão. Levantei-me e deixei a sala, aquela sala cheia de mulheres tagarelas.

Caminhei, às cegas e ao mesmo tempo guiada, pelos corredores desconhecidos. Lá fora, na neve, as garotas travavam batalhas de bolas de neve. Estavam tendo um ótimo horário de almoço. O céu era lá fora. O inferno, dentro.

Entrei, sem saber por quê, na sala de aula que eu havia visto pela janela, a mesma em que eu havia lecionado durante o segundo e o terceiro períodos matutinos.

Fui até a terceira carteira da fileira da frente.

Sentei-me na carteira, como se fosse a menininha, Joan Hanley, que havia, dia após dia, se sentado ali.

Abri a tampa da carteira. Não havia nada lá dentro.

Olhei para os rabiscos e iniciais entalhadas na parte externa da tampa. Encontrei: "J. H. AMA J. C.". E acima das letras um coração assimétrico atravessado por uma flecha um tanto vacilante.

Mas eu já sabia que J. H. amava J. C. Eu havia visto pela janela a expressão da menina naquela mesma manhã. Tinha visto o que não existe... mas o que efetivamente existe...

O que fazer agora?

Minha mão, guiada por sabe Deus quem ou o quê, pôs os dedos no tinteiro vazio. Os dedos encontraram um pedaço de papel muito dobrado.

Eu o desdobrei cuidadosamente e li:

"Querida mamãe e papai, eu não amo vocês. Eu amo a srta. Carey. Aonde ela vai, eu vou. Eu a sigo por toda parte. Hoje eu a segui até a escola. Ela foi para o ginásio. Vou ficar com ela. Alguma coisa vai acontecer, e é por isso que eu estou escrevendo. O que quer que ela faça, eu farei também. Porque eu a amo. Agora preciso me apressar, para ficar com ela. É até engraçado, porque ela não sabe que eu a sigo! Vou pôr isso dentro do meu tinteiro. Não espero que vocês cheguem a ler, mas nunca se sabe. Sua filha, Joan."

— Eu não sabia que ela estava lá! — gritou a voz na minha cabeça, alta com o seu silêncio. — Eu não sabia que ela estava lá!

— Claro que você não sabia! — respondi também alto, bem alto. — Tudo bem! Vou contar para elas!

A porta da sala de aula se abriu e a srta. Leonard entrou.

— Srta. Anderson, o que a senhorita está fazendo, pelo amor de Deus?

Pelo amor de Deus, o que eu estava fazendo? Eu estava sentada na carteira de uma garota morta, tendo na mão uma tira de papel e "falando comigo mesma".

— Eu descobri uma coisa, srta. Leonard. — Passei-lhe a carta. Ela a leu. — Então foi isso que aconteceu — disse ela. — A srta. Carey não levou a menina consigo. Joan Hanley imitava secretamente a sua deusa, a ponto de se suicidar com ela. Onde você encontrou a carta?

— No tinteiro. Não entendo como ninguém a havia visto antes, nenhuma das garotas.

— Não. Eu mesma limpei aquela carteira, tirei o tinteiro e não me ocorreu olhar dentro dele. E as meninas nunca encostaram um dedo nessa carteira. Cheguei a pensar em tirá-la de lá, mas isso seria ceder muito à superstição. O que fez *você* olhar lá, srta. Anderson?

— Ela... ela me guiou até aqui, falou dentro da minha cabeça... eu não compreendo isso... mas aconteceu.

— Você é médium, não é? Você já sabia disso?

— Não até chegar nesta escola.

— Você a viu no dia da sua entrevista, não foi?

— Foi. Na escada.

— Eu me lembro. E a enganei com uma explicação prática.

— A senhora já a viu, srta. Leonard?

— Não. Mas o sr. Brown a viu, mais de uma vez. E uma das meninas, no último trimestre, depois do incêndio, insistia em dizer que a srta. Carey não estava morta, pois ela a havia visto no corredor. Nenhum dos dois está mentindo. Alguns indivíduos veem e ouvem mais que os outros. Você ficou muito assustada?

— Inicialmente não, porque achei que ela era real. Depois eu tive medo.

— E agora?

— Agora eu só sinto uma pena imensa dela. Os olhos dela, srta. Leonard, se a senhora tivesse visto a tristeza dos olhos dela!

— O sr. Brown mencionou isso. Você pode conversar com ele, se quiser, mas, por favor, não falem em fantasmas com mais ninguém.

— Claro que não. De qualquer maneira ela irá embora. Agora nada mais a prende aqui. Ela foi punida de um modo terrível. Talvez os fantasmas sejam pessoas que estão no purgatório e nós os vemos à nossa volta o tempo todo sem perceber que eles são fantasmas.

— Talvez *você* perceba — disse a srta. Leonard com um sorriso discreto.

O sinal tocou para o início das aulas vespertinas. Um grito de desapontamento soou lá fora. Olhei pela janela, vi as garotas pararem de brincar de bola de neve e se encaminharem obedientemente para o prédio.

Uma única figura saiu do prédio, atravessou a multidão de meninas que se aproximava e que não a notou. Ela foi caminhando para longe, passou pelo pátio de recreio, atravessou o campo de esportes coberto de neve. Um sol pálido estava brilhando e a neve cintilava, acentuando os contornos delgados, escuros, da mulher de negro. Ela pareceu absolutamente sozinha. Então uma figura miúda começou a segui-la, correndo ansiosa, e o sol converteu a cabeleira de cachos vermelhos da garota numa chama com a forma de uma rosa.

A menina alcançou a mulher de negro e caminhou do lado dela, leve, dançante. E as duas figuras que partiam não lançaram nenhuma sombra na neve nem deixaram pegadas.

Celia Fremlin

NÃO CONTE PARA A CISSIE

— Sexta-feira, então. No 610 da Liverpool Street — disse Rosemary pegando as luvas e a bolsa. — E não conte para a Cissie! — acrescentou ela. — Você *vai* prestar atenção nisso, não vai, Lois?

Concordei. Falam sempre desse jeito sobre a Cissie, ela é esse tipo de pessoa. Era assim na escola, e agora, quando todas nós estamos chegando à aposentadoria, ela continua assim.

Você sabe de que tipo de pessoa eu estou falando? Amigável, de bom coração e desesperadamente ansiosa para estar em tudo, e ao mesmo tempo com essa misteriosa habilidade para arruinar as coisas — para, com a sua simples presença, levar para o brejo qualquer projeto.

Porque nunca era culpa dela. Na verdade não. "Me deixe ir! Ah, *por favor*, me deixe ir também!", implorava ela quando três ou quatro do nosso grupo do Segundo Quadrante Inferior haviam planejado uma viagem ilícita às lojas na tarde de sábado. E porque ela era nossa amiga (bom, mais ou menos; de qualquer maneira era na periferia do *nosso* grupo que ela ficava rondando o tempo todo, e não na do de ninguém mais) nós normalmente a deixávamos ir; e sempre acabava em calamidade. Era *ela* que escorregava no meio-fio na frente do Woolworth e cortava o joelho a ponto de jorrar sangue, e uma pequena multidão se juntava e uma senhora bondosa ligava para a escola para que nós fôssemos levadas de volta. Era *ela* que se perdia... que perdia o ônibus... que chegava enlameada de volta à escola e com manchas de lágrimas, e atrasada para o horário do dever de casa, denunciando irremediavelmente todas nós.

É de se imaginar que depois de alguns episódios desse tipo ela desistisse, ou pelo menos aprendesse a ter mais cuidado. Mas não. Sua persistência (talvez se pudesse dizer "coragem", se a coisa não fosse tão aborrecida) era indômita. Nem as punições da escola e nem as censuras das suas companheiras jamais a abateram por muito tempo. "Ah, *por favor*, me deixe ir!", ela implorava novamente, mal se tinha passado uma semana do último desastre. "Ah, *por favor*! Ah, não seja tão *má*!"

E assim, lá estava ela, novamente, inexoravelmente, de volta à ação mais uma vez. Vomitando no meio da festa do dormitório. Chorando com bolhas enquanto nos arrastávamos de volta depois de termos perambulado numa área fora dos limites permitidos. Ensopada e trêmula, e começando a ter pneumonia por ter caído no gelo do lago onde estávamos proibidas de patinar.

Assim, você entende por que Rosemary e eu não queríamos Cissie conosco, quando fomos investigar o fantasma do novo chalé de fim de semana de Rosemary. Por mais que fossem reduzidas as nossas chances de esclarecer a história do fantasma, podíamos ter certeza de que Cissie as reduziria a zero. Deixando cair uma bandeja de chá exatamente no momento em que começava a sessão de comunicação com o espírito... Gritando "O quê? Eu não estou ouvindo nada!" enquanto retínhamos a respiração, tentando localizar o soluço espectral... Caindo num túmulo enquanto percorríamos pé ante pé o cemitério enluarado... Não, Cissie precisava ficar de fora da nossa aventurazinha, custasse o que custasse; e agora, depois de quase meio século, nós sabíamos que o único meio de deixar Cissie fora de alguma coisa era garantir que ela não soubesse nada sobre a coisa, desde o início.

Mas vamos voltar ao novo chalé de Rosemary. Digo "novo" porque Rosemary comprou-o recentemente, e não porque o chalé seja novo. Muito longe disso. É do início do século XVIII, úmido, escuro e construído com pedra do lugar, e Rosemary o adora (*adorava*, na verdade, mas não vamos pôr a carroça à frente dos bois). De qualquer forma, como eu estava dizendo, Rosemary adorava o chalé, adorou-o logo de saída e o comprou quase num impulso com a maior parte das economias de toda a sua vida. As economias da vida *dos dois*, acho que devo dizer assim, porque ela e Norman ainda estão casados e ele deve ter entrado com tanto dinheiro quanto ela. Mas parece que Norman nunca tem muita coisa a ver com esse tipo de decisões; na verdade parece que atualmente ele não tem muita coisa a ver com a vida de Rosemary, de modo geral, e certamente nunca vai ao chalé. No fundo acho que isso fazia parte da ideia: eles poderem ficar longe um do outro nos fins de semana. Durante a semana, claro, não há problema, porque os dois trabalham em período integral e ambos levam muito trabalho para ser feito em casa à noite. Rosemary senta-se numa sala corrigindo artigos sobre história, enquanto Norman se senta em outra sala preparando cotas de exportação ou algo do tipo; e a não comunicação mútua deve ser quase amistosa, embora árida. Mas o problema será, obviamente, quando eles se aposentarem, dentro de mais ou menos um ano. Acho que Rosemary estava pensando nisso, quando comprou o chalé; então ele se tornaria um porto seguro numa tempestade; um lugar onde ela se refugiaria para tolerar o que considerava "a última e pior etapa da vida matrimonial".

Houve uma época em que nós tínhamos pena da Cissie, a única da nossa turma que não se casara. Mas depois que, com o lento passar das décadas, eu fiquei viúva e Rosemary está encalhada nos destroços de um casamento morto, agora comecei a me perguntar se a longo prazo Cissie não se saiu tão bem quanto qualquer uma de nós. Certamente, ao longo dos anos, ela se divertiu muito na periferia da vida de outras pessoas. Ela manobra para conseguir convites para festas de bodas de prata; insinua-se nas férias de família de outras pessoas, e mesmo se essas festas acabam com todos eles de quarentena no aeroporto porque ela apareceu cheia de bolinhas na pele — bom, pelo menos antes disso ela quase sempre foi bem compensada pelas suas despesas.

E, para ser justa com ela, não são apenas os prazeres e luxos da nossa vida que ela tenta compartilhar; são também os problemas e crises. Eu me lembro de que ela conseguiu estar presente no nascimento do meu filho caçula, e, se não tivesse deixado cair no seu próprio pé a água fervente da chaleira exatamente quando eu estava entrando na segunda etapa do trabalho de parto, a sua presença teria sido de grande valia. No entanto, o médico e a parteira ficaram ambos ocupados acalmando-a na cozinha e tratando a sua perna escaldada, enquanto no andar de cima o meu filho chegava sem nenhuma assistência, e graças a Deus sem confusões. Talvez até mesmo os não nascidos sejam sensíveis à atmosfera. Talvez ele tenha sentido, até mesmo então, que, com Cissie por perto, simplesmente *não adianta* outra pessoa fazer uma confusão com alguma coisa.

Mas voltemos ao chalé assombrado de Rosemary (ou não assombrado, como talvez seja o caso; não quero prejulgar a questão antes de informá-lo sobre todos os fatos). Evidentemente, para começar, aquilo era um pouco divertido, para Rosemary e para mim. A tensão tende a sair da nossa vida, quando nos aproximamos dos 60. Quaisquer que tenham sido os problemas que já nos dilaceraram e nos mantiveram lutando e alertas, buscando fôlego, agora eles estão resolvidos ou então morreram, silenciosamente, enquanto não estávamos atentos. De qualquer forma, fora uma coisa e outra a vida pode se tornar um tanto aborrecida e sem sabor, quando se chega à nossa idade; e, para ser sincera, um fantasma era exatamente aquilo de que

Rosemary e eu estávamos precisando. Um tempero de perigo; uma centelha do desconhecido para reativar nossa mente apática, acabrunhada por tanta acumulação do conhecido durante uma vida inteira.

Estou lhe dizendo isso porque quero ser absolutamente honesta. Ao avaliar os acontecimentos que vou descrever, você precisa ter em mente e dar um desconto para o fato de que Rosemary e eu *queríamos* que houvesse um fantasma. Bom, talvez isso seja exagerar demais a questão; nós queríamos que *pudesse haver* um fantasma — se é que você percebe o que quero dizer. Queríamos que nosso fim de semana nos trouxesse pelo menos uma ardenciazinha no sangue; um leve arrepio no couro cabeludo. Queríamos que nossa jornada penetrasse um pouco nos arredores do medo, mesmo se ela tivesse efetivamente de começar na Liverpool Street.

Nós nos sentíamos maravilhosamente superiores, Rosemary e eu, de pé e imprensadas no corredor, chacoalhando pela noite chuvosa de dezembro. Olhávamos com uma secreta compaixão para os rostos vazios dos viajantes que rodavam para a segurança do seu lar. *Nós* éramos diferentes. *Nós* estávamos viajando para o Desconhecido.

Nossos primeiros problemas, obviamente, não tiveram qualquer relação com fantasmas. Tinham a ver com leite, pão e lenha molhada para a lareira, e com a razão pela qual a sra. Thorpe não havia arejado a casa, conforme fora combinado. Ela não havia tampouco enchido os lampiões e nem trazido a parafina... será que ela esperava que Rosemary fosse pegar tudo isso no barracão com toda aquela chuva e escuridão? E onde estavam todas as latas que Rosemary havia estocado no verão? Não era possível que *todas* tivessem sido consumidas!

Deixei Rosemary resolver sozinha todos esses problemas. Sei que se espera das visitas que elas fiquem nos calcanhares da anfitriã, de um lado para outro, tagarelando atenciosas, como *terriers*; mas eu simplesmente não fiz isso. Afinal de contas, sei que *a mim* isso não ajuda nada, quando sou anfitriã, e por que eu iria supor que com os outros é diferente? Além disso, àquelas alturas eu estava quase congelando, com aqueles campos e pântanos escuros e encharcados lá fora e aquela pedra úmida dentro de casa; assim, resolvi concentrar minha escassa reserva de amabilidade nos esforços para manter o fogo aceso.

E que tarefa difícil foi essa! Era como se algum demônio estivesse trabalhando contra mim, cuspindo e suspirando pela chaminé cavernosa, assobiando maldosamente pelo gelado chão de lajes, apagando cada bruxuleio de chama tão rapidamente quanto eu o induzia, adulando-o com bolas de jornal úmido empilhadas sob a madeira ainda mais úmida.

Felizmente havia uma profusão de fósforos e aos poucos, com cada um dos meus esforços abortados deixando a lenha um milímetro mais seca do que antes, a esperança de sucesso foi se aproximando. Ou talvez o demônio travesso tenha se cansado da sua dança de obstrução — a terrível mesmice de ficar me frustrando sem parar; de qualquer forma, sei lá por que razão, finalmente consegui que algumas lascas de madeira produzissem uma débil fumaça. Inclinando-me bem perto e pondo as mãos em concha sobre as preciosas espirais para protegê-las das súbitas rajadas úmidas e das gotículas de chuva que vinham pela chaminé, observei encantada um primeiro minúsculo pontinho dourado e depois outro brilharem na madeira carbonizada. Outro... e ainda outro... até que subitamente, como a própria aurora da criação, uma chama se ergueu.

Era a primeira vez em anos que eu tinha tido alguma coisa a ver com a produção de fogo. Durante quase toda a minha vida adulta eu havia me esquecido desse momento apocalíptico em que o fogo surge sob nossas mãos. Como Deus na manhã da criação, fiquei ali, todo-poderosa, cuidando da fagulha que eu havia criado. Mais uma lasca de madeira aqui... um pedaço de carvão ali... logo o meu foguinho estava brilhante e crescendo, e dispensando a minha atenção.

Mas continuei cuidando dele — ou fingindo cuidar —, inclinada sobre ele, abrindo minhas mãos geladas para o calor incipiente. Eu tinha uma vaga consciência de Rosemary atrás de mim andando pela casa, segurando na mão esquerda o único lampião que estava funcionando, examinando desconsolada gavetas e armários e resmungando a meia-voz, cada vez que se deparava com uma nova evidência de desordem e de esgotamento de provisões.

Honestamente, não adiantava tentar ajudar. Naquela noite teríamos de nos arranjar de algum modo e, no dia seguinte, com a chegada da abençoada luz do dia, poderíamos resolver os problemas. Encher os lampiões. Comprar comida na aldeia. Aquecer adequadamente a casa...

Calor! Eu tremia e me encolhia mais perto da alcova da lareira. Embora o fogo estivesse muito bom agora, ele ainda não havia causado um impacto razoável no ar gelado da sala. O frio que fazia ali só pode ser sentido nesses chalés antigos e pouco usados. Parece que o frio de séculos está armazenado nas suas velhas pedras, e sempre achei ridícula a ideia de que se pode aquecer o ambiente num único fim de semana animado, com aquecedores de parafina e fogos acesos às pressas.

Mas Rosemary não pensava assim. Ela é do tipo impaciente, e sempre acha que *sim*, os aquecedores produzem calor. É isso que a palavra significa!

Assim, ela ficou inicialmente irritada, depois perplexa e por fim um tanto alarmada com o fato de simplesmente *não poder* fazer o chalé ficar quente. Até mesmo no final de agosto, quando o ar lá fora ainda estava ameno e o calor do verão ainda era sentido nos campos e pântanos — mesmo então, o interior do chalé era como uma caixa de gelo. Lembro-me de comentar isso na minha primeira visita: "Que frescura maravilhosa", foi como na época me referi à frialdade da casa, pois havíamos acabado de voltar, encaloradas e exaustas, de uma longa caminhada pelo campo enevoado e sem vento. E essa foi a primeira vez (acho) que Rosemary mencionou para mim que a casa supostamente era assombrada.

— Uma dessas damas trágicas, queixosas, em que o Passado é especializado — explicou ela jocosa. — Diz-se que ela se afogou deliberadamente em algum ponto do pântano; parece que por amor. O motivo era sempre esse, não era? Meu Deus, mas se afogar por isso! Se ela soubesse...

Isso nos fez rir, claro; e quando terminamos nossas reminiscências amargas e nossas especulações sobre a vida amorosa nem um pouco admirável de várias amigas, o final da história do fantasma tinha sido esquecido. Alguma coisa sobre o fantasma da mulher lamuriando-se em torno do chalé nas noites tempestuosas (ou seria nas noites enluaradas) e sobre a friagem permanente, gelada, que havia se instalado no chalé e particularmente no quarto do fundo, no andar de cima, no qual teriam depositado o corpo todo gotejante trazido do pântano.

— Uma história tão boa quanto qualquer outra para quando os inquilinos começarem a pedir um aquecimento adequado — lembro-me de ter comentado animadamente (pois Rosemary, naquela época, tinha planos vagos e esplêndidos de ganhar uma fortuna, alugando o chalé durante parte do ano), e nós duas havíamos rido, e isso, parecia-nos, seria o fim da história.

Mas quando o final do verão virou outono e o outono se intensificou e virou inverno, e o vento de nordeste, diretamente da Sibéria, uivava sobre o pântano, então Rosemary começou a ficar contrariada e perturbada.

— Eu simplesmente não consigo esquentar o ambiente — resmungava ela. — Não entendo isso! E quanto àquele quarto de trás, o que dá para o pântano, é incrível como ele é frio! Dois aquecedores a óleo, funcionando dia e noite, e ele *ainda* está...

Eu não podia fingir estar surpresa, pois sempre imagino exatamente assim os chalés de fim de semana das minhas amigas. Mas tentei ser simpática; e quando, novembro já avançado, Rosemary confessou meio rindo acreditar *mesmo* que o chalé era assombrado, fui eu quem sugeriu que nós devíamos ir juntas até lá para ver se podíamos exorcizar o fantasma.

Ela acolheu com prazer e alívio a sugestão.

— Se fosse somente o frio eu não estaria preocupada — explicou ela. — Mas parece que tem alguma coisa misteriosa no lugar, parece mesmo, Lois! É como você estar na presença de um morto. — Esse comentário me fez pensar que Rosemary nunca teria estado na presença de um morto, do contrário ela saberia que não é absolutamente assim, mas vamos esquecer isso. — Estou começando a detestar ficar lá sozinha. Às vezes... eu sei que isso parece loucura, mas às vezes parece que ouço vozes, é verdade! — Ela riu constrangida. — Eu devo estar muito mal, hein? *Ouvindo vozes!... Eu!...*

Até hoje não sei até que ponto ela estava de fato amedrontada; me pergunto se ela não estava simplesmente tentando introduzir um pouco de drama nas viagens solitárias — e que talvez tenham se revelado inesperadamente tediosas — para o chalé dos seus sonhos. Acho que nem mesmo ela sabe. A única coisa que posso dizer com certeza é que seu estado de apreensão ligeiramente artificial aproximou-se de alguma necessidade profunda que eu tinha, e imediatamente nós soubemos que iríamos. E que seria divertido. E que Cissie precisava ficar de fora, custasse o que custasse. Se as necessidades profundas *dela* fossem envolvidas, você já sabe o que aconteceria.

Um gritinho vindo de algum lugar nas sombras, para além do círculo do fogo, me sacudiu do devaneio e, por um instante, senti o coração disparar. Mas logo em seguida eu estava rindo, porque ouvi novamente o grito:

— *Espaguete, espaguete* à bolonhesa! Quatro latas empilhadas embaixo da pia! Quem ia imaginar?

E de qualquer maneira quem se importaria? Comida, comida de verdade, estava ao nosso alcance! A menos que... Ah, meu Deus!

— Aposto que você perdeu o abridor! — arrisquei abatida (as palavras "*espaguete à bolonhesa*" me fizeram ver que eu estava muito esfomeada), mas fiquei aliviada ao ver no seu rosto, à luz dançante do fogo, um sorriso presunçoso.

— Você está vendo isto? — Ela levantou o implemento vital, que a reboque dos seus gestos triunfais bruxuleava nas sombras como um peixinho brilhante. — Está vendo? Claro, se a *Cissie* estivesse aqui...

Nós duas começamos a rir. E mais tarde, sentadas ao lado da lareira, comendo *espaguete* à bolonhesa em pratos de cerâmica, bebendo o vinho tinto que Rosemary conseguira desenterrar, enfim, deleitando-nos com os confortos materiais, nós nos divertimos especulando sobre os desastres que já teriam se abatido sobre nós, se Cissie estivesse no grupo. Ela teria derrubado os últimos fósforos numa poça ao procurar uma luva perdida... teria deixado a porta da frente aberta, o que faria o vento apagar nosso único lampião. E o abridor de latas... claro, esse não existiria; se ela não o tivesse perdido em algum lugar escuro, ele certamente teria se partido em dois nas suas enormes mãos solícitas... A essas alturas nós já estaríamos sem luz, sem calor ou sem comida...

Esse quadro deprimente pareceu, no entanto, ser a coisa mais divertida que podíamos imaginar, sentadas ali, com o estômago confortavelmente cheio e com nossa terceira taça de vinho tinto brilhando como uma joia à luz do fogo.

— Aos amigos ausentes! — dissemos em meio ao riso, levantando nossas taças. — E esperemos que eles *continuem* ausentes — acrescentei, maldosamente, pensando em Cissie. E enquanto estávamos as duas ainda rindo desse brinde cínico, vi Rosemary ficar subitamente rígida, com a taça muito próxima da boca, e vi o riso imobilizar-se no seu rosto.

— Preste atenção! — disse ela sibilante. — Preste atenção, Lois! Você está ouvindo?

Durante longos segundos ficamos absolutamente caladas, e os ruídos da noite impressionaram, pela primeira vez, a minha consciência. O vento, agora subindo, resmungava e suspirava em volta do chalé, com um queixume na chaminé da lareira e entre as velhas vigas. A chuva se lançava em curtas rajadas nas janelas, que rangiam e retiniam nos seus velhos gonzos. Para além delas, na vegetação do jardim, escura e crescida demais, podiam-se ouvir a agitação e o farfalhar de galhinhos sem folhas e de folhas encharcadas... e ainda mais além havia o suspiro débil, interminável, do pântano, quilômetros e mais quilômetros de pântano semiocultos sob caniços secos.

— Não... — comecei num sussurro; mas Rosemary fez um movimento brusco, ordenando silêncio. — *Preste atenção!* — murmurou ela novamente; e dessa vez (ou seria a minha imaginação?) comecei a ouvir algo.

— Ii... ii...ii... — ouvi, um som fraco e estranho no vento. — Ii... ii... ii... — e por um momento ele pareceu tão humano e tão suplicante que também eu prendi a respiração. Deve ser o vento, claro; *deve* — e enquanto estávamos sentadas ali quase sem conseguir suportar a tensão, tal era a intensidade da nossa concentração, outro som feriu nossos sentidos sobrenaturalmente aguçados — um som igualmente fraco e igualmente longínquo, mas que dessa vez nada tinha de espectral.

— Pr-rr-rr! Tch-tch-tch... — o som se aproximava... inequívoco... O som prosaico de um carro, saltando e rangendo pelo caminho acidentado do chalé. Rosemary e eu nos olhamos.

— Norman? — arriscou ela, pondo-se de pé aflita. — Mas não pode ser o Norman, ele *nunca* vem aqui! E muito menos a esta hora da noite! Ah, meu Deus, o que terá acontecido? — Ela já estava à janela e afastou as cortinas exatamente quando o veículo misterioso parava no portão. Tudo o que eu pude ver, de onde estava, foi o triângulo de escuridão entre as cortinas afastadas e as costas largas de Rosemary, rígidas de incredulidade e desânimo.

Então ela se virou para mim.

— Lois — sibilou ela. — Como é que você pôde...

Não perguntei o que ela queria dizer. Não era preciso, depois de todos aqueles anos.

— Eu não fiz isso! Claro que eu não fiz! O que é que você acha que eu sou? — repliquei, e não tenho dúvida de que a essa altura meu rosto estava quase tão branco quanto o dela.

Pois é claro que ela não precisava me dizer quem havia chegado. Não depois de quase um século desse tipo de coisa. Além disso, quem mais era capaz de bater a porta do carro como se para conter uma súbita invasão de Marte? Quem mais anunciaria a sua chegada gritando "Oi-êêê!" em plena meia-noite e abrindo o portão com um golpe de uma caixa de chapéu que ruidosamente lança no meio da noite o trinco e o encaixe?

— Opa... desculpa! — disse Cissie (provavelmente ela havia dito isso umas 50 mil vezes ao longo da nossa convivência). Ela avançou às cegas em direção à luz, como uma mariposa cinza desleixada. Pois a essas alturas tínhamos aberto a porta da frente e a luz do lampião se projetava pelo caminho do jardim, iluminando o seu rosto redondo, radiante, e a sua auréola de cachos grisalhos frenéticos que brilhavam com as gotas de chuva.

— Vocês, suas espertinhas! Era só o que faltava, não me falarem *nada*! — censurou ela ao surgir no portal iluminado, largando a bagagem esparramada. A sua chegada foi, como sempre era, semelhante à invasão de um exército de ocupação formado por uma única pessoa. Consigo mesma, com seus pertences e sua avidez, ela sempre consegue preencher qualquer situação de modo tão total que simplesmente não há *espaço* para o ponto de vista de mais ninguém. Não é exatamente egocentrismo; é mais como ser um lance ambulante de leilão capaz de se locomover e que não controla a própria operação.

— Um fantasma de verdade, ao vivo! Não é emocionante?! — disse ela, enquanto a ladeávamos até a sala da lareira. — Ah, mas vocês *deviam* ter me contado! Vocês *sabem* como eu adoro esse tipo de coisa!

E ela ficou tagarelando, com aquela voz alta, ansiosa, irrefreável... e isso, também, reconhecíamos como parte da sua técnica de infiltração.

Quando as vítimas dessa loquacidade conseguem se fazer ouvir, sua grande fúria inicial já começou a se arrefecer... a força destrutiva dos seus protestos já se enfraqueceu... seu senso de indignação tornou-se toldado. E de qualquer forma, a essas alturas ela já está *lá*. Inescapavelmente, inelutavelmente, *lá*!

Bom, o que se pode fazer? Na hora em que Rosemary e eu tivemos uma chance de dizer alguma coisa, Cissie já havia tirado o casaco, sua bagagem estava molhando o chão e ela já tinha uma taça de vinho tinto na mão. Lá estava ela, reclinada na grande cadeira estofada (minha), o fogo brincando no seu rosto, exatamente como se ela tivesse vivido anos naquele chalé.

— Mas, Cissie, como foi que você descobriu? — foi o mais próximo de uma reprovação que nós conseguimos. E ela, satisfeita, deu sua grande risada que fez o vinho brilhante dançar perigosamente no copo erguido.

— Muito simples, suas Watsons de meia-tigela! — declarou ela. — Vejam, eu liguei por acaso para a Josie e ela mencionou por acaso que a Mary tinha dito que a Phyllis lhe contara que havia ouvido da Ruth, e...

Você percebe o que eu estou querendo dizer? Impossível vencer. Seria como tentar calar o rumor de uma catarata.

— E quando ouvi falar sobre o fantasma, então é claro que eu simplesmente *tinha* de vir! — prosseguiu ela. — Parecia simplesmente fascinante *demais*! Veja, simplesmente acontece que agora eu sei muita coisa sobre fantasmas, porque...

É claro que ela sabia. Foi o fato de ela saber muita coisa sobre arquitetura grega clássica que na primavera passada a havia mantido numa discussão tão longa com o guia no Parthenon que o carro foi embora sem nós. E foi precisamente por estudar intensa e assiduamente as plantas alpinas que ela quebrou a perna ao tentar alcançar uma delas alguns anos atrás, e nós tivemos de chamar o Socorro da Montanha para ela. O resto do grupo achava que se tratava apenas de uma margarida.

— Bom, nós ainda não sabemos se efetivamente existe um fantasma — disse Rosemary desalentada; mas não suficientemente desalentada, pois passamos o resto da noite, e na verdade boa parte da madrugada, tentando dissuadir Cissie de pôr em prática, ali e naquela hora, diversos métodos constrangedores e perigosos de caça a fantasmas, sobre os quais ela havia se informado recentemente, métodos que iam desde pôr um gravador no teto de sapê até ficarmos no cemitério a noite inteira deitadas sem pensar em nada com a cabeça vazia.

Às duas horas nossa cabeça estava vazia, de qualquer forma — bom, pelo menos a de Rosemary e a minha —, e nós não podíamos pensar em nada além da cama. Quanto a isso, no entanto, havia novos obstáculos a ser superados, pois não só a chegada de Cissie era inesperada e por isso não tinha havido preparativos para ela, como também ela insistia em ser posta no Quarto Assombrado. Se ele era mesmo assombrado eu não sei, mas de qualquer forma era o quarto mais frio, úmido e desconfortável, o que lhe dava o direito (bom, o que é que se pode fazer?) de ter o único aquecedor a óleo e parte da cota de cobertores que nos cabia.

— Claro que eu não vou dormir — declarou ela (como se isso fosse um tipo de regalo especial para mim e para Rosemary). — Vou ficar de vigília a noite inteira! E amanhã de noite, queridas, logo que a lua subir, cada uma de nós precisa pegar um galhinho de salgueiro e andar uma atrás da outra, em silêncio, no jardim...

Concordamos, apenas porque estávamos sonolentas demais para discutir; mas fora do círculo de luz do lampião, Rosemary e eu trocamos olhares de puro negativismo. Quero dizer, sem considerar qualquer outra coisa, quem embarcasse em qualquer projeto cujo sucesso dependesse de Cissie não tropeçar em nada estaria louco.

No entanto, concordamos sem demasiada relutância com sua outra sugestão de que na manhã seguinte visitaríamos o vigário e lhe perguntaríamos se podíamos examinar os arquivos da paróquia. Até mesmo Cissie, admitimos comedidamente, teria poucas chances de provocar algum desastre numa visita ao vigário.

Mas na manhã seguinte, adivinhem! Cissie estava prostrada com dor ciática, dura como uma tábua e incapaz até de se levantar da cama, quanto mais de fazer uma visita.

— Ah, querida... Ah, por favor, não se preocupe! — ela ficava repetindo, enquanto nós lhe levávamos garrafas de água quente e mais travesseiros. — Ah, querida, eu detesto atrapalhar!

Nós detestávamos que ela atrapalhasse, também, mas conseguimos não lhe dizer isso. E depois de algum tempo os nossos esforços e a sua determinação de não perder a diversão (é verdade, ela ainda achava que aquilo era diversão) conseguiram relaxá-la o suficiente para que ela pudesse sair da cama e se pôr de pé. E imediatamente seu ânimo reapareceu. Ela resolveu, toda alegre, que aquele problema tinha sido de ordem sobrenatural, decorrente de ela ter dormido no quarto assombrado.

— Mais provavelmente foi a roupa de cama úmida — fulminou Rosemary. — Quando as pessoas aparecem tão inesperadamente assim...

Mas Cissie não se cala tão facilmente. *Roupa de cama úmida?* Quando a alternativa era o fantasma de uma dama que havia morrido 200 anos atrás? Cissie nunca foi de se contentar com uma explicação desse tipo, se uma improvável estivesse acessível.

— Eu sei do que estou falando! — replicou ela. — Eu sei mais sobre essas coisas do que vocês. Sou sensitiva, sabe? Só descobri isso pouco tempo atrás, mas parece que eu sou uma dessas pessoas que têm um sexto sentido quando se trata de questões sobrenaturais. Isso me torna mais *vulnerável*, claro, a esse tipo de coisa, e a minha dor ciática mostra bem isso, mas também me torna mais *consciente*. Eu *sinto* coisas. Quando pus os pés neste quarto, à noite, eu já sabia que ele era assombrado. Eu senti o... Ai!

Sua coluna se manifestara novamente; toda aquela gesticulação enquanto ela falava havia sido um erro. Contudo nós duas conseguimos pô-la ereta novamente e até a ajudamos a descer a escada — embora seja preciso dizer que pouco tempo depois estávamos as duas arrependidas de não a termos deixado sozinha. Porque Cissie de pé era um aborrecimento maior, muito maior, do que Cissie acamada. Acamada, as suas boas intenções não podiam causar nenhum dano a ninguém; mas levantada, parecia não haver limite para as confusões que ela podia causar em nome da "ajuda". Tentando pegar panelas em prateleiras que estão acima da sua cabeça; tentando limpar cinzas sem se curvar, e no decurso da tentativa pondo fogo na escova da lareira; tentando trazer parafina numa lata pesada demais para as suas forças e acabando por entorná-la por todo o chão. Rosemary e eu estávamos sempre atrás dela limpando o resultado dos seus desastres ou tentando tirá-la de uma situação em que ela ficara imobilizada por alguma razão maluca, altruísta.

Parece que ela estava piorando com o passar do tempo e não melhorando. A rigidez aumentou e à tarde ela estava azul e fria, e quase não conseguia se mexer. Mas nada a convencia a nos deixar chamar um médico ou pô-la na cama.

— O quê? E perder toda a diversão? — disse ela com seus lábios entorpecidos. — Vocês não percebem que todo esse frio é *significativo*? É o resfriamento do ar que sempre ocorre antes da chegada de uma aparição!

Àquelas alturas era muito difícil entender o que ela falava, tal era a sua rouquidão e a rigidez dos lábios; mas ainda se podia ouvir a empolgação e o triunfo nas animações coaxadas:

— É sensacional! Isso é o Arrepio da Morte, queridas! É o aviso de que a pessoa morta está prestes a aparecer! Ah, eu estou até arrepiada! A qualquer momento nós vamos saber a verdade!

E soubemos, mesmo. Uma batida forte na porta do chalé e Rosemary correu para atender. De onde eu estava, no vão da porta da sala de visitas, pude vê-la emoldurada contra a luz crepuscular do inverno — a tarde curta de dezembro já estava quase no fim. Para além dela divisei os uniformes de policiais, ouvi suas vozes solenes.

— Srta. Cecily Curtis? Cissie? Sim, claro que nós a conhecemos! — ouvi Rosemary dizer com uma voz que denotava medo; e então entraram as vozes mais graves, sérias e solidárias.

Eu quase não conseguia ouvir as palavras do policial, mas não era difícil seguir a história. Era quase como se, de algum modo estranho, eu já soubesse de tudo. De como na noite anterior, mais ou menos às dez e meia, a srta. Cecily Curtis havia derrapado enquanto dirigia — correndo demais — pela estrada da represa, em cujas profundezas tinha mergulhado, com carro e tudo. Seu corpo só fora resgatado e identificado naquela manhã.

Como eu disse, não precisei ouvir as palavras dos homens. O quadro já estava na minha mente; o quadro que nunca a deixou: o quadro de Cissie, toda animada de curiosidade e empolgação, cercada de chuva e de escuridão mas firme ao volante, para se divertir. Nada a manteria longe, nem mesmo a própria morte...

Um sonzinho na sala atrás de mim me tirou do estado de choque e eu me virei para ver Cissie sorrindo pela última vez aquele seu sorriso enfadonho. Aquilo havia nos enlouquecido durante anos, seu modo corajoso de sorrir diante de qualquer adversidade em que ela nos colocava.

— Vocês veem? — disse ela com uma pontinha de presunção. — Estou morta desde a noite passada; não é de admirar que eu tenha me sentido tão mal! — E atirando triunfalmente a cabeça para trás, ela se virou, caiu sobre o cordão do seu penhoar e se foi.

Sim, foi-se. Nunca mais a vimos. O objeto que eles trouxeram para dentro, molhado e gotejante de pântano, não parecia ter absolutamente nada a ver com ela.

Nunca descobrimos se o chalé tinha sido assombrado o tempo todo; mas agora ele é, não há dúvida. Imagino que Rosemary não vá voltar lá — nós certamente não iremos nunca procurar fantasmas. Além do mais estamos amedrontadas demais. Muita coisa poderia dar errado. Era diferente nos velhos tempos, quando podíamos fazer qualquer loucura que quiséssemos, confiando que se alguma coisa saísse errada a culpa simplesmente seria da nossa amiga idiota, impossível, impertinente e insubstituível.

Antonia Fraser

QUEM ANDOU SE SENTANDO NO MEU CARRO?

— Quem andou se sentando no meu carro? — perguntou Jacobine. Ela disse isso numa voz severa, rouca, como a de um urso. Na verdade Jacobine estava mais para Cachinhos Dourados, com aquele cabelo loiro puxado para trás da testa redonda. O estilo indicava pressa e preocupação, a preocupação de uma garota que está atrasada para a escola. Mas eram os filhos de Jacobine que estavam atrasados, e ela ia levá-los de carro.

— Alguém andou fumando no meu carro — acrescentou Jacobine, mostrando o cinzeiro entupido de guimbas.

— Você quer dizer que alguém andou dirigindo seu carro. — Era Gavin, como sempre adorando contradizê-la. — As pessoas não se sentam nos carros, apenas. Elas os dirigem. — Ele continuou no assunto: — Alguém andou dirigindo meu carro, disse o ursinho...

— As pessoas se sentam nos carros, sim. Nós estamos sentados num carro agora. — Tessa, sendo 12 meses mais velha, nunca podia deixar passar esse tipo de comentário de Gavin.

— Fiquem quietos, queridos — disse Jacobine mecanicamente. Ela continuou sentada olhando para o cinzeiro diante de si, que estava realmente horrível, com toda aquela bagunça de cinza e tocos marrons. E havia uma espécie de violência no modo como ele fora enchido: dava para imaginar que o fumante não tinha se preocupado em atirar pelo menos alguns pela janela. Em vez disso ele foi sem remorso comprimindo-os com força no cinzeirinho de cromo.

Jacobine não fumava. Rory, seu ex-marido, fumava muito. E por um minuto ela achou que Rory podia ter usado uma chave velha para entrar na Mini e ficar sentado fumando sem parar diante da casa... Era uma ideia louca, e quase imediatamente Jacobine percebeu isso. Até porque ela havia comprado a Mini de segunda mão depois do divórcio. Uma vez que transportar os filhos tinha se tornado sua principal atividade naqueles tempos, ela havia gastado um dinheirinho para tornar isso o mais conveniente possível. E o que era mais importante: Jacobine e Rory estavam em muito boas relações.

— Casaram-se jovens demais — era o veredicto geral. Jacobine concordava. Para dizer a verdade ela ainda se sentia jovem demais para o casamento; dois filhos pareciam ser (invertendo a ordem das coisas) tudo o que ela era capaz de enfrentar. Ela realmente gostava muito de Fiona, a nova mulher de Rory, pela sua evidente competência em lidar com o problema de viver com ele.

A questão foi apenas que o cinzeiro entupido de cigarros a fez lembrar dos detalhes domésticos da vida com Rory. Mas agora que não havia Rory, quem seria? E por que ela experimentava, além da aversão, uma forte sensação física de medo? Jacobine, normalmente tímida, não se lembrava de já ter ficado tão alarmada com essa manifestação física de medo. Seus terrores eram geralmente projeções para o futuro, possíveis preocupações com relação aos filhos. Ela estava subitamente convencida de que o fumante tinha em sua natureza um horrível traço de crueldade — além de ser, evidentemente, um possível ladrão. Ocorreu-lhe uma imagem desagradável do homem sentado ali no seu carro diante da sua casa. Esperando por ela. Observando a casa. Ela afastou essa imagem.

— Tessa, Gavin, fiquem onde vocês estão. — Jacobine deixou precipitadamente o banco do motorista e examinou as trancas do carro.

— Mamãe, nós vamos chegar atrasados — gemeu Tessa. Isso fez Jacobine se decidir. De volta ao carro, a chave na ignição e vamos embora! Eles haviam atingido a esquina da Melville Street quando a segunda coisa estranha aconteceu. O motor morreu e então gradual e muito debilmente a pequena Mini acabou parando.

— Está sem gasolina! — gritou Gavin do banco traseiro.

— Ah, querido, fique caladinho — começou Jacobine. Então seu olho bateu no mostrador. Gavin tinha razão. A Mini estava sem gasolina. Jacobine se sentiu de todo perturbada, como se tivesse levado um tapa na cara. Ficar sem gasolina era tão atípico da sua existência cuidadosamente organizada quanto, por exemplo, ficar sem leite para o café da manhã das crianças — coisa que tinha acontecido uma vez e ainda lhe provocava arrepios. De qualquer modo, agora já havia outra percepção desagradável: ela enchera o tanque apenas dois dias antes...

— Não há dúvida: alguém andou dirigindo este carro — exclamou ela antes de poder se conter.

— Foi o que eu falei! — exultou Gavin. — Alguém andou dirigindo o meu carro, disse o ursinho.

— Ah, mamãe, nós vamos chegar atrasados demais! — implorou Tessa. — A srta. Hamilton não gosta que a gente chegue tarde. Ela diz que as mamães deviam ter mais responsabilidade.

A melhor coisa a fazer era levar os dois de táxi para a escola e resolver os problemas do carro mais tarde. De um modo ou de outro, não seria antes da hora do almoço que Jacobine poderia voltar a pensar no motorista intruso. Decidida, ela então afastou o pensamento. E assim, voltar a encontrar a Mini sem gasolina e com o cinzeiro abarrotado de guimbas na manhã seguinte foi um choque ainda maior. E ela não pôde evitar os olhares perspicazes das crianças ou a rápida visita ao posto de gasolina. De qualquer modo, desde o café da manhã Tessa vinha se afligindo com a questão do atraso por causa da falta de gasolina.

— Vou à polícia — disse Jacobine firmemente. Ela falou aquilo tanto para se tranquilizar quanto para calar a boca das crianças. Na verdade a visita foi mais irritante do que tranquilizadora. Embora Jacobine tenha começado a sua queixa com a afirmação de que havia trancado o carro e a tranca não tinha sido forçada, ela ficou com a forte impressão de que a polícia não acreditou em nada da sua história. Eles não pareciam aceitar nem que as portas tivessem sido trancadas nem que a gasolina tivesse acabado, muito menos avaliar o significado do cinzeiro usado. De qualquer modo consideraram com muita complacência o seu relato e foram de fato galantes, quando ela disse que vivia, no dizer deles, "sem nenhum homem para cuidar da senhora".

— Claro que a senhora se preocupa com o carro, senhora, é natural. Imagino que o seu marido fazia isso tudo quando a senhora era casada — disse o homem que estava atrás da grande escrivaninha. — Sabe de uma coisa? Eu sei onde a senhora mora e vou recomendar ao policial do distrito que vigie especialmente a sua casa, a senhora gostaria? Com isso a senhora fica mais tranquila. É para isso que a senhora veio aqui. Prevenir é melhor do que remediar.

Jacobine deixou o distrito policial indecisa. Prevenir é melhor do que remediar. Foi essa lição da despedida que lhe deu a inspiração de estacionar a Mini de noite bem debaixo da luz da rua, que ficava bem acima da janela das crianças. Se a polícia não acreditava nem um pouco nela, ela não acreditava nem um pouco nas promessas bondosas feitas por aqueles homens. De qualquer maneira a luz facilitaria a tarefa deles, se optassem por patrulhar o quarteirão sombreado por árvores.

Naquela noite Jacobine fez um número de visitas fora do comum ao quarto das crianças depois que elas foram dormir. Toda vez ela olhava cautelosamente pela janela. A Mini, pequena e verde, parecia um carro de prêmio na loja de veículos, sob aquela nova luz. Mal se podia acreditar que havia um motor dentro dela. Poderia ser apenas uma carroceria recém-pintada. Assim, o choque de não ver ali a Mini na sua quinta visita de inspeção foi enorme. Ao mesmo tempo Jacobine sentiu uma pontada de satisfação. Que agora a polícia me trate como uma mulher histérica, pensou ela ao discar 999 com dedos ligeiramente trêmulos. Seus lábios também tremiam, quando ela disse o número da placa:

— AST 5690. Uma Mini verde-clara. Roubada há não menos de dez minutos. Eu avisei que isso podia acontecer.

— Não se preocupe, senhora, nós vamos dar um alarme geral sobre isso.

Por que todo mundo lhe dizia para não se preocupar?

— Não. É o meu carro, não o do meu marido. Eu não tenho marido.

Jacobine tentou dormir depois disso, mas sua mente estava em disparada, até certo ponto indignada com a desfaçatez do intruso e até certo ponto exultante, imaginando que ele seria arrastado diante dela, cigarro pendurado nos lábios, aqueles cigarros denunciadores e poluidores... Foi a campainha entrando e saindo desses sonhos nebulosos que por fim os encerrou. De início ela supôs que eles estivessem trazendo o ladrão, embora a hora não fosse nada própria.

Era um policial, nenhum dos que estava de manhã no distrito. Mas ele viera sozinho.

— Sra. Esk? Desculpe tocar a esta hora. Sobre a sua Mini roubada...

— Vocês a encontraram? Quem a levou?

— Bom, esse é o problema, senhora. Vinte minutos atrás houve um comunicado de roubo de uma Mini verde, AST 5690, no distrito policial de Ferry Road, e o veículo está estacionado diante da sua porta.

Jacobine olhou. Era verdade. A Mini estava de volta.

— O sujeito deve ter ficado sabendo que vocês estavam atrás dele. — Ela comentou sem pensar e depois se arrependeu. Em silêncio, Jacobine, de penhoar acolchoado e chinelas, e o policial, com o pesado uniforme preto, examinaram a Mini de todos os ângulos. As trancas estavam intactas e o carro estava trancado. Eles verificaram o painel. Intocado.

— Talvez tenha havido algum engano — sugeriu o policial no tom gentil que Jacobine passara a associar aos colegas dele. — A senhora somente olhou para fora da janela, conforme a senhora disse. À luz da lâmpada, sabe... Bom, é melhor eu voltar ao distrito e comunicar que tudo está bem. A senhora não quer ser presa por dirigir sua própria Mini amanhã, não é mesmo? — O tom era muito paternal.

— Olhe, ele só teve tempo para dois cigarros — disse Jacobine de repente. Pelo menos ela reduzira os prazeres noturnos do seu adversário. Por outro lado havia um acontecimento novo e horrível: o carro positivamente *fedia*. É verdade. Ela não quis chamar a atenção do policial para isso, uma vez que ele não havia mencionado o fato. Talvez ele estivesse constrangido. Era um cheiro forte, pungente, humano, que não tinha nada a ver com Jacobine ou as crianças e nem mesmo com cigarros. Assim como Jacobine havia imaginado alguém cruel e até violento quando viu pela primeira vez o cinzeiro, agora ela visualizou sem querer alguém grosseiro e até brutal.

Jacobine não havia pensado muito em sexo desde o fim do casamento. Agora ela se pegou pensando nisso, apesar de si mesma. Era o inequívoco cheiro animal de sexo que enchia as suas narinas.

Na noite seguinte ela pôs as crianças para dormir mais cedo. Ainda totalmente vestida, com uma nova lanterna grande, começou a sua vigília no corredor diante da porta da frente. Logo depois das onze horas, com apreensão, mas também curiosidade, ela ouviu o barulho de um motor funcionando. Era perto da casa. Estavam dando partida no seu carro; aquele ruído de tosse era inconfundível.

Sem pensar no que fazia, Jacobine escancarou a porta da frente, correu para o meio-fio e gritou: "Pare, pare, ladrão!" O motor parou de funcionar imediatamente. Foi como se ele tivesse parado de falar no meio de uma frase. Ela torceu a maçaneta da porta do passageiro; seus dedos tremiam tanto que ela se atrapalhou com a porta que conhecia tão bem. Não conseguiu abri-la. A porta se trancava contra ela, a porta do seu próprio carro! Desesperada, Jacobine bateu forte na janela.

Não aconteceu nada. Muito lentamente, ela percebeu que o lugar do motorista, e na verdade o carro inteiro, seu diminuto carro, estava vazio. No cinzeiro, que recebia a iluminação da rua como um detalhe de uma pintura com luar, havia um cigarro ainda aceso. Agora Jacobine de súbito estava consciente de seu coração palpitando, à medida que a fúria que a impulsionara ia se esgotando. Pela primeira vez ela não tinha ideia do que ia fazer. Depois de uma pausa, durante a qual ficou olhando para a Mini fechada e para o cigarro que aos poucos se desintegrava, voltou para casa. Pegou as chaves do carro. Ainda mais lentamente voltou para o veículo e o destrancou. Sentou-se com muita cautela no banco da frente e pegou o cigarro. Estava quente. O carro tinha um cheiro horrível.

— Amorzinho — disse uma voz muito próxima do ouvido dela. — Você não devia ter falado para a polícia, você sabe disso. Não devia ter feito isso. Agora eu preciso puni-la por isso, não é mesmo?

Jacobine sentiu que a agarravam rude e horrivelmente. O que aconteceu em seguida foi tão ultrajante que embora se debatendo ela tentou gritar. Mas ao mesmo tempo dois lábios, lábios grossos, duros e borrachentos, se comprimiram contra os dela. O carro continuava — constataram seus olhos frenéticos acima da boca muda — obviamente vazio.

"Ah, meu Deus, me pegaram", pensou ela, sufocando e se debatendo.

— Mas você gosta, não gosta, Amorzinho? — como se ela tivesse conseguido falar alto. Não era verdade.

— Vou ficar doente, acho — disse Jacobine. Dessa vez ela conseguiu falar alto.

— Mas você vai voltar para ter mais amanhã à noite, não vai, Amorzinho? — disse a voz. — E nós vamos dar uma volta juntos.

Ela foi solta. Atrapalhou-se novamente com a porta e saiu correndo para casa, com ânsia de vômito.

Ela não ousou sair de novo naquela noite; ficou na cama, tremendo. Nem mesmo um banho a ajudou a afastar as lembranças físicas da agressão. Na manhã seguinte, logo que deixou as crianças na escola, Jacobine foi ao distrito policial. Desde o início lhe pareceu que o homem atrás da escrivaninha estava bem mais desconfiado dela. Prestou atenção à nova história que ela contou, mas sua expressão era diferente, não menos bondosa, mas bem mais especulativa. Quando ela concluiu, ele lhe perguntou abruptamente, sem comentar a experiência noturna que lhe fora relatada, se ela havia ido ao médico desde o fim do seu casamento.

— Eu preciso da polícia, e não de um médico, para esse caso — disse Jacobine desesperada. — Preciso de proteção.

— Não tenho muita certeza, sra. Esk — disse o policial. — Mas por que antes de mais nada a senhora não conversa com seu clínico geral? Não é muito fácil ser uma mulher sozinha, e talvez algumas pílulas, um tranquilizante...

Ao sair do distrito, Jacobine estava abatida com a impressão de que o policial não havia acreditado nela em absoluto. O resto do dia ela se afligiu por não saber o que fazer. Ligar para Rory? Isso seria ridículo. Mas ela não podia apelar para nenhuma outra pessoa que impusesse respeito. Talvez um advogado ajudasse, pensou ela vagamente, lembrando-se do jovem encantador que a ajudara no processo de divórcio. Mas mesmo um advogado pediria muito mais provas, se a polícia tinha se mostrado tão cética. Amedrontada, Jacobine percebeu que cabia a ela fornecer as provas.

Assim, mais ou menos às 11 da noite, ela ocupou seu lugar no banco do motorista. Ela não tinha muita certeza do que podia esperar, fora o fato de que haveria uma pequena espera enquanto ela se acalmava.

— Que bom que você veio cedo, Amorzinho — disse com intimidade a voz. — Porque poderemos dar uma boa volta. Temos tanta coisa para falar, não é? As crianças, por exemplo. Eu não gosto nem um pouco dos seus filhos. Você vai ter de se livrar deles, sabe?

— Você não ouse tocar nos meus filhos — disse Jacobine ofegante.

— Ah, antes eu do que você — disse a voz. — Os meus métodos não são tão bonitos quanto os seus. Um acidente de carro no caminho da escola, por exemplo, que a deixaria ilesa...

Jacobine deu um gritinho apavorado. Ela imaginava aqueles corpinhos preciosos... o pesadelo recorrente da maternidade.

— Eu sei tudo sobre acidentes e crianças, seus corpos preciosos — prosseguiu a voz. Ele parecia ler os pensamentos dela, as imagens medonhas que lhe passavam pela cabeça. — Pobres coisinhas destroçadas.

Jacobine não pôde aguentar mais. O cheiro e o terror a venceram. E o distrito policial era muito próximo. Saindo às pressas do carro, abandonando o seu perseguidor, ela correu pela rua na direção do distrito. Poucos minutos depois ouviu o barulho da partida do motor. O carro a estava seguindo. Seu coração disparou no peito. Ela teve tempo de pensar que era mais apavorante ser perseguida por um carro, um carro vazio, do que por qualquer coisa no mundo humano e vivo, quando chegou à segurança da escada. O carro parou, certinho, e ficou parado.

— Ele está ameaçando meus filhos agora. Diz que vai matá-los — Jacobine começou sua história. Ela achou que não tinha acabado de contar tudo e já uma policial a estava levando de volta para casa a pé. A policial se concentrava no fato de Jacobine ter deixado os filhos sozinhos na casa e saído de carro. Na verdade, embora naquele momento a ideia não tivesse ocorrido a Jacobine, isso era muito contrário à sua personalidade. O carro foi levado de volta por um policial. Parecia muito elegante, pequeno e inofensivo, quando foi depositado mais uma vez diante da sua porta.

Dois dias depois Rory tocou a campainha. Nesse ínterim Jacobine não tinha ousado deixar o intruso sozinho no carro à noite, prevendo a possibilidade de que ele cumprisse a sua ameaça contra as crianças durante o dia. No sábado ele representou o mesmo número de possessão que havia iniciado o relacionamento deles. No domingo apresentou novamente a questão das crianças. Primeiro ele fez Jacobine dirigir até Arthur's Seat, depois por Edimburgo, mergulhado em silêncio. Jacobine estava cansada quando voltou, e a Mini foi estacionada junto da casa mais uma vez. Um policial a observou sentada ali, um cigarro aceso apoiado sobre o painel, e ouviu-a gritar. Como resposta às suas perguntas ela apenas apontava para o cigarro. Ela estava usando, disse ele, uma camisola sob o casaco. Na hora não ficou claro para o policial se Jacobine estava gritando de terror ou de prazer.

Na verdade o que a levou a produzir aquele som estranho e rouco não foi nem prazer nem medo. Foi, do seu jeito estranho, uma espécie de grito de descoberta, a confirmação de um terror, mas que também trazia um alívio vindo do desconhecido.

À força, ela chegara a conhecer a voz um pouco melhor durante o longo passeio noturno. Foi um comentário casual que ele fez sobre o carro, uma mostra de conhecimento mecânico, que deu a ela a pista. Procedendo com cautela — porque a voz podia frequentemente, embora não sempre, ler os pensamentos dela —, Jacobine explorou as suas suspeitas. De qualquer forma ela preferia conversar sobre o carro a ouvir a voz falar de seus filhos. Tentou fechar sua mente às zombarias e aos comentários sarcásticos surpreendentemente banais que por vezes ele fazia sobre Tessa e Gavin. Ele parecia estar disposto a depreciar seus filhos, assim como a eliminá-los da vida de Jacobine.

— É incrível o Gavin ainda não conseguir ler aos 7 anos — disse ele. — Outro dia eu o vi tropeçar em palavras simplérrimas. Que bebezão! — E depois: — Tessa quer ser pontual e faz um terrível escarcéu em torno disso, o que na idade dela é estranho, você não acha? Eu já posso imaginar como ela será quando crescer. Uma solteirona das mais insuportáveis. Se ela crescer...

Jacobine interrompeu sua frase dizendo bem alto que havia conseguido uma grande pechincha com aquela Mini de segunda mão com pouco mais de 1.500 quilômetros rodados.

— Ah, sim, Amorzinho — exclamou a voz —, claro que você conseguiu uma pechincha quando comprou este carro. Levando em conta tudo. Ele sempre foi muito bem tratado, posso lhe garantir...

— Então o carro era seu — Jacobine tentou conter a própria voz trêmula ao irromper com aquela descoberta. — Este carro já foi seu, não é?

— Houve um acidente — respondeu a voz. Ela observou que ele falou num outro tom: desanimado, monótono, nada parecido com as suas entonações costumeiras, que variavam de um terrível tipo predatório de desejo até o quase frenesi da sua antipatia pelas crianças.

— Conte.

— Foram os filhos dela. No caminho da escola. Houve um acidente.

O tom era muito diferente, tão diferente que Jacobine quase pensou — era uma palavra ridícula para usar naquelas circunstâncias — que ele parecia muito humano. O cheiro do carro diminuiu e até a pressão que ele sempre mantinha no joelho dela, aquela odiosa pressão, pareceu mais suave, com uma intenção de súplica e não de posse.

— Ela trabalhava demais. Tinha sempre coisas demais a fazer para eles. Eu estava apenas tentando ajudá-la, levando-os à escola para ela. Foi um acidente. Um engano. Do contrário por que eu não teria me poupado? Um acidente, estou lhe dizendo. E ela não vai me perdoar. Ah, por que ela não me perdoa? Eu não posso descansar, se ela não me perdoar. — Agora ele inspirava pena, e Jacobine ouviu um soluço áspero, dilacerante, o soluço masculino que fere quem o ouve. Ela cedeu a um estranho impulso e hesitantemente levou a mão na direção do banco do passageiro. No instante seguinte ela foi novamente agarrada, mas com mais firmeza do que antes; a agressão começou outra vez, o cheiro se intensificou.

— Agora eu conquistei você, Amorzinho, não conquistei? — disse a voz. — Ela já não tem mais importância. Que ela fique me amaldiçoando tanto quanto quiser. Nós dois temos um ao outro. Ou melhor, quando nos livrarmos dos seus filhos. E eu sou muito bom, quando se trata de dar um fim a filhos.

Quando Rory tocou a campainha na segunda-feira, ele parecia embaraçado.

— Tudo é tão diferente da Jacobine que eu conhecia — queixou-se ele mais tarde a Fiona. — Ela não é do tipo chegado a essas coisas. E você não imagina o que ela contou para o policial que esse sujeito fez com ela no carro.

— Ah, essas calminhas — exclamou Fiona. Sem conhecer intimamente Jacobine, Fiona sempre achara estranho que ela tivesse conquistado quase sem nenhum esforço um homem tão atraente quanto Rory. — Águas paradas — acrescentou animadamente.

Rory sugeriu uma visita ao médico. Ele também ficou pensando se a tensão de dirigir um carro... Jacobine sentiu as lágrimas aflorarem aos seus olhos. Por que ela não havia pensado nisso? Livrar-se dele. Livrar-se do carro. Libertar-se.

— Ah, Rory — implorou ela. — Você levaria Tessa e Gavin durante alguns dias? Eu sei que você não tem tempo e imagino que o trabalho de Fiona...

— Vou ficar com eles no fim de semana — sugeriu Rory, sempre o mais apaziguador possível, sentindo-se culpado porque Jacobine, ao contrário dele, não havia se casado novamente. — Fiona tem um congresso de marketing esta semana e eu vou estar em Aberdeen.

— Não, por favor, Rory; hoje, eu lhe imploro. Eu mando as crianças de táxi. Eu não vou junto. Vou simplesmente pô-las num táxi esta tarde.

Mas Rory foi inflexível. Teria de ser no fim de semana.

Naquela tarde, quando pegou Tessa e Gavin na escola, Jacobine quase atropelou uma velha numa travessia de pedestres. Ela simplesmente não viu a mulher. Jacobine não entendeu aquilo. Ela sempre desacelerava ao se aproximar de travessias de pedestres, e no entanto quase havia acelerado perto daquela. As crianças se contundiram seriamente e Gavin, no banco dianteiro, que não estava usando o cinto de segurança (outra coisa estranha, pois Jacobine poderia jurar que ela própria o afivelara), cortou-se no espelho do motorista.

— Isso foi um aviso — disse ele naquela noite. — As crianças precisam ir embora. Você passa tempo demais pensando nelas e se preocupando com elas. Criaturinhas cansativas. Que bom que eles se machucaram esta tarde. Bebês chorões, os dois. Além disso, eu não quero que outras pessoas ocupem o seu tempo.

E Jacobine foi torcida muito violentamente para um lado e outro, sacudida como uma sacola de compras. Mas pouco depois foi ainda pior. Um cigarro foi apagado no seu pulso, exatamente onde correm as veias.

No próprio instante dessa tortura Jacobine pensou:

— Agora eles terão de acreditar em mim.

Mas parecia que eles não acreditavam. Apesar da marca e apesar do fato de Jacobine não fumar, que certamente todos conheciam. Chegou um médico. E Rory chegou. Jacobine conseguiu o que queria, quanto a Tessa e Gavin serem levados por ele. Fiona precisou sair no meio do congresso de marketing, embora ninguém pudesse imaginar isso vendo o modo entusiasmado com que ela cumprimentou as crianças.

— Só porque a mãe deles ficou maluca — disse Fiona mais tarde, com muita sensibilidade, a Rory —, isso não significa que eu não possa dar a eles um chá alegre e gostoso. E superior, também. Imagino como andavam sendo as refeições deles com toda aquela confusão à noite, e passeando por aí de camisola e gritando.

Então Rory levou Jacobine para um lugar muito agradável no campo, perto de Edimburgo, recomendado pelo médico. Tinha de ser Rory: não havia nenhuma outra pessoa para fazer aquilo. Jacobine estava muito tranquila durante todo o percurso. Rory se perguntou se seria porque ele estava dirigindo o carro dela — o carro. Mas Fiona precisava do Cortina para buscar as crianças na escola. Uma vez ou duas ele quase pensou que Jacobine estava ouvindo alguma coisa dentro da sua própria cabeça. Isso lhe deu uma sensação horripilante. Rory ligou o rádio.

— Não faça isso — disse Jacobine num tom ríspido que não era habitual nela. — Ele não gosta.

Rory achou prudente não dizer nada. Mas fez um registro mental para comentar o fato com Fiona, quando voltasse para casa. Pois era Fiona que estava um tanto preocupada por despachar Jacobine daquele modo.

— É realmente terrível, querido — disse ela —, tirar os filhos dela. Eles são tudo o que ela tem na vida. Coitada da maluquinha!

— Eles também são meus filhos — disse Rory humildemente. Mas ele sabia muito bem o que Fiona queria dizer, e a admirava mais do que nunca por ser tão bondosa e resoluta; exatamente por ser assim ela estava se relacionando muito bem com Tessa e Gavin, e isso era maravilhoso. Fiona também se revezava com Rory nas visitas a Jacobine, quando ele estava ocupado demais. Na verdade não havia limites à sua boa índole prática. E assim, foi Fiona quem levou a notícia:

— Ela quer o carro.

— O carro! — gritou Rory. — Eu achei que essa seria a última coisa que ela devia ter, por causa do problema.

— Mas não é para dirigir. Ela nem quer as chaves. Apenas o carro. Diz que gosta da ideia de sentar-se nele. Ela se sente segura sabendo que o carro está ali e não livre para ir aonde ele quer. Essas foram as palavras dela, eu estou falando sério.

— O que foi que o dr. Mackie disse? Isso me parece muito esdrúxulo.

— Ah, ele me pareceu não se importar com isso. Falou em transferência uterina — será que é isso mesmo? —, enfim, esse tipo de coisa. Ele disse que o carro podia ficar no terreno. Como uma espécie de casinha de brinquedo, imagino. Ela não está fazendo progressos sensíveis. Chora muito, sabe? É patético. Coitadinha, deixe que ela fique com o carro. Sobrou tão pouca coisa para ela — encerrou Fiona de forma generosa.

Assim, Jacobine teve de volta o carro. O dr. Mackie fez com que o estacionassem, conforme ele prometera, num canto afastado do jardim. Ele se sentiu confortado ao ver que Jacobine chorava bem menos agora. Ela passava muito tempo sentada sozinha no banco do motorista, falando consigo mesma. Estava mais feliz, isso era visível.

— Está bem melhor assim — disse a voz. — Estou contente por termos nos livrado dos seus filhos de um jeito *bom*. Você não vai vê-los nunca mais, você sabe disso. — Jacobine não respondeu. Ela estava ficando muito perita em agradá-lo. Em geral ele estava à espera dela, quando ela entrava na Mini naquele canto sombreado.

— Quem andou se sentando no meu carro? — dizia ela com uma rouquidão afetada, apontando para a pilha de guimbas no cinzeiro. Mas apesar de tudo Jacobine estava ainda mais parecida com Cachinhos Dourados do que com um urso. Na verdade o seu rosto estava mais jovem ainda, desde que ela não tinha mais responsabilidade sobre as crianças, ou pelo menos foi isso que Fiona disse a Rory.

Jacobine precisava ser especialmente encantadora nos dias em que Fiona ia vê-la, porque Ele podia entrar no carro dela e na volta ir com ela para descobrir onde estavam as crianças. Jacobine pensava nelas o tempo todo. Mas não chorava mais diante dele. Porque isso o deixava zangado e então Ele poderia deixá-la. Ela precisava mantê-lo sentado do lado dela. Desse modo as crianças estariam a salvo. Dele.

Ruth Rendell

A ASSOMBRAÇÃO DA RESIDÊNCIA DO REITOR DE SHAWLEY

Eu não acredito em seres sobrenaturais, mas assim mesmo não moraria na Residência do Reitor de Shawley.

Era o que eu andava pensando e foi o que Gordon Scott me disse, quando ouvimos dizer que teríamos um novo reitor em St. Mary. Nossas mulheres nos dirigiram olhares irônicos.

— Isso não é muito lógico — comentou Eleanor, minha mulher.

— O que eu quero dizer — explicou Gordon — é que por mais que se esteja certo de que fantasmas não existem, morando num lugar considerado assombrado você não poderia evitar cismar toda vez que ouvisse um degrau estalar. Todos os sons normais de uma casa antiga assumiriam um significado diferente.

Concordei com ele. Não seria muito agradável ficar apreensivo sempre que se estivesse sozinho em casa à noite.

— Pessoalmente — opinou Patsy Scott —, eu sempre acreditei que não existem fantasmas na Residência do Reitor capazes de resistir a um bom sistema de aquecimento central.

Rimos disso, mas Eleanor disse:

— Não dá para descartar a questão desse modo. Os Cobworth ouviam e sentiam coisas, mesmo não tendo visto nada, na verdade. E aconteceu o mesmo com os Buckland antes deles. E vocês não vão encontrar ninguém mais equilibrado que Kate Cobworth.

Patsy deu de ombros.

— Os Loy não ouviram nem sentiram nada. Haviam comentado com eles as histórias, eles *esperavam* ouvir os passos e as rodas de carruagem. Diana Loy me contou. E Diana era uma pessoa muito nervosa. Mas nada, absolutamente nada aconteceu enquanto eles estiveram lá.

— Bom, talvez a Igreja da Inglaterra ou quem quer que seja responsável pelo lugar instale um aquecimento central para a nova pessoa — disse eu —, e então veremos se a sua teoria está certa, Patsy.

Depois disso Eleanor e eu fomos para casa. Fomos a pé, porque nossa casa fica a menos de 500 metros, seguindo a Shawley Lane. No caminho paramos diante da Residência do Reitor, que fica uns 100 metros adiante. Ficamos ali de pé olhando pelo portão.

Vou descrever para vocês a Residência do Reitor antes de começar essa história. Ela foi construída por volta de 1760 e é feita de tijolo pardo claro com janelas clássicas simples e uma porta da frente bem no centro encimada por um frontão triangular. É uma casa grande com três salas de recepção, seis banheiros, duas cozinhas e duas escadas — e um banheirinho apertado, aproveitando o espaço de um closet de roupas de cama, mesa e banho considerado dispensável. O aspecto da casa é um pouquinho severo, um pouquinho proibido, e parece que ela está encarando você; mas as árvores que a cercam são muito lindas, assim como os estábulos à esquerda, com um relógio na empena e um cata-vento no alto. Tom Cobworth, o último reitor, guardava ali o seu velho Morris. O jardim é enorme, uma vastidão que nos tempos que correm ninguém poderia manter bem cuidada: mais de 30 mil metros quadrados, incluindo a área cultivada.

Já fazia anos que eu entrara na Residência do Reitor. Lembro de imaginar se o interior era tão deteriorado, precisando tanto de pintura quanto o exterior. As janelas tinham aquele aspecto escuro, desinteressante, das janelas sem cortinas penduradas e que não foram limpas há meses ou até anos.

— A quem, exatamente, ela *pertence*? — perguntou Eleanor.

— Lazarus Collee, de Oxford — respondi. — Tom era um Discípulo de Lázaro.

— E quanto a esse novo homem?

— Não sei — disse eu. — Acho que todo o sistema de benefício eclesiástico mudou, mas eu estou muito desinformado sobre ele.

Não frequento a igreja nem sou de modo algum religioso. Talvez tenha sido por isso que não cheguei a conhecer muito bem os Cobworth. Eu me sentia um tanto constrangido na companhia de Tom; tinha sempre a impressão de que ele poderia subitamente virar para mim e me perguntar por que ele nunca me via na igreja. Eleanor não tinha essas inibições com Kate. Elas eram amigas, amigas próximas, e Eleanor havia sentido muito a falta dela depois que Tom morreu de repente de ataque cardíaco e ela precisou deixar a Residência do Reitor. Ela havia voltado para o Norte, onde morava sua família, levando consigo a filha do casal, Louise, de 15 anos.

Kate é uma mulher de Yorkshire, prática e realista. Tinha sido enfermeira — encarregada de uma enfermaria, penso eu — antes do casamento. Quando Tom recebeu o benefício eclesiástico de Shawley, ela encontrou várias vezes a sra. Buckland, mulher do titular que se aposentara, e por ela aprendeu a esperar o que chamava de "manifestações".

— Eu não podia acreditar que ela estava falando aquilo de fato — disse Kate a Eleanor. — Eu achava que estava sonhando, e então pensei que ela estava louca. Quer dizer, psicótica mesmo, mentalmente doente! Como é que hoje em dia ainda tem gente que acredita em coisas desse tipo! E então nós nos mudamos e eu também ouvi tudo aquilo.

O ruído das rodas da carruagem no cascalho na entrada de veículos, quando não se via nenhuma carruagem e nem qualquer tipo de carro. Portas se fechando suavemente, quando nenhuma porta fora deixada aberta. Pés atravessando o patamar e indo para o térreo, atravessando o hall, e depois a porta da frente sendo aberta suavemente e fechada suavemente.

— Mas como é que vocês puderam aguentar isso? — perguntou Eleanor. — Vocês não tinham medo? Não ficavam aterrorizados?

— Nós nos acostumamos. Era preciso. Não podíamos vender a casa e comprar outra. Além disso, eu adoro Shawley; adorei o lugar desde o momento em que pus os pés na aldeia. Depois do rigor do Norte, Dorset é tão suave, amena e linda. As portas se fechando e as passadas e as rodas no caminho, nada disso nos causava qualquer mal. E tínhamos um ao outro, não estávamos sozinhos. É possível se acostumar com qualquer coisa: com fantasmas assim como com umidade, cupins e carunchos. A Residência do Reitor tem também tudo isso, o que eu achava bem mais difícil de suportar.

Parece que os Buckland também se acostumaram. Ele foi reitor da paróquia durante trinta anos, e nesses trinta anos eles moraram ali com as rodas e as passadas, e ali tinham criado seu filho e sua filha. Nenhum mal lhes tinha ocorrido; eles dormiam bem e os filhos já crescidos faziam piada sobre a casa mal-assombrada.

— Parece que ninguém jamais *viu* coisa alguma — disse eu a Eleanor durante a nossa caminhada de volta para casa. — E ninguém jamais contou uma história, um tipo de antecedente para todos esses passos e portas fechadas e ruídos do cascalho. Será que houve algum assassinato ali ou outro tipo de morte violenta?

Ela disse que não sabia; Kate nunca lhe dissera nada. O som das rodas, as portas se fechando, sempre aconteciam por volta das nove horas da noite, seguidos por passadas e pelo abrir e fechar da porta da frente. Depois disso havia silêncio. Aquilo não acontecia toda noite. Mas Kate nunca quis usar a grande sala de estar à noite. Ela, Tom e Louise sempre ficavam na sala de jantar ou na sala íntima.

Eles usavam a sala de estar durante o dia, mas à noite a sala lhes parecia estranha, gelada até no verão e indefinivelmente hostil. Certa vez, ela precisou entrar lá às dez e meia da noite. Ela precisava dos óculos de leitura, que tinham sido deixados na sala de estar à tarde. Entrou correndo e saiu correndo novamente. Não olhou à sua volta, apenas se precipitou lá dentro, com os olhos fixos na caixa dos óculos que estava no consolo da lareira. A hostilidade gelada daquela sala a havia amedrontado de fato, e aquela fora a única vez em que ela sentiu medo e aversão pela Residência do Reitor de Shawley.

Obviamente não é preciso procurar explicação para uma hostilidade gelada. Ela é bem mais facilmente entendida como produto da tensão e do medo do que por fenômenos aurais. Eu não acreditei muito nos sentimentos de Kate sobre a sala de estar. Pensei com uma espécie de admiração em Jack e Diana Loy, aquele casal idoso que havia alugado a Residência do Reitor por um ano depois da partida de Kate, que apesar de ter sido preparado pelas histórias de assombração contadas por Kate não ouviu e nem sentiu nada. Pelo que fiquei sabendo, eles usavam a sala de estar constantemente. Muitas vezes, quando passava em frente ao portão, enquanto eles moravam lá, eu via luzes nas janelas da sala de estar às nove, às dez e meia e até à meia-noite.

Os Loy já haviam ido embora três meses antes. Quando Lazarus ofereceu pela primeira vez para aluguel a Residência do Reitor, a ideia tinha sido que Shawley poderia se arranjar sem um religioso exclusivo dela. Acho que a razão era a economia da Igreja, sem nenhuma relação com fantasmas, certamente. Os serviços em St. Mary deviam ser realizados pelo vigário da paróquia mais próxima, o sr. Hartley. Não sei dizer se ele achou excessivo esse acúmulo, pois continuava com os deveres da sua própria paróquia, ou se as autoridades supremas da Igreja Anglicana reconsideraram a decisão; mas quando os Loy foram embora resolveu-se que devia haver um titular para substituir Tom.

A primeira alusão a isso veio dos mexericos locais; depois os fatos apareceram no nosso folheto mensal de notícias, o *Shawley Post*. Vazada no linguajar das revistas paroquiais, a notícia dizia: "Todos os residentes de Shawley dão as suas entusiásticas boas-vindas ao novo reitor, o reverendo Stephen Galton, cuja chegada à paróquia com sua encantadora esposa irá preencher uma lacuna há muito sentida."

— Ele é bastante jovem — informou Eleanor poucos dias depois da nossa discussão com os Scott sobre assombração. — Não tem nem 30 anos.

— Isso não faz diferença para mim — argumentei. — Eu não pretendo receber orientações dele. De qualquer modo, por que não? Da boca dos bebês e das crianças de peito, ordenastes a força.

— Olha o demônio citando a Bíblia — disse Eleanor. — Dizem que a mulher dele tem somente 23 anos.

Achei que Eleanor já havia se encontrado com eles, tal era o seu conhecimento sobre o casal. Mas não.

— É só o que estão dizendo. Patsy soube de Judy Lawrence. Judy disse que eles estão se mudando no mês que vem e que a mãe dela vem com eles.

— Quem, a mãe de Judy? — perguntei.

— Não seja bobo — disse a minha mulher. — A mãe da sra. Galton, a sogra do reitor. Ela está vindo viver com eles.

Eles se mudaram para a casa. E se mudaram da casa dois dias depois.

Ficamos sabendo que alguma coisa dera muito errado para os Galton, quando eu estava fazendo a minha costumeira caminhada matinal com o nosso *setter* irlandês Liam. Na volta passávamos pelo chalé que pertence a Charlie Lawrence (considerado o fidalgo rural de Shawley) e que ele mantém ocupado por jardineiros — quando ele tem sorte de ter um jardineiro. Na época, junho passado, ele não tinha jardineiro havia pelo menos seis meses e o chalé devia estar vazio. Ao me aproximar, no entanto, vi um rosto feminino, jovem, muito bonito, numa das janelas do andar de cima.

Contornei a cerca viva e Liam começou a latir loucamente, pois do lado de dentro do portão do chalé, na entrada de carros, examinando sob o capô de um Wolseley velho, estava um jovem alto que usava um paletó esportivo de *tweed* sobre uma dessas roupas pretíssimas que os religiosos usam, e um colarinho clerical.

— Boa noite — cumprimentei-o. — Cale a boca, Liam, por favor!

— Boa noite — respondeu ele num tom tranquilo, abstraído.

Contei para Eleanor. Ela não podia confirmar se os Galton estavam ocupando o chalé do jardineiro de Charlie Lawrence em vez da Residência do Reitor de Shawley, a morada que lhes cabia. Mas Patsy Scott pôde. Ela apareceu na manhã seguinte com um cestinho de morangos para nós. Os Scott colhem os melhores morangos num raio de quilômetros.

— Eles foram expulsos pelos fantasmas — disse ela. — Vocês acreditam nisso? Um religioso da Igreja da Inglaterra! Um homem culto! Eles não ficaram naquela casa nem 48 horas. Foram esbravejar para o Charlie Lawrence encontrar outro lugar para eles ficarem.

Perguntei se ela tinha certeza de que o motivo não era simplesmente a umidade e os carunchos.

— Escute, você me conhece. *Eu* não acredito que a Residência do Reitor seja assombrada ou que qualquer outro lugar possa ser assombrado, imagine! Estou lhe dizendo o que a sra. Galton me disse. Ela foi nos procurar na manhã de quinta-feira e me perguntou se eu sabia de alguém em Shawley que tivesse uma casa ou um chalé para alugar, porque eles não podiam ficar na Residência do Reitor nem mais uma noite. Eu lhe perguntei qual era o problema e ela disse que sabia que ia parecer uma loucura — e pareceu, ela estava com a razão quanto a isso —, mas eles tinham ficado aterrorizados com o que ouviram e viram desde que se mudaram para lá.

— *Viram*? — perguntei. — Ela realmente afirma que viu alguma coisa?

— Ela disse que a mãe dela viu. Disse que a mãe dela viu algo na sala de estar na primeira noite que eles passaram lá. Eles já haviam ouvido as rodas da carruagem, as portas se fechando e as passadas, essas coisas todas. Na segunda noite ninguém ousou ir para a sala de estar. Eles ouviram todos os sons novamente, e a sra. Grainger, a mãe, ouviu vozes na sala de estar, e foi então que eles resolveram que não aguentariam aquilo, que tinham de se mudar.

— Eu não acredito nisso! — protestei. — Não acredito em nada disso. A mulher é uma psicopata, ela está fazendo alguma brincadeira terrível.

— Exatamente como Kate e também os Buckland — disse Eleanor tranquilamente.

Patsy a ignorou e virou para mim.

— Eu acho a mesma coisa que você. É horrível, mas o que se pode fazer? Essas histórias vão crescendo e contaminam as pessoas, e quanto mais sugestionáveis são as pessoas, pior é a contaminação. O Charlie e a Judy estão furiosos, eles não querem que os jornais comecem a dizer que a Residência do Reitor de Shawley é assombrada. Imagine a quantidade de gente que vamos ter aqui, chegando de carro aos domingos e olhando boquiaberta para dentro dos portões. Mas por uma questão de humanidade eles precisavam deixá-los ficar com o chalé. A sra. Grainger estava histérica e a pobre sra. Galton, tão jovenzinha, não estava muito melhor. Quem foi que lhes disse para esperar todos esses horrores? Isso é o que eu queria saber.

— O que o Gordon diz? — perguntei.

— Ele mantém a mente aberta, mas diz que gostaria de passar uma noite lá.

Apesar da fúria dos Lawrence, a assombração da Residência do Reitor de Shawley chegou mesmo a ter muita publicidade. Houve uma reportagem sensacionalista sobre o assunto num dos programas populares do domingo, e a sogra de Stephen Galton apareceu na televisão. A Western TV entrevistou-a num noticiário local. Eu nunca havia visto a sra. Grainger em carne e osso, e a sua aparência jovem me surpreendeu bastante. Ela não parecia ter mais de 35 anos, embora devesse estar na casa dos 40.

O entrevistador perguntou se ela tinha ouvido falar em fantasmas na Residência do Reitor de Shawley antes de ir para lá e ela disse que não. Ela acreditava em fantasmas? Agora ela acreditava. O que havia acontecido, perguntou o entrevistador, depois que eles se mudaram para lá?

Tinha começado às nove horas da noite, disse ela, às nove da primeira noite deles na casa. Ela e a filha estavam sentadas na cozinha maior, tomando uma xícara de café. Tinham feito a mudança durante o dia inteiro, desempacotando, jogando coisas fora. Elas ouviram duas portas se fecharem no andar de cima, depois passos descendo a escada principal. Ela havia pensado que seria o seu genro, mas não podia ser porque enquanto os passos iam ficando quase inaudíveis ele entrou pela porta da cozinha de trás. Eles não entenderam o que poderia ter sido, mas não ficaram amedrontados. Não naquela hora.

— Estávamos pensando em ir para a cama cedo — disse a sra. Grainger. Ela se expressava muito bem e estava bastante à vontade diante das câmeras. — Logo depois das dez e meia, eu precisei entrar na sala de visitas maior. Os homens da mudança haviam posto algumas caixas ali e o meu rádio estava numa delas. Eu queria ouvir o meu rádio na cama. Abri a porta da sala de visitas e ergui a mão na direção do interruptor. Não acendi a luz. A lua estava muito clara naquela noite e brilhava na sala.

"Havia duas pessoas, duas figuras, não sei como chamá-las, entre as janelas. Uma delas, a garota, estava deitada encolhida no chão. A outra figura, uma mulher mais velha, estava inclinada sobre ela. Quando eu abri a porta, ela se levantou e olhou para mim. Eu sabia que não estava vendo gente de verdade; não entendo como, mas eu sabia. Lembro-me de que não consegui mexer a mão para acender a luz. Eu estava paralisada, olhando para aquele rosto pálido e trágico enquanto ele me olhava de volta. Consegui por fim me afastar e fechar a porta, e fui até a cozinha falar com minha filha e meu genro, mas eu... bom, eu desmoronei. Foi a experiência mais terrível que eu já vivi."

Mas a senhora ficou uma noite e um dia e outra noite na Residência do Reitor?, perguntou o entrevistador. Sim, bom, a filha e o genro a convenceram de que tinha sido um tipo de alucinação, provocada pelo cansaço excessivo. A noite tinha sido tranquila e também o dia seguinte até as nove horas da noite, quando eles estavam os três na sala íntima e ouviram o carro chegar até a porta da frente. Os três o ouviram, as rodas comprimindo o cascalho, o som do motor, o freio funcionando. Então se seguiram o fechamento da porta embaixo e os passos, o abrir e o fechar da porta da frente.

Sim, eles tinham sentido muito medo, pelo menos ela e a filha. O genro havia feito uma busca por toda a casa sem encontrar nada, nada que ele tivesse visto ou ouvido. Às dez e meia os três tinham ido para o hall e ficado à escuta próximos da porta da sala de visitas, e ela e a filha ouviram vozes dentro da sala, vozes femininas. Stephen quis entrar, mas elas o impediram; estavam com muito medo.

Mas um fato interessante é que no relato do *Sunday Express* havia algo sobre a Residência do Reitor ser assombrada pelos fantasmas de duas mulheres. A reportagem citava um "antiquário local", um homem chamado Joseph Lamb, de quem eu já ouvira falar. Lamb disse ao *Express* que segundo uma antiga tradição os fantasmas eram uma mãe e sua filha e que a mãe havia matado a filha na sala de estar.

— Nunca ouvi falar nisso — disse eu a Gordon Scott — e tenho certeza de que Kate Cobworth também não ouviu. Quem é esse Joseph Lamb?

— É um bom sujeito — respondeu Gordon. — E ele parece conhecer melhor a história deste lugar do que qualquer outra pessoa por aqui. Vou perguntar a ele e vocês podem ir encontrá-lo, se quiserem.

Joseph Lamb mora numa bela casa jacobita de um povoado que fica cerca de 2 quilômetros ao norte de Shawley. Muitas vezes a admirei sem saber quem vivia ali. Os Scott convidaram o casal para jantar poucos dias após o aparecimento da sra. Grainger na televisão, e depois do jantar tocamos no caso da assombração. Lamb mostrou-se muito disposto a nos esclarecer. Ele é um homem de cerca de 60 anos e disse que a primeira vez que ouviu a história das duas mulheres ela lhe foi contada pela sua babá, quando ele era garotinho. Não é um assunto muito adequado para entreter um menino de 7 anos, comentou ele.

— Parece que essas duas moraram na Residência do Reitor numa certa época — disse ele. — A história é que a mãe tinha um amante ou um amigo, ou seja lá o que for, e a filha o tomou dela. Quando a filha confessou isso, a mãe a matou na fúria do ciúme.

Foi Eleanor que contestou esse fato.

— Mas certamente, se elas moravam na Residência do Reitor, elas deviam ser a mulher e a filha de um reitor. Eu não vejo como nessas circunstâncias a mãe poderia ter tido um amante ou a filha poderia roubá-lo dela.

— Não; acho que isso não tem nada a ver com o modo como imaginamos a vida doméstica de um pároco inglês — disse Lamb. — E o que é estranho é que, embora minha babá jurasse que a história era verdadeira e eu a tenha ouvido mais tarde de alguém que trabalhava na Residência do Reitor, nunca encontrei nenhum vestígio dessas mulheres na história da casa. Não é fácil pesquisar, sabe, porque só os reitores de Shawley viveram lá até os Loy alugarem o imóvel, e o nome dos reitores está naquela placa da igreja, de 1380 para cá. Antes da atual havia outra casa no lugar, claro, e partes da construção antiga foram incorporadas à nova.

"Minha babá dizia que a mulher mais velha não tinha marido; aparentemente ele havia morrido. Ela devia ter uns 40 anos e a moça, uns 19. Bom, rastreei as famílias dos vários reitores e encontrei muitos casos de reitores que morreram antes da mulher. Mas nenhum deles se ajustava à história da minha babá. Ou eram velhos demais — um deles era jovem demais — ou as filhas eram velhas demais, ou então eles não tinham filhas."

— É uma pena que a sra. Grainger não tenha nos contado o tipo de roupas que suas fantasmas estavam usando — disse Patsy sarcástica. — Assim seria possível saber a época, não é mesmo?

— A senhora quer dizer que se a dama estivesse com um chapéu cônico ela teria vivido na Idade Média e se usasse uma anágua de crinolina sua época teria sido por volta de 1850?

— Alguma coisa assim — disse Patsy.

Nessa altura Gordon falou sobre seu desejo de passar uma noite na Residência do Reitor.

— Acho que vou escrever para o Discípulo de Lázaro e lhe pedir permissão — disse ele.

Logo depois que ouvimos isso, a Residência do Reitor foi posta à venda. Colocaram-se placas no portão da frente e na lateral, onde a plantação confinava com a Shawley Lane, anunciando que a casa seria leiloada no dia 30 de outubro. Patsy, que sempre parecia estar informada de tudo, disse-nos que o lance mínimo fora fixado em 60 mil libras.

— Eu acho que ela vale mais — disse ela. — Certamente os fantasmas estão abaixando o preço.

— Quem quer que compre a casa terá de gastar mais 10 mil nela — disse Eleanor.

— E o aquecimento central será uma prioridade.

Independentemente do fator que fazia o preço baixar — fantasmas, frio ou caruncho —, apareceu uma profusão de gente ansiosa por ver a casa e o terreno, com a ideia — imagino eu — de comprá-los. Eu quase não conseguia trabalhar no meu jardim e nem sair com Liam sem um carro estacionando e um motorista me perguntando onde ficava a Residência do Reitor. Gordon e Patsy ficaram muito irritados por causa dos "quilômetros de multidões" na rua e dos viajantes vindos de toda parte, exibindo uma autorização para visitar a casa.

Os corretores imobiliários encarregados da venda eram uma empresa chamada Curlew, Pond and Co. Gordon não se deu o trabalho de procurar o Mestre de Lázaro, mas conseguiu a chave com Graham Curlew, que ele conhecia muito bem, e a permissão para passar uma noite na Residência do Reitor. Curlew não gostou da ideia de alguém ficar lá durante a noite, mas de qualquer maneira Gordon não pretendia fazer isso; ninguém tinha ouvido ou visto o que quer que fosse depois das dez e meia da noite. Ele me perguntou se eu iria com ele. Patsy não ia — ela achava aquilo tudo adolescente e estúpido demais.

— Claro que eu vou — disse eu. — Desde que você concorde em que devemos tomar as providências necessárias quanto ao aquecimento e levar conhaque para o caso de necessidade.

Mas já estávamos no início de outubro e as noites iam ficando frias. Por coincidência o dia em que resolvemos fazer nossa vigília foi o mesmo em que Stephen Galton e sua mulher mudaram-se do chalé de Charlie Lawrence e deixaram Shawley para sempre. De acordo com o *Shawley Post* ele havia recebido um benefício eclesiástico em Manchester. A sra. Grainger voltou para sua casa em Londres, de onde escreveu um artigo sobre a Residência do Reitor para a *Psychic News*.

Patsy gargalhou ao nos ver sair com uma estufa, uma dúzia de velas, duas lanternas e meia garrafa de Courvoisier. Ela fez bem em rir; sua diversão tinha fundamento. Nós atravessamos a alameda, abrimos o portão e subimos o caminho onde o cascalho havia tantas vezes denunciado as rodas do carro dos espíritos. Eram sete horas da noite e ainda estava claro. O dia tinha sido bonito e o céu estava vermelho com os restos de um crepúsculo maravilhoso.

Destranquei a porta da frente e entramos.

A primeira coisa que fiz foi acender uma das velas, porque dentro não estava nem um pouco claro. Fomos pelo corredor até as cozinhas, eu carregando a vela e Gordon projetando nas paredes a luz de uma das lanternas. A casa estava na maior bagunça. Acho que não haviam feito nada nela, nem mesmo uma faxina, desde a saída dos Loy. Cheirava a umidade e havia até mesmo mofo em trechos das paredes da cozinha. E era extremamente fria. Havia uma espécie de frio de morte no ar, um frio bem maior do que se esperava num dia morno de outubro. Aquela cozinha passava a impressão que se tem quando se abre a porta de uma geladeira que não está muito limpa e precisa ser degelada.

Pusemos nossas coisas numa mesa de cozinha deixada por alguém e subimos pela escada de trás. Todas as portas dos quartos estavam abertas e nós as fechamos. O andar superior dava uma impressão lúgubre de abandono, mas era menos frio. Descemos pela escada principal, uma peça muito bonita, sinuosa, com um corrimão elegante e encaixado num espaço todo entalhado, e entramos na sala de estar. Estava vazia, debilmente iluminada pela luz do entardecer vinda das duas janelas. No consolo da lareira havia uma jarra de vidro com água esverdeada, uma vela gasta até a metade pousada num pires e um guardanapo de papel embolado. Havíamos resolvido não ficar nessa sala, mas abrir a porta e olhar lá dentro às dez e meia; assim, voltamos para a cozinha, preparamos velas, lanternas e conhaque, e nos sentamos na sala íntima, que ficava na parte da frente da casa, do lado da porta de entrada.

Curlew tinha dito a Gordon que havia duas espreguiçadeiras naquela sala. Nós as encontramos encostadas na parede e as pusemos de pé. Acendemos a estufa e uma segunda vela e pusemos uma vela no peitoril da janela e uma no chão entre nós. O ambiente todo estava muito quieto, silencioso e frio. Rapidamente ficou tudo escuro, o vermelho do céu empalidecendo, tornando-se um azul-escuro e depois azul-marinho.

Sentamos e conversamos. Falamos sobre a assombração, juntando todos os indícios existentes, avaliando a hora em que isso ou aquilo supostamente ocorreria e garantindo que ambos sabíamos da sequência em que as coisas aconteceriam. Nós dois estávamos com relógio e me lembro de consultar a hora a todo momento. Às oito e meia abrimos novamente a porta da sala de estar e olhamos para dentro dela. A lua havia subido e brilhava pelas janelas como havia brilhado para a sra. Grainger.

Gordon foi até o andar de cima com uma lanterna e verificou se todas as portas continuavam fechadas e depois nós dois olhamos para dentro da outra sala do térreo, a sala de jantar, presumo. Ali uma bandeira de uma das janelas estava aberta. Isso explicava em parte o frio e a umidade, disse Gordon. A janela devia ter sido aberta por algum candidato a comprador, curioso quanto à vista que se tinha dali. Nós a fechamos e voltamos à sala íntima para esperar.

O silêncio era absoluto. Não conversamos mais. Esperamos, observando as velas e o brilho da estufa, que havia atenuado um pouco o frio do ar. Lá fora estava escuro como breu. Os ponteiros dos nossos relógios se aproximavam lentamente das nove.

Faltando três minutos para nove horas, ouvimos o barulho.

Não era um ruído de rodas ou de portas se fechando ou de passos na escada, mas um som débil, delicado, como o tropear de uma criancinha. Era muito fraco, distante, no andar de baixo. Parecia ser produzido por algo menos que humano, mais leve que os seres humanos, andando na ponta dos pés. Sempre que até então eu pensava nesse momento era com a ideia de que se alguma coisa de fato acontecesse, se houvesse uma aparição, seria imensamente interessante. Nunca me ocorrera, nem mesmo uma vez, que eu ficaria tão terrivelmente, tão hediondamente amedrontado.

Não olhei para Gordon; eu não podia. Não podia nem mesmo me mexer. O ruído dos pés era menos fraco agora, estava se aproximando. Eu senti que estava empalidecendo, que o sangue fugia da superfície da minha pele, como se eu estivesse sendo agarrado por esse horrível terror primitivo que não tinha nenhuma relação com a razão ou com saber em quê se acredita e em quê não se acredita.

Gordon se levantou e ficou ali olhando para a porta. E então eu não aguentei mais. Dei um pulo e escancarei a porta, mantendo a vela no alto — e vi um par de olhos verdes-dourados brilhantes olhando fixamente para mim a uns 30 centímetros do chão.

— Meu Deus — disse Gordon. — Meu Deus, é o gato do Lawrence. Deve ter entrado pela janela.

Ele se abaixou e pegou o gato, uma criatura macia, robusta, cor de âmbar. Fiquei aborrecido com o anticlímax. Eram exatamente nove horas. Com o gato pendurado no braço, Gordon voltou para a sala íntima e eu o segui. Não nos sentamos. Ficamos esperando as rodas e as portas se fechando.

Não aconteceu nada.

Não tenho mais nada para mantê-lo em suspense, pois o fato é que depois do caso do gato nada mais aconteceu. Às 9h50 sentamos nas espreguiçadeiras. O gato ficou no chão ao lado da estufa e adormeceu. Por duas vezes ouvimos um carro passar pela Shawley Lane, um som muito distante, mas não ouvimos mais nada.

— Você quer um pouquinho de conhaque? — perguntou Gordon.

— Por que não? — respondi.

Assim, cada um de nós bebericou o conhaque e às dez horas demos outra olhada na sala de estar. A essa altura estávamos ambos entediados e muito seguros de que, já que nada havia acontecido às nove, nada iria acontecer às dez e meia. Claro que ficamos até dez e meia e mais meia hora depois disso, e então fomos embora. Soltamos o gato sobre o muro no terreno de Lawrence e voltamos para a casa de Gordon, onde Patsy nos esperava sorrindo ceticamente.

Eu não queria mais ouvir falar em Residência do Reitor, mas o mesmo não aconteceu com Gordon. Segundo ele, era sabido que o fenômeno não ocorria toda noite; simplesmente havíamos ido lá numa noite em que os fantasmas não estavam em atividade, e ele ia voltar sozinho. Ele voltou seis vezes até o dia 30, chegando ao ponto de fazer (num comportamento nada ético) uma cópia da chave que Curlew lhe emprestara. Patsy nunca o acompanhou, embora ele tenha se empenhado em convencê-la.

Mas, em todas essas visitas, Gordon nunca viu ou ouviu qualquer coisa. E o resultado disso foi que ele se tornou tão cético quanto Patsy.

— Estou pensando em fazer uma oferta pela Residência do Reitor — declarou ele. — É uma bela casa e eu me apeguei bastante a ela.

— Você não está falando sério — disse eu.

— Totalmente. Vou ao leilão decidido a comprar, se conseguir convencer a Patsy.

Mas Patsy preferia sua própria casa e, muito relutantemente, Gordon precisou desistir da ideia. A Residência do Reitor foi vendida por 62 mil libras a uma americana, amiga de Judy Lawrence. Cerca de um mês depois da venda, os empreiteiros já estavam lá. Eleanor fornecia relatórios de progresso a Patsy: eles tinham trocado toda a fiação, feito uma dedetização contra caruncho em toda a casa, assentado novamente o piso e pintado. Vieram também engenheiros para cuidar do aquecimento central, para a satisfação de Patsy.

Conhecemos Carol Marcus, a nova proprietária da Residência do Reitor, numa manhã de domingo em que fomos convidados para um coquetel na casa dos Lawrence. Ela ficou hospedada com eles, enquanto sua casa era reformada e decorada. Fomos apresentados por Judy a uma mulher muito bonita e bem-vestida, entrando na meia-idade. Perguntei quando ela imaginava que poderia se mudar. Abril, esperava ela, logo que os empreiteiros tivessem concluído os dois banheiros extras. Ela ouvira os boatos de que a Residência do Reitor era assombrada e se divertira muito com eles. Uma casa assombrada no campo inglês! Era bom demais para ser verdade.

— Tudo bobagem, você sabe disso — disse Gordon, que havia se juntado a nós. — Tudo puramente imaginário. — E nós contamos a ela a experiência dele na casa durante o mês de outubro; melhor dizendo: as suas não experiências.

— Pelo amor de Deus, eu não acredito! — disse Carol Marcus, e ela riu e depois disse que adorava a casa e queria fazer dela um verdadeiro lar para seus filhos quando eles a visitassem. Eles eram três, disse ela, todos adolescentes: dois meninos que estudavam fora e uma garota um pouco mais velha.

Essa foi a única vez que conversei com ela, e lembro de pensar que ela seria um acréscimo bem-vindo à nossa vizinhança. Uma mulher agradável. Serena, é a palavra que melhor a definia. Havia um homem com ela. Não entendi o sobrenome dele, mas ela o chamava de Guy. Ele estava hospedado num dos hotéis do lugar, supostamente para ficar perto dela.

— Acho que aqueles dois vão se casar, você não acha? — disse Eleanor quando íamos para casa. — Judy me disse que ela está esperando sair o divórcio.

Mais tarde naquele mesmo dia, levei Liam para passear pela Shawley Lane e quando passei pela Residência do Reitor encontrei o portão aberto. Então percorri a entrada de carros e olhei pela janela da sala de estar, observando o novo piso de tacos, as paredes pintadas de marfim e os radiadores. A casa estava sendo transformada rapidamente. Já não era sinistra nem desagradável. Contornei-a e no fundo olhei as cozinhas esplendidamente equipadas, uma delas transformada em lavanderia, e fiquei me perguntando por que teriam mulheres sensatas como a sra. Buckland e Kate espalhado histórias tão vulgares e os Galton entrado em pânico. O que teria acontecido com eles? A única coisa que eu podia imaginar era que eles precisavam chamar atenção para si mesmos e talvez não tivessem outra maneira de conseguir isso.

Assobiei para Liam, fui até o portão e olhei para trás para contemplar a Residência do Reitor. Ela me devolveu o olhar. É a percepção tardia que me faz dizer isso ou eu realmente senti aquilo na hora? Acho que senti, de fato, que a casa olhava para mim com uma espécie de insolência inflexível.

Carol Marcus mudou-se três semanas depois, num dia ensolarado de meados de abril. Duas noites depois, já passadas as onze horas, a campainha da casa dos Gordon soou longamente, como se alguém tivesse apoiado a mão sobre ela. Gordon foi até a porta. Carol Marcus estava lá fora, absolutamente calma, porém com uma palidez mortal.

— Posso usar seu telefone? — perguntou ela. — O meu ainda não foi instalado e eu tenho de ligar para a polícia. Acabei de matar a minha filha.

Ela deu um passo à frente e desabou no portal.

Gordon a levantou e carregou-a para dentro da casa. Patsy lhe deu um conhaque e então Gordon atravessou a rua e entrou na Residência do Reitor. As luzes estavam acesas em toda a casa; a porta da frente estava aberta e a claridade fluía para fora iluminando a entrada de carros e o pequeno Citroën Diane estacionado ali.

Ele entrou na casa. A sala de estar estava aberta e ao entrar ele viu uma jovem deitada no carpete entre as janelas. Estava morta. Havia sangue saído da ferida de uma bala na frente do vestido dela. Numa mesinha redonda estava a pequena pistola automática que Carol Marcus havia usado.

Enquanto isso, Patsy tinha sido a relutante ouvinte de uma confissão. Carol Marcus lhe disse que a menina, que tinha 19 anos, havia inesperadamente vindo de carro de Londres, chegando à Residência do Reitor às nove horas. Tomou uma bebida, comeu alguma coisa e então disse que tinha algo para contar para a mãe, que era por isso que ela viera. Enquanto estava em Londres ela andava se encontrando muito com o homem chamado Guy e agora eles descobriram que estavam apaixonados um pelo outro. Ela sabia que isso ia magoar a mãe, mas queria contar a ela imediatamente; queria ser honesta quanto ao caso.

Carol Marcus disse a Patsy que não sentiu nada, choque, ódio ou ressentimento, nem ciúme. Foi como se ela tivesse sido impelida por alguma força externa a fazer o que fez: pegar a arma que sempre tinha consigo numa gaveta da escrivaninha e matar a filha.

Nesse ponto Gordon voltou e eles ligaram para a polícia. Passados 15 minutos a polícia estava na casa. Eles prenderam Carol Marcus e a levaram, e agora ela está presa à espera do julgamento, acusada de assassinato.

E assim, qual é a explicação para tudo isso? Ou é preciso de fato haver uma explicação? Eleanor e eu ficamos chocados com o que aconteceu e também perplexos com o fato de por algum tempo termos evitado tocar no assunto até mesmo um com o outro. Depois Eleanor disse:

— É como se durante todo este tempo o que estava para acontecer tivesse lançado sua sombra à frente de si.

Concordei, embora não visse o caso exatamente assim. Para mim a Residência do Reitor estava esperando a chegada das pessoas certas, das pessoas que se *ajustariam* à sua trama ainda não representada, a mulher na casa dos 40, a filha de 19, o amante. E apenas para aqueles que se aproximavam dessas personagens ela poderia mostrar as sombras e os sussurros da peça; quanto maior era a proximidade entre os moradores e as personagens, tanto mais claros eram os sons e sinais. Os Loy eram velhos e não tinham filhos, e assim não viram nada. Gordon e eu também não vimos — éramos do sexo errado. Mas os Buckland, que tinham uma filha, ouviam e sentiam coisas, e também Kate, embora fosse velha demais para o trágico papel principal e a sua filha adolescente fosse jovem demais para ser a vítima. Os Galton tinham sido quase adequados — será que antes de o jovem reitor revelar que preferia a sua filha a sra. Grainger alguma vez achou que ele se casaria com ela? —, mas as mulheres tinham sido um pouco velhas demais para os papéis. Mesmo assim, eles chegaram mais perto da encenação do que todos os seus antecessores.

Tudo isso é muito fantasioso e não mencionei uma palavra sobre essa hipótese para Gordon e Patsy. Eles não lhe dariam atenção. Eles insistem em ver os acontecimentos de três semanas atrás como não mais que um sórdido assassinato, um crime de ciúme cometido por alguém cuja mente estava perturbada.

Mas eu não pude evitar me perguntar o que teria acontecido se Gordon tivesse comprado a Residência do Reitor, quando ele falou em fazer isso. Patsy vai completar 40 anos este ano. Acho que não disse que ela tem uma filha do primeiro casamento que está na universidade e vai fazer 19 anos agora, uma garota que, dizem, adora Gordon.

Ele está falando novamente em comprar a casa, pois Carol Marcus, qualquer que seja o seu destino, dificilmente ficará com ela. A peça já foi representada, mas isso não significa necessariamente que não haverá uma reprise...

A.S. BYATT

O FANTASMA DE JULHO

— Acho que vou precisar me mudar da casa onde estou morando — disse ele. — Tenho um problema com a proprietária.

Ele tirou um fio de cabelo comprido e claro das costas do vestido dela; fez isso com tanta destreza que o ato pareceu apenas prestativo. Ele se mostrara hábil também no equilíbrio de copo, prato e talheres. Tinha uma aparência de desgraça nobre, como um falcão deprimido. Ela estava interessada.

— Que tipo de problema? Amoroso, financeiro ou doméstico?

— Na verdade nenhum desses. Bom, não é financeiro.

Ele virou o fio de cabelo no seu dedo, examinando-o atentamente, sem procurar os olhos dela.

— Não é financeiro. Você não quer me contar? Pode ser que eu saiba de um lugar onde você poderia ficar. Conheço uma porção de gente.

— Pode ser. — Ele sorriu timidamente. — Não é um problema fácil de expor. Somos só nós dois. Eu ocupo o sótão. Basicamente.

Ele fez uma pausa. Obviamente era um homem reservado e calado. Mas estava contando uma coisa para ela. Isso costuma ser sedutor.

— Basicamente? — Ela o incentivava.

— Ah, não é exatamente assim. Bom, não... Podemos nos sentar?

Eles circularam pela festa, que era uma grande festa, num dia quente. Ele parou, encontrou uma garrafa e encheu o copo dela. Ele não tinha precisado perguntar a ela o que estava bebendo. Eles se sentaram um do lado do outro: ele admirou as atrevidas papoulas brilhantes do vestido esmeralda que ela usava e as suas belas sandálias. Ela havia vindo a Londres para passar o verão trabalhando no Museu Britânico. Ela realmente poderia ter ficado em Tucson, lidando com microfilmes para qualquer pesquisa de manuscrito que fosse necessária, mas era preciso terminar um caso amoroso que vinha se arrastando. Existe uma idade na qual, por mais desesperadamente feliz que a mulher seja em momentos, dias ou fins de semana roubados com o seu professor casado, ou ela o força a se separar ou desiste. Ela havia feito uma tentativa em cada uma das duas direções e agora considerava que havia conseguido desistir. Assim, era bom ser imediatamente notada e apreciada. Problemas são passíveis de solução. Ela disse isso a ele, virando seu rosto suave para o rosto devastado do rapaz, balançando o cabelo comprido e loiro. Tinha começado um ano atrás, disse ele atropeladamente, na verdade numa outra festa; ele havia conhecido essa mulher, a proprietária em questão, e havia cometido, não imediatamente, uma espécie de gafe, agora ele percebia, e ela havia tido um comportamento muito generoso, falando de modo geral, e assim...

Ele tinha dito: "Acho que vou precisar me mudar da casa onde estou morando." Ele tinha ficado muito furioso, quase não havia ido à festa, mas não queria continuar bebendo sozinho. A mulher o havia examinado com frieza e perguntado: "Por quê?" Uma pessoa não pode, disse ele, continuar numa casa onde já foi absurdamente feliz e agora está infeliz, por mais conveniente que seja esse lugar. Conveniente quanto ao trabalho, aos amigos e a coisas que pareciam, quando ele as mencionou, cinzentas e frágeis comparadas com a lembrança e a esperança de abrir a porta e encontrar Anne do outro lado, rindo e ofegante, à espera de ouvi-lo contar o que havia lido, pensado, comido ou sentido naquele dia. Uma pessoa que eu amava foi embora, disse ele à mulher. Reticente também sobre aquele momento difícil, ele refreou a rajada de frases sobre o caráter totalmente inesperado da coisa, o chegar de volta e encontrar apenas um envelope numa mesa limpa, e espaços nas prateleiras de livros, a pilha de discos, o armário da cozinha. A história deve ter sido planejada durante semanas, ela deve ter ficado pensando naquilo, enquanto ele se sacudia em cima dela, enquanto ela servia vinho para ele, enquanto... Não, não. Difamar é indigno e naquele caso o que ele sentia era mais baixo e pior do que a raiva: era simplesmente pura perda, infantil. "Não devemos dar importância ao lugar em que moramos", ele disse à mulher. "Mas nós damos", ela dissera. "Eu sei."

Ela sugerira a ele ser seu inquilino; ela dispunha, disse, de muito espaço vazio que era desperdiçado, e seu marido não ficava muito tempo lá. "Nós não tínhamos muita coisa a dizer um para o outro ultimamente." Ele poderia ser muito independente, havia uma cozinha e um banheiro no sótão; ela não o incomodaria. Havia um jardim grande. Provavelmente foi isso que o fez decidir-se: fazia muito calor no centro de Londres, na época do ano em que uma pessoa sente que daria qualquer coisa para morar num quarto que se abre para gramado e árvores, e não um apartamento numa rua empoeirada. E se Anne voltasse, a porta estaria trancada. Ele pôde parar de pensar em Anne voltando. Aquele foi um passo determinado: Anne achava que ele não era determinado. Ele viveria sem Anne.

Durante algumas semanas depois da mudança, ele havia visto muito pouco a mulher. Eles se encontravam na escada, e uma vez ela subiu, num domingo quente, para dizer-lhe que se sentisse à vontade para usar o jardim. Ele havia se oferecido para arrancar pragas e cortar um pouco de grama, e ela aceitou. Seu marido chegou naquele fim de semana, dirigindo furiosamente até a porta da frente, entrando correndo e gritando no hall vazio: "Imogen, Imogen!" Ela havia respondido gritando histericamente, o que contrariava o seu modo normal. Não havia nada na aparência do seu marido, Noel, que suscitasse aquela reação; atraído pelo barulho, o inquilino deles, observando sobre a bandeira da janela, havia visto no poço da escada o rosto deles voltado para cima e, enquanto fazia isso, observou o dela ficar com aquela habitual expressão afetada e plácida. Ao ver Noel, baixinho, meio calvo e com uma penugem nas têmporas, aparentando uns 35 anos e vestido com um terno surrado de veludo *côtelé* e camisa polo, ele se deu conta de que agora era capaz de imaginar a idade dela, o que até então lhe fora impossível. Ela era uma mulher muito simples, cabelo loiro-claro amarrado num coque na altura da nuca, as pernas esguias, olhos abatidos. "Mansa", no entanto, não era a palavra adequada para ela. Depois ela explicou que havia gritado porque Noel chegara em casa inesperadamente e a assustara: ela pedia desculpas. Pareceu uma explicação razoável. A extraordinária veemência do grito seria talvez um eco no poço da escada. De qualquer maneira Noel pareceu totalmente abatido com aquilo.

Naquele fim de semana ele havia se mantido recolhido, usara a escada pulando degraus e com toda a leveza, sentindo-se um pouco magoado, olhando da janela da sua cozinha para o jardim encantador, descuidado, e vendo que eles estavam se escondendo dentro de casa, perdendo todo o sol do verão. No domingo, na hora do almoço, ele havia ouvido o marido, Noel, gritar na escada.

— Não posso continuar, se você continuar assim. Eu fiz o que pude, tentei me fazer entender. Nada vai mudar você, você não vai nem *tentar*, será que vai?, você só se deixa levar. Bom, eu tenho a minha vida para viver, você não pode desperdiçar uma vida... pode?

Ele havia avançado furtivamente outra vez até o patamar superior imerso na escuridão e a vira de pé, depois de ter descido alguns degraus, muito quieta, olhar Noel agitar os braços e rugir, ou quase rugir, com um ar de paciência impassível, como se esse aborrecimento devesse acabar. Noel engolia e ofegava; ele voltou o rosto para ela e disse num tom queixoso:

— Você percebe que eu não posso aguentar mais? Eu vou manter contato, está bem? Você deve querer... você deve precisar... você deve...

Ela não falava.

— Se você precisar de alguma coisa, você sabe onde me encontrar.

— Sei.

— Ah, bom... — disse Noel e rumou para a porta. Ela o observou, da escada, até a porta se fechar, depois subiu novamente, degrau após degrau, como se aquilo exigisse um certo esforço, e avançou, passando pelo quarto dela, pelo patamar dele, para entrar e pedir a ele, com toda naturalidade, que por favor usasse o jardim se ele quisesse, e por favor não se importasse com brigas conjugais. Ela tinha certeza de que ele ia entender... as coisas eram difíceis... Noel não voltaria durante algum tempo. Ele era jornalista: seu trabalho o mantinha fora durante boa parte do tempo. Ainda bem. Ela enfatizou o "ainda bem". Ela economizava muito as palavras.

Assim, ele se acostumou a sentar-se no jardim. Era um lugar encantador: um jardim enorme, oculto, murado, no sul de Londres, com árvores frutíferas antigas, uma budleia desalinhada que se agitava ferozmente, canteiros curvos cheios de rosas velhas e uma relva densa e descuidada. Para além do muro, ficava o Clapham Common, com uma calçada que se estendia atrás de todo o fundo dos jardins. Ela foi até o galpão e o ajudou a montar e lubrificar o cortador de grama, ficando no caminho estreito sob os ramos de macieira, enquanto ele cortava uma serpentina ao longo do feno. Para além do muro ouviam-se vozes infantis e os ruídos de um jogo de futebol. Ele perguntou a ela como se fazia para levantar as lâminas: ele não tinha uma mentalidade mecânica.

— As crianças fazem muito barulho — disse ela. — E os cachorros. Espero que eles não o incomodem. Não há muitos lugares seguros para as crianças por aqui.

Ele respondeu, falando sinceramente que, quando estava concentrado, nunca ouvia sons que não lhe dissessem respeito. Quando tivesse posto o gramado em ordem, ia se sentar ali e ler muito, tentar pôr a mente em ordem outra vez, escrever um artigo sobre os poemas de Hardy, sobre o vocabulário curiosamente arcaico desse poeta.

— A rua do outro lado não fica muito longe, não mesmo — disse ela.

— Só parece. Na verdade o Common é uma ilusão de espaço. Apenas uma faixa de sarças e tojos, e bolas arremessadas, entre duas avenidas de quatro faixas com trânsito veloz. Eu detesto os *commons* de Londres.

— Mas ele tem um cheiro adorável, do tojo e da grama úmida. É uma ilusão agradável.

— Nenhuma ilusão é agradável — disse ela, enfática, e entrou. Ele se perguntava o que ela fazia com seu tempo: fora as pequenas saídas para compras, ela parecia estar sempre na casa. Ele tinha certeza de que ela fora apresentada como tendo uma profissão: vagamente literária, vagamente acadêmica, como todo mundo que ele conhecia. Talvez ela escrevesse poesia na sala que dava para o norte. Ele não tinha ideia de como seria essa poesia. As mulheres geralmente escreviam poemas emocionais, muito mais bonitos que os masculinos, como Kingsley Amis havia afirmado, mas ela parecia, apesar da sua quietude plácida, ser muito seca e muito feroz (severa?) para isso. Ele se lembrava dos gritos. Talvez ela escrevesse cantos de violência ao estilo Plath. Ele não queria pensar que preenchia os requisitos. Talvez ela fosse uma jornalista *freelance* de rádio. Ele não se deu o trabalho de perguntar a nenhum amigo em comum. Durante o ano inteiro, explicou ele à americana da festa, ele na verdade não havia *discutido* sobre ela com ninguém. Claro que ele não faria isso, concordou ela vaga e calorosamente. Ela sabia que ele não faria isso. Ele não via por que não deveria fazer isso, na verdade, mas prosseguiu na sua narrativa.

Nas semanas seguintes eles chegaram a se conhecer um pouco mais, pelo menos a ponto de emprestar chá ou até compartilhar o conteúdo de uma chaleira. O tempo havia esquentado mais. Ele encontrou no galpão uma espreguiçadeira antiquada, com tiras de tela desbotada, então a escovou e a levou para o gramado, onde se sentava escrevendo um pouco, lendo um pouco, levantando-se e puxando um tufo de grama-do-campo. Ele estava enganado, quando disse que as crianças não o incomodavam: havia uma sucessão de incursões de crianças de todos os tamanhos procurando bolas de todos os tamanhos, que saltavam nos seus pés ou esmagavam os arbustos ou desapareciam na vegetação da orla, bolas de futebol brancas e pretas, bolas de praia com círculos concêntricos de cores primárias, bolas amarelas de tênis. As crianças vinham até o muro e no alto apareciam rostos negros, rostos morenos, cabelos compridos desarrumados, cabeças com barba, respeitáveis chapéus de sol pontilhados e chapéus de algodão do exército com estampa de camuflagem. Elas apareciam com tranquilidade, como se estivessem acostumadas a isso, sandálias, tênis, alguns pés descalços, pernas bronzeadas e sujas, saias de algodão, jeans, calções de futebol. Às vezes, empoleiradas no alto, elas o viam e gesticulavam mostrando as bolas; uma ou duas pediram permissão. Às vezes ele atirava uma bola de volta, mas com o risco de derrubar algumas maçãs ou peras pequenas e ainda não maduras. Havia um portão no muro, sob as árvores da orla do jardim, que uma vez ele tentou abrir, perdendo tempo com ferrolhos enferrujados apenas para descobrir que a fechadura era nova e segura, e a chave não estava lá.

O garoto que estava sentado na árvore não parecia à procura de uma bola. Ele se sentara numa forquilha da árvore mais próxima do portão, balançando as pernas, e parecia estar fazendo um nó na extremidade desgastada de uma corda amarrada no galho em que ele se sentara. Vestia jeans azuis e tênis, e uma camiseta brilhante nas cores da luz solar refratada pelo prisma, dispostas na ordem certa, que o homem no gramado achou visualmente agradável. Ele tinha um cabelo loiro muito comprido que lhe caía nos olhos, e assim seu rosto estava obscurecido.

— Ei, você aí. Acha que pode ficar aí? Não me parece seguro.

O menino olhou para cima, riu e saltou para o muro como um macaco. Ele tinha uma risada bonita, franca, amigável, nada atrevida.

No dia seguinte lá estava ele de novo, recostado no galho da árvore, de braços cruzados. Vestia a mesma roupa. O homem o observou, esperando que ele se fosse novamente, mas o garoto ficou sentado, imóvel, sorrindo para baixo prazenteiro e depois erguendo o olhar para o céu. O homem leu um pouco, olhou para cima, viu que ele continuava ali e disse:

— Você perdeu alguma coisa?

O menino não respondeu. Depois de um momento desceu um pouco, balançou-se pelo galho alternando as mãos, pulou no chão, ergueu o braço numa saudação e em seguida estava sobre o muro, no seu caminho habitual.

Dois dias depois ele estava deitado de barriga para baixo na extremidade do gramado, fora da área de sombra, dessa vez com uma camiseta branca estampada com navios azuis e a linha do mar, seus pés e pernas nus estirados ao sol. Estava mascando uma haste de grama e estudando a terra, como se à procura de insetos. O homem disse "Ei, você aí!", e o menino olhou para cima, fitou-o com seus olhos intensamente azuis sob as longas pestanas, sorriu com o mesmo calor e sinceridade totais e voltou a olhar para a terra.

Ele relutou em falar sobre o menino, que parecia tão inofensivo e atencioso; mas quando o encontrou andando diante da porta da cozinha, falou com ele e não teve resposta além do sorriso gentil, antes de o garoto correr na direção do muro, ele ficou pensando se não seria o caso de comunicar a ela. Assim, perguntou à proprietária se ela se importava que o menino viesse até o jardim. Ela disse que não, que as crianças precisam procurar as bolas, que isso fazia parte de ser criança. Ele insistiu — elas se sentavam ali, também, e ele havia visto uma delas saindo da casa. O garoto não parecia estar fazendo nada errado, mas nunca se sabe. Ele achava que ela precisava saber.

Talvez fosse um amigo do seu filho, disse a mulher. Ela olhou para ele com expressão amável e explicou. Seu filho havia saído correndo do Common com outras crianças dois anos antes, no verão, em julho, e fora morto na rua. Quase imediatamente, disse ela de um jeito seco, como se calculando a quantidade de informação suficiente, nem uma palavra a mais, para evitar a necessidade de outras perguntas. Ele disse que lamentava muito, muito mesmo, sentindo-se culpado, o que era ridículo, e um pouco magoado por não ter sabido que ela havia tido um filho e com isso ter corrido o risco de sem querer fazer papel de bobo com alguma referência embaraçosa.

Como era o garoto?, perguntou ela. O que estava na casa.

— Eu não... falo com os amigos dele. Acho isso doloroso. Pode ser o Timmy ou o Martin. Eles podem ter perdido alguma coisa ou querer...

Ele descreveu o menino. Loiro, uns 10 anos mais ou menos — ele não era muito bom em idade de crianças —, olhos muito azuis, esguio, vestindo uma camiseta listrada com as cores do arco-íris e jeans, quase sempre, embora não sempre — ah, e chuteiras em preto e branco. E a outra camiseta, com navios e linhas de ondas. E um sorriso extraordinariamente bonito. Um sorriso realmente *caloroso*. Um garoto com uma bela aparência.

Ele estava acostumado ao seu silêncio. Mas aquele silêncio continuou por tempo demais. Ela ficou olhando para o jardim. Depois de algum tempo, disse no seu tom formal:

— A única coisa que eu quero, a única coisa que eu quero em todo este mundo, é ver esse menino.

Ela olhou para o jardim e ele olhou junto com ela, até a grama começar a dançar com uma luz vazia e as extremidades do arbusto ondularem. Durante um curto momento ele compartilhou a tensão de não ver o menino. Então ela deu um breve suspiro, sentou-se muito ereta, como sempre, e desmoronou aos pés dele.

Depois disso ela ficou, em relação ao que era até então, loquaz. Ele não se mexeu depois que ela desmaiou, mas se sentou pacientemente ao lado dela, até ela se estender e sentar-se; então ele lhe trouxe um pouco de água e teria ido embora, mas ela falou.

— Eu sou racional demais para ver fantasmas, não sou uma pessoa que veria qualquer coisa que houvesse para ver, não acredito em vida depois da morte. Não vejo como alguém possa ser assim, eu sempre tive uma espécie de satisfação com a ideia de que as pessoas simplesmente acabam, realisticamente chegam a um final. Mas isso dizia respeito a mim mesma; eu não pensei que *ele*, não *ele*. Eu achava que os fantasmas eram o que as pessoas *queriam* ver ou tinham medo de ver... e depois que ele morreu a esperança que eu tinha, pode parecer bobagem, era que eu enlouquecesse o suficiente para, em vez de esperar todo dia que ele chegasse da escola e fizesse retinir a caixa do correio, ter a ilusão de vê-lo ou ouvi-lo entrar em casa. Porque eu não posso impedir meu corpo e minha mente de esperarem todo dia, todo dia, não posso evitar isso. E a sua cama, às vezes à noite entro no quarto dele, penso que eu poderia apenas por um momento esquecer que ele *não estava* ali dormindo, eu acho que pagaria qualquer quantia — por maior que fosse — para vê-lo por um momento, como eu fazia. De pijama, com o seu... seu... seu cabelo... crespo e o seu... você disse, o seu... *aquele* sorriso.

"Quando a coisa aconteceu, eles chamaram o Noel, e o Noel entrou e gritou o meu nome, como ele fez outro dia, foi por isso que eu gritei, porque pareceu a mesma coisa, e então eles disseram: ele está morto, e eu pensei serenamente: *está* morto, isso vai continuar e continuar e continuar até o fim dos tempos, é um particípio presente, pensam-se as coisas mais ridículas, ali estava eu pensando em gramática, no verbo estar, quando termina estar morto... E então eu saí para o jardim e de certo modo vi, no olho da minha mente, um tipo de fantasma do rosto dele, somente os olhos e o cabelo, vindo na minha direção... como todo dia quando à espera da volta dele para casa, o modo como a gente pensa no filho, muito prazerosamente, quando ele... não está ali... e eu... eu pensei... não, e *não* vou vê-lo, porque ele está morto e eu não vou sonhar com ele porque ele está morto, eu vou ser racional e prática e continuar a viver porque é preciso, e havia o Noel...

"Eu não lidei adequadamente com o fato, sabe, eu era *muito* racional, e fiquei chocada porque não chegava a querer nada... eu não podia *falar* com o Noel... eu... eu... fiz o Noel levar embora, destruir, todas as fotos, eu... não sonhava (é possível resolver não sonhar), eu não... visitava um túmulo, não levava flores, não via nenhum significado nisso. Eu era muito racional. Só que o meu corpo não parava de esperar, e tudo o ele quer é... ver esse menino. *Esse* menino. Esse menino que você... viu."

Ele não disse que podia ter visto outro menino, talvez até um menino que tivesse ganhado as camisetas e os jeans. Não lhe falou — embora a ideia lhe tenha passado pela cabeça — sobre a possibilidade de ter visto um tipo de impressão gerada pelo terrível desejo dela de ver um menino onde não havia nada. O menino nada tinha de terrível, nenhuma aura de dor em torno de si: ele era, sua lembrança insistia, um menino muito agradável, cortês, reservado, com os seus objetivos próprios. E na verdade a mulher sozinha levantou quase imediatamente a possibilidade de que o que ele tinha visto era o que ela desejava ver, um tipo de cruzamento de ondas de rádio, como quando se ouvem mensagens da polícia no rádio ou se ouve a BBC1 numa faixa que diz 1TV. Ela estava pensando velozmente e quase sem pausa prosseguiu, dizendo que talvez o sentimento de perda dele, o sentimento da perda de Anne — que a havia levado a achar que ela suportaria a presença dele na sua casa —, tivesse sido o que os havia aproximado o suficiente — ela achava — para que os cumprimentos de onda dos dois se misturassem, talvez, e o tornassem suscetível... Você quer dizer, ele havia dito, que nós somos uma espécie de vácuo emocional, entre nós, que precisa ser preenchido? Algo desse tipo, disse ela, e acrescentou:

— Mas eu não acredito em fantasmas.

Anne, ele pensou, não podia ser um fantasma, porque ela estava por aí, com outra pessoa, fazendo para outra pessoa aquelas coisinhas que ela havia feito tão alegremente para ele, jantarzinhos saborosos, pequenas pesquisas, um súbito vaso de flores diferentes, uma camisa nova ousada, que contrariava seu gosto contido, mas lhe ficava bem. De certo modo Anne era uma perda pior, porque estava voluntariamente ausente, uma ausência que não podia ser amada porque o amor havia acabado, para Anne.

— Acho que agora isso não acontecerá mais — disse a mulher. — Acho que conversar provavelmente vai parar com essas... mensagens cruzadas, se for esse o caso, você não acha? Mas... se... *se* ele voltar — e nesse ponto pela primeira vez os olhos dela se encheram de lágrimas — se... você precisa prometer que vai me falar, precisa prometer.

Ele havia prometido, sem nenhum problema, porque tinha muita certeza de que ela estava certa, o menino não apareceria novamente. Mas no dia seguinte ele estava no gramado, mais próximo do que nunca, sentado na grama ao lado da espreguiçadeira, os braços agarrando os joelhos dobrados, morenos e quentes, o cabelo grosso e claro brilhando ao sol. Ele usava uma camiseta de futebol, dessa vez, com as cores do Chelsea. Sentado na espreguiçadeira, o homem poderia ter estendido a mão e tocado o garoto, mas não fez isso: não era, parecia-lhe, um gesto possível. Mas o menino olhou para cima e sorriu com uma cumplicidade afável, como se eles agora se entendessem muito bem. O homem tentou falar. Disse: "Que bom ver você novamente" e o menino balançou a cabeça em resposta, sem dizer nada. Assim começou uma comunicação entre eles, ou o que o homem supôs que era uma comunicação. Ele não pensou em ir chamar a mulher. Ele se deu conta de que de um jeito estranho estava *gostando da companhia do menino.* Sua quietude agradável — ele ficava sentado ali a manhã inteira, ocasionalmente descansando as costas na grama, ocasionalmente olhando pensativo para a casa — era calmante e consoladora. O homem trabalhava muito — escreveu três páginas sobre a "camisola azul-azurita original" de Hardy —, olhando para cima de vez em quando, a fim de ver se o menino ainda estava ali e feliz.

Ele foi contar para a mulher — como afinal de contas havia prometido — naquela noite. Ela obviamente havia estado à espera e esperançosa — sua calma artificial cedera lugar a um caminhar agitado de um lado para outro e seus olhos estavam escuros e mais fundos. A essa altura da história ele sentiu que precisava adaptar o episódio um pouco para a simpática americana, como efetivamente já começara a fazer. Ele tinha mencionado apenas uma criança que "parecia" o filho morto da mulher; e então parou de mencionar o menino como um ator da história, e assim o que a americana ouviu foi a história de como ele, o homem, havia se envolvido cada vez mais com a dor solitária da mulher, de como a perda dos dois havia se tornado um tipo de *folie à deux* da qual ele não conseguia se desembaraçar. O que se segue não é o que ele contou à americana, embora possa ficar claro em que pontos a sua versão adaptada coincidiu com o que ele realmente acreditava ter acontecido. O homem teve a impressão — que inicialmente ele foi incapaz de analisar — de que era impróprio conversar sobre o menino; não porque ela não fosse acreditar — a coisa não chegava a esse ponto —, mas sim porque algo horrível poderia acontecer.

— Ele se sentou no gramado durante a manhã inteira. Usando uma camiseta de futebol.

— Do Chelsea?

— Do Chelsea.

— O que foi que ele fez? Ele parece feliz? Ele falou? — Ela desejava terrivelmente saber.

— Ele não fala. E não se mexia muito. Parecia... muito calmo. Ficou ali durante muito tempo.

— Isso é terrível. É ridículo. Não existe *nenhum* menino.

— Não. Mas eu vi o garoto.

— Por que você?

— Não sei. — Uma pausa. — Eu gosto *mesmo* dele.

— Ele é... era... um menino extremamente simpático.

Alguns dias depois ele viu o menino correndo à noite pelo patamar, usando o que parecia ser um pijama de um tecido atoalhado com estampa de pavão, ou teria sido um conjunto esportivo. Pijama, a mulher afirmou confiantemente, quando ele lhe falou: seu pijama novo. Com punhos brancos canelados, não era? E uma gola polo branca? Ele confirmou isso, vendo-a chorar — ela chorava com mais facilidade agora —, achando muito difícil suportar sua ansiedade e perturbação. Mas nunca havia lhe ocorrido que era possível quebrar a promessa de dizer a ela quando ele via o menino. Esse era outro curioso imperativo de alguma autoridade indefinida.

Eles discutiram sobre as roupas. Se eram fantasmas, como eles podiam aparecer vestidos com roupas queimadas ou estragadas muito tempo antes, ou desgastadas por outras pessoas? Podia-se imaginar, eles concordaram, que alguma coisa de uma pessoa poderia permanecer — como os tibetanos e outros povos acreditam que a alma permanece perto do corpo antes de iniciar a sua longa jornada. Mas roupas? E nesse caso tantas roupas? Eu devo estar vendo suas lembranças, disse ele à mulher, e ela concordou veementemente, comprimindo os lábios, concordando em que isso era provável e acrescentando:

— Eu sou racional demais para enlouquecer, assim, parece que eu estou transferindo a coisa para você.

Ele tentou brincar:

— Você não está sendo muito gentil comigo, concluindo que eu sou mais suscetível à loucura.

— Não, sensibilidade. Eu sou insensível. Sempre fui um pouco assim, e com isso fiquei pior. Eu seria a *última* pessoa a ver um fantasma que estivesse tentando me assombrar.

— Nós concordamos que o que eu vi foram as suas lembranças.

— É, nós concordamos. Isso é racional. Tão racional quanto pode ser, pensando bem.

De todo modo, o brilho do olhar azul do menino, seu cumprimento sorridente, mas discreto, no jardim na manhã seguinte, não pareciam as lembranças torturadas da felicidade anterior de alguém. Então o homem falou imediatamente para ele:

— Eu posso fazer *alguma coisa* por você? Qualquer coisa que você queira? Posso ajudá-lo?

O menino pareceu atônito durante algum tempo, inclinando a cabeça como se estivesse com dificuldade para ouvir. Então ele se apressou a concordar e, talvez para me animar, se voltou e correu para a casa, olhando para trás a fim de se certificar de estar sendo seguido. O homem entrou na sala de estar pelas janelas francesas, atrás do menino que corria e que parou por um momento no centro da sala, com o homem piscando atrás dele por causa da súbita transição da luz solar para a relativa escuridão. A mulher estava sentada numa poltrona, olhando para o nada. Frequentemente ela se sentava assim. Ela olhou para cima, através do menino, para o homem, e o menino, cujo rosto estava pela primeira vez ansioso, olhou novamente nos olhos do homem, interrogando, antes de sair.

— O que é isso? O que é isso? Você o viu novamente? Por que é que você...

— Ele entrou aqui. Ele saiu pela porta.

— Eu não o vi.

— Não.

— Ele... ah, isso é tão *bobo*... ele me viu?

Ele não se lembrava, e então disse a única verdade que sabia:

— Ele me trouxe aqui dentro.

— Ah, o que é que eu posso fazer, o que eu vou fazer? Se eu me matasse (tenho pensado nisso), mas a ideia de que eu estaria com ele é uma ilusão que eu... essa situação idiota é o mais próximo dele que eu vou conseguir chegar. Ele estava *aqui comigo*?

— Estava.

E ela começou a chorar novamente. Ele viu o menino no jardim, balançando-se ágil no galho da macieira.

Ele não tinha muita certeza, pensando retrospectivamente, de quando se dera conta do que o menino queria que ele fizesse. Isso também estava na festa, o seu pior exemplo do que ele chamava de deturpação, embora em certo sentido aquilo fosse claramente o oposto de uma deturpação. Ele falou para a americana que havia chegado à conclusão de que era a própria mulher que havia desejado aquilo, embora não houvesse na verdade, ao longo de toda a história, nenhum sinal de que ela quisesse alguma coisa fora ver o menino, como afirmara. O menino, mais corajoso e mais frequente, havia aparecido várias noites correndo no patamar, entrando e saindo de quartos e banheiros, incansavelmente, um pouco agitado, quase numa caça, até que "ocorreu" ao homem que o que ele precisava era ser gerado novamente, que ele, o homem, devia dar à sua mãe outro filho no qual ele poderia desaparecer em paz. A ideia era tão clara que era como se fosse outro imperativo, embora ele não tivesse coragem de pedir ao menino para confirmá-la. Talvez por delicadeza — o menino era jovem demais para que se pudesse falar com ele sobre sexo. Talvez houvesse outras razões. Talvez ele estivesse enganado: a situação fazia com que ele ficasse histérico, ele sentia que era necessária e devia ser possível uma ação de algum tipo. Ele não podia passar o resto do verão, o resto da vida, descrevendo camisetas e sorrisos loiros inexistentes.

Ele não conseguia encontrar um modo sensato de embarcar na sua aventura e, assim, no final ele simplesmente entrou no quarto dela uma noite. Ela estava deitada ali, lendo: quando o viu, seu gesto instintivo foi esconder, não seus braços ou o pescoço nus, mas seu livro. Ela não parecia, na verdade, nada surpresa por vê-lo ali de pijama e, quando recuperou a calma, mostrou o livro e o depôs na colcha.

— Meu novo gosto pela falsa literatura. Eu os guardo numa caixa debaixo da cama.

Ena Twigg, Medium (Ena Twigg, médium). *The Infinite Hive* (A colmeia infinita). *The Spirit World* (O mundo dos espíritos). *Is There Life After Death?* (Existe vida após a morte?).

— Patético — disse ela.

Ele se sentou delicadamente na cama.

— Por favor, não se atormente tanto. Por favor, permita-se ser consolada. Por favor...

Pôs o braço em volta dela. Ela estremeceu. Ele a puxou para mais perto. Perguntou-lhe por que ela havia tido apenas um filho e ela pareceu compreender o objetivo da pergunta, pois tentou, rígida e friamente, inclinar-se sobre ele um pouco, aparentemente tornando-se dócil.

— Não há nenhuma razão real — garantiu-lhe ela. Nenhuma razão concreta. Apenas a profissão e a falta de inclinação do marido. Era só isso.

— Talvez — sugeriu ele —, se ela fosse um pouco consolada, talvez ela pudesse esperar, talvez...

Como consolo, então, disse ela melancólica, e reclinou-se, empurrando Ena Twigg da cama com um gesto feroz, e depois se deitou placidamente. Ele se pôs ao seu lado,abraçou-a, beijou seu pescoço frio, pensou em Anne, no que não ia acontecer mais. Vamos, disse ele à mulher, você precisa viver, você precisa tentar viver, vamos nos amparar para nos consolarmos.

Ela sussurrou: "*Não fale*" entre dentes cerrados, assim ele afagou-a levemente, sobre a camisola, seios, ancas e pernas longas e rígidas, serenas como uma efígie de um túmulo elizabetano. Ela permitiu, tremendo ligeiramente, depois com violência: ele considerou isso um sinal de alguma combinação de prazer e dor, da volta da pedra à vida. Pôs a mão entre as pernas dela e ela as afastou pesadamente; ele se lançou sobre ela e empurrou, sem sucesso. Ela se contorcia e se fechava: frígida, ele pensou impiedosamente, não era a palavra. *Rigor mortis*, disse-lhe a sua mente antes que ela começasse a gritar.

Ele ficou ridiculamente zangado com isso. Afastou-se de repente e disse com muita rudeza:

— Cale a boca! — E depois, num tom indelicado: — Desculpe.

Ela parou de gritar tão bruscamente quanto começou a fazer uma das suas penosas e curtas explicações.

— Sexo e morte simplesmente não combinam. Eu não consigo relaxar o controle que mantenho sobre mim mesma. Eu tive esperança. Como você. Não foi uma boa ideia. Perdão.

— Ah, não tem importância — disse ele e retirou-se precipitadamente de volta para o patamar, sentindo-se tolo e quase chorando pela encantadora e calorosa Anne.

O menino estava no patamar, à espera. Quando o homem o viu, ele pareceu indagador, e então virou o rosto contra a parede e se encostou ali, rígido, os ombros arqueados, o cabelo ocultando sua expressão. Havia uma semelhança entre a mulher e o menino. O homem sentiu-se, pela primeira vez, quase inclemente com o garoto, e depois sentiu outra coisa.

— Escute, eu sinto muito. Eu tentei. Tentei mesmo. Por favor, vá embora.

Visão de costas inflexível, rígida, contraída.

— Está bem — disse o homem e foi para o seu quarto.

Assim, agora, disse ele à americana na festa, eu me sinto um idiota, me sinto constrangido, sinto que ao contrário de nos ajudarmos mutuamente nós estamos nos magoando. Sinto que não é um refúgio. Claro que você sente isso, disse ela, claro que você está certo — era temporariamente necessário, foi uma ajuda para vocês dois, mas você tem de viver sua vida. Sim, ele disse, eu fiz o melhor que pude, tentei ir até o fim, tenho a minha vida para viver. Olhe, disse ela, eu quero ajudar, quero mesmo, tenho esses amigos maravilhosos de quem estou alugando esse apartamento, por que você não vem, só por uns dias, só para um descanso, por que não? Eles são pessoas realmente simpáticas, você vai gostar deles, eu gosto deles, você pode pôr as suas emoções no lugar. Ela provavelmente gostaria de ver você pelas costas, ela deve se sentir tão mal quanto você, ela precisa se relacionar com a situação dela do modo dela, afinal de contas. Todos nós temos.

Ele disse que ia pensar. Sabia que havia escolhido contar para a americana simpática porque sentira que ela poderia ser — poderia oferecer — uma escapatória. Ele levou-a para casa e sem entrar no apartamento dela voltou para sua casa e sua proprietária. Ambos sabiam que essa reticência era promissora — que ele não havia entrado então porque pretendia entrar mais tarde. O calor e a vivacidade dela eram como a luz do sol, ela estava receptiva. Ele não sabia o que dizer para a mulher.

Na verdade ela lhe facilitou as coisas: disse, sem tardar, que agora ele talvez achasse constrangedor ficar, e ele respondeu que havia sentido que precisava se mudar, que ele estava sendo de muito pouca utilidade... Muito bem, então, concordara ela, e havia acrescentado animadamente que sem dúvida seria melhor para os dois se "tudo isso" acabasse. Ele lembrou a firmeza com que ela lhe havia dito que nenhuma ilusão é agradável. Ela era forte; forte demais para o próprio bem dela. Aquela insensibilidade pétrea, fechada, da mera sobrevivência, levaria anos para se consumir. Ele não tinha nada com isso. Ia embora. De qualquer modo ele se sentia mal.

Ele tirou do armário as suas malas e pôs nelas algumas coisas. Desceu até o jardim, guardou nervosamente a espreguiçadeira. O jardim estava vazio. Não havia vozes do outro lado do muro. O silêncio era denso e mortal. Ele se perguntou, sabendo que não veria mais o menino, se outra pessoa faria isso, ou se, agora que ele se ia, ninguém iria descrever uma camiseta, uma sandália e um sorriso vistos, lembrados ou desejados. Ele voltou lentamente ao seu quarto.

O menino estava sentado na sua mala, de braços cruzados, o rosto franzido e sério. Durante um longo momento ele ficou encarando o homem, olho no olho, e depois o homem se sentou na cama. O garoto continuou sentado. O homem se pegou falando:

— Você percebe que eu tenho de partir? Eu tentei ir até o fim. Não posso. Eu não sou de nenhuma utilidade para você, sou?

O menino continuou imóvel, a cabeça tombada para um lado, pensativo. O homem ficou de pé e caminhou na direção dele.

— Por favor, me deixe ir. O que somos nós nesta casa? Um homem, uma mulher e uma criança, e nenhum de nós pode obter o que quer. Não é possível que você queira isso.

Ele se aproximou o máximo que conseguiu ousar. Teve a intenção de pôr a mão no menino ou através dele. Mas foi incapaz de se levar a sentir que não havia nenhum menino. Assim, ele ficou ali e repetiu:

— Eu não vou conseguir. Você quer que eu fique?

A essa pergunta, enquanto ele ficava ali desamparado, o menino lhe dirigiu novamente o desejado sorriso brilhante, aberto, confiante, lindo.

A.L. Barker

O SONHO DAS MULHERES LOIRAS

— Chama assim mesmo?

— E por que não?

— Você não podia ter encontrado outro lugar?!

— Você me pediu para sugerir um lugar que Janine não descobrisse e onde você pudesse descansar. O lugar é este. O proprietário me deve um favor. Você vai criar problema por causa de um nome?

— Eu não aguento as mulheres. Não me interesso mais por elas.

— Você? Você só se desinteressará delas quando estiver no caixão.

— Estou falando sério. No que me diz respeito não é um sonho, é um pesadelo danado.

— É um poema de Tennyson.

— Então é um poema de Tennyson! Mas se a Janine me descobrir...

— Beach, o proprietário, vai despachá-la.

— Vou lhe dizer uma coisa: ela jurou que vai me matar. E ela vai fazer isso.

— Eu fico pasmo de ver como você se mete nessas situações.

Selwyn riu:

— Isso é porque você não conhece o poder do amor.

Ele fez Miller pegar a chave, ir ao apartamento e verificar se Janine não estava lá. Só então entrou e pegou suas coisas. Ela havia trancado o guarda-roupa, mas ele não teve receio de arrombá-lo. Pegou um uísque e um gim, ele gostava de uísque e ela gostava de gim, e considerou que ela merecia sofrer por ter apreendido ilegalmente as roupas dele. Revistou o colchão, apalpou o espaço embaixo do rótulo Sleepeezie. Estava vazio, como ele mais ou menos esperara, uma vez que na véspera ele havia retirado algum dinheiro dali. Mas valia a pena dar uma olhada, pois ela era escrava do hábito. Ele podia dizer isso duas vezes, qualquer coisa desagradável sobre Janine ele podia dizer duas vezes.

— Ela é mentalmente desequilibrada — disse ele a Miller, que estava vigiando na janela da frente. — Quando se zanga, ela pira.

— Procure uma garota caseira que tenha dinheiro.

— Todas as mulheres são doidas, eu definitivamente desisti delas. Vamos embora. Aqui eu não me sinto seguro.

No carro, a caminho do *pub*, Miller disse:

— Beach não tem exatamente um gênio moderado. Ele fazia parte de um comando de choque, e, assim, a não ser que você queira ser estrangulado, não comece nada.

— Ele é casado?

Miller meneou a cabeça e riu, mostrando seus caninos.

— Eu ficaria surpreso se você começasse alguma coisa com ela.

A pousada era um prédio de tijolos vermelhos em estilo vitoriano; ficava numa miniestrada secundária que era pouco mais que um acostamento para veículos. Miller podia ter certeza: Janine não ia procurá-lo ali. Selwyn, observando os tapetes grossos, as lâmpadas com quebra-luz vermelho-claro e as cadeiras de pés em garra, imaginou que a pousada seria cara. Ele não precisava se preocupar: tinha o dinheiro que Janine vinha depositando para um cozinheiro novo que o atenderia durante a semana, e ele tinha direito a um pouco de conforto — chá e jornais na cama pela manhã, café da manhã completo, almoços com três pratos e conhaque depois do jantar.

Beach, o estalajadeiro, parecia destoar do ambiente. Já não era jovem; tinha sobrancelhas revoltas, umas mãos enormes, um olhar flamejante e duro e cabelos nas narinas. Miller apresentou Selwyn como o "meu amigo que está em dificuldades por causa do seu modo de vida e precisa de paz e tranquilidade para aclarar as ideias". Beach terminou de passar um pano molhado no balcão do bar antes de apertar as mãos dos dois. Aquilo foi como ser saudado por uma coisa fria, úmida e forte: uma jiboia.

Miller disse:

— Se alguém vier à procura dele, ele não está aqui, você nunca viu esse cara nem ninguém parecido com ele.

Selwyn, que estava limpando no traseiro da calça a sua mão apertada, acrescentou:

— Especialmente se for uma mulher.

— Que tipo de mulher?

Miller disse:

— Alta, magra, trintona, parecendo estrangeira.

— Loira ou morena?

— Bem morena.

— A maioria das mulheres que vêm aqui é assim.

— Tinge o cabelo em casa — disse Selwyn. — E parece um cavalo de corrida; tem a mesma pele crispada.

— Dinheiro?

— Não entendi.

— O senhor deve dinheiro a ela?

— Claro que não. — Selwyn tinha se aperfeiçoado na arte de desanuviar o rosto e retrair as orelhas com uma transparência pueril que a maioria das pessoas, pelo menos as mulheres, achava irresistível. Beach achou aquilo totalmente resistível e lhe dirigiu um olhar nada cúmplice. — É uma confusão emocional, o senhor sabe o que eu quero dizer. Ela vai superar isso. Mas ela é capaz de dizer e fazer coisas de que depois se arrepende.

— Vou pôr vocês no fundo — disse Beach. — Se virem que ela está vindo, vocês podem fugir descendo pela escada de incêndio. — Ele não estava sorrindo e não piscou o olho.

Selwyn achou que seria diplomático rir, e também Miller.

— Você vai ficar bem, Sel. Me chame se precisar de mim.

— Você já fez muito — disse Selwyn. Mais tarde ele poderia precisar pedir emprestado o carro de Miller, mas por enquanto era bom que Miller se fosse. Selwyn deu-lhe tapinhas no ombro. — Não vou esquecer isso, amigão.

Ele provavelmente estava fazendo um favor para Miller. A pousada, escondida daquele jeito, não podia ser muito frequentada, e o que quer que Miller devesse ao proprietário seria coberto pela apresentação de um hóspede pagante. De qualquer maneira, no momento Selwyn podia pagar. Se passasse a não poder, por força das circunstâncias, teria de haver uma reavaliação.

Um homenzinho com pernas de jóquei e que usava polainas com botão levou a sua bagagem para cima. Ele abriu uma porta na altura do primeiro patamar.

— É aqui, senhor, espero que fique confortável.

— Se não ficar, você logo vai saber.

Mas ele gostou do quarto. Era nobre, cheio de mobílias sólidas e lustrosas, e com um bom tapete turco, nada a ver com o que ele tinha na casa de Janine: cadeiras de plástico e ferro batido e linhas foscas de patins no parquê. A cama era de casal, bem macia, silenciosa, os travesseiros fofos e o edredom rosa-shocking ondulado.

Ele se deitou, fechou os olhos e convocou algumas lembranças eróticas. Quando, suspirando, até emotivo, se levantou, o breve lusco-fusco do inverno já se instalara e o quarto estava cheio de sombras pesadas.

Ele não era, e nunca havia sido, um tipo fantasioso. Seus boletins escolares lamentavam: "sem imaginação", mas isso não era verdade no que dizia respeito ao único assunto importante. Ele tinha muita imaginação quando se tratava da velha palavrinha de quatro letras que fazia o mundo girar. Uma das sombras no quarto pareceu uma mulher. Evidentemente ele estava confundindo seus desejos com a realidade.

Ele acendeu a luz e as sombras desapareceram. Havia uma espécie de cômoda alta com um jarro no tampo que pode ter parecido uma figura, a figura de uma mulher, se ele desejasse isso com a força suficiente. Assobiando, Selwyn tirou da mala as suas roupas e pendurou-as no armário; ele tinha um temperamento sanguíneo, e o Destino, ou a Natureza, ou a lei do meio-termo proveria.

Ele encheu a banheira e despejou na água uma garrafa do óleo de banho de Janine, surrupiado mais para contrariá-la do que por ele apreciá-lo. Isso fez o velho e soturno banheiro do hotel cheirar como uma sauna e formou listras verde-claras na água. Depois ele pôs seu roupão e bebeu o gim de Janine. Aquilo é que era vida, e ele ficou grato a Janine por poder vivê-la.

Enquanto se barbeava, Selwyn olhou-se demoradamente no espelho. Ele não havia nascido endinheirado, mas tinha o que era mais próximo dessa sorte: uma aparência inegavelmente atraente. Na verdade a atração das mulheres também era uma perdição, e elas não conseguiam esperar a expiração do direito de propriedade. E assim havia começado a confusão com Janine: por causa de uma infeliz que se achava dona dele.

Ele afagou o nariz. Romano, dizia Janine. Não era, era grego. E a sua pele, morena e quente, com sombras esverdeadas após o barbear, simplesmente a havia obcecado. Selwyn observou seu rosto ser iluminado por um sorriso e — com toda a honestidade — achou muito natural o mal que ele causava, pelo qual não podia ser culpado.

Ele se vestiu e desceu para jantar. As mesas do salão de refeições estavam postas, toalhas brancas e taças cintilantes, talheres para três pratos, cestinhas de pão e guardanapos dobrados na forma de mitra bispal.

Mas a companhia, embora esperada, não chegou. Ele comeu com mil eus seus refletidos até o infinito nos espelhos que cobriam as paredes.

A comida era acima da média, *paté de campagne* e torrada, seguidos de costeletas de vitela, batatas com creme de leite e ervilhas, depois uma bela *charlotte* de maçã com creme, queijo e biscoitos.

A mulher que servia a mesa era negra como o aço das espadas. Ele lhe perguntou qual era seu nome.

— Rosanna.

— Então são dois nomes: Rose e Anna.

— Não. Só um. Como glória.

— Glória?

Ela desarrolhou a garrafa de vinho com um estrondo que foi como um disparo de revólver:

— Hosana nas alturas.

Ele a observou levar suas grandes coxas para longe, entre as mesas. Ela era majestosa, imponente; no seu país seria considerada uma beldade. Mas olhar para ela era o mesmo que olhar para uma coluna pintada de preto.

Quando ela trouxe as costeletas de vitela, ele ergueu a taça para ela.

— Vamos esvaziar o copo.

Ela inclinou a cabeça e sorriu, não o riso exuberante da sua raça: não mais que um trejeito dos lábios.

— Espero que o senhor goste do jantar.

Depois disso Selwyn a viu atendendo no bar. Ele não ficou muito tempo por ali. Nada o estava interessando, executivos falando sobre "atendimento da demanda", matronas e um homem com um cachorro fedido.

De qualquer maneira ele tinha demandas próprias a atender. Estava pensando em passar o inverno num lugar quente. Precisaria de organização para esticar o dinheiro a ponto de poder pagar sua hospedagem ali e comprar uma passagem aérea para Chipre ou Benidorm, ou qualquer outro lugar. Ele precisava pensar... e dar uma olhada na escada de incêndio.

Ao subir para o quarto encontrou uma mulher. Absorto em seus pensamentos, só a viu quando estavam cara a cara, ou melhor, joelho com joelho. Isso surpreendeu a ambos — a ele de um modo absolutamente agradável. Quando ela passou por ele subindo a escada, ele ficou tão próximo que lhe seguiu o rubor que rápida e suavemente afluiu do pescoço para as têmporas. Ele não ficou de lado, estendeu a mão até o corrimão e barrou com o braço a sua passagem. Sorriu, olhando-a bem nos olhos, e isso novamente foi uma experiência absolutamente agradável.

Ela era jovem, mas não jovem demais, trintona, talvez, ele viu sob a sua pele minúsculos vasinhos vermelhos. Viu também que ela era loira natural, mas tinha sobrancelhas e pestanas negríssimas que, contrastando com o cabelo dourado, fizeram parar, além dos olhos, seu coração. Sobre o vestido de seda azul ela usava um avental com babados que era mais decorativo do que serviçal.

— Ah, perdão — disse ele amigavelmente.

Ela baixou os olhos e fez um movimento, que não chegava a ser nem cortês nem reverente, mas que reconhecia o status dele como hóspede pagante... e um macho promissor. Tudo isso sem o menor vestígio de coqueteria ou timidez.

Ele a teria levado pela mão até o pé da escada, mas ela recuou e ficou contra a parede para que ele passasse.

— Sra. Beach?

Ela ergueu o rosto, sorrindo.

— Meu nome é Selwyn.

Ela concordou com a cabeça e no instante seguinte tinha ido, descendo deslizante a escada e seguindo pelo corredor até o bar. Assobiando, ele subiu para o quarto.

Mas não conseguiu tratar das suas questões. Ficou pensando na mulher. Era a velha história: ele estava prestes a começar um caso. Só que dessa vez tinha a impressão de que o caso já havia começado. Quem era ela? A sra. Beach? Ele apenas a vira durante alguns minutos, mas pôde sentir que ela não era atrevida como Janine e nem presunçosa. Tinha classe, algo que ele tendia a esquecer que as mulheres podiam ter. Havia classe no seu modo de olhar para ele, segura da sua qualidade e esperando que a dele estivesse no mesmo nível. Bem, ele não a desapontaria, havia nele uma excelência; cabia a ela fazê-la se manifestar e avaliar o seu padrão.

— Sra. Beach, a senhora é um piteuzinho. — Ele foi até a janela e olhou para a escada de incêndio. Seus planos tinham mudado; ele poderia ficar mais tempo do que pensara de início ao estudar seu orçamento, e além do incêndio havia outras emergências das quais ele eventualmente precisaria fugir.

Ele resolveu voltar ao bar e dar outra olhada na sra. Beach. Mas ela não estava lá. Beach e a mulher negra estavam prestes a fechar. Ela estava lavando copos e Beach arrumava as cadeiras. Uma cadeira em cada mão, ele parou e olhou para Selwyn com olhos duros como balas. Selwyn não lhe perguntou onde estava sua mulher; não lhe agradou a ideia de falar com Beach sobre ela.

Com sorte, pensou, ele a encontraria no andar de cima. Ficou matando tempo diante do quarto e quando entrou deixou a porta entreaberta. O vestido que ela usava fazia um som sussurrante quando ela andava, e ele certamente ouviria se ela passasse por ali.

Tudo o que ele ouviu foi o passo pesado de Beach pelo corredor e subindo o outro lance de escadas. Selwyn fechou a porta e foi dormir.

Na manhã seguinte acordaram-no com o chá e o jornal, levados não pela sra. Beach, como ele havia esperado confiantemente, mas pelo velho das pernas elípticas.

— Espero que tenha dormido bem, senhor.

— E a sra. Beach, onde está?

— Foi às compras. — O velho afastou as cortinas pesadas e deixou entrar uma luz intensa.

Selwyn encolheu-se:

— Ei, eu lhe pedi o *Sun*, o jornal, e não a droga do sistema solar. Deixe essas cortinas.

— Desculpe, senhor.

— Outra coisa, Barney. De manhã eu quero uma chaleira com chá e biscoitos, e não uma xícara dessa coisa que está quase fria.

— Meu nome é Harold, senhor. Vou cuidar do chá.

— Tem cavalgado muitos campeões, Barney?

— Harold, senhor. Não entendi a pergunta, senhor.

Selwyn apontou para as pernas do velhote e este pôs as mãos sobre os joelhos com o gesto de uma garota que subitamente se envergonha.

— É a artrite, senhor.

Selwyn deu uma gargalhada. Não havia por que se levantar imediatamente, e assim ele pediu que lhe levassem no quarto o café da manhã.

Ele passou os olhos pelo jornal. As notícias não o interessaram, mas as fotos de mulheres sim. Certa vez ele havia chegado ao ponto de recortar as melhores e colá-las na parede do banheiro do apartamento, mas Janine e o vapor logo acabaram com aquela exposição.

Já passava das onze horas quando ele desceu. Deixou a pousada e caminhou pela estrada, pensando em encontrar a sra. Beach de volta das compras.

O sol havia se recolhido, as nuvens estavam se acumulando, anunciando chuva ou neve. O que havia por ali era um campo feio, salpicado de argila das escavações feitas para a construção da estrada, com cercas vivas arruinadas e uma draga que parecia um dinossauro morto enferrujando no fosso. Ele ouvia o tráfego rugindo na estrada principal, mas naquele quase acostamento o único tráfego foi uma Mini alaranjada que Rosanna dirigia.

Ela acenou quando passou por ele. Eles se arranjaram aqui, pensou ele. Vai de carro para o trabalho! No seu país ela estaria andando descalça com uma trouxa na cabeça.

Com o frio gelando-o até os ossos — ele não havia posto sobretudo — Selwyn voltou. O nome da pousada ainda o incomodava. "O Sonho das Mulheres Loiras." Sonho de quem? Não o de Beach, aquele macaco não tinha delicadeza suficiente para sonhar. Embora tivesse uma das mulheres loiras. Selwyn descobriu que se opunha decididamente à ideia de que ele e Beach tivessem o mesmo gosto.

Ele era o único hóspede para o almoço e de novo foi servido pelo velho Barney, movimentando-se ruidosamente pelo salão de refeições com o polegar tocando a sopa. Selwyn mandou-a de volta.

— Quando quiser um sabor de cavalo na minha Brown Windsor, eu peço.

— Como, senhor?

— A sra. B. já voltou das compras?

Barney pegou o prato, e o seu polegar entrou na sopa até a base da unha.

— A sra. Beach está na cozinha.

Depois do almoço Selwyn foi para o saguão. Atiçou o fogo e se estirou no sofá Knole. Estava nevando lá fora e a penumbra e o calor da sala o fizeram adormecer.

Um som o despertou, uma espécie de sussurro distante. Antes mesmo de abrir os olhos ele sabia o que era. Aquilo o perturbou profunda e deliciosamente. Ele se sentou e a viu andando lentamente de um lado para outro à luz do fogo da lareira.

— Olá — disse ele com um ar surpreso, embora não estivesse. Ele acreditava na sua sorte; era sortudo no amor e só tinha problemas quando não estava amando.

Ela parou, virou-se para ele e, agora que o sussurro do seu vestido havia cessado, ele se concentrou no espantoso contraste entre as asas negras daquelas sobrancelhas e o cabelo dourado. Podia ser um engano, mas a Natureza não cometia esse tipo de engano e aquilo era um triunfo absoluto. A pele dos seus lábios, muito bonita, era tão cheia de sangue quente que novamente havia um contraste quase feroz entre o vermelho da boca e a palidez do rosto.

— Eu a esperei — disse ele, e uma voz diferente, não a que ele usava diariamente, mas uma outra que ele reservava para comunicações privadas e elementárias, disse:

— Esperei por você toda a minha vida.

E ele sabia que ainda que não viesse a falar outra, havia acabado de falar uma verdade perfeita.

De pé na frente dele, a cabeça pendida, as mãos entrelaçadas diante de si, ela também parecia estar esperando pelos seus desejos, pelo seu prazer. Ele se sentiu esquentar, depois esfriar, depois esquentar novamente, e ergueu a mão na direção dela. Mas seu alcance não foi suficiente, ou o braço fraquejou, e ele não chegou a tocá-la.

— Eu nem sei o seu nome.

Ela ergueu a cabeça e com aquele leve movimento seu vestido sussurrou. Ele ainda não a havia ouvido falar. Ela seria muda? Teria sido nisso que Miller pensava, quando disse que ficaria surpreso se ele começasse alguma coisa?

Ele teria caçoado de Miller, se soubesse a razão do comentário. Quando começava alguma coisa ele podia perfeitamente dispensar as palavras — as palavras e as roupas. Com um sorriso largo, ele se levantou e olhou fixamente para ver através do colo do vestido a bela sombra entre os seios.

— Eu me chamo Alice. — De sob as pestanas ela olhou para cima e com igual rapidez abaixou os olhos.

— "Com a sua camisola clara." — Ele avançou na direção dela, mas ela se afastou como uma chama numa lufada. — Você não está com medo de mim, está?

— Não. É do meu marido que eu tenho medo; ele é terrivelmente ciumento.

— Eu não o culpo.

— Terrivelmente ciumento — repetiu ela. — É algo terrível matar por ciúme.

— Matar?

Ela se aproximou, abraçou os próprios braços, talvez sentindo um súbito frio, ou amedrontada, ou sofrendo.

— Um jovem, um estudante, era apenas um garoto. Anos atrás. Veio aqui para trabalhar durante as férias e meu marido o matou.

— Pelo amor de Deus! — disse Selwyn. — Por quê?

— Achou que ele era meu amante.

— E era?

— Eu nunca tive um amante. — Ela ergueu o rosto para o dele, abriu bem os olhos, olhos violeta (a única vez que ele viu essa cor foi num garrafão para corrosivos, revestido de vime, na vitrine de um farmacêutico). — Só tive o meu marido.

Selwyn sentiu-se muito atordoado.

— Como foi que isso aconteceu... quer dizer, como foi que ele cometeu o assassinato?

— Ele o estrangulou e pendurou-o numa viga do sótão. Fez parecer que o menino havia se matado, sabe?

Selwyn, que não sabia, perguntou:

— Por que ele iria se suicidar?

— Porque me amava e não era correspondido. Foi o que todo mundo pensou. Mas o meu marido achava que eu correspondia.

— Como é que você consegue continuar vivendo com alguém assim?

Ela sorriu. Selwyn percebeu um terrível destino naquele sorriso, mas era então incapaz de avaliar exatamente quão terrível.

— Da próxima vez eu vou me certificar de que há uma testemunha — disse ela.

— Da próxima vez?

— Da próxima vez que ele matar alguém.

Ele lançou as mãos com o gesto impulsivo que já conquistara tantas mulheres.

— Não há razão para isso acontecer outra vez! Não tenha medo por minha causa. Eu não sou um garoto, sou um homem experiente e posso tomar conta de mim mesmo.

— Ah, você... — Ela suspirou alto. Mais claramente que quaisquer palavras esse suspiro disse que ela sabia dessa diferença e de todas as outras diferenças que devia haver entre um homem e um menino.

Mas em vez de tomar as mãos dele, ela levou as mãos ao pescoço.

— Boa noite — ela murmurou. Todas as mulheres que ele conhecia que ainda se lembravam de como enrubescer ficavam ofegantes e com um cor-de-rosa de mata-borrão. Alice Beach enrubescia no tom mais suave de rosa.

— Onde? — perguntou ele, ansioso. — A que horas?

Uma súbita rajada de vento lançou uma chuva pesada, ou granizo, contra a janela. Ele virou a cabeça para ver e nesse momento ela se afastou furtivamente. Quando ele voltou a olhar para a frente, a sala estava vazia.

— Maldita rajada!

— Perdão, senhor?

Era Barney, trazendo um feixe de lenha.

— Aonde a sra. Beach foi?

— Eu vim por trás, não vi ninguém.

À noite Selwyn não voltou a ficar sozinho no salão de refeições; havia lá um grupo de comerciantes. Eles estavam tendo uma reunião e mantiveram Rosanna ocupada trazendo vinhos do sótão e bebidas leves do bar. Ele quis perguntar onde estava a sra. Beach, mas resolveu não levantar nenhuma suspeita. Tudo indicava que ela havia tomado providências que não comportariam indagações nesse estágio.

Ele se sentou diante da sua refeição, quase não notando o que comia, revisando detalhadamente as suas expectativas para mais tarde. Ele era capaz, em razão de muitos encontros anteriores, de variar os lances iniciais, mas não conseguia resolver qual seria o melhor. Uma coisa era certa: Alice Beach estava destinada a ele. E ele a ela. Essa reciprocidade ia tornar a experiência memorável. Algumas das expectativas que o entretinham faziam seus ossos, assim como a sua carne, se dissolver.

Quando os vendedores começaram a cantar uma música obscena com a melodia de *Annie Laurie* — não era nem original, exatamente a mesma indecência dos seus tempos de escola — ele se levantou e foi para o bar.

Ainda estava nevando lá fora, não havia muitos bebedores na "Sonho" naquela noite — o homem com o cachorro fedido, que estava todo molhado e mais fedido do que nunca, e algumas garotas e rapazes se embriagando com vodca e Coca-Cola. Eles pareciam menores; Beach provavelmente não podia mandá-los embora. Ele estava inclinado sobre o balcão lendo um jornal.

Selwyn pediu um uísque duplo. Ele se sentou entornando a bebida entre os dentes e a língua e revolvendo na mente a questão de se Beach podia ter cometido um assassinato. Ele havia se perguntado isso — não com muita frequência, pois tinha coisas melhores em que pensar — desde que Alice lhe contara. O homem era sem dúvida um sujeito desagradável e que atraía para si muitas coisas ruins. Mas Selwyn estava mais inclinado a pensar que ela havia exagerado, estava se iludindo. Uma mulher, qualquer mulher, adora a ideia de que um assassinato foi cometido por sua causa.

Os vendedores vieram do salão de refeições e de repente o bar ficou tumultuado. Eles haviam abusado do copo, estavam todos igualmente bêbados, tomando mais uma loirinha, bons companheiros, nas saideiras, todos por um e uma grande dor de cabeça para todos. Cantavam juntos outro clássico surrado, sobre uma freira e um agente funerário. Beach estava ocupado porque eles pediam e mudavam o pedido, se esqueciam de pagar e derrubavam a bebida. Selwyn não pôde conter o riso, olhando-o correr de um lado para outro com um olhar desvairado e suando, tentando segurar o rojão. Uma torneira de chope entupiu e ele se descontrolou e começou a berrar.

Barney apareceu, não muito rapidamente.

— Eu lhe disse para consertar essa porcaria! — gritou Beach. — Chame a Rosanna. Onde é que ela está?

— Está com dor de cabeça.

Selwyn não se surpreendeu ao ouvir isso. Ficou vagando perto do bar e viu Beach lutando com a torneira do chope.

— Me dê outro uísque.

Beach olhou para cima furioso.

— O senhor vai ter de esperar. Não vê que eu estou sozinho?

— Rosanna também estava. — Selwyn piscou. — Agora é a sua vez.

Ele foi para cima depois do terceiro uísque. Sabia a hora de parar. O álcool é bom, às vezes é praticamente medicinal. Garantia as coisas. Mas só até certo ponto; além dele não havia volta, apenas rápida deterioração. Ele pretendia se comportar perfeitamente naquela noite, por ela e também por ele próprio. "Eu nunca tive um amante", ela havia dito. Ele estava tomado pelo mais puro e enaltecedor espírito de altruísmo.

Era também razoável supor que o primeiro lugar em que ela o procuraria seria o seu quarto.

Ele se despiu, pôs o pijama e o *robe de chambre*, franziu um lenço de seda sobre a gola do pijama. Ela era uma pessoa refinada e delicada. Não haveria tempo a perder, mas ela exigiria alguns afagos e — ele enxaguou seu copo e o pôs de prontidão ao lado do que sobrara do gim de Janine — um tanto de garantia.

Passou-se uma hora. Ele havia deixado a porta encostada e foi até o corredor uma dezena de vezes à procura dela. Ouviu os vendedores indo embora, apertando-se nos carros, motores rugindo e pneus cantando enquanto eles desafinavam pela estradinha. Eles teriam sorte caso fossem vítimas apenas da polícia e do bafômetro. Depois da sua saída tudo ficou silencioso lá embaixo. Ele consultou o relógio e viu que dentro de apenas meia hora a pousada fecharia.

Ela não viria. Fora prevenida, ou estava de brincadeira. Até mesmo as damas podiam ser brincalhonas. Especialmente as damas. Ele amaldiçoou-a em voz alta.

— Que diabo! Eu quero que você se estrepe, Alice Beach!

— Não... por favor!

Ele se virou. Ela estava ali com a camisola azul-clara, estendendo-lhe os braços, o cabelo dourado chamejante, as faces brilhantes de lágrimas.

— Querida, eu não falei sério!

Ele começou a avançar na direção dela, mas ela pôs o dedo nos lábios.

— Shhh...

— Achei que você não vinha!

— Ah, nada poderia me deter agora!

— Por que você veio tão tarde?

— Tarde? Se você soubesse há quanto tempo eu estou esperando!

Era mais um lamento que uma exclamação. Ele ficou frio e não voltou a esquentar imediatamente.

— E o Beach? Ele não vai aparecer aqui?

— Não agora, não exatamente agora.

Ocorreu a Selwyn que ela não sabia nem mesmo quanto tempo levava uma transa, quanto tempo ela *podia* levar.

— Nós não queremos apressar nada — disse ele e foi fechar a porta —, mas eu também estive esperando.

Ela agitou as mãos num gesto de protesto graciosamente antiquado.

— Aqui não. Não pode ser neste quarto.

— Por que não? É o lugar mais seguro. Vou trancar a porta.

— Ele tem uma chave mestra e virá me procurar. Precisamos ir para outro lugar.

— Onde?

— Venha... — Ela deslizou para fora do quarto e saiu.

Quando ele chegou ao corredor, viu-a de pé no ponto em que a escada ia para o segundo andar.

— Lá em cima não — disse Selwyn. — Ele dorme lá em cima.

— Você precisa confiar em mim.

Ele estava suficientemente próximo para ver seus olhos brilhantes e a boca entreaberta. Ela estava com a respiração acelerada, assim como ele, mas os seios dela subiam e desciam como se debaixo deles houvesse um motorzinho silencioso. E a camisola azul-clara sussurrava para ele.

Ele disse numa voz rouca:

— Não me importa aonde nós vamos, desde que seja agora!

— Será agora, eu prometo.

Ela subiu correndo a escada e abriu uma porta. Ele a seguiu, viu que eles estavam num quarto, na escuridão. Ele só conseguiu distinguir o vulto de uma cama, as roupas derrubadas, uma forma de edredom. Parecia promissor.

O tempo da delicadeza havia acabado. Ele tirou o *robe* e o lenço, ficou de pijama. Houve um movimento na cama, ela estava esperando por ele.

— Alice — ele apalpou as roupas da cama.

Imediatamente uma porção de coisas aconteceu. Acendeu-se uma luz. Selwyn piscou, tonto e incrédulo. Um rosto negro sobre o travesseiro estava olhando para ele. Na mesma hora ele ouviu a voz de Beach no corredor embaixo. Não havia mais ninguém no quarto, nenhuma Alice, apenas ele e Rosanna. Ela se ergueu no cotovelo, os olhos arregalados de susto.

— O que é que você está fazendo aqui?

Ele poderia ter perguntado a mesma coisa para ela, mas ouviu os passos de Beach na escada. Então gritou:

— Onde é que está a Alice? Onde é que ela está?

— Alice?

— Alice Beach. A sra. Beach!

Era impossível, mas a pele de Rosanna ficou mais negra. Perdeu o brilho. Ela disse:

— Essa sra. Beach morreu há muito tempo.

— Morreu?

— Morreu num acidente de carro há uns quatro ou cinco anos.

— Caramba! — gritou Selwyn. — Que loucura, eu estou ferrado! Ela estava aqui um minuto atrás. Ela está me comprometendo de caso pensado, não sei por quê, mas agora isso não importa... — Agora o que importava era preservar a sua vida. — Beach está chegando...

— Ele está vindo para cá.

— Você tem de me ajudar, Rosanna, eu lhe dou uma recompensa. Vou ter de enfrentar isso descaradamente... ele não pode desaprovar... não vai parecer... Quer dizer, você não é mulher dele, é?

— Eu sou a mulher dele.

— O quê?

— Sou a segunda mulher dele.

O queixo de Selwyn caiu. Sua boca se abriu e secou. Então Beach entrou no quarto e houve um momento de silêncio denso e tempestuoso. Beach apreendeu a cena: Selwyn de pijama, Rosanna na cama desalinhada. Um instante foi o suficiente até mesmo para ele, que não tinha uma inteligência particularmente ágil. Ele era um homem feioso, e naquele momento ficou decididamente feio.

Ele rumou para Selwyn, irrefreável como um tanque avançando para uma trincheira inimiga. Selwyn correu em volta da cama, gritou com toda a força dos pulmões. Viu que fora apanhado numa armadilha, suas costas estavam coladas à parede, mas, desesperado, ele continuava gritando. Pedindo ajuda, compreensão... um pouco mais de tempo. As mãos de Beach apertando seu pescoço acabaram silenciando-o.

Selwyn não viu Barney vir correndo o mais que suas pernas curvas lhe permitiram. Ele chegou à porta e ficou ali boquiaberto. Na verdade isso era tudo o que se podia exigir dele. Se Selwyn fosse do tipo fantasioso e tivesse tido oportunidade — o que obviamente não aconteceu —, ele poderia ter se lembrado pelo menos de uma promessa que Alice Beach havia feito: "Da próxima vez eu vou me certificar de que haja uma testemunha."

PENELOPE LIVELY

CÃO NEGRO

John Case chegou em casa numa noite de verão e encontrou sua mulher encolhida no canto do sofá com as cortinas da sala de estar fechadas. Ela disse que havia um cão negro no jardim, que ficava olhando-a pela janela. Seu marido pôs a maleta no hall e foi lá fora. Não havia cão nenhum; um melro fugiu piando pelo gramado e na casa ao lado alguém estava usando um cortador de grama. Ele não via como um cão poderia entrar no jardim: as cercas dos dois lados tinham mais de 1,5 metro de altura e havia um muro no fundo. Ele voltou para a casa e expôs isso à sua mulher, que deu de ombros e continuou sentada no sofá dobrada sobre si. Na noite seguinte ele a encontrou assim novamente e no fim de semana ela se recusou a sair de casa e durante a maior parte do tempo ficou sentada assistindo à televisão.

As filhas vieram de visita, moças grandalhonas que tinham empregos em companhias de seguros, roupas vistosas e hipotecas num total de 20 mil libras. Elas chegaram para Brenda Case e disseram que ela devia sair mais. Devia frequentar cursos noturnos, disseram elas, entrar numa academia de ginástica, estudar um idioma estrangeiro, aprender tapeçaria, correr, matricular-se numa autoescola. E Brenda Case, sentada à mesa da cozinha, concordava com a cabeça. Ela concordava perfeitamente em que seria bom encontrar um novo interesse: correr, tapeçaria, francês; é, disse ela, era preciso readquirir o autocontrole, e na verdade isso cabia a ela, em última instância, elas tinham toda a razão. Quando as moças foram embora, ela fechou novamente as cortinas da sala de estar e se sentou no sofá olhando uma revista que elas haviam trazido. A revista estava cheia de receitas que as filhas lhe tinham recomendado experimentar; havia enormes fotos brilhantes e coloridas de pudins coroados com picos alpinos de creme, caçarolas escuras e cintilantes e saladas que eram como a paleta de um pintor.

A revista dizia o custo de cada receita; um jantar de quatro pratos para seis pessoas ficava em 3,89 libras por pessoa. Havia também artigos aconselhando-a sobre seguro de vida, tratamento de câncer de mama e como melhorar o seu desempenho na cama.

John Case passou a se preocupar com a mulher. Ela sempre tinha sido uma boa dona de casa; agora começaram a faltar coisas. Quando certa noite não havia nada além de carne fria e queijo para o jantar, ele protestou. Ela disse que não havia podido sair para fazer compras porque tinha chovido o dia inteiro; nos dias chuvosos o cão estava sempre lá fora, esperando-a.

As filhas voltaram e falaram sério com a mãe. Conversaram em separado com o pai, usando um tom para cada um deles, propondo férias de outono em Portugal ou nas Canárias, um novo conjunto de sofá e poltronas para a sala de estar, um casaco de almíscar.

John Case discutiu tudo aquilo com a mulher, sensatamente. Fez isso numa noite em que havia guardado a Toyota na garagem e andado até a porta da frente para encontrá-la trancada por dentro. Brenda, abrindo-a, pediu desculpa; o cão havia rondado a frente da casa hoje, disse ela, sentado no meio do caminho.

Ele começou dizendo despreocupadamente que nunca havia ouvido falar em cães que ficavam de pé nas patas traseiras e abriam portas. E de qualquer forma, prosseguiu ele, não havia nenhum cão. Absolutamente nenhum. O cão é imaginação sua. Eu perguntei a todos os vizinhos; ninguém viu um cachorrão negro. Não há vestígio de cachorro. Por isso você deve parar com essa história de cão porque ele não existe.

— Qual é o problema? — perguntou ele suavemente. — Alguma coisa deve estar acontecendo. Você gostaria de sair de férias? Gostaria de redecorar a casa?

Brenda Case ouviu-o. Ele estava sentado no sofá, de costas para a janela. Ela se sentava ouvindo-o atentamente e de vez em quando seus olhos se desviavam do rosto dele para o gramado mais além, no meio do qual o cão se sentava, a língua para fora e os olhos amarelos cintilando. Ela disse que sairia de férias se ele quisesse e concordava perfeitamente em ter a casa redecorada. Seu marido falou em agentes de viagens e empresas de decoração e então se levantou e foi até a janela para inspecionar a situação da pintura; o cão, Brenda via, continuou sentado ali com os olhos sempre fixos nela.

Eles foram para Marrakesh e ficaram lá por dez dias. Os homens vieram e fizeram a cozinha passar de amarelo-claro para verde-piscina e o vestíbulo de magnólia para pergaminho. Chegou setembro, entrou outubro e Brenda Case pegou no sótão uma grande bengala retorcida, uma relíquia trazida de uma viagem ao Tirol muitos anos antes; ela a levava consigo toda vez que saía da casa, o que já não acontecia com frequência. Dentro da casa, aquele objeto estava sempre perto dela, com a extremidade se projetando sob o sofá ou dependurado no braço da sua cadeira.

As filhas balançavam para a mãe a cabeça desgrenhada, mulheres mais altas que ela, que usavam elegantes calças largas e blusões. Não é justo com o papai, censuravam elas, você não percebe? A gente só tem uma vida, diziam elas carrancudas, e Brenda Case respondia que percebia, sim, percebia mesmo. Bom, então... disseram as filhas, uma de cada lado dela, maiores que ela, mais inteligentes, mais enfáticas, sempre dizendo o que pensavam, indo direto ao assunto e sem falar bobagens, competentes quanto às devoluções do imposto de renda e desdenhosas das coisas confusas e pouco transparentes.

Quando estava só, Brenda Case mantinha as portas e janelas fechadas o tempo todo. Vez por outra, quando o cão não estava lá, ela abria as janelas do andar superior para arejar os quartos e o banheiro; com as cortinas enfunadas, ficava aspirando correntes de ar. No andar de baixo ela não arriscava fazer isso, claro, porque o cão era muito imprevisível; ele podia ficar ausente durante o dia inteiro e de repente, vindo do nada, lá estava ele sentado ao lado da cerca ou encostado nas portas do pátio. Ela puxava as cortinas, resignada, ou passava para outra sala e suportava a ideia da sua presença do outro lado da parede, a poucos metros dali. Quando isso acontecia, ela se sentava sem fazer nada, olhando bem diante de si, silenciosa e paciente. Quando ele ia embora, ela se movimentava pela casa, preparava refeições, ouvia um pouco de rádio e às vezes pegava o velho álbum de fotografias que ficava na última gaveta da estante da sala íntima. Nesses álbuns suas filhas eram inicialmente pacotes de panos encimados por um rosto de macaco com cabelo espetado; depois de muitas páginas elas davam os primeiros passos que moviam corpos atarracados, e mais adiante se tornavam menininhas espigadas com aventais iguais. Brincavam em praias da Cornualha ou posavam dando-lhe a mão no gramado (o mesmo gramado onde o cão agora se sentava). Nas fotos ela olhava para baixo, sorrindo para as garotinhas, e estas erguiam o olhar para ela ou seguravam objetos para que ela examinasse: uma flor, uma concha. Seu marido também estava nas fotos; um homem menor do que era agora, parecia, com um olhar curiosamente vulnerável, como se surpreendido num momento de privacidade. Olhando para si mesma, Brenda via uma bela mulher jovem que parecia vagamente familiar, como alguma parente que ela não encontrava havia muitos anos.

John Case percebeu que Marrakesh e a redecoração não mudaram a situação. Tentou pôr a bengala de volta no sótão; sua mulher trouxe-a novamente para baixo. Se ele abria as portas do pátio, ela simplesmente as fechava assim que ele saía. Às vezes ele a via olhar sobre seu ombro para o jardim com uma expressão no rosto que o fazia gelar. Ele lhe perguntou, um dia, o que ela achava que o cão faria se entrasse na casa; ela ficou em silêncio por um instante e depois disse que achava que ele a comeria.

Ele disse que não conseguia entender, simplesmente não entendia, o que poderia estar errado. Eles não tinham, disse, nada que os estivesse preocupando. Ele mostrou gentilmente que nada faltava a ela. Nós não precisamos mais contar os centavos, como fazíamos antigamente, disse ele.

— Quando nós éramos jovens — completou Brenda Case. — Quando as meninas eram bebês.

— Isso; quando nós éramos jovens. Agora não é mais como naqueles tempos, não é mesmo? — Ele mostrou o televisor de 24 polegadas e em cores, o vídeo, o som estéreo, o forno micro-ondas, a cozinha muito bem equipada e bonita, o banheiro com chuveiro separado. Lembrou-a de que eles tinham plano de saúde BUPA, pensão com reajuste, ações e dividendos. Brenda concordou: não era, obviamente não era mais como naqueles tempos.

As filhas vieram com os namorados, jovens autoconfiantes que falavam bonito e usavam camisas impecavelmente limpas e passadas; eles falaram com Brenda sobre o seu trabalho em empresas que vendiam computadores e câmeras japonesas enquanto as moças levaram John para o jardim e discutiram com ele sobre a mãe.

— O problema é que ela está ficando com pânico de sair de casa.

— Ela acha que vê esse cão negro — esclareceu John Case.

— Nós sabemos — disse a filha mais velha. — Mas isso, francamente, é irrelevante. É um mecanismo, simplesmente. Uma trama. Como as crianças fazem. É preciso chegar à raiz da coisa, é isso que é preciso fazer.

— É a idade dela — disse a mais nova.

— Claro que é a idade dela — bufou a mais velha. — Mas não é só isso, é ela. Ela sempre tendeu a ser negativa, mas isso é ridículo.

— Negativa? — disse John Case. Ele tentou se lembrar da mulher... das suas mulheres... que... uma delas... ele via dentro da casa, além do vidro da janela do pátio, entre os dois jovens que ele mal conhecia, olhando para fora na sua direção. O reflexo das suas filhas, suas filhas robustas e prósperas, se sobrepunha ao da mãe delas, de modo que ela olhava para ele através do cereja, alaranjado e amarelo das roupas delas.

— Negativa. Sempre preocupada. Pense no lado positivo, *eu* digo, mas a mamãe não é assim, é?

— Eu não diria... — começou ele.

— Ela é desmotivada — disse a mais nova. — Esse é o ponto principal. Não tem trabalho, não tem nada. É um problema da geração dela.

— Eu estou tentando... — começou o pai.

— Nós sabemos, papai, nós sabemos. Mas o caso é que ela precisa de ajuda. Essa não é uma questão que você possa enfrentar sozinho. Ela vai ter de procurar alguém.

— Não há outra solução — concluiu a mais jovem —, nós vamos ter de levar a mamãe para um terapeuta.

— O papai pode levá-la ao consultório — disse a mais velha. — Para uma entrevista.

O médico — o novo médico, sempre havia um novo médico — tinha mais ou menos a mesma idade das suas filhas, pensou Brenda Case. Já houve um tempo em que os médicos eram homens mais velhos, paternais e confiáveis. Aquele era bonitão, como os homens das fotos da revista de tricô. Ficou sentado olhando para ela, com um ar muito bondoso, e ela lhe disse como estava se sentindo. Até onde isso foi possível.

Quando ela concluiu, ele bateu com o lápis na mesa.

— Muito bem — disse ele. — Muito bem. — E depois ele prosseguiu: — Parece que não há um problema específico, não é, sra. Case?

Ela concordou.

— Como a senhora acha que poderia definir a questão?

Ela pensou. Por fim disse que ela não percebia nada de errado acontecendo com ela que não estivesse errado com... bem, com todo mundo.

— Realmente — disse o médico enquanto escrevia no seu receituário. — Esse é um modo razoável de ver as coisas. Assim, eu estou lhe dando isto... Três vezes por dia... Volte a me procurar dentro de duas semanas.

Quando ela saiu, John Case pediu para conversar rapidamente com o médico. Explicou que estava preocupado com a sua mulher. O médico concordou com simpatia. John falou ao médico sobre o cão negro, desculpando-se, e o médico pareceu pensativo por um instante e depois disse:

— Sua mulher tem 55 anos.

John Case concordou. Ela estava com 55 anos.

— Exatamente — prosseguiu o médico. — Assim, eu acho que nós podemos considerar que com algum cuidado e compreensão essas dificuldades vão... desaparecer. Eu dei a ela uma coisa — disse ele confidencialmente. John Case sorriu de volta. Era isso.

— Vai passar — disse John Case à mulher. Apesar da veemência com que pronunciou a frase, ele não tinha plena certeza de que ela era verdadeira; mas se mostrar indeciso não ajudava. Ela lhe dirigiu um olhar sem expressão.

Brenda Case engolia diariamente as pílulas que o médico lhe havia dado. Ela acreditava em médicos e remédios, sempre havia achado que aspirina curava a dor de cabeça e frequentava o consultório com as meninas quando elas eram pequenas. Ela se preparou para um milagre. Nos primeiros dias lhe pareceu possível, de fato, que o cão estivesse ficando um pouco menor, mas depois de uma semana ela percebeu que não era nada disso. Continuou tomando as pílulas e quando, passados 15 dias, ela relatou ao médico que não tinha havido nenhuma mudança, ele disse que essas coisas levam tempo, que era preciso ter paciência. Ela olhou para ele, aquele jovem na cadeira giratória do outro lado de uma mesa entulhada, e soube que o que quer que tivesse de ser feito não seria feito por ele nem pelas pílulas amarelas que pareciam doces para crianças.

As filhas vieram, para inspecionar e orientar. Ela disse que sim, que havia voltado ao médico e, sim, ela estava se sentindo muito mais... ela mesma. Mostrou-lhes a nova máquina de costura com muitos recursos extras, ainda intocada, e quando elas se foram observou-as afastarem-se pela passagem dirigindo-se aos seus carros, agitando as bolsas e gritando uma para a outra, e viu o cão afastar-se abanando o rabo para lhes dar passagem. Sozinha, novamente, abriu a porta outra vez e ficou ali durante alguns minutos, olhando para ele, e o cão, a cinco metros dali, olhou para trás sem se mexer.

No dia seguinte ela pegou o carrinho de feira e saiu para as compras. Ao abrir o portão da frente viu o cão esgueirando-se para fora da sombra da cerca, mas não voltou para casa. Continuou pela rua, embora sentindo sua presença atrás dela, a certa distância. Conversou amigavelmente com um casal de vizinhos, fez as compras e voltou para casa, e durante todo o tempo o cão estava lá, a vinte passos dela. Ao chegar à porta dianteira, ela ouviu o ruído das patas dele no pavimento e teve de se esforçar tanto para não se voltar que quando entrou estava banhada em suor e toda trêmula. Quando chegou em casa naquela noite seu marido achou-a bem-humorada; ela lhe pediu uma taça de xerez e depois sugeriu que ele pusesse um disco em vez de assistir à TV — *Amor, Sublime Amor* ou algum outro musical que eles haviam visto anos antes.

Ele se surpreendeu com aquela mudança. Ela começou a sair diariamente. E embora parecesse exausta à noite, como se tivesse subido montanhas em lugar de caminhar por ruas suburbanas, ela estava curiosamente calma. Para falar a verdade ela não parecera agitada antes, mas a sua tranquilidade não era natural; agora ele percebia uma diferença. Quando as filhas telefonaram, ele as inteirou da situação e ouviu comentários complacentes: aquele remédio normalmente cumpria seu papel, disseram elas, todos os médicos o estavam usando atualmente, elas sabiam que a mamãe logo ficaria bem. Mas quando desligou o telefone e voltou à sua mulher na sala de estar, ele se pegou olhando para ela desanimado. Havia nela um alerta que o preocupava; mais tarde ele acreditou ter ouvido alguma coisa lá fora e foi olhar. Não viu nada nem na frente nem atrás, e sua mulher continuou lendo uma revista. Quando ele se sentou novamente ela olhou através dele com um débil sorriso.

Ela havia começado olhando-o nos olhos, aqueles olhos amarelos. E assim aprendera que podia detê-lo, fazer parar a sua paciente perseguição, deixá-lo sentado na calçada ou no caminho do jardim. Passou a deixar entreaberta a porta da frente, a abrir a janela do pátio. Não sabia dizer o que iria acontecer, só sabia que aquilo era inevitável. Ela já não transpirava nem tremia. Não olhava para trás quando saía, e dentro de casa cantarolava baixinho ao ir de um cômodo para outro.

John Case, ao voltar para casa numa tarde de outono, desceu do carro e viu uma luz fluindo pela porta da frente. Acreditou ter ouvido a mulher falando com alguém na casa. Quando entrou na cozinha, no entanto, ela estava só. Ele disse:

— A porta da frente estava aberta.

E ela respondeu que devia tê-la deixado assim por engano. Ela estava ocupada com a caçarola no forno, e no canto da cozinha, seu marido viu, havia uma grande cesta de cachorro para a qual o olhar dela se voltava de vez em quando.

Ele não fez nenhum comentário. Voltou para o hall, pendurou o casaco e de repente sobressaltou-se com o seu próprio rosto, que viu inadvertidamente no espelho ao lado da chapeleira e que parecia de outra pessoa — de um homem ao mesmo tempo mais velho e mais oprimido do que ele sabia que era. Ele ficou olhando para aquela imagem durante algum tempo e então recuou um passo na direção da cozinha. Ouviu o som suave da colher de pau da sua mulher, mexendo alguma coisa na caçarola e depois, pensou ele, o rangido de uma peça de vime.

Ele se voltou bruscamente e rumou para a sala íntima. Ali olhou pela janela. Viu o gramado, enegrecido no lusco-fusco, desaparecendo na escuridão. Acendeu a luz de fora e inundou tudo com claridade artificial: a grama, a escadinha para o átrio e o canteiro de flores no alto dela, do qual no último fim de semana ele havia arrancado as flores murchas do verão. A terra nua estava toda marcada, ele notava agora, com o que pareciam pegadas de um animal, e, enquanto ficou olhando para aquilo, ele pareceu ouvir o ruído surdo de patas no tapete atrás de si. Ele ficou de pé ali durante algum tempo antes de por fim se virar.

Rosemary Pardoe

O MOTORISTA

Courtham House, na sua forma presente, foi quase totalmente construída durante os reinados de Henrique VII e seu filho notório — o dos vários casamentos —, embora partes do prédio original estejam incorporadas às suas paredes. Normalmente considerada a melhor casa senhorial da época dos Tudor existente na Cornualha, há cerca de vinte anos ela foi adquirida pelo National Trust e desde então se tornou um local popular entre os turistas das imediações. No verão seus pátios e os encantadores jardins em patamares ficam entulhados de gente; e os carros bloqueiam a estradinha secundária que passa por Courtham Quay, no rio Tamar, e é o único acesso para Courtham House. No inverno, contudo, e especialmente à noite, é um lugar maravilhosamente solitário e isolado, apesar de Plymouth não ficar a mais de 25 quilômetros.

Meus amigos Edwin e Marion Farrow moram num chalé contemporâneo anarquicamente desconexo, ligado à casa principal. A construção resultou da fusão, feita muitos anos atrás, de duas casinhas, uma das quais era ocupada anteriormente pelo motorista; e assim a sua planta é bastante singular e confusa, sendo fácil a pessoa se perder lá dentro em sua primeira visita.

Os Farrow são um casal agradável, de meia-idade, com um senso de humor tranquilo e uma boa conversa. Edwin escreve sobre antiguidades, e foi por isso que eu o conheci. Tenho um convite aberto para ficar em Courtham quando quiser, mas até um gelado mês de março há mais ou menos um ano eu não havia tido oportunidade de aceitar a oferta. Assim, quando consegui ir para a Cornualha para umas férias de uma semana, eu estava decidida a passar parte delas com Edwin e Marion. No final das contas eles foram bastante gentis e me disseram para ficar lá toda a semana.

Meus dias foram dedicados a passeios no campo das cercanias, parando sempre que me deparava com uma igreja e às vezes tirando fotos para a minha coleção de pinturas murais pós-1600. Já me haviam falado em diversas ocasiões que eu perdia os exemplos mais interessantes desse tipo de pintura porque me limitava aos produzidos depois de 1600, mas sempre argumento que o trabalho anterior já está bem explorado por outros pesquisadores, e de qualquer forma a minha área de estudo é igualmente fascinante, tanto histórica quanto artisticamente. Ninguém que tenha visto, por exemplo, as encantadoras pinturas do século XX na igreja de Denton, em Northamptonshire, duvida disso. Mas o assunto do meu relato não é esse, e estou correndo o risco de me desviar.

Toda noite, durante as minhas férias, os Farrow e eu nos sentávamos aconchegadamente em torno do fogo da sua lareira fragrante — uma necessidade naqueles dias gelados que estávamos tendo — e tomávamos um xerez, enquanto conversávamos sobre os lugares que eu havia visitado naquele dia. Uma noite, logo antes de começarmos a pensar em ir para a cama, veio à baila o assunto dos fantasmas.

— Courtham tem um fantasma, sabe? — sorriu Edwin. — Mas eu acho que é um fantasma muito tradicional: na Courtham House fala-se na existência de uma mancha de sangue que aparece e desaparece magicamente no aniversário de um assassinato particularmente terrível. O que é lamentável para a veracidade dessa lenda é que, até onde todos sabem, não houve assassinatos e nem mortes violentas na casa; e eu, por exemplo, nunca vi a tal mancha de sangue! Sem dúvida uma história que deve ser encarada com reserva...

— Mas Jane — interrompeu a sra. Farrow —, precisamos lhe contar sobre o nosso fantasma particular. É muito mais interessante.

— Ah, sim, por favor — disse eu ansiosa, já tendo esquecido o sono.

— Às vezes, quando estou na minha casa — começou Marion na sua deliciosa voz musical —, eu ouço um carro subir e entrar na nossa garagem; é a que fica logo depois do portão, perto de onde você estacionou a sua Mini. Das primeiras vezes que isso aconteceu, assim que nós nos mudamos para cá, eu naturalmente supus que era o Edwin voltando para casa fora de hora, mas quando saía lá fora para ver, não havia ninguém e a garagem estava vazia. Uma vez, lembro-me, achei que o ouvi chegar e fui até o portão, apenas para vê-lo chegar três ou quatro minutos depois. Naquela época fiquei embaraçada demais para comentar as minhas experiências com quem quer que seja, e quando Edwin me perguntou por que eu estava esperando por ele inventei uma história boba sobre uma premonição. Ele deve ter imaginado que eu havia enlouquecido!

— Mas não muito tempo depois — acrescentou seu marido —, eu também ouvi o misterioso barulho um dia em que estava sozinho no chalé e Marion havia saído de carro. Desde então nós já o ouvimos uma porção de vezes.

"A nossa teoria é que o fantasma é o sr. Watkins, o velho motorista que morava aqui quando Courtham ainda era propriedade particular. Ele tinha verdadeira adoração pelo seu trabalho e ficou inconsolável quando precisou se aposentar aos 60 anos por causa da artrite. Ele morreu poucos anos antes de nós virmos para cá em 1964, e assim não o conhecemos, mas há muitos relatos sobre a sua dedicação desinteressada ao trabalho. Achamos que sua morte lhe deu oportunidade de voltar ao trabalho na forma de espírito.

"O seu quarto, Jane, já fez parte do chalé do sr. Watkins, mas ninguém nunca viu nada estranho ou percebeu qualquer clima anormal, aqui ou na garagem. Na verdade o que se tem sempre é uma impressão calorosa de paz e contentamento. Se há um fantasma por aqui, ele obviamente é muito feliz, e nenhum de nós pensaria em se livrar dele.

"Mas agora eu estou me dando conta, Marion: ele não se manifesta há alguns meses. Você o ouviu?"

— Não, a última vez faz quase um ano — respondeu a sra. Farrow. — Eu já começo a ter saudade dele...

A conversa passou para outros tópicos e logo depois nós três fomos para a cama.

Quando acordei na manhã seguinte, a luz já penetrava pela janelinha de vidro translúcido do meu quarto. Inexplicavelmente eu mal me aguentava de cansaço, e uma meia hora extra de cama me pareceu muito convidativa — não tive nem mesmo energia para verificar as horas. Quando tentei mudar de posição, percebi que aquilo era pior do que a letargia normal do acordar. Parecia que haviam posto pesos de chumbo sobre os meus membros e eu estava com uma sensação desagradável de tontura. Eu não tinha muita certeza da minha identidade... a minha única emoção avassaladora era de frustração. Quem quer que eu fosse, eu sabia que devia me levantar: tinha um trabalho para fazer e pessoas que estavam contando comigo. Contudo eu não conseguia me mexer um centímetro, por mais que tentasse. Então, muito subitamente, o peso foi retirado do meu corpo e minha confusão desapareceu junto com ele.

Durante um café da manhã solitário que tomei pouco depois (os Farrow comeram uma hora antes, às oito), tentei entender o que havia acontecido comigo. Tinha certeza de que não fora um sonho, e não sabia de nada errado com a minha saúde: certamente eu agora estava me sentindo bem. Aumentou a suspeita de que o velho motorista estivesse envolvido. Mas *como*? Talvez houvesse uma reduzida chance de obter uma pista no túmulo dele, embora isso me parecesse improvável. Mas uma visita não poderia me causar nenhum dano, e, assim, quando Marion foi se despedir de mim no momento em que eu saía para a minha expedição do dia, eu lhe perguntei onde o sr. Watkins estava enterrado. Como eu imaginava, seu túmulo ficava a apenas dez minutos de carro, no cemitério da igreja de Lanstock, a aldeia mais próxima de Courtham. Eu já havia ido àquela igreja uma vez, no dia anterior, mas seria muito fácil chegar lá novamente quando fosse para o norte até a área que estava no meu itinerário da manhã.

O cemitério de Lanstock era maior do que eu imaginava, e levei algum tempo para descobrir o túmulo. Mas acabei encontrando-o; tinha uma plaquinha cinza com letras simples incrustadas. Não havia nada de espetacular na inscrição:

Joseph Watkins
1885-1960
Abençoados são os mansos

"Isso não diz muita coisa", suspirei desapontada: tinha sido tolo esperar encontrar no túmulo uma explicação para a minha estranha experiência. Não havia muito sentido em me demorar por ali, mas fiquei algum tempo olhando para o túmulo bem conservado, com uma grama aparada e um vaso de narcisos frescos ligeiramente murchos pelo ar frio. "Alguém ainda gosta do velhote", pensei.

Perto do centro do túmulo havia uma faixa de alguma erva medicinal ou decorativa; seu aspecto dizia que ela germinara ali por conta própria, sem ter sido plantada, mas aparentemente era tolerada pela pessoa que cuidava do lote. Não sou botânica e não sabia que planta era aquela, mas suas escassas folhas verde-escuras eram muito atraentes e um pouco semelhantes às da prímula na forma e na textura. Evidentemente, em março, não havia flores para me ajudar na identificação.

Subitamente senti uma necessidade irresistível de me abaixar e arrancar pela raiz todas as ervas. Fui absolutamente incapaz de controlar minhas ações, e quase antes de perceber o que eu tinha feito não restava na terra um único talo. Uma área feia de solo nu com uns 25 centímetros de diâmetro e aos meus pés um montinho de ervas aromáticas desenraizadas testemunhavam o meu malfeito. Recuei, pasma: o que me levara a fazer uma coisa daquelas? Normalmente eu jamais sonharia em arrancar uma flor silvestre, quanto mais matá-la arrancando toda a planta do chão. Isso para mim é vandalismo indefensável.

Essa perplexidade durou apenas um minuto, pois logo em seguida fui inundada por um sentimento de felicidade e satisfação. Eu tinha feito o que era preciso, não havia dúvida. Por quê, eu não sabia; mas havia uma boa razão para a retirada das plantas. Extraí do monte abandonado uma delas, envolvi-a cuidadosamente num tecido e a pus na minha bolsa para identificá-la posteriormente — se minha memória não me traía, eu havia visto uma brochura pequena sobre ervas inglesas na grande biblioteca de Edwin Farrow.

No correr do dia tive outras coisas em que pensar, inclusive uma nevasca fora de estação que me reteve na igreja de Callington durante uma hora. E Joseph Watkins e seu túmulo deixaram por completo a minha mente. Assim, na hora do chá, enquanto manobrava em meio à lama no meu ponto de estacionamento na lateral de Courtham House, não pensei duas vezes quando vi Marion Farrow inclinada sobre o portão do chalé, olhando em volta com uma expressão curiosa no rosto.

— Você acabou de perder o nosso fantasma — disse ela, enquanto eu retirava do porta-malas meu equipamento fotográfico. Parece que cinco minutos antes ela ouvira um carro subindo e pensou que seria eu, até perceber que o som característico produzido pelos pneus ao chapinhar na lama estava ausente.

— É bom tê-lo de volta — disse ela contente. — Fico imaginando por onde ele andava.

Desconfiei de que sabia por que o motorista não andava cumprindo seus deveres habituais, e mais do que nunca me convenci de ter agido corretamente ao arrancar as ervas do seu túmulo. Agora tudo o que eu precisava fazer era descobrir o nome delas e por que elas tiveram aquele efeito.

Depois do chá peguei emprestado o livro de Edwin sobre o assunto: *British Herbs*, de Florence Ranson; e depois de algumas dificuldades iniciais causadas pelo fato de o livro ter apenas desenhos simples, consegui identificar a planta com um razoável grau de certeza. Era a betônica verdadeira, e a descrição de Florence Ranson incluía as seguintes informações pertinentes: "É frequentemente encontrada próxima às igrejas antigas e abadias arruinadas. A razão para o seu cultivo nesses locais é que ela era considerada um sortilégio garantido contra 'maus espíritos [...] e as forças da escuridão'."

Eu acrescentaria que assim como segurar os maus espectros na sua sepultura, é evidente que a betônia verdadeira também é capaz de refrear espíritos bons e inofensivos. Depois que expliquei isso para os Farrow eles concordaram em convencer quem quer que estivesse cuidando do túmulo do sr. Watkins de que todas as ervas suspeitas deviam ser retiradas logo que aparecessem.

Naquela noite e até o fim das minhas férias eu dormi melhor do que já dormira em toda a minha vida e acordava cheia de energia. Na verdade não posso dizer com honestidade que senti qualquer tipo de "presença" no meu quarto, mas havia uma atmosfera de paz e alegria que antes estava ausente. Só lamento o fato de não ter ouvido o carro do fantasma. Talvez da próxima vez que for à Cornualha eu tenha mais sorte.

Lisa St. Aubin De Teran

Jim Diamante

Chamam-na de Tarlojee, aquela extensão cinzenta de terra que se alonga a partir de Esequebo, e ela tem uma história estranha enterrada sob cada pedra e cada árvore. É um lugar pedregoso, e onde os campos foram limpos e a cana-de-açúcar cresce e floresce com sua macela cinzenta, aqui e ali as pilhas de pedras fazem pequenas colinas que lembram oratórios. Assim, não é de admirar que aquela gente tenha esquecido o passado, já que ele existe em tal profusão e empilhado daquela maneira. Por isso, em Tarlojee ninguém se importa nem quer saber quem veio e quando, se eram holandeses, escoceses ou portugueses, e se eram bons ou maus.

O sol ali é quente demais para encher a cabeça de histórias. Basta lembrar onde estão os bancos móveis de areia ao longo do rio e onde as cobras são mais perigosas, e quais dos muitos caminhos e trilhas são seguros. Todos sabem que as terras pertencem aos Hintzen e que sempre pertenceram; e não podem deixar de saber que os Hintzen são maus e duros. E, é claro, todos sabem de Jim Diamante e da filha do velho Hintzen, a srta. Caroline.

Aquela Caroline era vibrante, diziam todos. Não parecia ter o sangue feito de água fervida e limalha de ferro que os alemães costumam ter, especialmente os que se dedicaram à derrubada da floresta durante tantos anos que se esqueceram de ser propriamente humanos. Não tinha também o sangue brando dos outros parentes ricos, com sua mistura de espanhol e holandês. Ouvi dizer que sua mãe conseguiu colocar o olho do furacão nos olhinhos da menina, o sol das horas mortas no seu sangue e um tambor de pele de cabra no seu coração. Nem Nova Amsterdã numa noite de sábado era agitada como aquela garota. Ela era capaz de apenas com seu riso à mesa transformar uma comida reles num banquete. Acho que sei a razão pela qual aqueles dois amantes não foram descobertos. Primeiro, os dois eram espíritos tão independentes que ninguém sequer imaginou o que eles estavam aprontando. A última pessoa a tomar conhecimento da história em toda Tarlojee foi exatamente o velho Hintzen, porque não tinha nenhuma imaginação, aliás nem sabia o que é isso. Assim, durante dois anos a srta. Caroline e Jim Diamante plantaram nos campos e choupanas a sua semente de diamante, e, pelo que sei, nos quartos vazios no alto da casa-grande aonde ninguém ia.

Ao que parece, o bom Deus não quis desperdiçar uma semente tão superior, e a srta. Caroline começou a crescer sob a faixa que sempre vestia na cintura.

Coisas assim sempre acontecem em toda parte, e sempre há problemas quando acontecem com gente rica. Mas o povo gostava de Jim Diamante, gostava do seu estilo, do modo como se sentava e cantarolava sob a goiabeira com um alfinete de diamante do tamanho de um olho de criança ajustando o lenço em torno do pescoço. Tinha sempre rum para oferecer a todos, rum de verdade, sem resíduos. E tinha nos bolsos coisas da cidade. Muitos negros trabalhavam nos campos, muitos negros que voltavam para casa cobertos de pó, de terra. Havia também mulatos, de todos os tons da terra: vermelhos, marrons e cinzentos; e acho que com as calças cortadas da mesma peça de pano e amarradas na cintura com pedaços da mesma corda nós todos parecíamos iguais. Havia meios de ser diferente, é claro, pelas cores do lenço em torno do pescoço ou pela inclinação do chapéu de palha, ou mesmo pelo corte da camisa. Mas quando se tratava de quem tinha o quê, éramos todos pobres e tínhamos muitas bocas para alimentar, e gostávamos de dizer que os pelos de cana nas nossas costas eram a limalha de ferro do cuspe do velho Hintzen, que tinha a boca muito suja. Assim, era natural que gostássemos de Jim Diamante. Ele não era só negro; ele brilhava. Juro que sua pele brilhava como os anéis dos seus dedos e a grande pedra do lenço no pescoço. Ele parecia capaz de engolir toda Tarlojee no seu sorriso. Os meninos diziam que Jim conseguia engolir qualquer coisa e cuspi-la como diamantes.

Não sei por que o chamávamos de Jim, porque seu nome era, acho, Walter. Também não sei quem era a sua família. Devia ser filho de alguém, que se ainda estivesse por ali teria reivindicado a paternidade, quando ele chegou com todo o seu dinheiro e confiança. Havia quem dissesse que ele tinha visto a srta. Caroline na cidade e a seguira até Tarlojee, e que era por ela que ele viera. Mas ninguém sabia ao certo. O fato é que ele chegou e ficou, e que quando começou a andar com a srta. Caroline todos prenderam a respiração em suspense, pois todos gostavam daquele Jim Diamante e morriam de medo do velho Hintzen. A srta. Caroline era encantadora, mas aquele seu encanto era como um peso que ela tivesse de carregar. Era como se ela já tivesse nascido sabendo o que iria lhe acontecer. Toda a sua animação parecia reprimida, e quando ela ria era como uma explosão de coisas aprisionadas. Dizia sempre que gostava da sensação do sol na nuca. Gente que trabalha com cana não é capaz de entender uma coisa assim. E gostava de se deitar na grama e de se sentar nas folhas irritantes da cana, e nunca teve medo de cobras. É tudo o que eu sei sobre ela, o quanto ela era estranha, como adorava o ar livre e como era cheia de vida e risos. Devia mesmo adorar estar viva para continuar vivendo aqueles vinte anos na torre, sem nada para ver além das frestas de luz que cortavam as janelas fechadas e as paredes que se rachavam com a passagem dos anos.

Já ouvi falar de gente que morre de rir, e acho que foi isso que matou aquele par tão descombinado. Quando ria, Caroline Hintzen abalava tudo, desde o casarão até o rio. Os velhos tremiam e se encolhiam, e as crianças se assustavam. Seu riso tinha um efeito estranho. O som chegava longe, como o da água de uma enchente chocando-se contra os penedos do leito alargado do rio. Diziam que ela tinha o ar de um anjo e a risada de uma bruxa.

Não sei, e acho que nunca vou saber, qual deles enfeitiçou o outro no pomar, nas fuças de todo mundo, e naquele tempo Tarlojee era o mundo. Não importa quem tenha sido o iniciador daquela história de amor; sua intensidade cresceu a ponto de queimar mais que a cana durante o vento. Já não havia ninguém que não soubesse. Se tivessem fugido, quem sabe até onde chegariam. Talvez soubessem que nem mesmo todos os diamantes que Jim possuía e nem todos os diamantes que ainda se escondiam nas colinas seriam capazes de salvar a moça branca e seu amante negro e grande. Eles poderiam ter tentado fugir para a região dos holandeses e se escondido, mas negro é negro, e Jim Diamante não era exatamente alguém que pudesse passar despercebido em qualquer lugar. Talvez pensassem que o seu grande amor os tornasse invisíveis, levando o próprio Deus da vingança a protegê-los de um homem tão frio que não conhecia a existência do amor.

Parece que os dois amantes duraram mais tempo do que o imaginado por qualquer um de nós, graças à negação obstinada do caso por Hintzen. Toda noite, quando o sol mergulhava no rio e as estrelas começavam a piscar nos campos, o riso frenético da srta. Caroline era como um farol para alguns e uma referência num mapa para outros. Não importa para onde fossem, toda a força de trabalho de Tarlojee e até mesmo as irmãs dela sabiam onde os dois estavam rolando, por causa dos uivos enlouquecidos que ela dava. Às vezes durante o dia, sem nenhum respeito pelo sol ou pelas horas mortas, sem observar o domingo nem o repouso, a mesma coisa se erguia de campos ou cabanas enquanto ia ficando mais quente o amor.

Ora, aqueles dois desnorteados poderiam ter sido descobertos a qualquer hora. Mas parece que o tempo parava em Tarlojee, enquanto a srta. Caroline quase enjoava com a doçura dos seus sentimentos por Jim, enquanto ele se sentava durante todo o anoitecer cantarolando com as costas apoiadas na casca cinzenta da goiabeira, olhando as estrelas com os olhos meio fechados, parecendo passar mensagens do seu grande diamante até o céu. A despeito do que aprendeu com aquilo, ele se deixou ficar ali, vulnerável, durante todos os meses em que poderia ter fugido, sozinho ou com a moça, e salvado sua vida. Ele certamente tinha consciência de que Hintzen o mataria quando soubesse. Tinha consciência, mas não parecia se importar. Talvez as estrelas lhe dissessem que muito tempo depois da morte de Hintzen e de suas cinzas terem se espalhado, ele, Jim Diamante, continuaria sentado sob a sua árvore favorita, cantarolando velhas canções.

Primeiro vieram as chuvas, e não eram as chuvas que o céu mandara nos outros anos, porque as tempestades continuaram a cair inclementes. Então — deve ter sido em julho — houve uma noite em que os morcegos morreram e por toda a casa seus corpos minúsculos e peludos formaram uma camada cinzenta, como um tapete de ossinhos ocultos. Depois — deve ter sido em setembro — a colheita de mandioca se perdeu e até mesmo a cana custou a crescer. Foi quando se tornou evidente que a srta. Caroline estava aumentando. Há moças que engravidam e escondem a coisa por meses sem fim, mas a srta. Caroline não estava apenas grande, estava enorme.

Havia em Tarlojee algumas pessoas boas que a cercavam, e algumas delas fizeram o possível para protegê-la. Mas ela própria parecia dar as costas para o seu destino e não se importar, porque exibia a barriga grande como se fosse a mais orgulhosa das futuras mães. E aquilo continuou até que seu pai a prendeu em casa. Não acredito que uma mãe teria deixado o velho enlouquecê-la como ele fez. É possível que mãe alguma fosse capaz de salvar o pobre Jim, mas qualquer pessoa de bom coração poderia ter ajudado a srta. Caroline. O destino quis que ela fosse órfã de toda bondade naquela casa.

Na primeira noite a srta. Caroline ficou trancada na sala das bebidas. Era fria, sem janelas, com apenas uma grade e uma pesada porta bem aferrolhada.

Para um operário seria um paraíso, nunca um castigo; mas para uma moça apaixonada, acostumada a uma cama macia e à companhia dos amigos, deve ter sido penoso. Disseram que ela gritou a noite inteira. Gritou e gritou, disseram, sua voz forte correndo através do canavial e sobre as montanhas.

Jim Diamante poderia ter fugido, mas não fugiu. Pelo contrário, ficou a noite inteira com os olhos brilhantes embaçados, olhando para o céu e cantando, parecendo querer explodir como um motor vibrante. Até as cigarras e os sapos finalmente pararam, e só se ouvia o gemido que vinha da casa-grande e aquela única nota vibrando na garganta do Grande Jim. Foi assim que ele acalmou a srta. Caroline. E assim o sol surgiu sobre o horizonte dos campos altos e somente a pulsação da voz de Jim saudou o seu despertar. Ele fez o sol se elevar para si naquele dia e obrigou-o a engastar em ouro os seus diamantes porque o seu próprio sol ia se pôr em Tarlojee antes do final do dia.

Às oito horas viram as crianças passarem correndo por Jim, que esperava sentado. Elas levavam seus cantis junto ao peito e olharam para o outro lado, rindo acanhadas, e depois olharam para trás, para o gigante negro que, fora-lhes dito, ia morrer. Reuniram-se atrás dele, matando tempo no caminho de terra, desapontadas. Ele parecia o mesmo. Até sorria. Os homens condenados não deviam sorrir. Morrer era um assunto sério.

Todos sabiam que Hintzen não se contentaria com tiros. Insistiria num bom linchamento. Por isso naquele dia a força de trabalho se reduziu aos velhos e crianças, com algumas mulheres no lugar dos seus homens. Todos os fortes fugiram dos campos, bêbados ou fingindo doença, ou simplesmente sentindo-se mal com a ideia de ajudar a pendurar seu herói numa corda. Não se sentiam capazes. Mas Hintzen jamais havia confiado nos seus homens, jamais contara com eles antes, e não seria agora que iria contar. Na noite anterior mandou emissários a Nova Amsterdã, e quatro mulatos grandes chegaram à praça naquela manhã, com chapéus e esporas, os olhos vermelhos de ganância e rum.

Jim Diamante os viu chegar e não se mexeu. Foi quando o mistério aconteceu. Os quatro mulatos juraram que, ao passarem por Jim, seus diamantes brilharam ao sol. Mas alguns instantes depois, quando se lançaram sobre ele, todos os diamantes tinham desaparecido. Ora, ninguém havia passado ali para pegá-los, e o chão à sua volta foi cavado, peneirado e cavado novamente, e não se encontrou nenhum diamante... Os mulatos achavam que Jim havia escondido as pedras nas roupas, mas depois da sua morte eles o desnudaram e rasgaram suas roupas. Nada.

Antes de Jim morrer, a srta. Caroline começou a chamar novamente. Mas dessa vez não eram apenas sons e gemidos, eram palavras inteiras:

— Jim, nunca me abandone, Jim, Jim...

Ele então se levantou e sua voz forte, que raramente era ouvida, quando não cantava, soou de volta:

— Caro, meu bem, eu não vou a parte alguma.

Nunca mais ele voltou a falar. Na verdade eu não sei o que aconteceu em seguida. Alguns dizem que lançaram a corda em volta do seu pescoço e o enforcaram mas ele não morreu, e então os quatro estrangeiros atiraram nele. Alguns dizem que tiveram de atirar nele para prender o nó no seu pescoço. Uma coisa é certa: os diamantes nunca foram encontrados. Ao longo dos anos, vândalos reviraram os ossos de Jim para ver se ele tinha engolido os diamantes, mas não se achou nada de valor e não se encontrou nenhuma pedra.

E nada de bom resultou do enforcamento de Jim. Antes do fim daquele ano, os quatro mulatos que o executaram entraram numa maré de azar e beberam até se arruinarem, assombrados, dizem, pelo sorriso aberto do seu rosto. E Hintzen? Até ele desejou ter adiado o enforcamento, pois quatro meses depois, quando a srta. Caroline deu à luz uma filha enorme, ele quis matar Jim outra vez, mas não havia mais resto dele para ferir. Por ser cristão, ele não poderia destruir a criança, mas partiu com ela e voltou sozinho uma semana depois. Naquele tempo as cidades eram assim, engoliam os vivos e os mortos. A criança teria então dois meses, e já era tão negra quanto o homem que a fizera.

Depois que a criança se foi, Hintzen levou a filha para a torre de pedra, e então a srta. Caroline começou a chamar com força. Parecia que ela havia tido a ideia de que se gritasse com bastante força o Grande Jim responderia. A srta. Caroline ficou vinte anos naquela torre, chamando pelos canaviais o homem que amava. Durante todo esse tempo nunca desistiu de tentar trazê-lo de volta para si. Um ano depois sua voz falhou e se transformou em acessos de riso louco.

Seus chamados passaram a fazer parte de Tarlojee, como os gritos dos animais no mato e os pios dos pássaros no céu. Corriam pelas faixas entre as fileiras do canavial e se gravaram nas paredes de barro das choupanas. As pessoas os misturavam no caldo de feijão e milho. Os restos dos seus gritos se prendiam à casca do abacaxi e fermentavam nos cântaros de água. O nome de Jim estava por toda parte.

Muita coisa acontece durante uma vida, e muitas se esquecem. Os detalhes se confundem e desaparecem. Às vezes nem são acontecimentos, apenas imagens passageiras, e às vezes estas são tão poderosas que fazem parar o sangue nas veias. Foi assim que soou o riso depois de anos de lágrimas. Ouvir os gritos da srta. Caroline gelava os ossos em toda Tarlojee. Eles eram o seu canto de acasalamento e, acredito, faziam parte do que conservava Jim junto dela, pois na noite em que ela começou a lançar suas risadas loucas Jim Diamante voltou. Ainda usava seus diamantes — os anéis e o grandão, que comungava com as estrelas, preso ao pescoço. Ele se sentou durante toda a noite sob a goiabeira e cantou, um canto alto, e apesar de ninguém tocá-lo — ninguém tinha coragem de acreditar que ele estava mesmo ali, sorrindo como podia, como se soubesse alguma coisa especial, com os dentes grandes e brilhantes quase competindo com o diamante-olho, o diamante que começou tudo e lhe deu o nome e fez dele um mito.

Muitas noites se passaram desde então, e muitos anos, e a srta. Caroline já morreu há muitos anos, mas o Grande Jim ainda se senta às vezes, esperando, e ainda canta. E apesar de nunca ter feito mal a nenhum de nós, ninguém se aproxima das ruínas da casa-grande nas noites de lua cheia. A meninada hoje ri dele também, mas nenhum deles come goiaba em Tarlojee nem canta como uma canção perdida que sai do canavial.

ANGELA CARTER

ASHPUTTLE, OU O FANTASMA DA MÃE

Uma criança queimada vivia nas cinzas. Queimada talvez não seja o termo; talvez carbonizada, um pouquinho carbonizada, como uma lenha mal queimada retirada do fogo; parecia feita de carvão e cinzas por ter vivido nas cinzas desde que sua mãe morreu e as cinzas quentes a terem queimado, por isso ela era coberta de feridas e cicatrizes. A criança queimada vivia na lareira, coberta de cinzas, como se ainda enlutada.

Depois que sua mãe morreu e foi enterrada, o pai esqueceu mãe e filha e se casou com a mulher que varria as cinzas, e por isso a menina vivia nas cinzas não varridas e não tinha ninguém para lhe escovar os cabelos, que assim pareciam um capacho, nem para limpar a terra do seu rosto ferido, e ela não tinha vontade de fazê-lo ela mesma, mas varria as cinzas, dormia ao lado do gatinho e comia os pedacinhos queimados que ficavam no fundo do caldeirão, raspando-os agachada no chão, sozinha diante do fogo, como se não fosse humana, pois ainda estava enlutada.

A mãe estava morta e enterrada, mas ainda sentia a perfeita e aguda dor do amor, quando olhava para cima através da terra e via a menina queimada coberta de cinzas.

— Vá ordenhar a vaca, menina queimada, e traga o leite — dizia a madrasta que antes varria as cinzas e ordenhava a vaca, mas agora era a menina queimada que fazia tudo aquilo.

O fantasma da mãe entrou na vaca.

— Beba um pouco de leite e fique forte — disse o fantasma da mãe.

A menina queimada puxou as tetas e bebeu muito leite antes de levar o balde, e ninguém notou e o tempo passou e ela ficou mais encorpada, e nasceram-lhe seios, e ela cresceu.

Havia um homem que a madrasta desejava e ela o convidou à cozinha para lhe dar comida, mas deixou a menina queimada cozinhar, apesar de ser a madrasta quem antes cozinhava. Depois que a menina queimada terminou de cozinhar, a madrasta mandou-a ordenhar a vaca.

— Quero aquele homem para mim — disse a menina para a vaca.

A vaca deu mais leite, e mais, e mais, o bastante para a menina beber e lavar o rosto e lavar as mãos. Quando lavou o rosto, ela lavou as feridas, e então ela não estava mais queimada, mas a vaca ficara esgotada.

— Tome o seu próprio leite da próxima vez — disse o fantasma da mãe dentro da vaca. — Você me deixou sem leite.

Apareceu o gatinho. O fantasma da mãe entrou nele.

— Seu cabelo pede cuidados — disse o gato. — Deite-se.

Com suas hábeis patas o gatinho desembaraçou a barafunda da garota queimada até o cabelo ficar macio, mas antes ele estava tão embaraçado que, quase no final do penteado, as garras do bichinho foram arrancadas.

— Penteie você mesma o seu cabelo da próxima vez — disse o gato. — Você me levou toda a força, não posso penteá-la outra vez.

A menina queimada agora estava limpa e penteada, mas completamente nua. Um passarinho cantava na macieira. O fantasma da mãe saiu do gato e entrou no passarinho, que feriu o próprio peito com o bico. O sangue caiu na menina queimada que estava sob a árvore. Correu pelos seus ombros, cobriu-lhe a frente e as costas. Ela gritou quando ele correu pelas suas pernas. Quando o passarinho não tinha mais sangue, a menina queimada tinha um vestido de seda vermelha.

— Sangre seu próprio vestido da próxima vez — disse o passarinho. — Eu não sangro mais.

A menina queimada entrou na cozinha e se mostrou para o homem. Não era mais queimada, era linda. O homem deixou de olhar a madrasta e olhou para a menina.

— Venha comigo e deixe a sua madrasta aqui para varrer as cinzas — disse o homem, e os dois se foram. Ele deu a ela uma casa e dinheiro. Tudo deu certo para ela.

— Agora posso dormir — disse o fantasma da mãe. — Agora está tudo bem.

Elizabeth Fancett

Os fantasmas de Calagou

Regus estava no cinza da aurora embaixo da grande árvore na extremidade do curral vazio.

Vazio agora, mas não por muito tempo. Logo chegariam os cavalos e sua fazenda ia começar.

Não via sua sombra, mas isso não o preocupava. Regus sabia que ela se revelaria mais tarde quando o sol se levantasse. Estava feliz por ter pela frente o dia, um dia de sol, quando a sua sombra lhe daria segurança.

Olhou em torno de si para as suas terras e abençoou a riqueza que tornara tudo possível. O seu ouro, apesar de o terem procurado juntos, ele e os parceiros que tivera até então. Trabalharam duro por aquele ouro, sofreram por ele. E com sua ganância eles também quase o tinham matado.

Mas ele tinha sobrevivido, e os três outros o odiaram por isso. Do além-túmulo eles o odiavam. Tentavam fazê-lo pensar que também ele estava morto. Teriam acreditado que tais truques poderiam levá-lo à loucura, a acabar talvez com a própria vida — e então ele realmente se tornaria um deles?

Amaldiçoou o dia em que os contratara.

Tinha chegado à pequena cidade de Calagou, a última parada no caminho até as montanhas lendárias que pairavam acima dos vales e pradarias circundantes. Sabia que ia precisar de mais homens, de mãos e costas fortes, mas não tinha muita esperança de consegui-los. Pois, como contavam as lendas — na verdade, como ainda diziam todos os homens vivos —, havia mais que ouro nas montanhas altas e assombradas de Calagou.

Muitos haviam ido até lá no passado, poucos tinham ficado por lá mais de uma noite e muitos mais jamais voltaram. E os que haviam voltado — sem ouro, embora ele existisse em profusão nas colinas — contavam suas histórias estranhas no conforto das cabanas iluminadas ou no calor confortável dos bares, e tinham calafrios ao contá-las e lembrar-se dos sons ouvidos e das coisas que diziam ter visto lá. E lembravam, com o respeito gerado pelo terror, o aviso lendário de que homem algum tira o ouro de Calagou e continua vivo!

Então veio Regus, ele próprio quase uma lenda naquela parte do Oeste. Regus adivinhava ouro como outros encontravam petróleo ou água. E Regus se dirigia para as montanhas de Calagou.

Ele selecionou três homens fortes, Talley, deSeeger e Carney. Estavam dispostos, diziam, mas será que Regus sabia das lendas?

Ele as conhecia, mas zombava delas. Histórias de homens desiludidos, disse a eles. Desculpas para o fracasso e a estupidez. As vozes que diziam ouvir nada mais eram que coiotes uivando dos morros próximos; os fantasmas, nada mais que imagens febris de homens tomados pela ganância do ouro — não lendários homens ciumentos mortos guardando o seu tesouro.

Sem dúvida havia homens mortos. Enterrados nas montanhas, traídos pela própria estupidez, pela própria ganância, ao se recusarem a sair antes que o verão feroz e inclemente chegasse às montanhas de Calagou, pois então o sol esturricava suas costas e fritava seu cérebro até a loucura.

Mas ele, Regus, começaria na primavera e sairia antes da chegada do verão.

Eles concordaram em ir, ansiavam por ir, pois eram fortes e corajosos. Mas acima de tudo eram homens ambiciosos, donos da qualidade que supera todo medo, zomba de todas as lendas. Tinham a combinação perfeita — coragem e ganância por ouro —, o que agradava e convinha a Regus.

Calagou seria a sua última aventura, seu último desafio. Pois as montanhas eram enormes, íngremes e diáfanas, precipícios profundos. Um movimento em falso e o inferno se abriria. Mas as recompensas eram maiores que os perigos e bastantes para levar qualquer homem suficientemente corajoso — ou suficientemente idiota — a tentar.

Ele tinha sido um idiota, refletiu sombriamente Regus. Um idiota por confiar, por tê-los contratado. Devia ter ido só. Mas como iria saber?

E eles haviam trabalhado duro. Trabalharam com alegria, com força, despejando a força da sua juventude nas grandes montanhas, minerando as áreas onde ele tinha mandado cavar e achar.

E acharam — vezes sem conta, e outra vez e ainda outra... Foram semanas estafantes, trabalho contínuo sem descanso, mas tinham enchido seu depósito com o ouro retirado das montanhas desde o amanhecer até anoitecer e mais ainda, e durante todo aquele tempo nenhuma voz fantasmal clamou das alturas, nenhum espectro surgiu para assombrar seus dias de muito trabalho e eles não encontraram nenhum sinal de algum morto lendário que protegia seu ouro contra todos os que ousassem subir as montanhas de Calagou.

Tinham mesmo chegado ao topo das montanhas, Talley, deSeeger e Carney, e com voz forte e alegre disseram ao gritos que se havia algum fantasma ele devia se mostrar. Riam das lendas no fresco da noite, quando descansavam do trabalho ou contavam seus sacos de ouro cada dia mais numerosos.

Mas riram demais, pensou Regus. E trabalharam mais do que deviam. Deveriam ter saído quando ele mandou, quando ele decidiu que deviam partir. Tinham uma quantidade magnífica de ouro, mais do que nos seus sonhos mais loucos. Deveriam ter saído quando ainda estavam ganhando; empacotado tudo e partido.

Os dias longos e quentes estavam chegando, ele as avisou. O calor seria insuportável, os dias intoleráveis, as noites insones. Não acreditaram nele. Não com o fogo do ouro correndo nas suas veias, não com a poeira de ouro misturada ao suor das suas mãos calejadas, presa às suas roupas andrajosas, não com a certeza de que ainda havia ouro por descobrir, riquezas intocadas. Sabiam que o ouro estava ali, assim como ele sabia. Cada vez mais e mais...

Já tinham o bastante, ele lhes dissera. Mais, muito mais que bastante, mais do que qualquer homem necessitaria em toda a vida. Para eles, bastante não era suficiente. Eles queriam mais. E ficaram para achar mais. Ficaram um dia além do que deveriam, uma semana, um mês além do que deveriam.

O sol subia mais alto e mais forte nos dias longos e quentes, sem sombra para protegê-los no repouso depois do trabalho. E à noite até mesmo o abrigo da cabana era um forno para seus corpos assados e suados, uma fornalha de calor, nunca um refúgio.

À noite nem os coiotes uivavam nas altas montanhas à sua volta e nenhum pássaro voava no calor brilhante dos dias no alto das montanhas de Calagou.

Regus lhes implorou que partissem, mas eles não quiseram. Então ele ia, disse-lhes. Levaria a sua parte do ouro e partiria. Mas eles precisavam dele, disseram, para achar mais ouro, e o matariam se ele tentasse partir. E naquele dia ele soube que o matariam, sem pena ou hesitação, pois já estavam todos um tanto loucos.

À noite, exaustos, mas implacáveis, eles o vigiavam por turnos, para que ele não pudesse roubar a parte do ouro que lhes cabia e abandoná-los.

Mas chegou o dia em que não tiveram mais forças para trabalhar, quando seus corpos queimados e cobertos de bolhas se dobraram sob o calor crescente do dia. A força daqueles corpos jovens se esgotou e a loucura tomou conta deles. Regus tinha feito o máximo por eles, apesar de sentir falhar a sua própria força, mas finalmente os enterrou na terra faiscante de ouro da montanha, no último veio rico que acabara de descobrir quando eles perderam as forças e o sol lhes roubou a razão.

E no silêncio sem voz, sem vento e sem som, quando soou o eco da última pá de terra sobre seus túmulos, eles chegaram e pararam diante dele, odiando-o, ameaçando-o, insultando-o, amaldiçoando-o por estarem mortos.

Temendo que a loucura também o tivesse dominado, ele se arrastou até a cabana e se deitou. E durante todo aquele tempo eles continuaram a gritar e amaldiçoar, e a tentar fazê-lo pensar que ele era um deles, desejando-lhe a morte — não, eles não desejavam a sua morte, e sim diziam-lhe que ele já estava morto, que ele, tal como eles, nunca mais deixaria as montanhas douradas e mal-assombradas de Calagou.

Mas ele sabia que não estava morto. Doente ele estava, delirante, sem dúvida, mas vivo — e ali estava a sua sombra para provar isso! E quando a febre cedeu um pouco ele se arrastou para a terra quente, lá fora, a fim de ver a sua sombra e com ela obter alívio, e por ela saber que ainda vivia.

Porém a sua sombra já não estava mais com ele, quando a noite quente trouxe novamente a escuridão. E eles voltaram com os rostos cinzentos e emaciados, clamando por uma vingança a que, ele sabia, não tinham direito. Ele os tinha avisado, não tinha? Tinha-lhes avisado. Não insistira na partida? Eles haviam morrido por culpa deles próprios. Por culpa deles ele ainda estava preso ali, sem água nem comida, os cavalos e mulas de carga mortos.

A febre cedeu, mas não eles. Caminhavam com ele ou paravam junto com ele — emaciados, cinzentos, loucos, mortos. Na alvorada paravam nos picos mais altos e o olhavam com desprezo. Paravam na borda dos precipícios no pôr do sol e o insultavam e amaldiçoavam. Caminhavam pelos leitos secos dos córregos e zombavam dele.

Mas aos poucos suas forças voltaram o bastante para ele fazer um trenó rústico com a madeira do depósito e carregá-lo penosa e lentamente com todo o ouro que foi capaz de carregar — o ouro das montanhas de Calagou amontoado ao longo de toda a fresca primavera por quatro pares de mãos outrora dispostas.

Passou a noite carregando o trenó, arrastando o ouro, um saco depois do outro, centímetro a centímetro, até estar tudo acomodado e pronto. Usou a corda da sela para puxá-lo e desceu a montanha, cuidadosa, lentamente, gastando um dia inteiro, para que sua carga preciosa não se perdesse nas fendas e abismos das montanhas de Calagou. E à noite ele partiu para a longa e lenta viagem pela planície ressequida, arrastando aquela carga através da escuridão quente, sem a sua sombra — mas nunca sozinho.

Pois eles o acompanharam. Formas na escuridão, nuvens móveis que o chamavam e o atormentavam, e gritavam que ele estava morto — morto com o ouro, morto apesar de andar, morto apesar de ter esperança, morto apesar de pensar que vivia.

— Você é um de nós, Regus! Um de nós. Um dos mortos-vivos.

Ele lhes devolvia os insultos, grito por grito, maldição por maldição.

— Não percam a sua eternidade tentando me enlouquecer! Eu sei que estou vivo! Enquanto lançar a minha sombra não estarei morto! Enquanto a minha sombra viver, eu vivo!

Mas eles não o abandonavam, não cessavam os gritos.

— Um de nós, Regus! Um de nós! Onde está a sua sombra? Diga, Regus, onde está a sua sombra?

Mas ele vivia. Tinha conseguido ir até o fim.

Quando viu a cidade, já havia escondido o ouro. Eles o observaram enquanto ele o escondia, reunidos silenciosamente à sua volta, fantasmas à luz do sol, fantasmas num dia claro. Mas ele agora tinha a sua sombra, e dela extraiu sua força.

Não sabia se eles o acompanhariam na cidade, se outros os veriam também. Sabia que se ficasse ali, se eles falassem, se o amaldiçoassem, teria de tomar cuidado para não demonstrar que estava consciente da presença deles, do contrário as pessoas da cidade iriam julgá-lo louco.

Mas no final da pradaria eles desapareceram, como se o ar frio da pequena cidade no vale tivesse soprado para longe as suas imagens.

Os habitantes acreditaram quando ele falou da ganância dos outros, da sua determinação de permanecer na montanha, das mortes no fim, da sua própria doença e da perda dos animais. Sim, eles acreditaram. No passado muitos haviam morrido tentando desafiar o sol, muitos não voltaram. O fato de ele ter atravessado a longa pradaria também não foi difícil de aceitar. O grande Regus, o Regus indômito, era capaz de superar e sobreviver a muitos homens mais jovens.

Mas acreditaram principalmente porque ele não trazia ouro consigo. Se tivesse entrado na cidade arrastando o seu trenó, ele sabia que não teriam aceitado a sua palavra sobre as mortes dos outros. E porque ele era Regus, emprestaram-lhe cavalos novos e tudo de que ele precisava para a sua atividade, em troca da promessa de que teriam tudo de volta, quando ele encontrasse ouro.

E à noite ele voltou ao deserto, carregou o ouro e se foi — sem a sua sombra, sozinho. Os fantasmas o tinham abandonado. E ele não teve nenhum sinal ou som deles, nenhuma visão, fôlego ou grito deles... até o dia anterior.

Ele imaginava estar em segurança ali, a mais de dois meses de viagem de Calagou. O lugar dos fantasmas era naquelas montanhas, pois era lá que eles estavam mortos, Talley, deSeeger e Carney, enterrados no meio do ouro. Lá era o lugar deles. Mas eles tinham vindo no crepúsculo do dia anterior, quando sua sombra o havia deixado, tinham vindo à noite gritando o seu nome. E havia mais que maldade naquelas vozes, mais que maldições nos seus gritos. Havia triunfo... exultação...

O sol agora estava alto, quente, brilhante, confortador. Regus voltou os olhos para a sua sombra e se tranquilizou. Ninguém poderia estar morto e não saber. Era loucura, contra toda razão — se a razão ainda valesse, se ele ainda fosse capaz de raciocinar, se a loucura não tivesse tomado conta dele! Pois como alguém sabe que não está louco? Talvez estivesse, e visse fantasmas onde não havia nenhum, ouvisse vozes chamando onde ninguém chamava. Talvez tivesse começado, a sua loucura, lá nas montanhas de Calagou, quando ele os enterrara.

Talvez.

De uma coisa ele sabia: ele não estava morto.

Regus andou pelo terreno e sua sombra andou junto com ele. Então eles chegaram e pararam à sua volta, esperando...

Ele olhou para a sua sombra, a sua preciosa sentinela de esperança. Enquanto a visse, estaria seguro. Mas sua alma se oprimia com um medo estranho.

Então ele ouviu o som de cascos, de cavaleiros que vinham ao longe. Procurou além dos portões da fazenda um sinal dos cavaleiros. Cavalgavam forte, cavalgavam rápido.

E eles ainda estavam ali, Carney, deSeeger e Talley, transparentes à luz do sol, esperando em silêncio, e através deles Regus viu os cavaleiros além da porteira.

Ao se aproximarem, ele olhou com atenção os três homens nas selas. Tinham o rosto cinzento com a barba de muitos dias, as roupas brancas da poeira da pradaria. Desmontaram e foram até ele.

— Regus? — perguntou um.

Os olhos do que perguntou eram duros, frios, lembrando os de alguém que Regus conhecia. Ele olhou o segundo homem, as feições familiares, e olhou o terceiro e soube que os três eram os pais dos três homens que ele havia enterrado, dos três fantasmas à luz do sol, observando, esperando em silêncio...

E então ele entendeu por que um dos homens tinha um rolo de corda grossa nas mãos, os três parados ali à luz do sol, bloqueando a sua sombra, os olhos acusadores sobre ele.

Tentou negar que era Regus, mas as palavras não saíram. E ele só conseguiu balançar a cabeça.

— É claro que ele é o Regus! — disse o segundo. — Confere com a descrição.

— Nós o seguimos, Regus! — afirmou o terceiro, que segurava a corda. — Durante dois meses e 18 dias nós o seguimos, Regus!

— Então digam por que vieram — desafiou Regus.

A corda se mexeu na mão do homem.

— Se é por causa dos animais que tomei emprestados — continuou Regus —, já paguei há muito tempo as minhas dívidas.

— Mas não todas as suas dívidas, Regus! — rosnou o homem. — Regus, o grande caçador de ouro, Regus, o assaltante, Regus, o assassino!

Regus olhou rapidamente os três fantasmas parados em silêncio, observando. Olhou Talley, magro e emaciado, deSeeger, os olhos loucos e febris, e Carney, sorrindo com maldade, e no rosto de cada um deles havia triunfo, uma expressão diabólica de vitória, de uma batalha prestes a ser vencida. E ele soube então que eles tinham guiado os pais até ali, com meios que só o coração de um fantasma conhece.

— Só você voltou, Regus! Nossos filhos estavam com você, mas só você voltou!

— Nós não sabemos como você fez, Regus, como conseguiu sair daquelas montanhas a pé e com todo o ouro, mas temos certeza de que você achou um meio, Regus! Você achou um meio!

— Não queremos saber do ouro, Regus. Mas nossos filhos estavam com você e só você voltou!

Ele começou a protestar, a lhes contar como tudo havia acontecido, mas a corda já estava desenrolada, pendurada num galho da árvore alta, e o nó já enlaçava o seu pescoço, e ele estava montado num cavalo e a luz explodiu em escuridão da qual a manhã nunca voltaria.

Os três homens viraram-se, montaram nos cavalos e partiram passando pelos fantasmas dos filhos. Antes que o som dos cascos dos cavalos se tivesse perdido na distância, os três fantasmas se aproximaram da árvore.

— Um de nós, Regus! Um de nós! — gritaram eles em coro, e com aquele grito final de triunfo desapareceram sob a luz do sol e deixaram Regus em paz.

No dia ensolarado e quente, na extremidade do curral vazio, Regus balançava sob a grande árvore.

E na companhia final da morte, sua sombra balançava com ele.

Mas Regus já não a via.

Joan Aiken

O TRAIDOR

Ah, sim, uma vez morei numa casa que tinha um fantasma (disse a velha senhora, olhando fixamente para o fogo) — na verdade tinha vários fantasmas. E eles não tomavam conhecimento de mim. Isso me deu uma lição dolorosa, que provavelmente não vou esquecer.

Aconteceu no ano em que muitas pequenas bibliotecas locais fecharam por falta de fundos, e uma porção de bibliotecários se viu subitamente na necessidade de procurar emprego. Eu era um deles. Bibliotecárias de meia-idade encontravam-se às dúzias, e ninguém estava particularmente ansioso por contratar os meus serviços. Eu sempre tinha sido uma pessoa muito solitária, desde a infância, sem amigos nem parentes — logo explicarei por quê —, e naquela situação difícil não sabia a quem recorrer. Mas, por sorte, exatamente quando mais precisava, vi o anúncio em *The Lady*: "Senhora procura Dama de Companhia agradável que goste de ler em voz alta."

Ora, ler em voz alta sempre foi um dos meus maiores prazeres; primeiro, com minha querida mãe, quando nossos outros passatempos eram muito poucos; e depois na Biblioteca de Bierklethwaite, onde eu dirigia um Círculo de Leitura na seção infantil, com leituras duas vezes por semana, durante nem sei quantos anos, e gostava daquilo tanto quanto qualquer dos meus ouvintes.

Assim, escrevi para a caixa postal da velha senhora, fui entrevistada e felizmente gostamos uma da outra. Ela era de fato uma pessoa encantadora, absolutamente lúcida, embora já tivesse mais de 80 anos, inteligente e bem-humorada; tinha um rosto que era uma mistura de coruja e águia, com olhos penetrantes, um narizinho encurvado e cabelos rebeldes que espetavam na extremidade como plumas brancas. O que ela achou de mim eu não sei, a não ser que seu conceito foi bom o suficiente para eu ser escolhida entre outras candidatas; o que eu achei *dela* foi que eu provavelmente iria adorar a sua companhia e talvez viesse também a aprender muita coisa com ela. Combinamos que eu começaria os meus deveres dentro de dois meses.

O ambiente que cercava a sra. Crankshaw era tão agradável quanto sua personalidade; ela morava numa mansão georgiana chamada Morada do Agradecimento, quase no sopé dos taludes da chapada argilosa do sul, e antevi caminhadas ilimitadas no campo adjacente durante as minhas horas livres; mas para meu desapontamento, antes da época em que deveria ir morar com a minha nova empregadora, recebi uma carta informando-me de uma mudança nos planos.

A pobre senhora havia sofrido um derrame leve. "Sem sequelas. Já estou melhor, apenas com o inconveniente de por enquanto ter de ficar em cadeira de rodas", escreveu ela com uma firmeza característica, "mas resolvi que será mais prático mudar-me para um lugar menos solitário — melhor para você, minha querida srta. Grey. Meus advogados estão trabalhando com dedicação na compra de outra casa numa cidadezinha agradável, na verdade na compra de três casas que serão convertidas em uma, para que, já que não disporemos de tanta área externa, tenhamos bastante área interna e não fiquemos uma em cima da outra, o que me parece mais importante. Os empreiteiros estão esperando apenas a conclusão da compra para começar a refazer a distribuição do espaço, e imagino que o nosso plano original será adiado apenas em um mês ou dois".

Ela não mencionou o nome da cidadezinha agradável, e fiquei curiosa por ter essa informação, confiante em que nossos gostos coincidiriam nisso, uma vez que já haviam coincidido em outras questões.

A compra foi realizada, mas as obras começaram a se arrastar, como sempre acontece, e passaram-se nove semanas antes que a sra. Crankshaw pudesse deixar a casa de repouso, depois de sua mobília ter sido levada da Morada do Agradecimento. Então ela me escreveu dizendo que estava tudo pronto para me receber e para eu assumir os meus deveres na sua nova residência.

Quando fiz isso, o endereço foi para mim um choque — o primeiro de vários. Pois ela escreveu de O Forasteiro Bem-vindo, de Stillingley; e Stillingley era a cidade onde eu havia passado a infância, depois que meu pai foi para a prisão.

E, quando cheguei ao meu destino, tive o segundo choque. Porque O Forasteiro Bem-vindo era a casa em que eu e minha mãe havíamos morado, agora unida às casas que a ladeavam.

— Estavam todas à venda, e assim eu comprei todo o conjunto Tudor — disse animada a sra. Crankshaw. — Felizmente a herança do meu irmão me deixou muita folga. (Eu lhe disse, não disse?, que ele havia morrido e deixado para mim algum dinheiro?) E foi bom as casas serem de novo ligadas, porque aparentemente no século XVII isto tudo era uma grande pousada; foi só recentemente que o conjunto passou a se chamar O Touro. Mas uma vez que já existe uma Pousada do Touro na cidade, achei que devia escolher outro nome antigo de hospedaria. Além disso, O Forasteiro Bem-vindo é mais bonito. A entrada de carruagens era aquela arcada que se abre para o pátio nos fundos.

Eu poderia ter lhe contado. Poderia ter lhe contado muito mais coisas. Eu havia passado 13 anos naquela rua, na casa do meio, e conhecia todos os degraus tortos dela, todas as vigas e todas as frestas, tão bem quanto a palma da minha mão. Foi maravilhoso ver que os empreiteiros mudaram muito pouco; como disse a sra. Crankshaw, duzentos anos antes a construção toda era ligada; tudo o que eles precisaram fazer foi derrubar umas poucas paredes.

O terceiro choque — e o pior deles — ocorreu quando estávamos tomando nossa primeira xícara de chá na sala de estar com paredes brancas almofadadas que havia sido o escritório de minha mãe, onde, três vezes por semana, ela trabalhava em traduções e fazia revisões de provas para editoras (nos outros três dias ela trabalhava como revisora no jornal local).

Eu tinha perguntado à sra. Crankshaw por que ela escolhera aquela cidade; ela estava de algum modo ligada a Stillingley?

— Ah, sim — disse ela, sorvendo tranquilamente o seu Lapsang Souchong. — Meu irmão morou aqui, em Pallant House, durante alguns anos. Eu o visitava e sempre achei que essa seria uma cidade agradável para uma pessoa se fixar, se por alguma razão lamentável fosse impedida de viver numa cidade grande. Meu irmão era juiz, pode ser que você já tenha ouvido falar nele: Sir Charles Sydney.

Claro que eu já ouvira falar nele. Era o juiz que havia condenado meu pai. Essa foi a razão pela qual minha mãe havia se mudado para lá, depois que papai foi para a prisão. Primeiro nós tivemos de abrir mão da nossa casa própria; não podíamos sustentá-la. Depois, a visita seria mais fácil — apenas uma hora de viagem de ônibus até a prisão onde papai estava cumprindo a pena de 25 anos. Mas, além disso, tendo sabido, durante o julgamento, que Stillingley era a cidade onde morava Sir Charles, parece que minha mãe acalentou naquela época uma ideia obscura de encontrá-lo na rua ou nos jardins de Pallant, ou depois do serviço religioso no domingo, e tentar recorrer a ele. "Porque qualquer um pode ver que o juiz é um bom homem", repetia ela a todo momento, com lágrimas nos olhos, "e o seu pai também é um bom homem; ninguém nega isso. De algum modo, de algum modo, *tem* de haver um jeito de anular a sentença ou pelo menos reduzi-la; tenho certeza de que há".

Mas esse plano não resultou em nada, porque, primeiro, ela jamais encontrou Sir Charles e tampouco reuniu coragem para procurá-lo. Ele devia ser um homem muito ocupado; quase nunca era visto nas ruas da cidade, ficando o tempo todo em Londres. E, em segundo lugar, depois de cumprir apenas dois anos de pena, meu pai morreu; de desgosto, disse mamãe. Às vezes eu penso que foi até bom ele não ter vivido até os tempos da *glasnost*, da *perestroika* e do final da Guerra Fria; tudo o que aconteceu desde a sua prisão tornou o que ele havia feito — mandar informações científicas não muito importantes para um colega de Moscou — ridiculamente insignificante. Meu pai era um funcionário público e naturalmente o que ele fez era estritamente proibido e considerado uma traição. Contudo ele era um homem de altíssimos princípios, um pacifista e um opositor consciencioso e intimamente acreditava que toda informação científica deveria ser compartilhada igualmente pelo mundo todo. Assim, ele estava preparado para ser condenado por causa das suas crenças. Ele levou para a prisão a sua pessoa e os seus princípios; e se esqueceu de mim e da minha mãe. Ou melhor, ele também me levou para a prisão...

Muitas vezes eu pensava que meu pai havia se comportado de modo muito injusto com mamãe e comigo. Ele não devia ter se casado e constituído família, ou então devia ter escolhido outro trabalho. Eu tinha apenas 5 anos, quando ele foi preso, e durante anos senti muita falta dele. Ele havia sido um pai bondoso, afetuoso, e jogava uma porção de jogos comigo. Um deles se chamava Ilhas do Tesouro, um jogo de adivinhação em que um tentava descobrir o tesouro do outro; e nós nos revezávamos contando um para o outro longas histórias; ou cozinhávamos, inventando pratos novos a partir de uma lista de ingredientes que começavam com a mesma letra: banana, beterraba, berinjela, batata... Papai chamava essas tardes de "férias de azia".

Por isso foi uma dor insuperável quando ele deixou a casa, e uma dor ainda maior quando ele morreu. Minha mãe não se casou outra vez. Ela e eu retiramos do nosso nome o sobrenome do papai e passamos a assinar apenas Grey, quando nos mudamos para Stillingley, porque recebíamos cartas cheias de ódio das pessoas que o consideravam um traidor. Parece que as pessoas dispõem de um tempo ilimitado para atos rancorosos em relação a outras pessoas que nunca lhes causaram nenhum mal pessoal. E cerca de dez anos depois da morte de meu pai, mamãe também morreu. Fiz um curso de biblioteconomia com a pequena soma que ela me deixou e me tornei bibliotecária, trabalhando em bibliotecas durante 25 anos. Depois da morte de mamãe, eu nunca voltei a Stillingley. Nós não tínhamos amigos próximos lá, dada a vida discreta que ela havia optado por adotar, e, assim, não era nem um pouco provável que alguém na cidade fosse me reconhecer. (Ninguém me reconheceu; em parte porque a cidade mudara muito. Todas as lojinhas de esquina tinham desaparecido e no lugar delas havia butiques para turistas. Caminhando pelas ruas conhecidas, eu me sentia um fantasma.)

Assim, meus queridos, acho que vocês entendem por que, quando a sra. Crankshaw disse: "Meu irmão era juiz: Sir Charles Sydney", eu não exclamei francamente logo em seguida: "Nossa, foi ele que condenou meu pai a 25 anos de prisão por mandar informações secretas para a Rússia!", e em vez disso engoli em seco, segurei a língua, ajoelhei-me para pôr outro toco na lareira e fiquei em silêncio.

Ah, como as coisas teriam sido diferentes se eu tivesse feito isso, dizendo-lhe que aquela casa era o meu lar na infância. Pois, uma vez tendo embarcado numa política de segredo, eu fui evidentemente obrigada a prosseguir com ela; nunca tive oportunidade de mudar de ideia, jogar para o alto a discrição e proclamar: "Aliás, sra. Crankshaw, eu esqueci de contar, quando mudamos para cá: seu irmão mandou o meu pai para a prisão." Isso me parecia fora de cogitação. Eu nunca havia, absolutamente, culpado o irmão dela, que estava apenas cumprindo seu dever, agindo de acordo com os seus princípios — como papai havia agido de acordo com os dele. Mas embora não houvesse o menor ressentimento ou algo do tipo, o fato de eu estar ocultando dela esse grande segredo resultou num constrangimento na nossa relação, que, apesar disso, era feliz e amistosa.

Bem... tinha de resultar, não tinha?

Mas o pior resultado foi o que eu passo a relatar a vocês.

Quando minha mãe e eu chegamos para viver na Casa do Meio, nós estávamos carregando cestas, jarras e maletas para dentro da casa pela porta dos fundos, quando o fato de ver um olho observando-nos cuidadosamente da janela da casa ao lado me deixou aterrorizada. E quando eu digo "um olho" quero dizer que não havia literalmente nada *além* de um olho: o canto inferior esquerdo da cortina de renda estava puxado para o lado, deixando o espaço suficiente apenas para um olho cinza baço examinar logo acima do caixilho da janela e estudar as nossas propriedades.

Isso nos deu uma impressão decididamente gelada, sinistra — que não poderia ser mais equivocada.

Depois de um dia ou dois passados com as arrumações da mudança, começamos a observar que havia uma quantidade tremenda de idas para trás e para a frente, de vai e volta, de um lado para outro, entre as duas casinhas que ficavam dos dois lados da nossa. Casa de Cima, Casa do Meio e Casa de Baixo, era assim que se referiam à fileira de casas. Nós ocupávamos a Casa do Meio; as duas outras pareciam ser ocupadas por dois casais que nunca se saciavam da companhia mútua. Sr. e a sra. Brown, sr. e a sra. Taylor eram seus nomes, ficamos sabendo pelo carteiro; e logo descobrimos a razão de tanta convivência: a sra. Taylor e a sra. Brown eram irmãs. Dentro de pouquíssimo tempo, eles nos convidaram para suas salas de piso brilhante, resplandecentes com vasos de plantas e gaiolas de pássaros, e nos contaram a história da sua vida. A sra. Taylor e a sra. Brown — Di e Ruby — eram *cockneys*; tinham sido banidas para Stillingley durante a Primeira Guerra Mundial e se apaixonado por rapazes do lugar, casado com eles e nunca voltaram a Londres. Os maridos, Fred Taylor e Jim Brown, eram, respectivamente, motorista de ônibus e mestre de obras. Ao cabo de três semanas, eles já tinham um papel importante na nossa vida. A cada dois dias Fred nos levava peixe de Portsbourne, onde ele ficava após o expediente na empresa de ônibus, e era um monumento de bom senso e experiência em se tratando de questões práticas. Jim podia resolver qualquer emergência na casa, consertava torneiras que vazavam ou fiação arrebentada, reparava janelas, substituía azulejos quebrados. Ruby e Di forneciam distração; particularmente Di. Ela era uma atriz capaz de representar sozinha a sua comédia, uma palhaça. Feiosa, era esguia, tinha cachos grisalhos de permanente forte e a pele parecendo massa crua congelada. Foi o olho dela que perscrutou sob a cortina da cozinha de Ruby. As irmãs estavam perpetuamente na casa uma da outra, trocando panelas ou roupas, emprestando sal ou sabão, brincando ou bisbilhotando. "Ru? Você está aí, Ru? Tem um minutinho? Venha aqui dar uma olhada nisto! Di! Di! Você tem uma pitada de bicarbonato... umas bolinhas de naftalina... uma colher de mel?"

Embora os maridos tivessem parentes na cidade — uma porção —, os dois casais formavam sozinhos um grupo tão coeso, que quase não precisavam de companhia de fora. Mas eles foram imensa, infinitamente bons para mamãe e para mim. Tornaram-se a nossa família — fizeram as vezes de tios, tias, avós, primos. "Você é tão diferente de nós!", dizia Di, admirada, para mamãe. Isso porque mamãe falava várias línguas e traduzia do alemão e do russo. Nossos vizinhos tinham o recato despretensioso, o acanhamento simples e discreto das pessoas totalmente felizes. Não viam necessidade de se afirmar; já tinham tudo de que precisavam.

Mamãe só lhes falou sobre a prisão de papai quando já estávamos lá havia muito tempo. Ela havia resolvido não mencionar jamais essa circunstância a ninguém em Stillingley; mas revelou tudo, sem a menor hesitação, para Ruby e Di, Jim e Fred. Nem mesmo lhes pediu discrição, pois sabia por instinto que eles nunca mencionariam o caso para ninguém. E eles nunca mencionaram.

Eles ouviram o relato com uma solidariedade assombrada, sem absolutamente demonstrar nenhum julgamento.

— Bom; ele fez o que achava que era certo, não é mesmo? — concluiu Fred.

— E o juiz também. Mas de qualquer maneira é uma pena — disse Jim.

— Todo esse tempo longe de vocês; é como se você fosse viúva — suspirou Ruby.

— E a coitadinha da Bola de Neve, tantos anos sem o pai — lamentou Di.

A partir de então eles foram ainda mais generosos conosco.

Para lá e para cá durante toda a minha infância Ruby e Di circulavam do lado de fora da janela da nossa sala de jantar. "Di! Ruby! Veja isto! Pode me dar um pouco de gordura? Venha dar uma olhada no passarinho, Di! Você acha que ele está mal?"

Elas insistiam conosco para que nós compartilhássemos os produtos de todas as suas atividades: geleia de laranja, chutney, conserva de cebolinha.

Em pouco tempo era: "Dona Grey? A senhora está ocupada? Pode me dar um minutinho?" E logo o "dona Grey" foi substituído por "Ianthe" (que elas simplificaram para "Ianth"). Mas escrupulosamente, delicadamente, elas nunca apareciam na casa de mamãe durante o dia; Fred, o líder do grupo, havia decretado isso. "É ela que ganha o pão, não é? Vocês precisam respeitar isso e não incomodá-la, vocês duas, imagina!, enquanto ela está trabalhando."

Fred e Jim, Di e Ruby; eles eram como o ideal do biólogo, uma sociedade totalmente autossuficiente, sem necessidade de nenhuma força e de nenhum suprimento externo.

Apenas uma vez por ano, no Natal, eles convocavam enormes quantidades de outros parentes, cuja chegada era anunciada semanas antes por pilhas monumentais de cartões de Natal. Assim que as pessoas chegavam, seus cartões eram suspensos em cordões que faziam zigue-zague atravessando em várias direções os cômodos da frente ou eram colocados entre os cíclames, as guirlandas, as poinsétias e os sinos de papel dobrado. Então eles faziam uma festa de Natal. Depois da primeira, nós evitamos cuidadosamente essas festas, que duravam seis, sete e até oito horas contínuas; mamãe explicava que ela realmente precisava continuar trabalhando no Natal e não poderia ficar tanto tempo fora de casa.

— Mas e a pequenina? Ela não precisa trabalhar.

— Ela é tímida — dizia mamãe firmemente.

Na verdade essas festas pareciam um terremoto, deixando as pessoas meio entorpecidas depois de uma enorme quantidade de salgados de salsicha e sanduíches, e da ingestão contínua da mistura letal de álcool e suco de frutas, enquanto tentavam manter um sorriso permanente em resposta ao incansável estalar de frases espirituosas de primos, sobrinhos e indestrutíveis tios e tias-avós. Todos esses parentes adoravam e respeitavam o nosso quarteto e teriam gostado de ser convidados com uma frequência bem maior do que uma vez por ano. "Mas não queremos isso", dizia Fred, Ruby, Di ou Jim. "Estamos bem, só nós quatro, muito obrigado — com Ianth e a menina."

E assim o tempo passou para nós, de modo suficientemente pacífico; estávamos amparadas, consoladas e animadas pela estrutura forte e confiável composta pelos dois lados.

Quando eu estava com 7 anos, meu pai morreu na prisão e naqueles dias Fred foi um apoio silencioso e valioso para minha mãe. Ele alugou um carro e a levou de um lado para outro durante a doença do papai; levou-a para o crematório, excluindo carrancudo a mulher, o cunhado e a cunhada. "Não, ela não quer uma tropa inteira; é um momento da família, vocês não percebem?" E ele próprio teria ficado do lado de fora da capela, se ela não tivesse insistido para ele entrar, mas ficou o tempo todo sozinho no fundo. Mamãe me disse que se surpreendeu com a quantidade de pessoas que apareceram (eu estava acamada com sarampo); havia alguns jornalistas e velhos amigos do passado. Mamãe ficou contente por se esquivar deles depois da cerimônia e se refugiar com Fred no Rover alugado.

Naquela noite minha mãe e os quatro vizinhos fizeram uma espécie de vigília pelo papai. Acho que ela se sentia devedora deles; era o que eles teriam esperado. Bolo de frutas, presunto frio, xerez e uísque; deitada no andar de cima, febril, com dor de ouvido e de garganta, eu ouvia o murmúrio abafado de vozes lá embaixo ficar gradualmente mais animado, chegando a haver de vez em quando um riso.

"Como é possível uma coisa dessas?", pensei, agitando-me na cama, sentindo-me miserável, doente e furiosa. Fred subiu levando-me um copo de limonada e me encontrou com lágrimas rolando pelas faces quentes e vermelhas, como água na superfície de um ferro.

Eu o fuzilei com o olhar, minha educação e a convenção contendo o impulso de dizer o que eu sentia.

Mas ele entendeu perfeitamente bem.

— Eu sei, eu sei — disse ele, instalando com cuidado seu corpanzil na cadeira com assento de palha. — Você acha que nós não temos coração, contando piadas para a sua mãe para que ela ria? Mas ela já enfrentou muita dor e ainda vai enfrentar mais; ela precisa de uma pausa. Isso não é injusto com o seu pai; imagino que ele faria a mesma coisa. Eu acho que ele gostaria de um pouco de riso nessa ocasião, não gostaria? Aposto que ele lhe contava uns casos engraçados.

Relutantemente eu concordei.

— Muito bem — disse Fred. — Mas se lembre, minha querida: a morte não são apenas plumas negras e berreiro. Ela precisa ser enfrentada do melhor modo que pudermos.

Fred nos ajudou em várias outras dificuldades. Quando nossa gata morreu, ele ajudou a enterrá-la; quando meu primeiro namorado me abandonou e eu me senti arrasada, uma divorciada de 13 anos, ele conseguiu me fazer acreditar que havia muitos outros peixes bons no mar e isso me ajudou na ocasião, embora na verdade ele estivesse enganado, pois eu nunca mais pesquei outro.

E então, quando eu estava com 15 anos, Di morreu. Ela vinha ficando gradualmente mais magra e séria; suas brincadeiras tinham perdido um pouco da vivacidade. Ela foi operada; passou semanas dolorosas na cama em casa, assistida pela mamãe e por Ruby. Então Fred disse para mim um dia: "Preciso lhe dizer uma coisa bem rápido: nós vamos perder a Di", e se precipitou às cegas para fora da nossa cozinha. Ele também vinha emagrecendo aceleradamente e depois da morte dela se tornou de repente um fio de gente. Ruby e Jim levaram-no para a sua casa, dizendo que ele não devia ficar sozinho. A essas alturas eu estava com 16 anos, prestes a ir para um curso interno no outro extremo da Inglaterra. Fred estava acamado, doente, quando eu fui embora; despedi-me dele com um beijo e nunca mais o vi. Jim morreu logo depois; foi como se uma vez rompida a estrutura e a simetria do grupo os seus integrantes individuais ficassem vulneráveis, correndo um grande risco. Jim morreu de bronquite, tossiu até arrebentar os pulmões. Ele havia sido um fumante inveterado. A pobre Ruby não pôde suportar a vida sem os outros em torno dela.

"Isso não é justo", disse ela para mamãe. Ruby ficou cardíaca e morreu na ambulância a caminho do hospital. Então as casas dos dois lados da nossa foram postas à venda; e um dia, na escola, eu recebi um telegrama dizendo que minha mãe havia morrido de pneumonia, muito subitamente, no hospital de Stillingley. Como Ruby, ela não conseguiu seguir em frente sem o resto do grupo apoiando-a.

Depois de alugar a Casa do Meio por dois anos, para me sustentar durante meu treinamento, eu vendi a casa, pois não pretendia voltar para lá. Dos dois lados havia vizinhos novos. A ideia da Casa de Cima sem Fred e Di, da Casa de Baixo sem Jim e Ruby, da nossa própria casa sem minha mãe, me era insuportável; eu teria me sentido uma sobrevivente do Holocausto. Consegui um emprego modesto em outro lugar, numa biblioteca modesta de uma cidade provinciana modesta, e me entrincheirei atrás de livros, catálogos, índices e leitura em voz alta.

Até o dia, mais de vinte anos depois, em que novamente estava lá, acompanhando a sra. Crankshaw no Forasteiro Bem-vindo.

Ela, na sua cadeira de rodas, proclamava-se absolutamente encantada com as três casas remodeladas em uma. Os empreiteiros haviam feito rampas para ela, e assim o seu domínio ficava todo no andar térreo — quarto numa ponta, sala de estar no meio e cozinha na outra ponta. Assim, a área em que ela vivia havia sido projetada no trecho da casa em que minha mãe e eu tínhamos a nossa cozinha e sala de jantar, onde Ruby e Di tagarelavam continuamente do outro lado da janela. O quarto da sra. Crankshaw era o quarto dianteiro da casa de Ruby, onde aconteciam as terríveis festas de Natal. Eu me sentava lendo Dr. Thorne em voz alta para ela e ficava pensando naqueles cartões cintilantes agitando-se no alto, e em Peter, sobrinho de Fred, revirando os olhos sob um arbusto do jardim. Meu quarto fora montado no andar de cima (por acaso no mesmo lugar do meu quarto antigo) e ali eu ficava à noite, ouvindo à minha volta os sussurros e o crepitar da casa (a sra. Crankshaw havia instalado aquecimento central a gás).

Depois de algumas semanas a sra. Crankshaw me disse:

— Srta. Grey... Lucy, eu estou absolutamente encantada com esta casa e com o nosso arranjo; espero que você também esteja. Mas me diga, sem nenhum preconceito: este lugar é ligeiramente assombrado?

— Ninguém me disse nada a esse respeito, sra. Crankshaw — repliquei.

— Ah, querida, você não quer me chamar de Moira? Acho que já chegamos a esse estágio. Não, claro que isso não me foi insinuado pela imobiliária, pelos advogados ou pelos empreiteiros, mas eles não costumam nos passar esse tipo de informação, não é mesmo? De qualquer maneira eu estou começando a cismar. Nos últimos vinte anos parece que houve um número enorme de ocupantes nessas casas. Você acha que foi porque ninguém fazia questão de ficar por muito tempo?

Era verdade que as três casinhas haviam mudado de mãos várias vezes, desde a época de Di e Fred, Ruby e Jim e minha mãe. Parece que ninguém havia ficado mais de um ano.

— Mas isso não significa necessariamente um problema — disse eu com sinceridade. — A cidade inteira vem vivendo num... estado de transição. Os preços das casas estão subindo muito rapidamente, as pessoas as compram como investimento, vendem-nas e se mudam. Além disso, o lugar é hoje um centro turístico, o que não... o que provavelmente não acontecia vinte anos atrás.

Minha dificuldade em sustentar aquele fingimento de não ter nunca morado na cidade só aumentava. Eu me sentia cada vez pior com relação àquilo. Porque a nossa relação — a relação entre mim e Moira — era, quanto a tudo mais, muito feliz, aberta e livre; ela estava começando a parecer uma tia amada ou uma carinhosa irmã mais velha; um desses parentes com os quais eu nunca fora abençoada. Nós podíamos conversar sobre todos os assuntos... com exceção de um; e nossas sessões de leitura em voz alta eram um prazer calmo, pleno.

— O que a está fazendo pensar que a casa pode ser assombrada? — perguntei com cautela.

— Há momentos, especialmente quando você está lendo para mim, querida, em que eu tenho quase certeza de ouvir vozes; talvez no quarto ao lado ou em algum outro lugar da casa, ou talvez na ruela atrás.

— Talvez sejam vozes reais — sugeri esperançosa. — Ecos vindos da ruela.

A ruela — pela qual Ruby e Di corriam de um lado para outro o dia inteiro — era uma passagem e levava para a biblioteca pública, meu retiro de consolo e instrução muitos anos atrás.

— Está certo, às vezes eles podem ser reais — concordou a sra. Crankshaw —, mas não sempre. Não no meio da madrugada. E as vozes dentro da casa devem ser de fantasmas, não é mesmo? A menos que eu esteja ficando doida.

— Isso eu tenho certeza de que a senhora não está, querida sra. Crankshaw — disse eu animadamente.

— Moira, minha querida... Moira. — Seus olhos de falcão brilharam.

— Que *tipo* de vozes a senhora acha que ouve?

— Você tem certeza de que não ouve nada? — perguntou ela ansiosa.

— Não, acho que não. Pelo menos por enquanto. Talvez venha a ouvir, com o tempo.

Ah, como eu queria que isso acontecesse! Pois ela disse:

— Bom, são várias vozes diferentes. É por isso que eu tenho certeza de que não pode ser a minha imaginação. Pois eu nunca fui muito imaginativa, mesmo quando criança; eu era a criaturinha mais prosaica e nunca me importava muito com jogos de faz de conta nem contos de fada. Como é que eu poderia inventar uma coisa dessas? O que eu ouço com mais frequência são vozes femininas, muito estridentes e animadas, com um sotaque *cockney*. Não se parecem absolutamente com os nossos bons vizinhos acima e abaixo da colina.

Os bons vizinhos acima e abaixo da colina eram quase todos negociantes de antiguidades que gostavam de refinamento *kitsch* e de sociabilidade afetada; as mulheres usavam roupas de *tweed* e os homens tinham uma barba cuidadosamcntc aparada.

— E a senhora ouve as vozes especialmente quando estou lendo em voz alta?

— É, isso não é curioso? É exatamente como... como quando se sintoniza uma estação de rádio e no início ela chega perfeitamente bem mas depois, aos poucos, alguma estação estrangeira entra e interfere; embora nesse caso não seja exatamente assim, porque eu ouço você, minha querida Lucy, perfeitamente bem... mas de repente começo a ouvir as vozes no fundo.

— Sempre vozes femininas?

— Não; as mulheres são as mais frequentes, mas de vez em quando eu ouço, mais atrás, vozes masculinas; duas vozes diferentes, tenho certeza, uma delas muito grave e rouca, a outra mais aguda e mais nasal.

— A senhora entende o que elas dizem? — perguntei com um interesse palpitante.

— Ainda não, minha querida. Mas esperemos que com o tempo eu consiga! É verdade, há anos não me tem acontecido nada de interessante, e eu tenho certeza de que devo tudo isso à sua companhia neste lugar agradável, minha querida Lucy; estou muito feliz por ter tido a sorte de nos encontrarmos.

Essas palavras me encheram de um misto de culpa e alívio. Alívio porque o fenômeno parecia estar lhe proporcionando muito prazer e interesse — muitas senhoras de idade poderiam ter reagido de outra maneira — e culpa porque já era tarde demais para eu ser mais honesta com relação aos meus amigos; eu sentia que estava sendo muito injusta com aqueles amigos não falando com a sra. Crankshaw sobre eles.

Ah, que teia emaranhada nós tecemos!...

Enquanto a sra. Crankshaw continuava falando entusiasmada sobre a sua satisfação com a atmosfera calorosa, acolhedora, da sua nova morada — "Exatamente como o nome que eu lhe dei! Como eu a batizei bem!" —, eu, talvez por me encontrar naquele curioso dilema moral, sentia a casa curiosamente fria e adversa. Não havia nela nenhum eco, nenhum som, nenhum sinal das horas felizes passadas ali na minha infância. E algumas dessas horas haviam sido realmente muito felizes: momentos de esperança, antes da morte do meu pai, momentos de paz e companheirismo quando minha mãe e eu líamos em voz alta *Villette* ou *Guerra e Paz* nas noites do final da primavera, com uma lua tênue olhando solenemente para dentro da janela do meu quarto; momentos de triunfo quando eu me saía bem na escola; ou momentos de pura diversão quando Di e Ruby faziam palhaçadas e Fred e Jim, conosco, riam delas.

Eu não podia deixar de pensar que a casa me reprovava. Eu devia ter esclarecido as coisas e não fiz isso.

A sra. Crankshaw começou a ter sonhos notáveis.

— Eu vejo cada rosto! Figuras muito verdadeiras! Será que são pessoas que eu conheci em algum momento da minha vida e esqueci por completo? Elas parecem ser tão extremamente reais! Um das mulheres é extraordinária: é uma mulher alta, magra e de dentadura, uma criatura desajeitada. E que risada gostosa! Sonhei com ela várias vezes. O nome dela é Vi ou Di, algo assim. Preciso admitir que ela é divertida. Eu me pergunto se estarei desenvolvendo poderes mediúnicos na minha idade. Preciso conversar com o vigário sobre isso.

Ela conversou com o vigário, mas ele era jovem e chegado havia pouco tempo na cidade, bem depois da época de Fred, Jim, Ruby e Di. Não podia esclarecer nada sobre os sonhos da sra. Crankshaw. Garantiu-nos que, até onde ele sabia, ninguém havia tido experiências daquele tipo na casa.

Eu também pensei que talvez a sra. Crankshaw estivesse desenvolvendo poderes mediúnicos. O que estava acontecendo seria um tipo de sinal telegráfico que passava da minha memória para a dela? Ela estaria colhendo cenas do meu passado — o meu passado cuidadosamente omitido — e, por assim dizer, imprimindo-as na câmara escura da sua mente? Estaria vendo aquelas coisas porque eu estava ali?

Ou ela estava captando impressões inteiramente novas? Os fantasmas de Jim e Fred, Di e Ruby estariam flutuando por ali, ainda presentes na casa — perturbados, talvez, pela minha chegada, pela atividade dos empreiteiros —, disponíveis para a sra. Crankshaw porque ela os estava recebendo com tanta alegria, tanta generosidade — mas optando por não se revelar para mim?

Essa ideia me fazia gelar.

Eu podia imaginar, com a maior facilidade, a voz de tombadilho de Fred. (Muito tempo atrás, antes de se aposentar da Marinha e ser motorista de ônibus, ele tinha sido suboficial.) Lembrava-me da firmeza com que ele havia dito: "É ela que ganha o pão, não é? Vocês precisam respeitar isso e não incomodá-la, vocês duas." Eu o imaginava dizendo-me: "Você devia contar a história toda para a velha, Bola de Neve, desde o começo. Agora você se pôs no que chamam de posição falsa. E também pôs a gente nessa posição."

Ah, como eu ansiava por pedir desculpa, por confessar, por esclarecer as coisas de algum modo.

Certa manhã a sra. Crankshaw me chamou com uma voz de pura perplexidade.

— Lucy! Alguém empurrou a minha cadeira de rodas!

Contrariando as suas expectativas, ela nunca recuperou o uso das pernas; a parte superior do corpo estava ativa, mas abaixo dos quadris ela não movimentava nada. As rampas tornavam todo o andar térreo acessível a ela; sua cadeira de rodas era motorizada e tinha uma roda interna e outra externa.

Ela circulava com muita facilidade pelos seus domínios do térreo, e fazia isso durante o dia inteiro. Eu só a empurrava quando nós saíamos. Mas a cadeira de rodas tinha um freio automático, um dispositivo de trava que engatava automaticamente quando a cadeira parava, de forma a impedir qualquer avanço acidental.

— Alguém — disse a sra. Crankshaw com absoluta convicção —, alguém desengatou o freio e me empurrou para a janela da frente.

— A senhora tem certeza de que não fez isso quase inconscientemente?

Ela pensou na hipótese.

— Não, minha querida. Porque meus dedos velhos e cansados andam tão duros e com tanta artrite que quando ouvi soarem lá fora os cascos de um cavalo eu apenas imaginei: será que vale a pena desengatar o freio e ir lá para dar uma olhada na janela? Mas resolvi não me dar o trabalho e então, você está vendo?, uma força bondosa fez isso para mim!

Eu senti — acredite ou não — uma pontada de ciúme e disse:

— Querida sra. Crankshaw. Lamento muito pelas suas mãos. Vou esfregá-las com um medicamento. E a senhora sabe que onde quer que eu esteja na casa, se a senhora me chamar, eu sempre virei com o *maior prazer* empurrar a sua cadeira.

— Ah, minha querida, eu sei disso! E quanto às minhas mãos, isso é uma bobagem. Com tão poucas deficiências, nesta casa encantadora e com a sua companhia, eu sou uma velha de muita sorte. E agora parece que além de tudo eu tenho um fantasma amigo para me empurrar.

Ela riu com um prazer real.

Mas eu fiquei nervosa. Muito envergonhada, claro, pois como eu havia sido capaz de desconfiar dos meus bons amigos a ponto de supor que eles podiam lesar a sra. Crankshaw? De qualquer forma, a partir de então eu vigiava a posição da sua cadeira e disfarçadamente punha bancos ou mesinhas no seu provável caminho para que, havendo algum empurrão, ela não pudesse ir muito longe.

Várias vezes durante as semanas seguintes a cadeira foi deslocada novamente, sempre se adiantando a algum desejo vago que a sra. Crankshaw mal chegara a formular até mesmo para ela própria.

— Eles decididamente preveem as minhas necessidades — disse ela rindo. — É mesmo interessantíssimo, minha querida Lucy. Lamento muito que você não os veja.

Pois agora ela estava começando a ter lampejos deles, em vislumbres estranhos, breves.

— Como uma tela de televisão oscilante, defeituosa — foi a sua definição desses vislumbres. — E às vezes em cores, às vezes preto e branco. A cor vem quase sempre no crepúsculo; nas horas de muita luz eles são em preto e branco. À noite ficam quase invisíveis, ao contrário do que se esperaria de fantasmas.

Pouco a pouco ela os foi descrevendo.

— Tem uma mulher esguia. Esses espectros são muito modernos, minha querida. Não há rufos, crinolinas ou qualquer bobagem dessas. A mulher alta usa botas de cano longo e salto alto, uma saia justa e comprida semicoberta por um avental e camadas e camadas de malhas. Seu cabelo está quase invariavelmente cheio de rolinhos. Ela é a imagem mais forte do grupo. Depois há a mulher mais baixa, que quase sempre tem na mão um trabalho de tricô.

Ruby querida! A quantidade de suéteres horrendos com pontos fantasiosos que ela teceu para mim! Que por educação (e também por necessidade) eu era obrigada a usar até eles ficarem pequenos.

— Depois tem um homem forte, atarracado, que usa um uniforme azul-escuro. Será que ele é carteiro? Percebo nele uma grande bondade e dignidade. E um sujeitinho que parece um gnomo; esse passa horas absorto na leitura de um jornal dobrado várias vezes, e sempre tem um cigarro pendurado na boca. É o menos nítido dos quatro, mas, como os outros, também ele fica mais desbotado à medida que o dia vai chegando ao fim.

— São só esses quatro? Não tem mais nenhum?

Nenhuma mulher de cabelo grisalho, rosto fino e óculos com armação de tartaruga, atarefada na máquina de escrever?

— Não, sua gananciosa — disse rindo a sra. Crankshaw. — Quatro fantasmas bem construídos, genuínos, não são suficientes para você? *Como* eu gostaria que o meu irmão Charles ainda estivesse vivo! Ele era um materialista muito cético e nunca admitia nem mesmo a possibilidade de existirem fantasmas. Como eu me divertiria, contando-lhe sobre os meus! Estou até começando a pensar neles como sendo a minha família: a minha família de fantasmas.

Ouvi-la falar isso me provocou um remorso terrível. E então ela começou a falar em escrever para a *Psychic News*.

— Esse fenômeno é muito interessante, minha querida. Quero que ele seja compartilhado com especialistas.

— Mas — argumentei — eles vão querer vir aqui inspecionar e investigar, e pôr observadores e tentar fazer fotos com luz infravermelha, ou seja lá como for que se fotografam fantasmas. A senhora realmente quer que tudo isso aconteça nessa casinha tão tranquila?

Ela olhou para a sua agradável sala de visitas de paredes brancas almofadadas.

— Ah, não — admitiu ela. — Talvez não.

Na verdade, para mim, a casa já não era tranquila. Parecia que ela soluçava com reprovação e censura. Eu sabia que havia chegado a hora de confessar tudo, que isso era absolutamente necessário.

E que figura desprezível eu iria me revelar: mentirosa, desonesta, hipócrita e covarde; mas acima de tudo mesquinha e pérfida com meus bons amigos. Não era de estranhar que eu os sentisse voltados contra mim.

Resolvi fazer a minha confissão num entardecer qualquer, depois do período de leitura, entre o chá e o jantar. Era essa a nossa hora mais sossegada, mais feliz, quando ficávamos totalmente em sintonia uma com a outra; esse seria, pensei, o momento mais propício para eu ganhar o perdão e a compreensão da sra. Crankshaw por ter persistido naquele engano por tanto tempo.

Durante todo o dia meu coração bateu forte e penosamente. A sra. Crankshaw se ocupou como sempre, lendo os jornais e periódicos políticos, escrevendo cartas para amigos que já não saíam da cama, desenhando, jogando paciência e bordando ponto em cruz; ela era uma pessoa capaz de se distrair sozinha. Vez por outra, sentada à mesa ou reclinada numa almofada bordada, ela erguia os olhos para comentar: "A mulher alta está passando pela janela carregando uma gaiola com um canário. Os canários também têm fantasmas, os coitadinhos?" Ou: "Agora eu estou vendo o homem que se veste de azul. Ele carrega uma dessas cestas toscas em que antigamente vinham os peixes que comprávamos; você se lembra delas? Os fantasmas comem peixe?"

Ah, Fred, pensei. Ele estava trazendo o peixe para minha mãe e para mim. Ah, querido, meu querido Fred, por que eu não posso vê-lo também? Vou contar para ela hoje, sem falta. Assim que tivermos terminado nosso trecho de *O Morro dos Ventos Uivantes*. E então eles talvez apareçam para mim.

A sessão de leitura aconteceu como sempre: a sra. Crankshaw confortavelmente instalada no sofá, aconchegada com almofadas nas costas e um cobertor nos joelhos; eu na cadeira de balanço com um abajur de mesa do lado. A tarde caía rapidamente.

Li em voz alta vários capítulos. Estávamos muito perto do final.

— Agora eu paro? — perguntei nervosa, limpando a garganta.

— Ah, não, por favor, continue, minha querida, a não ser que você já esteja ficando rouca. Termine o livro. Não sei quantas vezes eu já li *O Morro dos Ventos Uivantes* — disse satisfeita a sra. Crankshaw. — E cada vez acho melhor.

— A senhora... a senhora está ouvindo as vozes? — perguntei.

— Só um pouquinho. Eles estão tagarelando à vontade lá atrás. Não de modo invasivo; como gente que está na sala ao lado e sabe que daqui a pouco nós vamos parar de ler e lhes dar atenção.

Assim, eu continuei lendo; li os dois últimos capítulos e cheguei à última frase: "Perguntei-me como alguém poderia jamais imaginar que fosse inquieto o sono dos que dormiam naquela terra tranquila."

Ao fechar o livro, deixei decorrerem em silêncio alguns minutos. A sala já estava quase escura, fora o círculo claro do meu abajur. Olhei em torno — esperando ter um lampejo de uma saia justa e comprida, de uma cabeleira com rolinhos, de um par de botas de cano longo, de um paletó azul-marinho de uniforme. Mas não vi nada disso.

— Sra. Crankshaw, preciso falar com a senhora sobre uma coisa. Uma coisa que eu devia ter lhe contado há muito tempo, bem no início da nossa amizade. Escute...

Mas eu disse isso tarde demais.

A cabeça da sra. Crankshaw havia tombado para trás tranquilamente na almofada; suas mãos, relaxadas, estavam abertas sobre o cobertor. Ela havia ido embora para sempre, deixando-me sozinha naquela casa imersa no mais absoluto silêncio.

Dorothy K. Haynes

Supérfluo

Ele sempre havia aceitado empregos que ninguém mais queria. "Aceitado" talvez não fosse a palavra certa. Esse termo implica escolha, e Hamish nunca escolhia nada. Simplesmente ficava com o que sobrava.

Ele tinha sido sempre um homem tímido e solitário, um homem que não fazia amizade facilmente. As mulheres nunca olhavam para ele, um sujeito mudo e desajeitado, e quanto aos homens, ele não tinha nada a lhes oferecer para alimentar uma conversa. Quase sempre as pessoas o tratavam com uma afeição irreverente, um balanço de cabeça bem-humorado, um "E o que é que o Hamish anda aprontando agora?".

Hamish normalmente aprontava alguma coisa divertida. Era um trabalhador disposto, o primeiro a chegar e o último a ir embora, mas tinha fama de fazer coisas erradas, cometer pequenos enganos, ineficienciazinhas, que com o tempo chegavam a ser quase catástrofes. Mais cedo ou mais tarde ele saía de todos os empregos. Nunca o dispensavam ou o demitiam sumariamente; ele era muito bem-intencionado para isso. Apenas o consideravam supérfluo; mas não nobremente supérfluo, com um acordo simpático como recompensa pelos anos de serviço, e sim indesejado depois de um período tão curto que não havia tempo para se acrescentarem benefícios.

Era essa a sua vida. À medida que ele ia ficando mais velho e menos capaz, menos confiante, os empregos que lhe ofereciam tornaram-se cada vez mais humildes: depois de um tempo de experiência num *pool* de porteiros, veio um período como lixeiro, outro como recolhedor de lixo no parque — esse em caráter temporário — e ainda outro como carregador de cozinha, levantando latas cheias de vísceras de peixe, folhas de repolho e bolas de papel amassado e encharcado. Invariavelmente o resultado do seu entusiasmo bem-intencionado era ele ser considerado supérfluo. Como porteiro ele errou a programação do aquecimento e não trancou o portão da escola; como lixeiro, derramou o lixo na rua; no parque os garotos viraram o seu saco de papéis num dia de vento forte e na cozinha ele era fraco demais para levantar latas que estivessem cheias além da metade.

O emprego de que ele mais gostou foi o de vigilante; não um elegante funcionário de segurança, com uniforme e um cachorro para protegê-lo e lhe fazer companhia, mas um vigilante comum que ficava ao lado de um buraco na rua, com um braseiro na porta e luzes vermelhas em torno da cabana. Esse emprego durou mais que todos os outros. Ele o achou muito agradável, porque ficava sozinho, sem ninguém para criticá-lo ou minar a sua confiança; mas o trabalho acabou: os buracos da estrada foram tapados; as lâmpadas, os cones e a sua cabaninha foram levados embora num caminhão da prefeitura e ele foi considerado supérfluo mais uma vez.

Algum tempo depois disso, após uma temporada sem trabalho, ele acordou sentindo-se febril e doente. Passaram-se dias; sua cabeça doía e o estômago inchou, e então um dia esmurraram a porta e arrombaram-na, e depois havia uma porção de gente em torno dele. Os vizinhos notaram que ele havia sumido, o leiteiro não teve resposta ao bater em sua porta e a polícia a arrombou e levou-o para o hospital.

Foi bom ficar no hospital, todos eram gentis e os companheiros que trabalhavam com ele na construção foram visitá-lo. Mas não o deixavam ficar deitado em paz; parece que eles achavam que ele estava pronto para desistir e morrer. "E você não quer isso, rapaz, quer?", eles o estimulavam. "Você sabe o que isso ia significar? Você seria o último no cemitério. Seria o Vigilante dos Mortos!"

Aquilo não lhe pareceu de todo mau, mas os seus companheiros explicaram muito bem, pois tudo precisava ser muito bem explicado para Hamish. Seria um emprego que ele não poderia recusar. A sua vigília seria fria e solitária, até ele ser liberado pelo próximo a morrer — o próximo candidato relutante —, o que poderia demorar muito tempo.

Não tinha importância. Ele não podia escolher nem tampouco se esforçar. Hamish, com preguiça e com muito frio, avançou velozmente e sem opor resistência através de um túnel escuro que ecoava; e no final dele estava o seu novo emprego, seu último emprego, aquele que ninguém mais queria.

Quando em grande estilo chegou ao cemitério, elegante e formal no caixão que o fechava num espaço exíguo, ele se deu conta de que nunca havia ido tão bem-vestido para um primeiro dia de trabalho. Os homens que o tinham visitado estavam em torno dele, envergando ternos escuros e gravatas pretas, e ele ouvia a leitura de palavras de incentivo, mas durante todo o tempo havia cabeças balançando e um murmúrio de simpatia. "Que coisa, ter acontecido isso com o Hamish!"

Ele não se importou. Tinha um emprego novo, um emprego com responsabilidade e um título. O Vigilante dos Mortos. Era como ter seu nome escrito em dourado na porta de uma sala.

Pacientemente, ele se levantou para começar a sua primeira perambulação da noite. O portão estava fechado, os muros eram altos e não havia ninguém para acompanhá-lo, enquanto ele meio cambaleava e meio deslizava com pés que não deixavam marca na grama úmida.

A noite estava calma. Quem teria jamais imaginado que o céu poderia ser tão azul à meia-noite? Nuvenzinhas douradas como jatos de fumaça refletiam os últimos raios de sol ou o primeiro brilho da lua — ele não tinha certeza de qual dos dois seria — e podia-se ver todo o cemitério, azul-escuro e indistinto. Ali, cercado por uma grade de ferro baixa, estava o túmulo da sra. Swan, que havia corrido para fora rodopiando envolta em chamas, quando sua casa se incendiou. Ela não teria sido de grande valia como vigilante, tão mutilada, coitadinha. E lá estava Isaac Prosser, que servia presunto e queijo na frente da sua loja e negociava com apostas no fundo. Prosser morreu depois de um derrame e foi enterrado com muita cerimônia, mas nem por isso dispensaram-no da sua tarefa no cemitério. E lá estava também o pequeno Billy Slater, que se despedaçou depois de cair nos rochedos durante as férias, procurando ovos de gaivota.

Billy não cumpriu o seu tempo de trabalho. Seus pais cuidaram disso. Agora Hamish se lembrava do fato com uma compreensão nova. O enterro do menino encontrara-se com o cadáver de Torquil McLachlan, que dirigia o Stag Hotel e morreu de tanto beber, e a partir de então foi uma corrida de cabeça com cabeça. Aquilo não era decente, os dois carros fúnebres rugindo, um forçando o outro para fora, mas os pais de Billy tinham certeza de que o seu garoto não ia ter um emprego tão terrível, ele que nem completara 12 anos. O motorista de Torquil havia tomado um gole ou dois antes de sair, e o seu Rover chocou o paralama contra o portão do cemitério. Assim, Billy Slater descansou em paz o seu corpo todo cheio de bandagens e Torquil tornou-se o Vigilante dos Mortos.

Antes dele tinha havido muitos outros, e agora Hamish assumira o cargo. Estava entusiasmado, mas solitário, mais solitário do que quando trabalhara sozinho. Os homens o haviam prevenido sobre isso, falando-lhe das desvantagens do trabalho — longas horas, sem remuneração e sem ninguém para conversar —, mas não era tão ruim quanto eles haviam feito parecer. Hamish não tinha muita certeza quanto à pessoa a quem devia prestar contas, mas estava determinado a fazer isso.

As sepulturas nunca foram tão bem vigiadas. Cruzes e querubins, urnas e ampulhetas, ele as conhecia todas, o arenito castigado pelo tempo, o granito com letras douradas, as jarras e também os livros de mármore abertos em textos consoladores. Tudo era muito bem inspecionado por ele nas horas entre o cair da noite e a aurora, e, como um bônus para Os Lá de Cima, ele às vezes fazia horas extras voluntárias durante o dia.

Ele se reclinou contra a pedra, os pés seguindo a linha da sepultura, os ombros no mesmo nível da última inscrição, HAMISH McDONALD McLURE. Havia observado os homens entalhando-a, encaixando o nome e a data abaixo dos nomes e datas dos outros McClures, mas eles não o haviam visto. Ninguém o via à luz do dia. O dia claro o escondia assim como esconde as chamas, e por isso eles podiam falar dele como se ele não existisse, embora olhassem sobre os ombros e baixassem as vozes enquanto as lascas de mármore voavam e passavam por ele.

— Eu achava que o Hamish já estaria descansando agora. O Tommy Bain estava muito mal com pneumonia, mas parece que melhorou. A mãe dele me disse isso de manhã.

— Ainda bem. Como é que um rapazinho miúdo como o Tommy ia conseguir ser vigilante?

— E como é que o Hamish consegue?

Isso provocou uma risada, embora fosse uma risada constrangida. Hamish, acanhado, estava de pé ao lado e quis dizer que estava se saindo bem. Não tinha do que se queixar, fora o fato de que quando os homens juntavam suas ferramentas e iam para casa, ele sentia como se o sol tivesse ido embora; mas era só isso.

Ele tinha outra tarefa a executar: a tarefa de convocar os que iam morrer.

No início ficou preocupado. Sem instruções nem supervisão, ele não tinha ideia de como ou onde cumprir tal tarefa, ou a quem chamar. No passado havia sempre alguém que o levava pela mão, com alguns faça isso e não faça aquilo, uma rápida passada de olhos pelas regras que ele nem sempre assimilava, mas sobre as quais podia sempre ser informado se pedisse orientação. Agora não havia nada mais que uma percepção no meio do seu nada, uma compulsão que lhe dizia já ser hora de começar uma jornada; e ali ao lado do portão havia uma carruagem negra, uma velha carruagem negra com um fatigado cavalo de cabelo tão cinza quanto as teias de aranha; e ele sabia se instalar no assento do condutor, pegar as rédeas e deixar o cavalo velho seguir seu caminho.

Eles transpuseram o portão como um vapor dissolvendo-se e lentamente, com o cavalo a furta-passo, avançaram pela estrada vazia. A carruagem era muito velha, rangendo e balançando, mas dentro dela o homem ia exultante. Era a primeira vez que ele tinha um emprego com transporte à sua disposição. Ele deixou o cavalo ir aonde bem entendesse e o animal passou arrastando-se por chalés e fazendas onde as pessoas corriam furtivamente a cortina e olhavam para fora na direção do barulho. Elas não viam nada. Balançavam a cabeça e abriam novamente a cortina, mas Hamish sabia que seu rosto ficara lívido e o coração afundara até o estômago. A carruagem da morte havia passado; se dessa vez não era para elas, quem era capaz de dizer quanto tempo levaria para ela parar no seu portão?

E então a carruagem parou numa casa grande, uma próspera casa de pedra com lâmpadas de vagão ferroviário na porta e música por trás de janelas iluminadas. O cascalho cinza soava sob as rodas e subitamente a música cessou e as luzes se apagaram. Lá dentro as pessoas gritaram. Tinham ouvido o som e sabiam o que ele significava. Paciente, o cavalo ficou parado durante algum tempo ao luar cinzento e depois se afastou tropeando sobre os cascalhos que se entrechocavam; e lá se foram eles sempre em frente, como num sonho, até uma quinta arruinada onde os animais se puseram a gritar, embora não se visse nada; e a mulher de Jimmie Gow perdeu o fôlego no meio de um grito, porque embora seu marido já não ouvisse nada, ele se ergueu na cama como se quisesse estar longe.

Eles pararam em muitos lugares depois disso: numa loja fechada da cidade, num bangalô novo e num hospital com luzes pálidas. As pessoas que haviam ficado fora de casa até tão tarde ou saído de casa tão cedo paravam, tampavam os ouvidos e rezavam; e Hamish não estava triste nem contrariado. Estava apenas fazendo seu trabalho, e havia trabalhado muito bem naquela noite.

Ele repetiu a sua missão várias vezes — não sabia quantas; as noites eram longas e agora mais frias, e o tempo não era mais uma questão de dia ou noite. Ele sabia que se tivesse feito sua tarefa adequadamente, ela produziria uma safra de almas, mas ele não ligava a safra a si mesmo. Até então nada havia acontecido. Os fortes levavam muito tempo para adoecer e os doentes demoravam a morrer.

Agora ele estava confiante, no comando do seu trabalho, e não mais solitário. Os enlutados que vinham depositar flores e permanecer em silêncio ou apenas sentar-se e pensar envoltos na quietude daquele lugar eram companhia para ele. Ele aprendeu, respeitosamente, a se manter à distância, porque o que eles precisavam suportar já era suficiente sem o terror que os assaltava quando ele passava. Qualquer pessoa que o encontrasse teria gritado. Ele próprio teria gritado se visse sua imagem no espelho, aquele rosto todo encovado e definhado, o cabelo em longas mechas esparsas num crânio amarelo e o seu camisão largo ocultando uma pele transparente sobre o esqueleto; mas ele pensava na sua roupa como um uniforme, uma vestimenta adequada para o que ele tinha de fazer; e fazia aquilo de boa vontade, percorrendo as ruelas, inspecionando os buracos cavados e os monumentos, e abrindo caminho, durante todo o tempo, para aqueles que considerava ainda superiores a ele.

Assim, quando os coveiros chegaram com pás e pranchas, Hamish não se desagradou da conversa deles e da perturbação no seu território. Eles começaram a cavar, um buraco fundo e estreito, e os vermes se arrastavam obesamente sobre a terra amontoada. Ele tinha uma familiaridade constrangida com os vermes; imaginava-os... em algum lugar... retorcendo-se e... afastava-se e os coveiros empalideciam à sua passagem.

As próximas pessoas que chegaram vieram de um modo mais decoroso, trazendo uma caixa de olmo nova que cintilava com metais e estava embalada para presente com fitas e coroas coloridas. Hamish descontraiu-se e chegou a ficar alegre. Pelo menos uma vez ele havia feito tudo direitinho. Uma das pessoas que ele convocara tinha chegado, de acordo com o planejado, e dessa vez ninguém iria dispensá-lo. Ele sempre soubera que, com o tempo, poderia trabalhar tão bem quanto qualquer um.

O último de muitos discursos foi feito, o caixão baixou, jogou-se a última pá de terra. Os enlutados se foram com seus lenços molhados, olhando para trás com dor e tristeza. Hamish encostou-se num arbusto de teixo, quase inchado de satisfação pelo trabalho. À noite ele faria outra incursão no transporte à sua disposição, e assim o emprego ia avançando: no ritmo que ele lhe imprimia e orientado pelo seu discernimento.

A sombra ao lado dele empurrou-o para longe, chorando silenciosamente. Desgraça e depressão, ressentimento e terror cercavam-no como um cheiro. Enquanto era cada vez mais afastado, Hamish percebia agora aonde o seu zelo o havia levado. De todos os cadáveres, um teria de ser o último; e o último o substituiria.

Estava tudo errado. Essa coisa ao lado dele aterrorizava-se com a tarefa que ele realizava, e ele, Hamish, não queria renunciar a ela. Talvez pudesse haver um acordo. Poderia?... Mas não houve apelação. Ele se sentiu entrar e se acomodar lentamente na sua sepultura. A confiança, a rotina e a responsabilidade do tempo incomensurável desapareceram como se nunca tivessem existido. Mais uma vez ele era supérfluo.

Notas Sobre As Autoras

Charlotte Brontë (1816-1855), autora de *Jane Eyre*, começou escrevendo poemas e histórias fantasiosas aos 12 anos; várias dessas peças foram redescobertas e publicadas muitos anos depois da sua morte. "Napoleão e o Espectro" foi um de uma série de fragmentos preservados pelo seu viúvo, o reverendo Arthur Bell Nichols. Trechos do conto foram publicados em Poet-Lore (outono de 1897), com uma primeira edição separada publicada para circulação restrita — a edição limitou-se a apenas 25 exemplares — por Clement Shorter em fevereiro de 1919. A história foi publicada posteriormente para um público mais amplo na coletânea de Brontë dirigida aos jovens, *The Twelve Adventurers* (Os doze aventureiros), de 1925. Ela foi escrita originalmente em 1833, quase trinta anos depois da morte misteriosa do general francês Charles Pichegru, que Charlotte Brontë acreditava ter sido estrangulado por instigação de Napoleão — daí a identidade do fantasma, "Piche", que volta para assombrar o imperador francês.

Elizabeth Gaskell (1810-1865), cujo sobrenome de solteira era Stevenson, é mais conhecida por seus romances *Cranford, North and South* (Cranford, Norte e Sul) e *Mary Barton*. Quando *Cranford* estava sendo publicado em folhetim (e anonimamente) de 1851 a 1853 na revista *Household Words*, o editor Charles Dickens pediu-lhe que escrevesse uma história de fantasma para o primeiro número especial de Natal de dezembro de 1852. "A História da Velha Babá" foi seu conto mais vigoroso e mais conhecido no gênero. A melhor coletânea das suas histórias góticas é *Mrs Gaskell's Tales of Mystery and Horror* (Contos de mistério e horror da sra. Gaskell), publicada por Michael Ashley (1978).

Amelia Ann Blandford Edwards (1831-1892) é hoje mais lembrada pelo seu inestimável trabalho na criação do Egypt Exploration Fund [Fundo para a Pesquisa do Egito] e pelos excelentes livros de viagens *A Thousand Miles Up the Nile* (Mil milhas Nilo acima) (1877), *Untrodden Peaks* (Picos inexplorados) e *Unfrequented Valleys* (Vales não frequentados) (1873). Ela foi também uma talentosa romancista e escritora de contos, com mais de uma dúzia de belas histórias de fantasmas. Apenas umas poucas destas, sobretudo "The Phantom Coach" (O vagão fantasma), foram reimpressas com alguma regularidade; uma das suas melhores histórias, mas também uma das menos conhecidas, é "A História de Salomé". O conto apareceu anonimamente no número de Natal da *Tinsleys* com o título *Storm-Bound* (Detido pela tempestade), em 1867, e foi reimpresso na sua coletânea *Monsieur Maurice* (1873). Todas as suas histórias de fantasmas foram reunidas em *The Phantom Coach* (O vagão fantasma — Ash-Tree Press), 1999.

Henry Wood (1814-1887), cujo nome de solteira era Ellen Price, obteve o seu primeiro grande sucesso com *East Lynne* (1861), e na época da sua morte havia alcançado vendas de 5 milhões de exemplares das suas várias obras populares. Fantasmas e o sobrenatural frequentemente apareciam nos seus contos, mas eles nunca foram reunidos num único livro. Muitos deles podem ser encontrados na sua apreciadíssima série "Johnny Ludlow", sobre a qual o *Spectator* escreveu: "Consideramos essas histórias quase perfeitas no seu gênero." "Realidade ou ilusão?" foi originalmente publicado na revista *Argosy* em dezembro de 1868.

Charlotte Riddell (1832-1906), nascida na família Cowan, foi uma escritora vitoriana muito popular, aclamada como "A Romancista da Cidade". Como muitos dos seus contemporâneos, escreveu ótimas histórias de fantasmas (frequentemente para números anuais de Natal), muitas delas reunidas em *Weird Stories* (Histórias estranhas), de 1882, *Idle Tales* (Histórias ociosas), de 1888 e *The Banshee's Warning* (O aviso de Banshee), de 1894. Sua biógrafa S.M. Ellis afirma que *Weird Stories* "inclui algumas das melhores histórias de fantasmas jamais escritas".

Margaret Oliphant (1828-1897), romancista prolífica, biógrafa e historiadora, foi autora de "The Carlingford Chronicles" (As crônicas de Carlingford), uma brilhante série de romances sobre a vida provinciana na Inglaterra. Foi também uma das maiores escritoras de histórias de fantasmas que esse país já produziu. "Quem jamais atingiu a mesma variedade de obras literárias com um nível de excelência semelhante?", afirmou-se num dos tributos mais sensíveis que lhe foram rendidos por ocasião da sua morte.

Ella D'Arcy (1857-1937) integrou o seleto grupo do *fin-de-siècle* ligado ao famoso *Yellow Book* (Livro amarelo) em meados da década de 1890, com

Wilde, Beardsley, Beerbohm Dowson e Henry James. Escreveu muitos contos de ótima qualidade, reunidos em *Monochromes* (Monocromos), *The Bishop's Dilemma* (O dilema do bispo) e *Modern Instances* (Exemplos modernos). "A Vila Lucienne", sua delicada história de fantasma ambientada na Riviera, foi publicada pela primeira vez no volume X de *The Yellow Book* em 1896 e reimpressa em *Modern Instances* (1898).

Mary Eleanor Wilkins (1852-1930) foi uma autora americana que escreveu com simpatia e realismo sobre a vida nas aldeias da Nova Inglaterra. Além de muitos romances, escreveu mais de duzentos contos, inclusive diversos clássicos dentro do gênero do sobrenatural. Os melhores entre eles apareceram em *The Wind in the Rose-Bush* (O vento na roseira), de 1903. Suas obras tardias foram publicadas com seu nome de casada, Mary E. Wilkins Freeman. A Academia Americana de Artes e Literatura agraciou-a com a medalha *Howells* de ficção em 1926.

Edith Nesbit (1858-1924), escritora de livros infantis muito apreciados, como *The Railway Children* (As crianças da ferrovia), de 1906, *The Magic City* (A cidade mágica), de 1910, *The Treasure Seekers* (Caçadores de tesouros), de 1899 e *The Enchanted Castle* (O castelo encantado), de 1907, foi uma mulher de enorme energia. Nos anos que se seguiram ao seu casamento com Hubert Bland ela escreveu, pintou, recitou poesia para ganhar dinheiro para a família e tornou-se militante socialista e fundadora da Sociedade Fabiana. Rompeu com a convenção ao usar cabelo curto, fumar e vestir roupas largas e deselegantes. Seus ótimos contos sobrenaturais foram publicados em revistas importantes, e os melhores, inclusive "O Carro Violeta", estão reunidos em *Fear* (Medo), de 1910. A história reimpressa aqui é uma das primeiras do gênero a apresentar um automóvel.

Edith Wharton (1862-1937) passou a juventude em Nova York, mas a maior parte de sua vida adulta se deu na Europa, sobretudo na França. Foi uma das escritoras mais importantes da sua geração; seus romances foram reeditados sucessivas vezes pela editora Virago e incluem *The House of Mirth* (A casa da alegria), de 1905, *The Fruit of the Tree* (O fruto da árvore), de 1907, *The Custom of the Country* (O ônus do campo), de 1913, *A Época da Inocência* (1920) e *The Children* (As crianças), de 1928. Seus contos sobrenaturais estão entre os melhores da literatura americana. "Os Olhos" foi publicado na *Scribner's Magazine* (junho de 1910) e na sua coletânea *Tales of Men and Ghosts* (Histórias de homens e fantasmas), de 1910.

May Sinclair (1863-1946), filósofa, biógrafa, romancista e escritora de contos, militou a favor do voto feminino e foi uma das primeiras defensoras da psicanálise. Começou sua longa carreira de escritora com *Nakiketas and other Poems* (Nakikitas e outros poemas), sob o pseudônimo de "Julian Sinclair", em 1886. Nos seus romances, comparados com os de Gissing, como *The Divine Fire* (O fogo divino), de 1904 e *Three Sisters* (Três irmãs), de 1914, demonstrou uma considerável compreensão da vida de homens e mulheres em circunstâncias difíceis, e em *Mary Oliver* (1919) e *Life and Death of Harriet Frean* (Vida e morte de Harriet Frean), de 1922, foi uma das pioneiras da técnica do "fluxo de consciência". Sua coletânea *Uncanny Stories* (Histórias estranhas), de 1923, com ilustrações de Jean de Bosschere, é hoje um item de colecionador.

Richmal Crompton (R.C. Lamburn, 1890-1969) ganhou fama no mundo inteiro como criadora do imortal garoto "William". Isso ofuscou sua obra de ficção adulta, que inclui vários contos de horror e sobrenaturais (inclusive "Rosalind", "Hands" [Mãos] e "The Haunting of Greenways" [A assombração de Greenway's]), reunidos no livro *Mist and Other Stories* (Neblina e outras histórias), de 1928. "Rosalind" foi publicado pela primeira vez na *Sovereign Magazine* de abril de 1925.

Margery Lawrence (1889-1969) acreditava fervorosamente no sobrenatural e escreveu um livro fascinante sobre espiritualismo, *Ferry Over Jordan* (Balsa sobre o Jordão), de 1944, e também mais de sessenta histórias de fantasmas (muitas delas inspiradas em fatos registrados). O mais conhecido dos seus muitos romances é *The Madonna of Seven Moons* (A Nossa Senhora das Sete Luas), de 1931, que foi filmado, tendo Phyllis Calvert no elenco. A história publicada aqui foi retirada do seu livro *Nights of the Round Table* (Noites da Távola Redonda), de 1926, no qual 12 sócios de um clube relatam "histórias estranhas".

Margaret Irwin (1889-1967) ganhou muitos admiradores não só pela sua longa série de romances históricos como também pelo clássico do sobrenatural *Still She Wished for Company* (Ela ainda queria companhia), 1924. Ela afirmava ter escrito sua primeira história de fantasma aos 5 anos e frequentemente voltava ao gênero escrevendo contos, reunidos em *Madame Fears the Dark* (A senhora tem medo do escuro), 1935 e *Bloodstock* (Cavalos puros-sangues), 1953. "O livro" foi originalmente publicado no *London Mercury* em setembro de 1930. A crítica Joanna Russ referiu-se a essa história (em *How* *to Suppress Women's Writing* [Como suprimir a escrita das mulheres] como "uma das histórias sobrenaturais mais interessantes que eu já li".

Flora MacDonald Mayor (1872-1932), depois de anos de ostracismo, está atraindo um número sempre crescente de admiradores. O tema da mulher solitária ocorre em todos os seus três romances, *The Third Miss Symons* (A terceira srta. Symons), 1913, *The Rector's Daughter* (A filha do reitor), 1924 e *The Squire's Daughter* (A filha do fazendeiro), 1929. Igualmente ignorados durante muito tempo e merecedores de um renascimento são os seus contos — muitos deles com elementos estranhos e fantasmagóricos —, que foram publicados postumamente em *The Room Opposite* (O quarto em frente), 1935.

Ann Bridge (pseudônimo de Mary Dolling Sanders, posteriormente Lady O'Malley, 1891-1974) teve uma vida variada e pitoresca com o marido diplomata, Owen O'Malley, na China, Turquia, Dalmácia e outros países, tendo todos eles repercutido bastante nos seus romances: *Peking Picnic* (Piquenique em Pequim), 1932, *The Ginger Griffin* (O grifo amarelo), 1934, *Illyrian Spring* (Primavera ilírica), 1935 e *The Dark Moment* (O momento sombrio), 1952. Suas histórias de fantasmas, que incluem "The Buick Saloon" (O salão do Buick), "The Accident" (O acidente) e "A estrada da estação" foram reunidas em *The Song in the House* (A música na casa), 1936.

Stella Gibbons (1902-1989) adquiriu fama instantânea com seu primeiro romance, *Cold Comfort Farm* (Fazenda maldita), 1932, uma paródia espirituosa da escola de ficção regional de Mary Webb/Sheila Kaye Smith. Muitos outros romances e contos se seguiram. O conto incomum e memorável incluído nesta antologia foi retirado da sua coletânea *Roaring Tower and other Short Stories* (A torre que ruge e outras histórias), 1937.

Elizabeth Bowen (1899-1973) é uma das melhores escritoras surgidas na Irlanda nos últimos cem anos, sendo *The Death of the Heart* (Morte do coração), 1938, e *The Heat of the Day* (O calor do dia), 1949 seus romances mais conhecidos. Entre as suas coleções de contos — *Encounters* (Encontros), 1923, *The Cat Jumps* (O gato pula), 1934, *The Demon Lover* (O amante do demônio), 1945, do qual foi retirado "Os Alegres Campos Outonais" — estão alguns dos melhores contos sobrenaturais de todos os tempos. Muitos deles foram inspirados pela Segunda Guerra Mundial, e a maioria usa indiretamente elementos misteriosos para explorar as reações humanas ao medo.

Rosemary Timperley (1920-1988), autora de quase cinquenta romances, está entre os mais prolíficos escritores ingleses de histórias de fantasmas. Escreveu bem mais de cem contos desde que o primeiro deles, "Christmas Meeting" (Reunião de Natal), foi publicado em *The Second Ghost Book* (O segundo livro de fantasmas), em 1952. Embora seus contos altamente respeitados tenham sido publicados em inúmeras antologias, lamentavelmente eles nunca foram reunidos na forma de livro. A maioria das suas histórias apresenta fantasmas que não são terríveis e até são bondosos. "A Amante Vestida de Negro" foi retirado de *The Fifth Ghost Book* (O quinto livro de fantasmas), 1969.

Celia Fremlin (1914-2009) inclui-se entre os mais talentosos escritores de romances de suspense ingleses, sendo notável pela sua inclinação psicológica e pela capacidade de ver o horror nas coisas comuns. Seu primeiro romance ganhou um Edgard Award of America. "As excelentes histórias de mistério inglesas de Celia Fremlin sempre se concentram em alguma situação familiar aparente média, 'normal', que acaba dando terrivelmente errado", comentou a *Publishers Weekly*. Além dos seus elegantes romances de suspense, ela também escreveu excelentes contos de fantasmas, entre eles "The Combined Operation" (A ação combinada), "The Locked Room" (O quarto trancado) e "Não conte para a Cissie", da sua coletânea *By Horror Haunted* (Assombrado pelo horror), 1974.

Lady Antonia Fraser (nascida em 1932), filha de lorde Longford e mulher do dramaturgo Harold Pinter, tem tanto sucesso como biógrafa quanto como romancista. Sua primeira biografia histórica, *Mary Queen of Scots* (Maria, rainha dos escoceses), 1969, foi imediatamente aclamada e ganhou o James Tait Black Memorial Prize. Ela também escreveu histórias de mistério, inclusive *Quiet as a Nun* (Tranquila como uma freira), 1977, adaptada para a série de televisão *Jemima Shore Investigates*, *The Wild Island* (A ilha selvagem), 1978, e *A Splash of Red* (Um salpico de vermelho), 1981. "Quem Andou se Sentando no Meu Carro?", da antologia de *Giles Gordon Prevailing Spirits* (Espíritos predominantes), 1976, foi o seu primeiro conto publicado.

Ruth Rendell (nascida em 1930) explorou as regiões mais obscuras da psique humana numa aclamada série de livros que alternam as suas histórias do detetive Inspetor Wexford (apresentado no seu primeiro romance, *From Doon with Death* [Do rio Doon com a morte], 1964) e outros romances de suspense que focalizam mentes psicóticas e obcecadas. Ela foi agraciada com o Edgar Award pela sua coletânea *The Fallen Curtain* (A cortina caída), 1974, e com o Gold Dagger Award por *A Demon in My View* (Um demônio à vista), 1976. "A assombração da Residência do Reitor de Shawley" foi publicado pela primeira vez na *Ellery Queen's Mystery Magazine* no dia 13 de dezembro de 1979.

Antonia Susan Byatt (nascida em 1936) é notável tanto como romancista quanto como crítica literária. Escreveu dois livros sobre Iris Murdoch e um estudo comparativo sobre *Wordsworth and Coleridge in Their Time* (Wordsworth e Coleridge na sua época), 1970. Seus romances incluem *Shadow of a Sun* (Sombra de um sol), 1964, *The Game* (O jogo), 1968, *The Virgin in the Garden* (A virgem no jardim), 1970, *Still Life* (Natureza morta), 1985 e *Possessão*, que ganhou em 1990 o prêmio Man Booker. "O Fantasma de Julho" foi publicado pela primeira vez em *Firebird I* em 1982.

Audrey Lilian Barker (1918-2002) conheceu precocemente o sucesso com sua primeira coletânea, *Innocents* (Inocentes), que ganhou o Somerset Maugham Award em 1947. Suas obras posteriores incluem *Apology for a Hero* (Apologia para um herói), 1950, *The Joy-Ride* (A viagem da alegria), 1963, *Lost Upon the Roundabouts* (Perdido nos circunlóquios), 1964, *Femina Real,* 1971, *Any Excuse for a Party* (Qualquer desculpa para uma festa), 1991 e *Submerged* (Submerso), 2002. Escreveu alguns memoráveis contos sobrenaturais, com destaque para "Lost Journey" (Jornada perdida), "The Little People" (As pessoas sem importância) e "O Sonho das Mulheres Loiras", publicado originalmente na antologia *Stories of Haunted Inns* (Histórias de hospedarias assombradas), 1983.

Penelope Lively (nascida em 1933) foi igualmente bem-sucedida como escritora de livros infantis e para adultos. Suas brilhantes evocações do sobrenatural podem ser encontradas em *The Whispering Knights* (Os cavaleiros sussurantes), 1971, *The Wild Hunt of Hagworthy* (A caçada selvagem de Hagworthy), 1971, *The Ghost of Thomas Kempe* (O fantasma de Thomas Kempe), ganhador da Carnegie Medal de 1973 como destaque em literatura infantil, *A Stitch in Time* (Um ponto no tempo), ganhador do Whitbread Award de 1976, e *The Revenge of Samuel Stokes* (A vingança de Samuel Stokes), 1981. Entre os seus romances para adultos destaca-se *Moon Tiger* (O tigre da lua), que ganhou o Booker Prize de 1987. "Cão Negro" foi publicado pela primeira vez na *Cosmopolitan* em 1986 e reimpresso posteriormente naquele mesmo ano na coletânea da autora *Pack of Cards 1978-86* (Baralho, 1978-86).

Rosemary Pardoe (nascida em 1951) ajudou a manter viva e com boa saúde a tradição das histórias de fantasmas com a sua longeva série *Ghosts & Scholars* (Fantasmas e sábios), com 33 números de 1979 a 2001; sucedida por *The Ghosts & Scholars M.R. James Newsletter*, de 2002 até hoje; e títulos a ela ligados, publicados pelo seu selo Haunted Library. Escreveu também ótimos contos sobrenaturais (sob o pseudônimo de "Mary Ann Allen") narrados pela restauradora de igrejas Jane Bradshawe. Essas histórias foram reunidas sob o título *The Angry Dead* (Os mortos furiosos), 1986, entre as quais se inclui "O Motorista". Seu estudo erudito sobre Joana, *The Female Pope* (A papisa, escrito juntamente com Darroll Pardoe), foi publicado pela *Aquarian* em 1987.

Lisa St. Aubin Terán (1953-), romancista e poeta, morou durante sete anos nos Andes venezuelanos. Ganhou o Somerset Maugham Award pelo seu primeiro romance, *Keepers of the House* (Guardiões da casa), 1982, e o Llewellyn Rhys Prize pelo segundo, *The Slow Train to Milan* (O lento trem para Milão), 1983. Escreveu outros sete romances, uma coletânea de poesia, duas coletâneas de contos e quatro livros de memórias. Seu último romance, *Otto*, foi publicado pela Virago em 2005. Grande parte da sua obra de ficção, inclusive a história publicada neste livro pela primeira vez, origina-se na sua experiência na América do Sul, aliando uma narrativa vigorosa e uma forte sensibilidade para o nebuloso.

Angela Carter (1940-1992) foi uma das escritoras mais inventivas e originais das últimas três décadas. Entre seus romances estão *The Magic Toyshop* (A mágica loja de brinquedos), 1967, *Heroes and Villains* (Heróis e vilões), 1969, *A Paixão da Nova Eva* (1977) e *Noites no Circo (*1985). Seus contos, que incluem "Fireworks" (Fogos de artifício), 1974 e "The Bloody Chamber" (A câmara sangrenta), 1979, frequentemente se inspiram em contos de fada tradicionais, transformados radicalmente. "Ashputtle" foi publicado pela primeira vez em *The Virago Book of Ghost Stories* (1987).

Elizabeth Fancett é uma das escritoras inglesas de contos de fantasmas mais talentosas e originais dos últimos vinte anos, e foi incluída em muitas antologias, além de na série *Moments of Terror*, transmitida pela Capital

Radio. "Os Fantasmas de Calagou" foi publicado pela primeira vez em *The Virago Book of Ghost Stories: Twentieth Century*, vol. II (1991).

Joan Aiken (1924-2004), filha do ilustre poeta americano Conrad Aiken, escreveu quase cem livros, que vão desde romances de mistério para adultos até uma ampla série de títulos infantis. *The Whispering Mountain* (A montanha sussurante) conquistou o Guardian Award de 1969 e *Night Fall* (Anoitecer) ganhou o Mystery Writers of America Award de 1972. Sua série de coletâneas de "horror, suspense e fantasia", que atrai leitores adolescentes e adultos, inclui *A Bundle of Nerves* (Uma pilha de nervos), 1976, *A Touch of Chill* (Um toque de frio), 1979, *A Whisper in the Night* (Sussuro na noite), 1982, *A Goose in your Grave* (Um ganso na sua sepultura), 1987, *A Fit of Shivers* (Espasmos de arrepio), 1990 e *A Creepy Company* (Uma com-panhia assustadora), 1993. Essas parábolas que tensionam os nervos mesclam acontecimentos paranormais com compaixão e sabedoria num estilo exemplar. "O Traidor" foi publicado pela primeira vez em *The Virago Book of Ghost Stories: The Twentieth Century*, vol. II (1991).

Dorothy Kate Haynes (1918-1987) tornou-se conhecida com *Winter's Traces* (Vestígios do inverno), 1947 e a coletânea *Thou Shalt Not Suffer a Witch* (Não deixarás viver uma feiticeira), 1947, com ilustrações de Mervyn Peake. Uma coleção posterior, *Peacocks and Pagodas* (Pavões e pagodes), com o subtítulo "The Best of Dorothy K. Haynes" (O melhor de Dorothy K. Haynes), foi publicada em 1981. Pamela Hansford Johnson escreveu que as histórias de D.K. Haynes "levam os fascinados leitores a voltar imediatamente à biblioteca para procurar outros livros escritos pela mesma mão hábil e delicada". "Supérfluo", um dos muitos contos de fantasma escritos por ela, só foi publicado após a sua morte, originalmente em *The Virago Book of Ghost Stories: Twentieth Century*, vol. II (1991).

markgraph

Rua Aguiar Moreira, 386 - Bonsucesso
Tel.: (21) 3868-5802 Fax: (21) 2270-9656
e-mail: markgraph@domain.com.br
Rio de Janeiro - RJ